DAVID
NICHOLLS

ZWEI AN EINEM TAG

Roman

Aus dem Englischen
von Simone Jakob

WILHELM HEYNE VERLAG
MÜNCHEN

Für Max und Romy, wenn ihr älter seid.
Und, wie immer, für Hannah.

Verlagsgruppe Random House FSC-DEU-0100
Das für dieses Buch verwendete FSC®-zertifizierte Papier
Holmen Book Cream liefert Holmen Paper, Hallstavik, Schweden.

11. Auflage
Vollständige deutsche Taschenbuchausgabe 04/2011

Printed in Germany 2011
Umschlagillustration: © Craig Ward
Umschlaggestaltung: Nele Schütz Design, München
Druck und Bindung: GGP Media GmbH, Pößneck
ISBN: 978-3-453-81184-3

www.heyne.de

Wofür sind Tage gut?
In Tagen leben wir.
Sie kommen, wecken uns,
immer von neuem.
Sie sind zum Glücklichsein:
Wo könnten wir sonst leben als in Tagen?

Ja, die Lösung dieser Frage
ruft nach dem Priester und dem Arzt,
in langen Mänteln kommen sie
über die Felder gelaufen.

Philip Larkin, Tage

ERSTER TEIL

1988 – 1992
Anfang zwanzig

Dies war für mich ein denkwürdiger Tag, da er gewaltige Veränderungen in mir bewirkte. Doch das gibt es in jedem Leben. Man stelle sich vor, ein ganz bestimmter Tag würde daraus gelöscht, und überlege dann, wie anders dieses Leben verlaufen wäre. Du, der du dies liest, halt ein und denke für einen Augenblick an die lange Kette aus Eisen oder Gold, aus Dornen oder Blumen, die dich niemals gefesselt hätte, wäre nicht an einem denkwürdigen Tage ihr erstes Glied geschmiedet worden.

Charles Dickens, Große Erwartungen

KAPITEL EINS

Die Zukunft

FREITAG, 15. JULI 1988

Rankeillor Street, Edinburgh

»Ich glaube, das Wichtigste ist, irgendwas zu verändern«, sagte sie. »Du weißt schon, wirklich zu verbessern.«

»Wie, meinst du etwa ›die Welt verbessern‹?«

»Nicht gleich die ganze Welt. Nur das kleine Stück um dich rum.«

Für einen Augenblick lagen sie schweigend und eng umschlungen in dem schmalen Einzelbett, dann lachten beide in der Dunkelheit vor Sonnenaufgang leise vor sich hin. »Ich kann es nicht fassen, dass ich das gesagt habe«, stöhnte sie. »Klingt ganz schön abgedroschen, was?«

»Schon ein wenig.«

»Ich versuche hier, dich zu inspirieren! Ich versuche, deine schwarze Seele auf das große Abenteuer einzustimmen, das vor dir liegt.« Sie drehte sich zu ihm um und sah ihn an. »Nicht, dass du es nötig hättest. Du hast deine Zukunft bestimmt schon total verplant, heißen Dank auch. Hast wohl irgendwo einen Masterplan deines Lebens rumliegen.«

»Wohl kaum.«

»Was hast du denn sonst vor? Wie sieht der große Plan aus?«

»Na ja, meine Eltern holen mein Zeug ab, nehmen es mit nach Hause, und dann verbringe ich ein paar Tage in ihrer Wohnung in London und besuche Freunde. Danach ab nach Frankreich …«

»Wie nett …«

»Später gucke ich mich vielleicht ein bisschen in China um, anschließend eventuell weiter nach Indien, ein bisschen rumreisen …«

»*Reisen*«, seufzte sie. »War ja klar.«

»Was hast du gegen Reisen?«

»Klingt mehr nach Realitätsflucht.«

»Ich finde, die Realität wird überbewertet«, sagte er in der Hoffnung, düster und charismatisch zu klingen.

Sie schniefte. »Schätze, das geht in Ordnung, wenn man es sich leisten kann. Aber warum sagst du nicht gleich: ›Ich nehm zwei Jahre Urlaub‹? Ist doch gehopst wie gesprungen.«

»Weil Reisen den Horizont erweitert«, sagte er, stützte sich auf den Ellbogen und küsste sie.

»Also, ich glaube, in deinem Fall hieße das Eulen nach Athen tragen«, sagte sie und wandte das Gesicht ab, zumindest für den Moment. Sie ließen sich auf das Kissen zurücksinken. »Egal, ich hab nicht gemeint, was du nächsten Monat machst, sondern in der richtigen Zukunft, wenn du, keine Ahnung …« Sie schwieg, als versuchte sie sich etwas Fantastisches vorzustellen, etwa eine fünfte Dimension. »… *40* bist oder so. Was willst du mit *40* sein?«

»*40*?« Auch er hatte Mühe, sich das auszumalen. »Keinen Schimmer. Wie wärs mit ›reich‹?«

»So was von oberflächlich.«

»Na gut, dann ›berühmt‹.« Er knabberte an ihrem Nacken. »Etwas morbide, die Vorstellung, oder?«

»Nicht morbide, es ist … aufregend.«

»›Aufregend!‹« Er ahmte ihren leichten Yorkshire-Akzent nach, so dass es bescheuert klang. Sie erlebte oft, wie reiche, verwöhnte Jungs Dialekte nachäfften, als ob sie ungewöhnlich oder seltsam wären, und nicht zum ersten Mal verspürte sie einen beruhigenden Anflug von Abneigung gegen ihn. Sie rückte von ihm ab und presste den Rücken an die kühle Wand.

»Ja, aufregend. Wir sollten schließlich aufgeregt sein, oder? So viele Möglichkeiten. Wie der Vizedekan schon sagte: ›Alle Türen stehen Ihnen weit offen …‹«

»›Ihre Namen werden dereinst die Zeitungen zieren …‹«

»*Eher* unwahrscheinlich.«

»Und, bist du aufgeregt?«

»Ich? Gott nein, ich mach gleich in die Hose.«

»Ich auch. Heilige Scheiße …« Plötzlich drehte er sich um und griff nach den Zigaretten auf dem Boden neben dem Bett, wie um seine Nerven zu beruhigen. »40 Jahre. 40. Teufel auch.«

Sie lächelte über seine Panik und beschloss, noch einen draufzusetzen. »Und was willst denn du jetzt machen, wenn du 40 bist?«

Nachdenklich zündete er sich eine Zigarette an. »Tja, die Sache ist die, Em …«

»›Em‹? Wer soll das denn sein?«

»Alle nennen dich Em. Ich habs gehört.«

»Ja, meine *Freunde* nennen mich Em.«

»Und, darf ich jetzt Em zu dir sagen?«

»Nur zu, *Dex*.«

»Also, ich habe ziemlich viel über diesen ganzen ›Erwachsenwerden‹-Kram nachgedacht und bin zum Schluss gekommen, dass ich genau so bleiben will, wie ich jetzt bin.«

Dexter Mayhew. Sie linste unter ihrem Pony zu ihm hoch, während er sich an das billige Vinyl-Knopfpolster lehnte, und selbst ohne Brille konnte sie klar erkennen, warum er genau so bleiben wollte, wie er war. Die Augen geschlossen, die Zigarette lässig im Mundwinkel, eine Seite des Gesichts vom warmen, durch den Vorhang rötlich gefärbten Licht des Sonnenaufgangs beschienen, hatte er die Gabe, ständig so auszusehen, als posierte er für ein Foto. »Wie ein junger Gott«, schoss es Emma Morley durch den Kopf, ein alberner Ausdruck aus dem 19. Jahrhundert, aber es gab wirklich keine treffendere Beschreibung, außer vielleicht »schön«. Er hatte eines der Gesichter, bei dem selbst die Knochen unter der Haut anziehend wirken, sogar sein Schädel schien attraktiv. Die Nase war fein, glänzte leicht fettig, und er hatte dunkle Ringe um die Augen, fast schon Veilchen, Ehrenmale, die er sich durch Rauchen und nächtelange, absichtlich verlorene Strip-Poker-Partien mit Mädchen von der Bedales-Schule erworben hatte. Er hatte etwas Katzenhaftes an sich: feine Augenbrauen, volle, etwas zu dunkle, bewusst zum Schmollmund verzogene Lippen, die jetzt trocken, rissig und rot vom bulgarischen Rotwein waren. Das erfreulich schrecklich aussehende Haar war hinten und an den Seiten kurzgeschnitten, aber vorn hatte er eine peinliche kleine Stirnlocke. Das Haargel hatte sich verflüchtigt, und die Tolle sah keck und aufgeplustert aus wie ein albernes Hütchen.

Mit geschlossenen Augen blies er den Rauch durch die Nase. Er schien genau zu wissen, dass er beobachtet wurde, denn er schob sich eine Hand unter die Achsel, so dass die Brustmuskeln und der Bizeps anschwollen. Wo hatte er die

Muckis her? Mit Sicherheit nicht vom Sport, es sei denn, man zählte Nacktbaden und Billard dazu. Wahrscheinlich war es einfach die Art von guter Gesundheit, die in seiner Familie vererbt wurde, zusammen mit den Aktien, den Wertpapieren und den teuren Möbeln. Wie ein junger Gott, oder eben schön, die Boxershorts mit dem Paisleymuster bis auf die Hüftknochen heruntergezogen, war er nach vier Jahren College irgendwie hier in dem schmalen Bett ihres winzigen möblierten Zimmers gelandet. »Wie ein junger Gott«! Für wen hältst du dich, Jane Eyre? Werd erwachsen. Sei vernünftig. Reiß dich zusammen.

Sie nahm ihm die Zigarette aus dem Mund. »Ich kann mir vorstellen, wie du mit 40 bist«, sagte sie mit einer Spur Bosheit in der Stimme. »Ich sehs direkt vor mir.«

Er lächelte mit geschlossenen Augen. »Dann schieß mal los.«

»Na schön …« Sie setzte sich auf, die Decke unter die Achseln geklemmt. »Du hockst in 'nem offenen Sportkabrio in Kensington, Chelsea oder irgendeinem anderen Nobelviertel, und das Tolle an dem Auto ist, dass es absolut geräuschlos fährt, wie alle Autos im Jahr, keine Ahnung – 2006?«

Er rechnete mit zusammengekniffenen Augen. »2004 …«

»Das Auto schwebt zehn Zentimeter über dem Boden die Kings Road entlang, dein Bäuchlein klemmt unter dem Lederlenkrad wie ein kleines Kissen, du trägst diese Rennfahrerhandschuhe mit Luftlöchern, hast kein Kinn, und dein Haar lichtet sich. Du bist ein dicker Mann in einem kleinen Auto, knackbraun wie ein gebratener Truthahn …«

»Themenwechsel?«

»Und neben dir sitzt eine Frau mit Sonnenbrille, deine dritte, nein, vierte Frau, bildschön, ein Model, nein, ein *Ex*-Model, 23 Jahre alt, du hast sie getroffen, als sie bei einer Autoausstellung in Nizza auf einer Motorhaube lag oder so, und sie ist atemberaubend schön und dumm wie Brot …«

»Klingt gut. Kinder?«

»Keine Kinder, bloß drei Scheidungen, es ist ein Freitag im Juli, ihr seid auf dem Weg zu irgendeinem Landhaus, im winzigen Kofferraum deines schwebenden Autos liegen Tennis- und Krocketschläger, ein Korb voll mit edlem Weißwein, südafrikanischen Trauben, ein paar bedauernswerten kleinen Wachteln und Spargel, und der Wind weht dir durch die Geheimratsecken, du bist unglaublich selbstzufrieden, und Ehefrau Nummer drei, vier, weiß der Teufel, lächelt dich mit zweihundert strahlendweißen Beißerchen an, du lächelst zurück und versuchst zu verdrängen, dass ihr euch nichts, rein gar nichts zu sagen habt.«

Plötzlich brach sie ab. Du klingst total durchgeknallt, sagte sie sich. Versuch, normaler zu klingen. »Aber falls es dich tröstet, wir gehen sowieso alle vorher bei 'nem Atomkrieg drauf!«, fuhr sie fröhlich fort, doch er sah sie immer noch stirnrunzelnd an.

»Vielleicht sollte ich lieber gehen. Wenn ich so oberflächlich und verdorben bin …«

»Nein, geh nicht«, sagte sie, etwas zu schnell. »Es ist doch erst vier.«

Er rutschte nach oben, bis sein Gesicht nur noch Zentimeter von ihrem entfernt war. »Keine Ahnung, wie du zu dieser Vorstellung von mir kommst, du kennst mich doch kaum.«

»Ich kenne deinen Typ.«

»Meinen Typ?«

»Ich habe euch gesehen, ihr lungert bei den Literatur- und Sprachwissenschaften rum, grölt euch Sachen zu, schmeißt Dinnerpartys im Smoking …«

»Ich habe überhaupt keinen Smoking. Und grölen tu ich schon gar nicht …«

»Schippert in den Semesterferien auf Jachten durchs Mittelmeer, heititei, wir sind so toll …«

»Wenn ich so schrecklich bin …« Er legte ihr die Hand auf die Hüfte.

»… bist du.«

»… warum schläfst du dann mit mir?« Seine Hand lag jetzt auf dem warmen weichen Fleisch ihres Schenkels.

»Hab ich strenggenommen doch gar nicht, oder?«

»Kommt drauf an.« Er beugte sich vor und küsste sie. »Definier den Begriff.« Er legte ihr die Hand auf das Kreuz und ließ ein Bein zwischen ihre gleiten.

»Übrigens«, murmelte sie, den Mund gegen seinen gepresst.

»Was?« Er spürte, wie sie das Bein um seines schlang und ihn enger an sich zog.

»Du müsstest dir mal die Zähne putzen.«

»Mich störts nicht, wenns dich nicht stört.«

»Es ist schrecklich«, lachte sie. »Du schmeckst nach Wein und Kippen.«

»Na, dann sind wir ja quitt. Du nämlich auch.«

Abrupt drehte sie den Kopf weg. »Echt?«

»Mich störts nicht. Ich steh auf Wein und Kippen.«

»Bin gleich wieder da.« Sie schlug die Decke zurück und kletterte über ihn hinweg.

»Wo willst du hin?« Er legte ihr die Hand auf den nackten Rücken.

»Bloß auf den Lokus«, sagte sie und fischte ihre Brille vom Bücherstapel neben dem Bett; ein dickes, schwarzes Kassengestell Modell Nullachtfünfzehn.

»›Lokus‹, ›Lokus‹ … das Wort ist mir leider …«

Einen Arm über die Brust gelegt, blieb sie stehen, wobei sie darauf achtete, ihm den Rücken zuzudrehen. »Bleib, wo du bist«, sagte sie, tappte aus dem Zimmer und hakte zwei Finger in den Bund ihres Schlüpfers, um ihn herunterzuziehen. »Und spiel nicht an dir rum, während ich weg bin.«

Er atmete durch die Nase aus, setzte sich auf, sah sich in dem schäbigen Zimmer um und wusste mit absoluter Gewissheit, irgendwo zwischen den Kunstpostkarten und fotokopierten Plakaten von engagierten Theaterstücken lag ein Foto von Nelson Mandela – wie das Bild eines Schwarms. In den vergangenen vier Jahren hatte er, über die Stadt verteilt wie Tatorte auf einer Karte, unzählige solcher Schlafzimmer gesehen, in denen man nie weiter als zwei Meter von einem Nina-Simone-Album entfernt war. Und obwohl er selten zweimal dasselbe Schlafzimmer besuchte, kam ihm alles nur zu bekannt vor. Die kaputten Nachtlichter, die verwelkten Topfpflanzen und der Waschmittelgeruch der billigen, schlecht sitzenden Laken. Sie hatte auch die für künstlerisch angehauchte Mädchen typische Vorliebe für Fotomontagen: Schnappschüsse von Kommilitonen und der Familie inmitten von Chagalls, Vermeers, Kandinskys, Che Guevaras, Woody Allens und Samuel Becketts. Nichts war neutral, alles verriet irgendeine Anhängerschaft oder einen Standpunkt. Das Zimmer war ein Manifest, und seufzend erkannte Dexter sie als die Art von Mädchen, die »Bourgeois« für ein Schimpfwort hält. Er verstand, warum »Faschist« negative Konnotationen hatte, aber er mochte das Wort »Bourgeois« und alles, was damit zusammenhängt. Sicherheit, Reisen, Ehrgeiz, gutes Essen und gute Manieren; weshalb sollte er sich dafür entschuldigen?

Er sah den Rauchkringeln seiner Zigarette aus seinem Mund nach. Dann machte er sich auf die Suche nach einem

Aschenbecher und fand neben dem Bett ein Buch. *Die unerträgliche Leichtigkeit des Seins*, dessen Rücken an den »erotischen« Stellen geknickt war. Das Schlimme an diesen ultraindividualistischen Mädchen war, dass sie alle gleich waren. Noch ein Buch: *Der Mann, der seine Frau mit einem Hut verwechselte.* Was für ein Idiot, dachte er in der Gewissheit, dass ihm so ein Irrtum nie unterlaufen würde.

Mit 23 Jahren hatte Dexter Mayhew ähnlich nebulöse Zukunftsvorstellungen wie Emma Morley. Er hoffte, Erfolg zu haben, seine Eltern stolz zu machen und mit mehr als einer Frau gleichzeitig zu schlafen, aber wie ließ sich das alles vereinbaren? Er wollte, dass Zeitschriftenartikel über ihn erschienen, und hoffte, es werde eines Tages eine Retrospektive seiner Werke geben, ohne einen Schimmer zu haben, was für Werke das sein könnten. Er wollte das Leben voll und ganz auskosten, ohne Schlamassel und Komplikationen. Wenn ein Fotograf von einem beliebigen Augenblick seines Lebens ein Foto machte, sollte es ein cooles Bild werden. Alles sollte perfekt aussehen. Es sollte jede Menge Spaß und nicht mehr Traurigkeit darin geben als unbedingt notwendig.

Das war kein besonders toller Plan, und er hatte auch schon Fehler gemacht. Diese Nacht beispielsweise würde bestimmt nicht ohne unangenehme Folgen bleiben: Tränen, peinliche Telefongespräche und Vorwürfe. Am besten, er verdrückte sich so schnell wie möglich, und zur Fluchtvorbereitung sah er sich nach seinen abgelegten Kleidern um. Als aus dem Badezimmer das warnende Scheppern und Rauschen einer antiken Toilettenspülung ertönte, legte er das Buch hastig zurück, fand unter dem Bett ein kleines gelbes Colman's-Senfglas, öffnete es, um festzustellen, ja, es enthielt Kondome sowie die winzigen, grauen Überbleibsel eines Joints, die aussahen wie Mäusedreck. Das kleine gelbe Senfglas und die Aussicht auf Sex *und* Drogen gaben ihm neue Hoffnung, und er beschloss, wenigstens noch ein Weilchen zu bleiben.

Im Badezimmer wischte sich Emma Morley die Zahnpasta-Halbmonde aus den Mundwinkeln und fragte sich, ob das alles nicht ein schrecklicher Fehler war. Nach vierjähriger romantischer Durststrecke war sie endlich, endlich mit jemandem im Bett gelandet, den sie wirklich mochte, auf Anhieb gemocht hatte, seit sie ihn 1984 auf einer Party zum ersten Mal gesehen hatte, doch in ein paar Stunden würde er weg sein. Wahrscheinlich für immer. Er würde sie wohl kaum bitten, ihn nach China zu begleiten – und abgesehen davon boykottierte sie China. Aber er war in Ordnung, oder? Dexter Mayhew. Insgeheim hatte sie zwar den Verdacht, dass er nicht übermäßig helle und etwas zu selbstzufrieden war, aber er war beliebt, witzig und – das ließ sich nicht leugnen – verdammt gutaussehend. Weshalb war sie dann so kratzbürstig und sarkastisch? Wieso konnte sie nicht so selbstbewusst und amüsant sein wie die adretten, gutgelaunten Mädchen, mit denen er sonst herumhing? Morgenlicht drang durch das winzige Badezimmerfenster. Nüchternheit. Mit den Fingerspitzen fuhr sie sich durch das widerspenstige Haar, schnitt eine Grimasse, zog die Kette der antiken Klospülung und ging zurück ins Zimmer.

Vom Bett aus sah Dexter sie im Türrahmen auftauchen, sie trug das Barett und den Talar, die sie für die Abschlusszeremonie hatten ausleihen müssen, und schlang das Bein gespielt lasziv um den Türrahmen, in der Hand das zusammengerollte Abschlusszeugnis. Sie spähte über den Brillenrand und zog sich das Barett tief ins Gesicht. »Und, wie seh ich aus?«

»Steht dir. Besonders das kecke Hütchen. Und jetzt zieh das aus und komm zurück ins Bett.«

»Vergiss es. Ich habe 30 Mäuse dafür hingeblättert. Das muss man ausnutzen.« Sie schlang den Talar um sich wie ein Vampircape. Dexter zog daran, aber sie schlug mit der Zeugnisrolle nach ihm, setzte sich auf den Bettrand, nahm die Brille ab und schlüpfte aus dem Talar. Er erhaschte einen letzten Blick auf ihren nackten Rücken und die Rundung ihrer Brust, bevor sie sich ein schwarzes T-Shirt überzog, das sofortige Nuklearabrüstung forderte. Das wars dann wohl, dachte er. Nichts war sexuellem Begehren so abträglich wie ein langes schwarzes politisches T-Shirt, außer vielleicht ein Tracy-Chapman-Album.

Resigniert hob er das Zeugnis vom Boden auf, nahm das Gummiband ab, entrollte es und verkündete laut: »Englisch und Geschichte, Doppelabschluss, Einskommanull.«

»Da kannst du mit deinem ›Befriedigend‹ einpacken.« Sie griff nach dem Zeugnis. »He, vorsichtig damit.«

»Lässt es dir wohl einrahmen, was?«

»Meine Eltern lassen sich 'ne Tapete draus machen.« Sie rollte es fest zusammen und klopfte gegen die Enden. »Oder laminierte Platzdeckchen, oder meine Mum lässt es sich auf den Rücken tätowieren.«

»Wo sind deine Eltern überhaupt?«

»Och, nebenan.«

Er verzog das Gesicht. »Ohne Scheiß?«

Sie lachte. »Nö. Sind wieder nach Leeds gefahren. Dad findet, Hotels sind was für feine Pinkel.« Sie ließ die Rolle unterm Bett verschwinden. »Rutsch mal«, sagte sie und bugsierte ihn auf die kalte Bettseite. Er machte Platz, legte ihr etwas unbeholfen den Arm unter die Schultern und küsste sie versuchsweise auf den Hals. Sie zog das Kinn ein, um ihn anzusehen.

»Dex?«

»Hm.«

»Lass uns nur kuscheln, ja?«

»Klar doch. Wenn du möchtest«, sagte er galant, obwohl Kuscheln überhaupt nicht sein Ding war. Das war was für Großtanten und Teddybären. Vom Kuscheln bekam er einen Krampf. Besser, er gab sich geschlagen und trat schnellstmöglich den Rückzug an, aber sie legte ihm besitzergreifend den Kopf auf die Schulter, und so blieben sie eine Zeitlang steif und befangen liegen, bis sie sagte:

»Unfassbar, dass ich ›kuscheln‹ gesagt habe. Scheiße auch – *kuscheln.* Entschuldige.«

Er lächelte. »Schon okay. Wenigstens wars nicht *knuddeln.*«

»*Knuddeln* ist übel.«

»Oder *schmusen.*«

»*Schmusen* ist grausam. Schwören wir feierlich, nie, nie zu *schmusen*«, sagte sie und bereute die Bemerkung sofort. Was, miteinander? Eher unwahrscheinlich. Sie schwiegen wieder. In den letzten acht Stunden hatten sie geredet und geknutscht, und beide verspürten die tiefe, körperliche Erschöpfung, die bei Sonnenaufgang einsetzt. Im überwucherten Garten hinter dem Haus sangen die Amseln.

»Ich mag das Geräusch«, murmelte er in ihr Haar. »Amseln bei Sonnenaufgang.«

»Ich hasse es. Gibt mir das Gefühl, was getan zu haben, das ich bereuen werde.«

»Deshalb mag ich es ja«, sagte er in dem erneuten Versuch, düster und charismatisch zu klingen. Kurz darauf fügte er hinzu: »Hast du das denn?«

»Was?«

»Etwas getan, das du bereuen wirst?«

»Du meinst, das hier?« Sie drückte ihm die Hand. »Oh, ich

schätze schon. Weiß ich noch nicht, oder? Frag mich morgen noch mal. Und du?«

Er küsste sie aufs Haar. »Natürlich nicht«, sagte er und dachte: *Das darf nie, nie wieder vorkommen.*

Zufrieden schmiegte sie sich enger an ihn. »Wir sollten schlafen.«

»Wozu? Morgen steht nichts an. Keine Abgabetermine, keine Arbeit …«

»Nur der Rest unseres Lebens«, sagte sie schläfrig, atmete seinen wunderbar warmen, muffigen Geruch ein, während ihr bei dem Gedanken an ein unabhängiges Erwachsenenleben ein unbehaglicher Schauder über den Rücken kroch. Emma fühlte sich nicht erwachsen. Sie war völlig unvorbereitet. Es war, als wäre mitten in der Nacht ein Feueralarm losgegangen und sie stehe mit einem Kleiderbündel im Arm auf der Straße. Was sollte sie nach der ganzen Lernerei jetzt tun? Was sollte sie mit ihrer Zeit anfangen? Sie hatte nicht die leiseste Ahnung.

Der Trick ist, sagte sie sich, mutig und unerschrocken zu sein und etwas zu verändern. Vielleicht nicht gleich die ganze Welt, nur das kleine Stück um dich herum. Geh da raus mit deinem Doppeleinserabschluss, deiner Leidenschaft und der neuen, elektrischen Smith-Corona-Schreibmaschine und arbeite hart … woran auch immer. Vielleicht das Leben mithilfe der Kunst zu verändern. Schreib etwas Schönes. Kümmer dich um deine Freunde, bleib deinen Prinzipien treu, leb dein Leben gut, leidenschaftlich und in vollen Zügen. Mach neue Erfahrungen. Liebe und werde geliebt, wenn es irgendwie geht. Iss vernünftig. Etwas in der Richtung.

Das war zwar keine berauschende Lebensphilosophie und bestimmt keine, die sie jemandem mitteilen konnte, am allerwenigstem diesem Mann hier, aber sie glaubte daran. Und bislang waren die ersten paar Stunden ihres unabhängigen Erwachsenenlebens doch ganz in Ordnung gewesen. Vielleicht fand sie ja am nächsten Morgen, nach Tee und Aspirin, den Mut, ihn wieder ins Bett zu bitten. Bis dahin wären sie wieder nüchtern, was die Sache nicht erleichterte, aber vielleicht würde es ihr ja Spaß machen. Die wenigen Male, die Emma mit Jungs ins Bett gegangen war, hatte sie entweder einen Kicheranfall bekommen oder war in Tränen ausgebrochen, und es wäre nett, mal irgendwas dazwischen zu erleben. Sie fragte sich, ob noch Kondome im Senfglas waren. Wahrscheinlich schon, zumindest waren noch welche da gewesen, als sie das letzte Mal nachgeschaut hatte: Februar 1987, Vince, ein Chemieingenieur mit behaartem Rücken, der sich mit ihrem Kissenbezug die Nase geputzt hatte. Zauber der Liebe …

Draußen wurde es hell. Dexter sah das rötliche Licht durch die dicken Wintervorhänge schimmern, die zum Inventar gehörten. Um sie nicht zu wecken, streckte er vorsichtig den Arm aus, ließ die Zigarettenkippe in eine Tasse Wein fallen und starrte an die Decke. An Schlaf war nicht zu denken. Stattdessen würde er Muster in das graue Artex knibbeln, bis sie fest eingeschlafen war, und sich dann klammheimlich davonstehlen.

Wenn er sich jetzt vom Acker machte, würde er sie allerdings nie wieder sehen. Ob es ihr etwas ausmachen würde? Vermutlich schon, das war meistens so. Und er? Vier Jahre lang war er problemlos ohne sie ausgekommen. Bis zur gemeinsamen Nacht hatte er geglaubt, sie hieße Anna, und trotzdem hatte er auf der Party nicht den Blick von ihr abwenden können. Warum war sie ihm erst jetzt aufgefallen? Er betrachtete ihr Gesicht, während sie schlief.

Emma war hübsch, aber das schien sie zu ärgern. Ihr rot

gefärbtes Haar war fast fahrlässig schlecht geschnitten, vermutlich tat sie es selbst vor einem Spiegel oder ließ das von Tilly Dingsbums erledigen, ihrer lauten, stämmigen Mitbewohnerin. Die leicht aufgedunsene, blasse Haut verriet, dass sie zu viel Zeit in Bibliotheken oder beim Biertrinken in Pubs verbrachte, und die Brille ließ sie spröde und eulenhaft wirken. Das Kinn sah weich und leicht mollig aus, aber das war vielleicht nur Babyspeck (oder durfte man »mollig« und »Babyspeck« heute nicht mehr sagen, so, wie man ihr nicht sagen konnte, dass sie geile Brüste hatte, ohne dass sie ausrastete, selbst wenn es stimmte).

Egal, zurück zu ihrem Gesicht. Die Spitze ihrer hübschen, kleinen Nase glänzte leicht fettig, und sie hatte ein paar winzige rote Pickel auf der Stirn, aber ansonsten ließ sich nicht leugnen, dass – nun, ihr Gesicht war hinreißend. Sie hatte die Augen geschlossen, und er konnte sich nicht an die genaue Farbe erinnern, nur, dass sie groß und leuchtend waren und Humor verrieten; wie die beiden ausgeprägten Lachfältchen um den breiten Mund, die sich noch vertieften, wenn sie lächelte, was sie anscheinend oft tat. Glatte, rosige, einladend warm aussehende Wangen. Die ungeschminkten, weichen, himbeerroten Lippen, die sie beim Lächeln fest zusammenpresste, vielleicht um die Tatsache zu verbergen, dass ihre Zähne einen Tick zu groß waren oder dass ein Stück des Schneidezahns abgebrochen war: All das erweckte den Eindruck, als unterdrückte sie ein Lachen, eine kluge Bemerkung oder irgendeinen tollen, geheimen Witz.

Wenn Dexter jetzt abhaute, würde er dieses Gesicht möglicherweise nie wieder sehen, außer vielleicht in zehn Jahren bei irgendeinem schrecklichen Jahrgangstreffen. Sie hätte zugenommen, wäre desillusioniert und würde ihm vorwerfen, dass er sich ohne Abschied davongestohlen hatte. Besser, er verdrückte sich heimlich und mied Jahrgangstreffen. Immer vorwärts, kein Blick zurück. Da draußen gab es noch jede Menge andere Gesichter.

Als er sich gerade entschieden hatte, verzog sie den Mund zu einem breiten Lächeln und sagte mit geschlossenen Augen:

»Und, was hältst du davon, Dex?«

»Wovon, Em?«

»Uns beiden. Ist es die große Liebe, was meinst du?«, und sie lachte leise mit fest geschlossenen Lippen.

»Schlaf einfach, ja?«

»Dann hör auf, mich anzustarren.« Sie öffnete die Augen, die blaugrün, strahlend und scharfsinnig waren. »Welcher Tag ist morgen?«, murmelte sie.

»Du meinst heute?«

»Heute. Der strahlende, neue Tag, der uns erwartet.«

»Es ist Freitag. Freitag, den ganzen Tag. Der Tag des heiligen Swithin, um genau zu sein.«

»Was für ein Tag?«

»Alte Bauernregel. Wenns heute regnet, regnet es noch 40 Tage weiter, den ganzen Sommer oder irgendwas in der Richtung.«

Sie runzelte die Stirn. »Das ergibt keinen Sinn.«

»Soll es ja auch nicht. Es ist ein Aberglaube.«

»Wo soll es denn regnen? Es regnet doch immer irgendwo.«

»Auf St. Swithins Grab. Es liegt vor der Kathedrale von Winchester.«

»Woher weißt du das?«

»Ich bin da zur Schule gegangen.«

»Nobel geht die Welt zugrunde«, murmelte sie ins Kissen.

»›Gibts Regen am St.-Swithins-Tag, Dingsda dumdidum nicht enden mag.‹«

»Wie poetisch.«

»Na ja, war ein freies Zitat.«

Sie lachte wieder und hob schläfrig den Kopf. »Dex?«

»Em?«

»Was, wenn es heute nicht regnet?«

»M-hm.«

»Hast du schon was vor?«

Sag ihr, du hast keine Zeit.

»Nichts Besonderes«, antwortete er.

»Hast du Lust, was zu unternehmen? Mit mir, meine ich?«

Warte, bis sie schläft, und zieh Leine.

»Ja. Geht klar«, sagte Dexter. »Lass uns was unternehmen.«

Emma ließ den Kopf wieder aufs Kissen sinken. »Ein ganz neuer Tag«, murmelte sie.

»Ein ganz neuer Tag.«

KAPITEL ZWEI

Zurück ins Leben

SAMSTAG, 15. JULI 1989

Wolverhampton und Rom

Mädchen-Umkleideraum
Stoke-Park-Gesamtschule
Wolverhampton
15. Juli 1989

Ciao, Bello!

Wie gehts dir? Und wie ist Rom? Die Ewige Stadt mag ja ganz nett sein, aber ich bin jetzt erst seit zwei Tagen in Wolverhampton, und es kommt mir schon wie eine Ewigkeit vor (obwohl ich zugeben muss, der hiesige Pizza Hut ist ausgezeichnet, ganz ausgezeichnet).

Seit wir uns das letzte Mal gesehen haben, habe ich beschlossen, den Job bei der Sledgehammer-Theater-Genossenschaft anzunehmen, von dem ich dir erzählt habe, und in den letzten vier Monaten haben wir »Furchtbare Fracht« geschrieben, geprobt und sind damit getourt, es ist ein von der Akademie der Künste gefördertes Spektakel über den Sklavenhan-

del mit Geschichten, Folksongs und ziemlich schockierenden Pantomime-Einlagen. Ich habe eine schlecht fotokopierte Broschüre beigelegt, damit du dich mit eigenen Augen davon überzeugen kannst, was für eine anspruchsvolle Nummer es ist.

Furchtbare Fracht ist ein TP-Stück (Theaterpädagogik für dich) für Elf- bis Dreizehnjährige und vertritt den kontroversen Standpunkt, dass Sklaverei etwas ganz Schlimmes ist. Ich spiele Lydia, die, hm, nun ja, die HAUPTROLLE, um genau zu sein, die eitle, verwöhnte Tochter des bösen Sir Obadiah Grimm (erkennst du am Namen, wie böse er ist?), und in der ergreifendsten Szene erkenne ich schließlich, dass all meine hübschen Sachen, all die Kleider (deutet auf Kleid) und Juwelen (ebenso), mit dem Blut meiner Mitmenschen erkauft sind (schluchz-heul) und dass ich mich schmutzig fühle (starrt Hände an, als wären sie BLUTBESUDELT), schmutzig bis in die SEEEEEEEEELE. Es ist eine ziemlich ergreifende Szene, auch wenn ein paar Schüler sie gestern Abend ruiniert haben, indem sie mir M&Ms an den Kopf geworfen haben.

Aber im Ernst, im Großen und Ganzen ist es gar nicht so übel, keine Ahnung, warum ich so zynisch bin, wahrscheinlich ein Abwehrmechanismus. Wir kriegen eigentlich gute Reaktionen von den Jugendlichen im Publikum, d.h. von denen, die nicht mit Sachen schmeißen, und wir halten echt spannende Workshops in den Schulen ab. Schon erstaunlich, wie wenig die Jugendlichen, sogar die aus der Karibik, über ihr kulturelles Erbe und ihre Herkunft wissen. Das Schreiben hat auch Spaß gemacht, und ich habe jede Menge Anregungen für Stücke und andere Sachen bekommen. Ich finde, es lohnt sich, auch wenn du das Ganze für Zeitverschwendung hältst. Ich bin zutiefst davon überzeugt, dass wir etwas verändern können, Dexter. Ich meine, es gab unglaublich viele radikale Theaterstücke im Deutschland der 30er-Jahre, und sieh nur, was DAS für einen Unterschied gemacht hat. Wir werden die Diskriminierung in den West Midlands auslöschen, und wenn wir uns jeden Schüler einzeln vorknöpfen müssen.

Wir sind vier Schauspieler in der Truppe. Kwame ist der Edle Sklave, und dafür, dass wir Herrin und Diener spielen, kommen wir ganz gut klar (obwohl, als ich ihn neulich im Café gebeten habe, mir eine Packung Chips mitzubringen, hat er mich angeguckt, als wollte ich ihn UNTERDRÜCKEN oder so). Aber er ist nett und nimmt die Arbeit ernst, obwohl er bei den Proben viel geflennt hat, was ich leicht übertrieben fand. Er ist eine kleine Heulsuse, wenn du verstehst. Im Stück soll eine starke erotische Spannung zwischen uns bestehen, aber einmal mehr imitiert das Leben nicht die Kunst.

Dann gibt es noch Sid, der meinen bösen Vater Obadiah spielt. Ich weiß, du hast deine Kindheit damit verbracht, auf einem gottverdammt tollen Kamillen-Rasen Kricket zu spielen, anstatt so was Abgeschmacktes zu tun wie fernsehen, aber Sid war früher mal ein recht bekannter Darsteller in einer Krimiserie namens City Beat, *und seine Wut darüber, HIERZU gezwungen zu sein, schimmert durch. Pantomime lehnt er kategorisch ab, als wäre es unter seiner Würde, mit einem nichtexistenten Gegenstand gesehen zu werden. Und er fängt jeden zweiten Satz mit »Als ich noch beim Fernsehen war« an, soll heißen, »Als ich noch glücklich war«. Sid pinkelt in Waschbecken, trägt gruselige Polyester-Hosen, die man ABWISCHT, anstatt sie zu waschen, ernährt sich von Fleischpasteten aus der Tanke, und Kwame und ich halten ihn für einen verkappten Rassisten, aber ansonsten ist er ein reizender Mensch, wirklich ganz, ganz reizend.*

Und dann ist da noch Candy, ach, Candy. Sie würde dir gefallen, denn sie ist genau so zuckersüß, wie sie klingt. Candy spielt das Freche Dienstmädchen, einen Plantagenbesitzer und

Sir William Wilberforce. Sie ist wunderschön, spirituell und, obwohl ich das Wort nicht mag, eine echte Zicke. Sie fragt mich ständig, wie alt ich wirklich bin, sagt mir, ich sehe erschöpft aus und mit Kontaktlinsen könnte ich fast hübsch sein, was ich natürlich TOLL finde. Sie lässt deutlich raushängen, dass sie nur mitmacht, um eine Gewerkschaftskarte zu bekommen und die Zeit totzuschlagen, bis sie von irgendeinem Hollywood-Produzenten entdeckt wird, denn die haben ja bekanntlich nichts Besseres zu tun, als an einem verregneten Dienstagnachmittag auf der Suche nach angesagten neuen Theaterpädagogik-Talenten durch Dudley zu streifen. Schauspielerei ist echt scheiße, was? Bei der Gründung der STG (Sledgehammer-Theater-Genossenschaft) haben wir großen Wert darauf gelegt, ein progressives Theaterkollektiv ohne diesen ganzen Ego-Ruhm-ins-Fernsehen-kommen-Ego-Angeberei-Schwachsinn aufzubauen, um wirklich gutes, aufregendes, originelles, politisches, selbstverfasstes Theater zu machen. Das mag in deinen Ohren dämlich klingen, aber genau das war unser Plan. Das einzige Problem bei demokratischen, gleichberechtigten Kollektiven ist, dass man Blindgängern wie Sid und Candy zuhören muss. Alles wäre halb so wild, wenn sie spielen könnte, aber ihr Newcastle-Akzent ist unglaublich, als hätte sie einen Schlaganfall gehabt, außerdem macht sie gern Yoga-Übungen in Unterwäsche. Da, jetzt habe ich deine Aufmerksamkeit, stimmts? Das ist das erste Mal, dass ich jemanden in Strapsen und Korsage den Sonnengruß habe machen sehen. Da stimmt doch was nicht, oder? Der arme, alte Sid schafft es kaum mehr, seine Curry-Fleischpastete zu mümmeln, er verfehlt ständig den Mund. Wenn sie sich schließlich was anzieht, um auf die Bühne zu gehen, und einer der Jugendlichen anzüglich pfeift, macht sie anschließend im Minibus einen auf beleidigte Feministin. »Ich kann nicht ausste-

hen, wenn man mich auf mein Äußeres reduziert, mein ganzes Leben lang bin ich nach meinem exquisiten Gesicht und dem knackigen jungen Körper beurteilt worden«, sagt sie und rückt den Strapsgürtel zurecht, als wäre das ein ernstes, POLITISCHES Problem, als sollten wir politisches Straßentheater über das Leid von Frauen mit tollen Titten machen. Habe ich mich zum Schwadronieren hinreißen lassen? Bist du schon in sie verknallt? Vielleicht stelle ich sie dir vor, wenn du wieder da bist. Ich sehs schon vor mir, du schaust sie mit angespanntem Kiefer an, knabberst an deiner Lippe und fragst nach ihrer Karrieeere. Vielleicht mache ich euch doch nicht bekannt …

Emma Morley drehte das Blatt um, als Gary Nutkin, der dünne, angespannt wirkende Regisseur und Mitbegründer der Sledgehammer-Theater-Genossenschaft, hereinkam, um seine motivierende Ansprache zu halten. Die Unisex-Garderobe war eigentlich der Mädchenumkleideraum einer innerstädtischen Gesamtschule, die selbst am Wochenende immer noch den typischen Schulgeruch verströmte: Hormone, rosa Flüssigseife und moderige Handtücher.

Im Türrahmen räusperte sich Gary Nutkin, ein blasser Mann mit Rasurbrand und bis obenhin zugeknöpftem, schwarzem Hemd, dessen persönliche Stil-Ikone George Orwell war. »Viel Publikum heute Abend, Leute! Die Aula ist fast halb voll, nicht schlecht, in Anbetracht der Umstände!«, sagte er, ohne auszuführen, welche Umstände, vielleicht war er auch von Candy abgelenkt, die gerade in einem gepunkteten Einteiler Beckenrollen übte. »Bieten wir ihnen eine Wahnsinnsshow, Leute. Hauen wir sie um!«

»Ich würd sie gern umhauen«, knurrte Sid, beobachtete Candy und spielte mit Pastetenkrümeln. »Mit 'nem Kricketschläger voller Nägel, die kleinen Mistkäfer.«

»Immer positiv bleiben, ja, Sid?«, beschwor ihn Candy und atmete langsam und kontrolliert aus.

Gary fuhr fort. »Denkt daran, haltet es peppig, stellt einen Kontakt her, spielt lebhaft, sprecht den Text, als wärs das erste Mal, und das Wichtigste ist, lasst euch *auf keinen Fall* vom Publikum einschüchtern oder provozieren. Interaktion ist großartig. *Rache* nicht. Lasst euch nicht von denen auf die Palme bringen. Tut ihnen nicht den Gefallen. Noch fünfzehn Minuten!«, und mit diesen Worten schloss Gary die Garderobentür wie ein Gefängniswärter.

Sid begann sein allabendliches Aufwärmritual, die gemurmelte Beschwörungsformel Ich-hasse-diesen-Job-ich-hasse-diesen-Job. Hinter ihm saß Kwame verloren mit nacktem Oberkörper und in zerlumpten Hosen, die Hände unter die Achseln geschoben, den Kopf nach hinten gelehnt, vielleicht weil er meditierte oder versuchte, nicht zu weinen. Links von Emma sang Candy mit hohem, ausdruckslosem Sopran Lieder aus *Les Misérables* und pulte an den in 18 Jahren Balletttraining erworbenen Hammerzehen herum. Emma wandte sich wieder dem gesprungenen Spiegel zu, bauschte die Puffärmel ihres Empirekleides auf, nahm die Brille ab und seufzte wie die Heldin eines Jane-Austen-Romans.

Das letzte Jahr hatte aus einer Serie von Sackgassen, Fehlentscheidungen und abgebrochenen Projekten bestanden. Da war die Mädchenband, in der sie Bass gespielt hatte, die nacheinander Throat, Slaughterhouse Six und Bad Biscuit geheißen hatte und sich für keinen Namen, geschweige denn eine Musikrichtung, entscheiden konnte. Da waren die alternative Clubnacht, zu der keiner gekommen war, der unvollendete erste Roman, der unvollendete zweite Roman und mehrere erbärmliche Sommerjobs als Kaschmir- und Tartan-Verkäuferin für Touristen. Am absoluten Tiefpunkt hatte sie einen Zirkuskurs belegt, um ihre artistischen Fertigkeiten zu entwickeln, bis sich herausstellte, dass Emma keine hatte. Trapez war auch keine Lösung.

Der vielbeschworene Second Summer of Love war voller Trübsinn und verlorenem Schwung gewesen. Selbst ihr geliebtes Edinburgh hatte angefangen, sie zu langweilen und deprimieren. Weiter in der Universitätsstadt zu wohnen, hatte sich angefühlt, als bliebe man als Einziger auf einer Party zurück, die alle anderen schon verlassen haben, weshalb sie im Oktober ihre Wohnung in der Rankeillor Street aufgegeben hatte und für einen langen, angespannten, feuchten Winter voll gegenseitiger Beschuldigungen, Türenknallen und Fernsehen am Nachmittag wieder zurück in ihr Elternhaus gezogen war, das ihr jetzt unfassbar klein vorkam. »Aber du hast doch eine Doppel-Einskommanull! Was ist mit deiner Doppel-Einskommanull?«, fragte ihre Mutter sie täglich, als sei Emmas Abschluss eine Superkraft, die zu benutzen sie sich hartnäckig weigerte. Ihre jüngere Schwester Marianne, eine glücklich verheiratete Krankenschwester mit einem neugeborenen Baby, kam abends vorbei, um über das tief gesunkene Goldmädchen der Eltern zu triumphieren.

Hin und wieder war da allerdings Dexter Mayhew. In den wenigen letzten warmen Sommertagen nach dem Abschluss hatte sie ihn in dem wunderschönen Haus seiner Familie in Oxfordshire besucht; in ihren Augen war es eher eine Villa, ein ausladendes Gebäude aus den Zwanzigerjahren mit verblichenen Teppichen, großen abstrakten Gemälden und Eiswürfeln in den Drinks. In dem weitläufigen, nach Kräutern duftenden Garten hatten sie einen langen, faulen Tag zwischen dem Swimmingpool und dem Tennisplatz verbracht, die ersten nicht-öffentlichen, die sie je gesehen hatte. Als Emma in einem Korbsessel saß, einen Gin Tonic trank und die Aussicht bewunderte, musste sie an *Der große Gatsby* denken. Natürlich hatte sie es verpatzt, war nervös geworden, hatte beim Abendessen einen über den Durst getrunken und Dexters Vater – einen sanften, bescheidenen, äußerst vernünftigen Mann – wegen Nicaragua angeschrien, während Dexter sie liebevoll, aber enttäuscht ansah wie einen Welpen, der auf den Teppich gemacht hat. Hatte sie wirklich am Familientisch gesessen, ihr Essen gegessen und seinen Vater einen Faschisten genannt? In der Nacht lag sie benommen und reumütig im Gästezimmer und wartete auf ein Klopfen an der Tür, das sicherlich nie kommen würde; romantische Hoffnungen, geopfert für die Sandinisten, die es ihr schwerlich danken würden.

Im April hatten sie sich in London bei der Party zum 23. Geburtstag ihres gemeinsamen Freundes Callum wiedergesehen, den gesamten nächsten Tag gemeinsam in Kensington Gardens verbracht, Wein aus der Flasche getrunken und geredet. Er hatte ihr zwar offensichtlich verziehen, aber ihre Beziehung war zum Verrücktwerden freundschaftlich geworden; zumindest fand Emma es zum Verrücktwerden, als sie so dicht beieinander im frischen Frühlingsgras lagen, dass ihre Hände sich fast berührten, und er ihr von Lola erzählte, dem unglaublichen spanischen Mädchen, das er beim Skifahren in den Pyrenäen kennengelernt hatte.

Und dann ging er wieder auf Reisen, um seinen Horizont noch mehr zu erweitern. Es stellte sich heraus, dass China für Dexters Geschmack zu fremd und ideologisch war, und stattdessen brach er zu einer gemächlichen einjährigen Tour durch die »Partystädte« auf, wie sie in den Reiseführern genannt wurden. Deshalb waren sie jetzt Brieffreunde, Emma schrieb lange, leidenschaftliche Briefe voller Witze, unterstrichener Wörter, gezwungenem Geplänkel und kaum verhohlener

Sehnsucht; aus 2000 Wörtern bestehende Liebesbeweise auf Luftpostpapier. Wie selbst aufgenommene Kassetten sind Briefe ein Mittel, um unausgesprochene Gefühle auszudrücken, und sie verschwendete eindeutig zu viel Zeit und Energie darauf. Im Gegenzug schickte Dexter ihr unzureichend frankierte Postkarten: »Amsterdam ist IRRE«, »Barcelona ist WAHNSINN«, »Dublin ROCKT. Heute Morgen gekotzt wie ein REIHER«. Als Reiseschriftsteller war er kein Bruce Chatwin, trotzdem ließ sie die Postkarten in die Tasche ihres dicken Mantels gleiten, um auf ausgedehnten, schwermütigen Spaziergängen durch Ilkley Moor über den verborgenen Sinn von »VENEDIG TOTAL ABGESOFFEN!!!!« nachzugrübeln.

»Wer ist denn dieser *Dexter*?«, fragte ihre Mutter mit einem Blick auf die Rückseite der Postkarten. »Ist er dein Freund?« Und mit besorgtem Blick fügte sie hinzu: »Hast du dir schon mal überlegt, für die Gaswerke zu arbeiten?« Emma bekam einen Job hinter der Bar des örtlichen Pubs, die Zeit verging, und ihr Hirn wurde weich wie etwas, das man ganz hinten im Kühlschrank vergessen hat.

Dann hatte sie einen Anruf von Gary Nutkin bekommen, dem mageren Trotzki-Fan, der damals im Jahr 86 in der sachlichen, kompromisslosen Aufführung von *Furcht und Elend im Dritten Reich*, an der sie mitgewirkt hatte, Regie geführt und sie dann bei der Abschlussfeier drei Stunden lang sachlich und kompromisslos geküsst hatte. Kurz darauf hatte er sie in eine Peter-Greenaway-Doppelvorstellung mitgenommen und ihr erst nach vier Stunden gedankenverloren eine Hand auf die linke Brust gelegt, als wollte er an einem Dimmer drehen. Später am Abend hatten sie sich in einem muffigen Einzelbett unter einem Poster von *Schlacht um Algiers* einer Brecht'schen Liebesnacht hingegeben, wobei Gary darauf bedacht war, sie nicht zum Objekt zu machen. Danach nichts, kein Wort, bis zu jenem nächtlichen Anruf im Mai und den zögerlichen, sanften Worten: »Wie würde es dir gefallen, meiner Theatergenossenschaft beizutreten?«

Emma hatte keine schauspielerischen Ambitionen und schätzte das Theater nur als Medium zur Vermittlung von Worten und Ideen. Aber Sledgehammer sollte eine neue Art progressiver Theatergenossenschaft werden, mit gemeinsamen Absichten, einem gemeinsamen Ziel, einem schriftlichen Manifest und dem festen Willen, das Leben junger Menschen mithilfe der Kunst zu verändern. Vielleicht ergab sich ja eine Romanze, dachte Emma, oder zumindest Sex. Sie packte einen Rucksack, verabschiedete sich von ihren skeptischen Eltern und brach im Minibus auf, als handele es sich um eine große Sache, eine Art theatralischen Spanischen Bürgerkrieg, gesponsert von der Akademie der Künste.

Aber was war drei Monate später aus der Wärme, dem Kameradschaftsgeist, dem gesellschaftlichen Nutzen und den mit Spaß gepaarten hohen Idealen geworden? Immerhin waren sie doch eine Genossenschaft. Zumindest stand das auf dem Minibus, sie hatte den Schriftzug selbst angebracht. Ich-hasse-diesen-Job-ich-hasse-diesen-Job, murmelte Sid. Emma hielt sich die Ohren zu und stellte sich ein paar grundlegende Fragen:

Was mache ich eigentlich hier?

Verändere ich wirklich etwas?

Warum zieht sie sich nicht endlich was an?

Was riecht hier so komisch?

Wo möchte ich jetzt eigentlich sein?

Sie wollte in Rom sein, bei Dexter Mayhew. Im Bett.

»Shaf-tes-bu-ry Avenue.«

»Nein, Shafts-bu-ry. Drei Silben.«

»Ly-ches-ter Square.«

»Leices-ter Square, zwei Silben.«

»Warum nicht Ly-chester?«

»Keine Ahnung.«

»Du bist doch mein Lehrer, du musst das doch wissen.«

»Sollte ich wohl.« Dexter zuckte die Achseln.

»Es ist dumme Sprache«, sagte Tove Angstrom und boxte ihn auf die Schulter.

»*Eine* dumme Sprache. Da hast du völlig Recht. Trotzdem kein Grund, mich zu schlagen.«

»Ich entschuldige mich«, sagte Tove, küsste ihn erst auf die Schulter, dann den Hals und den Mund, und einmal mehr war Dexter erstaunt, wie befriedigend Unterrichten sein konnte.

Sie lagen auf einem Kissenstapel auf dem Terrakottaboden seines winzigen Zimmers, weil das Einzelbett sich für ihre Zwecke als zu klein erwiesen hatte. In der Broschüre der Internationalen Percy-Shelley-Englischschule wurden die Lehrerunterkünfte als »einige komfortabel mit vielen mildernden Umständen« beschrieben, was es auf den Punkt brachte. Sein Zimmer im Centro Storico war langweilig und unpersönlich, aber wenigstens gab es einen Balkon, ein geschirrtuchgroßes Sims über einem malerischen Platz, der ganz nach römischer Sitte zugleich als Parkplatz diente. Jeden Morgen weckte ihn das Geräusch der ausparkenden Büroangestellten, die sich forsch-fröhlich gegenseitig anfuhren.

An diesem schwülen Julinachmittag hörte man allerdings nur die Räder der Touristenkoffer auf dem Kopfsteinpflaster rattern, und sie lagen bei weit geöffneten Fenstern da, küssten sich träge, und ihr dichtes, dunkles Haar, das ihm im Gesicht klebte, roch nach irgendeinem dänischen Shampoo; künstlicher Pinienduft und Zigarettenrauch. Sie griff über ihn hinweg nach der Packung am Boden, zündete zwei Zigaretten an, gab ihm eine, und er richtete sich in den Kissen auf, die Zigarette im Mundwinkel wie Belmondo oder ein Darsteller aus einem Fellini-Film. Er hatte noch keinen Belmondo- oder Fellini-Film gesehen, kannte aber die coolen Schwarzweißpostkarten. Dexter hielt sich eigentlich nicht für eitel, aber es gab zweifellos Zeiten, wo er wünschte, jemand würde ein Foto von ihm machen.

Sie küssten sich wieder, und er fragte sich flüchtig, ob die Situation irgendwelche moralischen oder ethischen Dimensionen hatte. Natürlich wäre der richtige Zeitpunkt, sich darüber den Kopf zu zerbrechen, ob er mit einer Schülerin schlafen sollte oder nicht, nach der Schulfete gewesen, als Tove schwankend auf der Bettkante saß und sich die kniehohen Stiefel auszog. Selbst im Rausch von Rotwein und Lust hatte er sich bei der Frage ertappt, was Emma Morley wohl davon halten würde. Selbst als Tove ihm die Zunge ins Ohr steckte, hatte er sich innerlich eine Verteidigung zurechtgelegt: Sie ist neunzehn, erwachsen, und ich bin gar kein richtiger Lehrer. Außerdem war Emma im Augenblick weit weg, veränderte von einem Minibus auf der Umgehungsstraße einer Provinzstadt aus die Welt, und was hatte das Ganze überhaupt mit Emma zu tun? Toves kniehohe Stiefel standen jetzt umgeknickt in der Zimmerecke des Wohnheims, wo Übernachtungsgäste streng verboten waren.

Dexter wälzte sich auf ein kühleres Terrakottafleckchen, spähte aus dem Fenster und versuchte, anhand des kleinen viereckigen Ausschnitts strahlendblauen Himmels die Uhrzeit abzuschätzen. Toves Atem verlangsamte sich, als sie einschlief, aber er hatte noch eine wichtige Verabredung. Er ließ die letzten zwei Fingerbreit Zigarette in ein Weinglas fallen und streckte sich nach seiner Armbanduhr, die auf einem ungelesenen Exemplar von Primo Levis *Ist das ein Mensch?* lag.

»Tove, ich muss los.«

Protestierend stöhnte sie auf.

»Ich treffe mich mit meinen Eltern. Ich muss gehen.«

»Kann ich mitkommen?«

Er lachte. »Das geht nicht, Tove. Außerdem schreibst du am Montag einen Grammatiktest. Geh üben.«

»Du testest mich. Teste mich jetzt.«

»Na schön, Verben. Präsens.«

Sie schlang ein Bein um ihn und zog sich auf ihn. »Ich küsse, du küsst, er küsst, sie küsst …«

Er stützte sich auf. »Wirklich, Tove …«

»Nur zehn Minuten«, flüsterte sie ihm ins Ohr, und Dexter sank zurück auf den Boden. Warum nicht, dachte er. Schließlich bin ich in Rom, es ist ein schöner Tag. Ich bin vierundzwanzig Jahre alt, finanziell abgesichert und kerngesund. Ich will so viel erleben wie nur irgend möglich, ich tue etwas, das ich nicht tun sollte, und ich habe ein Riesenschwein. Wahrscheinlich ließ die Anziehungskraft eines Lebens, das den Sinnenfreuden, dem Vergnügen und dem Ego gewidmet ist, irgendwann nach, aber bis dahin war noch jede Menge Zeit.

Und wie gefällt dir Rom? Wie ist La Dolce Vita? (Schlags nach.) Ich sehe dich vor mir, wie du an einem Cafétisch sitzt, einen dieser »Cappuccinos« trinkst, von denen alle reden, und allem hinterherpfeifst, was nicht bei drei auf dem Baum ist. Wahrscheinlich liest du das hier mit Sonnenbrille. Nimm sie ab, du siehst peinlich aus. Hast du die Bücher bekommen, die ich dir geschickt habe? Primo Levi ist ein großartiger italienischer Autor. Das soll dich daran erinnern, dass das Leben nicht nur aus Gelati und Espadrilles besteht. Im Leben gehts nicht immer zu wie in der Eröffnungsszene von »Betty Blue«. Und wie gefällt dir das Unterrichten? Bitte versprich mir, dass du nicht mit den Schülerinnen schläfst. Das wäre einfach nur … enttäuschend.

Ich muss los. Das Seitenende droht, und aus dem Nebenraum kann ich das aufregende Geräusch von Zuschauern hören, die murmeln und sich gegenseitig mit Stühlen bewerfen. In zwei Wochen bin ich fertig mit dem Job, GOTT SEI DANK, und dann will Gary Nutkin, unser Regisseur, dass ich ein Stück über Apartheid für Vorschüler schreibe. Mit PUPPEN, Himmel, Arsch und Zwirn. Sechs Monate in einem Transit auf der M6 mit einer Desmond-Tutu-Marionette auf dem Schoß. Das schenke ich mir doch lieber. Außerdem habe ich ein Zwei-Frauen-Stück über Virginia Woolf und Emily Dickinson namens »Zwei Leben« (oder alternativ »Zwei frustrierte Lesben«) geschrieben. Vielleicht bringe ich das auf irgendeine Pub-Bühne. Als ich Candy erklärt hatte, wer Virginia Woolf war, hat sie gesagt, sie will sie unbedingt spielen, aber nur, wenn sie ihr Oberteil ausziehen darf, das Casting wäre also schon erledigt. Ich spiele Emily Dickinson, behalte mein Top aber an. Ich lege dir Karten zurück.

In der Zwischenzeit muss ich mich entscheiden, ob ich in Leeds oder London einen Job annehmen soll. Die Qual der Wahl. Ich wollte eigentlich nicht nach London ziehen – das ist so was von VORHERSEHBAR – aber meine ehemalige Mitbewohnerin Tilly Killick (erinnerst du dich? Große rote Brille, kompromisslose Ansichten, Koteletten?) hat ein freies Zimmer in Clapton. Sie nennt es ihre »Abstellkammer«, was nichts Gutes ahnen lässt. Wie ist Clapton denn so? Kommst du bald zurück nach London? Hey! Vielleicht können wir ja zusammenziehen?

»Zusammenziehen?« Emma hielt inne, schüttelte den Kopf, stöhnte auf und schrieb dann: »Nur Spaß!!!!« Wieder stöhnte sie auf. »Nur Spaß« schrieb man nur, wenn man jedes Wort ernst gemeint hatte. Zu spät, um es durchzustreichen, aber wie sollte sie den Brief beenden? »Mit freundlichen Grüßen« war zu förmlich, »Tous mon amour« zu affektiert, »In Liebe« zu kitschig, und plötzlich stand auch schon wieder Gary Nutkin im Türrahmen.

»Okay, alle auf die Plätze!« Bekümmert hielt er ihnen die Tür auf, als führte er sie vor ein Erschießungskommando, und hastig, bevor sie es sich anders überlegen konnte, schrieb sie:

Gott, du fehlst mir, Dex

– unterschrieb und drückte einen dicken Kuss auf das hellblaue Luftpostpapier.

An der Piazza della Rotonda saß Dexters Mutter an einem Cafétisch, ein Buch locker in der Hand, die Augen geschlossen, den Kopf in den Nacken gelegt und leicht zur Seite geneigt wie ein Vogel, der die letzten Strahlen der Nachmittagssonne genießt. Anstatt direkt zu ihr zu gehen, setzte sich Dexter einen Moment zwischen die Touristen auf die Stufen des Pantheons und beobachtete, wie der Kellner auf sie zuging, den Aschenbecher vom Tisch nahm und sie aufschreckte. Beide lachten, und an ihrer theatralischen Mimik und Gestik konnte er erkennen, dass sie ihr schreckliches Italienisch sprach, als sie dem Kellner kokett den Arm tätschelte. Der Kellner, der offenbar kein Wort verstand, grinste trotzdem, flirtete zurück und drehte sich im Gehen noch einmal nach der wunderschönen englischen Frau um, die ihn am Arm berührt und unverständliches Zeug gefaselt hatte.

Dexter nahm alles in sich auf und lächelte. Die alte Freud'sche Vorstellung, die man ihm zuerst im Internat zugeflüstert hatte, dass Jungen in die Mutter verliebt seien und ihre Väter hassten, erschien ihm völlig logisch. Jeder, den er kannte, war in Alison Mayhew verliebt. Aber das Beste war, dass er seinen Vater auch wirklich gern hatte; in dieser wie in fast jeder Hinsicht war sein Glück ungetrübt.

Oft hatte er seinen Vater dabei ertappt, wie er Alison mit seinen Bluthund-Augen voll stummer Bewunderung anstarrte, wenn sie beim Abendessen in dem weitläufigen, üppigen Garten des Hauses in Oxfordshire saßen oder wenn sie im Frankreich-Urlaub in der Sonne schlief. Der fünfzehn Jahre ältere, große, introvertierte Stephen Mayhew mit dem langen Gesicht schien diesen einmaligen Glücksfall kaum fassen zu können. Bei den Partys, die sie häufig gab, auf denen Dexter ganz still dasaß, um nicht ins Bett geschickt zu werden, konnte er beobachten, wie die Männer sich in einem gehorsamen, ergebenen Kreis um sie scharten; intelligente, gebildete Männer, Ärzte, Anwälte und Radiosprecher benahmen sich wie verliebte Teenies. Er sah, wie sie mit einem Cocktailglas in der Hand, beschwipst und selbstvergessen, zu frühen Roxy-Music-Alben tanzte, während die anderen Frauen zusahen und neben ihr hoffnungslos plump und schwer von Begriff wirkten. Auch Schulfreunde, selbst die coolen, komplizierten, verwandelten sich in Gegenwart von Alison Mayhew in Cartoonfiguren, flirteten mit ihr, während sie zurückflirtete, zogen sie in Wasserschlachten hinein und lobten ihre haarsträubenden Kochkünste – die totgerührten Rühreier, der schwarze Pfeffer, der eigentlich Zigarettenasche war.

Früher hatte Alison in London Modedesign studiert, leitete heute das örtliche Antiquitätengeschäft und verkaufte dem vornehmen Oxford mit beachtlichem Erfolg teure Teppiche und Kronleuchter. Sie hatte immer noch etwas von der Aura einer Berühmtheit aus den Sechzigern – Dexter hatte die Fotos und Ausschnitte aus verblichenen Farbbeilagen gesehen –, hatte all das aber ohne sichtbare Traurigkeit oder Bedauern gegen ein zutiefst respektables, sicheres, bequemes Familienleben eingetauscht. Typischerweise hatte sie anscheinend genau den richtigen Moment gewählt, um die Party zu verlassen. Dexter hatte den Verdacht, dass sie hin und wieder Affären mit den Ärzten, Anwälten und Radiosprechern hatte, konnte ihr deshalb aber nicht ernstlich böse sein. Und die Leute sagten immer das Gleiche – dass er es von ihr geerbt hatte. Niemand sagte genau, was »es« eigentlich war, aber alle schienen es zu wissen: blendendes Aussehen natürlich, Energie, gute Gesundheit und außerdem ein gewisses lässiges Selbstvertrauen, das Recht, im Mittelpunkt, auf der Gewinnerseite zu stehen.

Selbst jetzt, als sie im verwaschenen blauen Sommerkleid dasaß und auf der Suche nach Streichhölzern in der voluminösen Handtasche wühlte, schien das Leben auf der Piazza sich nur um sie zu drehen. Kluge braune Augen in einem herzförmigen Gesicht unter einer Mähne kostspielig zerzausten schwarzen Haars, das Kleid einen Tick zu weit aufgeknöpft, makellos unordentlich. Sie sah ihn kommen, und ein strahlendes Lächeln breitete sich auf ihrem Gesicht aus.

»Eine Dreiviertelstunde Verspätung, junger Mann. Wo hast du gesteckt?«

»Ich habe von da drüben zugeguckt, wie du den Kellner aufreißt.«

»Kein Wort zu deinem Vater.« Sie stieß mit der Hüfte an den Tisch, als sie aufstand und ihn umarmte. »Und wo warst du nun wirklich?«

»Hab Unterricht vorbereitet.« Sein Haar war noch feucht vom Duschen mit Tove Angstrom, und als seine Mutter es ihm aus dem Gesicht strich und ihm zärtlich die Hand auf die Wange legte, bemerkte er, dass sie schon leicht angetrunken war.

»Du bist ganz zerzaust. Wer war das? Was hast du wieder angestellt?«

»Hab ich doch gesagt, Unterricht vorbereitet.«

Skeptisch zog sie einen Schmollmund. »Und wo warst du gestern Abend? Wir haben im Restaurant auf dich gewartet.«

»Tut mir leid, bin aufgehalten worden. Discoabend in der Schule.«

»Eine *Disco.* Sehr 70er-Jahre. Und wie wars?«

»200 betrunkene, skandinavische Mädchen beim *Vogue*-en.«

»›*Vogue*-en‹. Zum Glück habe ich keine Ahnung, was das ist. Hats Spaß gemacht?«

»Es war die Hölle.«

Sie tätschelte ihm das Knie. »Mein armer, armer Schatz.«

»Wo ist Dad?«

»Er musste ins Hotel zurückgehen, um sich etwas hinzulegen. Die Hitze, und seine Sandalen haben gedrückt. Du kennst ja deinen Vater, ein typischer *Waliser.*«

»Und was habt ihr gemacht?«

»Wir sind nur ein bisschen ums Forum gewandert. Ich fand es wunderschön, aber Stephen hat sich zu Tode gelangweilt. So eine Unordnung, überall liegen Säulen herum. Ich glaube, seiner Meinung nach sollte man alles einstampfen und stattdessen ein nettes Gewächshaus errichten oder so.«

»Du solltest dir den Palatin mal ansehen. Da oben auf dem Hügel …«

»Ich weiß, wo der Palatin ist, Dex, ich war schon in Rom, bevor du geboren wurdest.«

»Ja, und wer war damals Kaiser?«

»Ha. Hier, hilf mir mal mit dem Wein, lass mich nicht die ganze Flasche allein austrinken.« Das hatte sie schon fast, aber er goss den Rest in ein Wasserglas und schnappte sich ihre Zigaretten. Alison schnalzte missbilligend mit der Zunge. »Weißt du, manchmal glaube ich, wir haben es mit der liberalen Erziehung übertrieben.«

»Eindeutig. Dank euch bin ich ein Wrack. Gib mir mal die Streichhölzer.«

»Rauchen ist nicht klug, weißt du. Klar, du glaubst, du siehst aus wie ein Filmstar, aber in Wirklichkeit sieht es furchtbar aus.«

»Weshalb machst du es dann?«

»Weil ich dadurch sensationell aussehe.« Sie steckte sich eine Zigarette zwischen die Lippen, und er zündete sie ihr mit dem Streichholz an. »Ich höre sowieso auf. Das hier ist meine letzte. Jetzt aber fix, dein Vater ist gerade nicht da …« Verschwörerisch beugte sie sich vor. »Erzähl mir was über dein Liebesleben.«

»Nein!«

»Jetzt komm schon, Dex! Du weißt, ich bin gezwungen, mein Leben stellvertretend durch meine Kinder zu leben, und deine Schwester ist so was von *verklemmt* …«

»Bist du betrunken, Mutter?«

»Keine Ahnung, wie sie zwei Kinder zustande gebracht hat …«

»Du bist hinüber.«

»Ich trinke nicht, verstanden?« Als Dexter zwölf war, hatte sie ihn eines Abends ernst in die Küche geführt und ihm leise erklärt, wie man einen trockenen Martini mixt, als sei es ein feierlicher Ritus. »Komm schon. Her mit den schmutzigen Details.«

»Da gibts nichts zu erzählen.«

»Niemand in Rom? Kein nettes, katholisches Mädchen?«

»Nein.«

»Doch wohl hoffentlich keine Schülerin.«

»Ach was.«

»Und zu Hause? Wer schreibt dir noch mal diese langen, tränenverschmierten Briefe, die wir dir immer nachschicken?«

»Geht dich nichts an.«

»Zwing mich nicht, sie heimlich zu öffnen, sags mir!«

»Da gibts nichts zu erzählen.«

Sie lehnte sich im Stuhl zurück. »Du enttäuschst mich. Was ist mit dem netten Mädchen, das uns damals besucht hat?«

»Welches Mädchen?«

»Hübsch, ernst, aus dem Norden. Hat sich betrunken und deinen Vater wegen der Sandinisten angeschrien.«

»Das war Emma Morley.«

»Emma Morley. Ich mochte sie. Dein Vater auch, obwohl sie ihn einen faschistischen Bourgeois genannt hat.« Dexter verzog bei der Erinnerung daran das Gesicht. »Ich fands nicht schlimm, wenigstens hatte sie ein bisschen Feuer und Leidenschaft. Anders als diese dümmlichen Sexbomben, die wir sonst am Frühstückstisch vorfinden. *Ja, Mrs Mayhew, nein, Mrs Mayhew.* Ich höre übrigens, wenn du nachts ins Gästezimmer schleichst …«

»Du bist echt hinüber, was?«

»Und was ist jetzt mit Emma?«

»Sie ist nur eine Freundin.«

»Ach ja? Da wäre ich nicht so sicher. Ich glaube eher, sie mag dich.«

»Alle mögen mich. Das ist mein Fluch.«

In seinem Kopf hatte es gut geklungen, verwegen und selbstironisch, aber jetzt saßen sie schweigend da, er kam sich wieder einmal dumm vor, wie auf den Partys, wenn seine Mutter ihn bei den Erwachsenen sitzen ließ, er angab und sie blamierte. Nachsichtig lächelte sie ihn an und drückte ihm die Hand, die auf dem Tisch lag.

»Sei nett, ja?«

»Ich bin nett, ich bin immer nett.«

»Aber nicht zu nett. Ich meine, mach keine Religion draus.«

»Ist gut.« Unbehaglich sah er sich auf der Piazza um.

Alison stupste ihn an. »Möchtest du jetzt noch eine Flasche Wein, oder sollen wir zurück ins Hotel gehen und nach dem Hühnerauge deines Vaters sehen?«

Sie gingen nach Norden durch die Seitengassen, die parallel zur Via del Corso in Richtung der Piazza del Popolo verlaufen, Dexter wählte unterwegs den malerischsten Weg aus, begann sich besser zu fühlen und genoss das Gefühl, sich in einer Stadt gut auszukennen. Beschwipst hing sie an seinem Arm.

»Wie lange willst du denn noch hier bleiben?«

»Weiß nicht. Vielleicht bis Oktober.«

»Aber dann kommst du nach Hause und lässt dich irgendwo nieder, ja?«

»Natürlich.«

»Ich meine, nicht bei uns. Das tu ich dir nicht an. Aber

wir könnten dir bei der Anzahlung für eine Wohnung unter die Arme greifen, weißt du?«

»So eilig ist es doch nicht, oder?«

»Na ja, es ist jetzt schon ein ganzes Jahr, Dexter. Wie viel Urlaub brauchst du denn noch? An der Uni hast du dich ja auch nicht gerade totgearbeitet …«

»Ich mach keinen Urlaub, ich arbeite!«

»Was ist mit Journalismus? Hast du nicht was von Journalismus gesagt?«

Er hatte es flüchtig erwähnt, aber mehr als Ablenkungsmanöver und Alibi. Je mehr er auf die zwanzig zuging, desto beschränkter waren die Möglichkeiten geworden. Bestimmte cool klingende Berufe – Herzchirurg, Architekt – waren ihm jetzt für immer verschlossen, und mit Journalismus verhielt es sich anscheinend ähnlich. Dexter war kein berauschender Autor, hatte wenig Ahnung von Politik, sprach schlechtes Restaurant-Französisch, verfügte über keinerlei Ausbildung oder Qualifikationen und hatte im Grunde nur einen Reisepass und ein lebhaftes Bild von sich, wie er in einem tropischen Land rauchend unter einem Deckenventilator auf dem Bett lag, neben sich auf dem Boden eine ramponierte Nikon und eine Whiskyflasche.

Eigentlich wollte er Fotograf werden. Mit sechzehn hatte er ein Fotoprojekt mit dem Titel *Strukturen* abgeschlossen, das aus lauter Schwarzweißnahaufnahmen von Baumrinde und Muscheln bestanden und seinen Kunstlehrer »umgehauen« hatte. Seither hatte ihn nichts so sehr befriedigt wie *Strukturen* und jene kontrastreichen Aufnahmen von Frost auf Fensterscheiben und Kies in der Auffahrt. Journalismus bedeutete, sich mit schwierigen Dingen wie Wörtern und Ideen zu befassen, aber er fand, er habe das Zeug zu einem anständigen Fotografen, und sei es auch nur, weil er ein sicheres Gespür dafür hatte, was gut aussah. An diesem Punkt seines Lebens war sein Hauptkriterium für die Wahl eines Berufs, dass er gut klingen musste, wenn man ihn einem Mädchen in einer Bar ins Ohr brüllte, und »Ich bin professioneller Fotograf« klang definitiv nicht schlecht, fast so gut wie »Ich bin Kriegsberichterstatter« oder »Ich drehe Dokumentarfilme.«

»Journalismus ist eine Möglichkeit.«

»Oder das Geschäftsleben. Wolltest du nicht mit Callum irgendeine Firma gründen?«

»Wir überlegen noch.«

»Nur ›Firma‹ klingt ziemlich vage.«

»Wie gesagt, wir denken noch drüber nach.« Tatsächlich hatte Callum, sein ehemaliger Mitbewohner, die Firma schon ohne ihn gegründet, irgendwas mit Computer-Refurbishing, das zu begreifen Dexter die Energie fehlte. Mit 25 wären sie Millionäre, hatte Callum beteuert, aber wie würde das in einer Bar klingen? »Ich mach was mit alten Computern.« Nein, professioneller Fotograf war das Beste, was ihm einfiel. Er beschloss, es ihr zu sagen.

»Genau genommen denke ich ans Fotografieren.«

»Fotografieren?« Seine Mutter lachte aufreizend.

»He, ich bin ein guter Fotograf!«

»... wenn du dran denkst, den Finger von der Linse zu nehmen.«

»Solltest du mich nicht ermutigen?«

»Und was für ein Fotograf? *Akt*?« Sie lachte rau. »Oder hast du vor, an *Strukturen* weiterzuarbeiten?«, und sie mussten stehenbleiben, während Alison sich eine ganze Weile auf der Straße vor Lachen bog und sich an seinem Arm festhalten musste, »all die Fotos von *Kies*!«, aber schließlich war es vorbei, sie richtete sich auf und wurde wieder ernst. »Dexter, nimms mir nicht übel …«

»Ich hab mich mittlerweile sehr verbessert.«

»Ich weiß, entschuldige.« Sie gingen weiter. »Wenn es das ist, was du willst, dann mach es.« Sie drückte Dexter den Arm, aber er schmollte. »Wir haben dir immer gesagt, du kannst werden, was du willst, wenn du nur hart genug arbeitest.«

»Nur so 'n Gedanke«, sagte er trotzig. »Ich wäge meine Möglichkeiten ab, das ist alles.«

»Tja, das hoffe ich, Lehrer ist zwar kein schlechter Beruf, aber wohl kaum deine Berufung, oder? Skandinavischen Mädchen, die dich anhimmeln, Beatles-Songs beizubringen.«

»Es ist harte Arbeit, Mum. Außerdem habe ich dann was, worauf ich zurückgreifen kann.«

»Hm, tja, manchmal frage ich mich, ob du nicht schon auf ein bisschen zu viel zurückgreifen kannst.« Sie schaute zu Boden, als sie es sagte, und die Bemerkung schien von den Steinplatten widerzuhallen. Sie gingen ein Stück weiter, bevor er sprach.

»Was soll *das* denn heißen?«

»Ach, ich meine nur …« Sie seufzte und legte ihm den Kopf an die Schulter. »Ich meine nur, dass man das Leben ab einem gewissen Punkt ernster nehmen muss, mehr nicht. Du bist jung, gesund und siehst bei schwacher Beleuchtung nicht übel aus, schätze ich. Die Leute mögen dich, du bist klug, klug genug jedenfalls, vielleicht nicht im akademischen Sinn, aber nicht auf den Kopf gefallen. Und du hattest Glück, Dexter, so viel Glück, du bist behütet aufgewachsen, ohne Verantwortung, ohne Geldsorgen. Aber du bist jetzt erwachsen, und eines Tages sehen die Dinge vielleicht nicht mehr so …«, sie sah sich um und deutete auf die malerische kleine Gasse, die er sie entlanggeführt hatte, »... so heiter aus. Es wäre gut, wenn du darauf vorbereitet wärst. Du solltest dafür besser gerüstet sein.«

Dexter runzelte die Stirn. »Meinst du jetzt einen Beruf?«

»Das auch.«

»Du klingst schon wie Dad.«

»Ach du Schande, inwiefern?«

»Dass man einen anständigen Job braucht, etwas, worauf man zurückgreifen kann, etwas, um den Tag auszufüllen.«

»Nicht nur das, nicht nur ein Job. Eine Richtung. Ein Ziel. Irgendein Antrieb, eine Ambition. In deinem Alter wollte ich die Welt verändern.«

Er rümpfte die Nase. »Daher der Antiquitätenladen«, und sie stieß ihm den Ellbogen in die Rippen.

»Heute ist heute, damals war damals. Und werd ja nicht frech.« Sie nahm seinen Arm, und sie schlenderten weiter. »Ich will nur stolz sein auf dich, das ist alles. Ich meine, ich bin schon stolz auf dich und deine Schwester, aber, na ja, du weißt, was ich meine. Ich bin etwas betrunken. Lass uns das Thema wechseln. Ich wollte noch über etwas anderes mit dir reden.«

»Was denn?«

»Oh – zu spät.« Sie waren jetzt in Sichtweite des Hotels, drei Sterne, gediegen, aber nicht protzig. Durch die Rauchglasscheiben sah Dexter seinen Vater vorgebeugt in einem der Lobbysessel sitzen, er hatte ein langes, dünnes Bein nach oben gebogen, hielt eine Socke zusammengeknüllt in der Hand und begutachtete seine Fußsohle.

»Großer Gott, er knibbelt in der Hotellobby an seinen Hühneraugen rum. Ein Hauch von Swansea an der Via del Corso. Reizend, ganz reizend.« Alison ließ den Arm ihres Sohnes los und nahm seine Hand. »Führ mich morgen zum

Mittagessen aus, ja? Dein Vater kann währenddessen in einem abgedunkelten Raum sitzen und in seinen Hühneraugen pulen. Lass uns ausgehen, nur du und ich, irgendwo draußen an einem netten Platz. Weiße Tischdecken. Irgendwas Teures, ich lade dich ein. Du kannst deine Fotos von interessanten Kieseln mitbringen.«

»Okay«, sagte er schmollend. Seine Mutter lächelte stirnrunzelnd, drückte ihm ein wenig zu fest die Hand, und plötzlich verspürte er einen Anflug von Besorgnis. »Warum?«

»Weil ich mit meinem gutaussehenden Sohn reden will, und im Moment bin ich dazu etwas zu betrunken.«

»Was ist los? Sags mir jetzt!«

»Nichts, nichts.«

»Ihr lasst euch doch nicht scheiden, oder?«

Sie lachte leise. »Sei nicht albern, natürlich nicht.« Sein Vater hatte sie nun entdeckt, stand auf und zog an der »Bitte drücken«-Tür. »Wie könnte ich je einen Mann verlassen, der sich die Hemden in die Unterhose stopft?«

»Jetzt sag schon, was ist los?«

»Nichts Schlimmes, Schatz, nichts Schlimmes.« Sie stand auf der Straße, lächelte ihn tröstend an, legte ihm die Hand auf das kurze Haar im Nacken und zog ihn zu sich hinunter, bis sich ihre Stirnen berührten. »Mach dir keine Gedanken. Morgen. Morgen besprechen wir alles in Ruhe.«

KAPITEL DREI
Der Taj Mahal

SONNTAG, 15. JULI 1990

Bombay und Camden Town

»RUHE, BITTE! Darf ich um Ruhe bitten? Könnt ihr mal ruhig sein, bitte? Könntet ihr einfach mal zuhören, bitte? Bitte? RUHE, BITTE? Danke.«

Scott McKenzie ließ sich auf dem Barhocker nieder und musterte sein achtköpfiges Mitarbeiterteam: Alle unter 25, alle in weißen Jeans und Baseballkappen mit Firmenlogo, und alle wünschten sich verzweifelt woandershin, weg von der Sonntagmittagsschicht im Loco Caliente, einem Tex-Mex-Restaurant an der Kentish Town Road, in dem sowohl das Essen als auch die Atmosphäre scharf, schärfer, am schärfsten waren.

»Bevor wir jetzt die Türen für den Brunch öffnen, möchte ich noch mal die heutigen sogenannten ›Tagesgerichte‹ durchgehen, wenn ihr erlaubt. Unsere Tagessuppe ist eine der üblichen Verdächtigen, die Zuckermaissuppe, und der Hauptgang besteht aus einem saftigen, köstlichen Fischburrito.«

Scott atmete tief aus und wartete, bis das Aufstöhnen und

der gespielte Brechreiz verebbten. Er war ein kleiner blasser Mann mit geröteten Augen und einem Abschluss in Business Management aus Loughborough und hatte einst gehofft, ein Business-Tycoon zu werden. Früher hatte er sich ausgemalt, er würde in Konferenzzentren Golf spielen oder die Stufen eines Privatjets hinaufsteigen, stattdessen hatte er erst heute Morgen einen gelben, aufquellenden Schweinefettklumpen aus dem Küchenabfluss geholt. Mit bloßen Händen. Er konnte das Fett noch an den Fingern spüren. Er war 39 Jahre alt, und so hatte er sich das nicht vorgestellt.

»Im Grunde ist es nur der Standard-Rindfleisch-Schrägstrich-Hühnchen-Schrägstrich-Schweinefleisch-Burrito, allerdings mit, Zitat: ›köstlich-saftigen Kabeljau- und Lachsstückchen‹. Wer weiß, vielleicht ist ja sogar die eine oder andere Garnele drin.«

»Das ist einfach … *grauenhaft*«, lachte Paddy hinter der Bar, wo er Limetten für Bierflaschenhälse in Stücke schnitt.

»Das bringt einen Hauch von Nordatlantik in die lateinamerikanische Küche«, sagte Emma Morley, band sich die Kellnerschürze um und bemerkte einen Neuankömmling hinter Scott, einen kräftigen Mann mit blonden Locken auf dem großen, runden Kopf. Der Neue. Das Personal musterte ihn, vorsichtig abwägend wie einen Neuzugang auf einem G-Wing-Raumschiff.

»Jetzt zu etwas Erfreulicherem«, sagte Scott. »Ich möchte euch gern Ian Whitehead vorstellen, der ab heute zu unserem glücklichen, hochqualifizierten Personalteam gehört.« Ian schob sich die vorschriftsmäßige Baseballkappe tief in den Nacken, hob grüßend den Arm und klatschte die Luft ab. »Yo, Leute!«, sagte er mit einer Art amerikanischem Akzent.

»*Yo, Leute?* Wo *treibt* Scott die nur *auf*?«, kicherte Paddy hinter der Bar gerade so laut, dass der Neuankömmling es hören musste.

Scott erschreckte Ian, indem er ihm auf die Schulter schlug: »Dann übergebe ich dich mal Emma, unserer dienstältesten Mitarbeiterin!«

Emma verzog ob dieser Auszeichnung das Gesicht, lächelte den Neuen entschuldigend an, und er lächelte mit fest geschlossenem Mund zurück; ein Stan-Laurel-Lächeln.

»... Sie wird dir das Wichtigste zeigen – und das wars auch schon, Leute. Nicht vergessen! Fischburritos! Und jetzt, Musik, bitte!«

Paddy drückte auf die Playtaste des fettigen Kassettenrekorders hinter der Bar, und die nervtötende 45-minütige, synthetische Mariachimusik-Schleife setzte ein, die passenderweise mit *La Cucaracha* begann, der Küchenschabe, einem Lied, das sich zwölf Mal pro Achtstundenschicht wiederholte. Zwölf Mal pro Schicht, 24 Schichten pro Monat seit nunmehr sieben Monaten. Emma betrachtete die Baseballkappe in ihrer Hand. Das Restaurantlogo, ein Cartoonesel, glotzte unter seinem Sombrero zu ihr hoch, entweder betrunken oder gaga. Sie setzte sich die Kappe auf und glitt vom Barhocker, als ließe sie sich in Eiswasser gleiten. Der Neue wartete strahlend auf sie, die Finger verlegen in die Taschen seiner schneeweißen Jeans gestopft, und nicht zum ersten Mal fragte sich Emma, was aus ihrem Leben geworden war.

Emma, Emma, Emma. Wie gehts dir, Emma? Und was machst du gerade, in diesem Augenblick? Wir hier in Bombay sind euch sechs Stunden voraus, also liegst du hoffentlich noch mit einem Sonntagmorgenkater im Bett. Wenns so ist: WACH AUF! ICH BINS, DEXTER!

Dieser Brief erreicht dich aus einer Herberge in der Innenstadt von Bombay – komplett mit gruseligen Matratzen und Heerscharen von Australiern auf der Durchreise. In meinem Reiseführer heißt es, sie hätte Charakter, d.h. Ratten, aber in meinem Zimmer gibt es einen kleinen Plastikklapptisch am Fenster, und draußen regnets wie verrückt, sogar schlimmer als in Edinburgh. Es SCHÜTTET WIE AUS EIMERN, Em, so laut, dass ich deine Compilation kaum hören kann, die ich übrigens sehr mag, bis auf das Indie-Geschrammel, schließlich bin ich kein MÄDCHEN. Ich habe auch versucht, die Bücher zu lesen, die du mir zu Ostern geschenkt hast, aber ich muss zugeben, ich finde »Howards End« etwas zäh. Es ist, als würden sie 200 Seiten lang dieselbe Tasse Tee trinken, und ich warte darauf, dass jemand ein Messer zückt, Aliens die Erde erobern oder Ähnliches, aber darauf kann ich lange warten, was? Wann wirst du es endlich aufgeben, mich erziehen zu wollen? Ich hoffe, nie.

Übrigens, falls du es noch nicht an der Exquisiten Prosa und all den GROSSBUCHSTABEN gemerkt hast, ich schreibe dies breit vom mittäglichen Bier! Wie du siehst, bin ich kein so toller Briefschreiber wie du (dein letzter war zum Schreien), deshalb sage ich nur, Indien ist unglaublich. Wie sich herausgestellt hat, war der Rauswurf aus der Englischschule das Beste, was mir passieren konnte (obwohl ich immer noch finde, dass sie überreagiert haben. Moralisch untauglich? Ich? Tove war schon 21). Ich will dich nicht mit lyrischen Ergüssen von Sonnenaufgängen über dem Hindukusch anöden, deshalb begnüge ich mich damit zu sagen, dass alle Klischees wahr sind (Armut, Dünnpfiff, blablabla). Es ist nicht nur eine reiche, uralte Kultur, es ist auch völlig UNGLAUBLICH, was man hier rezeptfrei in der Apotheke kriegt.

Ich habe ein paar erstaunliche Sachen gesehen, nicht alles ist lustig, aber ein Erlebnis, und ich habe tausende von Fotos gemacht, die ich dir ganz, ganz laaaaaaangsam zeigen werde, wenn ich wieder da bin. Tu interessiert, ja? Ich habe schließlich auch Interesse gemimt, als du dich über die Proteste gegen die Einführung der Kopfsteuer ausgelassen hast. Wie auch immer, ich habe ein paar meiner Bilder einer Fernsehproduzentin gezeigt, die ich im Zug kennengelernt habe (nicht, was du wieder denkst, sie ist uralt, Mitte 30), und sie meint, ich hätte Talent. Sie hat hier so eine Art Fernseh-Reisemagazin für junge Leute produziert, mir ihre Visitenkarte gegeben und gesagt, ich soll sie im August anrufen, wenn sie wieder da ist, wer weiß, vielleicht kann ich ja die Recherche übernehmen oder sogar filmen.

Wie siehts denn bei dir jobmäßig aus? Schreibst du an einem neuen Stück? Ich fand dein Virginia-Woolf-Emily-Dingsbums-Stück richtig gut, als ich in London war, und wie gesagt unheimlich vielversprechend, was zwar wie Gelaber klingt, aber keins ist. Trotzdem glaube ich, es war richtig von dir, die Schauspielerei an den Nagel zu hängen. Nicht, weil du schlecht bist, sondern weil du es ganz offensichtlich hasst. Candy war auch nett, viel netter, als du sie beschrieben hast. Grüß sie von mir. Schreibst du an einem neuen Stück? Wohnst du immer noch in der Abstellkammer? Riecht es in der Wohnung immer noch nach gebratenen Zwiebeln? Weicht Tilly Killick ihre großen, grauen BHs immer noch in der Spülschüssel ein? Arbeitest du immer noch im Mucho Loco oder wie das heißt? Über deinen letzten Brief habe ich mich bepisst vor Lachen, Em, aber du solltest da aufhören, für Pointen mag es ja gut sein, aber es ist definitiv schlecht für die Seele. Du kannst nicht für ein paar witzige Anekdoten Jahre deines Lebens verschwenden.

Was mich zum Grund meines Briefes bringt. Bist du bereit? Vielleicht setzt du dich lieber …

»So, Ian – willkommen auf dem Friedhof der begrabenen Ambitionen!«

Emma stieß die Tür des Personalraums auf und warf dabei ein Glas um, in dem Kippen vom Vortag in Lagerbier schwammen. Die Besichtigungstour hatte sie in den kleinen, nasskalten Personalraum zurückgeführt, der auf die Kentish Town Road hinausging. Diese war schon voller Studenten und Touristen auf dem Weg zum Camden Market, um überdimensionierte Pelzzylinder und Smiley-T-Shirts zu kaufen.

»Loco Caliente bedeutet verrückt und heiß; ›heiß‹, weil die Klimaanlage kaputt ist, und ›verrückt‹ muss man sein, wenn man hier isst. Oder arbeitet. Mucho, mucho loco. Ich zeig dir, wo du dein Zeug lassen kannst.« Zusammen stapften sie durch eine Schicht alter Zeitungen zu dem ramponierten alten Büroschrank. »Das ist dein Schließfach. Es ist nicht abschließbar. Und versuch gar nicht erst, deine Uniform über Nacht hierzulassen, sie wird nur geklaut, Gott weiß warum. Die Geschäftsleitung rastet aus, wenn du die Kappe verlierst. Sie tauchen dich mit dem Gesicht voran in die scharfe Barbecuesoße …«

Ian lachte, ein herzliches, leicht gezwungenes Glucksen, und Emma wandte sich seufzend dem Personalküchentisch zu, der mit schmutzigem Geschirr vom Vortag übersät war. »Die Mittagspause dauert zwanzig Minuten, und du kannst alles von der Karte haben, außer den Riesengarnelen, was man als Glück im Unglück bezeichnen kann. Finger weg von den Riesengarnelen, wenn dir dein Leben lieb ist. Das ist Russisches Roulette, eine von sechs kann dich umbringen.« Sie fing an, den Tisch abzuräumen.

»Warte, lass mich …«, sagte Ian und griff mit spitzen Fingern nach einem mit Fleischsaft verschmierten Teller. Typisch Neuer – noch ganz zimperlich, dachte Emma, die ihn beobachtete. Er hatte ein sympathisches, breites, offenes Gesicht mit glatten, roten Wangen, einem jetzt leicht geöffneten, entspannten Mund unter losen strohblonden Locken. Nicht gerade gutaussehend, aber, nun ja – solide. Aus irgendeinem, nicht unbedingt netten Grund weckte sein Gesicht bei ihr Assoziationen an einen Bauernhof.

Plötzlich bemerkte er ihren Blick, und hastig sagte sie: »Dann erzähl mal, Ian, was treibt dich gen Mexiko?«

»Och, keine Ahnung. Muss die Miete zahlen.«

»Kannst du nichts anderes machen? Zeitarbeit, bei deinen Eltern wohnen oder so?«

»Ich muss in London wohnen und bin auf flexible Arbeitszeiten angewiesen …«

»Warum, was ist dein Schrägstrich?«

»Mein was?«

»Dein Schrägstrich. Jeder, der hier arbeitet, hat einen Schrägstrich. Kellner-Schrägstrich-Künstler, Kellner-Schrägstrich-Schauspieler. Paddy der Barmann behauptet, er wäre ein Model, aber daran zweifle ich ehrlich gesagt.«

»Tjaaaaaa. Ich schätze, dann bin ich Comedian!«, sagte Ian mit einem Akzent, der wohl nordenglisch sein sollte. Grinsend hielt er sich die Hände neben das Gesicht und wackelte mit den Fingern wie ein Komiker aus einer billigen Seebad-Revue.

»Aha. Nun ja, Lachen ist gesund. Und welche Richtung, Stand-up?«

»Hauptsächlich. Und du?«

»Ich?«

»Dein Schrägstrich? Was machst du noch?«

Emma überlegte, ob sie »Dramatikerin« sagen sollte, aber auch drei Monate nachdem sie vor praktisch leerem Saal Emily Dickinson gespielt hatte, war die Demütigung noch zu frisch. Hätte sie stattdessen »Astronautin« gesagt, wäre es genauso wahr gewesen. »Och, ich bin …« Sie schälte einen Burrito aus der hart gewordenen Käsekruste. »Ich mache nur das hier.«

»Und, gefällts dir?«

»*Gefallen?* Es ist mein Traumjob! Wem würde das nicht gefallen?« Mit einem benutzten Geschirrtuch wischte sie sich den Ketchup vom Vortag von den Händen und ging zur Tür. »So, jetzt zeige ich dir die Toilette. Sei tapfer …«

Seit Beginn dieses Briefes habe ich noch zwei Bier getrinkt (getrunken? getrunken gehabt?) und bin jetzt bereit, mit der Sprache rauszurücken. Los gehts. Em, wir kennen uns jetzt fünf oder sechs Jahre, sind aber erst zwei Jahre so richtig, du weißt schon, »befreundet«, noch nicht sehr lang also, aber ein bisschen was weiß ich schon über dich, und ich glaube, ich weiß auch, wo dein Problem liegt. Und denk dran, ich habe eine gute Drei in Anthropologie, ich weiß, wovon ich spreche. Wenn du nichts von meiner Theorie wissen willst, dann lies nicht weiter.

Schön. Jetzt kommts. Ich glaube, du hast Angst vorm Glücklichsein, Emma. Ich glaube, du hältst es für normal, dass dein Leben grau, trist und hart ist, du deinen Job und deine Wohnung hasst und weder Erfolg noch Geld noch, Gott behüte, einen Freund hast (hier eine kleine Exkursivität: Diese ganze Minderwertigkeitsnummer darüber, wie unattraktiv du bist, wird langsam langweilig, kann ich dir sagen). Ich würde sogar so weit gehen zu sagen, dass du es genießt, enttäuscht zu werden und hinter den Erwartungen zurückzubleiben, weil es einfacher ist, stimmts? Scheitern und unglücklich sein ist leichter, weil du dich darüber lustig machen kannst. Nerve ich dich schon? Ich wette, ja. Aber ich bin noch längst nicht fertig.

Em, ich kann den Gedanken nicht ertragen, dass du in dieser schrecklichen Wohnung mit den komischen Gerüchen und Geräuschen und den nackten Glühbirnen oder im Waschsalon herumhängst, und übrigens gibt es heutzutage keinen Grund mehr, einen Waschsalon zu benutzen, sie sind weder cool noch politisch, sondern nur deprimierend. Ich weiß nicht, Em, du bist jung, praktisch ein Genie, und trotzdem hältst du den Gang zur Schnellwäscherei für das Nonplusultra der Unterhaltung. Also, ich finde, du hast was Besseres verdient. Du bist intelligent, witzig und nett (zu nett, wenn du mich fragst) und der bei weitem klügste Mensch, den ich kenne. Und (noch ein Schluck Bier – tief Luft holen), du bist außerdem eine Sehr Attraktive Frau. Und (mehr Bier) ja, damit meine ich auch »sexy«, obwohl mir beim Schreiben leicht flau wird. Aber ich werde es bestimmt nicht durchstreichen, bloß weil es nicht politisch korrekt ist, jemanden »sexy« zu nennen, weil es nämlich STIMMT. Du bist der Hammer, altes Mädchen, und wenn ich dir für den Rest deines Lebens nur noch eine Sache schenken könnte, wäre es das: Selbstvertrauen. Das Geschenk des Selbstvertrauens. Das oder eine Duftkerze.

Aus deinen Briefen und durch das Treffen nach dem Theaterstück weiß ich, dass du im Moment etwas unentschlossen bist, was du mit deinem Leben anfangen sollst, ein bisschen rat-, steuer- und ziellos, aber das geht schon in Ordnung, mit 24 ist das völlig normal. Genau genommen ist unsere ganze Generation so. Ich habe einen Artikel darüber gelesen, das liegt daran, dass wir nie im Krieg gekämpft oder zu viel vor der Glotze abgehangen haben oder so. Die einzigen nicht rat-, steuer- und ziellosen Leute sind todlang-

weilige Spießer und Karrieremenschen wie Ätz-Tilly-Killick oder Callum O'Neill mit seinem Computer-Refurbishing. Ich habe die Weisheit auch nicht mit Löffeln gefressen, du glaubst vielleicht, ich hätte den Durchblick, habe ich aber nicht, ich mache mir auch Sorgen, nur nicht über Arbeitslosen- und Wohngeld, die Zukunft der Labour-Partei, was ich in zwanzig Jahren mache oder wie Mr Mandela in Freiheit zurechtkommt.

So, Zeit für eine weitere kleine Verschnaufpause vor dem nächsten Abschnitt, denn ich habe gerade erst angefangen. Dieser Brief steuert auf einen lebensverändernden Höhepunkt zu. Ich frage mich, ob du dafür schon bereit bist.

Irgendwo zwischen den Personaltoiletten und der Küche schlüpfte Ian Whitehead in seine Stand-up-Nummer.

»Hast du mal im Supermarkt an der Schnellkasse für maximal sechs Artikel angestanden, und vor dir war so 'ne alte Frau mit *sieben* Artikeln? Und du stehst da, zählst sie und kriegst soooo 'nen Hals …«

»Ay caramba«, murmelte Emma leise und trat die Schwingtür zur Küche auf, wo ihnen ein heißer Schwall beißender, nach Jalapeños und warmem Bleichmittel riechender Luft entgegenschlug, die ihnen in den Augen brannte. Der klapprige alte Kassettenrekorder spielte laute Acid-House-Musik, während ein Somalier, ein Algerier und ein Brasilianer die Deckel von weißen Plastikeimern rissen.

»Morgen, Benoit, Kemal. Hallo, Jesus«, grüßte Emma sie munter, und sie lächelten und nickten ihr fröhlich zu. Emma und Ian gingen zum Schwarzen Brett, an dem ein eingeschweißtes Schild hing, das zeigte, was zu tun war, wenn sich jemand am Essen verschluckte, »was kein Wunder wäre«. Daneben hing ein großes, am Rand ausgefranstes Dokument, eine Pergamentkarte der texanisch-mexikanischen Grenzregion. Emma tippte mit dem Finger darauf.

»Hältst du das für 'ne Schatzkarte? Mach dir keine Hoffnungen, das ist nur die Speisekarte. Kein Schatz weit und breit, Compadre, bloß 48 Gerichte, alles Abwandlungen unserer fünf Tex-Mex-Grundnahrungsmittel – Hackfleisch, Bohnen, Käse, Hühnchen und Guacamole.« Sie fuhr mit dem Finger über die Karte. »Von Osten nach Westen haben wir Hühnchen auf Bohnen unter Käse, Käse auf Hühnchen unter Guacamole, Guacamole auf Hack auf Hühnchen unter Käse …«

»Aha, verstehe …«

»… hin und wieder werfen wir nur so zum Spaß noch Reis oder ein paar rohe Zwiebeln rein, aber richtig spannend wirds bei den Fladen. Weizen oder Mais, das ist hier die Frage.«

»Weizen oder Mais, geht klar …«

»Tacos sind aus Mais-, Burritos aus Weizenmehl. Allgemein kann man sagen, wenns zerbröselt und dir die Hand ankokelt, ist es ein Taco, und wenns auseinanderfällt und dir rotes Fett den Arm runterläuft, ist es ein Burrito. Hier haben wir einen …« Sie zog einen weichen Fladen aus einer Großpackung und ließ ihn vor seinem Gesicht baumeln wie ein nasses Handtuch. »Das ist ein Burrito. Wenn du ihn füllst, frittierst und mit Käse überbackst, kriegst du 'ne Enchilada. Eine gefüllte Tortilla ist ein Taco, und ein selbstgefüllter Burrito ist 'ne Fajita.«

»Und was sind Tostadas?«

»Immer langsam mit den jungen Pferden. Dazu kommen wir noch. Fajitas werden auf diesen glühendheißen Eisenplatten serviert.« Sie wog eine fettige, eiserne Grillpfanne in der Hand, die aussah wie ein Schmiedewerkzeug. »Schön vorsichtig mit den Dingern, du glaubst nicht, wie oft wir Gäste davon abkratzen müssen. Trinkgeld kannst du dir dann abschminken.« Ian starrte sie jetzt dümmlich grinsend an. Sie zeigte auf einen Eimer zu ihren Füßen. »Das weiße Zeug hier soll saure Sahne sein, ist aber weder sauer noch Sahne, bloß irgendein hydrogenisiertes Fett, glaube ich. Ein Abfallprodukt der Benzingewinnung. Ganz praktisch, wenn man sich einen Absatz ankleben will, aber ansonsten …«

»Ich hätte da noch eine Frage.«

»Schieß los.«

»Was machst du nach der Arbeit?«

Benoit, Jesus und Kemal hörten gleichzeitig auf zu arbeiten, während Emma lachend versuchte, ihre Gesichtszüge wieder unter Kontrolle zu bringen. »Du verlierst keine Zeit, was, Ian?«

Er hatte die Kappe abgenommen und drehte sie in der Hand wie ein Bühnenliebhaber auf Freiersfüßen. »Kein Date oder so, du hast bestimmt schon einen Freund!« Ein Augenblick verstrich, während er auf ihre Antwort wartete, aber Emma verzog keine Miene. »Ich hab mir gedacht, du interessierst dich vielleicht für meinen …«, mit nasaler Stimme, »einzigartigen Comedystil, mehr nicht. Ich habe heute Abend einen«, Gänsefüßchen mit den Fingern, »›Gig‹, bei der ›Lach-Nacht im Frog and Parrot‹ in Cockfosters.«

»Lach-Nacht?«

»In Cockfosters. Ich weiß, das ist am Arsch der Welt, und am Sonntag ist da ziemlich tote Hose, aber selbst wenn ich schlecht bin, gibt es da noch ein paar ziemlich hochkarätige Komiker. Ronny Butcher, Steve Sheldon, die Kamikaze-Zwillinge …« Als er sprach, erkannte Emma seinen richtigen Akzent, ein leichtes, angenehmes, etwas undeutliches West-Country-Nuscheln, noch nicht ganz von der Stadt verschliffen, und wieder musste sie an Bauernhöfe denken. »Heute Abend bringe ich eine ganz neue Nummer über den Unterschied zwischen Männern und Frauen ...«

Kein Zweifel, er bat sie um ein Date. Sie sollte wirklich hingehen. Schließlich kam das nicht alle Tage vor, und was konnte schlimmstenfalls passieren?

»Und das Essen ist auch nicht schlecht. Das Übliche, Burger, Frühlingsrollen, Korkenzieherpommes ...«

»Klingt reizend, Ian, besonders die Korkenzieherpommes, aber heute Abend kann ich leider nicht.«

»Echt nicht?«

»Um sieben ist Abendandacht.«

»Jetzt aber mal im Ernst.«

»Es ist lieb gemeint, aber nach meiner Schicht hier bin ich total erledigt. Danach will ich nur noch nach Hause, frustfuttern und mich ausheulen. Deshalb muss ich dir leider einen Korb geben.«

»Ein andermal vielleicht? Am Freitag spiele ich in Kingston-upon-Thames beim ›Krumme-Banane-Festival‹ im Cheshire Cat ...«

Hinter ihm sah Emma die Köche, die sie beobachteten, Benoit lachte hinter vorgehaltener Hand. »Vielleicht ein andermal«, sagte sie freundlich, aber bestimmt und wechselte das Thema.

»Also, das ...« Sie tippte einen anderen Behälter mit dem Fuß an. »Das Zeug hier ist Salsa. Pass auf, dass es nicht auf die Haut kommt. Es ist ätzend.«

Die Sache ist die, Em, als ich vorhin im Regen in die Herberge zurückgerannt bin – der Regen hier ist warm, manchmal fast heiß, anders als der Regen in London –, war ich, wie gesagt, ziemlich hinüber, und ertappte mich dabei, wie ich an dich dachte und wie schade ich es fand, dass du nicht da warst, um das hier mitzuerleben, und ich hatte eine Offenbarung, und zwar folgende:

Du solltest hier bei mir sein. In Indien.

Und das ist meine große Idee, vielleicht ist sie total bescheuert, aber ich schicke den Brief ab, bevor ich meine Meinung ändern kann. Folge einfach diesen Anweisungen.

1 – Kündige auf der Stelle diesen Scheißjob. Sollen sie sich doch jemand anders suchen, der für 2,20 die Stunde Tortilla-Chips mit Käse überbackt. Steck eine Flasche Tequila ein und marschier zur Tür hinaus. Stell dir vor, wie sich das anfühlen würde, Em. Geh einfach. Jetzt sofort.

2 – Außerdem finde ich, du solltest aus dieser Wohnung ausziehen. Tilly nimmt dich total aus, knöpft dir jede Menge Kohle für einen fensterlosen Verschlag ab. Es ist keine Abstellkammer, sondern ein Schuhkarton, und du solltest dich da schnellstmöglich vom Acker machen, soll doch jemand anders ihre grauen Riesen-BHs auswringen. Wenn ich in die sogenannte Realität zurückkehre, kaufe ich mir eine Wohnung, weil ich so ein überprivilegiertes Kapitalistenschwein bin, und du kannst jederzeit vorbeikommen und ein Weilchen bleiben oder auch für immer, wenn du magst, denn ich glaube, wir würden gut miteinander auskommen, meinst du nicht? Du weißt schon, als MITBEWOHNER. Vorausgesetzt natürlich, du kannst meiner sexuellen Anziehungskraft widerstehen, haha. Wenns zum Äußersten kommt, kann ich dich ja nachts in dein Zimmer einschließen. Wie auch immer, jetzt kommt der Hammer:

3 – Wenn du das hier gelesen hast, geh schnurstracks ins Studentenreisebüro in der Tottenham Court Road und buch ein Ticket mit OFFENEM RÜCKFLUG nach Delhi, mit dem du in ungefähr zwei Wochen, möglichst kurz vor dem

1. August, ankommst, meinem Geburtstag, falls du es vergessen hast. Am Abend vorher nimmst du den Zug nach Agra und übernachtest in einem billigen Motel. Am nächsten Morgen stehst du früh auf und gehst zum Taj Mahal. Vielleicht hast du schon davon gehört, großes weißes Gebäude, benannt nach einem indischen Restaurant in der Lothian Street. Sieh dich ein bisschen um und stell dich um genau zwölf Uhr mittags mit einer roten Rose in der einen und einer »Nicholas-Nickleby«-Ausgabe in der anderen Hand direkt unter die Kuppel, und ich werde kommen und dich finden, Em. Ich werde eine weiße Rose und eine Ausgabe von »Howards End« in den Händen halten, die ich dir an den Kopf werfe, sobald ich dich sehe.

Ist das nicht der geilste Plan, von dem du je gehört hast?

Ach, typisch Dexter, sagst du, hat er nicht eine Kleinigkeit vergessen? Geld! Flugtickets wachsen nicht auf Bäumen, und was ist mit sozialer Absicherung, Arbeitsethik usw., usw. Keine Sorge, ich zahle. Ja, ich zahle. Ich telegrafiere dir das Geld fürs Flugticket (das wollte ich schon immer mal tun), und hier zahle ich dir auch alles, klingt großkotzig, ist es aber nicht, weil hier alles SPOTTBILLIG ist. Wir können hier monatelang leben, Em, du und ich, und runter nach Kerala oder rüber nach Thailand fahren. Wir könnten eine Vollmondfeier besuchen – stell dir vor, die ganze Nacht aufbleiben, nicht aus Sorge um die Zukunft, sondern aus SPASS. (Weißt du noch, wie wir nach der Graduierung die ganze Nacht wach geblieben sind, Em? Egal. Weiter im Text.)

Für 300 Pfund fremden Geldes kannst du dein Leben ändern, du brauchst dir deshalb auch keinen Kopf zu machen, schließlich habe ich das Geld nicht selbst verdient, und du arbeitest wirklich hart und hast trotzdem keine Kohle, also ist das doch gelebter Sozialismus, oder? Und wenn du unbedingt willst, kannst du es mir zurückzahlen, wenn du eine be-

rühmte Dramatikerin bist, Dichten plötzlich bezahlt wird oder so. Außerdem ist es ja nur für drei Monate. Im Herbst muss ich sowieso zurück. Wie du weißt, gehts Mum nicht besonders. Sie hat zwar gesagt, die Operation sei gut verlaufen, und vielleicht stimmt das sogar, aber vielleicht will sie mich auch nur beruhigen. Jedenfalls muss ich irgendwann nach Hause. (Übrigens, meine Mutter hat eine Theorie über dich und mich, und wenn du zum Taj Mahal kommst, erzähle ich dir alles darüber, aber nur, wenn du wirklich kommst.)

Mir gegenüber an der Wand sitzt eine dieser riesigen Gottesanbeterinnen und guckt mich an, als wolle sie sagen, jetzt komm mal zum Ende, also tue ich das jetzt. Es hat aufgehört zu regnen, und ich gehe nun runter in die Bar, um mich mit ein paar neuen Bekannten zu treffen, drei Medizinstudentinnen aus Amsterdam, das sagt eigentlich schon alles. Aber auf dem Weg suche ich mir einen Briefkasten und schicke den Brief ab, bevor ich es mir anders überlege. Nicht, weil ich es für eine schlechte Idee halte, wenn du herkommst – es ist eine tolle Idee, und du musst kommen – sondern, weil ich vielleicht zu viel gesagt habe. Tut mir leid, wenn dich das hier auf die Palme bringt. Die Hauptsache ist, dass du weißt, dass ich oft an dich denke, das ist alles. Dex und Em, Em und Dex. Nenn mich sentimental, aber es gibt niemanden, den ich lieber mit Dünnpfiff sehen würde als dich.

Taj Mahal, 1. August, 12 Uhr mittags.
Ich werde dich finden!
Alles Liebe
D

… und dann streckte er sich, kratzte sich am Kopf, trank den Rest Bier aus, nahm die Briefseiten, ordnete sie und legte den Stapel feierlich vor sich hin. Er schüttelte sich den

Schreibkrampf aus der Hand; elf Seiten innerhalb kürzester Zeit, so viel hatte er seit den Abschlussprüfungen nicht mehr geschrieben. Zufrieden streckte er die Arme über den Kopf und dachte: Das ist kein Brief, sondern ein Geschenk.

Dexter schlüpfte wieder in die Sandalen, stand leicht schwankend auf und wappnete sich für die Gemeinschaftsdusche. Er war braungebrannt. Daran hatte er die letzten zwei Jahre gearbeitet, und die Bräune war tief in die Haut eingedrungen wie Gartenzaunbeize. Das Haar hatte er sich von einem Straßenbarbier raspelkurz scheren lassen, außerdem hatte er abgenommen. Insgeheim gefiel ihm der neue Look: heroisch-abgemagert wie jemand, der gerade aus dem Dschungel gerettet wurde. Um das Image zu vervollständigen, hatte er sich ein unauffälliges Tattoo auf den Knöchel stechen lassen, ein nichtssagendes Yin-Yang-Motiv, das er zurück in London wahrscheinlich bereuen würde. Aber das war nicht schlimm. In London würde er Socken tragen.

Von der kalten Dusche ernüchtert, kehrte Dexter in das winzige Zimmer zurück, durchwühlte seinen Rucksack auf der Suche nach etwas zum Anziehen für das Treffen mit den holländischen Medizinstudentinnen und beschnüffelte ein Kleidungsstück nach dem anderen, bis alles auf einem feuchten, müffelnden Haufen auf der abgewetzten Bastmatte lag. Schließlich entschied er sich für das geruchärmste Stück, ein klassisches amerikanisches Kurzarm-Hemd, und zog sich eine wadenlange abgeschnittene Jeans ohne Unterhose an, so dass er sich kühn und draufgängerisch vorkam. Ein Abenteurer, ein Pionier.

Dann fiel sein Blick auf den Brief. Sechs blaue, dicht und beidseitig beschriebene Blätter. Dexter starrte ihn an, als hätte ihn ein Eindringling zurückgelassen, und mit der Nüchternheit kamen ihm erste Zweifel. Zögernd nahm er ihn, überflog aufs Geratewohl eine Seite und wandte dann hastig mit fest zusammmengepressten Lippen den Blick ab. All die Großbuchstaben, Ausrufezeichen und schlechten Witze. Er hatte sie »sexy« genannt und den Ausdruck »Exkursivität« benutzt, was noch nicht mal ein richtiges Wort war. Der Brief klang eher nach einem poesieliebenden Abiturienten als nach einem Pionier, einem Abenteurer mit rasiertem Kopf, einem Tattoo und ohne Unterwäsche. *Ich werde dich finden, ich habe an dich gedacht, Dex und Em, Em und Dex* – was hatte er sich dabei gedacht? Was vor einer Stunde noch dringlich und ergreifend geklungen hatte, wirkte jetzt kitschig, linkisch, stellenweise geradezu verlogen: Es hatte keine Gottesanbeterin an der Wand gegeben, und er hatte beim Schreiben auch nicht ihre Kassette gehört, denn er hatte in Goa seinen Kassettenrekorder verloren. Der Brief würde mit Sicherheit alles verändern, und war denn nicht alles gut, wie es war? Wollte Dexter wirklich, dass Emma zu ihm nach Indien kam, über sein Tattoo lachte und scharfzüngige Bemerkungen machte? Musste er sie am Flughafen küssen? Mussten sie sich ein Bett teilen? Wollte er sie wirklich so oft sehen?

Ja, er wollte. Trotz des offensichtlichen Schwachsinns lag echte Zuneigung, ja mehr als Zuneigung in dem Brief, und er würde ihn definitiv noch heute Abend abschicken. Wenn sie überreagierte, konnte er sich immer noch damit herausreden, dass er betrunken gewesen war. Wenigstens das stimmte.

Ohne weiteres Zögern steckte Dexter den Brief in einen Luftpostumschlag und steckte ihn zwischen die Seiten von *Howards End*, gleich neben Emmas handgeschriebene Widmung. Dann machte er sich auf, um seine neuen holländischen Freundinnen zu treffen.

Kurz nach neun am gleichen Abend verließ Dexter die Bar mit Renee von Houten, einer Pharmaziestudentin mit verblassenden Henna-Tattoos auf den Händen, einem Döschen Schlaftabletten in der Tasche und einem schlampig ausgeführten Woody-Woodpecker-Tattoo knapp über dem Steiß. Er konnte sehen, wie der Vogel ihn lüstern anstierte, als er durch die Tür stolperte.

In ihrer Hast rempelten Dexter und seine neue Freundin versehentlich Heidi Schindler an, eine 23-jährige Studentin der Chemietechnik aus Köln. Heidi fluchte, allerdings auf Deutsch und so leise, dass sie es nicht hörten. Sie bahnte sich einen Weg durch die überfüllte Bar, stellte den riesigen Rucksack ab und suchte in dem Raum nach einem Plätzchen, auf dem sie zusammenbrechen konnte. Heidis Gesicht war rot und rund wie eine Reihe sich überlappender Kreise, eine Wirkung, die durch die runden Brillengläser noch betont wurde, die in der feuchtheißen Bar sofort beschlugen. Schlecht gelaunt, aufgedunsen von Anti-Durchfall-Kapseln und wütend auf ihre Freunde, die sich immer ohne sie verdrückten, ließ sie sich auf ein altersschwaches Rattansofa fallen und versank völlig in ihrem Elend. Sie nahm die beschlagene Brille ab, wischte sie mit einem Zipfel ihres T-Shirts ab und machte es sich auf dem Sofa bequem, als sie etwas Hartes in die Hüfte stach. Wieder fluchte sie leise.

Zwischen den zerfledderten Schaumstoffkissen lag eine Ausgabe von *Howards End* mit einem Brief zwischen den ersten Seiten. Obwohl er an jemand anders adressiert war, wurde sie beim Anblick der rot-weißen Umrandung des Luftpostumschlags von erwartungsvoller Vorfreude erfasst. Sie zog den Brief heraus, las ihn einmal, dann ein zweites Mal.

Heidis Englisch war nicht besonders gut, und ein paar Wörter waren ihr unbekannt – »Exkursivität« zum Beispiel, aber sie verstand genug, um zu erkennen, dass der Brief wichtig war, die Art von Brief, die sie selbst eines Tages zu bekommen hoffte. Nicht gerade ein Liebesbrief, aber fast. Vor ihrem inneren Auge sah sie, wie »Em« den Brief ein-, zweimal durchlas, aufgebracht, aber auch ein kleines bisschen erfreut, und sie malte sich aus, wie sie die Vorschläge befolgte, die schreckliche Wohnung und den Scheißjob hinter sich ließ und ihr Leben umkrempelte. Heidi stellte sich vor, wie Emma Morley, ihr selbst nicht unähnlich, am Taj Mahal wartet und sich ihr ein gutaussehender blonder Mann nähert. Heidi malte sich einen Kuss aus und fing an, sich besser zu fühlen. Emma Morley musste den Brief um jeden Preis bekommen, entschied Heidi.

Allerdings stand weder eine Adresse noch »Dexters« Absender auf dem Umschlag. Sie durchsuchte die Seiten nach Hinweisen, zum Beispiel der Name des Restaurants, wo Emma arbeitete, fand aber nichts Brauchbares. Heidi beschloss, an der Rezeption der Herberge gegenüber zu fragen. Etwas anderes blieb ihr schließlich nicht übrig.

Heidi Schindler heißt heute Heidi Klauss. Sie ist 41, lebt mit ihrem Mann und den vier Kindern in einem Vorort von Frankfurt und ist einigermaßen glücklich, zumindest glücklicher, als sie es sich mit 23 hätte träumen lassen. Im Regal ihres Gästezimmers steht, vergessen und ungelesen, die Taschenbuchausgabe von *Howards End*, und zwischen Einband und erster Seite steckt der Brief, direkt neben einer Widmung in kleiner ordentlicher Schrift:

Für Dexter, ein großartiger Roman für eine großartige Reise. Für eine gute Reise und eine sichere Heimkehr ohne Tattoos. Sei brav, wenigstens so brav wie möglich. Teufel, du wirst mir fehlen.

Alles Liebe, deine gute Freundin Emma, London, April 1990

KAPITEL VIER
Gelegenheiten

MONTAG, 15. JULI 1991

Camden Town und Primrose Hill

»RUHE BITTE! Könnt ihr mal zuhören? Können mal alle ruhig sein? Klappe zu, Klappe zu, Klappe zu. Hallo? Bitte? Danke. Wenns geht, möchte ich gerne noch mal die Tageskarte durchgehen. Zuerst die sogenannten ›Tagesgerichte‹. Da hätten wir Zuckermaissuppe und eine Truthahn-Chimichanga.«

»Truthahn? Im Juli?«, rief Ian Whitehead von der Bar aus, wo er Limonen in Stücke schnitt, um sie auf Bierflaschenhälse zu stecken.

»Heute ist Montag«, fuhr Scott fort. »Es sollte schön ruhig sein, deshalb möchte ich alles blitzblank sauber haben. Ich habe auf den Ordnungsplan geguckt, und Ian, du bist mit Toilettenputzen dran.«

Seine Kollegen machten sich über ihn lustig. »Warum immer ich?«, jammerte Ian.

»Weil du so *toll* darin bist«, sagte seine beste Freundin Emma Morley, und er ergriff die Gelegenheit, ihr den Arm um die gebeugten Schultern zu legen und scherzhaft so zu tun, als wollte er sie mit dem Messer erstechen.

»Wenn ihr beide fertig seid, kommst du bitte zu mir ins Büro, Emma?«, sagte Scott.

Die anderen kicherten anzüglich, Emma machte sich von Ian los, und Rashid, der Barkeeper, drückte die Playtaste des fettigen Kassettenrekorders hinter der Bar, *La Cucaracha*, die Küchenschabe, ein Witz, der schon lange nicht mehr lustig war und sich bis zum Erbrechen wiederholte.

»So, dann mache ich es mal kurz und schmerzlos. Setz dich.«

Scott zündete sich eine Zigarette an, und Emma stieg auf einen Barhocker gegenüber dem großen, unordentlichen Schreibtisch. Eine Wand aus Kisten voller Wodka, Tequila und Zigaretten – Waren, die als besonders leicht »klaubar« galten – nahm dem kleinen, finsteren Raum, der nach Aschenbecher und Enttäuschung roch, das Licht der Julisonne.

Schwungvoll legte Scott die Füße auf den Tisch. »Tatsache ist, ich gehe.«

»Wirklich?«

»Die Zentrale hat mich gefragt, ob ich eine neue Filiale des Heil Cäsar in Ealing übernehmen will.«

»Heil Cäsar?«

»Eine neueröffnete Großkette moderner Italiener.«

»Namens Heil Cäsar?«

»Ja.«

»Warum nicht gleich Bei Mussolini.«

»Sie machen mit der italienischen Küche, was sie auch mit der mexikanischen gemacht haben.«

»Was, sie versauen?«

Scott sah verletzt aus. »Mach mal halblang, Emma, ja?«

»Tut mir echt leid, Scott. Herzlichen Glückwunsch, gut gemacht, ehrlich ...« Sie brach ab, als ihr klar wurde, was als Nächstes kommen würde.

»Der Punkt ist ...« Er verschränkte die Finger, beugte sich über den Schreibtisch, was er sich von den Geschäftsmännern im Fernsehen abgeguckt hatte, und verspürte einen kleinen erregenden Machtrausch. »Man hat mir aufgetragen, meinen Nachfolger zu ernennen, und darüber wollte ich mit dir reden. Ich möchte jemanden, der nicht sofort alles hinschmeißt. Jemand Zuverlässiges, der nicht einfach nach Indien abhaut, ohne Bescheid zu geben, oder alles für einen aufregenden Job sausen lässt. Jemand, bei dem ich mich darauf verlassen kann, dass er ein paar Jahre bleibt und sich mit Haut und Haaren ... Emma, was ... *weinst* du etwa?«

Emma schlug die Hände vor die Augen. »Tut mir leid, Scott, hast mich zum falschen Zeitpunkt erwischt, das ist alles.«

Halb mitfühlend, halb verärgert runzelte Scott die Stirn. »Hier ...«, er riss eine Rolle grobes, blaues Küchenpapier aus einer Großpackung. »Beruhige dich erst mal ...«, und er warf die Rolle über den Schreibtisch, so dass sie Emma an der Brust traf. »Hab ich was Falsches gesagt?«

»Nein, nein, nein, es ist was Persönliches, Privates, das hin und wieder hochkommt. Wie peinlich.« Sie presste sich zwei raue, zusammengeknüllte, blaue Papiertücher auf die Augen. »Tut mir leid, tut mir leid, sprich weiter.«

»Bei dem Tränenausbruch habe ich den Faden verloren.«

»Ich glaube, du warst dabei, mir zu erzählen, dass mein Leben nirgendwohin führt«, sagte sie halb lachend, halb weinend. Sie nahm sich ein drittes Stück Küchenpapier und hielt es sich vor den Mund.

Scott wartete, bis ihre Schultern nicht mehr bebten. »Bist du an dem Job interessiert oder nicht?«

»Du meinst …« Sie legte die Hand auf einen Zwanzig-Liter-Behälter Thousand Island Dressing, »… all das könnte eines Tages mir gehören?«

»Emma, wenn du den Job nicht willst, sags einfach, aber ich mache ihn jetzt seit vier Jahren …«

»Und du hast ihn wirklich gut gemacht, Scott …«

»Die Bezahlung ist angemessen, du müsstest nie wieder die Toiletten schrubben …«

»Und ich weiß das Angebot zu schätzen.«

»Warum dann die Sturzflut?«

»Ich bin bloß etwas … deprimiert, das ist alles.«

»De-primiert.« Scott runzelte die Stirn, als hörte er das Wort zum ersten Mal.

»Du weißt schon. Etwas down.«

»Aha. Verstehe.« Er überlegte, ihr väterlich den Arm um die Schultern zu legen, aber dafür hätte er über ein 50-Liter-Fass Mayonnaise klettern müssen, deshalb beugte er sich nur weiter über den Schreibtisch. »Ist es … Liebeskummer?«

Emma lachte kurz auf. »Wohl kaum, Scott, es ist nichts, du hast mich bloß an einem Tiefpunkt erwischt, das ist alles.« Sie schüttelte energisch den Kopf. »Siehst du, schon vorbei, alles wieder gut. Schwamm drüber.«

»Und, was hältst du davon? Die Leitung zu übernehmen?«

»Kann ich drüber nachdenken? Dir morgen Bescheid geben?«

Scott lächelte milde und nickte. »Nur zu! Mach eine Pause …« Er deutete zur Tür und fügte voller Mitgefühl hinzu: »Nimm dir ein paar Nachos.«

Im leeren Personalraum starrte Emma einen Teller mit dampfenden Käse-Mais-Chips an wie einen Feind, den es zu besiegen galt.

Plötzlich stand sie auf, ging zu Ians Schließfach und wühlte in den dicht gepackten Kleidern, bis sie Zigaretten fand. Sie nahm eine heraus, zündete sie an, hob dann die Brille an, inspizierte ihre Augen in dem gesprungenen Spiegel und leckte sich den Finger an, um die verräterischen Tränenspuren wegzuwischen. Emma trug das Haar jetzt lang, in einer undefinierbaren Frisur und einer Farbe, die sie »Strähniges Mausgrau« getauft hatte. Sie zog eine Strähne aus dem Haargummi, ließ sie durch Daumen und Zeigefinger gleiten und wusste, wenn sie sie wusch, würde das Shampoo grau werden. Großstadthaar. Sie war blass von zu vielen Spätschichten und hatte zugenommen; seit ein paar Monaten zog sie sich Röcke über den Kopf an. Daran musste all das gebratene Bohnenmus schuld sein; einmal gebraten, zweimal gebraten. »Fettes Mädchen«, dachte sie. »Dummes, fettes Mädchen« gehörte zusammen mit »Ein Drittel deines Lebens verschwendet« und »Wozu das alles?« zu den Sprüchen, die ihr jetzt ständig durch den Kopf gingen.

Mit Mitte zwanzig erlebte Emma eine zweite Pubertät, die noch ichbezogener und düsterer war als die erste. »Warum kommst du nicht nach Hause, Schatz?«, hatte ihre Mutter in einem Telefongespräch am Vorabend mit bebender, besorgter Stimme gesagt, als sei ihre Tochter von zu Hause ausgerissen. »Dein Zimmer ist noch da. Im Debenhams-Kaufhaus gibt es Jobs«, und zum ersten Mal war sie versucht gewesen, es zu tun.

Früher hatte sie geglaubt, London erobern zu können. Vor ihrem geistigen Auge hatte sie ein wildes Karussell literarischer Salons, politischen Engagements, lustiger Partys und bittersüßer Romanzen am Ufer der Themse gesehen. Sie hatte vorgehabt, eine Band zu gründen, Kurzfilme zu drehen, Romane zu schreiben, aber nach zwei Jahren war ihr schmales Gedichtbändchen immer noch nicht dicker, und seit dem Schlagstockangriff bei den Protesten gegen die Kopfsteuer war ihr nichts Interessantes mehr passiert.

Die Stadt hatte Emma besiegt, genau wie alle vorausgesagt hatten. Wie auf einer überfüllten Party hatte niemand ihre Ankunft bemerkt, und niemandem würde auffallen, wenn sie wieder ging.

Sie hatte es versucht. Der Traum, im Verlagsgeschäft zu arbeiten, war zerplatzt. Ihre Freundin Stephanie Shaw hatte dort gleich nach dem Abschluss einen Job ergattert, der sie zu einem völlig neuen Menschen machte. Kein Lager- oder Schwarzbier mehr für Stephanie Shaw. Heute trank sie Weißwein, trug adrette Kostümchen von Jigsaw und reichte auf ihren Dinnerpartys teure Kettle-Chips. Auf ihren Rat hin hatte Emma Bewerbungen an Verlage, Agenten und schließlich Buchhandlungen geschrieben, ohne Erfolg. Wegen der Rezession klebten alle grimmig entschlossen an ihren Sesseln. Sie überlegte, sich in die Pädagogik zu flüchten, aber die Regierung gewährte keine Stipendien mehr, und sie konnte sich die Studiengebühren auf keinen Fall leisten. Sie dachte an ehrenamtliche Arbeit, z.B. für Amnesty International, aber Miete und Fahrtkosten fraßen all ihr Geld, und das Loco Caliente fraß all ihre Zeit und Energie. Ihr kam die ausgefallene Idee, Blinden aus Romanen vorzulesen, aber war das wirklich ein Beruf oder nur etwas, das sie im Kino gesehen hatte? Wenn sie irgendwann die Energie aufbrächte, würde sie es herausfinden. Im Augenblick würde sie nur am Tisch sitzen und ihr Mittagessen anstarren.

Der Fabrikkäse war hart wie Plastik geworden, und in einem plötzlichen Anflug von Ekel schob Emma das Essen von sich, griff in ihre Tasche und nahm ein teures, neues, schwarzes Ledernotizbuch mit einem dicken Füllfederhalter am Einband heraus. Sie schlug eine leere, cremeweiße Seite auf und kritzelte los.

Nachos

Die Nachos waren schuld.
Ein dampfendes, fleckiges Chaos, wie das Chaos ihres Lebens
Sinnbild all dessen, was falsch lief
In
Ihrem
Leben.
»Zeit für Veränderung«, tönt es von der Straße.
Draußen auf der Kentish Town Road
Wird gelacht
Doch hier, in der verrauchten Dachkammer
Gibts nur
Die Nachos.
Der Käse ist wie das Leben,
Kalt und
Hart
Wie Plastik,
Und in dem hohen Raum wird nicht gelacht.

Emma hielt inne und sah an die Decke, als wollte sie jemandem Zeit zum Verstecken geben. Dann schaute sie wieder auf die Seite, in der Hoffnung, das Geschriebene könne sich als brillant entpuppen.

Ihr schauderte, sie gab ein langgezogenes Seufzen von sich und schüttelte lachend den Kopf, während sie sämtliche Zeilen methodisch schraffierte, bis jedes einzelne Wort unkenntlich war. Bald war das Papier durchweicht. Sie blätterte zu der Seite um, wo Tinte durchgesickert war, und las, was dort stand.

Edinburgh, 4 Uhr morgens

Wir liegen im Bett, reden über die
Zukunft, spekulieren,
Und ich sehe ihm beim Sprechen zu, denke
»Wie ein junger Gott«, albern, denke,
»Ist es das? Jenes flüchtige Gefühl?«

Draußen singen Amseln, und das
Sonnenlicht wärmt die Vorhänge …

Wieder schauderte ihr, als hätte sie unter einen Wundverband geblickt, und schlug das Notizbuch zu. Großer Gott, »Jenes flüchtige Gefühl«. Sie war am Wendepunkt angekommen. Sie glaubte nicht mehr, dass man eine Situation durch Gedichteschreiben verbessern konnte.

Sie legte das Notizbuch beiseite, nahm stattdessen den *Sunday Mirror* zur Hand, aß Nachos, flüchtige Nachos, und es überraschte sie immer wieder, wie tröstlich grottenschlechtes Essen sein kann.

Ian stand in der Tür. »Dieser Typ ist schon wieder da.«

»Welcher Typ?«

»Dein Freund, der gutaussehende. Hat irgendein Mädel im Schlepptau.« Und sofort wusste Emma, wen Ian meinte.

Die Nase an das fettige, runde Fenster gepresst, beobachtete sie von der Küche aus, wie sie in einer der mittleren Sitzecken lümmelten, an grellbunten Drinks nippten und über die Speisekarte lachten. Das Mädchen war groß, schlank, hatte blasse Haut, schwarz geschminkte Augen und einen rabenschwarzen, teuren, asymmetrischen Kurzhaarschnitt, die langen Beine steckten in durchsichtigen Leggings und Stiefeletten. Beide waren angetrunken und trugen die aufgesetzte wilde Verwegenheit von Leuten zur Schau, die wissen, dass sie beobachtet werden, Pop-Video-Benehmen, und Emma überlegte, wie befriedigend es wäre, durch das Restaurant zu stolzieren und ihnen mit einem vollgepackten »Burrito des Tages« eins überzuziehen.

Zwei große Hände legten sich Emma auf die Schultern. »Schhhhwing«, sagte Ian und legte das Kinn auf ihren Kopf. »Wer ist sie?«

»Keinen Schimmer.« Emma wischte die Spuren ihrer Nase von der Scheibe. »Hab den Überblick verloren.«

»Dann ist sie die Neue.«

»Dexter hat eine extrem kurze Aufmerksamkeitsspanne. Wie ein Baby. Oder ein Affe. Man muss ihm nur was Glitzerndes vor die Nase halten.« Denn das ist dieses Mädchen, dachte sie: glitzernd.

»Und, glaubst du, es stimmt, was man sagt? Dass Frauen auf Arschlöcher stehen?«

»Er ist kein Arschloch. Bloß ein Idiot.«

»Also stehen Frauen auf Idioten?«

Dexter hatte sich das Cocktailschirmchen hinters Ohr gesteckt, und das Mädchen brach ob dieses genialen Geistesblitzes in entzücktes Gelächter aus.

»Scheint ganz so«, erwiderte Emma. Woher kam nur dieses Bedürfnis, ihr seinen neuen, glitzernden, urbanen Lifestyle unter die Nase zu reiben? Sobald sie ihn nach seiner Rückkehr aus Thailand am Ankunftsschalter begrüßt hatte, schlank und braun gebrannt mit kurzgeschorenen Haaren, wusste sie, zwischen ihnen würde nie etwas laufen. Er hatte zu viele, sie zu wenige neue Erfahrungen gemacht. Trotzdem, das war jetzt die dritte Freundin, Geliebte oder was auch immer, die sie in den letzten neun Monaten kennenlernte, Dexter präsentierte sie ihr wie ein Hund eine fette Taube. War das eine Art von kranker Rache? Weil ihr Abschluss besser war als seiner? Wusste er nicht, was er ihr antat, wenn sie da an Tisch neun saßen und praktisch die Lenden aneinanderrieben?

»Kannst nicht du gehen, Ian? Es ist dein Tisch.«

»Er hat nach dir gefragt.«

Sie seufzte, wischte sich die Hände an der Schürze ab, setzte die Baseballmütze ab, um die Schmach möglichst gering zu halten, und stieß die Schwingtür auf.

»So – wollt ihr jetzt die Tagesgerichte hören, oder was?«

Dexter sprang auf, befreite sich aus den langen Gliedmaßen des Mädchens und riss seine gute alte Freundin an sich. »Hey, hey, wie gehts dir, Em? Küsschen, Küsschen!« Seit Dexter beim Fernsehen arbeitete, hatte er eine Manie für Umarmungen bzw. »Küsschen, Küsschen« entwickelt. Die Gesellschaft von TV-Moderatoren hatte auf ihn abgefärbt, und er sprach jetzt nicht mehr mit ihr wie mit einer alten Freundin, sondern mehr wie mit unserem nächsten ganz besonderen Gaststar.

»Emma, das hier …« Er legte dem Mädchen eine Hand auf die nackte, knochige Schulter und bildete eine Verbindung zwischen ihnen. »Das ist Naomi, es wird Nomi ausgesprochen.«

»Hallo, Nomi«, sagte Emma lächelnd. Naomi lächelte zurück, den Strohhalm fest zwischen die weißen Zähne geklemmt.

»Hey, trink doch eine Margarita mit uns!« Angeschickert und gefühlsduselig zog er Emma an der Hand.

»Geht nicht, ich muss arbeiten, Dex.«

»Komm schon, nur fünf Minuten. Ich spendier dir ein Getrunk. Ein *Getränk*. Ich meinte ein Getränk.«

Ian kam mit gezücktem Notizblock hinzu. »Und, möchtet ihr was essen?«, fragte er aufgeräumt.

Das Mädchen rümpfte die Nase. »*Eher* nicht.«

»Dexter, Ian, ihr habt euch schon getroffen, oder?«

»Nein, nein, noch nicht«, sagte Dexter. »Ja, ein paar Mal«, sagte Ian, und einen Moment lang standen sie schweigend da, das Personal und die Gäste.

»Also, Ian, kannst du uns zwei, nein, drei von diesen ›Remember the Alamo‹-Margaritas bringen? Zwei oder drei? Em, trinkst du einen mit?«

»Dexter, ich habs dir schon gesagt. Ich muss arbeiten.«

»Okay, wenn das so ist, weißt du was? Wir lassen es einfach. Können wir die Rechnung haben …« Ian ging, Dexter winkte Emma zu sich und flüsterte: »Ähm, sag mal, kann ich dir irgendwie, du weißt schon …«

»Was?«

»Das Geld für die Getränke geben?«

Emma sah ihn perplex an. »Ich verstehe nicht.«

»Ich meine, kann ich dir irgendwie, du weißt schon, *Trinkgeld* geben?«

»Trinkgeld?«

»Genau. Trinkgeld.«

»Warum?«

»Nur so, Em«, sagte Dex. »Ich möchte dir einfach wahnsinnig gern Trinkgeld geben«, und Emma fühlte, wie ein weiterer kleiner Teil ihrer Seele starb.

Das Hemd aufgeknöpft, die Hände unter dem Kopf gelegt, neben sich eine halbleere lauwarme Flasche Weißwein aus dem Supermarkt, döste Dexter in der Abendsonne auf dem Primrose Hill, und sein Kater vom Nachmittag ging nahtlos in den nächsten Rausch über. Der vertrocknete gelbe Rasen auf dem Hügel war übersät mit jungen Berufstätigen, die direkt aus dem Büro kamen, redeten und lachten, während drei verschiedene Kassettenrekorder miteinander wetteiferten, und Dexter lag mittendrin und träumte vom Fernsehen.

Die Idee, professioneller Fotograf zu werden, hatte er ohne großes Bedauern aufgegeben. Er wusste, er war ein passabler Amateur, würde es wohl immer bleiben, aber um ein Ausnahmefotograf wie Cartier-Bresson, Capa oder Brandt zu werden, bedurfte es harter Arbeit, Durchhaltevermögen und Anstrengung, und er war nicht sicher, ob Anstrengung sein Ding war. Das Fernsehen hingegen war im Moment ganz wild nach ihm. Warum war er nicht eher darauf gekommen? In seiner Jugend hatte es immer eine Glotze im Haus gegeben, aber er hatte Fernsehen damals wenig abgewinnen können. Doch in den letzten neun Monaten bestimmte es plötzlich sein Leben. Dexter war ein Bekehrter, und mit der Leidenschaft des Neukonvertiten ertappte er sich dabei, fast sentimentale Gefühle für das Fernsehen zu hegen, als habe er endlich seine spirituelle Heimat gefunden.

Natürlich hatte es nicht den künstlerischen Glanz des Fotografierens oder die Glaubwürdigkeit von Kriegsberichterstattung, aber Fernsehen war wichtig, Fernsehen war die Zukunft. Es war gelebte Demokratie, berührte das Leben der Menschen auf unmittelbare Weise, lenkte die Meinungsbildung, provozierte, unterhielt und fesselte die Leute weit mehr als all die Bücher, die niemand las, und all die Stücke, die keiner sah. Egal, was Emma über die Konservativen sagte (Dexter war auch nicht gerade ein Fan, allerdings mehr aus Gründen der Coolness als aus Prinzip), sie hatten die Medien gehörig aufgemischt. Bis vor kurzem war Fernsehen eine spießige, biedere, öde Angelegenheit gewesen: gewerkschaftlich durchorganisiert, grau und bürokratisch, voller bärtiger Sesselpupser, Weltverbesserer und Muttchen, die Teewagen vor sich her schoben, sozusagen die Showbizabteilung des Gehobenen Dienstes. Dagegen gehörte Redlight Productions zu den boomenden, neuen, jugendlichen, unabhängigen Privatsendern, die den rückständigen Dinosauriern à la John Reith das Wasser abgruben. In den Medien konnte man sich eine goldene Nase verdienen; das verrieten schon die in Primärfarben gehaltenen, mit modernsten Computersystemen und geräumigen Gemeinschaftskühlschränken ausgestatteten Großraumbüros.

Sein Aufstieg in dieser Welt war kometenhaft gewesen. Die Frau aus dem Zug in Indien mit der glänzenden schwarzen Bobfrisur und der winzigen Brille hatte ihm zuerst einen Job als Laufbursche, dann als Rechercheur gegeben, und jetzt war er Assistant Producer, Asst. Prod., bei UP4IT, einem Wochenendmagazin, das Livemusik und kontroverse Standup-Nummern mit Reportagen mischte, »die Jugendliche von heute wirklich angehen«: sexuell übertragbare Krankheiten, Drogen, Technomusik, Drogen, Polizeigewalt und Drogen. Dexter produzierte hyperaktive Filmchen von trostlosen, aus schrägen Winkeln mit Fischaugenobjektiv aufgenommenen Wohnsiedlungen, über denen zu Acid House die Wolken unnatürlich schnell dahinjagten. Man sprach sogar davon, ihn in der nächsten Staffel vor die Kamera zu holen. Er war herausragend, er war auf dem Höhenflug, und allem Anschein nach hatte er ausgezeichnete Chancen, seine Eltern stolz zu machen.

»Ich arbeite beim Fernsehen« – allein es zu sagen, ging ihm runter wie Öl. Dexter fand es geil, mit einer Versandtasche voller Videokassetten die Berwick Street entlang zu einem Schneideraum zu spazieren und Leuten zuzunicken, die genauso waren wie er. Er mochte die Tabletts voller Sushi und die Premierenpartys, er trank gern aus Wasserspendern, bestellte Eilboten und sagte Dinge wie »Wir müssen sechs Sekunden loswerden«. Insgeheim gefiel ihm die Tatsache, dass es eine der attraktiveren Branchen war, in denen Wert auf Jugendlichkeit gelegt wurde. In dieser schönen neuen TV-Welt lief man niemals Gefahr, in einen Konferenzraum zu marschieren und eine Gruppe 62-Jähriger beim Brainstorming anzutreffen. Was passierte mit Fernsehleuten, wenn sie ein gewisses Alter erreichten? Wohin verschwanden sie? Egal, er fands gut, genau wie die Vormachtstellung von jungen Frauen wie Naomi: hart, ehrgeizig und großstädtisch. In den seltenen Momenten des Selbstzweifels befürchtete Dexter früher, sein Mangel an Intellekt könne sich als hinderlich erweisen. Aber in diesem Beruf zählten Selbstbewusstsein, Tatkraft, vielleicht sogar eine gewisse Überheblichkeit, und all das besaß er zu Genüge. Klar, man musste klug sein, jedoch nicht so klug wie Emma. Nur clever, scharfsinnig und ehrgeizig.

Auch seine neue Wohnung im nahe gelegenen Belsize Park, ganz in dunklem Holz und Stahl gehalten, fand er geil, genau wie London, das an diesem St.-Swithins-Tag gewaltig und verschwommen vor ihm lag. All die Aufregung wollte er mit Emma teilen, ihr neue Möglichkeiten, neue Erfahrungen, neue Gesellschaftskreise erschließen, damit ihr Leben mehr wie seines wurde. Wer weiß, vielleicht freundeten Naomi und Emma sich sogar an.

Beruhigt von dem Gedanken und kurz vorm Einnicken, wachte er auf, als ein Schatten auf sein Gesicht fiel. Er öffnete ein Auge und sah blinzelnd auf.

»Hallo, Schönheit.«

Emma trat ihn fest gegen die Hüfte.

»Aua!«

»Wehe, *wehe*, du machst das noch mal!«

»Was denn?«

»Das weißt du genau! Als wäre ich im Zoo, du piekst mich mit einem Stock, lachst dich halb tot …«

»Ich hab nicht über dich gelacht!«

»Ich hab euch doch gesehen, du lagst praktisch auf deiner Freundin, und ihr habt euch 'nen Ast gelacht …«

»Sie ist nicht meine Freundin, und wir haben über die Speisekarte gelacht …«

»Ihr macht euch über meinen Arbeitsplatz lustig.«

»Na und? Du doch auch!«

»Ja, aber ich *arbeite* da. Ich lache dem Elend ins Gesicht, ihr lacht mich aus!«

»Em, so was würde ich niemals …«

»So fühlt es sich aber an.«

»Das wollte ich nicht.«

»Gut.« Sie setzte sich neben ihn und zog die Beine unter sich. »Jetzt knöpf dir das Hemd zu und gib mir die Flasche.«

»Sie ist wirklich nicht meine Freundin.« Er machte drei der unteren Knöpfe zu und wartete darauf, dass sie anbiss. Als sie nicht reagierte, legte er einen neuen Köder aus. »Wir vögeln nur manchmal, das ist alles.«

Als die Chancen auf eine Beziehung schwanden, hatte Emma versucht, sich mit Dexters Gleichgültigkeit abzufinden, und heute schmerzte sie eine derartige Bemerkung nicht mehr als ein Tennisball, der sie mit voller Wucht am Hinterkopf traf. Sie zuckte kaum mehr mit der Wimper. »Wie schön, freut mich für euch.« Sie goss Wein in einen

Plastikbecher. »Wenn sie nicht deine Freundin ist, wie soll ich sie dann nennen?«

»Weiß nicht. ›Geliebte‹?«

»Hat das nicht was mit Zuneigung zu tun?«

»Wie wärs mit ›Eroberung‹?«, grinste er. »Kann man heute noch ›Eroberung‹ sagen?«

»Wie wärs mit ›Opfer‹. ›Opfer‹ gefällt mir.« Emma lehnte sich plötzlich zurück und zwängte eine Hand in die Hosentasche. »Hier, kannste wieder haben.« Sie warf ihm einen zusammengefalteten Zehn-Pfund-Schein auf die Brust.

»Nichts da.«

»Oh, doch.«

»Das gehört dir!«

»Dexter, hör mir gut zu. Man gibt Freunden kein Trinkgeld.«

»Das ist ein Geschenk und kein Trinkgeld.«

»Bargeld ist kein Geschenk. Wenn du mir was kaufen willst, bitte, aber kein Bargeld. Das ist peinlich.«

Er seufzte und stopfte sich das Geld in die Hosentasche. »Entschuldige. Nochmals.«

»Gut«, sagte sie und legte sich neben ihn. »Also, leg los. Erzähl mir alles.«

Grinsend richtete er sich auf und stützte sich auf die Ellbogen. »Also, am Wochenende hatten wir eine Wrap Party zum Drehschluss …«

Wrap Party, dachte sie. Er ist jetzt jemand, der zu *Wrap Partys* geht.

»… und ich hatte sie schon im Büro gesehen, also gehe ich hin, um hi, hallo, willkommen im Team zu sagen, ganz förmlich, mit ausgestreckter Hand, und sie lächelt mich an, zwinkert, legt mir die Hand auf den Hinterkopf, zieht mich zu sich, und dann …«, er senkte die Stimme zu einem erregten Flüstern, »… hat sie mich geküsst, klaro?«

»Dich geküsst, klaro?«, sagte Emma, als sie der nächste Tennisball traf.

»… und schiebt mir mit der Zunge irgendwas in den Mund. ›Was ist das denn?‹, frage ich, und sie zwinkert nur und sagt, ›findest du schon noch raus‹.«

Sie schwiegen kurz, dann sagte Emma: »War es eine Erdnuss?«

»Nein …«

»Eine kleine, geröstete Erdnuss …«

»Nee, 'ne Pille …«

»Ein Tic-Tac oder was? Gegen deinen Mundgeruch?«

»Ich habe keinen Mund…«

»Hast du mir die Geschichte nicht schon mal erzählt?«

»Nein, das war ein anderes Mädchen.«

Es war ein wahrer Tennisballregen, hin und wieder war auch ein Kricketball dabei. Emma streckte sich und konzentrierte sich auf den Himmel. »Du darfst dir nicht ständig von Frauen Drogen in den Mund schieben lassen, Dex, das ist unhygienisch. Und gefährlich. Eines Tages ist es vielleicht eine Zyanidkapsel.«

Dexter lachte. »Willst du jetzt wissen, was als Nächstes passiert ist?«

Sie legte sich einen Finger aufs Kinn. »Will ich das? Nö, glaub nicht. Nein.«

Er erzählte es ihr trotzdem, die übliche Geschichte über dunkle Club-Hinterzimmer, nächtliche Telefonanrufe und frühmorgendliche Taxifahrten quer durch die Stadt; das endlose All-You-Can-Eat-Buffet von Dexters Sexleben, und Emma hörte absichtlich nicht hin und betrachtete stattdessen seinen Mund. Es war ein netter Mund, wie sie sich erinnerte, und wäre sie furchtlos, mutig und asymmetrisch wie diese Naomi-Tussi, würde sie sich jetzt vorbeugen und ihn küssen, und ihr ging auf, dass sie noch nie jemanden geküsst, das heißt, noch nie die *Initiative* ergriffen hatte. Sie war natürlich schon geküsst worden, plötzlich und viel zu hart von betrunkenen Jungs auf Partys, Küsse, die aus heiterem Himmel kamen wie Kinnhaken. Ian hatte vor drei Wochen einen Versuch gewagt, als sie gerade die Kühlkammer ausgewischt hatte, und er war so schnell auf sie zugestürzt, dass sie zuerst dachte, er wolle ihr einen Kopfstoß verpassen. Sogar Dexter hatte sie vor vielen, vielen Jahren mal geküsst. Wäre es wirklich so schlimm, ihn zurückzuküssen? Was, wenn sie es jetzt tat? Ergreif die Initiative, setz die Brille ab, nimm seinen Kopf in beide Hände, während er erzählt, und küss ihn, küss ihn ...«

»... und Naomi ruft um drei Uhr morgens an und sagt: ›Schwing deinen Hintern in ein Taxi. Jetzt. Sofort.‹«

Im Geiste sah sie deutlich vor sich, wie er sich mit dem Handrücken über den Mund fuhr: den Kuss abwischend wie Käsekuchen. Sie ließ den Kopf auf die andere Seite sinken, um die Leute auf dem Hügel zu beobachten. Die Abendsonne ging unter, und 200 erfolgreiche, attraktive junge Leute warfen Frisbees, zündeten Einweg-Grills an und schmiedeten Pläne für den Abend. Trotzdem fühlte sie sich diesen Leuten mit den interessanten Karrieren, CD-Spielern und Mountainbikes so fremd, als wäre alles nur eine Fernsehwerbung, vielleicht für Wodka oder kleine Sportwagen. »Warum kommst du nicht nach Hause, Schatz?«, hatte ihre Mutter gestern Abend am Telefon wieder gesagt. »Dein Zimmer ist immer noch da ...«

Emma warf einen Blick auf Dexter, der weiter sein Liebesleben vor ihr ausbreitete, dann auf ein junges, heftig knutschendes Pärchen, die Frau hockte mit gespreizten Beinen auf dem Mann, der die Arme hingebungsvoll nach hinten gestreckt hatte, ihre Finger waren ineinander verschränkt.

»… und wir haben das Hotelzimmer drei Tage praktisch nicht verlassen.«

»Tschuldige, hab schon vor längerer Zeit abgeschaltet.«

»Ich habe gesagt …«

»Was glaubst du, was sie an dir findet?«

Dexter zuckte die Schultern, als verstehe er die Frage nicht. »Sie sagt, ich wäre kompliziert.«

»Kompliziert. Du bist wie ein zweiteiliges Puzzle …«, sie setzte sich auf und wischte sich Gras vom Schienbein, »… aus extradickem Sperrholz«, und zog ein Hosenbein hoch. »Sieh dir die Beine an.« Sie nahm ein winziges Haarbüschel zwischen Daumen und Zeigefinger. »Wie von einer 58-jährigen Bergsteigerin. Ich seh aus wie die Vorsitzende des Wandervereins.«

»Benutz halt Wachs. Pelztierchen.«

»Dexter!«

»Außerdem hast du tolle Beine.« Er beugte sich vor und kniff sie in die Wade. »Du siehst toll aus.«

Sie stieß seinen Ellbogen weg, so dass er zurück ins Gras fiel. »Ich fasse es nicht, dass du mich Pelztierchen genannt hast.« Das Pärchen neben ihm knutschte immer noch. »Guck dir die an – nicht so auffällig.« Dexter spähte über die Schulter. »Ich kann sie hören. Bis hierhin kann ich das Schmatzen hören. Als würde jemand einen Abfluss reinigen. Nicht so auffällig, hab ich gesagt!«

»Wieso nicht? Ist doch ein öffentlicher Platz.«

»Warum führt man sich an einem öffentlichen Platz so auf? Hat was von ’ner Tierdoku.«

»Vielleicht sind sie ja verliebt.«

»Sieht Liebe so aus – feuchte Münder und hochgerutschte Röcke?«

»Manchmal schon.«

»Sieht aus, als wollte sie seinen Kopf einsaugen. Wenn sie nicht aufpasst, renkt sie sich den Kiefer aus.«

»Ist aber auch 'n heißes Gerät.«

»Dexter!«

»Na ja, stimmt doch, ich mein ja nur.«

»Weißt du, manche Leute könnten deine Sexbesessenheit für ein kleines bisschen seltsam halten, oder für verzweifelt und traurig …«

»Komisch, ich fühle mich nicht traurig. Oder verzweifelt.«

Emma, die sich genau so fühlte, schwieg. Dexter stieß sie mit dem Ellbogen an. »Weißt du, was wir mal machen sollten? Du und ich?«

»Was denn?«

Er grinste. »Zusammen ›E‹ nehmen.«

»E? Was ist E?«, fragte sie entgeistert. »Ach ja, ich glaub, ich hab einen Artikel darüber gelesen. Bewusstseinserweiternde Drogen sind nicht mein Ding. Ich hab mal vergessen, das Tipp-Ex zuzuschrauben, und dachte, meine Schuhe wollen mich fressen.« Erfreulicherweise lachte er, und sie verbarg ihr eigenes Lächeln hinter dem Plastikbecher. »Wie auch immer, ich bevorzuge den reinen, natürlichen Alkoholrausch.«

»›E‹ wirkt sehr enthemmend.«

»Umarmst du deshalb ständig alle?«

»Ich glaube nur, es könnte dir Spaß machen, das ist alles.«

»Ich *habe* Spaß. Du hast ja keine Ahnung.« Sie lag auf dem Rücken, starrte in den Himmel und spürte, wie er sie ansah.

»So. Und was ist mit dir?«, fragte er mit einer Stimme, die sie insgeheim seine Psychiaterstimme nannte. »Irgendwas Neues? Irgendwelche Action? An der Liebesfront?«

»Ach, du kennst mich. Ich bin völlig gefühllos. Wie ein Roboter. Oder eine Nonne. Eine Roboter-Nonne.«

»Bist du nicht. Du tust zwar so, bist du aber nicht.«

»Ach, mir macht das nichts. Mir gefällts, alleine alt zu werden …«

»Du bist gerade mal 25, Em …«

»… mich in einen Blaustrumpf zu verwandeln.«

Dexter wusste nicht genau, was ein Blaustrumpf ist, verspürte aber einen Pawlow'schen Anflug von Erregung bei dem Wort »Strumpf«. Während sie weitersprach, stellte er sie sich in blauen Strümpfen vor, entschied, dass sie weder ihr noch sonst jemandem stehen würden, dass Strümpfe überhaupt nur schwarz sein sollten, oder rot wie die, die Naomi mal angehabt hatte, und kam zum Schluss, dass ihm der Sinn des Wortes »Blaustrumpf« wohl entgangen war. Derlei erotische Tagträume nahmen einen Großteil seiner geistigen Energie in Anspruch, und er fragte sich, ob Emma nicht Recht hatte, vielleicht war er ja wirklich etwas zu abgelenkt von der sexuellen Seite der Dinge. Stündlich ließ ihn der Anblick von Werbeplakaten, Zeitschriften-Titelseiten, das Aufblitzen eines knallroten BH-Trägers bei einer vorübergehenden Fremden verblöden. Im Sommer war es am schlimmsten. Es war doch nicht normal, sich *ständig* zu fühlen wie ein frischentlassener Sträfling? Konzentration. Jemand, der ihm viel bedeutete, hatte gerade eine Art Nervenzusammenbruch, und darauf sollte er sich konzentrieren, anstatt auf die drei Mädchen hinter ihr, die gerade eine Wasserschlacht veranstalteten …

Konzentration! Konzentration. Er steuerte seine Gedanken weg vom Thema Sex, der Verstand so beweglich wie ein Flugzeugträger.

»Was ist mit diesem Typen?«, fragte er.

»Welcher Typ?«

»Bei der Arbeit, der Kellner. Der aussieht wie der Vorsitzende des Computerclubs.«

»Ian? Was ist mit ihm?«

»Warum gehst du nicht mit ihm aus?«

»Halt den Mund, Dexter. Ian ist nur ein Freund. Jetzt gib mir mal die Flasche, ja?«

Er sah zu, wie sie sich hinsetzte und den Wein trank, der jetzt warm und sirupartig war. Obwohl er nicht zu Sentimentalität neigte, gab es Zeiten, da Dexter ruhig dasitzen, Emma beim Lachen oder Geschichtenerzählen zuschauen konnte und sich vollkommen sicher war, dass sie der beste Mensch war, den er kannte. Manchmal wollte er es laut aussprechen, sie einfach unterbrechen und es ihr sagen. Allerdings nicht heute. Stattdessen dachte er, wie müde, traurig und blass sie aussah, und als sie zu Boden schaute, bekam sie ein kleines Doppelkinn. Warum kaufte sie sich keine Kontaktlinsen statt der hässlichen, dicken Brille? Sie war schließlich keine Studentin mehr. Und diese Samthaargummis, sie tat sich keinen Gefallen damit. Sie brauchte wirklich jemanden, der ihr half, ihr Potenzial zu erschließen, dachte er, von tiefem Mitgefühl erfüllt. Vor seinem geistigen Auge sah er eine Art Filmszene vor sich, in der Emma eine Reihe umwerfender neuer Outfits anprobierte, während er großmütig und wohlwollend zuschaute. Ja, er sollte Emma wirklich mehr Aufmerksamkeit widmen und würde es auch tun, wenn in seinem eigenen Leben weniger los wäre.

Gab es denn nichts, was er spontan tun konnte, um ihre Stimmung und ihr Selbstbewusstsein zu heben, damit sie sich in ihrer Haut wohler fühlte? Ihm kam eine Idee, und er ergriff ihre Hand und verkündete feierlich:

»Weißt du, Em, wenn du mit 40 noch Single bist, heirate ich dich.«

Sichtlich entrüstet sah sie ihn an. »Soll das etwa ein *Antrag* sein, Dex?«

»Nicht *im Moment*, erst wenn wir beide total verzweifelt sind.«

Sie lachte bitter auf. »Und wie kommst du darauf, dass ich dich heiraten will?«

»Na ja, das setze ich als selbstverständlich voraus.«

Langsam schüttelte sie den Kopf. »Tja, da musst du dich leider hinten anstellen. Mein Freund Ian hat mir neulich beim Desinfizieren der Fleischtiefkühltruhe dasselbe gesagt. Allerdings gibt er mir nur bis 35 Zeit.«

»Nichts gegen Ian, aber du solltest die zusätzlichen fünf Jahre definitiv in Kauf nehmen.«

»Ich warte auf keinen von euch! Ich heirate sowieso nie.«

»Woher willst du das wissen?«

Sie zuckte die Schultern. »Hat mir 'ne weise alte Zigeunerin geflüstert.«

»Wahrscheinlich bist du aus *politischen* Gründen dagegen.«

»Es … ist einfach nichts für mich, das ist alles.«

»Ich seh dich schon vor mir. Bauschiges weißes Kleid, Brautjungfern, kleine Pagen, blaues Strumpfband …« *Strumpfband.* Sein Verstand stürzte sich auf das Wort wie ein Fisch auf einen Angelhaken.

»Es gibt Wichtigeres im Leben als ›Beziehungen‹.«

»Was denn, deine Karriere vielleicht?« Sie funkelte ihn an. »War nicht so gemeint.«

Sie wandten sich wieder dem Himmel zu, der sich langsam in einen Nachthimmel verwandelte, und nach einer Weile sagte

Emma: »Genau genommen hat meine Karriere heute eine Wendung genommen, wenn dus unbedingt wissen musst.«

»Wurdest du gefeuert?«

»Befördert.« Sie lachte. »Mir wurde die Restaurantleitung angeboten.«

Dexter fuhr hoch. »Von dem Laden? Du musst ablehnen.«

»Warum muss ich ablehnen? Ist doch nichts verkehrt an Restaurantarbeit.«

»Em, meinetwegen kannst du Uran mit den Zähnen abbauen, solange du dabei glücklich bist. Aber du hasst den Job, jede einzelne Sekunde.«

»Na und? Viele Leute hassen ihre Arbeit. Deswegen heißt es ja Arbeit.«

»Ich finde meinen Job geil.«

»Tja, wir können ja nicht alle bei den *Medien* arbeiten, stimmts?« Sie hasste den höhnischen und verbitterten Ton in ihrer Stimme. Schlimmer noch, sie fühlte heiße, irrationale Tränen in sich aufsteigen.

»He, vielleicht kann ich dir ja 'nen Job besorgen!«

Sie lachte. »Was denn für 'n Job?«

»Bei mir, bei Redlight Productions!« Er erwärmte sich für die Idee. »Als Rechercheurin. Du würdest als unbezahlte Praktikantin anfangen, aber du wärst bestimmt klasse …«

»Vielen Dank, Dexter, aber ich will nicht bei den Medien arbeiten. Ich weiß, heutzutage sollten alle ganz versessen auf einen Job bei den *Medien* sein, als wären die *Medien* das Nonplusultra …« *Du klingst hysterisch*, dachte sie, eifersüchtig und hysterisch. »Eigentlich weiß ich nicht mal, was die *Medien* überhaupt sind …« *Halt die Klappe, bleib ruhig.* »Ich meine, was tut ihr denn schon den ganzen Tag außer rumstehen, Mineralwässerchen trinken, euch zudröhnen und eure *Familienjuwelen* fotokopieren …«

»He, das ist harte Arbeit, Em …«

»Ich meine, wenn man, keine Ahnung, Krankenschwestern, Sozialarbeiter oder Lehrer mit demselben Respekt behandeln würde wie die gottverdammten *Medienfuzzis* …«

»Dann werd doch Lehrerin! Du wärst 'ne fantastische Lehrerin …«

»Ich möchte, dass du an die Tafel schreibst: ›Ich darf meiner Freundin keine Karrieretipps geben!‹« Sie sprach zu laut, schrie fast, und ein langes Schweigen folgte. Wieso benahm sie sich so? Er wollte doch nur helfen. Was hatte er denn schon von ihrer Freundschaft? Er sollte einfach aufstehen und gehen, das sollte er. Sie drehten sich zueinander, und ihre Blicke trafen sich.

»Tut mir leid«, sagte er.

»Nein, mir tuts leid.«

»Was denn?«

»Auf dich loszugehen wie eine … Furie. Ich bin müde, ist nicht mein Tag. Sorry, dass ich so … öde bin.«

»Du bist überhaupt nicht öde.«

»Doch, bin ich, Dex. Gott, ich schwör dir, manchmal langweile ich mich schon selbst.«

»Also, mich nicht.« Er nahm ihre Hand. »Das könntest du gar nicht. Jemanden wie dich findet man nur einmal, Em.«

»Ach was, an jeder Straßenecke.«

Er stupste sie mit dem Fuß an. »Em?«

»Was?«

»Akzeptiere das Kompliment einfach, ja? Halt den Mund und akzeptiere es.«

Ihre Blicke trafen sich. Dann legte er sich wieder hin, und als sie es ihm kurz darauf gleichtat, zuckte sie leicht zusammen, als sie seinen Arm unter ihren Schultern spürte. Nach einem kurzen, verlegenen Moment beiderseitigen Unbehagens rollte sie sich auf die Seite und schmiegte sich an ihn. Er nahm sie fest in den Arm und murmelte ihr ins Haar:

»Weißt du, was ich nicht kapiere? Alle möglichen Leute sagen dir ständig, wie toll, klug, witzig und talentiert du bist, ich meine, die ganze Zeit, ich sags dir schon seit Jahren. Warum glaubst dus nicht endlich? Was meinst du, warum die Leute dir dieses Zeug sagen, Em? Glaubst du, es ist eine Verschwörung, und sie tun sich hinter deinem Rücken zusammen, um nett zu dir zu sein?«

Sie drückte ihm den Kopf an die Schulter, damit er aufhörte, weil sie sonst losgeheult hätte. »Du bist lieb. Aber ich muss jetzt los.«

»Nein, bleib noch. Wir holen uns 'ne neue Flasche.«

»Wartet Noami nicht irgendwo auf dich? Den Mund voller Drogen wie ein kleiner zugedröhnter Hamster?« Sie blies die Backen auf, Dexter lachte, und sie fühlte sich besser.

Sie blieben noch eine Weile liegen, kamen nach einem Abstecher zum Spirituosenladen zum Hügel zurück, betrachteten den Sonnenuntergang über der Stadt, tranken Wein und aßen dazu nur eine große Tüte teurer Chips. Seltsame Tierschreie hallten vom Regent's Park Zoo herüber, und schließlich waren sie allein auf dem Hügel.

»Ich sollte nach Hause gehen«, sagte sie und stand schwankend auf.

»Du kannst bei mir bleiben, wenn du willst.«

Emma dachte an die Heimfahrt, die Northern Line, das Oberdeck des N38-Busses, dann der lange, gefährliche Fußmarsch zu der aus unerfindlichen Gründen nach gebratenen Zwiebeln riechenden Wohnung. Wenn sie endlich zu Hause ankam, war die Zentralheizung bestimmt bis zum Anschlag aufgedreht, und Tilly Killick würde mit offenem Bademantel wie ein Gecko an einem Heizkörper kleben und Pesto aus dem Glas löffeln. Im Kühlschrank würde ein angebissener irischer Cheddar liegen, im Fernsehen würde *Thirtysomething* laufen – sie hatte keine Lust, nach Hause zu gehen.

»Ich leih dir 'ne Zahnbürste?«, sagte Dexter, als lese er ihre Gedanken. »Du schläfst auf dem Sofa?«

Emma malte sich aus, wie sie die Nacht auf dem quietschenden, schwarzen Ledermodulsofa verbringen und sich ihr vor lauter Alkohol und Verwirrung der Kopf drehen würde, und entschied, das Leben sei schon kompliziert genug. Sie fasste einen Entschluss, wie sie es im Augenblick fast täglich tat. Keine Übernachtungen, keine Gedichte und keine Zeitverschwendung mehr. Zeit, mit deinem Leben aufzuräumen. Zeit für einen Neuanfang.

KAPITEL FÜNF

Spielregeln

MITTWOCH, 15. JULI 1992

Die Dodekanes-Inseln, Griechenland

Eines Morgens wacht man auf, und alles ist perfekt.

An diesem schönen, sonnigen St.-Swithins-Tag schipperten sie auf dem Sonnendeck einer Fähre gemächlich auf der Ägäis dahin, über sich den endlosen, blauen, von keinem Wölkchen getrübten Himmel. Seite an Seite lagen sie in Urlaubskleidung und mit neuen Sonnenbrillen in der Morgensonne und schliefen den Rausch ihrer nächtlichen Kneipentour aus. Tag zwei einer zehntägigen Insel-Hopping-Tour, und die Spielregeln waren immer noch wie in Stein gemeißelt.

Die Regeln, eine Art platonische Genfer Konvention, bestanden aus ein paar grundlegenden Verboten, die vor dem Urlaub aufgestellt worden waren, um »Komplikationen« zu vermeiden. Emma war wieder Single; eine kurze, belanglose Beziehung mit Spike, einem Fahrradmechaniker, dessen Hände ständig nach Schmiermittel rochen, war in beiderseitigem Einvernehmen in die Brüche gegangen, hatte aber trotzdem Emmas Selbstvertrauen gestärkt. Und ihr Fahrrad hatte nie besser ausgesehen.

Dexter hingegen traf sich nicht mehr mit Naomi, weil ihm das Ganze, wie er sagte, »zu ernst« geworden war, was auch immer *das* heißen mochte. Seither hatte er kurze Affären mit Avril, Mary, einer Sara, einer Sarah, Sandra und Yolande gehabt, bevor er bei Ingrid gelandet war, einer wilden Modestylistin, die das Modeln an den Nagel hängen musste, weil – wie sie Emma ganz ernst erzählte – ihre Brüste zu groß für den Laufsteg seien, und bei diesen Worten platzte Dexter vor Stolz.

Ingrid gehörte zu den sexuell selbstbewussten Mädchen, die ihren BH über der Kleidung tragen. Und obwohl sie sich in keiner Weise von Emma oder sonst jemandem bedroht fühlte, hielten es alle drei Parteien für das Beste, ein paar Dinge zu klären, bevor die Schwimmsachen ausgepackt und die Cocktails geschlürft wurden. Es war zwar unwahrscheinlich, dass etwas zwischen Emma und Dexter passierte, denn der Zug war schon vor ein paar Jahren abgefahren, und sie waren jetzt immun gegen die Anziehungskraft des anderen, geborgen im sicheren Hafen der Freundschaft. Trotzdem hatten sich Emma und Dexter an einem Freitagabend im Juni vor dem Pub am Hampstead Heath zusammengesetzt und Die Regeln aufgestellt.

Regel Nummer eins: Getrennte Zimmer. Was auch passierte, es würden weder Einzel- noch Doppelbetten geteilt, es würde kein betrunkenes Kuscheln und keine Umarmungen geben; schließlich waren sie keine Studenten mehr. »Mit Kuscheln kann ich eh nichts anfangen«, hatte Dexter gesagt. »Davon kriegt man nur 'n Krampf.« Emma hatte ihm beigepflichtet und hinzugefügt:

»Und kein Flirten. Regel Nummer zwei.«

»Also, ich flirte nie …«, sagte Dexter und strich ihr mit dem Fuß die Innenseite des Schienbeins entlang.

»Im Ernst, nicht, dass du nach ein paar Drinks zudringlich wirst.«

»›Zudringlich‹?«

»Du weißt genau, was ich meine. Keine Annäherungsversuche.«

»Was, bei dir?«

»Bei mir oder sonst jemandem. Genau genommen ist das Regel drei. Ich will nicht wie das fünfte Rad am Wagen dabeisitzen, wenn du Lotte aus Stuttgart mit Sonnenöl einreibst.«

»Ähm, also so was wird bestimmt nicht vorkommen.«

»Wird es auch nicht. Weil es eine Regel ist.«

Regel Nummer vier, von Emma aufgestellt, war der Anti-Nacktheits-Paragraph. Kein Nacktbaden, sittsame Bekleidung und körperliche Zurückhaltung in allen Lebenslagen. Sie wollte Dexter nicht in Unterhose, unter der Dusche oder, Gott behüte, auf dem Klo sehen. Im Gegenzug schlug Dexter Regel Nummer fünf vor. Kein Scrabble. Eine wachsende Anzahl seiner Freunde spielte es neuerdings auf augenzwinkernde Art, nach dreifachem Wortwert süchtige Scrabble-Freaks, aber ihm kam es so vor, als sei das Spiel nur erfunden worden, damit er sich langweilte und sich blöd vorkam. Kein Scrabble und auch kein Boggle; schließlich war er noch nicht tot.

Heute, am zweiten Tag, war noch keine Der Regeln gebrochen worden, und sie lagen an Deck der alten, rostfleckigen Fähre, die gemächlich von Rhodos zu den kleineren Dodekanes-Inseln tuckerte. Die erste Nacht hatten sie in der Altstadt verbracht, zuckersüße Cocktails aus ausgehöhlten Ananas getrunken und konnten ob der vielen neuen Eindrücke nicht aufhören, sich anzugrinsen. Die Fähre hatte Rhodos noch im Dunkeln verlassen, und jetzt, um neun Uhr morgens, lagen sie beide ruhig da, hätschelten ihren Kater, fühlten, wie das Stampfen der Maschinen ihren Mageninhalt durchrüttelte, aßen Apfelsinen, lasen und schmorten still in der Sonne vor sich hin, geborgen im einvernehmlichen Schweigen.

Dexter brach es als Erster, seufzend legte er sich das Buch auf die Brust: Nabokovs *Lolita*, ein Geschenk von Emma, die für das Aussuchen der Urlaubslektüre verantwortlich war, ein großer Betonklotz von Büchern, eine mobile Bibliothek, die einen Großteil ihres Koffers einnahm.

Ein Augenblick verging. Wieder seufzte er demonstrativ.

»Was ist los?«, fragte Emma, ohne von Dostojewskis *Idiot* aufzusehen.

»Ich kann nichts damit anfangen.«

»Es ist ein Meisterwerk.«

»Ich krieg davon Kopfweh.«

»Ich hätte dir ein Bilder- oder Ausklappbuch mitbringen sollen.«

»Ach, so schlecht ist es nicht …«

»*Die kleine Raupe Nimmersatt* oder so …«

»Ich finde es nur ein bisschen einseitig. Dieser Typ labert immer nur davon, wie geil er ist.«

»Ich dachte, da kannst du dich gut reinversetzen.« Sie hob die Sonnenbrille. »Es ist ein hocherotisches Buch, Dex.«

»Nur, wenn man auf kleine Mädchen steht.«

»Weshalb wurdest du noch mal von dieser Sprachenschule in Rom gefeuert?«

»Ich hab dir doch gesagt, sie war einundzwanzig, Em!«

»Dann schlaf doch ein Ründchen.« Sie wandte sich erneut dem russischen Roman zu. »Spießer.«

Er legte den Kopf auf den Rucksack, doch plötzlich standen zwei Leute neben ihm und warfen einen Schatten auf sein Gesicht. Das Mädchen war hübsch und nervös, der Junge groß und so blass, dass er in der Morgensonne fast schneeweiß aussah.

»Tschuldigung«, sagte das Mädchen mit Midlands-Akzent.

Dexter legte die Hand über die Augen und strahlte sie an. »Hallo, Leute.«

»Sind Sie nicht der Typ aus 'm Fernsehen?«

»Kann sein«, sagte Dexter, setzte sich auf und stieß die Sonnenbrille mit einer verwegenen kleinen Kopfbewegung nach hinten. Emma stöhnte leise.

»Wie heißt es noch gleich? *abfeiern!*« Der Titel einer Fernsehsendung musste neuerdings klein geschrieben werden, wenn man Coolness groß schrieb.

Dexter hob die Hand. »Schuldig im Sinne der Anklage!«

Emma prustete, und Dexter warf ihr einen bösen Blick zu. »Witzige Stelle«, erklärte sie und deutete mit dem Kopf auf den Dostojewski.

»Hab ichs doch gewusst, dass ich Sie aus 'm Fernsehen kenne!« Das Mädchen stieß seinen Freund an. »Hab ichs nich gesagt?«

Der blasse Mann druckste herum, murmelte etwas und verstummte. Dexter wurde sich des Tuckerns der Maschinen und des Buches bewusst, das aufgeschlagen auf seiner Brust lag. Er ließ es unauffällig im Rucksack verschwinden. »Na, Urlaub?«, fragte er. Die Frage war eindeutig überflüssig, aber sie erlaubte ihm, in die Fernsehrolle des sympathischen, bodenständigen Typen von nebenan zu schlüpfen.

»Ja, Urlaub«, murmelte der Mann.

Wieder Schweigen. »Das ist Emma, eine Freundin von mir.«

Emma spähte über die Brillengläser. »Hallo.«

Das Mädchen musterte sie mit zusammengekniffenen Augen. »Sind Sie auch aus 'm Fernsehen?«

»Ich? Gott, nein.« Das Mädchen verlor das Interesse. »Aber ich träume davon.«

»Emma arbeitet für Amnesty International«, sagte Dexter stolz und legte ihr die Hand auf die Schulter.

»Zeitweise. Hauptsächlich arbeite ich in einem Restaurant.«

»Sie leitet es. Aber sie hört demnächst auf. Ab September studiert'se Lehramt, stimmts nich, Em?«

Emma sah ihn durchdringend an. »Wieso sprichst du so komisch?«

»Was meinste?« Dexter lachte abwehrend, aber das junge Paar trat unbehaglich von einem Bein auf das andere, und der Mann sah zur Reling, als würde er einen Sprung über Bord ernsthaft in Erwägung ziehen. Dexter beschloss, das Gespräch zu beenden. »Schön, dann sehen wir uns am Strand, ja? Können ja mal 'n Bierchen kippen, ne?«, und die beiden lächelten und gingen wieder zu ihrer Bank.

Dexter hatte es nicht darauf angelegt, berühmt zu werden, aber er wollte immer erfolgreich sein, und was nützte der Erfolg, wenn ihn keiner sah? Die Leute sollten davon erfahren. Jetzt, da der Ruhm da war, machte er in gewisser Weise Sinn, als sei er die natürliche Fortsetzung seiner Beliebtheit in der Schule. Er hatte es auch nicht darauf angelegt, TV-Moderator zu werden – wer hatte das schon –, war aber hocherfreut, als man ihn ein Naturtalent nannte. Zum ersten Mal vor der Kamera zu stehen, war für ihn, wie zum ersten Mal Klavier zu spielen und dabei zu entdecken, dass man ein Virtuose ist. Die Show selbst war weniger tiefgründig als andere, an denen er mitgearbeitet hatte, im Grunde nur eine

Aneinanderreihung von Live-Musik, Exklusiv-Videos, Promi-Interviews, und gut, sie war nicht gerade anspruchsvoll, er musste nur in die Kamera gucken und »Seid ihr gut drauf?« brüllen. Aber er tat es überzeugend, mit so viel Charme und Autorität, und sah dabei unverschämt gut aus.

In der Öffentlichkeit erkannt zu werden, war immer noch eine neue Erfahrung. Ihm war durchaus bewusst, dass er zu einer gewissen »Großkotzigkeit« neigte, wie Emma es nannte, und hatte sich deshalb im Stillen Gedanken gemacht, was er mit seinem Gesicht anstellen sollte. In dem Bemühen, nicht affektiert, großspurig oder gekünstelt zu wirken, hatte er an einem Gesichtsausdruck gearbeitet, der sagte, *hey, keine große Sache, ist doch bloß Fernsehen*, und den nahm er jetzt an, setzte die Sonnenbrille wieder auf und wandte sich seinem Buch zu.

Amüsiert beobachtete Emma die Vorstellung: Die angestrengte Gleichgültigkeit, das leichte Beben der Nasenflügel und das Lächeln, das um die Mundwinkel spielte. Sie schob sich die Sonnenbrille auf die Stirn.

»Das steigt dir doch wohl nicht zu Kopf?«

»Was?«

»Ein klitzekleines bisschen prominent zu sein.«

»Ich kann das Wort nicht ausstehen. ›Prominent‹.«

»Oh, und was wäre dir lieber? ›Wohlbekannt‹?«

»Wie wärs mit ›berüchtigt‹?«, grinste er.

»Oder ›nervig‹? Wie stehts mit ›nervig‹?«

»Jetzt mach ma halblang, ja?«

»Kannst du das nicht lassen?«

»Was?«

»Mit Cockney-Akzent zu sprechen. Du warst auf dem Winchester College, verdammt.«

»Ich hab keinen Cockney-Akzent.«

»Wenn du einen auf Fernsehmoderator machst, schon. Klingt, als hättest du eben schnell den Marktstand verlassen, um 'ne piekfeine Sendung zu moderieren.«

»Aber du hast doch auch einen Yorkshire-Akzent.«

»Ich *komme* ja auch aus Yorkshire!«

Dexter zuckte die Schultern. »Ich muss so sprechen, sonst vergraule ich die Zuschauer.«

»Und was, wenn du mich vergraulst?«

»Tu ich vielleicht, aber du gehörst ja auch nicht zu den zwei Millionen Leuten, die meine Sendung gucken.«

»Ach, jetzt ist es schon *deine* Sendung?«

»Die Sendung, in der ich auftrete.«

Sie lachte und las weiter. Nach einer Weile sagte Dexter: »Und, hast du?«

»Was?«

»Mich gesehen. In *abfeiern*?«

»Habs ein- oder zweimal eingeschaltet. Als Hintergrundbeschallung bei der monatlichen Abrechnung.«

»Und wie findest dus?«

Sie seufzte und starrte auf das Buch. »So was ist nicht mein Ding, Dex.«

»Sags mir trotzdem.«

»Ich kenn mich mit Fernsehen nicht aus ...«

»Sag einfach deine Meinung.«

»Na schön, es ist, wie eine Stunde lang von einem Betrunkenen mit 'nem Stroboskop in der Hand angebrüllt zu werden, aber wie gesagt ...«

»Ah, verstehe.« Er sah erst das Buch, dann wieder Emma an. »Und was ist mit mir?«

»Mit dir?«

»Na ja – tauge ich was? Als Moderator?«

Sie nahm die Sonnenbrille ab. »Dexter, du bist der wahrscheinlich beste Moderator für Jugendfernsehen, den dieses Land je gesehen hat, und das ist nicht nur so dahingesagt.«

Stolz stützte er sich auf den Ellbogen. »Eigentlich sehe ich mich eher als Journalisten.«

Lächelnd blätterte Emma um. »Glaub ich dir gerne.«

»Denn das ist es, Journalismus. Ich muss recherchieren, das Interview vorbereiten, die richtigen Fragen stellen …«

Sie legte Zeigefinger und Daumen ans Kinn. »Ja, genau, ich glaube, ich habe dein tiefschürfendes MC-Hammer-Interview gesehen. Echt hart, echt provokant …«

»Klappe, Em …«

»Nein, im Ernst, die Art, wie du Hammer ausgequetscht hast, über seine musikalischen Inspirationen, seine Ballonhosen, du hast jedes heiße Eisen angefasst. *You can't touch this*, von wegen.«

Er schlug mit dem Buch nach ihr. »Halt den Mund und lies weiter, klar?«, dann lehnte er sich zurück und schloss die Augen. Emma vergewisserte sich, dass er lächelte, und lächelte auch.

Der Vormittag brach an, und während Dexter schlief, sah Emma ihr Ziel: eine blaugraue Granitmasse, die aus dem klarsten Meerwasser ragte, das sie je gesehen hatte. Sie war immer der Überzeugung gewesen, solches Wasser sei eine Lüge der Werbebroschüren, ein mit Linsen oder Filtern erzielter Effekt, aber jetzt sah sie es leibhaftig vor sich, smaragdgrün und funkelnd. Auf den ersten Blick wirkte die Insel unbewohnt bis auf eine Ansammlung von Häusern in der Farbe von Kokosnusseis rings um den Hafen. Bei dem Anblick musste sie leise lachen. Reisen war für sie immer alles andere als angenehm gewesen. Bis zu ihrem sechzehnten Lebensjahr hatte sie jedes Jahr beim zweiwöchigen Wohnwagenurlaub in Filey mit ihrer Schwester im Clinch gelegen, während ihre Eltern sich regelmäßig die Kante gaben und in den Regen hinausstarrten, eine Art grausames Experiment über die Auslotung der Grenzen zwischenmenschlicher Nähe. Während des Studiums hatte sie mit Tilly Killick einen Campingausflug in die Cairngorm-Berge gemacht, sechs Tage in einem Zelt, das nach Tütensuppe roch, ein spaßiger Urlaub nach dem Motto »So furchtbar, dass es wieder lustig ist«, der sich am Ende aber doch als nur furchtbar entpuppte.

Jetzt stand sie an der Reling, und während die Stadt immer deutlicher in Sicht kam, begann sie den Sinn des Reisens zu begreifen: Emma hatte sich noch nie so weit weg vom Waschsalon, dem Oberdeck des Nachtbusses nach Hause und von Tillys Abstellraum gefühlt. Die Luft schien hier irgendwie anders zu sein; nicht nur der Geruch, sondern die ganze Beschaffenheit. Durch Londoner Luft starrte man wie durch eine schmierige Aquariumscheibe. Hier war alles hell und scharf, sauber und klar.

Als sie einen Kameraverschluss klicken hörte, drehte sie sich um und sah gerade noch, wie Dexter sie wieder fotografierte. »Ich sehe schrecklich aus«, sagte sie reflexartig, obwohl das vielleicht nicht stimmte. Er stellte sich hinter sie und legte die Arme neben ihre auf die Reling.

»Wunderschön, nicht?«

»Ganz nett«, sagte sie und konnte sich an keinen glücklicheren Moment erinnern.

Sie gingen von Bord – zum allerersten Mal hatte sie wirklich das Gefühl, *von Bord zu gehen* – und fanden sich sofort inmitten hektischer Betriebsamkeit auf dem Kai wieder, wo die Jagd der Urlauber und Rucksacktouristen auf die besten Unterkünfte begann.

»Und was machen wir jetzt?«

»Ich such uns was. Du wartest im Café, bis ich dich holen komme.«

»Etwas mit Balkon.«

»Ja, Ma'am.«

»Und mit Meerblick, bitte. Und einem Schreibtisch.«

»Mal sehen, was sich machen lässt«, sagte er und schlenderte mit schlappenden Sandalen zu der Menge am Kai.

Sie rief ihm nach: »Und nicht vergessen!«

Dexter drehte sich um und sah sie an der Kaimauer stehen, sie hielt den breitkrempigen Hut auf ihrem Kopf fest, die laue Brise umspielte ihren Körper in dem hellblauen Sommerkleid. Sie trug keine Brille mehr, und zum ersten Mal bemerkte er ein paar vereinzelte Sommersprossen auf ihrer Brust, wo die nackte Haut am Ausschnitt von Rosa in Braun überging.

»Die Regeln«, sagte sie.

»Was ist damit?«

»Wir brauchen *zwei* Zimmer. Klar?«

»Absolut. Zwei Zimmer.«

Lächelnd verschwand er in der Menge. Emma sah ihm nach, dann schleppte sie die beiden Rucksäcke den Kai entlang zu einem kleinen, windschiefen Café. Aus ihrer Tasche nahm sie einen Füller und ein teures Notizbuch mit Stoffeinband heraus, ihr Reisetagebuch.

Emma schlug die erste leere Seite auf und überlegte, was sie aufschreiben konnte, irgendeinen Eindruck oder eine Beobachtung, außer, dass alles gut war. Alles war gut, und sie machte die seltene, neue Erfahrung, genau da zu sein, wo sie sein wollte.

Dexter und die Pensionswirtin standen inmitten eines kahlen Zimmers: weißgetünchte Wände, kühler Steinboden, leer bis auf ein riesiges schmiedeeisernes Doppelbett, einen kleinen Schreibtisch, einen Stuhl und ein paar Trockenblumen in einem Weckglas. Durch die lamellierte Doppeltür betrat er den großen Balkon, der auf die Bucht hinausging und in der Farbe des Himmels gestrichen war. Es war, wie auf eine fantastische Bühne zu schreiten.

»Wie viele sind Sie?«, fragte die Pensionswirtin, Mitte 30 und recht attraktiv.

»Zwei.«

»Und für wie lange?«

»Weiß noch nicht, fünf Nächte, vielleicht länger?«

»Hier ist perfekt, denke ich?«

Dexter setzte sich auf das Doppelbett und wippte probeweise. »Aber meine Freundin und ich, wir sind nur, na ja, gute Freunde. Wir brauchen zwei Zimmer?«

»Ah. Okay. Ich habe zweites Zimmer.«

Emma hat diese Sommersprossen auf der Brust, die mir noch nie aufgefallen sind, direkt über dem Ausschnitt.

»Sie haben also zwei Zimmer?«

»Ja, natürlich, ich habe zwei Zimmer.«

»Ich habe eine gute und eine schlechte Nachricht.«

»Schieß los«, sagte Emma und klappte das Notizbuch zu.

»Tja, ich habe was Tolles gefunden, mit Meerblick und Balkon, etwas weiter oben im Dorf, ruhig gelegen, falls du schreiben willst, es gibt sogar einen kleinen Schreibtisch, und es ist für die nächsten fünf Tage frei, länger, wenn wir wollen.«

»Und die schlechte Nachricht?«

»Es gibt nur ein Bett.«

»Oh.«

»Oh.«

»Verstehe.«

»War nichts zu machen.«

»Wirklich?«, fragte sie misstrauisch. »Nur ein Zimmer auf der ganzen Insel?«

»Es ist Hochsaison, Em! Ich habs überall versucht!« *Bleib ruhig, nicht laut werden. Probiers mit der Schuldtour.* »Wenn du willst, dass ich weitersuche …« Erschöpft machte er Anstalten, vom Stuhl aufzustehen.

Sie legte ihm die Hand auf den Unterarm. »Einzel- oder Doppelbett?«

Sie schien ihm die Lüge abzukaufen. Er setzte sich wieder. »Doppelbett. Großes Doppelbett.«

»Tja, es müsste schon riesig sein, nicht? Um nicht gegen Die Regeln zu verstoßen.«

»Also, ich sehe sie eher als Richtlinien«, sagte er schulterzuckend.

Emma runzelte die Stirn.

»Ich meine, mich störts nicht, wenns dich nicht stört, Em.«

»Nein, ich weiß, dass es *dich* nicht stört …«

»Aber wenn du glaubst, du kannst die Finger nicht von mir lassen …«

»Ach, ich komm schon klar, ich mache mir eher Sorgen um dich …«

»Denn ich sags dir gleich, wenn du mich auch nur anrührst …«

Emma war begeistert von dem Zimmer. Sie stand auf dem Balkon und lauschte den Zikaden, die sie nur aus Filmen kannte und halb für eine exotische Erfindung gehalten hatte. Auch die Zitronen, die im Garten wuchsen, entzückten sie: echte Zitronen auf Bäumen, die wie angeklebt aussahen. Um nicht wie ein Landei zu wirken, verlor sie kein Wort darüber und sagte nur: »Schön. Wir nehmen es.« Dann schlüpfte sie ins Bad, um wieder einmal den Kampf mit den Kontaktlinsen aufzunehmen, während Dexter sich mit der Pensionswirtin um die Formalitäten kümmerte.

Auf der Uni war Emma der unerschütterlichen Überzeugungen gewesen, dass Kontaktlinsen etwas für eitle Tussis waren und einem überkommenen weiblichen Schönheitsideal Vorschub leisteten. Ein stabiles, ehrliches, praktisches Kassengestell zeigte, dass einem alberne Nebensächlichkeiten wie gutes Aussehen egal waren, weil man sich mit höheren Dingen beschäftigte. Aber in den Jahren nach dem College war ihr diese Argumentation irgendwann so abstrakt und unhaltbar vorgekommen, dass sie sich schließlich von Dexters Nörgelei erweichen ließ und sich die blöden Dinger besorgte, und zu spät erkannte sie, dass sie all die Jahre nur versucht hatte, diesen Moment im Film zu vermeiden, in dem die Bibliothekarin sich das Haar löst und die Brille abnimmt. »Aber Miss Morley, Sie sind ja eine Schönheit.«

Ihr Gesicht im Spiegel kam ihr fremd, nackt und ungeschützt vor, als hätte sie gerade das erste Mal nach langer Zeit die Brille abgenommen. Durch die Linsen neigte sie zu plötzlichen, beunruhigenden Gesichtszuckungen und nagetierhaftem Blinzeln. Sie blieben ihr am Finger oder im Gesicht kleben wie Fischschuppen oder rutschten ihr wie heute unter das Augenlid bis fast in die Stirnhöhle. Nach endlosem, wildem Grimassieren und einem beinahe chirurgischen Eingriff gelang es ihr, die dünne Haftschale zu bergen, und mit roten, tränenden Augen kam sie blinzelnd aus dem Bad.

Dexter saß mit aufgeknöpftem Hemd auf dem Bett. »Em? Heulst du etwa?«

»Nein, aber was nicht ist, kann ja noch werden.«

Sie gingen hinaus in die drückende Mittagshitze, machten sich auf zu dem etwa eine Meile vom Dorf entfernten, länglichen Halbmond aus weißem Sand, und es war Zeit, die Badesachen zu enthüllen. Emma hatte viel, vielleicht zu viel Zeit auf das Aussuchen des Badeanzugs verwendet und hatte sich schließlich für einen schlichten, schwarzen Einteiler von John Lewis entschieden, der den Markennamen »Biedermeier« hätte tragen können. Als sie sich das Kleid über den Kopf zog, fragte sie sich, ob Dexter sie für feige hielt, weil sie keinen Bikini trug, als seien einteilige Badeanzüge, genau wie Brillen, Schnürboots und Fahrradhelme, irgendwie verklemmt, übervorsichtig und unweiblich. Nicht, dass es sie kümmerte, obwohl sie beim Ausziehen des Kleides glaubte, ihn bei einem verstohlenen Blick ertappt zu haben. Wie auch immer, sie war froh, dass er sich für weite Shorts entschieden hatte. Eine Woche neben Dexter in engen Badehosen wäre mehr als unangenehm gewesen.

»Verzeihen Sie«, sagte er, »sind Sie nicht das Girl von Ipanema.«

»Nö, ihre Tante.« Sie setzte sich auf und versuchte sich mit Sonnenmilch einzucremen, ohne dass ihre Schenkel wabbelten.

»Was ist denn das für 'n Zeug?«

»Lichtschutzfaktor 30.«

»Da kannst du dich ja gleich unter 'ne Decke legen.«

»Ich wills am zweiten Tag nicht übertreiben.«

»Sieht aus wie Tünche.«

»Ich bin an die Sonne nicht gewöhnt. Anders als du, du Globetrotter. Willst du auch?«

»Ich vertrage keine Sonnenmilch.«

»Dexter, du bist ja ein *ganz* Harter.«

Er lächelte, beobachtete sie weiter durch die dunkle Brille, sah die weiche Rundung blasser Haut über dem elastischen Ausschnitt und wie sich eine Brust unter dem schwarzen Badeanzug spannte, als sie den Arm hob. Auch in den Bewegungen, dem schräg gelegten Kopf, der Art, wie sie sich das Haar hochhielt, als sie sich den Nacken eincremte, lag etwas Spezielles, so dass ihm vor Verlangen angenehm schwummerig wurde. Oh Gott, dachte Dexter, und *das* noch acht Tage. Ihr Badeanzug war am Rücken tief ausgeschnitten, weshalb sie die tiefste Stelle kaum erreichte. »Soll ich dir den Rücken eincremen?«, fragte er. Einer Frau anzubieten, ihr den Rücken einzureiben, war die älteste Anmache der Welt und eigentlich unter seiner Würde, deshalb hielt er es für angebracht, sie als Sorge um ihre Gesundheit zu tarnen. »Du willst dir doch keinen Sonnenbrand holen.«

»Dann leg mal los.« Emma rutschte zu ihm hinüber, setzte sich zwischen seine Beine und legte den Kopf auf die Knie. Er begann sie einzucremen, das Gesicht so nah, dass sie seinen Atem im Nacken spürte, während er die Hitze ihrer Haut wahrnahm, und beide taten angestrengt so, als sei es das Normalste der Welt und kein klarer Verstoß gegen Regeln Nummer zwei und vier, Flirten verboten und körperliche Zurückhaltung.

»Ziemlich tiefer Rückenausschnitt, hm?«, sagte er und war sich seiner Finger auf ihrem Kreuz bewusst.

»Tja, wie gut, dass ich ihn nicht verkehrt herum angezogen habe!«, sagte sie, und beide schwiegen und dachten: *Oh Gott, oh Gott, oh Gott, oh Gott.*

Um abzulenken, umfasste sie seinen Knöchel und zog ihn zu sich. »Was ist das denn?«

»Ein Tattoo. Aus Indien.« Sie strich mit dem Daumen darüber, als wolle sie es wegwischen. »Ist schon etwas verblasst. Es ist ein Yin-Yang-Symbol«, erklärte er.

»Sieht aus wie ein Verkehrszeichen.«

»Es bedeutet die Einheit der Gegensätze.«

»Es bedeutet ›Ende der Geschwindigkeitsbegrenzung‹. Es bedeutet, zieh dir Socken an.«

Dexter lachte und legte ihr die Hände auf den Rücken, so dass die Daumen in den Kuhlen ihrer Schulterblätter lagen. Ein Moment verging. »So«, sagte er munter, »da hast du deine Grundierung. Los. Gehen wir schwimmen.«

Und so schleppte sich der lange, heiße Tag dahin. Sie schwammen, schliefen, lasen, und als die schlimmste Hitze abgeklungen war und der Strand sich immer mehr füllte, trat ein Problem zutage. Dexter bemerkte es als Erster.

»Liegt es an mir oder …«

»Was?«

»Sind alle an diesem Strand splitterfasernackt?«

Emma sah auf. »Oh, ja.« Sie wandte sich wieder ihrem Buch zu. »*Glotz* nicht so, Dexter.«

»Ich glotze nicht. Ich beobachte. Ich bin ausgebildeter Anthropologe, schon vergessen?«

»Schwache Vier, stimmts?«

»Gute Drei. Guck, da sind unsere Freunde.«

»Welche Freunde?«

»Von der Fähre. Da drüben. Beim Grillen.« In etwa zwanzig Metern Entfernung hockte der blasse Mann nackt über einer rauchenden Aluminiumschale, als wolle er sich wärmen, während die Frau, zwei weiße Dreiecke über einem schwarzen, auf Zehenspitzen stand und winkte. Dexter winkte fröhlich zurück: »Ihr seid pudelnaaahaaackt!«

Emma wandte den Blick ab. »Siehst du, das könnte ich nicht.«

»Was?«

»Nackt grillen.«

»Em, du bist so was von spießig.«

»Das hat nichts mit spießig zu tun, da gehts um grundlegende Gesundheit und Sicherheit. Eine Frage der Hygiene.«

»Ich würds tun.«

»Und das ist der Unterschied zwischen uns, Dex, du bist so unglaublich düster und kompliziert.«

»Vielleicht sollten wir rübergehen und hallo sagen.«

»Nein!«

»Nur auf ein Schwätzchen.«

»Er mit der Hähnchenkeule in der einen und seinem Gemächt in der anderen Hand? Nein, danke. Verstößt das nicht außerdem gegen die Nudistenetikette?«

»Was?«

»Mit Nackten zu reden, wenn man selbst angezogen ist?«

»Keine Ahnung, ist das so?«

»Konzentrier dich einfach auf dein Buch, okay?« Sie drehte sich zu den Bäumen um, aber mit den Jahren hatte sie einen solchen Grad der Vertrautheit mit Dexter erreicht, dass sie es förmlich hörte, wenn er eine Idee hatte, wie ein Stein, der in eine Schlammpfütze geworfen wird, und tatsächlich:

»Und, was meinst du?«

»Wie?«

»Sollen wir?«

»Was?«

»Uns ganz ausziehen?«

»Nein, sollen wir *nicht!*«

»Aber alle anderen sind doch auch nackt!«

»Das ist doch kein Grund! Und was ist mit Regel vier?«

»Keine Regel, eine Richtlinie.«

»Nein, eine Regel.«

»Na und? Wir können sie ja frei auslegen.«

»Wenn man das tut, ist es keine Regel.«

Schmollend ließ er sich wieder in den Sand fallen.

»Scheint mir nur etwas unhöflich.«

»Na schön, dann tus doch, ich werd versuchen, dich nicht anzustarren.«

»Alleine ist es witzlos«, murmelte er trotzig.

Sie legte sich wieder auf den Rücken. »Dexter, warum willst du unbedingt, dass ich mich ausziehe?«

»Ich dachte nur, wir wären ohne Kleider vielleicht lockerer.«

»Un-glaublich, einfach unglaublich …«

»Glaubst du nicht, dass wir lockerer wären?«

»NEIN!«

»Warum nicht?«

»Ist doch egal! Außerdem glaube ich nicht, dass deine Freundin sehr erfreut wäre.«

»Der wärs egal. Ingrid ist sehr freizügig. Würde sich im Buchladen am Flughafen das Top ausziehen …«

»Tut mir ja leid, dich zu enttäuschen, Dex …«

»Ich bin nicht enttäuscht …«

»Aber da gibt es einen Unterschied …«

»Und der wäre?«

»Na ja, zum einen war Ingrid mal Model …«

»Na und? Du könntest auch Model sein.«

Emma lachte laut auf. »Ach, Dexter, ist das dein Ernst?«

»Für Kataloge oder so. Du hast eine hübsche Figur.«

»›Eine hübsche Figur‹, Gott steh mir bei …«

»Ich sag das doch ganz objektiv, du bist eine sehr attraktive Frau …«

»… die ihre Kleider anbehält! Wenn du so wild drauf bist, deine Familienjuwelen zu bräunen, bitte, nur zu. Können wir jetzt das Thema wechseln?«

Er drehte sich um und legte sich neben sie auf den Bauch, stützte den Kopf auf die Arme, so dass ihre Ellbogen sich berührten, und wieder konnte sie ihn denken hören. Er stieß sie an.

»Ist doch nichts, was wir nicht schon gesehen hätten.«

Langsam legte sie das Buch hin, schob sich die Sonnenbrille in die Stirn, den Kopf seitlich auf den Unterarm gelegt, ein Spiegelbild seiner Haltung.

»Wie bitte?«

»Ich meine ja nur, dass keiner von uns was hat, was der andere noch nicht gesehen hat. Was Nacktheit angeht.« Sie starrte ihn an. »In der einen Nacht, weißt du nicht mehr? Damals nach der Abschlussparty? Unsere einzige Liebesnacht?«

»Dexter?«

»Ich sage nur, es ist ja nicht so, als gäbe es noch Überraschungen in puncto Schambereich.«

»Ich glaub, mir wird schlecht …«

»Du weißt, was ich meine …«

»Das ist ewig her …«

»So lang nun auch wieder nicht. Wenn ich die Augen zumache, sehe ich es vor mir …«

»Lass das …«

»Ja, da bist du …«

»Es war dunkel …«

»So dunkel auch nicht …«

»Ich war hinüber …«

»Das sagen sie alle …«

»*Sie*? Wer sind *sie*?«

»Und so betrunken warst du gar nicht …«

»Betrunken genug, um mein Niveau zu senken. Außerdem ist gar nichts passiert, wenn ich mich recht entsinne.«

»Also, nach *nichts* hat es nicht ausgesehen, von da, wo ich gelegen habe. ›Von da‹? ›Von wo‹ oder ›von da‹?«

»Von da. Ich war jung. Ich wusste es nicht besser. Genau genommen habe ich es verdrängt, wie einen Autounfall.«

»Ich aber nicht. Wenn ich die Augen zumache, sehe ich dich vor mir, deinen Umriss im Morgenlicht, die abgelegte Latzhose liegt aufreizend auf dem Dhurrie-Teppich von Habitat …«

Mit dem Buch versetzte sie ihm einen Hieb auf die Nase.

»Aua!«

»Schau, ich werde mich nicht ausziehen, klar? Und ich hatte keine Latzhose an, ich hatte noch nie eine Latzhose.« Sie nahm das Buch wieder an sich und lachte dann leise.

»Was ist so witzig?«, wollte er wissen.

»›Dhurrie-Teppich von Habitat‹.« Sie lachte und sah ihn liebevoll an. »Manchmal bringst du mich echt zum Lachen.«

»Ja?«

»Hin und wieder. Du solltest im Fernsehen sein.«

Zufrieden lächelte er und schloss die Augen. Er hatte tatsächlich eine lebhafte Erinnerung an jene Nacht, als Emma, nackt bis auf den Rock um die Taille, mit ausgestreckten Armen auf dem Einzelbett gelegen hatte, während sie sich küssten. Er dachte darüber nach, bis er einschlief.

Am späten Nachmittag gingen sie zurück aufs Zimmer, müde, klebrig, kribbelig von der Sonne, und da war es wieder: das Bett. Sie gingen daran vorbei auf den Balkon mit Blick auf das Meer, das jetzt leicht dunstverhangen war, während das Blau des Himmels in Abendrot überging.

»So. Wer duscht zuerst?«

»Geh ruhig. Ich bleibe hier und lese.«

Emma lag auf dem ausgeblichenen Liegestuhl im Abendschatten, lauschte dem rauschenden Wasser und versuchte sich auf die winzige Schrift des russischen Romans zu konzentrieren, die mit jeder Seite noch zu schrumpfen schien. Abrupt stand sie auf, ging zu dem kleinen Kühlschrank, den sie mit Wasser und Bier gefüllt hatten, nahm eine Dose heraus und bemerkte, dass die Badezimmertür aufgegangen war.

Es gab keinen Duschvorhang, und sie sah Dexter seitlich mit geschlossenen Augen, zurückgelegtem Kopf und erhobenen Armen unter dem kalten Wasserstrahl stehen. Sie betrachtete die Schulterblätter, den langen braunen Rücken, die beiden Kuhlen über dem kleinen weißen Hintern. Aber oh Gott, er drehte sich um, und die Bierdose glitt ihr aus den Fingern, explodierte zischend und schäumend und rollte geräuschvoll über den Boden. Sie warf ein Handtuch darüber, als wollte sie ein wildes Nagetier einfangen, und als sie aufschaute, sah sie ihren platonischen Freund Dexter, splitterfasernackt bis auf ein Kleiderbündel, das er locker vor sich hielt. »Ist mir aus der Hand gerutscht!«, sagte sie, stampfte den Bierschaum ins Handtuch und dachte: *Wenn das acht Tage und Nächte so weitergeht, explodiere ich auch.*

Dann war sie mit Duschen an der Reihe. Sie schloss die Tür, wusch sich das Bier von den Händen und verrenkte sich beim Ausziehen in dem winzigen, feuchten Badezimmer, das immer noch nach seinem Aftershave roch.

Regel Nummer vier verlangte, dass Dexter sich auf den Balkon verzog, während sie sich abtrocknete und anzog, aber nach einigem Herumexperimentieren entdeckte er, dass er, wenn er die Sonnenbrille aufbehielt und den Kopf leicht drehte, ihr Spiegelbild in der Glastür sehen konnte, und er beobachtete, wie sie sich abmühte, Lotion auf den unteren Teil der frischgebräunten Rundung ihres Rückens aufzutragen. Er sah, wie sie mit den Hüften wackelte, als sie die Unterwäsche anzog, die Wölbung ihres Rückens und der

Schulterblätter, als sie den BH zumachte, und die erhobenen Arme, als das blaue Sommerkleid wie ein Vorhang fiel.

Sie kam auf den Balkon.

»Vielleicht sollten wir hierbleiben«, sagte er. »Statt Insel-Hopping hängen wir einfach eine Woche hier rum, fahren zurück nach Rhodos und dann nach Hause.«

Sie lächelte. »Okay. Vielleicht.«

»Meinst du nicht, dir wird langweilig?«

»Glaub nicht.«

»Glücklich?«

»Na ja, mein Gesicht fühlt sich an wie eine Grilltomate, aber ansonsten …«

»Zeig mal.«

Sie schloss die Augen, drehte sich zu ihm, hob das Kinn, die nassen Haare aus dem strahlenden, frischgeschrubbten Gesicht gekämmt. Es war Emma, aber eine neue Emma. Sie leuchtete, die Worte »von der Sonne geküsst« kamen ihm in den Sinn, und er dachte: *Küss sie, umfass ihr Gesicht und küss sie.*

Plötzlich machte sie die Augen auf. »Und was machen wir jetzt?«, fragte sie.

»Was du willst.«

»Partie Scrabble?«

»Es gibt Grenzen.«

»Okay, wie wärs mit Abendessen? Anscheinend gibts hier so was wie Griechischen Salat.«

Das Besondere an den Restaurants der kleinen Innenstadt war, dass sie alle gleich aussahen. Ein Geruch nach verbranntem Lamm lag in der rauchgeschwängerten Luft, sie suchten sich ein ruhiges Plätzchen am Rande des Hafens, wo der halbmondförmige Strand begann, und tranken Wein, der nach Pinien schmeckte.

»Weihnachtsbaum«, sagte Dexter.

»Putzmittel«, erwiderte Emma.

Aus den hinter Plastikweinranken verborgenen Lautsprechern schallte Musik, eine Zitherversion von Madonnas *Get into the Groove.* Sie aßen harte Brötchen, verbranntes Lamm, in Essig schwimmenden Salat, und alles schmeckte wunderbar. Nach einer Weile war selbst der Wein köstlich, wie ein interessantes Mundwasser, und bald fühlte sich Emma bereit, Regel Nummer zwei zu brechen. Kein Flirten.

Sie war nicht sehr geübt im Flirten. Ihre Anfälle von Verspieltheit waren ungraziös und ungeschickt, wie eine normale Unterhaltung auf Rollschuhen. Aber Sonne und Retsina hatten sie sentimental und übermütig gemacht. Sie griff nach den Rollschuhen.

»Ich hab 'ne Idee.«

»Erzähl.«

»Na ja, wenn wir acht Tage hierbleiben, geht uns irgendwann der Gesprächsstoff aus, richtig?«

»Nicht unbedingt.«

»Gehen wir auf Nummer sicher.« Sie beugte sich vor und, legte ihm die Hand aufs Handgelenk. »Ich finde, wir sollten uns was erzählen, was der andere noch nicht weiß.«

»Was, ein Geheimnis?«

»Genau, ein Geheimnis, etwas Überraschendes, und zwar jeden Abend für den Rest des Urlaubs.«

»So was wie Flaschendrehen?« Er machte große Augen. Dexter hielt sich für einen Weltklasse-Flaschendreher. »Okay. Du zuerst.«

»Nein, du zuerst.«

»Warum ich?«

»Weil du mehr Auswahl hast.«

Und es stimmte, er hatte einen nahezu unerschöpflichen Vorrat an Geheimnissen. Er konnte ihr erzählen, dass er sie heute Abend beim Anziehen beobachtet oder dass er die Badezimmertür beim Duschen absichtlich offen gelassen hatte. Er konnte ihr erzählen, dass er mit Naomi Heroin geraucht oder dass er kurz vor Weihnachten schnellen, freudlosen Sex mit Emmas Mitbewohnerin Tilly Killick gehabt hatte; eine Fußmassage, die schrecklich aus dem Ruder gelaufen war, als Emma bei Woolworths eine Lichterkette für den Baum gekauft hatte. Aber vielleicht war es besser, etwas zu erzählen, das ihn nicht als oberflächlich, schäbig, verlogen oder eingebildet entlarvte.

Er dachte kurz nach.

»Okay, los gehts.« Er räusperte sich. »Vor ein paar Wochen hatte ich in einem Club mal was mit ’nem Typen.«

Ihr fiel die Kinnlade herunter. »Mit ’nem Typen?«, und sie lachte. »Hut ab, Dex, du steckst wirklich voller Überraschungen …«

»Keine große Sache, nur Knutschen, und ich war ziemlich hinüber …«

»Das sagen alle. Dann erzähl mal – was ist passiert?«

»Na ja, es war Hardcore-Gay-Nacht, ›Sexface‹, in so ’nem Club namens Lack und Leder in Vauxhall …«

»›Sexface im Lack und Leder‹! Was ist aus den guten, alten Disconamen wie ›Roxy‹ oder ›Manhattan‹ geworden?«

»Es ist keine ›Disco‹, es ist ein Schwulenclub.«

»Und was hattest du in einem Schwulenclub verloren?«

»Da gehen wir immer hin. Die Musik ist besser. Härter, nicht dieser Blümchen-House-Scheiß …«

»Du *Spinner* …«

»Wie auch immer, ich war mit Ingrid und ihrer Clique da, hab getanzt, auf einmal kam dieser Typ auf mich zu, hat mich geküsst, und ich habe ihn wohl irgendwie, na ja, zurückgeküsst.«

»Und hat es …«

»Was?«

»Dir gefallen?«

»Es war okay. Nur ein Kuss. Ein Mund ist nur ein Mund, richtig?«

Emma lachte laut auf. »Dexter, du hast die Seele eines Poeten. ›Ein Mund ist nur ein Mund.‹ Oh, das ist reizend, ganz entzückend. Kommt das nicht aus *As Time Goes By*?«

»Du weißt, was ich meine.«

»Ein Mund ist nur ein Mund. Das sollte auf deinem Grabstein stehen. Was hat Ingrid dazu gesagt?«

»Die hat nur gelacht. Es macht ihr nichts aus, sie fands sogar geil.« Gleichgültig zuckte er die Achseln. »Indgrid ist bisexuell, also …«

Emma verdrehte die Augen. »*Klar* ist sie das«, und Dexter lächelte, als sei Ingrids Bisexualität seine Idee gewesen.

»Hey, ist doch kein Ding, oder? Schließlich soll man in unserem Alter doch ein paar Sachen ausprobieren.«

»Echt? Muss an mir vorbeigegangen sein.«

»Da hast du was verpasst.«

»Ich hab mal dabei das Licht angelassen, aber das mach ich kein zweites Mal.«

»Du musst daran arbeiten, Em. Alle Hemmungen ablegen.«

»Oh Dex, du alter *Sexperte.* Und was hatte er an, dein Freund im ›Lack- und Lederclub‹?«

»Nicht Lack- und Leder*club*, nur Lack und Leder. Riemen und Cowboyhosen aus Leder. Ein Telekomtechniker namens Stewart.«

»Und, wirst du Stewart wiedersehen?«

»Nur, wenn mein Telefon streikt. Er war nicht mein Typ.«

»Ich dachte immer, jeder wäre dein Typ.«

»Es war nur ein exotisches Abenteuer, mehr nicht. Was ist so witzig?«

»Du siehst soooo was von selbstzufrieden aus.«

»Gar nicht! Schwulenfeindin.« Er sah an ihr vorbei.

»He, machst du jetzt auch noch den Kellner an?«

»Ich versuch uns noch was zu trinken zu bestellen. Du bist dran. Verrat mir dein Geheimnis.«

»Ach, ich gebs auf. Da kann ich nicht mithalten.«

»Keine Mädchen/Mädchen-Nummer?«

Resigniert schüttelte sie den Kopf. »Weißt du, eines Tages sagst du so was zu ’ner echten Lesbe, und dann kriegst du mächtig eins aufs Maul.«

»Also hattest du nie was mit einer …?«

»Krieg dich wieder ein, Dexter. Willst du jetzt mein Geheimnis hören oder was?«

Der Kellner brachte ihnen griechischen Branntwein auf Kosten des Hauses, die Art Getränk, die man nur umsonst loswird. Emma nippte daran, verzog das Gesicht und legte sich bedacht eine Hand auf die Wange, eine Geste, die beschwipste Vertraulichkeit suggerieren sollte. »Ein Geheimnis. Mal sehen.« Sie tippte sich ans Kinn. Sie konnte ihm erzählen, dass sie ihn beim Duschen beobachtet hatte oder dass sie von der Sache mit Tilly Killick an Weihnachten wusste, als die Fußmassage schrecklich aus dem Ruder gelaufen war. Oder sie konnte ihm erzählen, dass sie im Jahr 1983 Polly Dawson in deren Zimmer geküsst hatte, aber damit würde er ihr anschließend endlos in den Ohren liegen. Außerdem hatte sie schon den ganzen Abend gewusst, was sie sagen wollte. Als *Like a Prayer* auf der Zither gespielt wurde, leckte sie sich die Lippen und setzte eine Miene auf, die sie für ihr bestes, attraktivstes Fotogesicht hielt, zu dem neben einem Schlafzimmerblick noch ein paar andere winzige Veränderungen gehörten.

»Als wir uns an der Uni kennengelernt haben, bevor wir, du weißt schon, *Kumpels* wurden, da war ich, äh, ein bisschen in dich verknallt. Eigentlich nicht nur ein bisschen, sondern bis über beide Ohren. Jahrelang. Hab schnulzige Gedichte geschrieben und so.«

»Gedichte? Echt?«

»Ich bin nicht stolz darauf.«

»Aha. Verstehe.« Er legte die verschränkten Arme auf den Tisch und senkte den Blick. »Also entschuldige, Em, aber das zählt nicht.«

»Warum nicht?«

»Weil du gesagt hast, es müsste etwas sein, was ich noch nicht weiß.« Er grinste, und sie wurde wieder einmal daran erinnert, wie grenzenlos enttäuschend er sein konnte.

»Mann, bist du ein Arsch!« Mit dem Handrücken schlug sie ihn auf die schlimmste Stelle seines Sonnenbrandes.

»Au!«

»Woher weißt du das?«

»Tilly hat geplaudert.«

»Heißen Dank auch, Tilly.«

»Und was ist passiert?«

Sie starrte in ihr Glas. »Ich schätze, mit der Zeit kommt man einfach drüber weg. Wie über Herpes.«

»Nein, im Ernst, was ist passiert?«

»Ich habe dich besser kennengelernt. Das hat mich kuriert.«

»Die Gedichte würde ich gerne mal lesen. Was reimt sich auf ›Dexter‹?«

»›Dreckskerl‹. Ein unreiner Reim.«

»Jetzt sag mal, was hast du damit gemacht?«

»Vernichtet. Hab sie schon vor Jahren verbrannt.« Sie kam sich blöd und im Stich gelassen vor und führte das leere Glas an die Lippen. »Zu viel Branntwein. Lass uns gehen.« Zerstreut hielt sie nach dem Kellner Ausschau, und auch Dexter kam sich blöd vor. Er hätte so vieles sagen können, warum musste er so selbstgefällig, oberflächlich und kleinlich sein? Bestrebt, es wiedergutzumachen, stupste er sie an. »Machen wir einen Spaziergang?«

Sie zögerte. »Okay. Gehen wir.«

Sie schlenderten die Bucht hinunter, vorbei an den halbfertigen Häusern der Stadt, die sich entlang der Küste ausbreiteten, eine touristische Erschließung, die beide auf nicht gerade originelle Weise beklagten. Während der Unterhaltung beschloss Emma im Stillen, von jetzt an vernünftiger zu sein. Verwegenheit und Spontaneität lagen ihr nicht, sie kriegte es einfach nicht auf die Reihe, nie kam dabei heraus, was sie sich erhofft hatte. Das Geständnis hatte sich angefühlt, als würde sie mit aller Kraft einen Ball werfen, ihn hoch durch die Luft segeln sehen und kurz darauf Glas zersplittern hören. Sie beschloss, in der verbleibenden gemeinsamen Zeit vernünftig und nüchtern zu bleiben und Die Regeln zu beherzigen. Denk daran, zu Hause in London wartet die bildschöne, hemmungslose, bisexuelle Ingrid auf ihn. Keine unangemessenen Enthüllungen mehr. In der Zwischenzeit würde sie die blöde Unterhaltung im Restaurant einfach mit sich herumschleppen müssen wie Klopapier unterm Schuh.

Sie hatten die Stadt jetzt hinter sich gelassen, Dexter nahm ihre Hand, um sie zu stützen, als sie schwankend über die trockenen, immer noch warmen Dünen stolperten. Sie gingen zum Meer, wo der Sand nass und fest war, und Emma fiel auf, dass er immer noch ihre Hand hielt.

»Wo gehen wir überhaupt hin?«, fragte sie und merkte, dass sie lallte.

»Ich geh schwimmen. Kommst du mit?«

»Du hast sie wohl nicht alle.«

»Komm schon!«

»Ich geh unter wie ein Stein.«

»Ach was. Schau doch, wie schön es ist.« Ruhig und klar lag das Meer da wie ein fantastisches Aquarium, jadegrün mit einem phosphoreszierenden Schimmer; nähme man eine Handvoll Wasser heraus, würde es im Dunkeln leuchten. Dexter zog sich schon das T-Shirt über den Kopf. »Komm schon. Das macht uns wieder nüchtern.«

»Aber ich hab doch gar keinen Badeanz...« Es dämmerte ihr. »Oh, ich verstehe«, lachte sie, »Ich verstehe, was hier abgeht ...«

»Was?«

»Ich bin voll drauf reingefallen, stimmts?«

»Was denn?«

»Der alte Nacktbadetrick. Füll ein Mädchen ab, such das nächste größere Gewässer ...«

»Emma, du bist so was von verklemmt. Warum eigentlich?«

»Geh alleine, ich warte hier.«

»Schön, aber du verpasst was.« Er drehte ihr den Rücken zu, zog Hose und Unterhose aus.

»Lass die Unterhose an!«, rief sie ihm nach, und sah seinen langen braunen Rücken und den weißen Po, als er zum Meer stolzierte. »Du bist hier nicht beim Sexface, klar?« Er stürzte sich in die Brandung, sie blieb benebelt und schwankend stehen und kam sich verlassen und lächerlich vor. War das nicht eine der Erfahrungen, nach denen sie sich sehnte? Warum konnte sie nicht spontaner und leichtsinniger sein? Wenn sie zu feige war, nackt schwimmen zu gehen, wie sollte sie je einem Mann sagen, dass sie ihn küssen wollte? Noch bevor Emma den Gedanken zu Ende gedacht hatte, griff sie nach dem Saum ihres Kleides und zog es sich mit einer fließenden Bewegung über den Kopf. Sie streifte die Unterwäsche ab, warf sie mit dem Fuß hoch, ließ sie liegen, und rannte lachend und fluchend zum Wasser.

Dexter stand auf Zehenspitzen so weit draußen, wie er sich traute, rieb sich Wasser aus den Augen, sah aufs Meer hinaus und fragte sich, was als Nächstes passieren würde. Gewissensbisse; er bekam Gewissensbisse. Ein Schlamassel drohte, und hatte er nicht beschlossen, Schlamassel nach Möglichkeit ein Weilchen zu vermeiden und weniger leichtsinnig und spontan zu sein? Es ging hier schließlich um Emma Morley, und Em war ihm teuer, seine wohl beste Freundin. Und was war mit Ingrid, die er insgeheim Ingrid die Schreckliche getauft hatte? Er hörte ein ersticktes Juchzen vom Strand, drehte sich um und sah aus dem Augenwinkel, wie Emma nackt ins Wasser stolperte, als hätte sie jemand gestoßen. Offenheit und Ehrlichkeit, das würde sein Motto sein. Platschend und spritzend kam sie auf ihn zugekrault, und er entschied, zur Abwechslung offen und ehrlich zu sein, um zu sehen, was ihm das einbrachte.

Keuchend kam Emma bei ihm an. Als ihr plötzlich auffiel, wie klar das Meer war, versuchte sie, gleichzeitig Wasser zu treten und die Brust mit dem Arm zu bedecken. »Das ist es also.«

»Was?«

»Nacktbaden!«

»Ja. Was hältst du davon?«

»Ganz nett, schätze ich. Witzig. Was muss ich jetzt tun, nur rumplanschen, dich nass spritzen oder was?« Mit einer Hand spritzte sie ihm etwas Wasser ins Gesicht. »Mache ich es so richtig?« Bevor er zurückspritzen konnte, wurde sie von der Strömung erfasst und zu ihm getragen, der mit beiden

Beinen fest auf dem Grund stand. Er fing sie auf, ihre Körper berührten sich, die Beine ineinander verschlungen wie Finger, bevor sie sich wie bei einem Tanz wieder trennten.

»Du siehst so nachdenklich aus«, sagte sie, um das Schweigen zu brechen. »He, pinkelst du etwa ins Wasser?«

»Nein …«

»Also?«

»Ich wollte nur sagen, dass es mir leid tut. Was ich vorhin gesagt habe …«

»Wann?«

»Im Restaurant, weil ich oberflächlich war und so.«

»Schon okay. Ich bin dran gewöhnt.«

»Und ich wollte auch sagen, dass ich für dich das Gleiche empfunden habe. Damals. Ich meine, ich fühlte mich auch zu dir hingezogen, ›romantisch‹, meine ich. Ich hab zwar keine Gedichte geschrieben oder so, aber ich hab an dich gedacht, denke immer noch an dich, an dich und mich. Ich meine, ich steh auf dich.«

»Wirklich? Oh. Echt? Okay. Oh. Okay.« *Es passiert wirklich,* dachte sie, *genau hier und jetzt, während wir nackt in der Ägäis stehen.*

»Mein Problem ist …«, und er seufzte und lächelte schief. »Na ja, ich stehe auf so ziemlich *jeden*!«

»Aha«, war alles, was sie herausbrachte.

»… wirklich jeden, auf der Straße, genau, wie du gesagt hast, jeder ist mein Typ. Es ist ein Alptraum.«

»Du Ärmster«, sagte sie matt.

»Ich meine, ich war – bin – noch nicht bereit für eine, du weißt schon, Beziehungskiste. Ich glaube, wir wollen verschiedene Dinge. Von einer Beziehung.«

»Weil du … schwul bist?«

»Ich meins ernst, Emma?«

»Wirklich? Das weiß man bei dir nie so genau.«

»Bist du sauer auf mich?«

»Nein! Mir doch egal! Wie gesagt, das ist lange her, eine Ewigkeit …«

»Aber!« Er umfasste unter Wasser ihre Taille und hielt sie fest. »Aber wenn du ein bisschen Spaß willst …«

»Spaß?«

»Die Regeln brechen …«

»Scrabble spielen?«

»Du weißt schon. Ein kleines Urlaubsabenteuer. Nichts Festes, keine Verpflichtungen, kein Wort zu Ingrid. Unser kleines Geheimnis. Ich wär in Stimmung. Das ist alles.«

Sie gab eine Mischung aus Lachen und Knurren von sich. *In Stimmung.* Erwartungsvoll grinste er sie an wie ein Verkäufer, der ein günstiges Finanzierungsangebot macht. *Unser kleines Geheimnis,* vermutlich nur eines unter vielen. Der Satz »Ein Mund ist nur ein Mund« fiel ihr wieder ein. Darauf gab es nur eine Antwort, und ohne Rücksicht auf ihre Nacktheit sprang sie aus dem Wasser, drückte ihm unter Einsatz ihres gesamten Körpergewichts den Kopf unter Wasser und hielt ihn fest. Langsam begann sie zu zählen. Eins, zwei, drei –

Du arroganter, selbstzufriedener kleiner –

Vier, fünf, sechs –

Und du dummes Stück, wie kann man so dämlich sein, machst dir was aus ihm, glaubst, er macht sich was aus dir –

Sieben, acht, neun –

Er fuchtelt mit den Armen, lass ihn besser los, und mach einen Witz, tu, als wär alles nur ein Witz –

Zehn, sie nahm ihm die Hände vom Kopf und ließ ihn auftauchen. Lachend schüttelte er sich das Wasser aus den Haaren und rieb sich die Augen, und sie lachte auch, ein gezwungenes Hahaha.

»Das heißt dann wohl nein«, sagte er schließlich und rieb sich das Meerwasser aus der Nase.

»Ich glaub schon. Unser Moment ist längst vorbei.«

»Ach. Wirklich? Bist du sicher? Weil ich glaube, wir würden uns besser fühlen, wenn wir es einfach hinter uns bringen.«

»Hinter uns bringen?«

»Dann wären wir uns näher. Als Freunde.«

»Du hast Angst, *nicht* zu vögeln, macht unsere Freundschaft kaputt?«

»Ich drücke mich wohl nicht sehr geschickt aus …«

»Dexter, ich verstehe dich vollkommen, das ist ja das Problem …«

»Falls du Angst vor Ingrid hast …«

»Ich hab keine Angst vor ihr, ich will es nur nicht *deshalb* tun, damit wir sagen können, dass wir *es getan* haben. Und ich will es ganz sicher nicht *tun*, wenn du danach als Erstes sagst: ›Behalt es für dich‹ oder ›Tun wir, als wäre nichts passiert‹. Wenn man etwas geheimhalten muss, dann deshalb, weil man es gar nicht hätte tun sollen!«

Er spähte mit zusammengekniffenen Augen an ihr vorbei zum Strand, und sie drehte sich gerade noch rechtzeitig um, um eine kleine, schlanke Gestalt mit einem Affenzahn über den Sand flitzen zu sehen, die triumphierend etwas über den Kopf hielt wie eine eroberte Fahne: ein T-Shirt und eine Hose.

»HEEEEEEEEEEE!«, rief Dexter, stapfte mit erstaunlich großen Schritten brüllend und prustend zum Strand und rannte hinter dem Dieb her, der seine Kleider gestohlen hatte.

Als er wutschnaubend und außer Atem zu Emma zurückkehrte, saß sie angezogen und nüchtern am Strand.

»Hast du ihn erwischt?«

»Nein! Weg!«, sagte er niedergeschlagen. »Wie vom gottverdammten Erdboden verschluckt«, fügte er hinzu, als ihn eine leichte Brise daran erinnerte, dass er nackt war, und aufgebracht bedeckte er sich mit einer Hand.

»Hat er deine Brieftasche?«, fragte sie, krampfhaft bemüht, sich zu beherrschen.

»Nein, bloß etwas Bargeld, ungefähr zehn, fünfzehn Pfund, der kleine Dreckskerl.«

»Tja, das ist wohl eine der Gefahren beim Nacktbaden«, murmelte sie mit zuckenden Mundwinkeln.

»Das mit der Hose ärgert mich am meisten. Die war von Helmut Lang! Die Unterhose von Prada. 30 Pfund das Stück, verflucht! Was hast du?«, aber Emma brachte vor Lachen kein Wort heraus, »das ist nicht komisch, Em! Ich bin ausgeraubt worden!«

»Ich weiß, entschuldige ...«

»Hosen von Helmut Lang, Em!«

»Ich weiß! Es ist nur ... du bist so sauer ... splitternackt ...« Sie brach zusammen, presste die Fäuste und die Stirn in den Sand und kippte zur Seite.

»Lass das, Em. Das ist nicht komisch. Emma? Emma! Das reicht jetzt!«

Als sie wieder aufstehen konnte, gingen sie eine Weile schweigend am Strand entlang, Dexter fror und war plötzlich sehr schamhaft, während Emma diskret voranging, den Sand anstarrte und versuchte, sich wieder einzukriegen. »Welcher Wichser klaut einem die Unterhose?«, murmelte Dexter. »Weißt du, wie ich den kleinen Penner aufspüre? Ich suche einfach nach dem bestgekleideten Mistkerl auf der gesamten Scheiß-Insel!«, und wieder brach Emma auf dem Sand zusammen, den Kopf zwischen den Knien.

Als sich die Suche nach dem Dieb als fruchtlos erwies, sahen sie sich am Strand nach einem Kleidungsersatz um. Emma fand einen blauen Kohlensack aus Plastik. Dexter hielt ihn sich geziert um die Hüfte wie einen Minirock, und Emma schlug vor, sie könnten ja Schlitze in die Seiten machen wie bei einem Schürzenkleid, und prustete wieder los.

Der Heimweg führte sie am Hafen vorbei. »Ist mehr los, als ich erwartet hätte«, sagte Emma. Dexter setzte eine humorvolle, selbstironische Miene auf und marschierte mit starr geradeaus gerichtetem Blick an der Kneipenmeile vorbei, ohne die anzüglichen Pfiffe zu beachten. Sie gingen in Richtung Stadt, als ihnen in einer engen Seitengasse plötzlich das Paar vom Strand über den Weg lief, das sich mit vom Alkohol und der Sonne geröteten Gesichtern betrunken aneinanderklammerte und die Stufen zum Hafen hinunterwankte. Fassungslos starrten sie Dexters blauen Plastik-Minirock an.

»Bin ausgeraubt worden«, erklärte er knapp.

Das Paar nickte mitfühlend, quetschte sich an ihnen vorbei, und die Frau blieb kurz stehen und rief ihnen nach:

»Netter Sack.«

»Von Helmut Lang«, sagte Emma, und Dexters Augen wurden schmal ob dieses Verrats.

Er schmollte auf dem gesamten Heimweg, und zurück im Zimmer war die Tatsache, dass sie sich ein Bett teilten, plötzlich Nebensache geworden. Emma ging ins Bad und zog sich ein altes graues T-Shirt an. Als sie herauskam, lag der blaue Kohlensack am Fußende auf dem Boden. »Häng ihn lieber auf«, sagte sie und stupste den Sack mit dem Zeh an. »Er knittert sonst.«

»Ha«, sagte er, in frischer Unterwäsche auf dem Bett liegend.

»Ist sie das?«

»Was?«

»Die berühmte 30-Pfund-Unterhose. Ist die hermelingefüttert?«

»Lass uns schlafen, ja? Also – welche Seite?«

»Die hier.«

Sie lagen auf dem Rücken nebeneinander, und Emma genoss das Gefühl kühler weißer Laken auf der Haut.

»Schöner Tag«, sagte sie.

»Bis auf den letzten Teil«, murmelte er.

Sie drehte sich zu ihm, betrachtete sein Profil, während er trotzig an die Decke starrte. Sie stieß ihn mit dem Fuß an. »Waren doch bloß 'ne Hose und 'ne Unterhose. Ich kauf dir neue. Einen hübschen Feinripp-Dreierpack.« Dexter schniefte, sie nahm unter der Decke seine Hand und drückte sie fest, bis er den Kopf drehte, um sie anzusehen. »Ehrlich, Dex«, lächelte sie, »ich freue mich riesig, hier zu sein. Ich genieße es sehr.«

»Ja. Ich auch«, murmelte er.

»Noch acht Tage«, sagte sie.

»Noch acht Tage.«

»Hältst du das aus?«

»Wer weiß?« Er lächelte sie liebevoll an und, so oder so, alles war wieder beim Alten. »Und, wie viele Regeln haben wir heute Abend gebrochen?«

Sie dachte kurz nach. »Eins, zwei und vier.«

»Na, wenigstens haben wir nicht Scrabble gespielt.«

»Morgen ist auch noch ein Tag.« Sie streckte den Arm aus, löschte das Licht und drehte ihm den Rücken zu. Alles war wie vorher, und sie war sich nicht sicher, ob ihr das gefiel. Einen Augenblick fürchtete sie, vor lauter Grübelei über den Tag nicht schlafen zu können, aber zu ihrer Erleichterung wurde sie schon bald von Müdigkeit übermannt, und der Schlaf kroch ihr in die Glieder wie ein Betäubungsmittel.

Dexter starrte im bläulichen Licht an die Decke und dachte, dass er sich heute Abend nicht von seiner besten Seite gezeigt hatte. Mit Emma zusammen zu sein, erforderte ein gewisses Benehmen, und dem fühlte er sich nicht immer gewachsen. Er drehte sich zu Emma um, deren Haar nun den Nacken freigab und deren frischgebräunte dunkle Haut sich von den weißen Laken abhob, und überlegte, ihr die Hand auf die Schulter zu legen und sich zu entschuldigen.

»Nacht, Dex«, murmelte sie, solange sie noch sprechen konnte.

»Nacht, Em«, erwiderte er, aber sie war schon eingeschlafen.

Noch acht Tage, dachte er, acht ganze Tage. In acht Tagen konnte fast alles passieren.

ZWEITER TEIL

1993 – 1995
Ende zwanzig

Wir gaben so viel Geld aus, wie wir konnten, und bekamen dafür so wenig, wie die Leute uns nach reiflicher Überlegung geben konnten. Immer waren wir mehr oder weniger arm dran, und die meisten unserer Bekannten befanden sich in derselben Lage. Wir lebten in der fröhlichen Einbildung, dass wir uns ununterbrochen amüsierten, und mit der nackten Wahrheit, dass wir es niemals taten. Wenn ich ehrlich sein soll, glaube ich, dass unser Fall letzten Endes ganz alltäglich war.

Charles Dickens, Große Erwartungen

KAPITEL SECHS

Chemie

DONNERSTAG, 15. JULI 1993

Teil eins – Dexters Geschichte

Brixton, Earls Court und Oxfordshire

Tag und Nacht neigen in letzter Zeit dazu, nahtlos ineinander überzugehen. Altmodische Begriffe wie früh und spät sind überholt, und Dexter erlebt wesentlich mehr Sonnenaufgänge als früher.

Am 15. Juli 1993 geht um 5:01 Uhr die Sonne auf. Dexter beobachtet es vom Rücksitz des klapprigen Taxis, das ihn von der Wohnung eines Fremden in Brixton nach Hause bringt. Nicht unbedingt ein Fremder, aber ein ganz neuer Freund, einer von vielen, die er in letzter Zeit kennenlernt, ein Grafikdesigner namens Gibbs oder Gibbsy, oder vielleicht auch Biggsy, und seine Freundin, ein schräges Mädel namens Tara, ein winziges, vogelähnliches Ding mit vom Alkohol schweren Lidern und einem breiten, scharlachroten Mund, das nicht viel redet, sondern lieber durch das Medium der Massage kommuniziert.

Tara lernt er zuerst kennen, kurz nach zwei in dem Nachtclub unter den Bahnbögen. Die ganze Nacht war ihm aufgefallen, wie sie auf der Tanzfläche mit einem breiten Grinsen auf dem hübschen Elfengesicht plötzlich hinter Fremden auftaucht und ihnen die Schultern oder das Kreuz massiert. Schließlich ist er an der Reihe, nickt lächelnd und wartet auf den Moment des Wiedererkennens. Und tatsächlich, sie runzelt die Stirn, hält ihm die Finger vor die Nase und sagt, was jetzt alle zu ihm sagen:

»Du bist doch berühmt!«

»Und wer bist du?«, schreit er, um die Musik zu übertönen, nimmt ihre kleinen, knochigen Hände in seine und hält sie zur Seite wie bei einem großen Wiedersehen.

»Ich bin Tara!«

»Tara! Tara! Hallo, Tara!«

»Bist du berühmt? Woher kenn ich dich? Sags mir!«

»Ich arbeite beim Fernsehen und moderiere eine Sendung namens *abfeiern*. Da interviewe ich Popstars.«

»Ich wusste es! Du *bist* berühmt!«, ruft sie entzückt aus, stellt sich auf die Zehenspitzen und küsst ihn so lieb auf die Wange, dass er über die Musik hinweg schreit: »Du bist toll, Tara!«

»Ich bin toll!«, ruft sie zurück. »Aber nicht berühmt.«

»Solltest du aber sein!«, schreit Dexter und legt ihr die Hände um die Taille. »Ich finde, jeder sollte berühmt sein.«

Die Bemerkung ist gedanken- und bedeutungslos, aber Tara ist anscheinend trotzdem gerührt, denn sie sagt: »Oooooooh«, stellt sich auf die Zehenspitzen und legt ihm den kleinen Elfenkopf an die Schulter. »Ich finde dich so was von toll«, brüllt sie ihm ins Ohr, und er widerspricht nicht. »Du bist auch toll«, sagt er, und sie geraten in eine potenziell endlose »Du bist toll«-Schleife. Sie tanzen jetzt zusammen, saugen die Wangen ein, grinsen sich an, und wieder einmal fällt Dexter auf, wie leicht es ist, sich zu unterhalten, wenn alle zugedröhnt sind. Früher, als es nur Alk gab, musste man erst Augenkontakt aufnehmen, Getränke spendieren und stundenlang über Bücher, Filme, Eltern und Geschwister quatschen, wenn man ein Mädchen kennenlernen wollte. Heute kann man fast nahtlos von »Wie heißt du?« oder auch »Zeig mal dein Tattoo« zu »Was für Unterwäsche trägst du?« übergehen, ein beachtlicher Fortschritt.

»Du bist toll«, ruft er, als sie ihr Hinterteil an seinen Schenkeln reibt. »Total winzig. Wie ein Vögelchen.«

»Aber stark wie ein Ochse«, ruft sie ihm über die Schulter zu und spannt einen mandarinengroßen festen Bizeps an. Der kleine Bizeps ist derart entzückend, dass er ihn küsst. »Du bist nett. Sooooo nett.«

»Du aber auch«, kontert er und denkt, Mann, das läuft einfach wie geschmiert, dieses Hin und Her, völlig reibungslos. Sie ist klein und niedlich und erinnert ihn an einen Zaunkönig, aber das Wort ist ihm entfallen, deshalb nimmt er ihre Hände, zieht sie zu sich und ruft ihr ins Ohr: »Wie heißt noch mal dieser winzige Vogel, der in eine Streichholzschachtel passt?«

»Was?«

»EIN VOGEL, EINE STREICHHOLZSCHACHTEL, ER PASST IN EINE STREICHHOLZSCHACHTEL, EIN PIEPMATZ, SO BIST DU, WIE EIN VÖGELCHEN, HAB DEN NAMEN VERGESSEN.« Er hält Zeigefinger und Daumen einen Zentimeter auseinander. »PIEPMATZ, WINZIG, SO BIST DU.«

Und sie nickt, entweder zustimmend oder im Takt der Musik, die Pupillen sind geweitet, die schweren Augenlider flattern, sie verdreht die Augen weit nach hinten, wie die Puppe, die seine Schwester früher hatte. Dexter hat den Faden verloren, erinnert sich einen Moment lang an gar nichts mehr, und als Tara seine Hände nimmt, sie drückt, ihm noch mal sagt, wie toll er ist, und dass er ihre Freunde kennenlernen muss, weil sie auch ganz toll sind, widerspricht er nicht.

Er sieht sich nach Callum O'Neill um, seinem ehemaligen Mitbewohner von der Uni, der sich gerade den Mantel anzieht. Der ehemals faulste Mann von Edinburgh hat sich mit Computer-Refurbishing eine goldene Nase verdient und ist jetzt ein stämmiger, erfolgreicher Geschäftsmann in teuren Anzügen. Aber mit dem Erfolg kam auch die Nüchternheit: keine Drogen und während der Woche nicht zu viel Alk. Er sieht fehl am Platz und spießig aus. Dexter geht zu ihm und nimmt seine Hände.

»Wo gehts hin, Kumpel?«

»Nach Hause. Es ist zwei Uhr. Ich muss arbeiten.«

»Komm doch mit. Ich will dir Tara vorstellen!«

»Dex, ich will Tara nicht kennenlernen. Ich muss los.«

»Weißt du, was du bist? Ein Weichei!«

»Und du bist völlig hinüber. Nur zu, tu, was du nicht lassen kannst. Ich ruf dich morgen an.«

Dexter umarmt Callum, sagt ihm, wie großartig er ist, aber Tara zieht ihn wieder an der Hand, und er dreht sich um und lässt sich von ihr durch die Menge in eine der Chill Zones bugsieren.

Der Club ist nobel und angeblich gehobene Preisklasse, was Dexter egal sein kann, da er in letzter Zeit für nichts mehr bezahlen muss. Es ist zwar etwas ruhig für eine Donnerstagnacht, aber wenigstens gibt es hier nicht diese grausame Techno-Marschmusik oder gruselige Jugendliche, knochig und kahlrasiert, die sich das Hemd vom Leib reißen und einem mit gebleckten, zusammengebissenen Zähnen höhnisch ins Gesicht grinsen. Stattdessen ist alles voller angenehmer, attraktiver Mittelklasse-Leute in den Zwanzigern, zu denen er auch gehört, genau wie Taras Freunde, die auf großen Kissen lümmeln, rauchen, reden und Kaugummi kauen. Er lernt Gibbsy kennen – oder war es Biggsy? –, die Wunderbare Tash und ihren Freund Stu Stewpot, den bebrillten Spex und dessen Freund Mark, der enttäuschenderweise nur Mark heißt, und alle bieten ihm Kaugummi, Wasser und Marlboros Light an. Alle machen immer ein Riesentrara um wahre Freundschaft, aber hier ist alles unglaublich einfach, und bald stellt er sich vor, wie sie zusammen abhängen, Urlaub im Wohnmobil machen, bei Sonnenuntergang am Strand grillen; sie scheinen ihn auch zu mögen, fragen ihn, wie die Arbeit beim Fernsehen ist, welche Stars er getroffen hat, und er erzählt ihnen ein paar saftige Klatschgeschichten, während Tara die ganze Zeit hinter ihm hockt, ihm den Nacken massiert und mit den winzigen, knochigen Fingern wohlige Schauder verschafft, als plötzlich aus unerfindlichen Gründen eine vielleicht fünfsekündige Gesprächspause entsteht, gerade lang genug für einen überraschenden Anflug von Nüchternheit, und ihm fällt wieder ein, was er morgen, oh Gott, nein, heute, nachher tun muss, und zum ersten Mal in dieser Nacht erfasst ihn eine Welle der Panik und Angst.

Aber alles ist okay, alles ist gut, denn Tara schlägt vor, auf die Tanzfläche zu gehen, bevor die Wirkung nachlässt. Deshalb stellen sie sich in lockeren Grüppchen – direkt gegenüber dem DJ und den Lichtkegeln – unter die Bahnbögen, tanzen eine Weile im Trockeneisnebel, nicken sich grinsend mit seltsam gerunzelter Stirn und zusammengezogenen Augenbrauen zu, allerdings nicht mehr, weil sie so gut drauf sind, sondern um sich gegenseitig zu bestätigen, dass sie immer noch Spaß haben, dass es noch nicht vorbei ist. Dexter fragt sich, ob er das T-Shirt ausziehen soll, manchmal hilft das, aber dafür ist es jetzt zu spät. In der Nähe ruft jemand halbherzig »Geile Mucke«, aber keiner ist überzeugt, die Mucke ist nicht geil. Der Feind, die Befangenheit, hat sich unter sie gemischt, und Gibbsy oder Biggsy gibt als Erster auf, erklärt, dass die Musik scheiße ist, und alle hören wie auf Kommando auf zu tanzen, als sei der Bann gebrochen.

Während er zum Ausgang geht, malt sich Dexter den Heimweg aus, die bedrohliche Menge illegaler Taxifahrer vor dem Club, die irrationale Angst, ermordet zu werden, die leere Wohnung in Belsize Park, die schlaflosen Stunden, in denen er das Geschirr abwäscht und seine Plattensammlung neu ordnet, bis das Hämmern in seinem Kopf aufhört, er schlafen und sich dem Tag stellen kann, und wieder wird er von einer Welle der Panik erfasst. Er braucht Gesellschaft. Er sieht sich nach einer Telefonzelle um. Vielleicht ist Callum ja noch wach, aber eigentlich ist ihm nicht nach männlicher Gesellschaft. Er könnte Naomi anrufen, aber die ist bestimmt bei ihrem Freund, oder Yolande, aber die ist bei Dreharbeiten in Barcelona, oder Ingrid die Schreckliche, aber die hat gedroht, ihm beim nächsten Treffen das Herz herauszureißen, oder Emma, ja, Emma, nein, doch lieber nicht, nicht in dem Zustand, sie würde es nicht verstehen, nicht billigen. Und trotzdem will er jetzt am liebsten bei Emma sein. Warum ist sie heute Nacht nicht bei ihm? Er will sie alles Mögliche fragen, warum sie nie zusammengekommen sind, sie wären ein großartiges Team, ein Paar, Dex und Em, Em und Dex, alle sagen das. Der plötzliche Anflug von Liebe für Emma überrascht ihn, und er beschließt, sich ein Taxi nach Earls Court zu nehmen, ihr zu sagen, wie großartig sie ist, wie sehr er sie liebt, wie sexy sie ist, wenn sie es nur glauben würde, warum soll er es nicht tun und abwarten, was passiert, und wenn es nicht klappt, wenn sie nur herumsitzen und reden, ist das immer noch besser, als heute Nacht alleine zu bleiben. Egal, was kommt, er darf nicht alleine sein …

Er hat das Telefon schon in der Hand, aber zum Glück schlägt Biggsy oder Gibbsy vor, in seine Wohnung zu gehen, es sei nicht weit, und sie verlassen geschlossen den Club und machen sich in der Sicherheit der Gruppe auf den Weg in die Coldharbour Lane.

Die Wohnung besteht aus einem einzigen großen Raum über einem Pub. Küche, Bad, Wohn- und Schlafzimmer sind nicht durch Wände abgetrennt, das einzige Zugeständnis an Privatsphäre ist der halbdurchsichtige Duschvorhang um das freistehende Klo. Während Biggsy die Musik aussucht, fläzen sich die anderen in einem einzigen Gewirr auf das riesige Himmelbett mit den gewollt geschmacklosen Tigerfellen und schwarzen Synthetik-Laken. Über dem Bett hängt ein extrakitschiger Spiegel, sie starren mit schweren Lidern hinauf, bewundern sich beim Musikhören, wie sie, den Kopf im Schoß des anderen, ausgebreitet daliegen, sich an den Händen fassen, sie sind jung und smart, attraktiv und erfolgreich, haben einen vernebelten Verstand, aber den Durchblick, und alle denken, wie toll sie aussehen und was für gute Freunde sie von jetzt an sein werden. Es wird Picknicks im Hampstead Heath und lange, faule Sonntage im Pub geben, und Dexter fühlt sich wieder prächtig. »Du bist fantastisch«, sagt irgendjemand, zu wem, ist egal, denn fantastisch sind sie alle. Menschen sind fantastisch.

Unbemerkt vergehen Stunden. Jemand spricht über Sex, und bald übertreffen sie sich gegenseitig mit intimen Geständnissen, die sie am Morgen bereuen werden. Es wird geknutscht, Tara fummelt ihm wieder am Nacken herum, bohrt ihm die harten, kleinen Finger in den Rücken, aber der Drogenrausch ist verflogen, die vormals entspannende Massage fühlt sich jetzt an wie eine Reihe von Stichen und Stößen, und als er zu ihr hochschaut, wirkt das kleine Elfengesicht plötzlich abgehärmt und bedrohlich wie das eines kleinen haarlosen Säugetiers, der Mund ist zu breit, die Augen zu rund. Dexter fällt auf, dass sie älter ist, als gedacht, – mein Gott, mindestens *38* – und eine Art weißer Paste zwischen den kleinen Zähnen hat, wie Dichtungsmasse. Er kann die nackte Angst vor dem angebrochenen Tag nicht länger unterdrücken, sie kriecht ihm den Rücken hoch, und vor lauter Panik, Grauen und Scham bricht ihm klebriger, chemischer Schweiß aus. Zitternd setzt er sich auf und fährt sich mit beiden Händen langsam über das Gesicht, als wollte er etwas wegwischen.

Allmählich wird es hell. Amseln singen in der Coldharbour Lane, und er hat das lebhafte Gefühl – eine Halluzination fast –, von innen hohl zu sein; leer wie ein Osterei. Dank Tara der Masseurin ist sein Nacken steinhart und verspannt, die Musik ist verstummt, jemand auf dem Bett verlangt Tee, alle wollen Tee, Tee, Tee, und Dexter macht sich los, geht zum riesigen Kühlschrank hinüber, der aussieht wie seiner, unheimlich und klinisch wie aus dem Genetiklabor. Er macht die Tür auf und starrt ausdruckslos hinein. Ein Salat verfault in der Plastikverpackung, die kurz vorm Bersten ist. Er verdreht die Augen, die Sicht verschwimmt, und als sein Blick wieder klar wird, entdeckt er eine Wodkaflasche. Hinter der Kühlschranktür verborgen trinkt er gut drei Fingerbreit und spült mit einem Schluck saurem Apfelsaft nach, der widerlich auf der Zunge prickelt. Er verzieht das Gesicht, schluckt den Saft und seinen Kaugummi gleich mit. Wieder ruft jemand nach Tee. Er findet die Milchpackung, hält sie abwägend in der Hand und hat eine Idee.

»Milch ist alle!«, ruft er.

»Kann nicht sein«, ruft Gibbsy oder Biggsy.

»Doch. Leer. Ich geh schnell welche kaufen.« Er stellt die volle, ungeöffnete Packung zurück in den Kühlschrank. »Bin in fünf Minuten zurück. Braucht jemand noch was? Zigaretten? Kaugummi?« Seine neuen Freunde antworten nicht, deshalb geht er leise hinaus, stolpert die Treppe hinunter, stürmt atemlos durch die Tür auf die Straße und rennt los, um diese fantastischen Leute nie wieder zu sehen.

Auf der Electric Avenue findet er eine Taxizentrale. Als die Sonne am 15. Juli 1993 um 5:01 Uhr aufgeht, ist Dexter Mayhew schon in der Hölle.

Emma Morley ernährt sich gut und trinkt nur mäßig. Sie schläft gute acht Stunden am Tag, wacht pünktlich kurz vor halb sieben von selbst auf und trinkt ein großes Glas Wasser, den ersten Viertelliter von insgesamt anderthalb Litern pro Tag, den sie aus einer funkelnagelneuen Karaffe in ein dazu passendes Glas gießt, das in der strahlenden Morgensonne neben dem warmen, sauberen Doppelbett steht. Eine Karaffe. Sie hat tatsächlich eine Karaffe. Kaum zu glauben.

Eigene Möbel hat sie jetzt auch. Mit 27 ist sie zu alt, um wie eine Studentin zu hausen, und beim Sommerschlussverkauf in einem Geschäft für Kolonialstilmöbel in der Tottenham Court Road hat sie ein breites, schmiedeeisernes Bett mit Korbgeflecht erstanden. Es trägt den Markennamen »Tahiti« und nimmt fast das gesamte Schlafzimmer der Wohnung unweit der Earls Court Road ein. Emma hat eine Daunendecke, und die Laken sind aus ägyptischer Baumwolle, der besten der Welt, wie ihr die Verkäuferin versichert hat, und all das ist Ausdruck einer neuen Ära der Ordnung, Unabhängigkeit und Reife. Sonntagmorgens faulenzt sie allein auf

»Tahiti« wie auf einem Floß und hört sich *Porgy und Bess,* Mazzy Star, alte Tom-Waits-Songs und eine seltsam knisternde Schallplatte mit Bachs Cellosuiten an. Während sie mit ihrem besten Füller kleine Beobachtungen und Ideen für Geschichten auf die blütenweißen Seiten eines teuren Notizbuchs schreibt, trinkt sie literweise Kaffee. Manchmal, wenn es schlecht läuft, fragt sie sich, ob ihre Liebe zum geschriebenen Wort nicht nur ein Büroartikelfetisch ist. Der wahre, geborene Schriftsteller schreibt auch auf Papierschnipsel, die Rückseite von Bustickets oder die Wände einer Gefängniszelle. Aber mit Papier, das leichter ist als 120 g/m^2, kann Emma nichts anfangen.

Es gibt allerdings auch Zeiten, in denen sie stundenlang glücklich, zufrieden und allein in ihrer Zweizimmerwohnung vor sich hinkritzelt, als seien die Worte immer da gewesen. Sie fühlt sich nicht einsam, oder zumindest selten. An vier Tagen in der Woche geht sie aus und könnte es öfter tun, wenn sie wollte. Alte Freundschaften bleiben bestehen, und es gibt neue mit Lehramtskommilitonen. Am Wochenende nutzt sie die Veranstaltungstipps voll aus, bis auf den Clubteil, der genausogut auf Chinesisch verfasst sein könnte, weil ständig davon die Rede ist, zu heißen Tunes auf Floors abzuzappeln. Vermutlich wird sie nie im BH in einem Raum voller Schaum tanzen, aber das ist in Ordnung. Stattdessen geht sie mit Freunden in Kleinkunstkinos und Galerien, manchmal mieten sie sich ein Ferien-Cottage, unternehmen ausgedehnte Wanderungen auf dem Land und tun so, als lebten sie dort. Oft wird ihr gesagt, dass sie besser aussieht und mehr Selbstvertrauen ausstrahlt als früher. Samthaargummis, Zigaretten und Fast Food sind Schnee von gestern. Nun besitzt sie eine Kaffeekanne und überlegt zum ersten Mal in ihrem Leben, in eine Duftmischung zu investieren.

Der Radiowecker springt an, aber Emma erlaubt sich, im Bett liegen zu bleiben und die Nachrichten zu hören. John Smith ist im Konflikt mit den Gewerkschaften, und sie ist hin und her gerissen, denn sie mag John Smith, der einen anständigen Eindruck macht, wie ein weiser Schuldirektor. Sogar sein Name klingt nach einem soliden, prinzipientreuen Mann aus dem Volke, und sie überlegt zum wiederholten Mal, der Labour-Partei beizutreten; das könnte ihr schlechtes Gewissen beruhigen, weil sie nicht mehr an der Kampagne für nukleare Abrüstung teilnimmt. Noch sympathisiert sie mit ihren Zielen, aber uneingeschränkte nukleare Abrüstung zu fordern, erscheint ihr mittlerweile doch leicht naiv, ein bisschen so, wie den Weltfrieden zu verlangen.

Wird sie langsam alt, mit 27? Früher war sie stolz darauf, immer nur einen Standpunkt gelten zu lassen, aber jetzt akzeptiert sie mehr und mehr, dass die meisten Probleme vielschichtiger und komplexer sind als gedacht. Jedenfalls hat sie keine Ahnung, worum es bei den nächsten beiden Themen geht, dem Maastrichter Vertrag und dem Jugoslawienkrieg. Sollte sie nicht irgendeine Meinung haben, Partei ergreifen, irgendwas boykottieren? Bei der Apartheid wusste man wenigstens, woran man war. Trotzdem, in Europa herrscht Krieg, und sie persönlich hat keinen Finger gerührt, um ihn zu verhindern. Zu beschäftigt mit Möbelkaufen. Verunsichert schlägt Emma die neue Bettdecke zurück, schlüpft in die schmale Lücke zwischen Bett und Wand, schiebt sich seitlich zum Flur und geht in das winzige Badezimmer, wo sie nicht mehr warten muss, seit sie allein lebt. Sie wirft ihr T-Shirt in die Korbwäschetruhe – seit jenem schicksalhaften Sommerschlussverkauf in der Tottenham Court Road gibt es Unmengen von Korbwaren in ihrem Leben –, setzt die alte Brille auf und stellt sich in aufrechter Haltung nackt vor den Spiegel. Könnte schlimmer sein, denkt sie und geht duschen.

Beim Frühstücken schaut sie aus dem Fenster. Ihre Wohnung liegt in der sechsten Etage eines roten Backsteinwohnblocks mit Blick auf einen identischen roten Backsteinwohnblock. Eigentlich mag sie Earls Court nicht besonders, es wirkt behelfsmäßig und heruntergekommen wie Londons Notunterkunft. Die Miete für eine Singlewohnung ist horrend, und vielleicht muss sie sich etwas Billigeres suchen, wenn sie zu unterrichten anfängt, aber im Moment gefällt es ihr hier, weit weg vom Loco Caliente und dem ungeschminkten Sozialrealismus des Abstellraums in Clapton. Nach sechs gemeinsamen Jahren mit Tilly Killick ist sie froh, der gräulichen Unterwäsche in der Spüle und dem angebissenen Cheddar entronnen zu sein.

Weil sie sich nicht mehr für ihre Wohnung schämt, hat sie ihren Eltern sogar einen Besuch erlaubt. Und Jim und Sue haben auf »Tahiti« übernachtet, sie selbst auf dem Sofa. Nach den drei nervenaufreibenden Tagen voll endloser Kommentare über Londons Multikultigesellschaft und den Preis einer Tasse Tee billigten ihre Eltern die neue Lebensweise ihrer Tochter zwar nicht ausdrücklich, aber wenigstens schlägt ihre Mutter nicht mehr vor, dass sie nach Leeds zurückkommen und bei den Gaswerken arbeiten soll. »Gut gemacht, Emmy«, hatte ihr Vater sie flüsternd gelobt, als sie sie nach King's Cross zum Zug brachte, aber wofür? Vielleicht, weil sie jetzt endlich ein Erwachsenenleben führt.

Natürlich ist immer noch kein Freund in Sicht, aber das stört Emma wenig. Selten, sehr selten übermannt sie an einem verregneten Sonntagnachmittag gegen vier die Panik, wenn ihr die Einsamkeit schier die Luft abschnürt. Ein oder zwei Mal hat sie überprüft, ob das Telefon funktioniert.

Manchmal malt sie sich aus, wie schön es wäre, mitten in der Nacht von einem Anruf geweckt zu werden: »Schwing dich in ein Taxi« oder »Ich muss dich sehen, wir müssen reden«. Aber in den besten Zeiten kommt sie sich vor wie eine Romanfigur von Muriel Spark – unabhängig, belesen, scharfsinnig und insgeheim romantisch. Mit 27 kann Emma Morley einen Einserabschluss in Englisch und Geschichte, ein neues Bett, eine Zweizimmerwohnung in Earls Court, jede Menge Freunde und ein Lehramtsexamen vorweisen. Wenn das Vorstellungsgespräch heute gut läuft, hat sie einen Job als Lehrerin für Englisch und Theaterpädagogik in der Tasche, Fächer, die sie mag und in denen sie sich auskennt. Sie steht an der Schwelle zu einer neuen Karriere als inspirierende Lehrerin, und endlich, endlich herrscht etwas Ordnung in ihrem Leben.

Außerdem hat Emma ein Date.

Ein richtiges, waschechtes Date. Sie wird mit einem Mann in einem Restaurant sitzen und ihm beim Essen und Reden zuschauen. Jemand will »Tahiti« entern, und heute Abend wird sich entscheiden, ob sie ihn lässt. Sie steht beim Toaster, schneidet eine Banane für die erste von sieben Obst- und Gemüseportionen des Tages und starrt auf den Kalender. Der 15. Juli 1993, ein Fragezeichen und ein Ausrufezeichen. Der Tag der Entscheidung.

Dexters Bett, ein Italienimport, gleicht einer flachen, kahlen, schwarzen Plattform, steht in der Mitte des kahlen Zimmers wie eine Bühne oder Ringkampfarena, und diese beiden Funktionen erfüllt es auch manchmal. Hellwach liegt er dort um halb zehn in einer Mischung aus Angst, Selbsthass und sexueller Frustration. Seine Nerven sind aufs Äußerste gespannt, und er hat einen scheußlichen Geschmack im Mund, als hätte er Haarspray auf der Zunge. Plötzlich springt er auf und tappt über die schwarzen Hochglanzdielen in die schwedische Küche. Im Tiefkühlfach des geräumigen, klinischen Kühlschranks findet er eine Flasche Wodka, gießt sich einen Fingerbreit ein und fügt die gleiche Menge Orangensaft hinzu. Schließlich hat er noch nicht geschlafen, deshalb ist es nicht der erste Drink des Tages, sondern der letzte der Nacht, beruhigt er sich. Außerdem ist das Tabu, tagsüber nichts zu trinken, völlig übertrieben; auf dem Kontinent macht das jeder. Der Trick ist, das Alkoholhochgefühl als Mittel gegen das Drogentief einzusetzen; man gibt sich die Kante, um nüchtern zu bleiben, ziemlich vernünftig, wenn man es recht bedenkt. Ermutigt von dieser Logik, schenkt er sich noch zwei Fingerbreit Wodka ein, legt den Soundtrack von *Reservoir Dogs* auf und stolziert zur Dusche.

Eine halbe Stunde später ist Dexter immer noch im Bad und fragt sich, was er gegen seine Schweißausbrüche unternehmen soll. Zweimal hat er nun ein neues Hemd angezogen und sich kalt abgeduscht, aber der Schweiß rinnt ihm immer noch in Strömen den Rücken und die Stirn hinunter, ölig und klebrig wie Wodka, was es vielleicht auch ist. Er schaut auf die Uhr. Schon zu spät. Am besten fährt er mit heruntergekurbelten Scheiben.

Neben der Wohnungstür liegt – damit er es nicht vergisst – ein ziegelsteingroßes, kunstvoll in verschiedenfarbige Papierlagen eingewickeltes Päckchen. Er hebt es auf, schließt die Wohnung ab und geht auf die üppiggrüne Allee hinaus, wo sein Auto auf ihn wartet, ein Mazda-MRII-Kabrio in Rennwagengrün. Ein Auto, das keinen Platz für Beifahrer, ein Dachgestell und kaum genug Stauraum für einen Ersatzreifen, geschweige denn einen Kinderwagen bietet und das lauthals von Jugend, Erfolg und Singledasein kündet. Im

Kofferraum ist ein CD-Wechsler verborgen, ein kleines futuristisches Wunderwerk aus winzigen Federn und mattschwarzem Plastik, und nachdem er fünf CDs ausgewählt hat (Werbegeschenke von Plattenfirmen, ein weiterer Jobbonus), lässt er die glänzenden Scheiben in die Box gleiten wie Kugeln in einen Revolver.

Zum Sound der Cranberries kurvt Dexter durch die weitläufigen Wohnviertel von St. John's Wood – ist nicht wirklich sein Ding, aber man muss immer auf dem Laufenden sein, wenn man den Musikgeschmack der Leute formt. Die A40 ist frei von Stoßverkehr, und bevor das Album zu Ende ist, hat er die M40 erreicht und fährt in westlicher Richtung durch die Leichtindustrie- und Neubausiedlungen der Stadt, in der er ein so erfolgreiches und schickes Leben führt. Kurz darauf lässt er die Vororte hinter sich und fährt durch die Nadelwaldschonungen, die schon zum Landleben gehören. Jamiroquai schallt aus der Stereoanlage, und Dexter fühlt sich jetzt bis auf ein leicht flaues Flattern im Magen um Klassen besser, verwegen und jungenhaft in dem kleinen Sportwagen. Er dreht die Musik lauter, denn diesen Sänger hat er mehrmals interviewt, und obwohl er ihn nicht gerade als Freund bezeichnen würde, kennt er auch den Typen ganz gut, der die Congas spielt. Deshalb verspürt er eine Art persönliche Verbundenheit, als die Band *Emergency on Planet Earth* spielt. Es ist eine extrem lange Maxiversion, Zeit und Raum verlieren an Bedeutung, während Dexter scheinbar stundenlang mitsummt, bis sich sein Blick trübt und flimmert, die Überreste der Drogen von letzter Nacht in seinem Blut. Erst als er ein schrilles Hupen hört, wird ihm bewusst, dass er mit 180 Sachen genau auf einem Mittelstreifen fährt.

Dexter hört auf zu summen, versucht das Auto wieder auf die mittlere Spur zu lenken, hat aber anscheinend vergessen, wie das geht, und versucht die verkrampften Arme gewaltsam aus einem unsichtbaren Schraubstock zu befreien. Plötzlich fährt Dexter nur noch 90, tritt gleichzeitig auf die Bremse und das Gaspedal, und wieder hupt hinter ihm ein hausgroßer Lkw, der aus dem Nichts aufgetaucht ist. Im Rückspiegel kann er den Fahrer erkennen, ein großer bärtiger Mann mit schwarzer, verspiegelter Sonnenbrille, der ihn anschreit, drei schwarze Löcher im Gesicht wie ein Totenkopf. Ohne sich zu vergewissern, ob die langsamere Spur frei ist, reißt Dexter abrupt das Lenkrad herum und ist sich plötzlich sicher, dass er draufgehen wird, genau hier und jetzt, in einem gleißenden Feuerball zur Langversion eines Jamiroquai-Remix. Aber zum Glück ist die Spur frei, und er atmet ein paarmal kräftig durch den Mund aus wie ein Boxer. Hastig macht er die Musik aus und fährt konstant 110, bis er die Ausfahrt erreicht hat.

Erschöpft sucht er sich einen Rastplatz an der Oxford Road, stellt den Sitz nach hinten und schließt die Augen in der Hoffnung auf Schlaf, sieht aber ständig die drei schwarzen Löcher im Gesicht des schreienden Lkw-Fahrers vor sich. Außerdem ist die Sonne draußen zu grell, der Verkehr zu laut, und es hat etwas Ungesundes, Dubioses, wenn ein nervöser, zappeliger junger Mann an einem Sommermorgen um viertel vor zwölf in einem parkenden Auto herumlungert. Fluchend setzt Dexter sich auf und fährt weiter zu einem Pub am Straßenrand, den er aus Teenagertagen kennt. Der White Swan gehört zu einer Kette, die durchgehend Frühstück und unfassbar billige Steaks mit Pommes anbietet. Nachdem er sich einen Parkplatz gesucht hat, nimmt er das Päckchen vom Beifahrersitz und betritt den großen, vertrauten Raum, der nach Möbelpolitur und abgestandenem Rauch riecht. Lässig an die Bar gelehnt bestellt sich Dexter ein Bier und einen doppelten Wodka Tonic. Den Barmann kennt er aus den frühen 80ern, als er mit seinen Kumpels zum Saufen herkam. »Ich war früher oft hier«, sagt Dexter gesprächig. »Ist wahr?«, erwidert der hagere, unglücklich wirkende Mann. Falls der Barmann ihn wiedererkennt, verliert er kein Wort darüber. Mit einem Glas in jeder Hand marschiert Dexter zu einem Tisch und trinkt schweigend, das Päckchen vor sich liegend, ein Stück Fröhlichkeit in dem düsteren Raum. Während er sich umsieht, denkt er darüber nach, wie weit er es in den letzten zehn Jahren gebracht und was er alles erreicht hat – mit nicht mal 29 Jahren ist er ein bekannter TV-Moderator.

Manchmal kommt es ihm vor, als grenze die medizinische Wirkung von Alkohol an ein Wunder, denn keine zehn Minuten später trabt er munter zum Auto und hört wieder Musik, The Beloved zwitschern aus der Anlage. Er kommt so gut voran, dass er in weniger als zehn Minuten die Kiesauffahrt vor seinem Elternhaus erreicht hat, ein weitläufiges, abgeschiedenes Gebäude aus den Zwanzigerjahren, dessen Fassade mit falschem Fachwerk verziert ist, um es weniger modern, kantig und robust wirken zu lassen, als es ist. Ein komfortables, nettes Einfamilienhaus in den Chiltern Hills. Dexter fürchtet den Anblick.

Mit einer Tasse Tee in der Hand steht sein Vater schon an der Tür, als wäre er seit Jahren da. Für Juli ist er zu warm angezogen, und ein Hemdzipfel hängt ihm aus dem Pullover. Früher kam er Dexter wie ein Riese vor, aber jetzt wirkt er gebeugt und ausgelaugt, das lange Gesicht ist während der sechs Monate, in denen sich der Zustand seiner Frau verschlechtert hat, blass, verhärmt und faltig geworden. Er hebt die Tasse zum Gruß. Einen Augenblick sieht Dexter sich mit den Augen seines Vaters und windet sich vor Scham über sein glänzendes Hemd, die rasante Art, den kleinen Sportwagen zu fahren, das verwegene Bremsgeräusch, als er auf dem Kiesweg zum Stehen kommt, und die Chill-out-Musik aus der Stereoanlage.

Ausgechillt.

Idiot.

High auf E.

Lackaffe.

Zugedröhnt, du aufgedonnerte Witzfigur.

Er macht den CD-Spieler aus, zieht die herausnehmbare Stereoanlage aus dem Armaturenbrett und starrt sie kurz an. *Ganz ruhig, du bist in den Chiltern Hills, nicht in Stockwell. Dein Vater wird dir wohl kaum die Stereoanlage klauen. Reiß dich zusammen.* Sein Vater steht immer noch im Türrahmen und prostet ihm noch einmal mit der Tasse zu. Seufzend greift Dexter nach dem Geschenk auf dem Beifahrersitz, konzentriert sich so gut wie möglich und steigt aus.

»Lächerliches Gefährt«, sagt sein Vater missbilligend.

»Du musst es ja nicht fahren, oder?« Das alte Spiel vom gestrengen, spießigen Vater und dem verantwortungslosen, großspurigen Sohn beruhigt Dexter.

»Ich pass da sowieso nicht rein. Kinderspielzeug. Wir haben dich schon vor geraumer Zeit erwartet.«

»Wie gehts dir, Dad?«, fragt Dexter in einem plötzlichen Anfall von Zuneigung für seinen alten Vater, legt unwillkürlich den Arm um ihn, tätschelt ihm den Rücken und drückt ihm einen peinlichen Schmatzer auf die Wange.

Beide erstarren.

Dexter hat sich einen Bussireflex angewöhnt. Er hat seinem Vater ein »Mmmmoi« ins haarige Ohr gehaucht. Unbewusst hat er das Gefühl, wieder mit Gibbsy, Tara und Spex unter den Bahnbögen zu stehen. Er spürt den feuchten Speichel auf der Lippe und sieht, wie sein Vater konsterniert mit alttestamentarischem Blick auf ihn herabsieht. Söhne, die ihre Väter küssen – ein Naturgesetz ist gebrochen worden. Noch nicht ganz im Haus, und schon ist die Illusion von Nüchternheit dahin. Sein Vater rümpft die Nase – entweder vor Ekel, oder weil er den Atem seines Sohnes gerochen hat, wobei Dexter nicht weiß, was schlimmer ist.

»Deine Mutter ist im Garten. Sie hat den ganzen Vormittag auf dich gewartet.«

»Und wie gehts ihr?«, fragt er. Vielleicht sagt er ja »viel besser«.

»Sieh selbst. Ich setze Wasser auf.«

Der Flur ist nach dem grellen Sonnenlicht angenehm dunkel und kühl. Seine ältere Schwester Cassie kommt mit einem Tablett aus dem Garten ins Haus, und ihr Gesicht glüht förmlich vor Kompetenz, gesundem Menschenverstand und Frömmigkeit. Mit 34 hat sie sich mit der Rolle der gestrengen Oberschwester abgefunden, und sie steht ihr gut zu Gesicht. Halb lächelnd, halb stirnrunzelnd streift sie seine Wange mit ihrer. »Der verlorene Sohn kehrt zurück!«

Dexters Verstand ist nicht zu vernebelt, um die Spitze zu erkennen, ignoriert die Bemerkung aber und wirft einen Blick auf das Tablett. Eine Schüssel mit graubraunen, in Milch eingeweichten Getreideflocken, daneben ein unbenutzter Löffel. »Wie geht es ihr?«, fragt er. Vielleicht sagt sie ja »wesentlich besser«.

»Schau selbst«, antwortet Cassie, und als er sich an ihr vorbeiquetscht, fragt er sich: Warum will mir keiner sagen, wie es ihr geht?

Er beobachtet sie von der Tür aus. Sie sitzt in einem eigens herausgebrachten, altmodischen Ohrensessel, aus dem sie die Felder, Wälder und die Stadt Oxford im Blick hat, von der aus dieser Entfernung allerdings kaum mehr als ein verschwommener grauer Fleck auszumachen ist. Ihr Gesicht ist zwar von einem großen Sonnenhut und einer dunklen Brille verdeckt – grelles Licht schmerzt ihr jetzt in den Augen –, aber an den dünnen Armen und der Art, wie ihre Hand schlaff auf dem Armpolster ruht, kann er erkennen, wie sehr sie sich seit seinem letzten Besuch vor drei Wochen verändert hat. Plötzlich ist ihm zum Heulen. Er will sich an sie schmiegen, von ihr in den Arm genommen werden und gleichzeitig auf dem Absatz kehrtmachen und wegrennen. Weil aber nichts davon in Frage kommt, trabt er gespielt schwungvoll die Treppe hinunter wie ein Talkshowmoderator.

»Hallööööchen!«

Sie lächelt, als wäre selbst das anstrengend. Er beugt sich vor, um sie unter der Hutkrempe zu küssen, und ihre Wange fühlt sich beunruhigend kühl, gespannt und dünn an. Sie trägt ein Kopftuch unter dem Hut, um den Haarausfall zu verbergen, aber er versucht, nicht allzu genau hinzuschauen, und holt sich schnell einen rostigen Gartenstuhl. Geräuschvoll zieht er ihn näher heran, so dass sie beide der Aussicht zugewandt sitzen, und er fühlt ihren Blick auf sich ruhen.

»Du schwitzt«, bemerkt sie.

»Na ja, es ist ja auch ziemlich heiß.« Sie sieht nicht überzeugt aus. Schlechte Ausrede. Konzentrier dich. Vergiss nicht, mit wem du sprichst.

»Aber du triefst förmlich.«

»Das liegt am Hemd. Kunstfaser.«

Sie streckt die Hand aus und streicht mit dem Handrücken über das Hemd. Angewidert rümpft sie die Nase.

»Welche Marke?«

»Prada.«

»Teuer.«

»Immer nur das Beste«, sagt er, und um schnell das Thema zu wechseln, nimmt er das Päckchen von der Steingartenmauer. »Hier, für dich.«

»Wie lieb.«

»Nicht von mir, von Emma.«

»Das erkenne ich an der Verpackung.« Vorsichtig löst sie das Geschenkband. »Deine kriegt man immer in zugeklebten Mülltüten …«

»Gar nicht wahr …«, sagt er lächelnd, um Unbeschwertheit bemüht.

»… wenn überhaupt.«

Es fällt ihm schwer weiterzulächeln, aber zum Glück hat sie nur Augen für das Päckchen, und als sie das Papier vorsichtig auseinanderfaltet, kommt ein Stapel Bücher zum Vorschein: Edith Wharton, etwas von Raymond Chandler und F. Scott Fitzgerald. »Wie lieb von ihr. Sag ihr danke von mir, ja? Reizend, diese Emma Morley.« Sie betrachtet das Cover des Fitzgerald-Buches. »*Die Schönen und Verdammten.* Das sind wir beide.«

»Aber wer ist wer?«, sagt er, ohne nachzudenken, aber zum Glück scheint sie es überhört zu haben. Stattdessen liest sie die Rückseite der Postkarte, eine schwarzweiße Polit-Kollage von 82 mit dem Schriftzug »Thatcher raus!«. Sie lacht. »So ein liebes Mädchen. Und so witzig.« Sie misst die Dicke des Romans mit Daumen und Zeigefinger. »Etwas zu optimistisch vielleicht. In Zukunft rätst du ihr besser zu Kurzgeschichten.«

Dexter lächelt und prustet gehorsam, aber er kann Galgenhumor nicht ausstehen. Angeblich soll er Mut beweisen und die Stimmung heben, aber er findet ihn langweilig und dumm. Das Unaussprechliche sollte besser ungesagt bleiben. »Wie gehts Emma denn so?«

»Ganz gut, glaube ich. Sie ist jetzt eine richtige Lehrerin. Hat heute ein Vorstellungsgespräch.«

»Na, das ist doch mal ein Beruf.« Sie dreht den Kopf, um ihn anzusehen. »Wolltest du nicht auch mal Lehrer werden? Was ist daraus geworden?«

Er bemerkt die Spitze. »War nicht mein Ding.«

»Nein«, sagt sie nur. Sie schweigen, und wieder fühlt er, wie der Tag seiner Kontrolle entgleitet. Film und Fernsehen hatten Dexter zu der Annahme verleitet, das einzig Positive an Krankheiten sei, dass sie den Leuten helfen, einander näher zu kommen, sich zu öffnen und ein müheloses Einvernehmen zu erreichen. Er und seine Mutter sind sich immer nah gewesen, waren immer offen zueinander, aber das gewohnte Einvernehmen ist Bitterkeit, Groll und Wut darüber, was mit ihr geschieht, gewichen. Begegnungen, die eigentlich liebevoll und tröstlich sein sollten, enden mit Gezänk und gegenseitigen Beschuldigungen. Vor acht Stunden hat er völlig fremden Menschen sein Herz ausgeschüttet, und jetzt kann er nicht mal mehr mit seiner eigenen Mutter reden. Da stimmt doch etwas nicht.

»Tja. Ich hab mir letzte Woche *abfeiern* angeschaut«, sagt sie.

»Ach ja?«

Sie schweigt, deshalb fügt er hinzu: »Und, wie hats dir gefallen?«

»Ich fand dich sehr gut. Sehr natürlich. Du wirkst ganz gut vor der Kamera. Aber wie gesagt, die Sendung gefällt mir nicht besonders.«

»Na ja, sie ist ja auch nicht für Leute wie dich gedacht, oder?«

Sie stößt sich an der Bemerkung und dreht gebieterisch den Kopf. »Was soll das heißen, Leute wie ich?«

Nervös fährt er fort: »Ich meine, es ist nur eine alberne

Spätprogrammsendung, mehr nicht. Für Leute, die aus dem Pub kommen …«

»Du meinst, ich war nicht *betrunken* genug, um Spaß daran zu haben?«

»Nein …«

»Ich bin nicht verklemmt, ich habe kein Problem mit anstößigen Sachen, ich verstehe nur nicht, warum es plötzlich nötig sein soll, ständig Leute zu erniedrigen …«

»Niemand wird erniedrigt, ehrlich, ist doch nur Spaß …«

»Ihr habt einen Wettbewerb, die hässlichste Freundin von Großbritannien zu finden – das findest du nicht erniedrigend?«

»Eigentlich nicht, nein …«

»Männer zu bitten, Fotos von ihren hässlichen Freundinnen zu schicken …«

»Ist doch nur Spaß, schließlich lieben diese Typen sie, obwohl sie nicht … im herkömmlichen Sinn attraktiv sind, darum geht es doch, es ist nur Spaß!«

»Du wiederholst ständig, dass es nur Spaß ist, wen willst du damit überzeugen, mich oder dich selbst?«

»Lass uns von was anderem reden, ja?«

»Und glaubst du, den Freundinnen macht das Spaß, den ›Schabracken‹ …«

»Mum, ich sage doch nur die Bands an, mehr nicht. Ich frage Popstars nach ihren aufregenden neuen Videos, das ist mein Job. Es ist ein Mittel zum Zweck.«

»Aber zu *welchem* Zweck, Dexter? Wir haben dich immer darin bestärkt, dass du alles tun kannst, was du willst. Ich hätte nur nicht gedacht, dass es *das* ist.«

»Was soll ich denn deiner Meinung nach tun?«

»Keine Ahnung; irgendwas *Gutes*.« Abrupt legt sie sich die linke Hand auf die Brust und lehnt sich zurück.

Kurz darauf sagt er: »Es ist nicht schlecht. An sich.« Sie rümpft die Nase. »Es ist nur eine dumme Unterhaltungssendung, und natürlich mag ich auch nicht alles, was dazugehört, aber es ist eine Erfahrung, ein Sprungbrett. Außerdem finde ich, dass ich meine Sache gut mache, was immer das wert sein mag. Außerdem machts mir Spaß.«

Nach einer Pause sagt sie: »Tja, dann musst du es wohl tun. Du musst tun, was dir Spaß macht. Und ich weiß, du wirst irgendwann was anderes machen, es ist nur …«, und sie nimmt seine Hand, ohne den Gedanken zu beenden. Dann lacht sie kurzatmig: »Ich verstehe nur nicht, warum du dich als Cockney ausgeben musst.«

»Ich nenne es meine ›Stimme des Volkes‹«, sagt er, und sie lächelt, sehr schwach, aber er klammert sich daran.

»Wir sollten nicht streiten«, sagt sie.

»Wir streiten nicht, wir diskutieren«, sagt er in dem Wissen, dass sie es sehr wohl tun.

Sie fasst sich an die Stirn. »Ich kriege Morphium. Manchmal weiß ich nicht, was ich sage.«

»Du hast doch gar nichts gesagt. Außerdem bin ich selbst etwas angeschlagen.« Die Sonne brennt auf den Bodenplatten, und er fühlt förmlich, wie sie ihm glühend heiß Gesicht und Unterarme versengt, als wäre er ein Vampir. Der Schweiß bricht ihm aus, und ihm wird übel. Bleib ruhig, sagt er sich. Alles nur Chemie.

»Spät geworden?«

»Ziemlich.«

»Abgefeiert, was?«

»Ein bisschen.« Er reibt sich die Schläfen, um Kopfschmerzen anzudeuten, und bemerkt gedankenlos: »Du hast nicht zufällig etwas Morphium übrig, oder?«

Sie sieht ihn nicht einmal an. Ein Augenblick verstreicht.

In letzter Zeit ist ihm aufgefallen, dass er immer mehr verblödet. Sein Entschluss, einen klaren Kopf zu bewahren und auf dem Boden zu bleiben, ist fehlgeschlagen, und ganz objektiv betrachtet wird er immer gedankenloser, selbstsüchtiger und macht mehr und mehr dämliche Bemerkungen. Genau das wollte er verhindern, aber anscheinend entzieht es sich seiner Kontrolle, wie kreisrunder Haarausfall. Warum nicht einfach aufgeben und völlig verblöden? Gleichgültig werden. Die Zeit vergeht, und er bemerkt, dass auf dem Tennisplatz Gras und Unkraut sprießen. Schon jetzt fängt alles an auseinanderzufallen.

Schließlich bricht sie das Schweigen.

»Ich sags dir gleich, dein Vater macht das Mittagessen. Doseneintopf. Sei gewarnt. Wenigstens ist Cassie zum Abendessen wieder da. Du bleibst doch über Nacht, oder?«

Er könnte es natürlich tun. Das verschafft ihm eine Gelegenheit zur Wiedergutmachung. »Ehrlich gesagt, nein«, antwortet er.

Alison dreht halb den Kopf.

»Ich habe Karten für heute Abend, für *Jurassic Park*. Die Premiere, um genau zu sein. Lady Di geht auch hin! Natürlich nicht mit mir«, sagt er, und seine Stimme klingt wie die eines Menschen, den er hasst. »Ich muss da hin, es gehört zum Job, der Termin steht schon seit Ewigkeiten fest.« Die Augen seiner Mutter werden fast unmerklich schmaler, und um sie zu besänftigen, denkt er sich schnell eine Lüge aus. »Ich nehme Emma mit, verstehst du. Ich würde es ja ausfallen lassen, aber sie will unbedingt hin.«

»Oh. Aha.« Und sie schweigen.

»Was für ein Leben du führst«, sagt sie ruhig.

Wieder Stille.

»Dexter, entschuldige, aber ich fürchte, der Vormittag hat

mich etwas mitgenommen. Ich muss mich oben ein bisschen hinlegen.«

»Okay.«

»Ich werde etwas Hilfe brauchen.«

Nervös hält er nach seiner Schwester oder seinem Vater Ausschau, als hätten sie irgendwelche Fähigkeiten, die ihm abgehen, aber keiner von beiden ist in Sicht. Seine Mutter hat die Arme auf die Lehnen gelegt, müht sich vergeblich ab, und ihm wird klar, dass er ihr helfen muss. Locker und wenig überzeugend fasst er sie am Arm und hilft ihr aufzustehen. »Soll ich dir …«

»Nein, ins Haus komme ich allein, nur bei der Treppe brauche ich Hilfe.«

Sie gehen über die Veranda, er berührt nur leicht den Stoff des blauen Sommerkleides, das lose an ihr herunterhängt wie ein Krankenhausnachthemd. Ihre Langsamkeit ist zum Verrücktwerden, ein Affront für ihn. »Wie gehts Cassie?«, fragt er, um die Zeit totzuschlagen.

»Oh, gut. Sie scheint es ein bisschen zu sehr zu genießen, mich rumzukommandieren, aber sie ist sehr aufmerksam. Iss dies, schluck das, schlaf jetzt. Hart, aber fair, deine Schwester. Das ist ihre Rache dafür, dass wir ihr damals kein Pony gekauft haben.«

Wenn Cassie wirklich so toll ist, fragt er sich, wieso ist sie dann nicht da, wenn man sie braucht? Im Haus angekommen, bleiben sie am Fuß der Treppe stehen. Ihm ist nie aufgefallen, wie viele Stufen es sind.

»Wie soll ich …?«

»Am besten trägst du mich. Ich wiege nicht viel, nicht mehr.«

Ich schaffe das nicht. Ich kann es nicht. Ich dachte, ich könnte es, aber das stimmt nicht. Irgendwas fehlt mir, ich schaffs einfach nicht.

»Hast du Schmerzen? Ich meine, sollte ich dich irgendwo nicht …?«

»Keine Sorge.« Sie nimmt den Hut ab und rückt das Kopftuch zurecht. Er fasst sie fester unter dem Schulterblatt, die Finger um die Rippen gelegt, geht in die Knie, fühlt durch das Kleid die glatte, kühle Rückseite ihrer Beine auf dem Unterarm, und als er glaubt, dass sie bereit ist, hebt er sie hoch und spürt, wie sich ihr Körper in seinen Armen entspannt. Sie atmet tief aus, ein heißer, süßer Hauch auf seinem Gesicht. Entweder ist sie schwerer oder er schwächer als gedacht, denn er rammt ihre Schulter gegen den Pfosten, bevor er sich seitlich dreht und die Treppe hinaufgeht. Ihr Kopf ruht an seiner Schulter, er spürt das glatte Kopftuch an seinem Gesicht. Er fühlt sich wie in der Parodie einer typischen Filmszene, der Bräutigam trägt die Braut über die Schwelle, und ein paar fröhliche Bemerkungen fallen ihm ein, die die Sache aber auch nicht erleichtern würden. Am Treppenabsatz angekommen, tut sie ihm selbst den Gefallen. »Mein Held«, sagt sie, sieht zu ihm auf, und beide lächeln.

Mit dem Fuß stößt er die Tür zu dem dunklen Raum auf und legt sie aufs Bett.

»Soll ich dir irgendwas holen?«

»Nein, danke.«

»Brauchst du irgendwas? Medizin oder …«

»Nein, alles in Ordnung.«

»Einen trockenen Martini mit Schuss?«

»Oh ja, gerne.«

»Soll ich dich zudecken?«

»Bitte nur mit der Decke.«

»Vorhänge zu?«

»Bitte. Aber lass das Fenster offen.«

»Dann bis nachher.«

»Bis dann, Schatz.«

»Bis dann.«

Dexter schenkt ihr ein angespanntes Lächeln, aber sie hat ihm schon den Rücken zugedreht, und er verlässt das Zimmer und zieht die Tür locker hinter sich zu. Eines Tages in nicht allzu ferner Zukunft, wahrscheinlich noch in diesem Jahr, wird er wohl das Zimmer verlassen und sie nie wieder sehen – dieser Gedanke ist so unvorstellbar, dass er ihn gewaltsam verdrängt und sich stattdessen auf sich selbst konzentriert: den Kater, die Müdigkeit, den pulsierenden Schmerz in den Schläfen beim Treppensteigen.

Die geräumige, unordentliche Küche ist leer, deshalb geht er zum Kühlschrank, der auch fast leer ist. Ein welkes Stück Sellerie, die Überreste eines Hühnchens, offene Dosen und billiger Schinken deuten darauf hin, dass sein Vater die Haushaltsführung übernommen hat. In der Kühlschranktür steht eine offene Flasche Weißwein. Dexter nimmt sie und trinkt vier, fünf kräftige Schlucke der lieblichen Flüssigkeit, bevor er die Schritte seines Vaters im Flur hört. Er stellt die Flasche zurück und wischt sich mit dem Handrücken den Mund ab, als sein Vater mit zwei Tüten vom Dorfsupermarkt zur Tür hereinkommt.

»Wo ist deine Mutter?«

»Müde. Ich hab sie für ein Nickerchen nach oben getragen.« Dexter will, dass er weiß, wie tapfer und reif er ist, aber sein Vater wirkt unbeeindruckt.

»Verstehe. Habt ihr euch unterhalten?«

»Ein bisschen. Über dies und das.« Seine Stimme kommt ihm seltsam dröhnend, lallend und unsicher vor. Betrunken. Merkt sein Vater was, fragt er sich? »Wir reden nachher weiter, wenn sie aufwacht.« Er macht den Kühlschrank wieder auf und tut, als sehe er die Weinflasche zum ersten Mal. »Darf ich?« Er nimmt sie, gießt den Rest in ein Glas und geht an seinem Vater vorbei. »Ich gehe ein Weilchen auf mein Zimmer.«

»Wozu?«, fragt sein Vater stirnrunzelnd.

»Ich suche was. Alte Bücher.«

»Willst du kein Mittagessen? Einen Happen zum Wein vielleicht?«

Dexter wirft einen Blick auf die Einkaufstüte zu Füßen seines Vaters, die vom Gewicht all der Dosen gerissen ist. »Später vielleicht«, sagt er im Hinausgehen.

Auf dem Treppenabsatz bemerkt er, dass die Tür zum Zimmer seiner Eltern aufgegangen ist, und geht leise noch einmal hinein. Die Vorhänge wehen in der nachmittäglichen Brise, und Sonnenstrahlen huschen über die schlafende Gestalt unter der alten Decke, unter der die schmutzigen Fußsohlen und fest eingezogenen Zehen hervorlugen. Der Duft von teuren Lotionen und geheimnisvollen Pudern, den er aus seiner Kindheit kennt, ist einem Geruch nach Verfall gewichen, über den er lieber nicht nachdenken möchte. Krankenhausatmosphäre hat sich im Haus seiner Kindheit breitgemacht. Er macht die Tür zu und tappt ins Bad.

Beim Pinkeln durchsucht er das Medizinschränkchen: Die umfangreiche Schlafmittelsammlung seines Vaters zeugt von nächtlichen Angstattacken, außerdem gibt es ein altes Döschen Valium von seiner Mutter mit dem Verfallsdatum März 1989, das längst von stärkeren Medikamenten abgelöst worden ist. Er nimmt sich zwei von jeder Sorte, lässt sie in seiner Brieftasche verschwinden, dann noch eine dritte Valium, die er mit Leitungswasser herunterspült, um die Nerven zu beruhigen.

Sein altes Zimmer dient jetzt als Abstellraum, und er muss sich an einer alten Chesterfieldcouch, einer Holzbox und

Pappkartons vorbeiquetschen. An den Wänden hängen ein paar eselsohrige Familienschnappschüsse und Schwarzweißfotos von Muscheln und Blättern, die er als Teenager gemacht hat und die allmählich verblassen und sich von der Wand lösen. Wie ein Kind, das man auf sein Zimmer geschickt hat, legt er sich auf das alte Doppelbett und verschränkt die Hände unter dem Kopf. Dexter hatte sich immer vorgestellt, mit 45 oder 50 bekäme man eine Art geistig-emotionale Ausrüstung, die einem hilft, mit dem drohenden Verlust eines Elternteils fertig zu werden. Wenn er diese Ausrüstung nur schon hätte, wäre alles gut. Dann könnte er edel, selbstlos, weise und gelassen sein. Vielleicht hätte er selbst Kinder und die mit der Vaterschaft einhergehende Reife und das Wissen um den Kreislauf des Lebens.

Aber er ist noch nicht 45, er ist erst 28. Seine Mutter 49. Etwas ist schrecklich schiefgelaufen, das Timing stimmt nicht, wie kann man ernsthaft von ihm erwarten, mit dem Anblick seiner einst bildschönen Mutter fertig zu werden, die immer mehr verfällt? Es ist einfach nicht fair, wo doch so viele andere Dinge seine Aufmerksamkeit erfordern. Dexter ist ein vielbeschäftigter junger Mann am Beginn einer erfolgreichen Karriere. Krass ausgedrückt, er hat Besseres zu tun. Wieder ist ihm plötzlich zum Heulen zumute, weil er aber schon seit fünfzehn Jahren nicht mehr geweint hat, schiebt er es auf die Chemie und beschließt, ein Nickerchen zu machen. Er platziert das Weinglas vorsichtig auf einem Umzugskarton neben dem Bett und dreht sich auf die Seite. Ein anständiger Mensch zu sein, erfordert Einsatz und Energie. Nur ein kleines Päuschen, dann wird er sich entschuldigen und ihr zeigen, wie sehr er sie liebt.

Mit einem Ruck wacht Dexter auf, wirft erst einen, dann einen zweiten Blick auf die Armbanduhr. 18:26 Uhr. Er kann unmöglich sechs Stunden geschlafen haben! Aber als er die Vorhänge aufzieht, sieht er die Sonne langsam hinter dem Horizont versinken. Der Kopf tut ihm weh, die Augen sind wie zugeklebt, er hat einen metallischen Geschmack im Mund, ist wie ausgetrocknet und hungriger als je zuvor. Er nimmt das Glas Wein, das sich warm anfühlt, trinkt es halb aus und zuckt zusammen: eine fette Schmeißfliege hat sich ins Glas verirrt, er spürt das Summen an der Lippe. Dexter lässt das Glas fallen, der Wein ergießt sich über sein Hemd und auf das Bett. Taumelnd springt er auf.

Im Badezimmer spritzt er sich Wasser ins Gesicht. Der Schweiß auf dem Hemd hat eine säuerliche Note, einen unverkennbar alkoholischen Gestank angenommen. Leicht angeekelt benutzt er den alten Deostift seines Vaters. Von unten hört er das Scheppern von Töpfen und Pfannen und Radiogeplapper, typische Familiengeräusche. Fröhlich; sei fröhlich, glücklich, höflich, und mach dich vom Acker.

Als er am Schlafzimmer seiner Mutter vorbeikommt, sieht er sie seitlich auf der Bettkante sitzen und über die Felder schauen, als hätte sie auf ihn gewartet. Langsam dreht sie den Kopf, aber er lungert an der Tür herum wie ein Kind.

»Du hast den ganzen Tag verschlafen«, sagt sie ruhig.

»Hab verpennt.«

»Das sehe ich. Fühlst du dich besser?«

»Nein.«

»Nun ja. Dein Vater ist ein bisschen sauer auf dich, fürchte ich.«

»Das ist nichts Neues.« Sie lächelt nachsichtig, und ermutigt fügt er hinzu: »Im Moment scheint jeder auf mich sauer zu sein.«

»Armer, kleiner Dexter«, sagt sie, und er fragt sich, ob sie es sarkastisch meint. »Komm und setz dich.« Lächelnd legt sie die Hand neben sich auf das Bett. »Neben mich.« Gehorsam geht er ins Zimmer und setzt sich, so dass ihre Hüften sich berühren. Sie schmiegt den Kopf an seine Schulter. »Wir sind nicht wir selbst, stimmts? Ich zumindest nicht. Aber du auch nicht. Du bist nicht mehr du selbst. Jedenfalls nicht, wie ich dich in Erinnerung habe.«

»Wie meinst du das?«

»Ich meine … kann ich ganz offen sein?«

»Muss das sein?«

»Ich glaube schon. Das ist mein Privileg.«

»Dann schieß los.«

»Ich finde …« Sie hebt den Kopf. »Ich finde, du hast das Zeug, ein wunderbarer junger Mann zu werden. Außergewöhnlich sogar. Der Meinung war ich schon immer. Dafür sind Mütter ja da, oder? Ich glaube aber, es liegt noch ein gutes Stück Weg vor dir bis zum Ziel. Das ist alles.«

»Verstehe.«

»Nimms mir nicht übel, aber manchmal …« Sie nimmt seine Hand und streicht ihm mit dem Daumen über die Handfläche. »Manchmal fürchte ich, du bist kein sehr netter Mensch mehr.«

Sie schweigen, bis er schließlich meint: »Was soll ich dazu sagen?«

»Du brauchst nichts zu sagen.«

»Bist du wütend auf mich?«

»Ein bisschen. Aber im Moment bin ich auf so ziemlich alle wütend. Alle, die nicht krank sind.«

»Es tut mir so leid, Mum. So schrecklich leid.«

Sie presst den Daumen auf seine Handfläche. »Ich weiß.«

»Ich bleibe hier. Heute Nacht.«

»Nein, nicht heute Nacht. Du hast keine Zeit. Komm wieder und fang neu an.«

Er steht auf, fasst sie leicht an den Schultern und schmiegt die Wange an ihre – ihr warmer, süßer Atem streift sein Ohr – und geht zur Tür.

»Sag Emma danke«, sagt sie, »für die Bücher.«

»Mach ich.«

»Grüß sie ganz lieb. Wenn du sie heute Abend siehst.«

»Heute Abend?«

»Ja. Du triffst sie doch heute.«

Die Lüge fällt ihm wieder ein. »Ja, ja, mach ich. Und tut mir wirklich leid, wenn ich heute nicht besonders … nett war.«

»Hm. Bleibt immer noch das nächste Mal, schätze ich«, sagt sie lächelnd.

Dexter rennt die Treppe hinunter, hofft, dass die Geschwindigkeit ihn vor dem Auseinanderfallen bewahrt, aber unten im Flur sitzt sein Vater und liest die Lokalzeitung – oder tut zumindest so. Wieder einmal scheint er ihm aufgelauert zu haben wie ein Wachtposten im Dienst oder ein Polizist vor der Verhaftung.

»Hab verschlafen«, sagt Dexter zum Rücken seines Vaters.

Der blättert um. »Ja, ich weiß.«

»Warum hast du mich nicht geweckt, Dad?«

»Schien mir zwecklos. Außerdem ist das nicht meine Aufgabe, denke ich.« Er blättert noch eine Seite um. »Du bist nicht mehr vierzehn, Dexter.«

»Aber jetzt muss ich schon fahren!«

»Tja, wenn du fahren musst …« Der Satz bleibt unvollendet. Dexter sieht Cassie im Wohnzimmer, die auch tut, als würde sie lesen, und ihr Gesicht ist rot vor Missbilligung und Selbstgerechtigkeit. *Los, raus hier, sofort, gleich geht die Bombe hoch.* Aber als er den Schlüssel vom Dielentisch nehmen will, greift er ins Leere.

»Die Autoschlüssel.«

»Ich habe sie versteckt«, sagt sein Vater zeitunglesend.

Dexter muss lachen. »Du kannst doch nicht *meine Schlüssel verstecken!*«

»Anscheinend doch. Willst du jetzt ein Suchspielchen veranstalten?«

»Darf ich fragen, wieso?«, fragt Dexter empört.

Sein Vater hebt den Kopf, als würde er etwas riechen. »Weil du betrunken bist.«

Im Wohnzimmer steht Cassie auf und macht die Tür zu.

Dexter lacht, nicht sehr überzeugend. »Ach was!«

Sein Vater wirft einen Blick über die Schulter. »Dexter, ich weiß, wie ein Betrunkener aussieht. Besonders du. Ich erlebe dich jetzt seit zwölf Jahren betrunken, schon vergessen?«

»Aber ich bin nicht betrunken, nur verkatert.«

»Wie auch immer, so fährst du nicht nach Hause.«

Wieder lacht Dexter höhnisch, verdreht protestierend die Augen, kann aber nur mit schwacher, hoher Stimme sagen: »Dad, ich bin schon 28!«

»Schwer zu glauben«, kontert sein Vater prompt, fischt die eigenen Autoschlüssel aus der Hosentasche, wirft sie mit vorgetäuschter Fröhlichkeit in die Luft und fängt sie auf. »Komm. Ich bring dich zum Bahnhof.«

Dexter verabschiedet sich nicht von seiner Schwester.

Manchmal fürchte ich, du bist kein sehr netter Mensch mehr. Sein Vater fährt schweigend, Dexter sitzt tief beschämt neben ihm in dem großen, alten Jaguar. Als das Schweigen unerträglich wird, sagt sein Vater ruhig und sachlich, den Blick auf die Straße gerichtet: »Du kannst das Auto am Samstag abholen. Wenn du wieder nüchtern bist.«

»Ich bin nüchtern«, sagt Dexter und merkt, dass seine Stimme weinerlich und trotzig klingt, als wäre er erst sechzehn. »Himmelherrgott noch mal!«, fügt er überflüssigerweise hinzu.

»Ich werde nicht mit dir diskutieren, Dexter!«

Eingeschnappt rutscht Dexter tiefer in den Sitz und presst Stirn und Nase an die Scheibe, an der Feldwege und schicke Häuser vorbeiziehen. Sein Vater, der jegliche Art von Konfrontation verabscheut und sichtlich Höllenqualen leidet, macht das Radio an, um das Schweigen zu überspielen, und sie hören klassische Musik: ein banaler, bombastischer Marsch. Sie nähern sich dem Bahnhof, fahren auf den Parkplatz, der jetzt, ohne die Autos der Pendler, fast leer ist. Dexter öffnet die Tür, setzt einen Fuß auf den Kies, aber sein Vater macht keine Anstalten, sich zu verabschieden, sitzt weiter abwartend mit laufendem Motor im Wagen, den Blick starr und neutral wie ein Chauffeur auf das Armaturenbrett gerichtet, und klopft mit den Fingern den Takt zu der hirnrissigen Marschmusik.

Dexter weiß, er sollte seine Strafe einfach hinnehmen und gehen, aber sein Stolz lässt es nicht zu. »Okay, dann gehe ich jetzt, aber eins möchte ich noch sagen, meiner Meinung nach hast du in dieser Sache total über ...«

Plötzlich ist das Gesicht seines Vaters vor Wut verzerrt, er bleckt die zusammengebissenen Zähne und seine Stimme überschlägt sich: »Wag es *ja* nicht, meine oder die Intelligenz deiner Mutter zu beleidigen, du bist jetzt erwachsen und kein Kind mehr.« Der Zorn verraucht so schnell, wie er gekommen ist, und stattdessen sieht sein Vater jetzt aus, als wolle er in Tränen ausbrechen. Seine Unterlippe zittert, mit einer Hand umklammert er das Lenkrad, und mit den langen Fingern der anderen bedeckt er sich die Augen. Hastig steigt

Dexter aus dem Wagen und will sich gerade aufrichten und die Tür zumachen, als sein Vater das Radio ausmacht, um noch etwas zu sagen. »Dexter …«

Dexter beugt sich vor und schaut seinen Vater an. Er hat feuchte Augen, sagt aber mit fester Stimme:

»Dexter, deine Mutter hat dich sehr, sehr lieb. Und ich auch. Das war immer so und wird auch immer so bleiben. Ich glaube, das weißt du auch. Aber in der Zeit, die deiner Mutter noch bleibt …« Er stockt, senkt den Blick, sucht nach den richtigen Worten und sieht ihn an. »Dexter, wenn du deine Mutter noch einmal in dem Zustand besuchst, kommst du mir nicht ins Haus, das schwöre ich dir. Ich lass dich nicht durch die Tür. Ich schlag sie dir vor der Nase zu. Das ist mein voller Ernst.«

Dexter macht den Mund auf, bringt aber kein Wort heraus.

»So. Fahr jetzt bitte nach Hause.«

Dexter will die Tür zumachen, aber sie schließt nicht richtig. Er kann sie gerade noch zuschlagen, bevor sein Vater aufgebracht mit einem Ruck anfährt, zurücksetzt und davonbraust. Dexter sieht ihm nach.

Der ländliche Bahnhof ist wie leergefegt. Auf dem Bahnsteig hält er Ausschau nach dem guten alten Münztelefon, das er als Teenager immer für seine Fluchtpläne benutzt hat. Es ist 18:59 Uhr. Der Zug nach London kommt in sechs Minuten, aber vorher hat er noch einen Anruf zu erledigen.

Um 19 Uhr wirft Emma einen letzten Blick in den Spiegel, um sich zu vergewissern, dass es nicht aussieht, als hätte sie sich Mühe gegeben. Der Spiegel lehnt gefährlich schräg an der Wand, und sie weiß, das Spiegelbild ist verkürzt wie bei einem Zerrspiegel, trotzdem schnalzt sie beim Anblick ihrer

Hüfte und der kurzen Beine unter dem Jeansrock mit der Zunge. Eigentlich ist es zu warm für Strumpfhosen, aber sie findet die roten Druckstellen an ihren Knien so unansehnlich, dass sie trotzdem welche trägt. Ihr frischgewaschenes Haar riecht nach sogenannten Waldfrüchten, fällt in einem locker-duftigen »Cut«, und sie zerzaust es mit den Fingerspitzen und wischt sich dann mit dem kleinen Finger überflüssigen Lippenstift aus dem Mundwinkel. Ihre Lippen sind sehr rot, und sie fragt sich, ob sie es nicht übertrieben hat. Wahrscheinlich passiert sowieso nichts, sie ist bestimmt um halb elf wieder zu Hause. Sie trinkt den Rest eines großen Wodka Tonic, verzieht das Gesicht, als er sich mit dem Zahnpastageschmack vermischt, nimmt die Schlüssel, lässt sie in ihre gute Handtasche fallen und macht die Tür zu.

Das Telefon klingelt.

Sie ist schon halb den anonymen Flur hinunter, als sie es hört. Sie überlegt kurz, zurückzurennen und abzunehmen, aber sie ist spät dran, und wahrscheinlich ist sowieso nur ihre Mutter oder Schwester dran, um zu fragen, wie das Vorstellungsgespräch gelaufen ist. Am Flurende hört sie den Fahrstuhl aufgehen. Sie läuft los, um ihn noch zu erwischen, und die Tür schließt sich im selben Moment, als sich der Anrufbeantworter einschaltet.

»… hinterlassen Sie eine Nachricht nach dem Signalton und ich rufe Sie zurück.«

»Hi, Emma, hier spricht Dexter. Was wollte ich sagen? Tja, ich bin am Bahnhof in der Nähe meiner Eltern, ich war bei Mum und … und ich hab mich gefragt, was du heute Abend machst. Ich habe Karten für die Premiere von *Jurassic Park*! Den Film haben wir wohl verpasst, aber wie wärs mit der Premierenparty? Du und ich? Prinzessin Di kommt auch.

Na ja, ich schwafle nur rum, für den Fall, dass du da bist. Nimm ab, Emma. Nimm ab, nimm ab, nimm ab, nimm ab. Nein? Okay, mir ist gerade eingefallen, du hast ja heute ein Date, stimmts? Ein heißes Date. Tja, dann – viel Spaß, ruf mich an, wenn du nach Hause kommst, *falls* du nach Hause kommst. Erzähl mir, wies gewesen ist. Im Ernst, ruf mich sobald wie möglich zurück.«

Er stockt, holt Luft und sagt:

»Was für ein Scheißtag, Em«, wieder stockt er, »ich hab grad was ganz Schreckliches getan.« Er sollte auflegen, will aber nicht. Er will Emma Morley sehen, ihr seine Sünden beichten, aber sie hat ein Date. Er verzieht das Gesicht zu einem Grinsen und sagt: »Ich ruf dich morgen an. Ich will alle schmutzigen Details hören! Herzensbrecherin, du.« Er legt auf. Herzensbrecherin, du.

Die Schienen rattern, und er hört das Rauschen des herannahenden Zuges, kann aber nicht einsteigen, nicht in dem Zustand. Er muss den nächsten abwarten. Der Zug fährt ein, scheint höflich zischend auf ihn zu warten, aber Dexter bleibt im Schutz der Plastikverschalung des Münztelefons stehen, spürt, wie er die Fassung verliert, der Atem immer flacher und gepresster wird, und als ihm die Tränen in die Augen schießen, sagt er sich, das ist alles nur Chemie, Chemie, Chemie.

KAPITEL SIEBEN

Mann mit Sinn für Humor gesucht

DONNERSTAG, 15. JULI 1993
Teil zwei: Emmas Geschichte

Covent Garden und King's Cross

Ian Whitehead saß allein an einem Tisch für zwei in der Forelli's-Filiale am Covent Garden und sah auf die Uhr: fünfzehn Minuten Verspätung, aber das gehörte wohl zum exquisiten Katz-und-Maus-Spiel eines Dates. Nun, sollten die Spiele beginnen. Er tunkte das Ciabatta in das kleine Olivenölschälchen wie einen Pinsel und schlug die Speisekarte auf, um auszurechnen, was er sich leisten konnte.

Das Leben als Stand-up-Komiker hatte das Versprechen von Reichtum und Fernsehprominenz bisher noch nicht eingelöst. Das Feuilleton verkündete, Comedy sei der neue Rock 'n' Roll, aber warum musste er sich dann immer noch abrackern, um dienstagabends einen Platz auf der offenen Bühne im Sir Laffalot zu ergattern? Er hatte sein Programm dem Zeitgeschmack angepasst, politisches Material und Alltagskomik reduziert und Charakterkomik, Surrealismus, lustige Lieder und Sketche ausprobiert. Nichts schien die Leute zum Lachen zu bringen. Ein Abstecher in kontroversere Komikgefilde hatte ihm Tritte und Schläge eingebracht, und sein Gastspiel bei einer Improtheatertruppe an einem Sonntagabend hatte nur bewiesen, dass er auf völlig spontane Art nicht komisch sein konnte. Trotzdem war er unermüdlich weitergezogen, die Northern Line rauf und runter und Runde um Runde um die Circle Line, immer auf der Suche nach den großen Lachern.

Vielleicht eignete sich der Name »Ian Whitehead« schlecht für Leuchtschriftzüge. Er hatte sogar schon überlegt, sich ein jungenhaftes Pseudonym zuzulegen, etwas Kurzes und Knackiges – Ben, Jack oder Malt –, aber bis er seine Linie fand, arbeitete er bei Sonicotronics, einem Elektrowarengeschäft in der Tottenham Court Road, wo kränklich aussehende junge Männer in T-Shirts anderen kränklich aussehenden jungen Männern in T-Shirts CD-ROMs und Grafikkarten verkauften. Die Bezahlung war zwar nicht berauschend, aber wenigstens waren die Abende frei für Auftritte, und er konnte neues Material häufig mit großem Erfolg an den Kollegen testen.

Und das Beste, das Allerbeste an Sonicotronics war, dass ihm in der Mittagspause Emma Morley über den Weg gelaufen war. Er hatte vor einer Scientology-Niederlassung gestanden und hin und her überlegt, ob er den Persönlichkeitstest machen sollte, und als er sie, halb verborgen hinter einer riesigen Korbwäschetruhe, entdeckt und in den Arm genommen hatte, erstrahlte die Tottenham Court Road im neuen Glanz eines Boulevards der Träume.

Es war ihr zweites Date, und jetzt saß er hier in einem eleganten, modernen italienischen Restaurant einen Katzensprung von Covent Garden entfernt. Ian mochte pikantes, scharfes, salziges und knuspriges Essen, und ihm persönlich hätte ein Stopp beim Curryimbiss gereicht. Allerdings war er im Hinblick auf die Kapricen des weiblichen Geschlechts bewandert genug, um zu wissen, dass sie frisches Gemüse erwarten würde. Wieder sah er auf die Uhr – zwanzig Minuten Verspätung – und verspürte ein sehnsüchtiges Ziehen in der Magengrube, das teils von Hunger und teils von Liebe herrührte. Schon seit Jahren waren ihm Herz und Magen schwer vor Liebe zu Emma Morley, keine rein sentimentale, platonische Liebe, sondern auch körperliche Begierde. Selbst nach all den Jahren bekam er ein Bild nicht aus dem Kopf, das ihn wohl bis an sein Lebensende verfolgen würde: Emma, die in zusammengewürfelter Unterwäsche, von einem nachmittäglichen Sonnenstrahl beschienen wie vom Licht in einer Kathedrale, im Personalraum des Loco Caliente steht und ihn anschreit, er solle sich verziehen und die Scheißtür hinter sich zumachen.

Ohne zu ahnen, dass Ian gerade über ihre Unterwäsche nachdachte, stand Emma Morley im Empfangsbereich, beobachtete ihn, und ihr fiel auf, dass er um Klassen besser aussah als früher. Die dichten, blonden Locken waren jetzt kurz geschnitten und mit etwas Gel geglättet, und er sah nicht mehr aus wie ein Landei, das sich in die Stadt verirrt hat. Bis auf die schrecklichen Klamotten und den offenen Mund war er eigentlich ganz attraktiv.

Obwohl die Situation für sie ungewohnt war, erkannte sie das Restaurant als klassischen Rendezvous-Treff – gerade teuer genug, nicht zu hell, nicht protzig, aber auch nicht billig, die Art von Lokal, wo Pizza mit Rucola serviert wird. Das Restaurant war etwas klischeehaft, aber nicht lächerlich, und immerhin gab es kein Curry oder, Gott bewahre, Fischburritos. Es gab Palmen und Kerzen, und im Nebenraum saß ein älterer Mann an einem Flügel und spielte die beliebtesten Gershwin-Songs: *I hope that he/turns out to be/someone to watch over me.*

»Sind Sie verabredet?«, fragte der Oberkellner.

»Mit dem Mann dort drüben.«

Beim ersten Date hatten sie sich im Odeon an der Holloway Road *Tanz der Teufel III – Armee der Finsternis* angesehen. Emma war weder empfindlich noch ein Snob und hatte mehr Spaß an Horrorfilmen als die meisten Frauen, trotzdem fand sie es eine überraschende, merkwürdig selbstbewusste Wahl. Während im Everyman *Drei Farben: Blau* lief, saß sie hier, sah einem Mann mit Kettensägenarm zu und fand es seltsam erfrischend. Gemäß den Konventionen hatte sie erwartet, Ian würde sie anschließend in ein Restaurant ausführen, aber für ihn war ein Kinobesuch ohne ein Drei-Gänge-Imbiss nicht komplett. Er studierte die Liste der Snackbar, als handle es sich um ein À-la-carte-Menü, wählte Nachos als Vorspeise, einen Hotdog als Hauptgericht, M&Ms als Dessert und dazu einen eisgekühlten, tropischen Softdrinkbecher von der Größe eines menschlichen Torsos, so dass die wenigen ruhigeren Szenen von *Armee der Finsternis* vom warmen, exotischen Zischen des in seine Faust aufstoßenden Ian untermalt wurden.

Aber trotz allem – der Vorliebe für ultrabrutale Filme und salziges Essen, dem Senf am Kinn – hatte Emma sich besser amüsiert als erwartet.

Auf dem Weg zum Pub hatte er die Seite mit ihr getauscht, damit sie nicht von einem außer Kontrolle geratenen Bus überfahren wurde – eine seltsam altmodische Geste, die sie noch nie erlebt hatte –, sie sprachen über die Spezialeffekte, die Köpfungen und Verstümmelungen, und nach eingehender Analyse verkündete Ian, dies sei der beste Teil der *Tanz der Teufel*-Trilogie. Trilogien, Boxsets, Comedy und Horror rangierten weit oben auf der Skala von Ians kulturellem Leben, und im Pub hatten sie angeregt darüber diskutiert, ob Comic-Romane je die Tiefgründigkeit und Bedeutsamkeit von *Middlemarch* erreichen würden. Er war beschützerisch und aufmerksam wie ein älterer Bruder, der sich mit vielen coolen Sachen auskannte, mit dem Unterschied, dass er eindeutig mit ihr ins Bett wollte. So eindringlich, so vernarrt war sein Blick, dass sie hin und wieder überprüfte, ob sie etwas im Gesicht hatte.

Genauso grinste er sie jetzt im Restaurant an und stand so schwungvoll auf, dass er mit den Oberschenkeln gegen den Tisch stieß und das Leitungswasser auf die Gratis-Oliven verschüttete.

»Soll ich ein Tuch holen?«, fragte sie.

»Nein, schon gut, ich nehm meine Jacke.«

»Doch nicht die Jacke, hier – nimm die Serviette.«

»Ach, scheiß auf die Oliven. Nicht wortwörtlich, wohlgemerkt!«

»Aha. Na gut. Okay.«

»Nur ein Witz!«, brüllte er, als würde er »Feuer!« schreien. Seit der Improtheaterpleite war er nicht mehr so nervös gewesen, ermahnte sich energisch, ruhig zu bleiben, wischte erfolglos auf dem Tischtuch herum, sah, wie Emma die Sommerjacke abstreifte und die Brust vorstreckte, wie Frauen es manchmal tun, ohne zu ahnen, welches Verlangen sie auslösen. Da war es wieder, das zweite heftige Aufwallen von Liebe und Lust für Emma Morley. »Du siehst wunderschön aus«, platzte er heraus.

»Danke! Du auch«, sagte sie automatisch. Er trug die Standarduniform der Stand-up-Comedians, ein zerknittertes Leinenjackett über einem schlichten schwarzen T-Shirt. Zu Ehren von Emma ohne Bandnamen und ironische Schriftzüge; elegant, für seine Verhältnisse. »Das gefällt mir«, sagte sie und deutete auf das Jackett, »echt scharf!«, und Ian strich mit den

Fingern über das Revers, als wollte er sagen: »Was, *der* alte Fetzen?«

»Darf ich Ihnen die Jacke abnehmen?«, fragte der gepflegte, gutaussehende Kellner.

»Ja, danke.« Emma reichte sie ihm, und Ian dachte, dass er dafür später mehr Trinkgeld abdrücken musste. Egal. Sie war es wert.

»Etwas zu trinken?«, fragte der Kellner.

»Ich glaube, ich hätte gern einen Wodka Tonic.«

»Doppelt?«, fragte der Kellner, um sie zu noch mehr Ausgaben zu verleiten.

Sie sah zu Ian hinüber und bemerkte den Anflug von Panik in seinem Gesicht. »Ist das zu leichtsinnig?«

»Nein, nur zu.«

»Na schön, einen doppelten.«

»Und Sie, Sir?«

»Ich warte auf den Wein, vielen Dank.«

»Noch Mineralwasser?«

»LEITUNGSWASSER!«, entfuhr es ihm, bevor er ruhiger hinzufügte: »Leitungswasser reicht, es sei denn, du …«

»Leitungswasser ist prima«, beruhigte Emma ihn lächelnd. Der Kellner ging. »Übrigens, es ist ja wohl keine Frage, dass wir uns die Rechnung teilen, klar? Keine Diskussion. Wir haben schließlich 1993, verdammt«, und Ian liebte sie dafür umso mehr. Der Form halber hielt er es trotzdem für angebracht, zu widersprechen.

»Aber du bist doch Studentin, Em!«

»Jetzt nicht mehr. Ich bin jetzt eine richtige Lehrerin! Ich hatte heute mein erstes Vorstellungsgespräch.«

»Und, wie ist es gelaufen?«

»Super, echt gut!«

»Herzlichen Glückwunsch, Em, das ist fantastisch«, und er

beugte sich schell vor, um sie auf eine, nein, beide, nein, Moment, nur eine, nein, okay, doch beide Wangen zu küssen.

Die Speisekarte war zuvor auf humoristisches Potenzial abgecheckt worden, und während Emma sich zu konzentrieren versuchte, schlüpfte Ian in seine Rolle und ging ein paar der auserleseneren Pointen durch: Benutzt man Panna cotta nicht für Blumenkübel? Der gegrillte Seebarsch bot Gelegenheit, den Witz über den Kellner anzubringen, der den Gast fragt, ob er Barsch bestellt hat, und der Gast erwidert, nein, nett und freundlich; und wenn das Fünf-Minuten-Steak nach fünf Minuten fertig gebraten war, wie lange brauchten sie dann für die Tagessuppe? Und wann war aus den guten, alten Spaghetti Bolognese »Ragu« geworden? Und wie, spekulierte er, würden sie hier wohl Buchstabensuppe nennen? Alphabetische Teigwaren in einer Consommé vom Huhn? Oder wie? Während ein Gag den nächsten jagte, schwanden Emmas Hoffnungen auf einen angenehmen Abend.

Er versucht mich ins Bett zu witzeln, dachte sie, dabei kalauert er mich in die U-Bahn nach Hause. Damals im Kino hatten ihn die M&Ms und die Gewalt etwas abgelenkt, aber hier, unter vier Augen, blieb nur sein zwanghaftes Monologisieren. Emma erlebte das oft. Die Typen aus den Lehramtsseminaren waren alle halbprofessionelle Komiker, besonders im Pub nach ein paar Bier, und obwohl es sie nervte, war ihr bewusst, dass sie sie wie alle Mädchen ermutigte, grinsend dasaß, während die Jungs Streichholztricks vorführten, über Kindersendungen oder Süßigkeiten, die kürzlich umbenannt wurden, vom Leder zogen. Die Raider-heißt-jetzt-Twix-Krankheit, die nervtötende Kleinkunstnummer von Jungs im Pub.

Sie stürzte den Wodka hinunter. Ian nahm sich jetzt die Weinkarte vor und brachte eine Nummer darüber, wie versnobt Wein ist: *eine vollmundige Waldbrandnote mit einem Hauch von Bratapfel im Abgang* usw. Die Masche gehörte zum Standardrepertoire von Möchtegern-Comedians und konnte sich potenziell endlos hinziehen, und Emma versuchte sich hypothetisch einen Mann vorzustellen, ein Fabelwesen, der kein großes Tamtam machte, sich einfach nur die Weinkarte anschaute und bestellte, unprätentiös, aber mit Autorität.

»... ein Hauch von Schinkenkäseböllchen mit kraftvollem Giraffenaroma ...«

Er kalauert mich noch ins Koma, dachte sie. Ich könnte ja meutern, ihn mit Brötchen bewerfen, aber er hat alle aufgegessen. Sie sah sich die anderen Gäste an, überall bot sich das gleiche Bild, und sie dachte, ist das alles, worauf es hinausläuft? Ist romantische Liebe nichts als eine Talentshow? Essen gehen, ins Bett hüpfen, verlieb dich in mich, und ich verspreche dir, von jetzt an kriegst du ständig solche Eins-a-Pointen zu hören?

»... stell dir mal vor, sie würden Lagerbier so bewerben?« Mit Glasgower Akzent: »Unser Spezialbräu liegt schwer am Gaumen, mit einem starken Nachgeschmack von Sozialwohnung, altem Einkaufswagen und Verwahrlosung. Passt hervorragend zu häuslicher Gewalt ...!«

Sie fragte sich, wie der Irrglaube entstanden war, witzige Männer wären unwiderstehlich; Cathy verzehrt sich nicht nach Heathcliff, weil er ein Scherzkeks ist, und das Ärgerlichste an dem Redeschwall war, dass sie Ian eigentlich gern mochte, große Hoffnungen in den Abend gesetzt hatte und sogar ein bisschen aufgeregt gewesen war, aber er sagte:

»... unser Orangensaft schmeckt nach Orange mit einem dominanten Apfelsinenbukett ...«

Okay, das reicht jetzt.

»... gemolken, nein, aus dem Euter *gestreichelt*, weist der 98er-Milch-Jahrgang eine milchige Färbung auf ...«

»Ian?«

»Ja?«

»Halt die Klappe, okay?«

Sie schwiegen, Ian sah verletzt aus, und Emma war es peinlich. Musste am doppelten Wodka liegen. Um das Ganze zu überspielen, sagte sie laut: »Warum bestellen wir nicht den Valpolicella?«

Er schaute auf die Karte. »Da steht: Brombeeren und Vanille.«

»Vielleicht, weil der Wein nach Brombeeren und Vanille schmeckt?«

»Magst du Brombeeren und Vanille?«

»Und wie.«

Verstohlen warf er einen Blick auf den Preis. »Gut, dann nehmen wir den.«

Danach lief es, Gott sei Dank, besser.

Hi, Em. Ich bins nochmal. Ich weiß, du bist mit dem King of Comedy unterwegs, aber ich wollte dir nur sagen, wenn du nach Hause kommst, allein, meine ich, also, ich gehe jetzt doch nicht mehr zur Premiere. Ich bin den ganzen Abend zu Hause, für den Fall, dass du vorbeikommen willst. Ich meine, ich würd mich freuen. Ich spendier dir ein Taxi, du kannst hier übernachten. Also. Egal, wann du heimkommst, ruf mich an, nimm dir 'ne Taxe. Das ist alles. Ich hoffe, wir sehen uns nachher. Alles Liebe und so. Machs gut, Em. Tschüss.

Nach dem ersten Gang sprachen sie über die gute alte Zeit vor gerade einmal zwei Jahren. Während Emma sich Suppe und Fisch bestellte, hatte sich Ian für ein Menü aus Kohlenhydraten entschieden, beginnend mit einer Riesenportion Pasta mit Fleisch, die er unter einer Parmesanlawine begrub.

Das und der Rotwein hatten ihn etwas ruhiger gemacht, so dass Emma sich auch entspannte und auf dem besten Weg war, sich die Kante zu geben. Warum auch nicht? Hatte sie sich das nicht verdient? In den letzten zehn Monaten hatte sie hart für etwas gearbeitet, an das sie glaubte, und obwohl einige der Schulpraktika ziemlich heftig gewesen waren, wusste sie, dass sie eine gute Lehrerin war. Bei dem Vorstellungsgespräch am Nachmittag hatte man das offenbar ähnlich gesehen, denn der Schuldirektor hatte wohlwollend genickt und gelächelt, und obwohl sie es nicht aussprach, wusste sie, sie hatte den Job in der Tasche.

Warum also nicht mit Ian feiern? Während er sprach, musterte sie ihn und kam abermals zum Schluss, dass er um Klassen besser aussah als früher; sie musste nicht mehr an einen Bauern denken, wenn sie ihn ansah. Er hatte nichts Feines oder Schwächliches an sich; bei einem Kriegsfilmcasting würde man ihn vielleicht als mutigen englischen Soldaten besetzen, der Briefe an seine Mutter schreibt, wohingegen Dexter – was wäre? Ein weiblich angehauchter Nazi. Trotzdem, sie mochte die Art, wie Ian sie ansah. Liebevoll, das war das richtige Wort. Liebevoll und betrunken, und sie fühlte sich schwergliedrig, heißblütig und ebenfalls liebevoll.

Er schenkte ihr den Rest Wein ein. »Und, triffst du dich noch mit der alten Truppe?«

»Eigentlich nicht. Neulich ist mir Scott in diesem schrecklichen italienischen Restaurant Heil Cäsar über den Weg gelaufen. Es ging ihm gut, er war immer noch angepisst. Abgesehen davon versuche ich es zu vermeiden. Das ist so ähnlich wie Gefängnis – am besten hält man sich von den alten Zellengenossen fern. Anwesende natürlich ausgenommen.«

»So schlimm wars auch wieder nicht, oder? Da zu arbeiten?«

»Na ja, zwei Jahre meines Lebens waren für die Katz.« Laut ausgesprochen schockierte sie die Erkenntnis, aber sie tat es mit einem Achselzucken ab. »Keine Ahnung, es war wohl einfach keine glückliche Zeit, schätze ich.«

Wehmütig lächelnd stupste er ihre Hand an. »Hast du mich deshalb nie zurückgerufen?«

»Hab ich nicht? Weiß nicht, vielleicht.« Sie hob das Glas an die Lippen. »Jetzt sind wir ja hier. Schwamm drüber. Wie läufts denn mit der Stand-up-Karriere?«

»Och, ganz okay. Ich habe da so eine Improtheater-Sache am Laufen, total spontan, völlig unvorhersehbar. Manchmal bin ich einfach überhaupt nicht komisch! Aber das ist ja der Spaß am Improvisieren, stimmts?« Emma war sich da nicht so sicher, nickte aber. »Am Dienstagabend trete ich im Mr Chuckles in Kennington auf. Etwas härter, zeitgemäßer. So eine Nummer über Werbung à la Bill Hicks? Darüber, wie dämlich Fernsehwerbung ist? ...«

Wieder zog er seine Nummer ab, und Emmas Lächeln gefror. Es würde ihn umbringen, wenn sie ihm sagte, dass er sie vielleicht zweimal zum Lachen gebracht hatte, seit sie sich kannten, und das eine Mal war er nur die Kellertreppe hinuntergefallen. Er war ein Mann mit viel Sinn für Humor, allerdings kein bisschen komisch. Bei Dexter lag der Fall anders: Witze interessierten ihn nicht die Bohne, wahrscheinlich hielt er Humor, wie ein politisches Gewissen, für leicht peinlich und uncool, trotzdem lachte sie in seiner Gegenwart ständig, schüttete sich aus, ja bepisste sich buchstäblich vor Lachen. Während des Griechenlandurlaubs hatten sie zehn Tage am Stück gelacht, nachdem sie das kleine Missverständnis geklärt hatten. Wo Dexter wohl gerade war?, fragte sie sich.

»Hast du ihn mal im Fernsehen gesehen?«, wollte Ian wissen.

Wie auf frischer Tat ertappt zuckte Emma zusammen. »Wen?«

»Deinen Freund Dexter, in dieser beknackten Sendung.«

»Ein paar Mal. Wenn es gerade lief.«

»Und wie gehts ihm so?«

»Och, ganz gut. Na ja, um ehrlich zu sein, ist er leicht angeschlagen, etwas neben der Spur. Seine Mutter ist krank, und damit kommt er nicht besonders gut klar.«

»Das tut mir leid.« Besorgt runzelte Ian die Stirn und überlegte, wie er das Thema wechseln konnte. Nicht aus Herzlosigkeit, er wollte nur nicht, dass die Krankheit einer Fremden ihm den Abend verdarb. »Telefoniert ihr noch oft?«

»Dex und ich? Fast täglich. Allerdings sehe ich ihn selten, bei all den Fernsehverpflichtungen und *Freundinnen*.«

»Mit wem ist er denn momentan zusammen?«

»Keinen Schimmer. Das ist wie bei Goldfischen, die man auf der Kirmes gewinnt; besser, man gibt ihnen keinen Namen, sie machens eh nicht lange.« Den Witz hatte sie schon einmal gebracht und hoffte, dass er Ian gefiel, aber der runzelte immer noch die Stirn. »Warum so finster?«

»Ich schätze, ich habe ihn einfach nie gemocht.«

»Ja, ich weiß.«

»Ich habs versucht.«

»Na ja, nimms nicht persönlich. Er kann nicht so gut mit anderen Männern, das hält er für Zeitverschwendung.«

»Genau genommen habe ich immer gedacht …«

»Was?«

»Dass er gar nicht weiß, was er an dir hat. Das ist alles.«

Ich bins wieder! Wollte mich nur noch mal melden. Bin ehrlich gesagt schon etwas hacke. Bisschen sentimental. Du bist einfach großartig, Emma Morley. Ich würd dich gern sehen.

Ruf mich an, wenn du wieder da bist. Was wollte ich noch sagen? Nichts, außer dass du wirklich, wirklich wunderbar bist. Also. Wenn du heimkommst. Ruf zurück. Ruf mich an.

Bei der zweiten Runde Brandy bestand kein Zweifel mehr: Sie waren hinüber. Das ganze Restaurant schien angetrunken zu sein, selbst der silberhaarige Pianist, der eine schluderige Version von *I Get A Kick Out Of You* in die Tasten hämmerte und auf die Pedale eintrat, als hätte man ihm das Bremskabel durchschnitten. Emma musste lauter sprechen und hörte die eigene Stimme in ihrem Kopf widerhallen, während sie mit Leidenschaft und Nachdruck von ihrer neuen Arbeit erzählte.

»Es ist eine große Gesamtschule im Norden von London, ich unterrichte Englisch und ein bisschen Theaterpädagogik. Schöne Schule, sehr durchwachsen, nicht eine dieser angenehmen Vorstadtschulen, wo es immer nur ›Ja, Miss‹ und ›Nein, Miss‹ heißt. Die Kids sind eine Herausforderung, aber das ist schon okay, oder? So sollte es ja auch sein. Das sage ich jetzt. Wahrscheinlich machen sie mich fertig, die kleinen Monster.« Sie schwenkte das Brandyglas, wie sie es aus Filmen kannte. »Ich habe eine Vision von mir, wie ich auf dem Pult sitze und den Schülern erzähle, Shakespeare wäre der erste Rapper gewesen oder so, und die Kids hängen an meinen Lippen – wie gebannt. Ich stelle mir vor, wie ich auf inspirierten jungen Schultern durch die Gegend getragen werde. So komme ich in der Schule überallhin, zum Parkplatz, in die Kantine, bewundernde Schüler tragen mich. So eine Carpe-diem-Lehrerin.«

»Tschuldige, was für 'ne Lehrerin?«

»Carpe diem.«

»Carpe …?«

»Du weißt schon, nutze den Tag!«

»Ach, das heißt das? Ich dachte, es heißt, nutze den Karpfen!«

Emma prustete höflich, was auf Ian wie ein Startschuss wirkte. »Da war ich echt auf dem falschen Dampfer! Mann, wie anders wäre mein Schulalltag verlaufen, wenn ich das geahnt hätte! All die Jahre habe ich am Teich abgehangen …«

Das war zu viel. »Ian, hör endlich auf damit«, fuhr sie ihn an.

»Womit?«

»Dich zu benehmen wie auf der Bühne. Das musst du nicht tun, weißt du?« Er sah verletzt aus, sie bereute den scharfen Ton und beugte sich vor, um seine Hand zu nehmen. »Du musst nicht ständig *geistreich* sein, mit Bonmots, Anekdoten und Wortspielen um dich werfen. Das hier ist kein Impro-Theater, hier gehts nur um, du weißt schon, reden und zuhören.«

»Verzeih, ich …«

»Ach, da bist du nicht allein, alle Männer tun das, ständig zieht ihr eine Show ab. Gott, was gäbe ich für jemanden, der einfach nur redet und zuhört!« Sie wusste, dass sie lieber den Mund halten sollte, war aber zu sehr in Fahrt. »Ich kapier einfach nicht, wozu das gut sein soll. Ist doch kein Vorsprechen.«

»Doch, irgendwie schon, oder?«

»Bei mir nicht. Es ist unnötig.«

»Tut mir leid.«

»Und hör auf, dich ständig zu entschuldigen.«

»Oh. Na gut.«

Ian schwieg, und jetzt hatte Emma das Gefühl, sich entschuldigen zu müssen. Sie sollte nicht immer sagen, was sie dachte; das gab nur Probleme. Gerade als sie es tun wollte, stützte sich Ian seufzend die Wange auf die Faust.

»Ich glaube, das liegt daran, wenn man in der Schule nicht gerade helle, gutaussehend, beliebt oder was auch immer ist, und eines Tages sagt man was Witziges, und jemand lacht, na ja, dann klammert man sich doch irgendwie daran, oder? Man denkt, ich sehe beim Rennen ulkig aus, ich hab ein riesiges Gesicht und dicke Oberschenkel und niemand steht auf mich, aber wenigstens bringe ich die Leute zum Lachen. Und es ist so ein geiles Gefühl, Leute zum Lachen zu bringen, dass man vielleicht anfängt, sich darauf zu verlassen. Und wenn man nicht mehr witzig ist, dann ist man … ein Nichts.« Er betrachtete die Tischdecke, schob die Krümel mit den Fingerspitzen zu kleinen Häufchen zusammen und sagte: »Eigentlich dachte ich, du wüsstest, wie das ist.«

Emma legte sich die Hand auf die Brust. »Ich?«

»Eine Show abzuziehen.«

»Ich zieh doch keine Show ab.«

»Den Spruch mit den Goldfischen hast du schon mal gebracht.«

»Nein, ich … na und?«

»Ich dachte nur, wir zwei sind uns ähnlich. Manchmal.«

Zuerst war sie gekränkt. Stimmt nicht, wollte sie sagen, was für ein absurder Gedanke, aber wieder lächelte er sie so – wie war das Wort noch gleich – liebevoll an, und vielleicht war sie doch etwas zu hart zu ihm gewesen. Sie zuckte die Achseln. »Ich nehme dir das sowieso nicht ab.«

»Was?«

»Dass niemand auf dich steht.«

Mit scherzhaft verstellter, nasaler Stimme sagte er: »Nun, die uns vorliegenden Informationen legen andere Schlüsse nahe.«

»Ich bin doch hier, oder?« Er sagte nichts; sie hatte eindeutig zu viel getrunken, und jetzt spielte sie mit den Brotkrümeln. »Genau genommen habe ich vorhin noch gedacht, wie gut du neuerdings aussiehst.«

Ian umfasste sich mit beiden Händen den Bauch. »Na ja, hab ein bisschen trainiert.«

Sie lachte völlig natürlich, sah ihn an und beschloss, dass sein Gesicht nicht übel war; nicht irgendein unbedarftes, hübsches Jungengesicht, sondern ein richtiges, echtes Männergesicht. Sie wusste, nachdem die Rechnung bezahlt wäre, würde er sie zu küssen versuchen, und diesmal würde sie ihn gewähren lassen.

»Lass uns gehen«, sagte sie.

»Ich kümmere mich um die Rechnung.« Mit einer angedeuteten Schreibbewegung zeigte er dem Kellner, dass sie die Rechnung wollten. »Schon ulkig, diese kleine Pantomimenummer, die alle machen. Wem das wohl eingefallen ist?«

»Ian?«

»Was? Entschuldige.«

Wie ausgemacht teilten sie sich die Rechnung, und auf dem Weg nach draußen zog Ian die Tür auf und trat fest dagegen, so dass es aussah, als hätte sie ihn im Gesicht getroffen. »Kleine Slapstickeinlage ...«

Draußen hatten sich dicke, schwarzgraue Wolken aufgetürmt. Der warme Wind hatte den vor einem Sturm typischen, leicht metallischen Geruch, und Emma war angenehm benommen von dem Brandy, als sie über den Platz nach Norden spazierten. Sie hatte Covent Garden mit all den peruanischen Panflöten-Musikern, Jongleuren und der gezwungenen guten Laune nie leiden können, aber heute gefiel es ihr, genauso, wie am Arm dieses Mannes zu hängen, der immer so nett war und sich für sie interessierte, auch wenn er die Jacke an der kleinen Kragenschlaufe über der Schulter trug. Sie sah zu ihm hoch und bemerkte sein Stirnrunzeln.

»Was ist los?«, fragte sie und drückte seinen Arm.

»Ach, weißt du, ich hab irgendwie das Gefühl, ich hätts versaut. Bin nervös geworden, hab übertrieben und dämliche Bemerkungen gemacht. Weißt du, was das Schlimmste daran ist, ein Stand-up-Komiker zu sein?«

»Die Klamotten?«

»Die Leute erwarten, dass man immer ›gut drauf‹ ist. Man ist immer auf der Jagd nach Lachern …«

Teils, um das Thema zu wechseln, legte sie ihm die Hände auf die Schultern, stellte sich auf die Zehenspitzen, zog sich an ihm hoch und küsste ihn. Sein Mund war feucht und warm. »Brombeeren und Vanille«, murmelte sie, die Lippen auf seine gepresst, obwohl er eigentlich nach Parmesan und Alk schmeckte. Es störte sie nicht. Er musste lachen, und sie stellte sich normal hin, umfasste sein Gesicht und sah zu ihm hoch. Er schien vor Dankbarkeit den Tränen nahe, und sie war froh, dass sie ihn geküsst hatte.

»Emma Morley, ich muss schon sagen …«, feierlich sah er zu ihr hinunter, »ich finde, du bist absolut der Hammer.«

»Alter Süßholzraspler«, gab sie zurück, »lass uns zu dir gehen, ja? Bevor es anfängt zu regnen.«

Rate, wer dran ist? Es ist jetzt halb zwölf. Wo steckst du, du kleine Rumtreiberin? Na ja. Kannst mich jederzeit anrufen, ich bleib hier, rühr mich nicht von der Stelle. Tschüss. Bis dann.

Ians Einzimmerwohnung lag im Erdgeschoss in der Cally Road und wurde nur vom Neonlicht der Straßenlaternen und hin und wieder von den Scheinwerferkegeln eines Doppeldecker-Busses erhellt. Mehrmals pro Minute erbebte der ganze Raum, wenn eine U-Bahn der Piccadilly, Victoria oder

Northern Line oder ein Bus Nummer 30, 10, 46, 214 oder 390 vorbeifuhr. Was Verkehrsanbindung betraf, gab es keine bessere Wohnung. Emma, die mit halb heruntergezogener Strumpfhose auf dem ausgeklappten Schlafsofa lag, spürte die Vibrationen im Rücken.

»Und welche war das?«

Ian lauschte dem Rattern. »Piccadilly Richtung Osten.«

»Wie hältst du das nur aus, Ian?«

»Man gewöhnt sich dran. Außerdem benutze ich die hier ...«, und er deutete auf zwei dicke graue Klümpchen auf der Fensterbank. »Wachs-Ohrstöpsel.«

»Nein, wie nett.«

»Neulich hab ich vergessen, sie rauszunehmen. Ich dachte schon, ich hätte 'nen Hirntumor. Hatte was von *Gottes vergessene Kinder*, wenn du verstehst.«

Emma lachte und stöhnte auf, als ihr wieder schlecht wurde. Er nahm ihre Hand.

»Fühlst du dich jetzt besser?«

»Wenn ich die Augen nicht zumache, gehts.« Sie drehte sich zu ihm, schlug die Decke zurück, damit sie sein Gesicht sehen konnte, und bemerkte mit leichtem Unwohlsein, dass sie keinen Bezug und die Farbe von Pilzsuppe hatte. Das Zimmer roch nach Wohltätigkeitsbasar, der typische Geruch alleinlebender Männer. »Ich glaube, der zweite Brandy war zu viel.« Er lächelte, aber im weißen Licht eines vorbeifahrenden Busses bemerkte sie, dass er beunruhigt aussah. »Bist du sauer auf mich?«

»Türlich nicht. Es ist nur, na ja, man küsst ein Mädchen, und ihr wird schlecht ...«

»Ich hab dir gesagt, es liegt am Alk. Ich hab jede Menge Spaß. Muss nur mal 'ne Verschnaufpause einlegen. Komm her ...« Sie setzte sich auf, um ihn zu küssen, aber ihr bester BH war hochgerutscht, und die Drahtbügel stachen sie in die Achseln. »Au, au, au!« Sie zog sich den BH herunter und ließ den Kopf zwischen die Knie sinken. Wie ein Krankenpfleger strich er ihr über den Rücken, und ihr war peinlich, dass sie alles verdorben hatte. »Ich glaube, ich geh lieber nach Hause.«

»Oh. Okay. Wenn du willst.«

Sie lauschten dem Geräusch von Autoreifen auf nassem Asphalt, und ein weißer Lichtstrahl huschte durchs Zimmer.

»Und das?«

»Nummer 30.«

Sie zog die Strumpfhose hoch, stand schwankend auf und zog den Rock herunter. »Ich hatte wirklich jede Menge Spaß!«

»Ich auch …«

»Hab bloß zu viel getrunken …«

»Ich auch …«

»Ich geh nach Hause, meinen Rausch ausschlafen …«

»Verstehe. Trotzdem. Schade.«

Sie sah auf die Uhr. 23:52 Uhr. Unter ihren Füßen fuhr ratternd eine Bahn durch und erinnerte sie daran, dass sie genau auf einem bemerkenswerten Verkehrknotenpunkt stand. Fünf Minuten zu Fuß bis zum King's Cross, die Piccadilly-Linie nach Westen, und sie konnte locker um halb eins zu Hause sein. Es regnete an die Fensterscheibe, allerdings nur leicht.

Emma stellte sich den Fußmarsch nach Hause vor, die Stille in der leeren Wohnung, während sie mit dem Schlüsseln hantierte und ihr die feuchte Kleidung am Rücken klebte. Sie malte sich aus, wie sie allein und voller Bedauern im Bett lag, ihr schlecht und schwindelig wurde, während »Tahiti« unter ihr bockte. Wäre es wirklich so schlimm, hier zu bleiben und zur Abwechslung etwas Wärme, Zuneigung und Nähe zu bekommen? Oder wollte sie eins der Mädchen sein, die sie manchmal in der U-Bahn sah: verkatert, blass und gereizt im Partykleid der letzten Nacht? Es regnete jetzt stärker an die Scheibe.

»Soll ich dich zur U-Bahn bringen?«, sagte Ian und steckte sich das Hemd in die Hose. »Oder vielleicht …«

»Was?«

»Wieso schläfst du deinen Rausch nicht hier aus? Nur zum, na ja, Kuscheln.«

»›Kuscheln‹.«

»Kuscheln, uns umarmen. Oder nicht mal das. Wenn du willst, können wir auch die ganze Nacht steif wie ein Brett nebeneinander liegen.«

Sie lächelte, und er lächelte hoffnungsvoll zurück.

»Kontaktlinsenreiniger«, sagte sie. »Ich hab keinen hier.«

»Ich schon.«

»Ich wusste gar nicht, dass du Kontaktlinsen trägst.«

»Da siehst dus – noch etwas, das wir gemeinsam haben.«

Sie lächelten sich an. »Mit etwas Glück finde ich noch ein Paar unbenutzte Ohrstöpsel für dich.«

»Ian Whitehead. Du alter Schwerenöter.«

»… nimm ab, nimm ab, nimm ab. Es ist fast Mitternacht. Um Schlag zwölf verwandle ich mich in einen, weiß auch nicht, einen Vollidioten wahrscheinlich. Also, wenn du diese Nachricht hörst …«

»Hallo? Hallo?«

»Du bist ja da!«

»Hallo, Dexter.«

»Hab ich dich geweckt?«

»Bin gerade nach Hause gekommen. Alles klar, Dexter?«

»Ach, mir gehts gut.«

»Du klingst ziemlich hinüber.«

»Ach, ich feier nur 'ne kleine Party. Allein. Eine Privatparty.«

»Dreh mal die Musik leiser, ja?«

»Ich hab mich gefragt ... Sekunde, ich dreh mal die Musik leiser ... ob du Lust hast, vorbeizukommen. Es gibt Champagner, Musik, vielleicht sogar etwas Stoff. Hallo? Hallo, bist du noch dran?«

»Ich dachte, wir wären uns einig, dass das keine gute Idee ist.«

»Echt? Also, ich finde die Idee hervorragend.«

»Du kannst nicht einfach so anrufen und erwarten, dass ich ...«

»Ach, komm schon, Naomi, bitte? Ich brauche dich.«

»Nein!«

»Du könntest in 'ner halben Stunde hier sein.«

»Nein! Draußen schüttet es.«

»Doch nicht laufen. Ruf dir ein Taxi, ich zahle.«

»Ich hab nein gesagt!«

»Ich brauche Gesellschaft, Naomi.«

»Dann ruf doch Emma an!«

»Emma ist nicht da. Und nicht die Art von Gesellschaft. Du weißt, was ich meine. Tatsache ist, ich glaube, wenn ich heute Nacht kein anderes menschliches Wesen berühre, gehe ich elend zugrunde.«

»...«

»Ich weiß, dass du da bist. Ich kann dich atmen hören.«

»Okay.«

»Okay?«

»Ich bin in 'ner halben Stunde da. Aber hör auf zu trinken. Warte auf mich.«

»Naomi? Naomi, weißt du was?«

»Was?«

»Weißt du, dass du mir das Leben rettest?«

KAPITEL ACHT

Showbusiness

FREITAG, 15. JULI 1994

Leytonstone und die Isle of Dogs

Emma Morley ernährt sich gut und trinkt nur mäßig. Sie schläft gute acht Stunden am Tag, wacht pünktlich kurz vor halb sieben von selbst auf und trinkt ein großes Glas Wasser, den ersten Viertelliter von insgesamt anderthalb Litern pro Tag, die sie aus einer Karaffe in ein dazu passendes Glas gießt, das in der strahlenden Morgensonne neben dem Doppelbett steht.

Der Radiowecker springt an, aber sie erlaubt sich, im Bett liegen zu bleiben und die Nachrichten zu hören. Der Vorsitzende der Labour-Partei, John Smith, ist gestorben, und es gibt einen Bericht über den Gedenkgottesdienst in der Westminster Abbey; respektvolle, überparteiliche Anerkennungsbezeugungen, »der größte Premierminister, den wir nie hatten«, und diskrete Spekulationen über seinen Nachfolger. Wieder einmal denkt sie darüber nach, der Labour-Partei beizutreten, weil sie schon seit einer Ewigkeit nicht mehr an der Kampagne für nukleare Abrüstung teilnimmt.

Endlose Berichte über die Weltmeisterschaft treiben Emma aus dem Bett, sie wirft die Sommerdecke zurück, setzt die alte, dickrandige Brille auf und schlüpft in die schmale Lücke zwischen Bett und Wand. Sie geht zum Badezimmer und macht die Tür auf.

»Besetzt!!« Hastig zieht sie die Tür wieder zu, kann aber nicht verhindern, dass ihr Blick auf Ian Whitehead fällt, der vornübergebeugt auf dem Klo hockt.

»Warum schließt du nicht ab, Ian?«, ruft sie durch die Tür.

»Sorry!«

Emma dreht sich um, tappt zurück zum Bett und legt sich wieder hin. Missmutig lauscht sie dem Landwirtschaftsbericht, hört im Hintergrund die Klospülung, einmal, zweimal, dann ein hupendes Geräusch, als Ian sich schnäuzt, und dann wieder die Klospülung. Schließlich taucht er mit rotem, wehleidigem Gesicht im Türrahmen auf. Er trägt ein knapp hüftlanges schwarzes T-Shirt ohne Unterwäsche. Kein Mann der Welt sieht in dem Look vorteilhaft aus, aber Emma bemüht sich, ihm ins Gesicht zu schauen, während er langsam durch den Mund ausatmet.

»Mann. Das war echt heftig.«

»Fühlst du dich noch nicht besser?« Sie nimmt die Brille ab, nur um sicherzugehen.

»Eigentlich nicht«, schmollt er und reibt sich den Bauch. »Mein Bäuchlein tut weh.« Er spricht mit leiser, wehleidiger Stimme, und obwohl Emma Ian toll findet, möchte sie ihm bei dem Wort »Bäuchlein« am liebsten die Tür vor der Nase zuschlagen.

»Ich hab dir gesagt, der Speck war schlecht, aber du wolltest ja nicht hören …«

»Das war es nicht …«

»Nein, nein, Speck *wird* nicht schlecht, hast du gesagt. Er ist *geräuchert.*«

»Ich glaube, es ist ein Virus …«

»Vielleicht ist es ja dieser Bazillus, der gerade die Runde macht. In der Schule haben ihn alle, vielleicht habe ich dich angesteckt.«

Er widerspricht nicht. »Ich war die ganze Nacht auf, mir gehts so dreckig.«

»Ich weiß, Schatz.«

»Durchfall und Schnupfen …«

»Eine einnehmende Kombination. Wie Mandolinen und Mondschein.«

»Ich hasse es, im Sommer erkältet zu sein.«

»Du kannst ja nichts dafür«, sagt Emma und setzt sich auf.

»Das ist bestimmt 'ne Magendarmgrippe«, sagt er und lässt sich das Wort genüsslich auf der Zunge zergehen.

»Klingt ganz so.«

»Ich fühl mich wie …«, mit geballten Fäusten sucht Ian nach dem Wort, das die ganze Ungerechtigkeit auf den Punkt bringt, »wie – ausgekotzt! So kann ich doch nicht zur Arbeit gehen.«

»Dann geh nicht.«

»Ich muss aber.«

»Dann geh.«

»Kann ich doch nicht, oder? Fühlt sich an, als hätte ich zwei Liter Schleim genau hier.« Er spreizt die Hand über der Stirn. »Zwei Liter zähen Schleim.«

»Mann, das Bild werde ich den ganzen Tag nicht mehr los.«

»Ich kanns nicht ändern, so fühle ich mich nun mal.« Er zwängt sich an der Bettecke vorbei zu seiner Seite und schlüpft mit einem weiteren wehleidigen Seufzer unter die Decke.

Sie sammelt sich, bevor sie aufsteht. Heute ist ein großer,

ein denkwürdiger Tag für Emma Morley, und darauf hätte sie gut verzichten können. Heute Abend findet in der Cromwell-Road-Gesamtschule die Premiere der Schulaufführung von *Oliver!* statt, und das Chaos ist quasi vorprogrammiert.

Auch für Dexter ist es ein großer Tag. Hellwach liegt er in einem Knäuel aus feuchten Laken und malt sich aus, was alles schiefgehen kann. Heute moderiert er seine erste eigene Fernsehshow. Ein Sprungbrett. Ein Sprungbrett, genau auf seine Talente zugeschnitten, aber plötzlich ist er sich nicht mehr sicher, ob er welche hat.

Gestern ist er früh ins Bett gegangen wie ein kleiner Junge, allein und nüchtern, als es draußen noch hell war, in der Hoffnung, heute Morgen frisch und munter aufzuwachen. Aber von den neun Stunden hat er sieben wachgelegen, fühlt sich wie zerschlagen, und ihm ist schlecht vor Angst. Das Telefon klingelt, er fährt hoch und hört die eigene Stimme auf dem Anrufbeantworter, weltgewandt und selbstbewusst. »Na los – sprich mit mir!«, sagt sie, und er denkt: *Idiot. Leg dir eine neue Ansage zu.*

Die Maschine piepst. »Ah. Okay. Hi. Ich bins«, spricht Emma auf Band. Beim Klang ihrer Stimme verspürt er das vertraute Gefühl der Erleichterung und will gerade abnehmen, als ihm einfällt, dass sie sich gestritten haben und er eigentlich noch schmollt. »Sorry, dass ich so früh anrufe, aber ein paar von uns haben richtige Jobs. Ich wollte dir nur ganz viel Glück für deinen großen Abend wünschen. Im Ernst, viel Glück. Du bist bestimmt gut, nein, mehr als gut, du bist bestimmt großartig. Aber zieh dir was Schickes an und sprich nicht mit dieser komischen Stimme. Ich weiß, du bist noch sauer auf mich, weil ich nicht komme, aber ich werd vor der Glotze sitzen und wie wild jubeln ...«

Nackt steht er auf und starrt den Anrufbeantworter an. Er überlegt, ob er abnehmen soll.

»Keine Ahnung, wie spät ich nach Hause komme, du weißt ja, wie wild es bei Schulaufführungen zugeht. Die verrückte Welt des Showbusiness. Ich ruf dich später an. Viel Glück, Dex. Alles Gute. Und übrigens, du musst dir *dringend* 'ne neue AB-Ansage zulegen.«

Sie legt auf. Dexter erwägt, sie gleich zurückzurufen, hat aber das Gefühl, aus taktischen Gründen noch etwas weiterschmollen zu müssen. Sie hatten wieder mal Zoff. Sie glaubt, er mag ihren Freund nicht, und trotz seiner vehementen Beteuerungen des Gegenteils lässt sich nicht leugnen, dass er ihren Freund tatsächlich nicht leiden kann.

Er hat sich wirklich alle Mühe gegeben. Zu dritt haben sie in Kinos, billigen Restaurants und schäbigen, alten Kneipen gesessen, und Dexter hat Emma mit einem wohlwollenden Lächeln angesehen, als Ian sie auf den Nacken küsste; junges Glück mit zwei Glas Bier. Er hat am winzigen Küchentisch ihrer winzigen Wohnung in Earls Court eine verbissene Trivial-Pursuit-Partie gespielt, die an einen Boxkampf mit bloßen Fäusten erinnerte. Er hat sogar mit Ians Sonicotronics-Kollegen im »Lach-Labor« in Mortlake gesessen, um sich Ians Stand-up-Nummer über Alltagssituationen anzuschauen, während Emma ihn ständig nervös grinsend in die Seite stieß, damit er an den richtigen Stellen lachte.

Aber selbst wenn er sich zusammenreißt, bleibt die Abneigung spürbar, und sie beruht auf Gegenseitigkeit. Ian deutet bei jeder sich bietenden Gelegenheit an, dass er Dexter für einen Aufschneider hält, weil er in der Öffentlichkeit steht, und für einen versnobten Lackaffen, weil er lieber Taxi fährt, als den Nachtbus zu nehmen, und gute Restaurants dem Lieferservice vorzieht. Das Schlimmste ist, dass Emma bei den ständigen Herabsetzungen und Spitzen über seine Fehler mitmacht. Wissen sie denn nicht, wie schwer es ist, anständig und mit beiden Beinen auf dem Boden zu bleiben, wenn man ein ereignisreiches Leben voller Möglichkeiten führt? Wenn Dexter im Restaurant die Rechnung übernehmen oder für ein Taxi anstelle des Nachtbusses bezahlen will, murren und schmollen die beiden, als hätte er sie beleidigt. Warum können sich die Leute nicht für ihn freuen und ihm seine Großzügigkeit danken? Das letzte grausame Treffen – ein Videoabend, bei dem sie sich auf einem ramponierten Sofa *Star Trek: Der Zorn des Khan* angesehen und dazu Dosenbier getrunken und Curry gegessen haben, wobei ihm gelb fluoreszierendes Ghee auf die Dries-van-Noten-Hose getropft ist – hat das Fass zum Überlaufen gebracht. Ab jetzt würde er sich nur noch allein mit Emma treffen.

Neuerdings verspürt er eine irrationale, unvernünftige – ja, was eigentlich? Eifersucht? Nein, das nicht, vielleicht eher etwas wie Groll. Er war davon ausgegangen, dass Emma jederzeit für ihn erreichbar ist wie der Notdienst. Seit dem verheerenden Tod seiner Mutter an Weihnachten war er mehr und mehr von ihr abhängig geworden, während sie immer weniger Zeit für ihn hatte. Früher hat sie ihn immer sofort zurückgerufen, heute vergehen Tage ohne ein Lebenszeichen. Sie sagt, sie sei »mit Ian weg« gewesen, aber wohin gehen sie? Was treiben sie? Zusammen Möbel aussuchen? Sich Videos »reinziehen«? Zum Quizabend in den Pub gehen? Ian hat sogar schon Emmas Eltern, Jim und Sue, kennengelernt. Sie vergöttern ihn, sagt sie. Warum hat Dexter Jim und Sue noch nie getroffen? Würden sie ihn nicht noch mehr vergöttern?

Das Ärgerlichste ist, Emma scheint ihre neu gewonnene Unabhängigkeit zu genießen. Er hat das Gefühl, als würde ihm eine Lektion erteilt, als würde sie ihm ihre Zufriedenheit unter die Nase reiben. »Du kannst nicht erwarten, dass sich alle immer nur nach dir richten, Dexter«, hat sie ihm schadenfroh mitgeteilt, und alles nur, weil sie nicht zur Live-Übertragung seiner Show ins Studio kommen will.

»Soll ich *Oliver!* etwa absagen? Nur weil du im Fernsehen bist?«

»Kannst du nicht hinterher kommen?«

»Nein! Das ist meilenweit weg!«

»Ich schick dir ’nen Wagen!«

»Ich muss nachher noch mit den Schülern und Eltern reden …«

»Wozu denn?«

»Dexter, jetzt sei vernünftig, das ist mein Job!«

Er weiß, er verhält sich rücksichtslos, aber es würde ihm helfen, Emma im Publikum zu sehen. Er ist ein besserer Mensch, wenn er sie in der Nähe weiß, und sind Freunde nicht dazu da, einen anzuspornen und das Beste aus einem herauszuholen? Emma ist sein Talisman, sein Glücksbringer, und jetzt werden weder sie noch seine Mutter da sein, und er fragt sich, wozu er das alles überhaupt macht.

Nach einer ausgiebigen Dusche fühlt er sich besser, zieht sich einen leichten Kaschmirpullover mit V-Ausschnitt und eine helle Leinenhose mit Kordelzug an, die ohne Unterwäsche getragen wird, schlüpft in ein paar Birkenstockschuhe und trabt schwungvoll zum Zeitungskiosk hinunter, um die Programmvorschauen zu lesen und zu prüfen, ob Presse und Publicityabteilung ihren Job gemacht haben. Der Verkäufer begrüßt seinen prominenten Kunden mit einem Lächeln, wie es dem Anlass gebührt, und Dexter trabt zurück in seine Wohnung, den Arm voller Zeitungen. Er fühlt sich jetzt besser, beklommen, aber gleichzeitig aufgekratzt, und während die Espressomaschine warmläuft, klingelt wieder das Telefon.

Noch bevor der Anrufbeantworter sich einschaltet, weiß Dexter, dass sein Vater dran ist und er nicht abnehmen wird. Seit dem Tod seiner Mutter werden die Anrufe immer häufiger und peinlicher: Sein Vater stottert, ist zerstreut und wiederholt sich ständig. In letzter Zeit scheinen selbst die einfachsten Handgriffe seinen Vater, den Selfmade-Man, zu überfordern. Die Trauer hat ihn entmannt, und bei Dexters seltenen Besuchen hat er ihn hilflos den Wasserkessel anstarren sehen, als handle es sich um ein außerirdisches Artefakt.

»Na los – sprich mit mir!«, sagt der Idiot auf Band.

»Hallo, Dexter, hier spricht dein Vater.« Er benutzt seine gewichtige Telefonstimme. »Ich rufe nur an, um dir für die Show heute Abend viel Glück zu wünschen. Ich werde zusehen. Das ist alles sehr aufregend. Alison wäre sehr stolz auf dich.« Er schweigt kurz, und beide wissen, dass das wohl nicht stimmt. »Mehr wollte ich nicht sagen. Obwohl. Ignorier die Zeitungen. Ich wünsch dir viel Spaß. Tschüss. Bis bald …«

Ignorier die *was*? Dexter schnappt sich den Hörer.

»… Machs gut!«

Sein Vater hat aufgelegt. Er hat die Zündschnur der Bombe in Brand gesteckt, und Dexter sieht zu dem Stapel Zeitungen hinüber, der jetzt etwas Bedrohliches hat. Er schnallt sich die Leinenhose enger und wendet sich der Programmvorschau zu.

Als Emma aus dem Bad kommt, ist Ian am Telefon, und an dem koketten, scherzhaften Tonfall erkennt sie, dass er mit ihrer Mutter spricht. Es war Liebe auf den ersten Blick zwischen ihrem Freund und Sue, seit sie sich Weihnachten in Leeds zum ersten Mal gesehen haben: »Der Rosenkohl ist köstlich, Mrs M.«, und »Ist der Truthahn nicht unglaublich saftig?« Die Anziehungskraft zwischen den beiden hat etwas Magisches, und Emma und ihr Vater können nur missbilligend mit der Zunge schnalzen und die Augen verdrehen.

Geduldig wartet sie, bis Ian sich losreißen kann. »Tschüss, Mrs M. Ja, hoffentlich. Es ist nur eine Sommergrippe, ich werds überleben. Tschüss, Mrs M. Tschüss.« Emma nimmt den Hörer, und Ian schlurft zurück zum Bett, prompt wieder sterbenskrank.

Ihre Mutter ist ganz aufgekratzt und albern. »So ein netter Junge. Ist er doch, oder?«

»Ja, Mum.«

»Ich hoffe, du kümmerst dich gut um ihn.«

»Ich muss jetzt zur Arbeit, Mum.«

»Warum habe ich noch gleich angerufen? Ist mir glatt entfallen.«

Sie hat angerufen, um mit Ian zu reden. »Wolltest du mir vielleicht Glück wünschen?«

»Wofür denn?«

»Die Schulaufführung.«

»Ach ja, viel Glück. Wir wären gerne dabei, aber London ist so teuer …«

Emma tut, als brenne der Toaster, beendet das Gespräch und sieht nach dem Patienten, der unter der Decke vor sich hinschmort, um die Krankheit »auszuschwitzen«. Sie ist sich vage bewusst, dass sie als Freundin versagt. Die Rolle ist neu für sie, und manchmal ertappt sie sich dabei, dass sie typisches »Freundinnen-Verhalten« nachahmt: Händchen halten, vor dem Fernseher kuscheln, das volle Programm. Ian liebt sie und sagt es ihr auch, fast schon zu oft, und sie glaubt, mit ein bisschen Übung kann sie ihn vielleicht auch lieben. Jedenfalls gibt sie sich alle Mühe, legt sich hinter ihn aufs Bett und kuschelt sich in einer bewusst mitfühlenden Pose an ihn.

»Wenn du heute Abend nicht kommen kannst …«

Erschrocken setzt er sich auf. »Nein! Nein, nein, nein, ich komme definitiv …«

»Ich würde es verstehen …«

»… und wenn ich im Krankenwagen aufkreuzen muss.«

»Es ist nur eine alberne Schulaufführung, das wird so was von peinlich.«

»Emma!« Sie hebt den Kopf und sieht ihn an. »Es ist dein großer Abend! Das will ich um nichts in der Welt verpassen.«

Sie lächelt. »Schön. Das freut mich.« Sie beugt sich vor und gibt ihm einen antiseptischen Kuss mit geschlossenen Lippen, nimmt ihre Tasche und verlässt die Wohnung, bereit für den großen Tag.

Die Schlagzeile lautet:

IST DAS DER WIDERLICHSTE
MANN IM TV?

– und kurz glaubt Dexter, es müsse sich um eine Verwechslung handeln, denn darunter hat man versehentlich sein Foto abgedruckt, mit einem einzigen Wort als Bildunterschrift, »Aalglatt«, als wäre das sein Nachname. Dexter Aalglatt.

Die winzige Espressotasse fest zwischen Daumen und Zeigefinger geklemmt liest er weiter.

Heute im Abendprogramm

Gibt es momentan einen schleimigeren, selbstzufriedeneren Klugscheißer im Fernsehen als Dexter Mayhew? Schon beim Anblick seines kecken, hübschen Jungengesichts will man am liebsten den Bildschirm demo-

> lieren. In der Schule hatten wir dafür einen speziellen Ausdruck: Dieser Typ glaubt eindeutig, er ist ES. Erstaunlicherweise gibt es anscheinend jemanden in der Medienwelt, der ihn fast so sehr liebt wie er sich selbst, denn nach drei Jahren *abfeiern* (ist diese Kleinschreibung nicht übel? So was von out) moderiert er jetzt seine eigene Musiksendung im Spätprogramm, *Sperrstunde.* Wenn …

Er sollte sofort aufhören zu lesen, die Zeitung zusammenfalten und sich die nächste vornehmen, aber aus dem Augenwinkel hat er noch ein oder zwei Wörter gesehen. Eins davon ist »unbedarft«. Er liest weiter …

> Wenn Sie also den Ex-Zögling eines Nobelinternats sehen wollen, der einen auf Junge von der Straße macht, mit falschem Cockney-Akzent spricht, mit den Ladies flirtet und sich bei den Kids anbiedert, ohne zu ahnen, dass sie sich hinter seinem Rücken über ihn lustig machen, dann ist er der richtige Mann. Die Sendung ist live, also kann man vielleicht seine notorisch unbedarfte Interview-Technik bewundern oder sich alternativ einer Zahnwurzelbehandlung unterziehen. Die Co-Moderation übernimmt die »flippige« Suki Meadows, es gibt Musik von Shed Seven, Echobelly und den Lemonheads. Sagen Sie nicht, wir hätten Sie nicht gewarnt.

Dexter hat eine Sammlung von Zeitungsausschnitten in einem Schuhkarton von Patrick Cox ganz unten im Schrank, beschließt aber, auf diesen Artikel zu verzichten. Mit jeder

Menge Lärm und Unordnung macht er sich noch einen Espresso.

Neid, nichts als Neid, eine Volkskrankheit, denkt er. *Kaum hat man ein bisschen Erfolg, wird man niedergemacht, mir doch egal, ich mag meinen Job, ich habs drauf, es ist nicht so leicht, wie es aussieht, als TV-Moderator braucht man jede Menge Cojones, und man muss schlau sein wie, na ja, auf Zack jedenfalls, und überhaupt, man darf so was nicht persönlich nehmen, Kritiker, wer braucht die schon, niemand wird freiwillig Kritiker, also, ich gehe lieber da raus, mach was, geh ein Risiko ein, als so ein Schlappschwanz zu werden, der für zwölf Riesen im Jahr Leute zur Schnecke macht, 'nem Kritiker ist noch nie ein Denkmal gesetzt worden, denen werd ichs zeigen, ich werds allen zeigen.*

Immer neue Variationen dieses Monologs gehen Dexter an seinem großen Tag durch den Kopf: beim Abstecher ins Produktionsbüro, als er von einem Chauffeur mit der Limousine ins Studio auf der Isle of Dogs gefahren wird, bei der nachmittäglichen Generalprobe, beim Produktionsmeeting, in der Maske, bis zu dem Moment, wo er allein in der Garderobe sitzt, endlich seine Tasche aufmachen und die Flasche herausnehmen kann, die er am Morgen eingepackt hat, sich ein großes Glas Wodka einschenken und es mit lauwarmem O-Saft auffüllen und trinken kann.

»Kämpft, kämpft, kämpft, kämpft, kämpft …«

Eine Dreiviertelstunde vor Vorstellungsbeginn schallen die Anfeuerungsrufe durch den gesamten Englischtrakt.

»Kämpft, kämpft, kämpft …«

Als Emma den Flur entlanghastet, sieht sie Mrs Grainger aus der Garderobe stolpern wie auf der Flucht vor einem Feuer. »Ich habe versucht sie aufzuhalten, aber sie wollen nicht auf mich hören.«

»Danke, Mrs Grainger, ich kümmere mich darum.«

»Soll ich Mr Godalming holen?«

»Bemühen Sie sich nicht. Gehen Sie ruhig zurück zur Bandprobe.«

»Ich hab ja gesagt, es ist ein Fehler.« Die Hand auf die Brust gelegt, eilt sie davon. »Ich wusste, es würde schiefgehen.«

Emma atmet tief ein, betritt den Raum und sieht einen Mob aus 30 Teenagern mit Zylindern, Reifröcken und angeklebten Bärten, die johlend und grölend zuschauen, wie der Artful Dodger auf Oliver Twists Armen kniet und ihm das Gesicht auf den staubigen Boden presst.

»WAS ist hier los, Leute?«

Der viktorianische Mob dreht sich um. »Sie soll mich loslassen, Miss«, murmelt Oliver ins Linoleum.

»Sie schlagen sich, Miss«, sagt Samir Chaudhari, ein Zwölfjähriger mit breiten Koteletten.

»Danke, das sehe ich selbst, Samir«, und sie schiebt sich durch die Menge, um die beiden zu trennen. Sonya Richards, das magere schwarze Mädchen, das den Artful Dodger spielt, hat die Finger immer noch in Olivers fülligem blondem Pagenkopf vergraben, und Emma hält sie an den Schultern fest und sieht ihr in die Augen. »Lass los, Sonya. Lass jetzt los, okay? Okay?« Schließlich gehorcht Sonya, tritt einen Schritt zurück, und ihre Augen füllen sich mit Tränen, als ihre Wut verletztem Stolz weicht.

Martin Dawson alias Oliver Twist sieht benommen aus. Mit knapp 1,55 Meter ist er sogar größer als Mr Bumble und stämmig gebaut, trotzdem ist der fleischige Waisenknabe den Tränen nah. »Sie hat angefangen!«, sagt er mit zitternder, stimmbrüchiger Stimme und reibt sich das schmutzige Gesicht mit dem Handballen.

»Das reicht jetzt, Martin.«

»Ja, halts Maul, Dawson ...«

»Das ist mein Ernst, Sonya. Schluss jetzt!« Emma steht in der Mitte des Kreises, hält die beiden Kontrahenten am Ellbogen wie ein Schiedsrichter beim Boxen, und ihr wird klar, dass sie die Show nur durch eine spontane, mitreißende Rede retten kann, einer der vielen Heinrich-V.-Momente, aus denen ihr Berufsleben besteht.

»Guckt euch doch nur mal an! Guckt euch an, wie toll ihr in euren Kostümen ausseht! Schaut euch den kleinen Samir mit den dicken Koteletten an!« Die Menge lacht, Samir spielt mit und kratzt sich den angeklebten Backenbart. »Da draußen sitzen eure Freunde und Eltern, und sie sollen eine großartige Aufführung geboten kriegen, eine echte Show. Dachte ich zumindest.« Seufzend verschränkt sie die Arme. »Aber anscheinend müssen wir die Aufführung absagen ...«

Natürlich blufft sie nur, aber die Wirkung ist enorm, ein allgemeines, protestierendes Aufstöhnen.

»Aber wir haben doch nichts gemacht, Miss!«, protestiert Fagin.

»Und wer hat ›kämpft, kämpft‹ geschrien, Rodney?«

»Aber sie ist total ausgerastet, Miss!«, zwitschert Martin Dawson, und Sonya will sich wieder auf ihn stürzen.

»He, Oliver, willst du noch *mehr*?«

Die anderen lachen, und Emma zaubert die alte Triumph-gegen-alle-Widerstände-Rede aus dem Ärmel. »Schluss jetzt! Ihr sollt eine Truppe sein und kein Mob! Ich muss euch leider sagen, da draußen gibt es heute ein paar Leute, die glauben, dass ihr das nicht packt! Sie glauben, ihr seid unfähig, es ist zu schwer für euch. Das ist Charles Dickens, Emma!, sagen sie, die Kids sind nicht helle genug dafür, sie haben nicht genug Disziplin, um zusammenzuarbeiten, *Oliver!* ist eine Nummer zu groß für sie, gib ihnen was Nettes, Einfaches.«

»Wer hat das gesagt, Miss?«, fragt Samir, bereit, das Auto desjenigen mit dem Schlüssel zu zerkratzen.

»Ist doch egal, wer das gesagt hat, jedenfalls denken sie es. Und vielleicht haben sie ja Recht! Vielleicht sollten wir das Ganze abblasen!« Einen Augenblick fragt sie sich, ob sie nicht zu dick aufträgt, aber der jugendliche Appetit für Dramen jeglicher Art ist nicht zu unterschätzen, und sämtliche Teenager in Hauben und Zylindern ächzen protestierend. Obwohl sie wissen, dass sie nur blufft, genießen sie doch die Spannung. Sie legt eine dramatische Pause ein. »So. Sonya, Martin und ich gehen uns jetzt kurz unterhalten, und ich will, dass die anderen sich weiter vorbereiten, sich danach still hinsetzen und ihre Rollen noch mal durchgehen, und dann überlegen wir, wie es weitergeht. Klar? Ob das klar ist?«

»Ja, Miss!«

In der Garderobe herrscht Stille, als sie den Kampfhähnen nach draußen folgt, aber sobald sie die Tür hinter sich schließt, fängt der Lärm von vorne an. Sie bugsiert Oliver und den Dodger durch den Flur, vorbei an der Turnhalle, wo das Schulorchester unter der Leitung von Mrs Grainger eine haarsträubend misstönende Version von *Consider Yourself* zum Besten gibt, und wieder einmal fragt sie sich, worauf sie sich da eingelassen hat.

Sonya nimmt sie sich zuerst vor. »So. Was war los?«

Abendlicht scheint schräg durch die großen, doppelt verglasten Fenster von Raum 4D, und Sonya starrt scheinbar gelangweilt auf den Naturwissenschaftstrakt. »Wir hatten Zoff, mehr nicht.« Sie setzt sich auf einen Tisch, lässt die langen Beine baumeln, die in zerfetzten alten Schuluniformhosen und schwarzen Turnschuhen mit Schnallen aus Alufolie stecken. Sie streicht sich über die Impfnarbe, das schmale, harte, hübsche Gesicht angespannt und verschlossen, wie um Emma zu warnen, ihr ja nicht mit diesem Nutze-den-Tag-Scheiß zu kommen. Die anderen Jugendlichen haben Angst vor Sonya Richards, und selbst Emma fürchtet manchmal um ihr Kantinengeld. Es ist dieser unverwandte Blick, die Wut darin. »Ich werd mich nicht entschuldigen«, stößt sie hervor.

»Und warum nicht? Sag jetzt bitte nicht ›Er hat angefangen‹.«

Vor Empörung macht sie große Augen. »Hat er aber!«

»Sonya!«

»Er hat gesagt …« Sie bricht ab.

»Was hat er gesagt? Sonya?«

Sonya überlegt, wägt die Schande zu petzen gegen die Ungerechtigkeit ab. »Er sagt, die Rolle liegt mir, weil ich gar nicht spielen muss, weil ich auch im echten Leben ein Gossenkind bin.«

»Ein Gossenkind?«

»Ja.«

»Das hat Martin gesagt?«

»Ja, und da hab ich ihm eins aufs Maul gegeben.«

»Nun.« Emma seufzt und sieht zu Boden. »Erstens ist es egal, was die anderen sagen, ganz egal, was, man darf nicht einfach jemanden schlagen.« Sonya Richards ist ihr Projekt. Eigentlich sollte sie keine Projekte haben, aber Sonya ist so überdurchschnittlich intelligent, die bei weitem Klügste in der Klasse, allerdings auch aggressiv, ein streichholzdünner Ausbund an Trotz und verletztem Stolz.

»Aber er ist ein kleiner Penner, Miss!«

»Sonya, bitte lass das!«, sagt sie, obwohl sie insgeheim findet, dass Sonya nicht ganz Unrecht hat mit ihrer Meinung über Martin Dawson. Er behandelt die Jugendlichen, die Lehrer, die ganze Gesamtschule so, als sei er ein Missionar, der sich herablässt, unter ihnen zu wandeln. Am Vorabend bei der Generalprobe hatte er bei *Where is Love?* echte Tränen geweint, die hohen Töne wie Nierensteine herausgequetscht, und Emma hatte sich im Stillen gefragt, wie es wäre, auf die Bühne zu marschieren, ihm die Hand aufs Gesicht zu legen und kräftig zu schubsen. Die Gossenkind-Bemerkung passte zu ihm wie die Faust aufs Auge, trotzdem …

»Wenn er das gesagt hat …«

»Hat er, Miss …«

»Ich rede mit ihm darüber und frage ihn, aber wenn er das wirklich gesagt hat, zeigt das nur, wie dumm er ist und wie dösig du bist, weil du dich hast provozieren lassen.« Sie stolpert über das Wort »dösig«, ein Wort aus Ilkley Moor. Ghettoslang, sprich Ghettoslang, sagt sie sich. »Aber hey, wenn wir dieses … *diese* … *Randale* nicht in den Griff kriegen, fällt die Show flach.«

Sonyas Gesicht wird wieder verschlossen, und erschrocken bemerkt Emma, dass sie den Tränen nahe ist. »Das können Sie nicht machen.«

»Vielleicht muss ich es.«

»Miss!«

»Wir können die Show nicht machen, Sonya.«

»Können wir wohl!«

»Wie denn, wenn du Martin während *Who Will Buy* eins aufs Maul haust?« Gegen ihren Willen muss Sonya lächeln. »Du bist clever, Sonya, so was von clever, aber man stellt dir solche Fallen, und du tappst mitten hinein.« Sonya seufzt, ihr Gesicht wird wieder ernst, und sie starrt auf das kleine, rechteckige Rasenstück vor dem Naturwissenschaftstrakt. »Du könntest so gut sein, nicht nur im Stück, auch im Unterricht.

Deine Arbeit in diesem Halbjahr war wirklich intelligent, einfühlsam und klug.« Sonya weiß nicht, wie sie mit dem Lob umgehen soll, schnieft und runzelt die Stirn. »Im nächsten Halbjahr könntest du sogar noch besser werden, aber du musst dein Temperament in den Griff kriegen, Sonya, du musst den Leuten beweisen, dass du über solchen Sachen stehst.« Schon wieder eine Rede, manchmal denkt Emma, dass sie zu viel Zeit darauf verwendet, Reden wie diese zu schwingen. Sie hatte gehofft, Sonya irgendwie zu inspirieren, aber die schaut jetzt an ihr vorbei zur Tür. »Sonya, hörst du mir überhaupt zu?«

»Rauschebart ist da.«

Emma dreht sich um und sieht ein haariges dunkles Gesicht und zwei Augen, die durch das Fenster in der Tür spähen, wie ein neugieriger Bär. »Nenn ihn nicht Rauschebart. Er ist der Schulleiter«, sagt sie zu Sonya und winkt ihn herein. Aber es stimmt, das erste und einzige Wort, das ihr durch den Kopf geht, wenn sie Mr Godalming sieht, ist »Rauschebart«. Es ist einer dieser erstaunlichen Vollbärte: nicht struppig, sondern sorgfältig getrimmt und gepflegt, aber tiefschwarz, ein Konquistadorenbart, aus dem die blauen Augen herausspähen wie zwei Löcher in einem Teppich. Als er hereinkommt, kratzt Sonya sich das Kinn, und Emma reißt warnend die Augen auf.

»'n Abend allerseits«, ruft er mit seiner munteren Nach-Feierabend-Stimme. »Wie läufts denn so? Alles klar, Sonya?«

»Haarige Angelegenheit, Sir«, sagt Sonya, »aber das kriegen wir schon hin.«

Emma schnaubt, und Mr Godalming sieht sie an. »Alles klar, Emma?«

»Ich habe Sonya nur Mut für die Show gemacht. Willst du dich vorbereiten gehen, Sonya?« Mit einem erleichterten Lächeln springt Sonya vom Tisch und schlendert zur Tür. »Sag Martin, ich brauche noch zwei Minuten.«

Emma und Mr Godalming sind allein.

»Tja!«, sagt er lächelnd.

»Tja.«

In einem Anfall von Ungezwungenheit will sich Mr Godalming nach Musical-Art rittlings auf einen Stuhl setzen, scheint es sich auf halbem Weg anders zu überlegen, beschließt dann aber anscheinend, dass es kein Zurück mehr gibt. »Ganz schön schwierig, diese Sonya.«

»Ach, alles nur Show.«

»Ich habe von einer Prügelei gehört.«

»Es war nichts. Nur Lampenfieber.« Er sieht extrem unbehaglich aus, wie er da auf dem Stuhl hockt.

»Ich habe gehört, Ihr Schützling hat sich auf unseren zukünftigen Schulsprecher gestürzt.«

»Jugendlicher Übermut. Und Martin war daran wohl nicht ganz unschuldig.«

»›Eins aufs Maul gegeben‹ war der genaue Ausdruck.«

»Sie sind ja sehr genau im Bilde.«

»Ich bin ja auch der Schulleiter.« Mr Godalming lächelt durch die schwarze Sturmmütze, und Emma fragt sich, ob man das Haar wohl wachsen sehen kann, wenn man lang genug hinschaut? Was geht hinter dem Bart vor? Sieht Mr Godalming am Ende vielleicht sogar gut aus? Er deutet auf die Tür. »Ich habe Martin auf dem Flur getroffen. Er ist sehr … aufgewühlt.«

»Na ja, er lebt die Rolle praktisch schon seit sechs Wochen. Er praktiziert Method Acting. Wenn er könnte, würde er sich eine Rachitis zuziehen.«

»Ist er denn gut?«

»Gott, nein, er ist furchtbar. Er gehört wirklich ins Waisenhaus. Meinetwegen können sie sich Programmfetzen in die Ohren stopfen, wenn er *Where is Love?* singt.« Mr Godalming lacht. »Aber Sonya ist toll.« Der Schulleiter scheint nicht überzeugt. »Sie werden schon sehen.«

Unbehaglich rutscht er auf dem Stuhl herum. »Und was erwartet mich heute, Emma?«

»Keine Ahnung. Alles ist drin.«

»Mir persönlich ist ja *Sweet Charity* am liebsten. Warum konnten wir das nicht spielen?«

»Na ja, es ist ein Musical über Prostitution, also …«

Wieder lacht Mr Godalming. Er lacht oft, wenn er mit Emma zusammen ist, das ist auch schon anderen aufgefallen. Es gibt Gerüchte im Lehrerzimmer, dunkle Andeutungen über Günstlingswirtschaft, und heute Abend mustert er sie tatsächlich sehr eindringlich. Ein Moment verstreicht, und sie sieht zur Tür, wo Martin Dawson mit verheultem Gesicht durch die Glasscheibe linst. »Ich kümmere mich besser um Edith Piaf da draußen, bevor er völlig durchdreht.«

»Natürlich, natürlich.« Mr Godalming sieht erleichtert aus, dass er aufstehen kann. »Viel Glück für heute Abend. Meine Frau und ich haben uns schon die ganze Woche darauf gefreut.«

»Das nehme ich Ihnen nicht ab.«

»Es stimmt aber! Sie müssen sie nachher kennenlernen. Vielleicht können Fiona und ich ja ein Gläschen mit Ihrem … Verlobten trinken?«

»Gott nein, nur mein Freund. Ian …«

»Ein Drink nach der Show in der Kantine …«

»Ein Becher voll diesem wunderbaren gestreckten Saft …«

»Die Köchin war offenbar beim Großhändler …«

»Ich hab Gerüchte über Mini-Cordon bleus gehört …«

»Die Freuden des Lehrerberufs, was?«

»Und die Leute glauben, es wäre nicht glamourös ...«

»Sie sehen heute Abend übrigens wunderschön aus, Emma.«

Emma streckt die Arme zur Seite. Sie trägt Make-up, einen Hauch von Lippenstift zu dem klassischen altrosa Kleid mit Blumenmuster, das vielleicht eine Spur zu eng ist. Sie schaut an sich herunter, als sähe sie es zum ersten Mal, aber die Bemerkung hat sie wirklich aus der Fassung gebracht. »Vielen Dank auch!«, sagt sie, aber er hat ihr Zögern bemerkt.

Nach kurzem Schweigen sieht er zur Tür. »Ich schicke Martin herein, ja?«

»Bitte.«

Er geht zur Tür, bleibt stehen und dreht sich noch mal um. »Verzeihen Sie, habe ich irgendeine berufliche Grenze überschritten? Darf man so etwas nicht zu einer Mitarbeiterin sagen? Dass sie nett aussieht?«

»Sicher doch«, sagt sie, aber beide wissen, dass er nicht das Wort »nett« benutzt hat. Er hat »wunderschön« gesagt.

»Entschuldigung, ich suche den widerlichsten Mann im TV?«, sagt Toby Moray von der Tür aus mit seinem weinerlich nasalen Stimmchen. Er trägt einen Karoanzug, Fernseh-Make-up, das Haar ist bis auf eine witzige kleine Stirntolle zurückgekämmt und mit Öl geglättet, und Dexter möchte am liebsten eine Flasche nach ihm werfen.

»Ich glaube, du wirst herausfinden, dass der Mann, den du suchst, du selbst bist und nicht ich«, gibt Dexter zurück, der auf einmal außerstande scheint, sich in kurzen Sätzen auszudrücken.

»Nettes Comeback, Superstar«, sagt sein Co-Moderator. »Schon die Ankündigungen gesehen?«

»Nö.«

»Ich kann ein paar Kopien für dich auftreiben …«

»Eine schlechte Kritik, Toby.«

»Dann hast du wohl den *Mirror* nicht gelesen. Oder den *Express*, oder die *Times* …«

Dexter tut, als studiere er die Reihenfolge der Bands. »Einem Kritiker ist noch nie ein Denkmal gesetzt worden.«

»Stimmt, aber 'nem Fernsehmoderator auch nicht.«

»Verpiss dich, Toby.«

»Ah, immer das passende Wort auf den Lippen!«

»Was willst du hier überhaupt?«

»Dir Glück wünschen.« Er geht zu Dexter, legt ihm die Hände auf die Schultern und drückt sie. Der rundliche, boshafte kleine Mann übernimmt in der Sendung die Rolle des respektlosen Hofnarren, der sich alles erlauben kann, und Dexter verabscheut und beneidet den Emporkömmling, der früher das Warm-up gemacht hat. Bei den Proben und in der Pilotsendung hat er Dexter vorgeführt, ihn hinterhältig verhöhnt und verspottet, bis er sich schwerzüngig, begriffsstutzig und tölpelhaft vorkam, der hübsche Junge mit dem Erbsenhirn. Er schüttelt Tobys Hände ab. Aus solchen Feindschaften entstehen angeblich Sternstunden der TV-Geschichte, aber Dexter fühlt sich schikaniert. Er braucht noch einen Wodka, um seine gute Laune wiederzugewinnen, was allerdings nicht geht, solange Toby ihn im Spiegel mit seinem eulenhaften Gesicht blöd angrinst. »Wenns dir nichts ausmacht, möchte ich mich jetzt gerne noch etwas sammeln.«

»Verstehe ich absolut. Kratz deinen Grips zusammen.«

»Bis später vor der Kamera, ja?«

»Bis später, Hübscher. Viel Glück.« Er zieht die Tür hinter sich zu und öffnet sie gleich nochmals. »Nein, wirklich. Ganz im Ernst. Viel Glück.«

Nachdem Dexter sich vergewissert hat, dass er allein ist, schenkt er sich den Wodka ein und begutachtet sich im Spiegel. Mit dem knallroten T-Shirt, dem schwarzen Smokingjackett, der ausgeblichenen Jeans, den spitzen schwarzen Schuhen und dem raspelkurzen Haar sieht er aus wie der Inbegriff des jugendlichen Großstädters, fühlt sich aber plötzlich alt, müde und unsagbar traurig. Er presst sich zwei Finger auf die Augen und fragt sich, wo diese lähmende Traurigkeit herkommt, kann aber keinen klaren Gedanken fassen. Sein Kopf fühlt sich an wie einmal kräftig durchgeschüttelt. Wörter werden zu Brei, und er sieht keinen vernünftigen Weg, das Ganze durchzustehen. Brich jetzt nicht zusammen, sagt er sich, nicht hier, nicht jetzt. Halt durch.

Aber in einer Live-Sendung ist eine Stunde eine unvorstellbar lange Zeit, ein Hilfsmittel ist nötig. Auf dem Schminktisch steht eine kleine Wasserflasche, er leert den Inhalt ins Waschbecken, wirft einen Blick zur Tür, nimmt die Wodkaflasche aus der Schublade und gießt drei, nein, vier Fingerbreit der öligen Flüssigkeit hinein und schraubt den Deckel wieder zu. Er hält sie gegen das Licht. Niemand wird den Unterschied bemerken – und natürlich wird er sie nicht austrinken, aber sie ist da, in seiner Hand, und wird ihm helfen, durchzuhalten. Dank dieser List fühlt er sich wieder aufgekratzt und selbstbewusst, bereit, dem Publikum, Emma und seinem Vater vor dem Fernsehschirm zu zeigen, was er draufhat. Er ist nicht nur irgendein Moderator. Er ist ein *Entertainer.*

Die Tür geht auf. »HEY, HEY!«, sagt Suki Meadows, seine Co-Moderatorin. Suki ist der Schwarm der Fernsehnation, eine Frau, für die Flippigkeit eine Lebensphilosophie, fast schon eine Manie ist. Suki würde wahrscheinlich sogar einen Beileidsbrief mit den Worten »Hey, hey!« anfangen, und Dexter fände diese erbarmungslose Überdrehtheit wohl leicht anstrengend, wenn Suki nicht so attraktiv, beliebt und verrückt nach ihm wäre.

»WIE GEHTS DIR, SÜSSER? GEHT DIR DER ARSCH AUF GRUNDEIS?« – das ist ihr zweites Moderationstalent: Gespräche so zu führen, als spreche sie mit einer Menge feierwütiger Urlauber an der Küste in Weston-super-Mare.

»Ich bin etwas nervös, ja.«

»OOOOH! KOMM HER, DU!« Sie klemmt sich seinen Kopf unter den Arm wie einen Fußball. Suki Meadows ist hübsch, was man früher zart genannt hätte, und ihr aufgedrehtes Temperament sprudelt und sprüht, als ob man gerade einen Ventilator in die Badewanne geworfen hätte. In letzter Zeit hat sich ein kleiner Flirt zwischen ihnen entwickelt, wenn man bei der Art, wie Suki ihn an ihre Brüste presst, noch von Flirt sprechen kann. Wie bei dem Schulsprecher und der Schulsprecherin gibt es auch hier einen gewissen Erwartungsdruck, dass die beiden Stars zusammenkommen, was aus beruflicher, wenn auch nicht aus privater Sicht durchaus Sinn macht. Sie drückt seinen Kopf – »DU BIST BESTIMMT GROSSARTIG« –, packt seine Ohren und zieht ihn zu sich heran. »HÖR MIR ZU. DU BIST DER HAMMER, UND DAS WEISST DU AUCH, WIR SIND EIN GROSSARTIGES TEAM, DU UND ICH. MEINE MUM IST HEUTE ABEND DA, SIE WILL DICH NACHHER TREFFEN. UNTER UNS PASTORENTÖCHTERN, ICH GLAUBE, SIE STEHT AUF DICH. *ICH* STEHE AUF DICH, ALSO STEHT SIE AUCH AUF DICH. SIE WILL EIN AUTOGRAMM VON DIR, ABER VERSPRICH MIR, NICHT MIT IHR DURCHZUBRENNEN!«

»Ich geb mir Mühe, Suki.«

»IST DEINE FAMILIE DA?«

»Nein …«

»FREUNDE?«

»Nein …«

»WAS HÄLTST DU VON DEM OUTFIT?« Sie trägt ein knappes Top, einen ultrakurzen Mini und hat die obligatorische Wasserflasche bei sich. »SIEHT MAN MEINE NIPPEL?«

Flirtet sie mit ihm? »Nur, wenn man ganz genau hinguckt«, flirtet er mechanisch zurück, lächelt schwach, und Suki merkt etwas. Sie nimmt seine Hände und brüllt vertraulich: »WAS IST LOS, SÜSSER?«

Er zuckt die Schultern. »Toby war vorhin hier und hat mich verarscht …«, und bevor er zu Ende erzählen kann, hat sie ihn auf die Füße gezogen, ihm die Arme um die Hüfte gelegt und zupft mitfühlend am Gummizug seiner Unterhose. »IGNORIER IHN EINFACH, ER IST BLOSS NEIDISCH, WEIL DU DAS HIER BESSER KANNST ALS ER.« Sie sieht zu ihm auf, das Kinn auf seine Brust gestützt. »DU BIST EIN NATURTALENT, DAS WEISST DU DOCH.«

In der Tür steht der Aufnahmeleiter. »Alles ist bereit für euch, Leute.«

»WIR SIND TOLL ZUSAMMEN, ODER, DU UND ICH. SUKI UND DEX, DEX UND SUKI? WIR HAUEN SIE UM.« Abrupt küsst sie ihn einmal hart auf den Mund, als wolle sie einen Brief abstempeln. »MEHR DAVON SPÄTER, GOLDJUNGE«, schreit sie ihm ins Ohr, nimmt eine Wasserflasche und hüpft auf die Studiobühne.

Dexter betrachtet sein Spiegelbild. *Goldjunge.* Er seufzt, presst sich alle zehn Finger fest an die Schläfen und versucht, nicht an seine Mutter zu denken. Reiß dich zusammen, versau es nicht. Sei gut. Tu etwas Gutes. Er setzt sein spezielles Fernsehlächeln auf, nimmt die Wasserflasche mit dem Alk und macht sich auf den Weg ins Studio.

Suki erwartet ihn am Rande des riesigen Sets, nimmt seine Hand und drückt sie. Die Mitglieder des Aufnahmeteams eilen umher, klopfen ihm im Vorbeigehen auf die Schulter und boxen ihm kumpelhaft auf den Arm, während hoch über ihnen in Käfigen Go-Go-Tänzerinnen in Bikinis und Cowboystiefeln auf augenzwinkernd-ironische Weise die Waden strecken. Toby Moray heizt die Stimmung an und erntet viel Gelächter, bis er sie plötzlich vorstellt, einen Riesenapplaus bitte für die Gastgeber des heutigen Abends, Suki Meadows und Dexter Mayhew!

Er will da nicht raus. Musik hämmert aus den Boxen: *Start the Dance* von The Prodigy, er will in den Kulissen stehen bleiben, aber Suki zieht an seiner Hand, springt plötzlich ins helle Studiolicht und brüllt:

»LOOOOOOSSSSSS GEEEEEHHHTSS!«

Dexter folgt ihr, der weltgewandten, urbanen Hälfte des Moderatorenduos. Wie immer gibt es viele Gerüste auf dem Set, und sie steigen eine Rampe hinauf, so dass sie auf das Publikum hinuntersehen, und Suki plappert die ganze Zeit: SCHAUT EUCH AN, IHR SEHT TOLL AUS, SEID IHR BEREIT FÜR EINE RUNDE SPASS? MACHT EIN BISSCHEN LÄRM, LEUTE! Stumm steht Dexter neben ihr auf dem Turm, das Mikro schlaff in der Hand, und merkt, dass er sturzbetrunken ist. Sein großer Durchbruch in einer landesweiten Live-Sendung, und er ist betrunken und benebelt von Wodka. Der Turm erscheint unglaublich hoch, viel höher als während der Proben, und er verspürt den Drang, sich hinzulegen. Weil aber die Chance besteht, dass es zwei Millionen Leute mitkriegen, reißt er sich zusammen und ruft versuchsweise:

»HiLeutewasgehtabseidihrgutdrauf?«

Eine Männerstimme schallt klar und deutlich zum Turm herauf. »*Wichser!*«

Dexter macht den Zwischenrufer ausfindig, ein dünner, grinsender Typ mit massenhaft Gel in den Haaren, trotzdem bekommt er einen Lacher, einen Riesenlacher sogar. Selbst die Kameraleute lachen. »Meine Damen und Herren, mein Agent«, kontert Dexter, erntet aber nur verhaltene Erheiterung. Sie müssen die Zeitungen gelesen haben. Ist er der widerlichste Mann im TV? Großer Gott, es stimmt, denkt er. Sie hassen mich.

»Eine Minute, Leute«, ruft der Aufnahmeleiter, und plötzlich hat Dexter das Gefühl, auf dem Schafott zu stehen. Er hält nach einem freundlichen Gesicht in der Menge Ausschau, findet keines, und wieder wünscht er, Emma wäre da. Für sie könnte er eine Show abziehen, wenn Emma oder seine Mutter da wären, könnte er sich von seiner besten Seite zeigen, sind sie aber nicht, nur die höhnisch grinsende Menschenmenge, alle viel, viel jünger als er. Etwas Mut, ein bisschen Haltung, das ist alles, was er braucht, und mit der messerscharfen Logik des Betrunkenen schließt er, dass Alkohol helfen könnte, warum auch nicht? Der Schaden ist schon angerichtet. Die Go-Go-Tänzerinnen stehen in den Käfigen bereit, die Kameras gleiten an ihren Platz, und er schraubt die verbotene Flasche auf, setzt sie an die Lippen, trinkt und zuckt zusammen. Wasser. Die Wasserflasche enthält Wasser. Jemand hat den Wodka in seiner Flasche mit –

Suki hat seine Flasche.

Noch 30 Sekunden bis Sendebeginn. Sie hat die falsche

Flasche genommen. Sie hält sie in der Hand wie ein hippes Accessoire.

Zwanzig Sekunden bis Sendebeginn. Sie schraubt die Flasche auf.

»Bist du sicher, dass das deine ist?«, fragt er schrill.

»JA, WAS DAGEGEN?« Sie tänzelt auf den Zehenspitzen wie ein Preisboxer.

»Ich hab aus Versehen deine Flasche erwischt.«

»NA UND? WISCH SIE AB!«

Noch zehn Sekunden, das Publikum schreit und applaudiert, die Tänzerinnen halten sich an den Käfigstäben fest und fangen an, die Hüften kreisen zu lassen, während Suki die Flasche an die Lippen führt.

Sieben, sechs, fünf …

Er greift nach der Flasche, aber sie wehrt ihn lachend ab.

»FINGER WEG, DEXTER, DU HAST SELBST EINE!«

Vier, drei, zwei …

»Aber das ist kein Wasser«, sagt er.

Sie trinkt.

Der Vorspann wird eingespielt.

Mit hochrotem Gesicht hustet und spuckt Suki, während Gitarren aus den Lautsprechern wummern, Trommeln dröhnen, die Go-Go-Tänzerinnen sich winden, und von der hohen Decke kommt über die Köpfe des Publikums eine Kamera an Drähten herangeschwebt wie ein Raubvogel, so dass es für die Zuschauer zu Hause aussieht, als jubelten 300 junge Leute einer attraktiven Frau zu, die würgend auf einem Gerüst steht.

Die Musik verstummt, und bis auf Sukis Husten herrscht Totenstille. Wie erstarrt, gelähmt, vom Donner gerührt verursacht Dexter live on air betrunken eine Bruchlandung. Das Flugzeug stürzt ab, die Erde rast auf ihn zu. »Sag was, Dexter«, wispert eine Stimme in seinem Ohr. »Hallo? Dexter? Sag was«, aber Gehirn und Mund versagen ihm den Dienst, es hat ihm in jeder Hinsicht die Sprache verschlagen. Sekunden werden zu Stunden.

Zum Glück ist Suki ein echter Profi und wischt sich den Mund ab. »DAS IST DER BESTE BEWEIS, DASS WIR WIRKLICH LIVE SENDEN!«, und das Publikum lacht nervös und erleichtert. »LÄUFT DOCH PRIMA BIS JETZT, ODER, DEX?« Sie piekst ihn in die Rippen, und er erwacht aus der Erstarrung.

»War nur Spaß, das mit Suki …«, sagt er. »In der Flasche ist Wodka!«, und er macht eine komische kleine Geste mit dem Handgelenk, die heimliches Trinken andeuten soll, wieder wird gelacht, und er fühlt sich besser. Suki lacht auch, stößt ihn in die Rippen, hebt die Faust und sagt: »Pass bloß auf, du …« Eine Nummer wie aus einem Stooges-Film, und nur er bemerkt die Verachtung hinter der Flippigkeit. Er klammert sich an die Sicherheit des Teleprompters.

»Willkommen bei *Sperrstunde,* ich bin Dexter Mayhew …«

»… UND ICH BIN SUKI MEADOWS!«

Und sie sind wieder auf Kurs, sagen das Programm für den Abend an – eine Mischung aus großartiger Comedy und Musik – attraktiv und anziehend wie die beiden coolsten Kids der Schule. »Und jetzt bitte einen Riesenapplaus …« Er wirft den Arm nach hinten wie ein Zirkusdirektor, »… und ein herzliches *Sperrstunden*-Willkommen für Shed! Seven!«

Die Kamera schwenkt, als hätte sie das Interesse verloren, und die plappernden Stimmen aus der Regie in seinem Kopf übertönen die Musik. »Alles klar da unten, Suki?«, fragt der Regisseur. Flehentlich sieht Dexter Suki an. Sie schaut ihn auch an, ihre Augen sind schmal. Sie könnte es ihnen erzählen: Dexter ist zugedröhnt, betrunken, der Mann ist ein Wrack, ein unzuverlässiger Amateur.

»Alles in Ordnung«, sagt sie. »Hab mich nur verschluckt.«

»Wir schicken dir jemanden aus der Maske. Noch zwei Minuten, Leute. Und Dexter, reiß dich zusammen, ja?«

Ja, reiß dich zusammen, sagt er sich, aber der Monitor verrät ihm, dass er noch 56 Minuten und 22 Sekunden durchhalten muss, und er ist sich nicht sicher, ob er das schafft.

Applaus! Applaus, wie sie noch keinen gehört hat, hallt von den Wänden der Turnhalle wider. Zugegeben, die Band hat schief gespielt, und die Sänger haben zu hoch gesungen, und ja, es gab ein paar technische Probleme mit fehlenden Requisiten und zusammenbrechendem Bühnenbild, und natürlich gibt es kein dankbareres Publikum, trotzdem, es ist ein Triumph. Der Tod von Nancy hat selbst Mr Routledge, Chemie, zum Heulen gebracht, und die Verfolgungsjagd über die Dächer von London, bei der man nur die Silhouetten der Darsteller sah, war ein spektakuläres Bravourstück, das mit Ahs und Ohs bestaunt wurde wie ein Feuerwerk. Wie vorhergesagt hat Sonya Richards geglänzt, und Martin Dawson muss zähneknirschend hinnehmen, dass sie den längsten Applaus einheimst. Es gab Ovationen und Zugaben, die Zuschauer trampeln jetzt, hängen vom Klettergerüst, Emma wird von Sonya auf die Bühne gezerrt, und Sonya weint, weint wirklich und wahrhaftig, klammert sich an ihre Hand und sagt, gut gemacht, Miss, unglaublich, unglaublich. Eine Schulaufführung ist der kleinste vorstellbare Triumph, aber das Herz hämmert ihr in der Brust, sie muss immerzu grinsen, und während die Band *Consider Yourself* verhunzt, hält sie mit Vierzehnjährigen

Händchen und verbeugt sich wieder und wieder. Sie verspürt das Hochgefühl, etwas gut gemacht zu haben, und zum ersten Mal seit zehn Wochen hat sie nicht mehr das Bedürfnis, den Komponisten des Musicals zu verprügeln.

Beim anschließenden Umtrunk fließt die Cola Marke Eigenbrau in Strömen, außerdem gibt es fünf Flaschen Cider für die Erwachsenen. Ian sitzt mit einem Teller Mini-Cordon bleus und einem Plastikbecher mit löslichem Grippemittel, das er eigens mit zur Party mitgebracht hat, in einer Ecke der Turnhalle, massiert sich die Schläfen und wartet geduldig lächelnd, während Emma mit Lob überschüttet wird. »Gut genug für das West End!«, behauptet jemand leicht übertrieben, und es macht ihr nicht einmal etwas aus, als Rodney Chance, der den Fagin gespielt hat, leicht angeheitert von Limo mit Schuss verkündet, dass sie »für eine Lehrerin ziemlich scharf« ist. Mr Godalming (»Bitte, nennen Sie mich Phil«) gratuliert ihr, während Fiona, rotwangig wie eine Bäuerin, gelangweilt und schlecht gelaunt zusieht. »Wir sollten uns im September mal über Ihre Zukunft hier unterhalten«, sagt Phil, beugt sich vor und küsst sie zum Abschied, so dass sich ein paar Schüler und Kollegen ein anzügliches »Uuuuiii« nicht verkneifen können.

Anders als die meisten Showbusiness-Partys endet diese um viertel vor zehn, und statt einer Stretch-Limousine nehmen Emma und Ian Bus Nummer 55 und 19 sowie die Piccadilly-Linie nach Hause. »Ich bin so stolz auf dich …«, sagt Ian, den Kopf an ihren geschmiegt, »… aber ich glaube, jetzt hats meine Lunge erwischt.«

Als sie die Wohnung betritt, riecht sie Blumen. Ein riesiger Strauß roter Rosen liegt in einer Kasserolle auf dem Küchentisch.

»Oh, mein Gott, Ian, sind die schön.«

»Sind nicht von mir«, murmelt er.

»Oh. Von wem dann?«

»Vom Goldjungen, schätze ich. Sind heute Morgen gekommen. Völlig übertrieben, wenn du mich fragst. Ich geh mal ein heißes Bad nehmen. Vielleicht hilft es ja.«

Sie zieht den Mantel aus und klappt die kleine Karte auf. »Sorry wegen der Schmollerei. Hoffe, heute Abend geht alles gut. Alles Liebe, Dx.« Das ist alles. Sie liest es zweimal, schaut auf die Uhr und schaltet schnell den Fernseher ein, um Dexters großen Durchbruch mitzuerleben.

Als 45 Minuten später der Abspann läuft, grübelt Emma mit gerunzelter Stirn darüber nach, was sie gerade gesehen hat. Sie hat wenig Ahnung vom Fernsehen, ist sich aber ziemlich sicher, dass Dexter nicht geglänzt hat. Er sah unsicher, manchmal direkt ängstlich aus. Er hat sich versprochen, in die falsche Kamera geschaut, amateurhaft und zerfahren gewirkt, und die Interviewpartner – der Rapper auf Tour, die vier großspurigen Musiker aus Manchester – haben mit Geringschätzung oder Sarkasmus auf ihn reagiert, als hätten sie sein Unbehagen gespürt. Auch das Studiopublikum sieht verächtlich drein, wie mürrische Teenager bei einem Krippenspiel, die Arme vor der Brust verschränkt. Zum ersten Mal, seit sie ihn kennt, wirkt er bemüht. Ist er am Ende betrunken? Sie kennt sich zwar in der Medienlandschaft nicht aus, aber eine Bruchlandung erkennt sie auf den ersten Blick. Bei der letzten Live-Band hat sie sich unwillkürlich die Augen zugehalten, hat aber genug Ahnung vom Fernsehen, um zu wissen, dass das nicht ideal ist. Vieles mag heutzutage ironisch gemeint sein, aber Buhrufe sind mit Sicherheit kein gutes Zeichen.

Emma macht den Fernseher aus. Aus dem Badezimmer hört sie, wie Ian sich geräuschvoll in ein Handtuch schnäuzt. Sie macht die Tür zu, nimmt den Telefonhörer, setzt ein Herzlichen-Glückwunsch-Lächeln auf, und in einer leeren Wohnung in Belsize Park schaltet sich der Anrufbeantworter ein. »Na los – sprich mit mir!«, sagt Dexter, und Emma spielt ihre Rolle. »Hey, du! Hi! Ich weiß, du bist auf der Party, ich wollte dir nur sagen, na ja, erst mal vielen Dank für die Blumen. Sie sind wunderschön, Dex, das wäre echt nicht nötig gewesen. Aber vor allem – Ganz! Herzlichen! Glückwunsch! Du warst fantastisch, wirklich total relaxt und witzig, ich fands ganz fantastisch, eine wirklich, wirklich ganz tolle Show, wirklich.« Sie zögert; sag nicht ständig »wirklich«. Wenn man zu oft »wirklich« sagt, klingt es wie »nicht wirklich«. Sie spricht weiter. »Die Sache mit dem T-Shirt unter der Smokingjacke war vielleicht nicht so der Hit, und es ist doch immer wieder erfrischend, Frauen in Käfigen tanzen zu sehen, aber ansonsten war es wirklich herausragend. Wirklich. Ich bin wirklich so was von *stolz* auf dich, Dex. Und falls es dich interessiert, *Oliver!* war auch ganz gut.«

Sie spürt, dass die Vorstellung nicht mehr überzeugend wirkt, und beschließt, sie zu beenden.

»So. Das wärs. Wir haben beide einen Grund zum Feiern! Nochmal danke für die Rosen. Einen schönen Abend noch. Lass uns morgen telefonieren. Wir sehen uns am Dienstag, stimmts? Und gut gemacht. Ganz ehrlich. Gut gemacht. Tschüss.«

Auf der Party danach steht Dexter mit verschränkten Armen und gebeugten Schultern allein an der Bar. Die Leute kommen vorbei, um ihm zu gratulieren, aber niemand hält sich lange bei ihm auf, und das Schulterklopfen fühlt sich eher an wie ein Trost, oder bestenfalls wie, Pech, dass du den Elfmeter verballert hast. Er hat weitergetrunken, aber der Champagner schmeckt schal, und nichts scheint gegen das nagende Gefühl der Enttäuschung, Ernüchterung und schleichenden Scham zu helfen.

»Hey, hey«, sagt Suki Meadows nachdenklich. Der einstige Co-Star, der sich eindeutig zum Star der Show gemausert hat, setzt sich neben ihn. »Schau dich an, ganz elend und mies drauf.«

»Hey, Suki.«

»Na! Ist doch ganz gut gelaufen, finde ich!«

Dexter ist nicht überzeugt, aber sie stoßen trotzdem an. »Tut mir leid wegen der … Alk-Sache. Ich schulde dir eine Entschuldigung.«

»Und ob.«

»Ich hab nur was zur Entspannung gebraucht, weißt du.«

»Trotzdem, wir sollten darüber reden. Ein andermal.«

»Okay.«

»Ich geh nämlich nicht noch mal mit dir da raus, wenn du breit bist, Dex.«

»Ich weiß. Musst du auch nicht. Ich machs wieder gut.«

Sie lehnt sich an ihn und legt das Kinn auf seine Schulter. »Nächste Woche?«

»Nächste Woche?«

»Lad mich zum Essen ein. Was Teures, klar? Nächsten Dienstag.«

Ihre Stirn berührt seine, ihre Hand liegt auf seinem Schenkel. Er wollte am Dienstag eigentlich mit Emma essen gehen, weiß aber, dass er ihr jederzeit absagen kann, sie hat bestimmt nichts dagegen. »Okay. Nächsten Dienstag.«

»Kanns kaum erwarten.« Sie kneift ihn in den Oberschenkel. »So. Jetzt aber Kopf hoch, ja?«

»Werds versuchen.«

Suki Meadows beugt sich vor, küsst ihn auf die Wange und hält den Mund dicht an sein Ohr.

»UND JETZT KOMM UND BEGRÜSS MEINE MUUUUUUM!«

KAPITEL NEUN

Zigaretten und Alkohol

SAMSTAG, 15. JULI 1995

Walthamstow und Soho

```
Das scharlachrote Porträt
Roman

von Emma D. Wilde

Kapitel 1

Detective Chief Inspector Penny
Dingsbums hatte in ihrem Leben
schon einige Tatorte gesehen, aber
noch keinen so ... wie diesen.
  »Ist die Leiche bewegt wor-
den?«, blaffte sie.
```

Giftgrün leuchteten die Buchstaben auf dem Bildschirm: das magere Ergebnis der Arbeit eines ganzen Vormittags. Sie saß an dem winzigen Schreibtisch in dem winzigen Hinterzimmer der winzigen neuen Wohnung, las die Worte einmal, dann noch einmal, während der Heizkörper hinter ihr sie glucksend zu verhöhnen schien.

Emma schrieb am Wochenende, oder wenn sie abends noch die nötige Energie aufbrachte. Sie hatte zwei Romane angefangen (einer spielte im Gulag, der andere in einer post-apokalyptischen Zukunft), ein Bilderbuch für Kinder mit eigenen Illustrationen über eine Giraffe mit kurzem Hals, ein düsteres, engagiertes Fernsehspiel über Sozialarbeiter mit dem Titel *Scheißdreck*, ein alternatives Theaterstück über das komplizierte Gefühlsleben von Leuten Mitte zwanzig, einen Fantasy-Roman für Teenager über böse Roboterlehrer, ein Radiohörspiel: der innere Monolog einer sterbenden Frauenrechtlerin, einen Comic und ein Sonett. Nichts hatte sie vollendet, nicht mal das vierzehnzeilige Sonett.

Die Wörter auf dem Bildschirm gehörten zum neuesten Projekt, einer kommerziellen, unterschwellig feministischen Krimireihe. Mit elf Jahren hatte sie Agatha Christies Gesamtwerk verschlungen und später Unmengen von Chandler und James M. Cain. Es schien keinen guten Grund zu geben, warum sie nicht versuchen sollte, selbst etwas in der Richtung zu verfassen, allerdings entdeckte sie einmal mehr, dass Lesen und Schreiben zwei verschiedene Dinge sind – es reichte nicht, etwas in sich aufzusaugen und dann zu reproduzieren. Ihr fiel kein Name für ihre Ermittlerin ein, geschweige denn ein schlüssiger, origineller Plot, und selbst ihr Pseudonym klang schwach: Emma D. Wilde? Sie fragte sich, ob sie dazu verdammt war, ihr Leben mit *Versuchen* zu verschwenden. Sie hatte versucht, in einer Band mitzuspielen, Stücke und Kinderbücher zu schreiben, zu schauspielern und einen Job im Verlagswesen zu finden. Vielleicht war die Krimireihe nur ein weiteres zum Scheitern verurteiltes Projekt, genau wie der Trapezkurs, Buddhismus und Spanisch. Sie benutzte die Wortzählfunktion. 36 Wörter, einschließlich der Titelseite und dem grottigen Pseudonym. Emma stöhnte auf, stellte mithilfe des hydraulischen Hebels ihren Schreibtischstuhl niedriger und sank tiefer Richtung Teppich.

Jemand klopfte an die Sperrholztür. »Und, wie läufts im Anne-Frank-Verschlag?«

Schon wieder dieser Spruch. Für Ian war ein Witz kein Wegwerfgegenstand, sondern etwas, das man wieder und wieder benutzte, bis es verbogen und zerfleddert war wie ein billiger Regenschirm. Als sie zusammengekommen waren, fielen ungefähr 90 Prozent dessen, was er sagte, unter die Kategorie »Humor«. Entweder war es ein Wortspiel, oder eine Stimmenimitation oder enthielt sonst eine komische Absicht. Im Laufe der Zeit hatte sie gehofft, ihn auf annehmbare 40 Prozent herunterzubekommen, aber nach fast zwei Jahren lag die Quote immer noch bei 75, und ihr gesamtes häusliches Leben spielte sich vor dem Hintergrund dieses Tinnitus der Heiterkeit ab. Konnte man fast zwei Jahre lang »gut drauf« sein? Sie war seine schwarze Bettwäsche und die Bierdeckel losgeworden, hatte heimlich ein paar seiner Unterhosen aussortiert, und er machte weniger seiner berüchtigten »Sommerbraten«, trotzdem waren die Grenzen der Erziehbarkeit eines Mannes erreicht.

»Tässchen Tee gefällig?«, fragte er mit der Stimme einer Cockney-Putzfrau.

»Nein, danke, Liebes.«

»Arme Ritter?« Schottischer Akzent. »Hättest gern 'nen Armen Ritter, mein Schnuffel?«

Schnuffel war ein Novum. Nach dem Grund befragt, hatte Ian erklärt, sie sei einfach so süß und schnuffelig. Im

Gegenzug hatte sie vorgeschlagen, ihn von jetzt an Muffel zu nennen; Muffel und Schnuffel, Muffelchen und Schnuffelchen, aber es hatte sich nicht durchgesetzt.

»... Scheibchen Arme Ritter? Bisschen was für innen Magen heute Abend?«

Heute Abend. Das war es. Ian ging oft die ganze Dialekt-Palette durch, wenn er etwas auf dem Herzen hatte, was er mit normaler Stimme nicht aussprechen konnte.

»Wichtiger Abend heute. Ausgehen mit Mr TV höchstpersönlich.«

Sie beschloss, ihn zu ignorieren, aber er machte es ihr nicht leicht. Das Kinn auf ihren Kopf gestützt, las er die Worte auf dem Bildschirm.

»*Das Scharlachrote Porträt ...*«

Sie deckte den Bildschirm mit der Hand ab. »Hör bitte auf, mir über die Schulter zu gucken.«

»Emma D. Wilde. Wer soll das sein?«

»Das ist mein Pseudonym. Ian ...«

»Und wofür steht das D?«

»Drittklassig.«

»Dramatisch. Deliziös.«

»Dumm, wie in dumm wie ...«

»Wenn ich es mal lesen soll ...«

»Warum solltest du es lesen wollen? Es ist scheiße.«

»Nichts, was du machst, ist scheiße.«

»Das schon.« Sie blickte zur Seite, schaltete den Monitor aus, und ohne den Kopf zu drehen, wusste sie, dass Ian wieder einmal aussah wie ein begossener Pudel. In letzter Zeit ging es ihr häufig so mit ihm, sie schwankte ständig zwischen Gereiztheit und Gewissensbissen. »Verzeih meine Laune!«, sagte sie, nahm seine Finger und schüttelte sie.

Er küsste sie auf den Kopf und murmelte in ihr Haar:

»Weißt du, wofür es wirklich steht? ›Der‹ wie in ›Der Hammer‹. Emma D.H. Wilde.«

Dann war er weg; die klassische Kompliment-und-Flucht-Technik. Emma, die auf keinen Fall sofort klein beigeben wollte, warf die Tür zu, schaltete den Bildschirm wieder ein, las, was dort stand, schauderte, schloss die Datei und verschob sie zum Papierkorbsymbol. Ein elektronisches Geräusch von zerknülltem Papier, das tägliche Brot des Schriftstellers.

Das Heulen des Feuermelders deutete darauf hin, dass Ian kochte. Sie stand auf und folgte dem Geruch nach angebrannter Butter durch den Flur in die Küche/Essecke; kein abgetrennter Raum, sondern die fettigste Ecke des Wohnzimmers in der Wohnung, die sie gemeinsam gekauft hatten. Emma war sich wegen der Wohnung nicht sicher gewesen; es war einer dieser Orte, an die immer die Polizei gerufen wird, sagte sie, aber Ian hatte sie überredet. Es sei verrückt, Miete zu zahlen, sie sähen sich sowieso fast jeden Abend, es war nahe bei ihrer Schule, nur eine Übergangslösung usw., und so hatten sie Geld für die Anzahlung zusammengekratzt, ein paar Bücher über Inneneinrichtung gekauft, einschließlich einem Band darüber, wie man Sperrholz so streicht, dass es aussieht wie feinster italienischer Marmor. Es hatte begeisterte Gespräche darüber gegeben, den Kamin wieder in Gebrauch zu nehmen, Bücherregale und maßgefertigte Schränke einzubauen und mehr Stauraum zu schaffen. Dielen! Ian würde die obligatorische Schleifmaschine mieten, wie es sich gehörte. An einem verregneten Samstag im Februar hatten sie den Teppich angehoben, mutlos auf das Chaos aus moderndem Holz, zerfallender Unterlage und alten Zeitschriften geschaut, und verschämt alles wieder zugenagelt, als gelte es, eine Leiche zu beseitigen. Ihre Versuche, sich ein Heim zu schaffen, hatten etwas wenig Überzeugendes, Unbeständiges, als wären sie Kinder, die sich eine Bude bauen – und trotz der frischen Farbe, der Drucke an den Wänden und der neuen Möbel behielt die Wohnung das schäbige Aussehen einer Übergangslösung.

Ian stand mit dem Rücken zu ihr in der Kochnische in einem rauchigen Sonnenstrahl. Emma beobachtete ihn vom Türrahmen aus, sah das vertraute alte graue T-Shirt mit den Löchern, die Unterhose, die einen Fingerbreit aus der Jogginghose hervorschaute, seine »Trainers«. Sie konnte den Schriftzug Calvin Klein unter den braunen Haaren auf seinem Kreuz erkennen, und hatte das Gefühl, das sei nicht unbedingt das, was Calvin Klein sich vorgestellt hatte.

Sie brach das Schweigen. »Ist das nicht ein bisschen angebrannt?«

»Nicht angebrannt, *knusprig*.«

»Ich sage angebrannt, du sagst knusprig.«

»*Let's call the whole thing off!*«

Stille.

»Deine Unterhose guckt raus«, sagte sie.

»Ja, das ist Absicht.« Lispelnde, feminine Stimme. »Das nennt man Mode, Darling.«

»Na ja, aufreizend ist es jedenfalls.«

Nichts, nur das Zischen anbrennenden Essens.

Diesmal gab Ian als Erster nach. »Und? Wohin führt das Alpha-Männchen dich aus?«, sagte er, ohne sich umzudrehen.

»Irgendwo nach Soho, keine Ahnung.« Sie wusste es sehr wohl, aber der Name des Restaurants war gleichbedeutend mit zeitgemäßer, mondäner Esskultur, und sie wollte das Ganze nicht noch verschlimmern. »Ian, wenn es dir lieber wäre, dass ich heute Abend hierbleibe …«

»Nein, amüsier dich ruhig …«

»Oder willst du mitkommen? …«

»Was, Harry und Sally und ich? Das lassen wir besser, oder?«

»Wir hätten dich gern dabei.«

»Wenn ihr den ganzen Abend über mich redet und herzieht …«

»Machen wir doch gar nicht …«

»Beim letzten Mal schon!«

»Ach was!«

»Willst du wirklich keine Armen Ritter?«

»Nein!«

»Und außerdem habe ich heute Abend einen Auftritt, nicht? Haus der Ha Has, Putney.«

»Einen *bezahlten* Auftritt?«

»Ja, einen *bezahlten* Auftritt!«, fuhr er sie an. »Ich bin versorgt, vielen Dank.«

Geräuschvoll durchwühlte er den Schrank auf der Suche nach Steaksoße. »Nur keine Sorge.«

Emma seufzte genervt. »Wenn du nicht willst, dass ich gehe, sags einfach.«

»Em, wir sind keine siamesischen Zwillinge. Geh, wenn du willst. Amüsier dich.« Die Soßenflasche keuchte asthmatisch. »Aber brenn nicht mit ihm durch, ja?«

»Wohl kaum, oder?«

»Nein, sagst du zumindest immer.«

»Er ist mit Suki Meadows zusammen.«

»Und was wäre, wenn nicht?«

»Das würde keinen Unterschied machen, weil ich dich liebe.«

Das reichte immer noch nicht. Ian schwieg, und Emma seufzte, ging durch die Küche, wobei ihre Füße saugende Geräusche auf dem klebrigen Linoleum machten, und legte ihm den Arm um den Bauch, den er sofort einzog. Sie legte das Gesicht an seinen Rücken, atmete den vertrauten warmen Geruch ein, küsste ihn und murmelte: »Jetzt sei nicht doof«, und so standen sie eine Weile da, bis klar wurde, dass Ian essen wollte. »Okay. Dann korrigiere ich mal besser die Aufsätze«, sagte sie und ging. 28 strunzlangweilige Meinungen zur Erzählperspektive in *Wer die Nachtigall stört*.

»Em?«, sagte Ian, als sie bei der Tür ankam. »Was machst du heute Nachmittag? So gegen siebzehn Uhr?«

»Schätze, dann bin ich fertig. Warum?«

Er hockte sich mit dem Teller auf die Anrichte. »Dachte, wir könnten uns wieder ins Bett legen, für, du weißt schon, etwas Spaß am Nachmittag.«

Ich liebe ihn, dachte sie, ich bin nur nicht *ver*liebt in ihn, nein, eigentlich liebe ich ihn auch nicht. Ich hab es versucht, habe mich wirklich bemüht, ihn zu lieben, aber es geht nicht. Ich baue mir ein Leben mit einem Mann auf, den ich nicht liebe, und ich habe keine Ahnung, was ich dagegen tun soll.

»Vielleicht«, sagte sie vom Türrahmen aus, »viel-leicht«. Sie warf ihm einen Kuss zu, lächelte und schloss die Tür.

Es gab keinen Morgen mehr, nur noch den Morgen danach.

Mit hämmerndem Herzen und schweißgebadet wachte Dexter kurz nach Mittag vom Geschrei einer Frau auf, aber es stellte sich heraus, dass es nur *M People* waren. Er war wieder mal vor dem Fernseher eingeschlafen und hörte jetzt die Aufforderung: *Search for the hero inside yourself.*

So verbrachte er alle Samstage nach *Sperrstunde,* in abgestandener Luft bei am helllichten Tag geschlossenen Fensterläden. Wäre seine Mutter noch am Leben, hätte sie die Treppe hochgerufen, er solle endlich aufstehen und was Vernünftiges tun, stattdessen saß er rauchend in den Unterhosen vom Vortag auf dem schwarzen Ledersofa, spielte auf der PlayStation *Ultimate Doom* und versuchte, den Kopf möglichst wenig zu bewegen.

Am Nachmittag setzte die Wochenenddepression ein, deshalb beschloss er, sich in Abmischen zu üben. Dexter war eine Art Amateur-DJ, hatte Wände voller CDs und seltene Vinyl-Exemplare in maßgefertigten Pinienständern, zwei Plattenspieler und ein Mikro, alles steuerlich absetzbar. Oft konnte man ihn in Plattenläden in Soho beobachten, mit riesigen Kopfhörern, die aussahen wie Kokosnusshälften. Immer noch in Unterhosen mixte er müßig als Vorbereitung auf den nächsten Männerabend verschiedene Break Beats auf seinem brandneuen CD-Mischpult. Aber irgendetwas fehlte, und bald gab er auf. »Es geht doch nichts über Vinyl«, verkündete er laut, dann fiel ihm auf, dass niemand im Raum war.

Wieder deprimiert seufzte er und ging langsam in die Küche, wie ein Mann, der sich von einer Operation erholt. Der riesige Kühlschrank war randvoll mit Cider-Flaschen, einer aufregenden, neuen Marke der gehobenen Preisklasse. Neben der Moderation seiner Show – sie wurde als »Trash« bezeichnet, was anscheinend etwas Gutes war – hatte er sich neuerdings auch als Werbesprecher versucht. Man sagte, er sei »klassenlos«, anscheinend auch etwas Gutes. Ein Musterexemplar des neuen britischen Mannes, weltgewandt und wohlhabend, der sich seiner Männlichkeit, seines Geschlechtstriebs, seiner Vorliebe für Autos, große Titan-Uhren und technischen Schnickschnack aus poliertem Stahl nicht schämte. Bis jetzt hatte er Werbung für Premium-Cider gemacht, der auf ein junges, Ted-Baker-tragendes Zielpublikum zugeschnitten war, sowie für einen außergewöhnlichen neuen Nassrasierer, ein Objekt wie aus einem Sci-Fi-Film, mit diversen Klingen und einem Feuchtigkeitsstreifen, der einen schleimigen Film auf der Haut hinterließ, als wäre einem aufs Kinn geniest worden.

Er hatte sogar einen Abstecher ins Modelgeschäft gewagt, ein langgehegter Traum, was er allerdings nie zugegeben hätte und hastig als »nur ein bisschen Spaß« abtat. Erst diesen Monat war er im Modeteil eines Männermagazins mit dem Thema »Gangsterlook« erschienen, und man konnte ihn auf neun Seiten in maßgeschneiderten, zweireihigen Anzügen auf einer Zigarre kauend oder von Kugeln durchsiebt auf einer Motorhaube bewundern. Mehrere Ausgaben lagen wie zufällig über die ganze Wohnung verstreut, so dass Besucher darüber stolpern mussten. Eine lag sogar auf der Toilette, und manchmal saß er da und starrte das Bild an, auf dem er tot, aber makellos gekleidet auf der Motorhaube eines Jaguars lag.

Trash zu moderieren mochte ja ganz nett sein, aber auch Trash lässt sich nicht endlos recyclen. Irgendwann würde er etwas Gutes machen müssen, im Gegensatz zu »so schlecht, dass es schon wieder gut ist«, und im Bestreben, an Glaubwürdigkeit zu gewinnen, hatte er seine eigene Produktionsfirma gegründet, die Mayhem TV AG. Momentan existierte die Firma nur als stylishes Logo auf ein paar schweren Büroartikeln, aber das würde sich sicherlich ändern. Es musste sich ändern; sein Agent Aaron hatte gesagt, »du bist ein großartiger Moderator für Jugendsendungen, Dexy. Das Problem ist, du bist kein Jugendlicher mehr.« Was könnte er sonst noch tun, wenn sich ihm die Chance bot? Schauspielern? Er kannte massenhaft Schauspieler, sowohl beruflich als auch privat, hatte mit einigen Poker gespielt, und ganz ehrlich, was *die* konnten …

Ja, beruflich und privat waren die letzten paar Jahre voller Chancen, toller neuer Kumpels, Canapés, Premieren, Hubschrauberflüge und Gejammer über Fußball gewesen. Es hatte natürlich auch ein paar Tiefpunkte gegeben: die Anfälle von Angst und lähmender Furcht, und ein-, zweimal hatte er sich in der Öffentlichkeit übergeben. Wenn er in einer Bar oder einem Club aufkreuzte, fühlten sich die anderen Männer genötigt, ihm Beleidigungen zuzugrölen oder ihn sogar tätlich anzugreifen, und vor kurzem war er auf einer Bühne mit Flaschen beworfen worden, als er ein Kula-Shaker-Konzert ansagen wollte – das war kein Spaß gewesen. Neulich war er in einer In-Out-Kolumne unter Out aufgeführt worden. Dieses Out hatte ihm keine Ruhe gelassen, aber er tat es als Neid ab. Neid war einfach der Preis, den man für den Erfolg zahlte.

Er hatte noch andere Opfer bringen müssen. Zu seinem Bedauern war er gezwungen gewesen, ein paar alte Freunde von der Uni loszuwerden, schließlich war es nicht mehr 1988. Sein ehemaliger Mitbewohner Callum, mit dem er ein Geschäft hatte eröffnen wollen, hinterließ zunehmend sarkastische Nachrichten auf dem Anrufbeantworter, aber Dexter hoffte, dass der Groschen bald fiel. Was sollte man tun, für den Rest seines Lebens in einem großen Haus mit ihnen zusammenleben? Nein, Freundschaft war wie Kleidung: prima, solange sie hielt, aber irgendwann wurde sie fadenscheinig, oder man wuchs heraus. Mit diesem Gedanken im Hinterkopf hatte er frei nach der Devise drei für einen aussortiert. Anstelle der alten, abgelegten Freunde hatte er 30, 40, 50 erfolgreichere, besser aussehende Kumpel gewonnen. Die schiere Masse der Freunde sprach für sich, obwohl er sich nicht sicher war, dass er alle mochte. Er war berühmt, ja berüchtigt für seine Cocktails, seine verschwenderische Großzügigkeit, seine DJ-Qualitäten und die After-After-Show-Partys in seiner Wohnung, und es kam häufig vor, dass er morgens in einem verrauchten Chaos aufgewacht war und bemerkt hatte, dass man ihm die Brieftasche geklaut hatte.

Egal. Nie hatte es eine bessere Zeit gegeben, ein erfolgreicher, junger Mann in Großbritannien zu sein. London war eine pulsierende Metropole, und irgendwie hatte er das Gefühl, das sei sein Verdienst. Er war ein mehrwertsteuerpflichtiger Mann mit Modem, einem Mini-Disk-Spieler, einer prominenten Freundin und unzähligen Manschettenknöpfen, Besitzer eines Kühlschranks voller Premium-Cider und einem Badezimmer voller Nassrasierer mit diversen Klingen, und obwohl er keinen Cider mochte und von dem Rasierer Ausschlag bekam, war das Leben ziemlich gut – auch bei geschlossenen Fensterläden, mitten am Nachmittag, mitten im Jahr, in der Mitte des Jahrzehnts, in der Nähe des Zentrums der aufregendsten Stadt der Welt.

Der halbe Nachmittag lag noch vor ihm. Bald wäre es Zeit, seinen Dealer anzurufen. Abends stand eine Party in einem riesigen Haus unweit von Ladbroke Grove auf dem Programm. Zuerst war er zwar mit Emma zum Abendessen verabredet, konnte sie aber bestimmt gegen elf loswerden.

Emma lag in der avocadofarbenen Badewanne und hörte, wie sich die Haustür schloss, als sich Ian auf den langen Weg nach Putney ins Haus der Ha Has machte, um seine Stand-up-Nummer zu präsentieren: fünfzehn unglückliche Minuten über den Unterschied zwischen Hunden und Katzen. Sie griff nach dem Glas Wein am Boden, hielt es mit beiden Händen und starrte stirnrunzelnd die Wasserhähne an. Erstaunlich, wie schnell sich die Freude über die neue Wohnung verflüchtigt hatte, wie verloren und billig ihre gemeinsamen Besitztümer in der kleinen Wohnung mit den dünnen Wänden und den fremden Teppichen wirkten. Die Wohnung war nicht schmutzig – jede Oberfläche war fein säuberlich mit einer Drahtbürste geschrubbt worden –, hatte aber eine beunruhigende Klebrigkeit und den hartnäckigen Geruch nach alten Kartons behalten, der sich einfach nicht beseitigen ließ. In der ersten Nacht, nachdem sie die Haustür geschlossen und den Sekt geköpft hatten, hätte sie am liebsten geheult. Es dauert, bis es sich wie unser Zuhause anfühlt, hatte Ian gesagt, als er sie in jener Nacht im Arm hielt, und es sei wenigstens die erste Sprosse auf der Leiter. Aber bei der Vorstellung, die Leiter zusammen mit ihm zu erklimmen, jahrelang, Sprosse für Sprosse, verdüsterte sich ihre Stimmung zusehends. Und was, wenn sie oben ankamen?

Genug. Heute sollte ein ganz besonderer Abend werden, eine Feier, und sie hievte sich aus der Badewanne, putzte sich die Zähne und benutzte Zahnseide, bis das Zahnfleisch wund war, sprühte sich großzügig mit einem belebenden, holzigblumigen Duft ein, durchsuchte ihre spärliche Garderobe nach einem Outfit, in dem sie nicht wie Miss Morley, die Englischlehrerin, aussah, die mit ihrem prominenten Freund ausging. Sie entschied sich für ein Paar extrem unbequeme Schuhe und ein kurzes schwarzes Cocktailkleid, das sie betrunken bei Karen Millen erstanden hatte.

Um die verbleibende Zeit totzuschlagen, machte sie den Fernseher an. Auf der landesweiten Suche nach Großbritanniens Talentiertestem Haustier stand Suki Meadows in Scarborough am Meer und stellte dem Publikum einen Hund vor, der Schlagzeug spielte, indem er mit den Pfoten, an denen mit Gaffer-Tape winzige Drumsticks befestigt waren, gegen eine kleine Trommel trat. Anstatt dieses Bild beunruhigend zu finden, lachte, redete und plapperte Suki Meadows drauflos, und Emma überlegte kurz, ob sie Dexter anrufen, eine Ausrede erfinden und wieder ins Bett gehen sollte. Denn wozu das Ganze?

Es lag nicht nur an der überdrehten Freundin. Tatsache war, dass Em und Dex sich zurzeit nicht besonders gut verstanden. Ständig sagte er Verabredungen in letzter Minute ab, und wenn sie sich doch sahen, machte er einen zerstreuten, unbehaglichen Eindruck. Sie sprachen mit seltsam gestelzter Stimme, konnten nicht mehr zusammen lachen und verhöhnten einander stattdessen in spöttisch-gehässigem Ton. Ihre Freundschaft war wie ein verwelkter Blumenstrauß, den sie immer noch hartnäckig goss. Warum ihn nicht verwelken lassen? Es war unrealistisch, zu erwarten, dass eine Freundschaft ewig hielt, und sie hatte noch massenhaft andere Freunde: die alten Bekannten von der Uni, ihre Schulfreunde und natürlich Ian. Aber mit wem konnte sie über Ian sprechen? Nicht mit Dexter, jetzt nicht mehr. Der Hund trommelte, Suki lachte und lachte, und Emma machte den Fernseher aus.

Im Flur musterte sie sich im Spiegel. Sie hatte auf dezente Eleganz gesetzt, fand aber, sie sah aus wie das Opfer eines abgebrochenen Vorher-nachher-Fotoshootings. In letzter Zeit hatte sie mehr Salami gegessen, als sie je für möglich gehalten hatte, und das Resultat wurde nun sichtbar: ein Schmerbäuchlein. Wenn Ian dagewesen wäre, hätte er ihr versichert, dass sie wunderschön aussah, aber sie sah nur den kleinen Bauch unter dem schwarzen Satin. Sie bedeckte ihn mit der Hand, schloss die Haustür ab und begann die lange Reise von der ehemaligen Sozialwohnung im East End ins Zentrum Londons.

»HEY, HEY!«

Es war ein heißer Sommerabend in der Frith Street und er telefonierte mit Suki.

»HAST DUS GESEHEN?«

»Was?«

»DEN HUND! DER SCHLAGZEUG SPIELT! ES WAR UNGLAUBLICH!«

Dexter stand vor der Bar Italia, geschniegelt im mattschwarzen Hemd und Anzug mit einem kleinen, weit in den Nacken geschobenen Trilbyhut, und hielt sich das Handy ein ganzes Stück vom Ohr weg. Er hatte das Gefühl, wenn er auflegte, würde er ihre Stimme immer noch hören.

»… KLEINE DRUMSTICKS AN DEN PFÖTCHEN!«

»Zum Schreien«, sagte er, obwohl er sich nicht überwinden konnte, die Sendung zu schauen. Neid war kein angenehmes Gefühl für Dexter, und er kannte die Gerüchte – dass Suki das echte Talent war, dass sein Erfolg auf ihrem beruhte –, tröstete sich aber damit, dass Sukis momentane Bekanntheit, das dicke Gehalt und die Beliebtheit beim Publikum nur auf einem künstlerischen Kompromiss beruhten. Großbritanniens Talentiertestes Haustier? Dazu würde er sich nie herablassen. Selbst wenn man ihn fragte.

»UNGEFÄHR NEUN MILLIONEN ZUSCHAUER DIESE WOCHE. VIELLEICHT SOGER ZEHN …«

»Suki, ich erzähl dir mal was über Handys, ja? Du brauchst nicht zu brüllen. Das Handy überträgt deine Stimme …«

Eingeschnappt legte sie auf, und auf der anderen Straßenseite beobachtete Emma, wie er mit dem Handy in der Hand dastand und fluchte. In Anzügen sah er immer noch großartig aus. Der Hut war peinlich, aber wenigstens trug er nicht diese albernen Kopfhörer. Als er Emma entdeckte, strahlte er, und Zuneigung und Hoffung für den Abend keimten in ihr auf.

»Das solltest du abschaffen«, sagte sie und deutete mit dem Kopf auf das Handy.

Er ließ es in der Jackentasche verschwinden und küsste sie auf die Wange. »Wenn du die Wahl hättest, mich direkt anzurufen, mich höchstpersönlich, oder ein Gebäude, in dem ich mich zufällig gerade aufhalte …«

»Eindeutig das Gebäude.«

»Und wenn ich den Anruf verpasse?«

»Tja, das wäre natürlich ein Drama.«

»Wir haben nicht mehr 1988, Em …«

»Ja, ist mir bekannt …«

»Sechs Monate, ich gebe dir sechs Monate, und du besorgst dir auch …«

»Niemals …«

»Wetten, dass …«

»Okay, die Wette gilt. Wenn ich mir je ein Handy kaufe, lade ich dich zum Essen ein.«

»Na, das wäre doch mal eine Abwechslung.«

»Außerdem kriegt man davon ’nen Hirnschaden.«

»Ach was, doch keinen *Hirnschaden.*«

»Woher willst du das wissen?«

Sie schwiegen kurz und hatten beide das vage Gefühl, dass der Abend nicht besonders gut anfing.

»Unglaublich, dass du jetzt schon an mir rumnörgelst«, schmollte er.

»Na ja, das ist doch mein Job.« Sie umarmte ihn lächelnd und drückte ihre Wange an seine. »Ich wollte nicht an dir rumnörgeln. Tut mir leid.«

Er legte ihr die Hand auf den bloßen Nacken. »Wir haben uns ewig nicht gesehen.«

»Viel zu lange.«

Er trat zurück. »Du siehst übrigens wunderschön aus.«

»Danke. Du auch.«

»Na ja, wunderschön nicht gerade.«

»Dann eben gut.«

»Danke.« Er nahm ihre Hände hielt sie zur Seite. »Du solltest öfter Kleider tragen, du siehst fast feminin aus.«

»Der Hut gefällt mir, und jetzt nimm ihn ab.«

»Und die Schuhe erst!«

Sie hielt einen Fuß hoch. »Das sind die ersten orthopädischen High-Heels der Welt.«

Sie schlenderten durch die Menge zur Wardour Street, und Emma nahm seinen Arm und befühlte den seltsam weichen Anzugstoff mit Daumen und Zeigefinger. »Was ist das übrigens? Samt? Velours?«

»Moleskin.«

»Ich hatte mal einen Trainingsanzug aus dem gleichen Stoff.«

»Wir sind schon ein Paar, was? Dex und Em …«

»Em und Dex. Wie Rogers und Astaire …«

»Burton und Taylor …«

»Maria und Josef …«

Dexter lachte, nahm ihre Hand, und bald waren sie beim Restaurant angekommen.

Das Poseidon war ein riesiger, unterirdischer Bunker, ein ausgeschachtetes ehemaliges Parkhaus. Man betrat das Restaurant über eine riesige theatralische Treppe, die auf wundersame Weise über dem Hauptraum zu schweben schien und eine permanente Ablenkung für die Gäste bildete, die einen Großteil des Abends damit verbrachten, die Schönheit und Prominenz der Neuankömmlinge zu bewerten. Da Emma sich weder schön vorkam noch prominent war, stieg sie schräg die Treppe hinunter, hielt sich mit einer Hand am Geländer fest und bedeckte sich mit der anderen den Bauch, bis Dexter ihren Arm nahm, stehen blieb und sich so stolz im Raum umsah, als hätte er ihn entworfen.

»Und? Wie gefällts dir?«

»Club Tropicana«, antwortete sie.

Die Inneneinrichtung war ganz im romantischen Stil eines Luxusliners der Goldenen 20er-Jahre gehalten: samtbezogene Sitzecken, Cocktailkellner in Uniform, dekorative Bullaugen mit Blick ins Nirgendwo, und durch den Mangel an Tageslicht hatte man den Eindruck, unter Wasser zu sein, als wäre das Schiff schon mit einem Eisberg kollidiert und im Sinken begriffen. Die beabsichtigte elegante Atmosphäre der Zwischenkriegsjahre wurde von der Geräuschkulisse, der Protzigkeit der Räumlichkeiten, der Allgegenwart von Jugend, Sex, Geld und Frittierfett zunichte gemacht.

All der burgunderrote Samt und das glatte, pfirsichfarbene Leinen der Welt konnten den Lärm aus der offenen Küche nicht dämpfen, die ganz in Stahl und Weiß gehalten war. Da haben wir es, dachte sie: die 80er.

»Bist du sicher, dass das okay ist? Sieht ziemlich teuer aus.«

»Ich habs dir doch gesagt. Ich lade dich ein.« Er schob ihr das Etikett wieder in den Rückenausschnitt, nachdem er einen Blick darauf geworfen hatte, nahm ihre Hand und führte sie mit elegantem Schwung à la Fred Astaire den Rest der Treppe hinunter, mitten ins Zentrum von Geld, Sex und Jugendlichkeit.

Ein schlanker, gutaussehender Mann mit absurden Marine-Epauletten teilte ihnen mit, ihr Tisch sei in zehn Minuten bereit, deshalb bahnten sie sich einen Weg zur Cocktail-

Lounge, wo ein weiterer falscher Marineoffizier mit Flaschen jonglierte.

»Was möchtest du, Em?«

»Gin Tonic?«

Dexter schnalzte missbilligend mit der Zunge. »Du bist hier nicht in der Mandela Bar. Du musst dir was Vernünftiges bestellen. Zwei Martinis, Bombay Sapphire, sehr trocken, mit Schuss.« Emma wollte widersprechen, aber Dexter hob autoritär den Finger. »Vertrau mir. Die besten Martinis von ganz London.«

Gehorsam gab sie Ahs und Ohs von sich, als der Barkeeper seine Show abzog, während Dexter alles kommentierte. »Der Trick ist, nur eiskalte Zutaten zu benutzen. Eiswasser ins Glas, Gin aus dem Kühlschrank.«

»Woher weißt du das alles?«

»Meine Mum hats mir beigebracht, als ich gerade – wie alt, neun? – war.« Sie stießen an, ein stummes Prosit auf Alison, und beide verspürten neue Hoffnung, für den Abend und für ihre Freundschaft. Emma hob das Glas an die Lippen. »So was hab ich noch nie getrunken.« Der erste Schluck schmeckte köstlich, eiskalt und schien direkt ins Blut zu gehen, und sie bemühte sich, nichts zu verschütten, als sie schauderte. Emma wollte ihm gerade danken, als Dexter ihr das schon fast halbleere Glas in die Hand drückte.

»Muss mal kurz auf die Toilette. Die sind übrigens unglaublich. Die schicksten in ganz London.«

»Kanns kaum erwarten!«, sagte sie, aber er war schon verschwunden, und Emma stand allein mit zwei Drinks in der Hand da und versuchte Selbstvertrauen und Glamour auszustrahlen und nicht wie eine Kellnerin zu wirken.

Eine große Frau, die ein Korsett mit Leopardenmuster und Strapse trug, stand so plötzlich vor Emma, dass sie zusammenzuckte und kurz aufschrie, als ihr der Martini über das Handgelenk schwappte.

»Zigaretten?« Die Frau war atemberaubend schön, üppig gebaut und knapp bekleidet, wie eine Gestalt auf dem Rumpf eines B-52-Bombers, und ihre Brüste schienen auf einem Bauchladen voller Zigaretten und Zigarren zu ruhen. »Möchten Sie etwas?«, wiederholte sie mit einem Lächeln auf dem stark gepuderten Gesicht und zog sich mit einem Finger das schwarze Samtband um den Hals zurecht.

»Oh, nein, ich rauche nicht«, sagte Emma, als sei das ein Makel, den sie demnächst beheben wollte, aber die Frau lächelte jetzt an ihr vorbei und klimperte mit den klebrigen, samtig-schwarzen Wimpern.

»Zigaretten, Sir?«

Dexter lächelte, zog seine Brieftasche aus der Jacke und begutachtete die Waren, die unter ihrer Brust ausgebreitet lagen. Mit schwungvoller Kennergeste deutete er auf eine Zwanzigerpackung Marlboro Lights, und das Zigarettengirl nickte, als hätte Sir eine ausgezeichnete Wahl getroffen.

Er gab ihr einen der Länge nach gefalteten Fünf-Pfund-Schein. »Behalten Sie den Rest«, sagte er lächelnd. Gab es einen Satz, der einem mehr Türen öffnete, als »Behalten Sie den Rest«? Früher hatte er sich unbehaglich gefühlt, wenn er ihn sagte, aber die Zeiten waren vorbei. Sie schenkte Dexter ein überaus verführerisches Lächeln, und in einem Moment der Gefühllosigkeit wünschte er sich, das Zigarettengirl und nicht Emma würde ihm beim Essen Gesellschaft leisten.

Sieh ihn dir an, der kleine Schatz, dachte Emma, die das Aufflackern seiner Selbstzufriedenheit bemerkte. Vor nicht allzu langer Zeit wollten alle Jungs Che Guevara sein, heute ist es Hugh Hefner. Mit Spielkonsole. Während das Zigarettengirl hüftschwingend in der Menge verschwand, sah Dexter aus, als überlege er ernsthaft, ihr den Po zu tätscheln.

»Du sabberst auf den Moleskin.«

»Wie bitte?«

»Was war das jetzt?«

»Zigarettengirls«, sagte er schulterzuckend und ließ das Päckchen ungeöffnet in die Tasche gleiten. »Das Restaurant ist berühmt dafür. Es ist Glamour pur, ein bisschen Theater.«

»Und warum ist sie dann als Prostituierte verkleidet?«

»Keine Ahnung, Em, vielleicht ist ihre schwarze Wollstrumpfhose gerade in der Wäsche.« Er trank seinen Martini aus. »Ist doch Post-Feminismus, oder?«

Zweifelnd sah Emma ihn an. »Ach, so nennt man das heutzutage?«

Mit dem Kopf deutete Dexter in Richtung Po des Zigarettengirls. »Du könntest genauso aussehen, wenn du wolltest.«

»Niemand liegt so gekonnt daneben wie du, Dex.«

»Ich meine, da gehts um freie Wahl. Um Macht.«

»Rasiermesserscharfer Verstand …«

»Wenn sie beschließt, dieses Outfit zu tragen, dann hat sie das Recht dazu!«

»Wenn sie es nicht tut, wird sie gefeuert.«

»Genau wie die Kellner! Und außerdem, vielleicht trägt sie so was gerne, vielleicht macht es ihr Spaß, vielleicht fühlt sie sich darin sexy. Das ist doch Feminismus, oder nicht?«

»Na ja, es ist nicht die *exakte* Definition …«

»Versuch nicht, mich als Chauvi abzustempeln, ich bin auch ein Feminist!« Missbilligend schnalzte Emma mit der Zunge, verdrehte die Augen, und Dexter fiel wieder einmal auf, wie nervtötend moralinsauer sie sein konnte. »Bin ich aber! Ich bin ein Feminist!«

»… und ich kämpfe bis zum Tod, zum *Tod*, wohlgemerkt, für das Recht von Frauen, ihre Brüste für Trinkgeld zu entblößen.«

Jetzt verdrehte er die Augen und lachte gönnerhaft. »Es ist nicht mehr 1988, Em.«

»Was soll das heißen? Das sagst du ständig, und ich weiß immer noch nicht, was es bedeuten soll.«

»Es bedeutet, kämpf nicht länger für verlorene Sachen. Im Feminismus sollte es um gleiche Bezahlung, Chancengleichheit und Bürgerrechte gehen und nicht darum, einer Frau zu verbieten, was sie aus freien Stücken am Samstagabend anzieht!«

Vor Empörung blieb ihr der Mund offen stehen. »Das habe ich doch gar nicht …«

»Und außerdem, ich lade dich zum Essen ein! Also nerv mich nicht!«

Wenn er sich so benahm, musste sie sich selbst daran erinnern, dass sie in ihn verliebt war, zumindest vor etlichen Jahren mal. Wieder einmal standen sie kurz vor einem langen, sinnlosen Streit, den sie wahrscheinlich gewinnen, der aber den Abend ruinieren würde. Sie verbarg das Gesicht hinter dem Drink, biss ins Glas und zählte langsam, bevor sie sagte: »Lass uns das Thema wechseln.«

Aber er hörte gar nicht hin und sah an ihr vorbei, als der Oberkellner sie herbeiwinkte. »Komm, ich habe uns einen Nischenplatz reserviert.«

Sie ließen sich auf den violetten Samtbänken nieder und betrachteten schweigend die Speisekarten. Emma hatte noble Gerichte erwartet, aber im Grunde war es nur teures Kantinenessen; Fischfrikadellen, Pastete und Hamburger, und sie erkannte das Poseidon als die Art von Restaurant, wo Ketchup in Silberschälchen serviert wird. »Das ist moderne, britische

Küche«, erklärte Dexter geduldig, als sei es sehr modern und sehr britisch, ein Vermögen für Würstchen mit Kartoffelpüree hinzublättern.

»Ich nehme die Austern«, sagte er, »die einheimischen.«

»Und, sind sie freundlich gesinnt?«, witzelte Emma schwach.

»*Was?*«

»Die Einheimischen – sind sie freundlich gesinnt?«, wiederholte sie und dachte, mein Gott, ich verwandle mich langsam in Ian.

Verständnislos runzelte Dexter die Stirn und wandte sich wieder der Karte zu. »Nein, sie sind milder, perlig, mild und feiner als Felsenaustern, kleiner. Ich bestelle zwölf.«

»Du hast ja plötzlich so viel Ahnung.«

»Ich mag Essen. Essen und Wein, schon immer.«

»Ich erinnere mich an den kurzgebratenen Thunfisch, den du mir mal gemacht hast. Ich habe den Geschmack immer noch im Mund. Ammoniak …«

»Nicht *Kochen,* Restaurants. Ich gehe fast jeden Tag essen. Man hat mich sogar gefragt, ob ich für eine Sonntagszeitung Kritiken schreiben will.«

»Über Restaurants?«

»Cocktailbars. Eine wöchentlich Kolumne namens ›Salonlöwe‹, so eine Lebemann-Sache.«

»Und schreibst du sie selbst?«

»Natürlich schreibe ich sie selbst!«, sagte er, obwohl man ihm versichert hatte, ein Ghostwriter würde den Großteil der Arbeit übernehmen.

»Und was gibt es über Cocktails zu sagen?«

»Du wärst überrascht. Cocktails sind zurzeit extrem hip. So eine Retro-Glamour-Sache. Genau genommen …«, er nippte an dem leeren Martiniglas, »… bin ich auch kein schlechter Mixologist.«

»Misogynist?«

»Mix*ol*ogist.«

»Tschuldige, hab ›Misogynist‹ verstanden.«

»Frag mich, wie man einen Cocktail macht, irgendeinen.«

Sie legte den Finger ans Kinn. »Okay, ähm … Radler!«

»Im Ernst, Em. Es ist eine Kunst.«

»Was?«

»Mixologie. Es gibt dafür spezielle Kurse.«

»Vielleicht hättest du darin deinen Abschluss machen sollen.«

»Das hätte mir auch verdammt noch mal mehr gebracht.«

Die Bemerkung war so angriffslustig und bitter, dass Emma sichtlich zusammenzuckte, und selbst Dexter wirkte etwas erschrocken und verbarg das Gesicht hinter der Weinkarte. »Willst du roten oder weißen? Ich bestelle noch einen Martini, dann fangen wir mit einem schönen lieblichen Muskateller zu den Austern an und nehmen dann einen Margaux. Was sagst du dazu?«

Er bestellte, ging dann wieder aufs Klo und nahm den zweiten Martini mit, was Emma ungewöhnlich und leicht beunruhigend fand. Die Minuten krochen dahin. Sie las das Weinetikett, las es noch einmal, starrte ins Leere und fragte sich, seit wann er so ein, so ein … Mixologist war? Und warum klang sie so spitzzüngig, gemein und freudlos? Es kümmerte sie eigentlich nicht, was das Zigarettengirl trug, jedenfalls nicht besonders, warum war sie dann so spießig und überkritisch? Sie beschloss, sich zu entspannen und Spaß zu haben. Es ging schließlich um Dexter, ihren besten Freund, den sie mochte. Oder?

In Londons fantastischster Toilette beugte sich Dexter über das Waschbecken und dachte fast dasselbe. Er mochte Emma Morley, glaubte er zumindest, aber ihre Selbstgerechtigkeit, die nach Gemeindezentrum, Theater-Genossenschaft und dem Jahr 1988 roch, ärgerte ihn. Sie war so, so … ein Sozi. Das war unangemessen, besonders an einem Ort wie diesem – der war doch wie gemacht dafür, dass sich ein Mann wie ein Geheimagent fühlte. Nach dem grimmigen, ideologischen Erziehungsgulag Mitte der 80er, der Schuld und all der linken Politik durfte man endlich etwas Spaß haben, und war es wirklich so schlimm, Cocktails, Zigaretten und einen Flirt mit einem hübschen Mädchen zu mögen?

Und die Witze; warum machte sie ständig spitze Bemerkungen über seine Schwächen? Er hatte sie nicht vergessen. All das Gelaber darüber, wie »piekfein« alles ist, mein-fetter-Hintern hier und orthopädische High-Heels da, die endlose, endlose Selbstironie. Nun, Gott schütze mich vor Komödiant*innen*, dachte er, mit ihren Herabsetzungen, den bissigen Randbemerkungen, der Unsicherheit und dem Selbsthass. Warum konnte eine Frau nicht graziös, elegant und selbstbewusst sein, anstatt sich dauernd wie eine gereizte Stand-up-Komikerin aufzuführen?

Und Klassenbewusstsein! Davon ganz zu schweigen. Er lädt sie in ein großartiges Restaurant ein und, zack, setzt sie sich die Arbeitermütze auf! Diese ganze Held-der-Arbeiterklasse-Masche mit ihrer Eitelkeit und Selbstachtung machte ihn wahnsinnig. Warum reitet sie immer noch darauf herum, dass sie auf eine Gesamtschule gegangen, in den Ferien nie ins Ausland gefahren ist und noch nie eine Auster gegessen hat? Sie ist 30 Jahre alt, das ist lange, lange her, und es ist Zeit, dass sie die Verantwortung für ihr Leben übernimmt. Er gab dem Nigerianer, der ihm das Handtuch reichte, ein Pfund Trinkgeld, ging zurück ins Restaurant, sah Emma am anderen Ende des Raumes in dem Beerdigungskleid von der High Street mit dem Besteck spielen und ärgerte sich wieder.

Zu seiner Rechten sah er das Zigarettengirl allein an der Bar stehen. Sie sah ihn, lächelte, und er beschloss, einen kleinen Umweg zu machen.

»Zwanzig Marlboro Lights, bitte.«

»Was, schon wieder?«, lachte sie und berührte sein Handgelenk.

»Was soll ich sagen? Ich bin halt anhänglich.«

Wieder lachte sie, und er stellte sich vor, wie sie in der Nische neben ihm saß und er ihr eine Hand auf den bestrumpften Schenkel legte. Er griff nach seiner Brieftasche. »Genau genommen gehe ich nachher mit meiner ehemaligen Kommilitonin da drüben zu einer Party …« Ehemalige Kommilitonin, dachte er, guter Einfall, »… und ich will nicht, dass mir die Zigaretten ausgehen.« Mit Zeige- und Mittelfinger reichte er ihr einen steif der Länge nach gefalteten Fünf-Pfund-Schein. »Behalten Sie den Rest.«

Sie lächelte, und er bemerkte, dass sie einen winzigen, rubinroten Lippenstiftfleck auf den weißen Schneidezähnen hatte. Gern hätte er ihr Kinn angefasst und ihn mit dem Daumen weggewischt.

»Sie haben da Lippenstift …«

»Wo?«

Er streckte den Arm aus, bis seine Finger nur noch Zentimeter von ihrem Mund entfernt waren. »Genau da.«

»Man kann mich nirgendwo hinlassen!« Sie fuhr sich mit der rosigen Zungespitze über die Zähne. »Besser?«, sagte sie grinsend.

»Viel besser.« Lächelnd wandte er sich zum Gehen, drehte sich aber noch einmal zu ihr um.

»Aus reiner Neugier«, sagte er, »wann machen Sie hier Schluss?«

Die Austern waren gebracht worden und lagen fremdartig und glänzend auf ihrem Bett aus schmelzendem Eis. Emma hatte in der Zwischenzeit kräftig gebechert und trug das fixe Lächeln einer Person zu Schau, der es überhaupt nichts ausmacht, allein gelassen zu werden. Schließlich entdeckte sie ihn, der sich etwas unschlüssig einen Weg durch die Menge bahnte. Er zwängte sich in die Nische.

»Ich dachte schon, du bist ins Klo gefallen!« Das hatte ihre Großmutter immer gesagt. Sie benutzte Witze ihrer Großmutter.

»Entschuldige«, sagte er nur. Sie fingen an, die Austern zu essen. »Hör zu, ich gehe nachher noch auf eine Party. Bei meinem Kumpel Oliver, mit dem ich Poker spiele. Ich hab dir von ihm erzählt.« Er schlürfte die Auster. »Er ist ein Baronet.«

Emma spürte, wie ihr Meerwasser das Handgelenk hinunterlief. »Und warum sagst du mir das?«

»Was meinst du?«

»Dass er ein Baronet ist.«

»Ich meine ja nur, er ist ein netter Kerl. Etwas Zitrone zur Auster?«

»Nein, danke.« Sie schluckte das Ding und versuchte herauszufinden, ob er sie einlud oder nur informierte, dass eine Party stattfand. »Wo ist die Party denn?«, fragte sie.

»Holland Park. Riesiges Haus.«

»Aha. Okay.«

Sie war sich immer noch nicht sicher – lud er sie ein, oder wollte er sich nur früh verdrücken? Sie aß noch eine Auster.

»Du kannst gern mitkommen«, sagte er schließlich und griff nach der Tabascosoße.

»Wirklich?«

»Natürlich«, sagt er. Sie sah zu, wie er mit dem Gabelzinken die verklebte Öffnung der Tabascoflasche säuberte. »Du kennst nur wahrscheinlich niemanden.«

Sie war eindeutig nicht eingeladen. »Aber dich kenne ich doch«, sagte sie schwach.

»Ja, schon. Und Suki! Suki kommt auch.«

»Dreht sie nicht gerade in Scarborough?«

»Sie wird heute Abend extra hergefahren.«

»Sie ist sehr erfolgreich, nicht?«

»Na ja, wir sind beide sehr erfolgreich«, sagte er schnell und etwas zu laut.

Sie beschloss, es durchgehen zu lassen. »Ja. Das hab ich auch gemeint. Ihr beide.« Sie nahm eine Auster und legte sie gleich wieder zurück. »Ich mag Suki wirklich gern«, sagte sie, obwohl die beiden sich nur einmal auf einer einschüchternden Studio-54-Themenparty in einem Privatclub in Hoxton begegnet waren. Emma mochte sie wirklich, auch wenn sie den Eindruck nicht loswurde, für Suki bloß einer von Dexters leicht seltsamen, hausbackenen alten Freunden und nur an der Party zu sein, weil sie das Telefonquiz gewonnen hatte.

Er schlürfte noch eine Auster. »Sie ist toll, oder? Suki.«

»Ja. Wie läufts denn mit euch beiden?«

»Och, ganz gut. Ist schon schwierig, weißt du, wenn man ständig im Blick der Öffentlichkeit steht …«

»Wem sagst du das!«, sagte Emma, aber er schien es nicht zu hören.

»Und manchmal ist es, wie mit einem Megaphon auszugehen, aber ansonsten ist es großartig. Wirklich. Weißt du, was das Beste an unserer Beziehung ist?«

»Sags mir.«

»Sie weiß, wie das ist. Beim Fernsehen zu sein. Sie hat Verständnis.«

»Dexter – das ist das *Romantischste*, was ich je gehört habe.«

Und schon gehts wieder los, dachte er, immer diese kleinen Spitzen. »Na ja, stimmt doch«, sagte er achselzuckend und entschied, dass der gemeinsame Abend vorbei war, sobald er die Rechnung bezahlt hatte. Wie beiläufig fügte er hinzu: »Nochmal wegen der Party. Ich mache mir etwas Sorgen, wie du nach Hause kommst.«

»Walthamstow liegt nicht auf dem Mars, sondern im Nordosten von London, Dex. Es gibt da durchaus menschliches Leben.«

»Ich weiß!«

»Es liegt an der Victoria-Linie!«

»Aber es ist ein weiter Weg mit den öffentlichen Verkehrsmitteln, und die Party geht erst gegen Mitternacht richtig los. Du kommst an und musst gleich wieder gehen. Es sei denn, ich gebe dir Geld für ein Taxi …«

»Ich habe Geld, ich werde bezahlt.«

»Von Holland Park bis nach Walthamstow?«

»Wenn es dir unangenehm ist, dass ich mitkomme …«

»Ist es nicht! Es ist mir nicht unangenehm. Ich möchte, dass du mitkommst. Lass es uns später entscheiden, ja?«, sagte er, ging ohne Entschuldigung wieder aufs Klo und nahm sein Glas mit, als hätte er da auch einen Tisch. Emma saß da, trank ein Glas Wein nach dem anderen und schmorte vor sich hin, bis sie innerlich kochte vor Wut.

Und so ging das Vergnügen weiter. Er kam gerade rechtzeitig zum Hauptgang zurück. Emma betrachtete ihren Schellfisch in Bierteig mit Erbsenpüree. Die dicken, blassen, maschinell zu perfekten Quadern geschnittenen Pommes waren wie Bauklötze gestapelt, darauf balancierte acht Zentimeter über dem Teller der ramponierte Fisch, als wollte er sich in die dicke grüne Pampe stürzen. Wie hieß noch gleich das Spiel? Mit dem Stapel aus Holzklötzen? Vorsichtig zog sie ein Pommes-Stäbchen ganz oben aus dem Stapel. Es war innen ganz hart und kalt.

»Und, wie gehts dem King of Comedy?« Seit dem letzten Toilettenbesuch war Dexters Ton noch streitsüchtiger und provozierender geworden.

Emma fühlte sich wie eine Verräterin. Dies wäre das Stichwort, um jemandem ihre Beziehungsmisere anzuvertrauen, und sie wusste nicht, was sie tun sollte. Aber sie konnte nicht mit Dexter reden, nicht jetzt. Sie schluckte die rohe Kartoffel.

»Großartig«, sagte sie mit Nachdruck.

»Das Zusammenleben ist okay? Wohnung langsam eingerichtet?«

»Bestens. Du hast sie noch nicht gesehen, oder? Du solltest mal vorbeikommen!« Die Antwort auf die halbherzige Einladung war ein ausweichendes »Hm«, als bezweifle Dexter, dass es auch außerhalb der U-Bahn-Zone 2 so etwas wie Vergnügen gab. Sie schwiegen und widmeten sich wieder dem Essen.

»Wie ist das Steak?«, fragte sie schließlich. Dexter schien den Appetit verloren zu haben und stocherte in dem blutigen Fleisch herum, ohne es zu essen.

»Sensationell. Wie ist der Fisch?«

»Kalt.«

»Wirklich?« Er spähte auf ihren Teller und schüttelte dann weise den Kopf. »Er ist glasig, Em. Fisch *sollte* nur so lange gegart werden, bis er glasig ist.«

»Dexter …«, ihre Stimme war hart und scharf, »… er ist *glasig*, weil er tiefgefroren ist. Er ist nicht richtig aufgetaut.«

»Echt?« Wütend stocherte er mit dem Finger in dem Teigmantel herum. »Also, den geben wir zurück!«

»Es ist okay. Ich esse einfach die Pommes.«

»Nein, verdammt! Gib ihn zurück! Ich bezahle doch nicht für einen Scheiß-Fisch, der noch gefroren ist! Was ist das hier? Frosta? Wir bestellen dir was anderes.« Er winkte den Kellner heran, und Emma sah zu, wie Dexter sich aufplusterte und bemängelte, das Essen sei nicht gut genug, auf der Karte stehe »frischer Fisch«, er werde nicht dafür bezahlen und verlange einen Ersatzhauptgang auf Kosten des Hauses. Sie versuchte, Dexter begreiflich zu machen, dass ihr der Appetit vergangen war, aber er bestand darauf, sie müsse sich ein neues Hauptgericht bestellen, weil es nichts kostete. Sie hatte keine Wahl, als wieder die Karte durchzugehen, während der Kellner und Dexter sie anstarrten und das malträtierte, nicht angerührte Steak auf dem Teller lag, bis schließlich beschlossen war, dass sie einen kostenlosen Salat bekommen würde, und sie wieder allein waren.

Der Abend war ruiniert, schweigend saßen sie vor zwei Tellern mit unerwünschtem Essen, und sie hätte am liebsten geweint.

»Na. Läuft doch prima«, sagte er und warf die Serviette auf den Tisch.

Sie wollte nach Hause. Sie würde auf das Dessert verzichten, die Party vergessen – er wollte sie ja sowieso nicht dabeihaben – und nach Hause gehen. Vielleicht wäre Ian ja schon wieder da, lieb, rücksichtsvoll und in sie verliebt, und sie könnten dasitzen und reden oder vorm Fernseher kuscheln.

»Und?« Er ließ den Blick durch den Saal schweifen. »Wie läufts mit dem Unterrichten?«

»Gut, Dexter«, sagte sie finster.

»Was? Was hab ich denn gemacht?«, fragte er empört und wandte sich ihr abrupt wieder zu.

Ruhig sagte sie: »Wenn es dich nicht interessiert, frag einfach nicht.«

»Es interessiert mich! Es ist nur …« Er schenkte sich mehr Wein ein. »Wolltest du nicht ein *Buch* oder so schreiben?«

»Ich schreibe ein Buch-oder-so, aber von irgendwas muss ich auch leben. Und außerdem macht es mir Spaß, Dexter, *plus,* ich bin eine verdammt gute Lehrerin!«

»Ganz bestimmt! Es ist nur, du kennst ja den Spruch. ›Die, die es können …‹«

Emma fiel die Kinnlade herunter. *Ganz ruhig …*

»Nein, ich kenne den Spruch nicht. Erzähl mal. Welcher Spruch?«

»Du weißt schon …«

»Nein, im Ernst, Dexter, sags mir.«

»Nicht so wichtig.« Er sah kleinlaut aus.

»Ich will es aber wissen. Beende den Satz. ›Die, die es können …‹«

Seufzend sagte er mit ausdrucksloser Stimme, das Glas Wein in der Hand: »Die, die es können, *tun es*, die, die es nicht können, *unterrichten …*«

Sie spie die Worte aus: »Und die, die unterrichten, sagen, fick dich ins Knie.«

Das Weinglas fiel ihm in den Schoß, als Emma den Tisch wegstieß, aufsprang, sich ihre Tasche schnappte, sich aus der Nische zwängte, so dass Flaschen umfielen und Teller klirrten, und durch das beschissene, beschissene Restaurant stürmte. Alle starrten sie an, aber es war ihr egal, sie wollte einfach nur weg. *Nicht heulen, jetzt bloß nicht heulen*, beschwor sie sich, wandte sich um und sah, wie Dexter sich hektisch den Schoß abwischte, den Kellner beruhigte und ihr schließlich nachlief. Sie drehte sich um, lief los, und das Zigarettengirl kam mit breitem, scharlachrotem Grinsen auf langen Beinen in High Heels die Treppe herunter auf sie zugestöckelt. Trotz ihres Schwurs spürte Emma heiße Tränen der Demütigung in sich aufsteigen, strauchelte auf der Treppe, stolperte über die blöden, blöden hochhackigen Schuhe, und die Gäste hinter ihr schnappten hörbar nach Luft, als sie auf die Knie fiel. Das Zigarettengirl war bei ihr, hielt sie am Ellbogen fest und sah sie mit entnervender, ehrlicher Besorgnis an.

»Sind Sie in Ordnung?«

»Ja, danke, es geht mir gut …«

Dexter hatte sie eingeholt und half ihr auf. Entschieden schüttelte sie ihn ab.

»Lass mich los, Dexter!«

»Schrei nicht so rum, beruhige dich …«

»Ich werde mich *nicht* beruhigen …«

»Schon gut, es tut mir leid, es tut mir leid, es tut mir leid. Egal, weswegen du sauer bist, es tut mir leid!«

Sie drehte sich auf der Treppe um und funkelte ihn an. »Wie, das *weißt* du nicht?«

»Nein! Komm zurück zum Tisch und klär mich auf!« Aber sie stolperte weiter durch die Schwingtür, die sie hinter sich zuschlug, so dass der Metallrand ihn hart am Knie traf. Er humpelte ihr nach. »Das ist doch bescheuert, wir sind beide betrunken, das ist alles …«

»Nein, *du* bist betrunken! Ständig bist du entweder betrunken oder stoned von was auch immer, jedes Mal, wenn ich dich sehe. Ist dir klar, dass ich dich buchstäblich seit, wie lange, drei Jahren nicht mehr nüchtern erlebt habe? Ich habe vergessen, wie *du* überhaupt bist! Du bist zu beschäftigt, endlos über dich selbst oder deine neuen Kumpels zu labern, oder rennst alle zehn Minuten aufs Klo – keine Ahnung, ob wegen Dünnpfiff oder zu viel Koks, jedenfalls ist es verdammt unhöflich und außerdem stinklangweilig. Selbst wenn du mit mir sprichst, guckst du ständig an mir vorbei, für den Fall, dass sich was Besseres auftut …«

»Stimmt doch gar nicht!«

»Oh, doch, Dexter! Tja, scheiß drauf. Du bist ein *Fernsehmoderator*, Dex. Nicht der Erfinder des Penicillins, es ist Fernsehen, und Scheiß-Fernsehen obendrein. Ach, verdammte Kacke, ich hab die Schnauze voll.«

Sie standen inmitten der Menge auf der Wardour Street im schwindenden Sommerlicht.

»Lass uns woandershin gehen und darüber reden.«

»Ich will nicht darüber reden, ich will nur nach Hause …«

»Emma, bitte?«

»Dexter, lass mich einfach in Ruhe, ja?«

»Du bist hysterisch. Komm her.« Wieder nahm er ihren Arm und versuchte ungeschickt, sie zu umarmen. Sie stieß ihn weg, aber er hielt sie fest. Alle starrten sie an – noch ein streitendes Paar an einem Samstagabend in Soho. Schließlich gab sie nach und ließ sich von ihm in eine Seitenstraße ziehen.

Sie schwiegen, und Dexter trat einen Schritt zurück, um sie besser ansehen zu können. Sie stand mit dem Rücken zu ihm und wischte sich die Augen, und plötzlich überlief ihn heiße Scham.

Dann sagte sie ruhig mit dem Gesicht zur Wand:

»Wieso bist du so, Dexter?«

»Wie denn?«

»Das weißt du genau.«

»Ich bin einfach ich selbst!«

Sie fuhr herum. »Nein, bist du nicht. Ich kenne dich, das bist nicht du. Du bist schrecklich. Du bist unausstehlich, Dexter. Ich meine, du warst schon immer *etwas* unausstehlich, hin und wieder, ’n bisschen eingebildet, aber du warst auch witzig und manchmal liebenswürdig und an anderen

Leuten außer dir selbst interessiert. Aber jetzt bist du völlig außer Kontrolle, mit all dem Alk und den Drogen …«

»Ich amüsier mich halt!«

Sie schniefte einmal und sah mit schwarzverschmierten Augen zu ihm hoch.

»Und manchmal gehe ich zu weit, das ist alles. Wenn du nicht ständig so … überkritisch wärst …«

»Bin ich das? Ich glaube nicht. Zumindest gebe ich mir Mühe. Es ist nur …« Sie brach ab und schüttelte den Kopf. »Ich weiß, du hast in den letzten Jahren eine Menge durchgemacht, und ich habe wirklich versucht, verständnisvoll zu sein, wirklich, wegen deiner Mum und so, aber …«

»Sprich weiter«, sagte er.

»Du bist einfach nicht mehr der Mensch, den ich mal kannte. Du bist nicht mehr mein Freund. Das ist alles.«

Er wusste nicht, was er dazu sagen sollte, deshalb schwiegen sie, bis Emma den Arm ausstreckte, zwei seiner Finger nahm und drückte.

»Vielleicht … vielleicht wars das ja«, sagte sie. »Vielleicht ist es vorbei.«

»Vorbei? Was ist vorbei?«

»Wir. Du und ich. Unsere Freundschaft. Es gibt Dinge, über die ich mit dir sprechen wollte, Dex. Über Ian und mich. Wenn du mein Freund wärst, könnte ich darüber sprechen, aber ich kann nicht, und wenn ich nicht mit dir sprechen kann, na ja, welchen Sinn hat das Ganze dann noch? Unsere Freundschaft?«

»›Welchen Sinn‹?«

»Du hast selbst gesagt, Menschen ändern sich, kein Grund, sentimental zu werden. Schau nach vorne, such dir jemand anders.«

»Ja, aber *uns* hab ich nicht gemeint …«

»Warum nicht?«

»Weil wir … wir sind. Dex und Em. Sind wir doch?«

Emma zuckte die Schultern. »Vielleicht haben wir uns entfremdet.«

Er schwieg kurz und sagte dann: »Meinst du damit, dass ich mich von dir entfremdet habe oder du dich von mir?«

Mit dem Handrücken fuhr sie sich über die Nase. »Ich glaube, du hältst mich für … öde. Ich glaube, du denkst, *ich bin eine Spaßbremse.* Ich glaube, du hast das Interesse an mir verloren.«

»Em, ich finde dich *nicht* öde.«

»Ich mich auch nicht! Ich finde mich verdammt *fantastisch*, wenn du es nur sehen würdest – früher hast du es auch gesehen! Aber wenn du deine Meinung geändert hast oder mich nicht mehr zu schätzen weißt, ist das auch okay. Ich hab bloß keine Lust mehr, mich so behandeln zu lassen.«

»*Wie* denn?«

Sie seufzte und schwieg kurz.

»Als wolltest du ständig irgendwo anders sein, bei jemand anderem.«

Er hätte es gern geleugnet, aber just in dem Moment wartete das Zigarettengirl im Restaurant auf ihn, seine Handynummer im Strumpfband. Später würde er sich fragen, ob er irgendetwas hätte tun können, um die Situation zu retten, mit einem Witz zum Beispiel. Ihm fiel aber nichts ein, und Emma ließ seine Hand los.

»Na los«, sagte sie. »Geh zu deiner Party. Du bist mich los. Du bist frei.«

Mit gespielter Tapferkeit versuchte Dexter zu lachen. »Klingt, als … würdest du mit mir Schluss machen!«

Sie lächelte traurig. »In gewisser Weise tu ich das auch. Du bist nicht mehr derselbe wie früher, Dex. Ich hatte den alten

Dex wirklich, wirklich gern. Ich hätte ihn gern zurück, aber in der Zwischenzeit ... bitte ruf mich nicht mehr an.« Sie drehte sich um und ging leicht unsicher die Seitenstraße in Richtung Leicester Square hinunter.

Eine flüchtige, aber glasklare Erinnerung an die Beerdigung seiner Mutter stieg in Dexter hoch, wie er auf dem Badezimmerfußboden lag, während Emma ihn im Arm hielt und ihm übers Haar strich. Trotzdem hatte er es irgendwie geschafft, das als unwichtig abzutun, es als Nichtigkeit wegzuwerfen. Er lief hinter ihr her. »Komm schon, Em, wir sind doch noch Freunde, oder? Ich weiß, ich war etwas komisch, aber ...« Ohne sich umzudrehen, blieb sie kurz stehen, und er wusste, dass sie weinte. »Emma?«

Dann fuhr sie herum, ging zu ihm, zog sein Gesicht zu sich heran, schmiegte die warme, feuchte Wange an seine, flüsterte ihm schnell und ruhig etwas ins Ohr, und für einen kurzen, hoffnungsvollen Moment dachte er, sie hätte ihm verziehen.

»Dexter, ich habe dich sehr lieb. Sehr, *sehr* lieb, und ich werde dich wohl immer lieb haben.« Ihre Lippen streiften seine Wange. »Aber ich mag dich einfach nicht mehr. Es tut mir leid.«

Und dann war sie verschwunden, er fand sich allein in der Seitenstraße wieder und überlegte, was er jetzt nur tun sollte.

Kurz vor Mitternacht kommt Ian nach Hause und findet Emma zusammengerollt auf dem Sofa vor, wo sie sich irgendeinen alten Film anschaut. »Du bist aber früh zurück. Wie wars mit dem Goldjungen?«

»Grässlich«, murmelt sie.

Falls er schadenfroh ist, lässt er es sich nicht anmerken. »Wieso, was ist denn passiert?«

»Ich will jetzt nicht darüber reden. Nicht heute Abend.«

»Warum nicht? Emma, erzähls mir! Was hat er gesagt? Hattet ihr Zoff? …«

»Ian, bitte. Nicht jetzt. Komm einfach her, ja?«

Sie macht ihm Platz, damit er sich neben sie auf das Sofa legen kann, und er bemerkt, dass sie die Art Kleid trägt, die sie für ihn nie anzieht. »Hast du das schon bei eurer Verabredung getragen?«

Sie greift nach dem Saum. »Es war ein Fehler.«

»Ich finde, du siehst wunderschön aus.«

Sie kuschelt sich an ihn und legt ihm den Kopf auf die Schulter. »Wie war der Auftritt?«

»Nicht so toll.«

»Hast du die Nummer über Hunde und Katzen gebracht?«

»M-hm.«

»Gabs Zwischenrufe?«

»Ein paar.«

»Ist vielleicht nicht deine beste Nummer.«

»Und ein paar Buhrufe.«

»Das gehört doch dazu, oder? Jeder wird mal ausgebuht.«

»Schätze schon. Manchmal befürchte ich einfach …«

»Was?«

»Dass ich vielleicht … nicht besonders witzig bin.«

An seine Brust geschmiegt, sagt sie: »Ian?«

»Was?«

»Du bist sehr, sehr witzig.«

»Danke, Em.«

Den Kopf an ihren gelegt, denkt er an die kleine, karmesinrote, mit Rohseide gefütterte Schatulle mit dem Verlobungsring. Sie steckt seit zwei Wochen in einem zusammengerollten Paar Wandersocken und wartet auf ihren Einsatz. Jetzt natürlich noch nicht. In drei Wochen werden sie am

Strand von Korfu liegen. Er malt sich ein Restaurant am Meer bei Vollmond aus, Emma frischgebräunt und lächelnd im Sommerkleid, vielleicht teilen sie sich eine Portion Tintenfischringe. Er stellt sich vor, wie er ihr den Ring auf amüsante Weise überreicht. Seit Wochen schon ersinnt er diverse Szenarien wie aus romantischen Komödien – er könnte ihn in ihr Glas fallen lassen, während sie auf dem Klo ist, oder ihn im Mund eines gegrillten Fisches finden und sich beim Kellner beschweren. Er könnte ihn auch unter die Tintenfischringe schmuggeln. Vielleicht würde er ihn ihr einfach so überreichen. In Gedanken probiert er die Worte aus: *Heirate mich, Emma Morley. Werd meine Frau.*

»Ich liebe dich, Em«, sagt er.

»Ich dich auch«, erwidert Emma. »Ich dich auch.«

In der zwanzigminütigen Pause sitzt das Zigarettengirl mit einer Jacke über dem Kostüm an der Bar, nippt an einem Whisky und hört dem Mann zu, der ununterbrochen über seine Freundin redet, das arme, hübsche Mädchen, das auf der Treppe hingefallen ist. Anscheinend haben sie sich gestritten. Mit halbem Ohr hört sie dem Monolog des Mannes zu, nickt von Zeit zu Zeit und wirft verstohlen einen Blick auf die Uhr. Es ist fünf vor zwölf, und sie sollte wirklich zurück an die Arbeit gehen. In der Stunde zwischen Mitternacht und ein Uhr gibt es die meisten Trinkgelder, wenn die Lust und Dummheit der männlichen Gäste den Höhepunkt erreicht hat. Noch fünf Minuten, dann wird sie gehen. Der arme Kerl kann sowieso kaum noch stehen.

Sie kennt ihn aus dieser dämlichen Fernsehsendung – ist er nicht mit Suki Meadows zusammen? –, kann sich aber nicht an seinen Namen erinnern. Schaut sich die überhaupt jemand an? Sein Anzug ist fleckig, die Taschen sind voller unangebrochener Zigarettenpäckchen, seine Nase glänzt fettig, und er hat Mundgeruch. Außerdem hat er sie immer noch nicht nach ihrem richtigen Namen gefragt.

Das Zigarettengirl heißt Cheryl Thomson. Sonst ist sie Krankenschwester, ein Knochenjob, aber manchmal legt sie eine Extraschicht im Restaurant ein, weil sie den Geschäftsführer von der Schule kennt und das Trinkgeld unglaublich ist, wenn man zu einem kleinen Flirt bereit ist. In ihrer Wohnung in Kilburn wartet ihr Verlobter auf sie. Milo, 1,88 Meter groß, Italiener, ein ehemaliger Fußballspieler, der auf Krankenpfleger umgesattelt hat. Sehr gutaussehend, im September werden sie heiraten.

All das würde sie dem Mann erzählen, wenn er fragte, tut er aber nicht, deshalb entschuldigt sie sich zwei Minuten vor Mitternacht an diesem St.-Swithins-Tag – ich muss zurück zur Arbeit, nein, ich kann nicht mit zur Party kommen, ja, ich habe Ihre Nummer, ich hoffe, Sie und ihre Freundin versöhnen sich wieder – und überlässt den Mann, der sich gleich noch einen Drink bestellt, an der Bar sich selbst.

DRITTER TEIL

1996–2001
Anfang dreißig

Manchmal ist man sich der großen Augenblicke in seinem Leben bewusst, wenn sie passieren, manchmal steigen sie aus der Vergangenheit auf. Vielleicht verhält es sich mit Menschen genauso.

James Salter, Verbrannte Tage

KAPITEL ZEHN

Carpe diem

MONTAG, 15. JULI 1996

Leytonstone und Walthamstow

Mit bis zur Taille hochgeschobenem Kleid liegt Emma Morley rücklings auf dem Boden im Büro des Schulleiters und atmet langsam durch den Mund aus.

»Ach, und übrigens. Die siebte Klasse braucht Neuausgaben von *Des Sommers ganze Fülle.*«

»Mal sehen, was ich tun kann«, sagt der Schulleiter und knöpft sich das Hemd zu.

»Und wo du mich schon mal auf dem Teppich hast, haben wir sonst noch was zu besprechen? Budgetprobleme, Schulaufsichtsprüfung? Willst du dir noch irgendwas vornehmen?«

»*Dich* will ich mir noch mal vornehmen«, sagt er, legt sich wieder hin und küsst sie auf den Hals. Das ist genau die Art von unsinniger Anzüglichkeit, auf die sich Mr Godalming – Phil – spezialisiert hat.

»Was soll das heißen? Das heißt doch nichts.« Missbilligend schnalzt sie mit der Zunge, schüttelt ihn ab und fragt sich, warum sie nach dem Sex, selbst wenn er gut war, immer so schlechte Laune hat. Eine Weile liegen sie schweigend da. Es ist halb sieben Uhr abends gegen Ende des Halbjahres, und in der Cromwell-Road-Gesamtschule herrscht die unheimliche Stille nach Schulschluss. Das Reinigungspersonal ist gegangen, die Bürotür ist von innen abgeschlossen, trotzdem ist ihr nicht ganz wohl. Sollte sich danach nicht eine angenehme Entspannung, eine Art Wohlbefinden und Gemeinschaftsgefühl einstellen? In den letzten neun Monaten hat sie auf Büroteppichen, Plastikstühlen und Pressholztischen gevögelt. Stets um das Lehrpersonal bemüht, hat Phil ein Schaumstoffkissen vom Bürostuhl genommen, das jetzt unter ihrem Po liegt, trotzdem wäre es nett, irgendwann mal auf einem Möbelstück Sex zu haben, das nicht stapelbar ist.

»Weißt du was?«, sagt der Schulleiter.

»Was?«

»Ich finde dich sensationell«, sagt er und drückt ihre Brust, um den Worten Nachdruck zu verleihen. »Ich weiß gar nicht, wie ich sechs Wochen ohne dich auskommen soll.«

»Wenigstens kann der Ausschlag, den du vom Teppich kriegst, dann endlich mal abheilen.«

»Sechs ganze Wochen ohne dich.« Sein Bart kratzt an ihrem Hals. »Ich werde wohl verrückt vor Verlangen …«

»Tja, du hast ja immer noch Mrs Godalming«, sagt sie, und hört, wie verbittert und boshaft ihre Stimme klingt. Sie setzt sich auf und zieht sich das Kleid herunter. »Außerdem dachte ich, die großen Ferien wären einer der Vorteile des Lehrerberufs. Zumindest hast du mir das versichert. Als ich mich beworben habe …«

Gekränkt sieht er zu ihr hoch. »Tu das nicht, Em.«

»Was?«

»Die verschmähte Geliebte spielen.«

»Das wollte ich nicht.«

»Mir gefällt das genauso wenig wie dir.«

»Doch, ich glaube schon.«

»Nein, tut es nicht. Lass es uns nicht verderben, ja?« Wie zum Trost legt er ihr die Hand auf den Rücken. »Das ist unser letztes Mal bis September.«

»Schon gut, ich hab mich entschuldigt, okay?« Um das Thema zu wechseln, dreht sie sich ihm zu, küsst ihn und will sich dann von ihm lösen, aber er legt ihr die Hand auf den Nacken und küsst sie sanft zurück mit kratzendem Bart.

»Gott, du wirst mir fehlen.«

»Weißt du, was du tun solltest?«, sagt sie, den Mund auf seinen gedrückt. »Ein ziemlich radikaler Vorschlag.«

Besorgt sieht er sie an. »Schieß los …«

»Im Sommer, sobald das Schuljahr zu Ende ist …«

»Jetzt sag schon.«

Sie legt ihm einen Finger aufs Kinn. »Ich finde, du solltest ihn abrasieren.«

Er setzt sich auf. »Kommt nicht in Frage!«

»Nach all der Zeit habe ich immer noch keine Ahnung, wie du wirklich aussiehst!«

»Aber so SEHE ich wirklich aus!«

»Aber dein *Gesicht*, dein eigentliches Gesicht. Vielleicht siehst du ja echt gut aus.« Sie legt ihm die Hand auf den Unterarm und zieht ihn wieder auf den Boden. »Wer steckt hinter der Maske? Nimm sie ab, Phil. Zeig mir dein wahres Gesicht.«

Sie lachen und fühlen sich wieder wohl. »Du wärst enttäuscht«, sagt er und streichelt den Bart wie ein Lieblingshaustier. »Wie auch immer, entweder hab ich den, oder ich muss mich dreimal pro Tag rasieren. Früher habe ich mich morgens rasiert, sah aber mittags schon wieder aus wie ein

Einbrecher. Deshalb dachte ich mir, ich lasse ihn wachsen und mache ihn zu meinem Markenzeichen.«

»Oh, ein *Markenzeichen.*«

»Hat was Informelles. Den Kids gefällts. Lässt mich weniger autoritär wirken.«

Wieder lacht Emma. »Wir haben nicht mehr 1973, Phil. Ein Bart hat nicht mehr dieselbe Bedeutung wie früher.«

Abschätzig zuckt er die Schultern. »Fiona gefällts. Sie sagt, ich hätte ein fliehendes Kinn.« Sie schweigen, wie immer, wenn seine Frau ins Spiel kommt. Um die Stimmung zu heben, sagt er selbstironisch: »Du weißt natürlich, dass die Schüler mich Der Rauschebart nennen.«

»War mir nicht bekannt, nein.« Phil lacht, und Emma lächelt. »Außerdem sagen sie nicht Der Rauschebart, sondern einfach nur Rauschebart. Kein bestimmter Artikel, Affenjunge.«

Abrupt fährt er hoch und runzelt streng die Stirn. »*Affenjunge?*«

»So nennen sie dich auch.«

»Wer?«

»Die Schüler.«

»*Affenjunge?*«

»Wusstest du das nicht?«

»Nein!«

»Ups. Tut mir leid.«

Schmollend und gekränkt legt er sich wieder hin. »Ich kann nicht glauben, dass sie mich Affenjunge nennen!«

»Nur aus Spaß«, sagt sie besänftigend, »es ist nett gemeint.«

»Klingt aber nicht sehr nett.« Er streicht sich übers Kinn, wie um das Haustier zu trösten. »Ich habe einfach zu viel Testosteron, das ist alles.« Das Wort »Testosteron« bringt ihn wieder in Fahrt, er zieht Emma an sich und küsst sie. Er schmeckt nach Lehrerzimmer-Kaffee und dem Wein, den er im Aktenschrank aufbewahrt.

»Ich kriege Ausschlag von deinem Bart«, sagt sie.

»Na und?«

»Die Leute werden was merken.«

»Es ist keiner mehr da.« Seine Hand liegt auf ihrem Schenkel, als auf dem Schreibtisch das Telefon klingelt, und er zusammenzuckt, als hätte ihn etwas gestochen. Er versucht taumelnd aufzustehen.

»Lass es klingeln!«, stöhnt Emma.

»Das geht nicht!« Hastig zieht er sich die Hosen hoch, als setze es dem Betrug die Krone auf, wenn er mit bloßem Unterkörper mit Fiona spricht, als fürchte er, irgendwie nackt zu klingen.

»Hallo! Hallo, Schatz! Ja, ich weiß! Ich war gerade auf dem Weg nach draußen …« Häusliche Angelegenheiten werden erörtert – Pasta oder Pfannengericht, Fernsehen oder DVD –, um sich vom Alltagsleben ihres Liebhabers abzulenken, nimmt sie ihre zusammengerollte Unterwäsche, die inmitten von Büroklammern und Stiftkappen auf dem Schreibtisch liegt. Sie zieht sich an und geht zum Fenster. Staub liegt auf den Lamellen der Jalousien, der Naturwissenschaftstrakt ist in rosiges Licht getaucht, und plötzlich wünscht sich Emma, sie wäre im Park, am Strand oder auf einem Platz in irgendeiner europäischen Stadt, überall, nur nicht in diesem stickigen Büro mit einem verheirateten Mann. Wie kommt es, dass man eines Morgens aufwacht, über 30 und jemandes Geliebte ist? Das Wort ist abstoßend und unterwürfig, sie will lieber nicht daran denken, aber ihr fällt kein besseres ein. Sie ist die Geliebte ihres Chefs, und das einzig Gute an der Situation ist, dass keine Kinder im Spiel sind.

Die Affäre – noch ein schrecklicheres Wort – hat im letzten September angefangen, nach dem katastrophalen Korfu-Urlaub und dem Verlobungsring in den Tintenfischringen. »Wir wollen verschiedene Dinge«, war alles, was ihr dazu einfiel, und der Rest der endlosen zwei Wochen verging in einem Nebel von Sonnenbrand, Schmollen, Selbstmitleid und Besorgnis darüber, ob der Juwelier den Ring zurücknehmen würde. Es gab nichts Melancholischeres auf der Welt als diesen ungewollten Verlobungsring. Er lag im Hotelzimmer im Koffer, schien aber selbst von dort Traurigkeit zu verbreiten.

Gebräunt und unglücklich kam sie aus dem Urlaub zurück. Ihre Mutter, die vom Antrag wusste, praktisch schon ihr Kleid für die Hochzeit gekauft hatte, tobte und beklagte sich wochenlang bei Emma, bis die an der Ablehnung zu zweifeln begann. Aber ja zu sagen, hätte sich angefühlt, wie klein beizugeben, und Emma wusste aus Romanen, dass man in Bezug aufs Heiraten nie klein beigeben sollte.

Die Affäre hatte alles besiegelt. Während einer Routinebesprechung in Phils Büro war sie in Tränen ausgebrochen, und er war um den Schreibtisch zu ihr gegangen, hatte den Arm um sie gelegt und sie auf den Kopf geküsst, als wolle er sagen »na, endlich«. Nach der Arbeit hatte er sie in einen Pub mitgenommen, von dem er gehört hatte, wo man Bier trinken, aber auch gut essen konnte. Sie hatten Rib-Eye-Steaks und Salat mit Ziegenkäse gegessen, und als sich ihre Knie unter dem großen Holztisch berührten, hatte sie ihm ihr Herz ausgeschüttet. Nach der zweiten Flasche Wein war es nur noch Formsache gewesen: die Umarmung auf der Heimfahrt im Taxi, die zu einem Kuss führte, der braune Schulumschlag in ihrem Fach *(Wegen letzter Nacht, muss immer an dich denken, fühle schon seit Jahren so, wir müssen reden, wann kann ich dich sehen?).*

Alles, was Emma übers Fremdgehen wusste, kannte sie aus Fernsehdramen der 70er. Sie verband damit Cinzano, Triumph-TR7-Sportwagen, Käse und Weinpartys und hielt es für etwas, was hauptsächlich in der gehobenen Gesellschaft vorkam: Golf, Jachten, Fremdgehen. Nun, da sie selbst in eine Affäre verstrickt war – mit allem Drum und Dran, heimliche Blicke, Händchenhalten unterm Tisch, Fummeleien im Büroartikelraum –, war sie überrascht, wie vertraut ihr alles vorkam und wie stark Lust in Verbindung mit Scham und Selbsthass sein konnte.

Eines Abends, nachdem sie sich in der Kulisse der Weihnachtsaufführung von *Grease* geliebt hatten, hatte er ihr feierlich ein Präsent überreicht.

»Es ist ein Handy! Für den Fall, dass ich deine Stimme hören möchte.«

Sie saß auf der Motorhaube von Greased Lightening, starrte das Päckchen an und seufzte. »Na ja, irgendwann musste das wohl passieren, schätze ich.«

»Was ist? Gefällts dir nicht?«

»Nein, es ist toll.« Lächelnd erinnerte sie sich. »Ich hab nur gerade eine Wette verloren.«

Manchmal – wenn sie an einem klaren Herbstabend an einem abgelegenen Teil der Hackney Marshes spazierengingen und redeten oder beschwipst vom Glühwein beim Weihnachtsgottesdienst kicherten, während ihre Hüften sich berührten – glaubte sie, in Phillip Godalming verliebt zu sein. Er war ein guter, leidenschaftlicher Lehrer mit Prinzipien, wenn auch manchmal etwas wichtigtuerisch. Er hatte nette Augen und Humor. Zum ersten Mal in ihrem Leben war sie das Objekt einer an Besessenheit grenzenden sexuellen Vernarrtheit. Natürlich war er mit 44 Jahren viel zu alt, und sein Körper war unter dem Pelz schon etwas schlaff und teigig, aber er war ein ernsthafter und leidenschaftlicher Liebhaber, manchmal ein bisschen zu leidenschaftlich für ihren Geschmack: Er grimassierte und redete beim Sex. Es war schwer zu glauben, dass derselbe Mann, der vor einer Versammlung einen Vortrag über einen Wohltätigkeitslauf halten konnte, solche Ausdrücke in den Mund nahm. Manchmal wollte sie mitten im Sex innehalten und sagen: »Mr Godalming – Sie haben *geflucht*!«

Aber das ist jetzt neun Monate her, die erste Aufregung ist verflogen, und es fällt ihr immer schwerer, zu verstehen, was sie an einem schönen Sommerabend in einem Schulflur verloren hat. Sie sollte etwas mit Freunden unternehmen oder mit einem Liebhaber, auf den sie stolz ist und von dem sie offen reden kann. Trotzig, verlegen und voller Schuldgefühle wartet sie draußen, während sich Phil im Jungenklo mit Flüssigseife wäscht. Seine Konrektorin für Englisch und Theaterpädagogik und seine Geliebte. Oh Gott!

»Fertig!«, sagt er, kommt heraus, nimmt ihre Hand in seine, die noch feucht vom Waschen ist, und lässt sie diskret los, als sie ins Freie treten. Er verschließt den Haupteingang, schaltet die Alarmanlage ein, und mit professionellem Abstand spazieren sie im Abendlicht zu seinem Auto, wobei seine Tasche gelegentlich ihre Beine streift.

»Ich würde dich ja zur U-Bahn fahren, aber …«

»… wir gehen besser auf Nummer sicher.«

Sie laufen weiter.

»Noch vier Tage!«, sagt er munter, um das Schweigen zu brechen.

»Wo fahrt ihr noch mal hin?«, fragt sie, obwohl sie es weiß.

»Korsika. Wandern. Fiona ist verrückt nach Wandern. Wandern, wandern, immer nur wandern – wie Gandhi. Und am

Abend zieht sie die Wanderschuhe aus und fällt ins Bett wie ein gefällter Baum …«

»Phil, bitte – lass das.«

»Entschuldige.« Um abzulenken, fragt er: »Und du?«

»Vielleicht besuche ich meine Familie in Yorkshire. Ansonsten bleibe ich hier und arbeite.«

»Arbeiten?«

»Du weißt schon. Schreiben.«

»Ah, das *Schreiben.*« Wie alle sagt er es, als würde er ihr nicht glauben. »Da gehts doch wohl nicht um dich und mich, oder? In dem geheimnisvollen Buch, an dem du schreibst?«

»Nein.« Sie sind beim Auto angekommen, und Emma will sich so schnell wie möglich verdrücken. »Außerdem glaube ich nicht, das wir so interessant wären.«

Er lehnt an seinem blauen Ford Sierra, bereit für den großen Abschied, und jetzt hat sie alles verdorben. Er runzelt die Stirn und schiebt die rosa Unterlippe durch den Bart. »Was soll das denn heißen?«

»Keine Ahnung, es ist nur …«

»Raus mit der Sprache.«

»Phil, das hier, wir. Es macht mich nicht glücklich.«

»Du bist unglücklich?«

»Na, ideal ist es nicht, oder? Einmal in der Woche auf 'nem Büroteppich.«

»Auf mich hast du ziemlich glücklich gewirkt.«

»Ich meinte nicht *befriedigt.* Großer Gott, es liegt nicht am Sex, es liegt an den … Umständen.«

»Also, ich bin glücklich …«

»Wirklich? Bist du wirklich glücklich?«

»Früher warst du auch glücklich, wenn ich mich recht entsinne.«

»Aufgeregt, schätze ich, für eine Weile.«

»Himmelherrgott, Emma!« Wütend funkelt er sie von oben herab an, als hätte er sie auf der Mädchentoilette beim Rauchen erwischt. »Ich muss jetzt los! Warum sagst du das erst jetzt, wo ich gehen muss?«

»Nun, ich …«

»Ich meine, verdammte Scheiße noch mal, Emma!«

»He! Sprich nicht so mit mir!«

»Schon gut, ich, ich meine nur … Lass uns einfach bis nach den Sommerferien warten, ja? Und dann überlegen wir uns, was wir tun können.«

»Ich glaube nicht, dass wir irgendwas tun können, oder? Entweder wir machen Schluss, oder wir machen weiter, und weiterzumachen ist, glaube ich, keine gute Idee …«

Leiser sagt er: »Es gibt noch etwas, das wir tun können … was ich tun kann.« Er vergewissert sich, dass die Luft rein ist, und nimmt ihre Hand. »Ich könnte es ihr im Sommer sagen.«

»Ich will nicht, dass du es ihr sagst, Phil …«

»Während wir weg sind, oder sogar schon nächste Woche …«

»Ich will nicht, dass du es ihr sagst. Das bringt doch nichts …«

»Ach nein?«

»Nein!«

»Das sehe ich nicht so, ganz und gar nicht.«

»Schön! Besprechen wir das nach den Ferien, lass uns, keine Ahnung – einen Termin ausmachen.«

Ermutigt leckt er sich die Lippen und vergewissert sich noch einmal, dass niemand da ist. »Ich liebe dich, Emma Morley.«

»Nein, tust du nicht«, seufzt sie, »nicht richtig.«

Er zieht das Kinn ein, als spähe er über eine imaginäre Brille auf sie herunter. »Das kann ich besser beurteilen, meinst du nicht?« Das schulmeisterliche Gehabe ärgert sie so, dass sie ihm am liebsten vors Schienbein treten will.

»Du solltest jetzt besser gehen«, sagt sie.

»Du wirst mir fehlen, Em …«

»Schöne Ferien, falls wir uns nicht mehr sprechen …«

»Du hast keine Ahnung, wie sehr …«

»Korsika, reizend …«

»Jeden Tag …«

»Bis dann, machs gut …«

»Warte …« Er hebt die Aktentasche, benutzt sie als Sichtschutz und küsst sie. Wie unauffällig, denkt sie und steht teilnahmslos da. Er öffnet die Tür und steigt ins Auto. Ein marineblauer Sierra, ein richtiges Schulleiterauto, das Handschuhfach voller Straßenkarten. »Ich komm nicht drüber weg, dass sie mich Affenjunge nennen …«, murmelt er kopfschüttelnd.

Sie bleibt auf dem leeren Parkplatz stehen und sieht ihm nach, als er davonfährt. Dreißig Jahre alt, mehr schlecht als recht verliebt in einen verheirateten Mann, aber wenigstens sind keine Kinder im Spiel.

Zwanzig Minuten später steht sie unter dem niedrigen, langgestreckten, roten Backsteingebäude, in dem ihre Wohnung liegt, und bemerkt ein Licht im Wohnzimmerfenster. Ian ist wieder da.

Sie überlegt, ob sie einfach gehen, Zuflucht im Pub suchen oder den Abend bei Freunden verbringen soll, aber sie weiß, Ian wird das Licht löschen, sich in den Sessel setzen und auf sie warten wie ein Meuchelmörder. Sie holt tief Luft und sucht nach den Schlüsseln.

Die Wohnung wirkt viel größer, seit Ian ausgezogen ist. Ohne die Video-Box-Sets, die Ladegeräte, Adapter, Kabel und LP-Klappcover sieht es aus, als sei kürzlich eingebrochen worden, und wieder einmal wird Emma daran erinnert, wie wenig sie aus den letzten acht Jahren vorzuweisen hat. Aus dem Schlafzimmer hört sie ein Rascheln. Sie stellt die Tasche ab und geht leise zur Tür.

Der Inhalt der Kommode ist auf dem Boden verstreut: Briefe, Kontoauszüge, zerrissene Fotoumschläge. Still und unbemerkt steht sie im Türrahmen und beobachtet Ian, der ganz hinten in einer Schublade wühlt und vor Anstrengung ächzt. Er trägt eine Jogginghose, ein zerknittertes T-Shirt, und seine Turnschuhe sind nicht zugebunden. Ein sorgfältig zusammengestelltes Ensemble, das maximales Gefühlschaos suggerieren soll. Das passende Outfit für eine Szene.

»Was tust du da, Ian?«

Einen Moment lang ist er erschrocken, dann starrt er entrüstet zurück, ein selbstgerechter Einbrecher. »Du kommst spät«, sagt er anklagend.

»Was gehts dich an?«

»Bin bloß neugierig, was du *treibst*, das ist alles.«

»Ich hatte Probe. Ian, ich dachte, wir wären uns einig, dass du hier nicht einfach so reinschneien kannst.«

»Warum, hast du etwa *Besuch*?«

»Ian, ich hab so was von keinen Bock auf die Nummer …« Sie stellt die Tasche ab und zieht den Mantel aus. »Wenn du nach einem Tagebuch suchst oder so, verschwendest du deine Zeit. Ich führe schon seit Jahren kein Tagebuch mehr …«

»Um genau zu sein, hole ich nur meine Sachen ab. Es sind *meine* Sachen, weißt du, sie *gehören* mir.«

»Du hast deine Sachen schon.«

»Mein Reisepass. Mir fehlt mein Pass.«

»Also, eins ist sicher, in meiner Unterwäscheschublade findest du ihn nicht.«

Das hat er natürlich erfunden. Sie weiß, dass er seinen Pass hat, er will nur ihre Sachen durchwühlen und ihr zeigen, dass es ihm dreckig geht. »Wozu brauchst du den Pass überhaupt? Willst du verreisen? Auswandern vielleicht?«

»Oh, das hättest du wohl gern, was?«, höhnt er.

»Na ja, *stören* würde es mich nicht«, sagt sie, steigt über das Chaos hinweg und setzt sich aufs Bett.

Mit der Stimme eines hartgesottenen Schnüfflers sagt er: »Tja, *Pech*, Schätzchen, ich geh *nirgendwohin.*« Als verschmähter Liebhaber zeigt Ian wesentlich mehr Einsatz und Aggressivität, als er als Stand-up-Komiker je besessen hat, und heute Abend liefert er zweifellos eine beeindruckende Vorstellung. »Könnte ich mir eh nicht leisten.«

Am liebsten möchte sie ihn ausbuhen. »Darf ich dem entnehmen, dass du im Moment nicht besonders viele Auftritte hast, Ian?«

»Was glaubst *du*, Schätzchen?«, sagt er, breitet die Arme aus und deutet auf den Dreitagebart, das fettige Haar, die bleiche Haut; sein Schau-was-du-mir-angetan-hast-Look. Ian trägt sein Selbstmitleid zur Schau, eine One-Man-Show der Einsamkeit und Verlassenheit, an der er die letzten sechs Monate gefeilt hat, aber zumindest heute Abend hat Emma keine Zeit dafür.

»Was soll diese ›Schätzchen‹-Sache, Ian? Ich weiß nicht, was ich davon halten soll.«

Er sucht weiter und murmelt etwas in die Schublade, vielleicht »Du kannst mich mal, Em«. Ist er betrunken?, fragt sie sich. Auf dem Schminktisch steht eine offene Dose mit starkem, billigem Lager. Betrunken – wenn *das* keine Idee ist. Augenblicklich beschließt Emma, so bald wie möglich loszuziehen und sich die Kante zu geben. Warum nicht? Bei den anderen scheint das ja auch zu funktionieren. Beflügelt von dieser Aussicht geht sie in die Küche, um schon mal anzufangen.

Er folgt ihr. »Und, wo warst du jetzt?«

»Hab ich doch gesagt. In der Schule, bei der Probe.«

»Was habt ihr geprobt?«

»*Bugsy Malone*. Echt witzig. Warum, willst du Karten?«

»Nein, danke.«

»Es gibt Sahnekanonen.«

»Ich glaube, du hast dich mit jemandem getroffen.«

»Ach, bitte – geht das wieder los.« Sie macht den Kühlschrank auf, findet eine halbvolle Weinflasche, aber dies ist eine Situation, in der nur Hochprozentiges hilft. »Ian, warum bist du so besessen von dem Gedanken, ich könnte mich mit jemandem *treffen*? Wieso kann es nicht einfach daran liegen, dass wir nicht zueinander gepasst haben?« Mit einem heftigen Ruck reißt sie das zugefrorene Tiefkühlfach auf. Eiskristalle rieseln zu Boden.

»Aber wir passen *hervorragend* zueinander!«

»Aha, na gut, wenn du das sagst, fangen wir doch einfach von vorne an!« Hinter einer Uralt-Packung Pizza Calzone findet sie eine Flasche Wodka. »Yes!« Sie wirft Ian die Calzone zu. »Hier – das ist deine. Ich überlasse dir das Sorgerecht.« Sie wirft die Kühlschranktür zu und nimmt sich ein Glas. »Und selbst *wenn* ich mit jemandem zusammen wäre, Ian? Na und? Wir haben Schluss gemacht, erinnerst du dich?«

»Ja, dunkel, dunkel. Also, wer ist es?«

Sie schenkt sich zwei Fingerbreit Wodka ein. »Wer ist was?«

»Dein neuer *Freund*? Na los, raus damit, mich störts nicht«, höhnt er. »Wir sind ja immer noch *Freunde*.«

Emma trinkt, beugt sich vor, stützt die Ellbogen auf die den Tresen und presst sich die Handballen auf die Augen, während ihr die eisige Flüssigkeit die Kehle hinunterrinnt. Eine Pause entsteht.

»Es ist Mr Godalming. Der Schulleiter. Wir haben seit

neun Monaten eine Affäre, mit Unterbrechungen, aber ich glaube, es geht hauptsächlich um Sex. Um ehrlich zu sein, ist es für uns beide ein bisschen erniedrigend. Ziemlich beschämend. Bisschen traurig. Trotzdem, wie ich immer sage, wenigstens sind keine Kinder im Spiel! Da hast dus …«, murmelt sie in ihr Glas. »Jetzt weißt du Bescheid.«

Stille. Dann:

»Du verarschst mich.«

»Sieh aus dem Fenster, schau nach, überzeuge dich selbst. Er wartet im Wagen. Marineblauer Sierra …«

Ungläubig schnieft er. »Das ist verdammt noch mal nicht lustig, Emma.«

Emma stellt das leere Glas auf den Tresen und atmet langsam aus. »Nein, ich weiß. Die Situation ist in keiner Weise lustig.« Sie dreht sich zu ihm um. »Ich habs dir schon gesagt, Ian, ich treffe mich mit niemandem. Ich bin nicht verliebt und wills auch gar nicht sein. Alles, was ich will, ist meine Ruhe …«

»Ich habe da eine Theorie!«, sagt er stolz.

»Was für 'ne Theorie?«

»Ich weiß, wers ist.«

Sie seufzt. »Und wer ist es, Sherlock?«

»*Dexter!*«, verkündet er triumphierend.

»Ach, Herrgott nochmal …« Sie trinkt das Glas aus.

»Ich hab Recht, stimmts?«

Bitter lacht sie auf. »Gott, schön wärs …«

»Was soll das denn heißen?«

»Nichts. Ian, wie du weißt, habe ich seit Monaten nicht mehr mit Dexter gesprochen …«

»Sagst du!«

»Sei nicht albern, Ian. Glaubst du etwa, wir hätten eine geheime Affäre, ohne dass irgendwer was merkt?«

»Die Beweise legen das nahe.«

»Beweise? Was für *Beweise*?«

Zum ersten Mal sieht Ian kleinlaut aus. »Deine Notizbücher.«

Sie zögert und stellt das Glas außer Reichweite, um es nicht nach ihm zu werfen. »Du hast meine Notizbücher gelesen? …«

»Nur überflogen. Ein- oder zweimal. Über die Jahre.«

»Du *Dreckskerl* …«

»Die kleinen Gedichte, die zauberhaften zehn Tage in Griechenland, so viel Sehnsucht und Verlangen …«

»Wie kannst du es *wagen*! Wie kannst du es wagen, mich so zu hintergehen!«

»Du hast sie rumliegen lassen! Was hast du denn erwartet?«

»Ich habe etwas *Vertrauen* erwartet und dass du etwas mehr Selbstachtung hast …«

»Außerdem musste ich sie gar nicht lesen, es war so verdammt offensichtlich, ihr beide …«

»… meine Geduld ist erschöpft, Ian! Monatelang hast du gejammert, geschmollt, geflennt und rumgehangen wie ein getretener Hund. Wenn du irgendwann noch mal so reinschneist und meine Schubladen durchwühlst, dann schwöre ich dir, ich ruf die Bullen …«

»Nur zu! Na los, ruf sie an!«, und er geht mit ausgebreiteten Armen auf sie zu, so dass in dem kleinen Zimmer kaum mehr Platz ist. »Es ist auch meine Wohnung, schon vergessen?«

»Ach, ja? Wie das? Du hast die Hypothek nicht bezahlt! Ich habe das gemacht! Du hast nie was getan, hast immer nur rumgelegen und dich selbst bemitleidet …«

»Das ist nicht wahr!«

»Und wenn du mal ein bisschen was verdient hast, ist es für Scheiß-Videos und Imbissfraß draufgegangen …«

»Ich habe was beigesteuert! Wenn ich konnte …«

»Aber es war nicht genug! Oh Gott, ich hasse diese Wohnung, und ich hasse mein Leben hier. Ich muss hier raus, oder ich dreh noch durch …«

»Aber das war unser Zuhause!«, widerspricht er verzweifelt.

»Ich war hier keine Sekunde glücklich, Ian. Wieso hast du das nicht gemerkt? Ich bin hier einfach … hängengeblieben, wir beide sind das. Das muss dir doch klar sein.«

Er hat sie noch nie so erlebt, sie noch nie solche Dinge sagen hören. Schockiert, mit großen Augen wie ein ängstliches Kind, stolpert er auf sie zu. »Beruhige dich!« Er hält sie am Arm fest. »Sag so was nicht …«

»Lass mich los, Ian, ich meins ernst! Hau einfach ab!« Sie schreien sich an, und sie denkt, oh Gott, wir sind wie eins dieser durchgeknallten Paare geworden, die man nachts durch die Wand schreien hört. Irgendwo denkt jetzt jemand, soll ich die Polizei rufen? Wie konnte es dazu kommen? »Raus hier!«, schreit sie, während er verzweifelt versucht, den Arm um sie zu legen. »Gib mir die Schlüssel und verschwinde, ich will dich nicht mehr sehen …«

Plötzlich brechen beide weinend in dem engen Flur der Wohnung zusammen, die sie voller Hoffnung gekauft hatten. Ian hat sich eine Hand vors Gesicht gelegt und bemüht sich heftig schluchzend und keuchend, etwas zu sagen. »Ich halte das nicht aus. Warum passiert mir so was? Das ist die Hölle. Ich bin in der Hölle, Em!«

»Ich weiß. Es tut mir leid.« Sie nimmt ihn in den Arm.

»Warum kannst du mich nicht lieben? Warum kannst du nicht in mich verliebt sein? Früher warst dus doch auch, oder? Ganz am Anfang.«

»Natürlich.«

»Und warum kannst du nicht wieder in mich verliebt sein?«

»Ach, Ian, es geht nicht. Ich habs versucht, aber es geht nicht. Es tut mir so schrecklich leid.«

Etwas später liegen sie immer noch an derselben Stelle, als wären sie dort gestrandet. Ihr Kopf liegt an seiner Schulter, ihr Arm über seiner Brust, sie atmet seinen Geruch ein, den warmen, tröstlichen Geruch, an den sie so gewöhnt ist. Schließlich bricht er das Schweigen.

»Ich sollte gehen.«

»Ist wohl besser.«

Er hält das rote, geschwollene Gesicht abgewandt, setzt sich auf und deutet mit dem Kopf auf das Chaos aus Papier, Notizbüchern und Fotos auf dem Schlafzimmerboden. »Weißt du, was mich traurig macht?«

»Was?«

»Dass es nicht mehr Fotos von uns beiden gibt. Zusammen, meine ich. Es gibt tausende von dir und Dex, aber kaum welche, wo nur wir beide drauf sind. Zumindest keine neuen. Als hätten wir einfach aufgehört, welche zu machen.«

»Keine vernünftige Kamera«, sagt sie schwach, aber er schluckt es.

»Verzeih … du weißt schon, dass ich so ausgeflippt bin, in deinen Sachen gewühlt hab. Völlig unakzeptables Verhalten.«

»Schon gut. Tus einfach nicht wieder.«

»Einige Geschichten sind übrigens echt gut.«

»Danke. Obwohl sie eigentlich privat waren.«

»Welchen Sinn hat das? Irgendwann musst du sie jemandem zeigen. Dich der Welt stellen.«

»Okay, vielleicht mache ich das. Eines Tages.«

»Nicht die Gedichte. Zeig ihnen nicht die Gedichte, sondern die Geschichten. Sie sind gut. Du bist eine gute Schriftstellerin. Klug.«

»Danke, Ian.«

Seine Lippe zitterte. »So schlimm war es doch nicht, oder? Hier mit mir zu leben?«

»Es war toll. Ich hab nur meinen Frust an dir ausgelassen, das ist alles.«

»Willst du es mir erzählen?«

»Es gibt nichts zu erzählen.«

»Tja.«

»Tja.« Sie lächeln sich an. Er steht an der Tür, die Hand auf der Klinke, kann sich aber noch nicht losreißen.

»Eine Sache noch.«

»Ja?«

»Du triffst dich nicht mit ihm, oder? Mit Dexter, meine ich. Ich bin bloß paranoid.«

Seufzend schüttelt sie den Kopf. »Ian, ich schwörs dir bei meinem Leben. Ich treffe mich nicht mit Dexter.«

»Ich habe in der Zeitung gelesen, dass er sich von seiner Freundin getrennt hat, da dachte ich, weil wir auch Schluss gemacht haben und er wieder Single ist …«

»Ich habe Dexter seit einer Ewigkeit nicht mehr gesehen.«

»Aber ist irgendwas passiert? Während wir zusammen waren? Zwischen dir und Dexter, hinter meinem Rücken? Weil ich den Gedanken nicht ertragen kann …«

»Ian – zwischen mir und Dexter ist nichts passiert«, sagt sie und hofft, dass er die nächste Frage nicht stellt.

»Aber wolltest du es?«

Wollte sie? Ja, manchmal. Oft.

»Nein. Nein, wollte ich nicht. Wir waren nur Freunde, mehr nicht.«

»Okay. Gut.« Er sieht sie an und versucht zu lächeln. »Du fehlst mir so sehr, Em.«

»Ich weiß.«

Er legt sich die Hand auf den Magen. »Es macht mich ganz krank.«

»Das geht vorbei.«

»Wirklich? Ich habe nämlich das Gefühl, langsam durchzudrehen.«

»Ich weiß. Aber ich kann dir nicht helfen, Ian.«

»Du könntest immer noch … deine Meinung ändern.«

»Das geht nicht. Das kann ich nicht, so gerne ichs für dich tun würde.«

»Okey dokey.« Er zuckt die Achseln und lächelt mit zusammengepressten Lippen, sein Stan-Laurel-Lächeln. »Trotzdem. Fragen kostet nichts, oder?«

»Ich schätze nicht.«

»Ich finde immer noch, du bist der Hammer.«

Sie lächelt, weil er möchte, dass sie es tut. »Nein, *du* bist der Hammer, Ian.«

»Tja, da werde ich dir nicht widersprechen!« Er seufzt, kann es nicht mehr hinauszögern und greift nach der Klinke. »Okay. Grüße an Mrs M. Machs gut.«

»Du auch.«

»Tschüss.«

»Tschüss.«

Er dreht sich um, reißt die Tür auf und tritt dagegen, so dass es aussieht, als hätte sie ihn am Kopf getroffen. Emma lacht pflichtschuldigst, Ian atmet tief ein und geht. Sie bleibt noch ein Weilchen sitzen, steht dann abrupt auf, nimmt die Schlüssel und verlässt zielstrebig die Wohnung.

Die Geräusche eines Sommerabends in East17, Geschrei und Gekreisch hallen von den Gebäuden wider, ein paar vereinzelte Englandfahnen hängen schlaff aus den Fenstern. Sie geht über den Vorplatz. Sollte sie nicht einen Kreis flippiger, enger Freunde um sich haben, die ihr helfen, all das durchzustehen? Sollte sie nicht mit sechs oder sieben attraktiven, witzigen Großstädtern auf einem niedrigen, ausgebeulten Sofa sitzen, sah das urbane Leben nicht so aus? Aber ihre Freundinnen leben entweder zwei Stunden weit weg, oder sie sind mit ihren Familien oder Partnern zusammen. Doch in Ermangelung flippiger Freunde gibt es zum Glück einen Spirituosenladen, der den schrägen und deprimierenden Namen Beer'R'Us trägt.

Vor dem Eingang drehen angsteinflößende Jugendliche auf Fahrrädern träge ihre Kreise, aber sie ist jetzt furchtlos und marschiert direkt zwischen ihnen hindurch, den Blick starr geradeaus gerichtet. Im Geschäft wählt sie die am wenigsten dubiose Weinflasche und stellt sich an der Kasse an. Der Mann vor ihr hat ein Spinnweben-Tattoo im Gesicht, und während sie wartet, bis er genug Kleingeld für zwei Liter starken Cider zusammengekratzt hat, bemerkt sie eine Flasche Champagner, die in einer Glasvitrine eingeschlossen ist. Sie ist ganz staubig, wie ein Relikt aus einer unvorstellbar luxuriösen Vergangenheit.

»Den Champagner hätte ich auch gern, bitte«, sagt sie. Der Verkäufer sieht misstrauisch aus, aber das Geld ist da, fest zusammengeknüllt in ihrer Hand.

»Gibts was zu feiern?«

»Genau. Eine Riesenfeier.« Dann, einer Laune folgend: »Und noch zwanzig Marlboro.«

Mit den Flaschen, die ihr in einer hauchdünnen Plastiktüte gegen die Beine klirren, verlässt sie das Geschäft und steckt sich eine Zigarette in den Mund, als wäre es eine Art Gegengift. Plötzlich hört sie eine Stimme.

»Miss Morley?«

Schuldbewusst dreht sie sich um.

»Miss Morley? Hier drüben!«

Auf langen Beinen kommt Sonya Richards auf sie zustolziert, ihr Schützling, ihr Projekt. Das magere, verschlossene Mädchen, das den Artful Dodger gespielt hat, ist wie verwandelt, sieht jetzt atemberaubend aus; groß, zurückgekämmtes Haar, voller Selbstvertrauen. Emma kann sich genau vorstellen, wie sie auf Sonya wirkt: gebeugt, mit roten Augen, Kippe im Mundwinkel auf der Schwelle von Beer'R'Us. Ein Vorbild, eine Inspiration. Sinnloserweise versteckt sie die qualmende Zigarette hinter dem Rücken.

»Wie gehts Ihnen, Miss?« Sonya sieht etwas unbehaglich aus, ihr Blick flackert hin und her, als bereue sie es, herübergekommen zu sein.

»Es geht mir prima! Prima. Wie gehts dir, Sonya?«

»Ganz okay, Miss.«

»Wie ist das College? Läufts gut?«

»Ja, echt gut.«

»Nächstes Jahr machst du den Abschluss, nicht?«

»Stimmt.« Verstohlen wirft Sonya einen Blick auf die klirrende Tüte mit dem Alk und die Rauchwolke, die hinter ihrem Rücken aufsteigt.

»Und nächstes Jahr Uni?«

»Nottingham, hoffe ich. Wenn meine Noten gut genug sind.«

»Sind sie bestimmt. Sind sie bestimmt.«

»Dank Ihnen«, sagt Sonya, nicht sehr überzeugt.

Sie schweigen. Verzweifelt hält Emma die Flaschen und die Zigarette hoch und schwenkt sie. »WOCHENEINKAUF!«, sagt sie.

Sonya sieht verwirrt aus. »Tja. Ich geh dann mal besser.«

»Okay, Sonya, es war schön, dich zu sehen. Sonya? Viel Glück, ja? Ganz viel Glück«, aber Sonya stolziert schon wieder davon, ohne sich umzudrehen, und Emma, eine dieser Carpe-diem-Lehrerinnen, sieht ihr nach.

Spät in derselben Nacht passiert etwas Seltsames. Als sie halb schlafend bei laufendem Fernseher mit der leeren Flasche zu Füßen im Bett liegt, wird sie von Dexter Mayhews Stimme geweckt. Sie versteht nicht ganz, was er sagt – irgendwas über Ego-Shooter, Mehrspieler-Optionen und Nonstop-Baller-Action. Verwirrt und beunruhigt reißt sie die Augen auf, und er steht genau vor ihrer Nase.

Emma rappelt sich mühsam auf und lächelt. Die Show hat sie schon einmal gesehen. *Game On* ist eine Sendung im Spätprogramm, mit allen heißen, angesagten News aus der Computerspielszene. Das Set ist ein rot beleuchtetes, aus Styropor-Felsbrocken bestehendes Verlies, als hätte es etwas von Vorhölle, Computerspiele zu spielen. In dem Verlies sitzen käsige Spieler vor einem gigantischen Bildschirm, während Dexter Mayhew sie drängt, die Knöpfe zu drücken, schneller, schneller, schießt, schießt.

Die Spiele, oder *Turniere*, werden unterbrochen von ernsten Kritiken, in denen Dexter und eine Alibifrau mit orangefarbenem Haar die angesagten Neuerscheinungen der Woche besprechen. Vielleicht liegt es an Emmas winzigem Fernseher, aber er wirkt neuerdings etwas aufgedunsen und grau im Gesicht. Vielleicht liegt es wirklich am Fernseher, aber etwas fehlt. Das Prahlerische, an das sie sich erinnert, ist verschwunden. Als er über *Duke Nukem 3D* spricht, wirkt er unsicher, ja fast verlegen. Sie empfindet eine große Welle der Zuneigung für Dexter Mayhew. Seit sie sich kennen, ist nicht ein Tag vergangen, an dem sie nicht an ihn gedacht hat. Sie vermisst ihn und will ihn wiederhaben. Ich will meinen besten Freund zurück, denkt sie, weil ohne ihn nichts gut und richtig ist. Ich rufe ihn an, denkt sie, als sie einschläft.

Morgen. Gleich morgen früh rufe ich ihn an.

KAPITEL ELF

Zwei Treffen

DIENSTAG, 15. JULI 1997

Soho und South Bank

»So. Die schlechte Nachricht ist, sie haben *Game On* abgesetzt.«

»Abgesetzt? Echt?«

»Ja.«

»Aha. Okay. Aha. Haben sie gesagt, warum?«

»Nun, Dexy, sie haben einfach das Gefühl, die Sendung vermittle die pikante Romantik von Computerspielen im Spätprogramm nicht richtig. Sie denken, noch nicht die ideale Mischung gefunden zu haben, deshalb setzen sie die Sendung ab.«

»Verstehe.«

»... und fangen mit einem anderen Moderator neu an.«

»Und einem anderen Namen?«

»Nein, die Show heißt weiterhin *Game On*.«

»Gut. Also – also bleibt es dieselbe Show.«

»Es gibt ein paar entscheidende Änderungen.«

»Aber sie heißt immer noch *Game On*?«

»Ja.«

»Gleiches Set, gleiches Format und so.«

»Im weitesten Sinne.«

»Aber mit einem anderen Moderator.«

»Ja. Ein anderer Moderator.«

»Wer?«

»Keine Ahnung. Du jedenfalls nicht.«

»Und wer, haben sie nicht gesagt?«

»Jünger, haben sie gesagt. Jemand Jüngeres, sie wollen sich verjüngen. Mehr weiß ich nicht.«

»Also … mit anderen Worten, ich bin gefeuert.«

»Tja, ich schätze, das könnte man so sehen, ja, in diesem Fall haben sie sich entschieden, in eine andere Richtung zu gehen. Weg von dir.«

»Okay. Okay. Und – was ist die gute Nachricht?«

»Wie bitte?«

»Na ja, du hast gesagt, ›die schlechte Nachricht ist, sie haben die Sendung abgesetzt‹. Was ist die gute Nachricht?«

»Das wars. Das ist alles. Mehr Nachrichten habe ich nicht.«

In knapp drei Kilometern Entfernung am anderen Themseufer steht Emma Morley zur gleichen Zeit mit ihrer alten Freundin Stephanie Shaw im Aufzug.

»Die Hauptsache ist, und das kann ich nicht genug betonen –, lass dich bloß nicht einschüchtern.«

»Wieso sollte ich eingeschüchtert sein?«

»Sie ist eine Legende im Verlagswesen. Sie ist berüchtigt.«

»Berüchtigt? Wofür?«

»Für ihre … überwältigende Persönlichkeit.« Obwohl sie allein im Aufzug sind, flüstert Stephanie Shaw. »Sie ist eine hervorragende Lektorin, sie ist nur leicht … exzentrisch.«

Die nächsten zwanzig Stockwerke fahren sie schweigend

hinauf. Stephanie Shaw trägt eine adrette Bobfrisur, sieht schick und zierlich aus in dem makellosen weißen Hemd – nein, kein Hemd, eine *Bluse* – und dem engen schwarzen Bleistiftrock, Lichtjahre entfernt von dem mürrischen Gruftimädchen, das vor Jahren im Tutorium neben ihr gesessen hat, und Emma merkt, dass sie eingeschüchtert ist von dem professionellen Gebaren und der Geradlinigkeit ihrer alten Bekannten. Stephanie Shaw hat vermutlich schon Leute *gefeuert*. Vermutlich sagt sie Sachen wie »Kopieren Sie mir das!«. Wenn Emma das in der Schule versuchte, würde man sie auslachen. Während Emma mit verschränkten Fingern im Aufzug steht, hat sie plötzlich das dringende Bedürfnis, loszukichern. Es ist, als würden sie »Büro« spielen.

Die Aufzugtür öffnet sich im 30. Stock, und sie betreten ein geräumiges Großraumbüro, durch dessen hohe Rauchglasfenster man Aussicht auf die Themse und Lambeth hat. Als Emma nach London gekommen war, hatte sie hoffnungsvolle, naive Briefe an Verlage geschrieben und sich vorgestellt, wie ältere Sekretärinnen mit Halbmondbrillen auf der Nase sie in unordentlichen, heruntergekommenen Georgianischen Anwesen mit Elfenbeinbrieföffnern aufschlitzen. Dieses Büro ist elegant, hell und jugendlich, der Inbegriff des modernen Verlagshauses. Das einzig Beruhigende sind die schiefen, scheinbar willkürlich abgelegten Bücherstapel, mit denen der Boden und die Tische übersät sind. Zielstrebig geht Stephanie voran, dicht gefolgt von Emma, und überall tauchen Gesichter hinter den Bücherstapeln auf, um den Neuankömmling zu begutachten, während sie sich bemüht, gleichzeitig ihre Jacke auszuziehen und weiterzugehen.

»Also, ich kann nicht garantieren, dass sie alles gelesen oder es *überhaupt* gelesen hat, aber sie wollte dich treffen, und das ist großartig, Em, wirklich großartig.«

»Ich weiß das wirklich zu schätzen, Stephanie.«

»Vertrau mir, Em, das Buch ist wirklich gut. Wenn es nicht gut wäre, hätte ich es ihr nicht gegeben. Es liegt nicht in meinem Interesse, ihr Ramsch anzudrehen.«

Es war eine Schulgeschichte, genauer gesagt ein Liebesroman für Jugendliche, der in einer Gesamtschule in Leeds spielte, eine Art realistische, ungeschönte Version von *Dolly.* Darin ging es um eine Schulaufführung von *Oliver!*, erzählt aus der Sicht von Julie Criscoll, der frechen, rebellischen Darstellerin des Artful Dodger. Illustriert war das Ganze mit in den Text eingebundenen Kritzeleien, Karikaturen und sarkastischen Sprechblasen wie aus dem Tagebuch eines Teenagermädchens.

Die ersten 20000 Wörter hatte sie an Verlage geschickt und geduldig abgewartet, bis sie von jedem einzelnen eine Absage bekommen hatte: eine komplette Sammlung. *Nichts für uns, tut uns leid, dass wir Ihnen nicht weiterhelfen können, hoffentlich haben Sie woanders mehr Glück*, hieß es, und das einzig Ermutigende war, dass alle sehr allgemein gehalten waren; das Manuskript wurde offenbar nicht gelesen, sondern nur mit dem Standardbrief abgelehnt. Von allen Dingen, die sie geschrieben und nicht vollendet hatte, war dies das erste, das sie nach erneutem Lesen nicht quer durchs Zimmer schleudern wollte. Sie wusste, es war gut. Es lag auf der Hand, dass sie auf Vitamin B zurückgreifen musste.

Trotz etlicher, einflussreicher College-Kontakte hatte sie sich insgeheim geschworen, ihre erfolgreicheren Bekannten nie um einen Gefallen zu bitten, das war, wie einen Freund um Geld anzupumpen. Aber sie hatte jetzt einen Ordner voller Absagen zusammen und wurde nicht jünger, woran ihre Mutter sie gern erinnerte. In einer großen Pause hatte sie sich ein ruhiges Klassenzimmer gesucht, ihren ganzen Mut zusammengenommen und Stephanie Shaw angerufen. Es war das erste Gespräch seit drei Jahren, aber immerhin mochten sie sich wirklich, und nachdem sie sich gegenseitig auf den neuesten Stand gebracht hatten, war Emma mit der Sprache herausgerückt: Würde Stephanie etwas lesen? Ich habe etwas geschrieben. Ein paar Kapitel und eine Inhaltsübersicht für ein albernes Teenager-Buch. Es geht um ein Schulmusical.

Und jetzt trifft sie sich tatsächlich mit einer waschechten Lektorin. Sie ist nervös von zu viel Kaffee, ihr ist schlecht vor Angst, und die Tatsache, dass sie zum Schwänzen gezwungen ist, verbessert ihren fiebrigen Zustand auch nicht. Heute findet eine wichtige Lehrerkonferenz statt, die letzte vor den Ferien, und wie eine Schülerin auf Abwegen war sie am Morgen aufgewacht, hatte sich die Nase zugehalten, im Sekretariat angerufen und etwas von Magendarmgrippe gestöhnt. Selbst durchs Telefon hörte man, dass die Sekretärin ihr kein Wort glaubte. Sie wird Probleme mit Mr Godalming bekommen. Phil ist bestimmt fuchsteufelswild.

Keine Zeit, sich darüber Sorgen zu machen, denn sie sind jetzt beim Eckbüro angekommen, ein Glaskasten in Spitzenlage mit atemberaubender Panoramaaussicht von der St. Paul's Cathedral zum Parlament, in dem mit dem Rücken zu ihnen eine gertenschlanke Frau sitzt.

Stephanie deutet auf einen niedrigen Sessel neben der Tür.

»So. Warte hier. Komm nachher noch zu mir. Erzähl mir, wie es gelaufen ist. Und denk dran – nur keine Angst …«

»Haben sie dir Gründe genannt? Warum sie mich abserviert haben?«

»Eigentlich nicht.«

»Komm schon, Aaron, spucks aus.«

»Na ja, die genauen Worte waren, du wärst ein bisschen zu 1989.«

»Wow. Wow. Gut, okay. Okay, na gut – scheiß drauf, stimmts?«

»Genau, das habe ich auch gesagt.«

»Echt?«

»Ich habe gesagt, ich wäre nicht erfreut.«

»Okay, und was steht als Nächstes an?«

»Nichts.«

»Nichts?«

»Da wäre so eine Sendung, wo Roboter gegeneinander kämpfen, und du müsstest die Roboter quasi vorstellen …«

»Und warum kämpfen die Roboter?«

»Wer weiß? Liegt wohl in ihrer Natur, schätze ich. Es sind aggressive Roboter.«

»Vergiss es.«

»Okay. Autoshow auf *Männer und Motoren?*«

»Was, *Satellitenprogramm*?«

»Satelliten- und Kabelfernsehen sind die Zukunft.«

»Aber was ist mit Antenne?«

»Da ist es momentan eher ruhig.«

»Für Suki Meadows ist es nicht ruhig, für Toby Moray ist es nicht ruhig. Man kann an keinem Fernseher vorbeigehen, ohne Toby Morays Visage zu sehen.«

»Darum gehts im TV, Dex, um Modeerscheinungen. Er ist nur eine Modeerscheinung. Du warst eine Modeerscheinung, jetzt ist er eine.«

»Ich war eine *Modeerscheinung*?«

»Keine *Modeerscheinung*. Ich meine nur, mal ist man oben und mal unten, mehr nicht. Ich finde, du solltest über einen Richtungswechsel nachdenken. Wir müssen dein Image verbessern. Deinen schlechten Ruf.«

»Sekunde – ich habe einen *schlechten Ruf*?«

Emma sitzt im niedrigen Ledersessel und wartet und wartet, beobachtet den Arbeitsalltag im Büro und empfindet einen beschämenden Anflug von Neid auf diese Geschäftswelt und die smarten, jugendlichen Berufstätigen, die sie bevölkern. Sozialneid, das ist es. Das Büro ist nicht außergewöhnlich, aber verglichen mit der Cromwell-Road-Gesamtschule ist es geradezu futuristisch: ein scharfer Kontrast zum Lehrerzimmer mit den tanninfleckigen Tassen, kaputten Möbeln und strengen Dienstplänen, der allgegenwärtigen Übellaunigkeit, Nörgelei und Unzufriedenheit. Die Schüler sind natürlich großartig, zumindest ein paar, zumindest manchmal, aber die Konfrontationen werden immer häufiger und alarmierender. Zum ersten Mal hat sie das Gefühl, gegen eine Wand zu reden, und dieser neuen Einstellung ihrer Schüler hat sie wenig entgegenzusetzen. Oder vielleicht hat sie den Dreh, die Motivation, die Energie verloren. Die andauernde Fehde mit dem Schulleiter ist natürlich auch nicht gerade hilfreich.

Was, wenn ihr Leben eine andere Richtung genommen hätte? Was, wenn sie mit 22 nicht aufgehört hätte, Verlage anzuschreiben? Würde dann Emma anstelle von Stephanie Shaw im Bleistiftrock Prêt-à-manger-Sandwiches essen? Seit einiger Zeit hat Emma das Gefühl, dass sich das Leben ändern wird, und sei es nur, weil es sich ändern muss, und vielleicht ist das ihre Chance, vielleicht ist dieses Gespräch der Wendepunkt. Ihr dreht sich vor Spannung der Magen um, als die Sekretärin den Telefonhörer auflegt und zu ihr kommt.

Marsha hat jetzt Zeit für sie. Emma steht auf, streicht sich den Rock glatt, weil sie das im Fernsehen gesehen hat, und betritt den Glaswürfel.

Marsha – Miss Francomb? – ist groß, imposant, und ihre Adlernase verleiht ihr eine einschüchternde Ähnlichkeit mit Virginia Woolf. Sie ist Anfang 40, hat militärisch kurzgeschnittenes, nach vorn gekämmtes graues Haar, ihre Stimme ist heiser und gebieterisch. Sie steht auf und reicht Emma die Hand.

»Sie müssen mein Halb-eins-Termin sein.«

Mit piepsiger Stimme antwortet Emma, ja, das stimmt, halb eins, obwohl sie genau genommen auf viertel nach zwölf bestellt worden war.

»*Setzen Sie sich bitte*«, sagt Marsha unerklärlicherweise auf Deutsch. Deutsch? Warum Deutsch? Egal, am besten spielt sie einfach mit.

»*Danke*«, piepst Emma, sucht nach einer Sitzgelegenheit, lässt sich auf dem Sofa nieder und schaut sich um: Regale voller Preise, gerahmte Buchcover, Souvenirs einer illustren Karriere. Emma hat das überwältigende Gefühl, dass sie nicht hier sein sollte, nicht hierher gehört, die Zeit dieser respekteinflößenden Frau nur verschwendet; sie verlegt Bücher, echte Bücher, die die Leute kaufen und lesen. Marsha macht es ihr nicht gerade leicht. Schweigen hängt in der Luft, als sie die Jalousien herunterlässt, so dass der äußere Bürobereich verdeckt ist. Im Halbdunkeln sitzen sie da, und plötzlich hat Emma das Gefühl, verhört zu werden.

»Bitte verzeihen Sie die Wartezeit, es gibt sehr viel zu tun. Ich konnte Sie gerade noch dazwischenschieben. Ich will nichts überstürzen. In solchen Dingen ist es wichtig, die richtige Entscheidung zu treffen, finden Sie nicht?«

»Unerlässlich. Absolut.«

»Sagen Sie, wie lange arbeiten Sie jetzt schon mit Kindern?«

»Ähm, warten Sie, 93 – etwa fünf Jahre.«

Gebannt beugt Marsha sich vor. »Und *mögen* Sie es?«

»Oh ja. Meistens jedenfalls.« Emma kommt sich etwas steif und förmlich vor. »Wenn sie mir nicht gerade das Leben schwer machen.«

»Die Kinder machen Ihnen das Leben schwer?«

»Manchmal sind sie ganz schön anstrengend, wenn ich ehrlich sein soll.«

»Wirklich?«

»Sie wissen schon. Frech, aufsässig.«

Marsha stutzt und lehnt sich zurück. »Und was tun Sie, um sie zu disziplinieren?«

»Och, das Übliche, ich werfe mit Stühlen! Natürlich nicht! Das Übliche, sie rausschicken, etwas in der Richtung.«

»Aha. Verstehe.« Marsha sagt nicht mehr, strahlt aber tiefe Missbilligung aus. Wieder betrachtet sie die Papiere auf dem Schreibtisch, und Emma fragt sich, wann sie endlich anfangen, über ihre Arbeit zu reden.

»Nun«, sagt Marsha, »ich muss schon sagen, Sie sprechen unsere Sprache wesentlich besser als erwartet.«

»Wie bitte?«

»Ich meine, Sie sprechen fließend. Als hätten Sie Ihr ganzes Leben in England verbracht.«

»Tja … habe ich ja auch.«

Marsha sieht irritiert aus. »In Ihrem Lebenslauf steht aber was anderes.«

»Wie bitte?«

»In Ihrem Lebenslauf steht, dass Sie Deutsche sind!«

Was kann Emma da unternehmen? So tun, als wäre sie Deutsche? Nicht gut. Sie spricht kein Deutsch. »Nein, ich bin Engländerin.« Und welcher Lebenslauf? Sie hat keinen Lebenslauf geschickt.

Marsha schüttelt den Kopf. »Wir scheinen aneinander vorbeizureden. Sie sind doch mein Halb-eins-Termin, oder?«

»Ja! Ich glaube schon. Bin ich das?«

»Das Kindermädchen? Sie bewerben sich doch als Kindermädchen?«

»Ich habe einen *schlechten Ruf*?«

»Irgendwie schon. In der Branche.«

»Welchen?«

»Dass du ein bisschen … unzuverlässig bist.«

»Unzuverlässig?«

»Unprofessionell.«

»In welcher Hinsicht?«

»In der Hinsicht, dass du meist betrunken bist. In einer Sturzbesoffen-vor-der-Kamera-Hinsicht.«

»He, ich war nie …«

»… und arrogant. Man hält dich für arrogant.«

»Arrogant? Ich bin selbstbewusst, nicht arrogant.«

»Hey, ich gebe nur die Meinung der Leute wieder, Dex.«

»›Die Leute‹! Welche ›Leute‹ denn?«

»Leute, mit denen du zusammengearbeitet hast …«

»Wirklich? Großer Gott …«

»Ich meine ja nur, wenn du glaubst, du hast ein Problem …«

»Habe ich nicht.«

»… dann solltest du jetzt reinen Tisch machen.«

»Muss ich aber nicht.«

»Na, dann ist ja alles gut. In der Zwischenzeit solltest du vielleicht aufpassen, wie viel du ausgibst. Zumindest für die nächsten paar Monate.«

»Emma, es tut mir so leid …«

Beschämt und mit brennenden Augen marschiert Emma Richtung Aufzug, Marsha ist ihr auf den Fersen, dicht gefolgt von Stephanie. Gesichter tauchen aus den Nischen auf, während die kleine Prozession vorüberzieht. Das wird ihr eine Lehre sein, übermütig zu werden, denken sie bestimmt.

»Verzeihen Sie, dass ich Ihre Zeit verschwendet habe«, sagt Marsha liebenswürdig. »Jemand hätte Sie anrufen und absagen müssen …«

»Schon gut, nicht Ihre Schuld …«, murmelt Emma.

»Ich werde natürlich ein ernstes Wörtchen mit meiner Sekretärin sprechen. Sind Sie *sicher,* dass Sie die Nachricht nicht bekommen haben? Ich hasse es, Gespräche abzusagen, aber ich hatte noch keine Gelegenheit, das Material zu lesen. Ich würde es ja kurz überfliegen, aber die arme alte Helga wartet anscheinend im Konferenzraum …«

»Ich verstehe schon.«

»Stephanie hat mir versichert, dass Sie äußerst talentiert sind. Ich freue mich schon so darauf, Ihr Werk zu lesen …«

Beim Aufzug angekommen, drückt Emma heftig auf den Knopf. »Ja, nun …«

»Wenigstens haben Sie jetzt eine amüsante Geschichte zu erzählen.«

Eine amüsante Geschichte? Wieder presst Emma den Knopf, als wolle sie jemandem ein Auge ausstechen. Sie will keine amüsante Geschichte, sie will eine Veränderung, einen Durchbruch, und keine Anekdoten. Ihr Leben ist eine einzige beschissene Aneinanderreihung von Anekdoten, und jetzt will sie zur Abwechslung mal, dass endlich etwas gut geht. Sie will Erfolg oder zumindest die Aussicht darauf.

»Nächste Woche passt mir leider nicht so gut, ich fahre in

den Urlaub, deshalb kann es noch ein Weilchen dauern. Aber bevor der Sommer zu Ende ist, versprochen.«

Bevor der Sommer zu Ende ist? Monat um Monat verstreicht, ohne dass sich etwas ändert. Wieder drückt sie auf den Knopf und schweigt wie ein schmollender Teenager, der sie leiden lässt. Sie warten. Marsha wirkt ungerührt und mustert sie mit durchdringenden blauen Augen. »Sagen Sie, Emma, was machen Sie zurzeit?«

»Ich unterrichte Englisch. An einer Gesamtschule in Leytonstone.«

»Das ist wohl sehr zeitaufwendig. Wann schreiben Sie denn?«

»Nachts. Am Wochenende. Manchmal auch am frühen Morgen.«

Marshas Augen werden schmal. »Dann ist es Ihnen wohl sehr ernst damit.«

»Es ist das Einzige, was ich wirklich tun will.« Emma ist über sich selbst erstaunt, nicht nur, weil die Bemerkung so ernst klingt, sondern weil sie wahr ist. Der Aufzug öffnet sich hinter ihr, sie dreht sich um und wünscht fast, sie könnte noch bleiben.

Marsha streckt die Hand aus. »Nun, auf Wiedersehen, Miss Morley. Ich freue mich darauf, mich weiter mit Ihnen zu unterhalten.«

Emma ergreift die langen Finger. »Und ich hoffe, Sie finden Ihr Kindermädchen.«

»Das hoffe ich auch. Die Letzte war eine völlige Psychopathin. Sie suchen nicht zufällig Arbeit? Ich glaube, Sie wären wirklich qualifiziert.« Marsha lächelt, und Emma lächelt zurück, und hinter Marsha kaut Stephanie auf der Unterlippe, formt mit den Lippen ein Sorry-Sorry-Sorry und deutet pantomimisch einen Telefonhörer an.

Die Tür schließt sich hinter Emma, sie lässt sich an die Wand sinken, während der Aufzug 30 Stockwerke in die Tiefe rauscht, und spürt, wie die Aufregung in ihrer Magengrube sich in bittere Enttäuschung verwandelt. Um drei Uhr morgens, als sie nicht schlafen konnte, hatte sie sich ein spontanes Mittagessen mit ihrer neuen Verlegerin vorgestellt. Sie hatte sich selbst kühlen Weißwein im Oxo Tower trinken sehen, wobei sie ihre Begleiterin mit einnehmenden Geschichten aus dem Schulalltag bezauberte, und jetzt wird sie nach weniger als 25 Minuten wieder ans Südufer der Themse gespuckt.

Im Mai hatte sie hier das Wahlergebnis gefeiert, aber von der damaligen Euphorie ist nichts mehr zu spüren. Weil sie so getan hat, als hätte sie Magendarmgrippe, kann sie noch nicht mal mehr zur Lehrerkonferenz gehen. Sie befürchtet deswegen einen neuen Streit, Beschuldigungen, spitze Bemerkungen. Um den Kopf freizukriegen beschließt sie, einen Spaziergang zu machen, und geht in Richtung Tower Bridge.

Aber selbst die Themse kann ihre Stimmung nicht heben. Dieser Teil von South Bank wird gerade rundumerneuert, ein einziges Chaos aus Gerüsten und Abdeckplanen, darüber ragt an diesem Mittsommertag das heruntergekommene Bankside-Kraftwerk drohend und bedrückend auf. Sie hat Hunger, allerdings gibt es weit und breit keine Restaurants und niemanden, mit dem sie essen gehen könnte. Ihr Handy klingelt, und sie durchwühlt ihre Tasche, begierig, ihrem Herzen Luft zu machen, bis ihr zu spät klar wird, wer sie anruft.

»Soso – Magendarmgrippe, hm?«, sagt der Schulleiter.

Sie seufzt. »Genau.«

»Und im Bett, ja? Für mich klingt es nicht, als wären Sie im Bett. Klingt eher, als würden Sie die Sonne genießen.«

»Phil, bitte – machs mir nicht so schwer.«

»Oh, nein, *Miss* Morley, Sie können nicht beides haben. Sie können unsere Beziehung nicht einfach beenden und dann noch eine Sonderbehandlung erwarten …« Diese Stimme benutzt er schon seit Monaten, ein offizieller, gehässiger Singsang, und ihre Wut flackert erneut auf, weil sie immer wieder in selbst gestellte Fallen tappt. »Wenn Sie es rein beruflich halten wollen, dann bleiben wir rein beruflich! So! Wenn es Ihnen nichts ausmacht, könnten Sie mir sagen, warum Sie heute diese äußerst wichtige Konferenz verpasst haben?«

»Hör bitte auf damit, ja, Phil? Ich bin nicht in Stimmung.«

»Ich möchte ungern ein *Disziplinarverfahren* daraus machen, Emma …«

Sie hält sich das Handy vom Ohr weg, während der Schulleiter weiter- und weiterredet. Es ist das mittlerweile veraltete, klobige Handy, das er ihr aus Liebe geschenkt hat, damit er »ihre Stimme hören kann, wann immer er will«. Mein Gott, sie haben es sogar für Telefonsex benutzt. Na ja, er zumindest –

»Sie sind ausdrücklich informiert worden, dass die Konferenz obligatorisch ist. Das Schuljahr ist noch nicht vorbei, wissen Sie« – und einen Moment lang überlegt sie, wie befriedigend es wäre, das verdammte Ding in die Themse zu werfen und zuzuschauen, wie es untergeht wie ein Stein. Aber sie müsste zuerst die SIM-Karte entfernen, was die Symbolkraft etwas schmälern würde, außerdem gibt es solche dramatischen Gesten nur in Film und Fernsehen – und sie kann sich kein neues Handy leisten.

Nicht jetzt, da sie beschlossen hat zu kündigen.

»Phil?«

»Bleiben wir doch bei Mr Godalming, ja?«

»Okay – Mr Godalming?«

»Ja, Miss Morley?«

»Ich kündige.«

Er lacht, ein nervtötendes, falsches Lachen. Sie sieht ihn vor sich, wie er langsam den Kopf schüttelt. »Emma, du kannst nicht kündigen.«

»Ich kann und ich habe, und noch etwas. Mr Godalming?«

»Emma?«

Die obszöne Bemerkung liegt ihr auf der Zunge, aber sie bringt es nicht über sich, sie auszusprechen. Stattdessen formt sie die Worte genüsslich mit den Lippen, legt auf, wirft das Handy in ihre Tasche und geht am Ufer der Themse entlang Richtung Osten, benommen von einer Mischung aus Hochgefühl und Zukunftsangst.

»So, leider kann ich nicht mit dir zum Mittagessen gehen, ich habe noch einen Termin mit einem anderen Klienten …«

»Okay. Danke, Aaron.«

»Vielleicht beim nächsten Mal, Dexy. Was ist los? Du siehst so niedergeschlagen aus, Kumpel.«

»Ach, nichts. Ich bin nur ein bisschen besorgt, das ist alles.«

»Weshalb?«

»Wegen, du weißt schon, der Zukunft. Meine Karriere. Sie läuft nicht so, wie ich erwartet hatte.«

»Tut sie doch nie, oder? Deshalb sind Karriere und Zukunft ja so verflucht AUFREGEND! He, komm her, komm her, hab ich gesagt! Ich hab da eine Theorie über dich, Kumpel. Willst du sie hören?«

»Schieß los.«

»Die Leute lieben dich, Dex, sie lieben dich wirklich. Das Problem ist, es ist eine ironische, augenzwinkernde Hassliebe. Was wir brauchen, ist jemand, der dich *wirklich* liebt …«

KAPITEL ZWÖLF

»Ich liebe dich« sagen

DIENSTAG, 15. JULI 1998

Chichester, Sussex

Aus heiterem Himmel, ohne zu wissen, wie ihm geschieht, ist Dexter verliebt, und plötzlich ist das Leben ein einziger Wochenendausflug.

Sylvie Cope. Sie heißt Sylvie Cope, ein wunderschöner Name, und wenn man ihn fragt, wie sie ist, schüttelt er den Kopf, atmet tief aus und sagt, sie ist großartig, einfach großartig, einfach nur … wunderbar! Sie ist natürlich schön, aber anders als die anderen – keine Männermagazin-Schönheit wie die flippige Suki Meadows oder trendig-schön wie Naomi, Ingrid oder Yolande, sondern auf gelassene, klassische Art; in der Frühphase seiner Moderatorenlaufbahn hätte er sie wohl eine »Klassefrau« oder »Klassebraut« genannt. Mit dem langen, glatten, blonden, streng in der Mitte gescheitelten Haar, den zierlichen, hübschen Zügen in dem symmetrischen, blassen, herzförmigen Gesicht erinnert sie ihn an eine Frau aus einem Gemälde, dessen Name ihm entfallen ist, irgendjemand aus dem Mittelalter mit Blumen im Haar. So sieht Sylvie Cope aus; die Art von Frau, die mit einem Einhorn im Arm völlig normal aussähe. Sylvie ist groß und schlank, recht ernst, oft fast streng, und ihr Gesicht bleibt meist unbewegt, außer wenn sie die Stirn runzelt oder die Augen verdreht, weil er irgendwas Dummes gesagt oder getan hat; Sylvie ist perfekt und verlangt auch von anderen Perfektion.

Ihre Ohren stehen ein winziges bisschen ab, so dass sie korallenrot glühen, wenn sie die Sonne im Rücken hat, und im selben Licht kann man auch einen feinen Flaum auf ihren Wangen und der Stirn erkennen. Zu früheren, oberflächlicheren Zeiten hätten die glühenden Ohren und die behaarte Stirn Dexter vielleicht abgestoßen, aber wenn er sie heute betrachtet, wie sie ihm an diesem warmen Sommertag auf einem englischen Rasen am Tisch gegenübersitzt, das perfekte Kinn auf die langgliedrige Hand gestützt, während über ihnen die Schwalben dahinsegeln, und ihr Gesicht im Kerzenschein Ähnlichkeit hat mit einem Gemälde von diesem Typ, der immer Mädchen im Kerzenlicht malt, dann fühlt er sich wie hypnotisiert. Über den Tisch hinweg lächelt sie ihn an, und er beschließt, dass er ihr heute Nacht sagen wird, dass er sie liebt. Bis jetzt hat er noch nie »Ich liebe dich« gesagt, nicht absichtlich, nicht wenn er nüchtern war. Er hat gesagt »Verfickt nochmal, ich liebe dich«, aber das ist was anderes, und heute hat er das Gefühl, es ist Zeit, die Worte in ihrer reinsten Form zu verwenden. Er ist so angetan von dem Plan, dass er zwischenzeitlich nicht auf das Gespräch achtet.

»Und was machen Sie nun *beruflich*, Dexter?«, fragt Sylvies Mutter vom anderen Tischende; Helen Cope, vogelähnlich und unnahbar in beigefarbenem Kaschmir.

Wie gebannt starrt Dexter weiter Sylvie an, die warnend die Augenbrauen hochzieht. »Dexter?«

»Hm?«

»Mummy hat dich etwas gefragt?«

»Entschuldigen Sie, ich war ganz in Gedanken.«

»Er ist TV-*Moderator*«, sagt Sam, einer von Sylvies Brüdern – ein 19-jähriger, stämmiger, selbstzufriedener kleiner Nazi mit dem muskulösen Rücken eines Collegeruderers, genau wie sein Zwillingsbruder Murray.

»Ist oder war? Moderieren Sie heute immer noch?«, grinst Murray süffisant, und beide werfen die blonden Ponys zurück. Mit der sportlichen Figur, der reinen Haut und den blauen Augen sehen sie aus wie Laborzüchtungen.

»*Dich* hat Mummy nicht gefragt, Murray«, fährt Sylvie ihn an.

»Na ja, ich bin immer noch Moderator, irgendwie«, sagt Dexter und denkt, ich krieg euch noch dran, ihr kleinen Scheißer. Es hatte schon in London Reibereien zwischen Dexter und den Zwillingen gegeben. Durch ihr süffisantes Grinsen und Zwinkern haben sie ihm zu verstehen gegeben, dass sie nicht viel von dem neuen Freund ihrer Schwester halten, dass sie etwas Besseres verdient hat. Die Cope-Familie besteht aus Gewinnern und duldet nur Gewinner. Dexter ist nur ein hübsches Gesicht, weg vom Fenster, ein Angeber auf dem absteigenden Ast. Am Tisch herrscht Schweigen. Hätte er weiterreden sollen? »Entschuldigung, wie war noch gleich die Frage?«, fragt Dexter verwirrt, aber entschlossen, wieder Oberwasser zu bekommen.

»Ich habe nur gefragt, was Sie heute so tun, arbeitsmäßig?«, wiederholt sie geduldig und lässt deutlich durchblicken, dass es sich um ein Vorstellungsgespräch für den Posten als Sylvies Freund handelt.

»Nun, ich habe an einer Reihe neuer Sendungen gearbeitet. Wir warten noch auf die Zusagen.«

»Und worum geht es dabei?«

»Nun, in einer geht es um das Londoner Nachtleben, darum, was in der Hauptstadt so abgeht, und in der anderen geht es um Sport. Extremsport.«

»Extremsport? Was ist ›Extremsport‹?«

»Äh, nun ja, Mountainbike-Fahren, Snowboarden, Skateboarden ...«

»Und betreiben Sie selbst auch irgendwelche ›Extremsportarten‹?«, fragt Murray höhnisch grinsend.

»Gelegentlich fahre ich Skateboard«, sagt Dexter, in die Defensive getrieben, und sieht, wie Sam am anderen Tischende in die Serviette beißt.

»Haben wir Sie vielleicht schon mal auf BBC gesehen?«, fragt Lionel, der Vater, gutaussehend, gedrungen, selbstzufrieden und mit Ende 50 immer noch erstaunlich blond.

»Unwahrscheinlich. Es läuft alles recht spät, bedauerlicherweise.« *Es läuft alles recht spät, bedauerlicherweise. Gelegentlich fahre ich Skateboard.* Gott, fragt er sich, wie redest du? Aus irgendeinem Grund verhält er sich in Gegenwart der Cope-Familie wie in einem Kostümdrama. Fürwahr, es läuft recht spät. Trotzdem, sie ist es wert ...

Jetzt meldet sich Murray zu Wort – oder ist es Sam? –, den Mund voller Salat. »Wir haben immer diese Sendung mit Ihnen im Spätprogramm geguckt, *abfeiern.* Viele Schimpfwörter und Mädels, die in Käfigen tanzen. Du wolltest nie, dass wir das gucken, erinnerst du dich, Mum?«

»Ach, Gott, das?« Mrs Cope, Helen, runzelt die Stirn. »Ich erinnere mich *tatsächlich*, vage.«

»Du fandest sie ganz *abscheulich*«, sagt Murray oder Sam.

»›Macht das aus!‹, hast du immer gerufen«, sagt der andere, »›macht das aus! Davon bekommt man einen Hirnschaden!‹«

»Komisch, genau das hat meine Mutter auch immer gesagt«, bemerkt Dexter, aber keiner reagiert, und er greift nach der Weinflasche.

»*Sie* waren das also, ja?«, sagt Lionel, Sylvies Vater, mit hochgezogenen Augenbrauen, als hätte der Gentleman an seinem Tisch sich gerade als Schuft entpuppt.

»Nun, ja, aber ganz so schlimm war es nicht. Eigentlich habe ich nur die Interviews mit den Filmstars und den Bands geführt.« Er fragt sich, ob all das Gerede über Bands und Filmstars nicht zu angeberisch klingt, aber damit käme er sowieso nicht durch, schließlich sind da noch die Zwillinge, immer bereit, ihm den Rest zu geben.

»Hängen Sie denn immer noch viel mit *Filmstars* herum?«, fragt einer von ihnen gespielt beeindruckt, die arrogante kleine arische Missgeburt.

»Weniger. Jetzt nicht mehr.« Er beschließt, ehrlich zu sein, ohne Bedauern oder Selbstmitleid. »Das gehört jetzt … der Vergangenheit an.«

»Dexter ist nur bescheiden«, sagt Sylvie. »Er bekommt ständig neue Angebote. Er ist sehr wählerisch, was die Arbeit vor der Kamera angeht. In Wirklichkeit will er Produzent werden. Dexter hat seine eigene Medienproduktionsfirma!«, sagt sie stolz, und ihre Eltern nicken anerkennend. Ein Geschäftsmann, ein Unternehmer – das klingt schon besser.

Dexter lächelt auch, aber Tatsache ist, dass es in seinem Leben in letzter Zeit sehr viel ruhiger geworden ist. Die Mayhem TV AG hatte bisher weder einen Auftrag noch ein Treffen mit einem Auftraggeber und existiert bislang nur als Briefkopf auf teurem Papier. Aaron, sein Agent, hat ihn fallengelassen. Es gibt keine Sprecherjobs und keine Werbung mehr und nicht mehr ganz so viele Premieren. Er ist nicht länger die Stimme des Premium-Ciders, wurde in aller Stille aus der Pokerrunde ausgeschlossen, und auch der Typ, der bei Jamiroquai die Congas spielt, ruft ihn nicht mehr an. Aber trotz allem, trotz der beruflichen Talfahrt, geht es ihm gut, denn er ist in Sylvie verliebt, die wunderschöne Sylvie, und sie unternehmen Kurztrips.

Das Wochenende beginnt und endet häufig am Stansted-Flughafen, von wo sie nach Genua oder Bukarest, Rom oder Reykjavik fliegen, Mini-Reisen, die Sylvie mit der Präzision einer Invasionsarmee plant. Sie geben ein atemberaubend attraktives, urbanes, europäisches Paar ab, übernachten in exklusiven kleinen Boutique-Hotels, gehen spazieren und einkaufen und einkaufen und spazieren, trinken in Straßencafés schwarzen Kaffee aus winzigen Tassen und schließen sich anschließend ein in dem minimalistischen braungrauen Hotelzimmer mit Nasszelle und einer einzelnen Bambusstange in einer langen, schmalen Vase.

Wenn sie nicht die kleinen, unabhängigen Geschäfte in den Hauptstädten Europas erkunden, verbringen sie ihre Zeit in West-London mit Sylvies Freunden: zierliche, hübsche Mädchen mit harten Gesichtern und ihre rotwangigen Freunde mit den dicken Hintern, die wie Sylvie und ihre Freundinnen in der Marketing- oder Werbebranche oder bei der Stadt arbeiten. Eigentlich sind sie nicht seine Kragenweite, diese megaselbstbewussten Über-Freunde. Sie erinnern ihn an die Klassensprecher, die er aus der Schule kennt; ganz nett, aber nicht besonders cool. Egal. Auf Coolness kann man kein Leben aufbauen, und dieses weniger chaotische, geregeltere Leben hat seine Vorteile.

Abgeklärtheit und Betrunkenheit passen nicht wirklich zusammen, und außer dem gelegentlichen Glas Champagner oder Wein beim Essen trinkt Sylvie keinen Alkohol. Zudem raucht sie nicht, nimmt keine Drogen, isst kein rotes Fleisch, kein Brot, keinen raffinierten Zucker und keine Kartoffeln.

Und sie hat kein Verständnis dafür, wenn Dexter sich betrinkt. Seine berüchtigten Mixologie-Künste lassen sie völlig kalt. Sie findet Rauschzustände peinlich und unmännlich, und mehr als einmal fand er sich wegen des dritten Martinis am Ende eines Abends allein wieder. Ohne, dass es offen ausgesprochen wird, steht er vor der Wahl: Entweder du reißt dich zusammen und bringst dein Leben in Ordnung, oder du verlierst mich. Dementsprechend gibt es neuerdings weniger Kater, weniger Nasenbluten, weniger Morgen, an denen er sich vor Scham und Selbsthass windet. Er geht nicht mehr mit einer Flasche Rotwein zu Bett, für den Fall, dass er nachts Durst bekommt, und dafür ist er dankbar. Er fühlt sich wie ein neuer Mensch.

Aber das Erstaunlichste an Sylvie ist, dass er sie so viel besser mag als sie ihn. Er mag ihre Geradlinigkeit, das Selbstbewusstsein und die Haltung. Er mag ihren wildentschlossenen, rücksichtslosen Ehrgeiz und den teuren, unfehlbaren Geschmack. Natürlich mag er, wie sie aussieht und wie sie zusammen aussehen, aber auch, dass ihr Sentimentalität völlig abgeht: Sie ist hart, glänzend und begehrenswert wie ein Diamant, und zum ersten Mal in seinem Leben muss er jemandem nachlaufen. Bei ihrem ersten Date in einem sündhaft teuren französischen Restaurant in Chelsea hat er sie gefragt, ob sie sich amüsiere. Sie amüsiere sich prächtig, hatte sie geantwortet, aber sie lache ungern in Gesellschaft, weil sie ihren Gesichtsausdruck beim Lachen nicht möge. Und obwohl es ihn bei dieser Antwort fröstelte, kam er doch nicht umhin, ihren eisernen Willen zu bewundern.

Dieser erste Besuch bei ihren Eltern ist Teil eines langen Wochenendes, ein Zwischenstopp in Chichester, bevor sie weiter die M3 hinunterfahren, bis zu einem gemieteten Cottage in Cornwall, wo Sylvie ihm Surfen beibringen will. Natürlich sollte er sich weniger freinehmen, er sollte arbeiten oder zumindest nach Arbeit suchen. Aber die Aussicht, eine gestrenge Sylvie im Neoprenanzug mit zurückgebundenen Haaren und rosigen Wangen zu bewundern, ist fast zu schön, um wahr zu sein. Er schaut zu ihr hinüber, um zu überprüfen, wie er sich macht, und sie lächelt ihm im Kerzenschein beruhigend zu. Bis jetzt macht er sich gut und schenkt sich ein letztes Glas Wein ein. Nur nicht zu viel trinken. Bei diesen Leuten muss man einen kühlen Kopf bewahren.

Nach dem Dessert – Sorbet aus eigenen Erdbeeren, das er überschwenglich lobt – hilft Dexter Sylvie, die Teller in den roten Ziegelbau zurückzubringen, der Ähnlichkeit mit einem luxuriösen Puppenhaus hat. Sie stehen in der viktorianischen Landküche und räumen den Geschirrspüler ein.

»Ich kann deine Brüder kaum auseinanderhalten.«

»Sam ist der gehässige und Murray der unflätige, so kann man es sich merken.«

»Ich glaube, sie mögen mich nicht besonders.«

»Sie mögen niemanden, außer sich selbst.«

»Sie halten mich wohl für angeberisch.«

Über das Besteckfach hinweg nimmt sie seine Hand. »Ist dir denn so wichtig, was meine Familie von dir hält?«

»Kommt drauf an. Ist dir wichtig, was deine Familie von mir hält?«

»Ein bisschen schon.«

»Dann ist es mir auch wichtig«, sagt er vollkommen aufrichtig.

Sylvie hält inne und sieht ihn eindringlich an. Neben Lachen in der Öffentlichkeit sind bei ihr auch demonstrative Zuneigungsbekundungen wie Umarmungen oder Kuscheln verpönt. Sex mit Sylvie ist wie eine extrem anstrengende Squashpartie, alles tut ihm weh, und er hat immer irgendwie das Gefühl, verloren zu haben. Berührungen sind selten und kommen meist heftig, schnell und völlig unerwartet. Jetzt legt sie ihm quer über den Geschirrspüler hinweg urplötzlich eine Hand auf den Hinterkopf, küsst ihn hart, nimmt mit der anderen seine Hand und presst sie sich zwischen die Beine. Er sieht ihr in die weit aufgerissenen, starren Augen, und versucht, mit seinem Gesicht Begehren statt Unbehagen darüber auszudrücken, dass ihm die Geschirrspülerklappe an den Schienbeinen scheuert. Die Familie marschiert ins Haus, er hört die flegelhaften Stimmen der Zwillinge im Flur. Als er sich loßzureißen versucht, wird seine Unterlippe auf komische Weise langezogen wie in einem Warner-Brothers-Cartoon, denn Sylvie hat sie zwischen den Zähnen. Er wimmert, und lachend lässt sie seine Lippe los, so dass sie zurückschnellt wie ein Rollo.

»Kanns kaum erwarten, ins Bett zu kommen«, haucht sie, während er die Lippe auf Blutspuren untersucht.

»Hört deine Familie das nicht?«

»Ist mir egal. Ich bin ein großes Mädchen.« Er überlegt, ob er es jetzt tun soll, ihr sagen soll, dass er sie liebt.

»Gott, Dexter, du kannst die Töpfe nicht einfach in den Geschirrspüler stellen, du musst sie erst ausspülen.« Sie geht ins Wohnzimmer und überlässt ihm das Spülen.

Dexter ist nicht leicht einzuschüchtern, aber etwas an dieser Familie, ihre Selbstgenügsamkeit und Selbstzufriedenheit, treibt ihn in die Defensive. Es ist keine Frage der Klasse, denn seine Familie ist genauso privilegiert, wenn auch liberaler und unkonventioneller als die erzkonservativen Copes. Was ihn nervös macht, ist ihr Zwang, sich als Sieger zu beweisen. Die Copes sind Frühaufsteher, Bergwanderer und Seeschwimmer, überlegen, gesund und munter, aber er wird sich nicht von ihnen unterkriegen lassen.

Als er ins Wohnzimmer kommt, drehen sich die Achsenmächte zu ihm um und verstummen plötzlich, als hätten sie von ihm gesprochen. Mit einem selbstbewussten Lächeln lässt er sich auf eines der niedrigen Blumenmuster-Sofas plumpsen. Das Wohnzimmer ist im Stil eines englischen Landhaushotels aufgemacht, bis hin zu Zeitschriften wie *Country Life*, *Private Eye* und *The Economist*, die fächerförmig auf dem Couchtisch ausgebreitet sind. Eine Pause entsteht. Die Uhr tickt, und er überlegt schon, sich eine Frauenzeitschrift zu nehmen, als:

»Ich weiß was, lasst uns ›Bist du da, Moriarty?‹ spielen«, schlägt Murray vor und erntet allgemeine Zustimmung von der Familie, sogar von Sylvie.

»Was ist denn ›Bist du da, Moriarty‹?«, fragt Dexter, und die Copes schütteln ob der Unwissenheit des Eindringlings einhellig den Kopf.

»Es ist ein ganz tolles Gesellschaftsspiel!«, sagt Helen lebhaft und wird zum ersten Mal an diesem Abend munter. »Wir spielen es schon seit Jahren!« Sam ist bereits damit beschäftigt, den *Daily Telegraph* zu einer langen, festen Rute zusammenzurollen. »Im Wesentlichen geht es darum, dass eine Person mit verbundenen Augen eine Zeitung in die Hand gedrückt bekommt, sich einer anderen Person gegenüberkniet …«

»… deren Augen auch verbunden sind.« Murray übernimmt und durchwühlt gleichzeitig einen antiken Sekretär auf der Suche nach Klebeband. »Die Person mit der aufgerollten Zeitung sagt ›Bist du da, Moriarty?‹« Er wirft Sam das Klebeband zu.

»Und die andere Person muss sich winden und ducken und ›Ja!‹ oder ›Hier!‹ antworten.« Sam klebt die Zeitung zu einem festen Knüppel zusammen. »Und je nachdem, woher die Stimme kommt, muss man versuchen, den anderen mit der zusammengerollten Zeitung zu schlagen.«

»Man hat drei Versuche, und wenn man dreimal danebentrifft, wird man Moriarty und muss sich vom nächsten Spieler schlagen lassen«, sagt Sylvie, begeistert von der Aussicht auf das viktorianische Gesellschaftsspiel, »und wenn du die andere Person triffst, darfst du den nächsten Spieler aussuchen. Zumindest spielen *wir* es so.«

»So ...«, sagt Murray und klopft sich mit dem Papierknüppel auf die Handfläche. »Wer hat Lust auf ein bisschen Extremsport?«

Es wird beschlossen, dass Sam sich Dexter, den Eindringling, vornimmt, und – Überraschung! – Sam den Knüppel bekommt. Austragungsort ist der riesige, ausgeblichene Teppich in der Mitte des Zimmers, und Sylvie führt ihn an seinen Platz, stellt sich hinter ihn und verbindet ihm mit einer großen weißen Serviette die Augen, die Gunstbezeugung einer Prinzessin für ihren treuen Ritter. Dexter erhascht einen letzten Blick auf Sam, dessen Augen schon verbunden sind und der sich süffisant grinsend mit dem Knüppel auf die Hand klopft, und hat plötzlich das Gefühl, dass er das Spiel unbedingt gewinnen und der Familie beweisen muss, aus welchem Holz er geschnitzt ist. »Zeigs ihnen«, flüstert Sylvie, ihr heißer Atem streift sein Ohr, und er muss wieder an den Moment in der Küche und seine Hand zwischen ihren Beinen denken. Sie nimmt ihn am Ellbogen, hilft ihm, sich hinzuknien, und schweigend sitzen sich die Gegner auf dem Perserteppich gegenüber wie Gladiatoren in der Arena.

»Lasset die Spiele beginnen!«, sagt Lionel kaiserlich.

»Bist du da, Moriarty?«, kichert Sam.

»Hier«, sagt Dexter und lehnt sich geschmeidig wie ein Limbotänzer zurück.

Der erste Schlag trifft ihn mit einem satten Klatschen, das im ganzen Raum wiederhallt, direkt unterm Auge. »Oooh!« und »Autsch!«, sagen die Copes und lachen über seinen Schmerz. »*Das* hat wehgetan«, bemerkt Murray aufreizend, und Dexter fühlt sich tief gedemütigt, lacht aber gutmütig, ein herzliches Gut-gemacht-Lachen. »Hast mich erwischt!«, gibt er zu und reibt sich die Wange, aber Sam hat Blut gerochen und fragt schon wieder:

»Bist du da, Moriarty?«

»J …«

Bevor er sich bewegen kann, trifft ihn der zweite Schlag am Hintern, so dass er zusammenzuckt und zur Seite fällt, wieder lacht die Familie, und Sam zischt leise »yessssss«.

»Nicht schlecht, Sammy«, sagt die Mutter, stolz auf ihren Sohn, und Dexter verspürt plötzlich unbändigen Hass auf das beknackte Scheiß-Spiel, das anscheinend ein krankes, familiäres Demütigungsritual ist …

»Zwei von zwei«, verkündet Murray mit schallendem Lachen. »Guter Schlag, Bruderherz.«

… und sag nicht »Bruderherz«, du kleiner Drecksack, denkt Dexter, der jetzt vor Wut schäumt, denn wenn er eins nicht ausstehen kann, dann ist es, ausgelacht zu werden, besonders von dieser Truppe, die ihn ganz offensichtlich für einen abgewrackten Versager hält, der nicht gut genug ist für ihre kostbare Sylvie. »Ich glaube, jetzt habe ich den Bogen raus«, gluckst er und klammert sich an seinen Sinn für Humor, obwohl er Sams Gesicht am liebsten mit der Faust bearbeitet hätte –

»Auf zur nächsten Runde …«, sagt Murray mit demselben Lachen.

– oder mit einer gusseisernen Bratpfanne –

»Los gehts – mich dünkt, drei von drei …«

– einem Kugelhammer oder einer Keule –

»Bist du da, Moriarty?«, fragt Sam.

»Hier«, sagt Dexter, verdreht wie ein Ninja die Hüfte und duckt sich nach rechts.

Der dritte Schlag ist ein dreister Stoß mit dem stumpfen Ende gegen die Schulter, der Dexter rücklings auf den Couchtisch wirft. Der Stoß ist so unverfroren und gezielt, dass er überzeugt ist, Sam müsse gemogelt haben, und sich die Augenbinde herunterreißt, um ihn zur Rede zu stellen, aber Sylvie beugt sich über ihn und schüttet sich aus vor Lachen, egal, wie ihr Gesicht dabei aussieht.

»Treffer! Volltreffer!«, kreischt Murray, der kleine Scheißer, und Dexter rappelt sich auf, das Gesicht zu einer Grimasse der Begeisterung verzogen. Die Familie applaudiert gönnerhaft.

»YESSSSSSSSSSSSSSSS!«, kräht Sam mit gebleckten Zähnen und verzerrtem Gesicht und reckt genüsslich die geballten Fäuste.

»Mehr Glück beim nächsten Mal!«, sagt Helen, die böse römische Kaiserin, gedehnt.

»Sie kriegen den Bogen schon noch raus«, brummt Lionel, und aufgebracht sieht Dexter, wie sich die Zwillinge Daumen und Zeigefinger wie ein L vor die Stirn halten. L für Loser.

»Ich bin trotzdem stolz auf dich«, sagt Sylvie nicht sehr überzeugend, fährt ihm durchs Haar und tätschelt ihm das Knie, als er neben ihr auf das Sofa sinkt. Sollte sie nicht auf seiner Seite sein? Was Loyalität angeht, ist sie immer noch eine von ihnen, denkt er.

Das Turnier geht weiter. Murray schlägt Samuel, dann schlägt Lionel Murray, dann wird Lionel von Helen geschlagen, und es geht ungeheuer gesellig und fröhlich zu, feste kleine Knüffe und Püffe mit der aufgerollten Zeitung, anders als bei Dexter, der das Gefühl hatte, mit einer Eisenstange verprügelt zu werden. Tief ins Sofa gerutscht, schaut er stirnrunzelnd zu und macht sich aus Rache heimlich daran, eine Flasche von Lionels ausgezeichnetem Bordeaux zu leeren. Es hatte Zeiten gegeben, als er bei solchen Spielen nicht versagt hätte. Mit 23 wäre er selbstbewusst, charmant und voller Selbstvertrauen gewesen, aber anscheinend hat er diese Gaben verloren. Seine Stimmung verfinstert sich zunehmend, je mehr sich die Flasche leert.

Dann schlägt Helen Murray, Sam schlägt Helen, und jetzt ist Sam an der Reihe, seine Schwester zu schlagen, und wenigstens erfüllt es ihn mit Stolz und Freude zu sehen, wie gut sie in dem Spiel ist, wie mühelos sie sich duckt, windet und den verzweifelten Hieben ihres Bruders ausweicht, geschmeidig und sportlich, sein Goldmädchen. Lächelnd sieht er vom Sofa aus zu, und als er schon glaubt, sie hätten ihn vergessen, hält Sylvie ihm die Zeitung hin:

»Jetzt komm. Du bist dran!«

»Aber du hast doch gewonnen!«

»Ich weiß, aber du hattest bis jetzt noch keine Gelegenheit zum Schlagen, armer Liebling«, sagt sie mit einem Schmollmündchen. »Komm schon. Versuchs mal. Nimms mit mir auf!«

Die Copes sind begeistert von der Vorstellung – es gibt ein leises, seltsam heidnisch, fast sexuell anmutendes Murmeln der Erregung, und er hat anscheinend keine Wahl. Seine Ehre, die Ehre der Mayhews steht auf dem Spiel. Feierlich stellt Dexter sein Glas ab, steht auf und nimmt die Zeitung.

»Bist du dir sicher?«, fragt er und kniet sich eine Armeslänge entfernt von ihr hin. »Ich bin ein ziemlich guter Tennisspieler.«

»Oh, ganz sicher«, sagt sie mit aufreizendem Grinsen und

schüttelt die Hände aus wie eine Turnerin, als ihr die Augen verbunden werden.

»Ich glaube, das hier liegt mir.«

Hinter ihm steht Samuel und verbindet ihm so fest die Augen, als wolle er einen Druckverband anlegen. »Das werden wir ja sehen.«

Es wird totenstill in der Arena.

»Okay, bist du bereit?«, fragt Dexter.

»Oh, ja.«

Er umfasst mit beiden Händen die Zeitung und hält sie auf Schulterhöhe hoch. »Sicher?«

»Ich bin bereit, wenn du …«

Vor seinem geistigen Auge flackert ein Bild auf – ein Baseballspieler am Schlagmal –, und schwungvoll zieht er den Knüppel schräg von unten nach oben, ein kraftvoller Aufwärtshaken, der hörbar durch die Luft zischt, und der Aufprall ist so heftig, dass er die Erschütterung durch die Arme bis in die Brust spürt, ein zutiefst befriedigendes Gefühl. Ein verblüfftes Schweigen folgt, und kurz glaubt Dexter, er hätte seine Sache sehr, sehr gut gemacht. Dann hört er ein Poltern und die ganze Familie schreit entsetzt auf.

»SYLVIE!«

»Oh, mein Gott!«

»Schatz, Liebling, gehts dir gut?«

Dexter reißt sich die Augenbinde herunter und stellt fest, dass Sylvie irgendwie auf der anderen Seite des Zimmers gelandet ist und im Kamin liegt wie eine Marionette mit gekappten Fäden. Sie blinzelt mit weit aufgerissenen Augen, hält sich die Hand vors Gesicht, aber man sieht, wie ihr ein dunkles Blutrinnsal aus der Nase fließt. Sie stöhnt leise.

»Oh mein Gott, das wollte ich nicht!«, ruft er entsetzt. Er will zu ihr eilen, aber die Familie hat sie bereits umringt.

»Großer Gott, Dexter, was zum Teufel haben Sie sich dabei gedacht?«, brüllt Lionel mit rotem Gesicht und richtet sich zu seiner vollen Größe auf.

»SIE HABEN NICHT MAL GEFRAGT, OB SIE *DA* IST, MORIARTY!«, kreischt seine Mutter.

»Habe ich nicht …?«

»Nein, Sie haben einfach wie wild auf sie eingedroschen!«

»Wie ein Irrer!«

»Entschuldigung, habs vergessen. Ich war …«

»… *betrunken!*«, sagt Samuel. Die Anklage steht im Raum. »Sie sind hinüber, Mann. Total besoffen!«

Alle drehen sich um und funkeln ihn an.

»Es war wirklich ein Unfall. Ich habe dein Gesicht in einem ungünstigen Winkel erwischt.«

Sylvie zupft Helen am Ärmel. »Wie sieht es aus?«, fragt sie mit tränenerstickter Stimme und hebt die Hand ein Stück an. Es sieht aus wie Erdbeersorbet.

»Halb so schlimm«, stößt Helen hervor, schlägt sich entsetzt die Hand vor den Mund, und Sylvie weint noch heftiger. »Ich will es sehen, ich will es sehen! Das Bad!«, wimmert sie, und die Familie hilft ihr auf die Beine.

»Es war wirklich nur ein unglücklicher Unfall …« Am Arm ihrer Mutter eilt Sylvie mit starr geradeaus gerichtetem Blick an ihm vorbei. »Soll ich mitkommen? Sylvie? Sylvie?« Er bekommt keine Antwort und sieht unglücklich zu, wie Sylvies Mutter sie durch den Flur die Treppe hoch ins Bad bugsiert.

Die Schritte verstummen.

Dexter bleibt allein mit den Cope-Männern. Eine urtümliche Szene, sie starren ihn unverwandt an. Instinktiv umfasst er seine Waffe, den fest zusammengerollten *Daily Telegraph* von heute, und sagt das Einzige, was ihm dazu einfällt:

»Autsch!«

»Und – glaubst du, ich habe einen guten Eindruck gemacht?«

Dexter und Sylvie liegen in dem großen, weichen Doppelbett des Gästezimmers. Mit unbewegter Miene dreht sich Sylvie zu ihm um, die kleine, feine Nase pulsiert anklagend. Sie schnieft, sagt aber nichts.

»Soll ich dir noch mal sagen, wie leid es mir tut?«

»Dexter, es ist *okay.*«

»Und verzeihst du mir?«

»Ich verzeihe dir«, blafft sie ihn an.

»Und glaubst du, sie finden mich in Ordnung und halten mich nicht für einen brutalen Psycho?«

»Ich glaube, sie fanden dich *okay.* Vergessen wirs einfach, ja?« Sie dreht ihm den Rücken zu und macht das Licht aus. Wie ein gescholtener Schuljunge hat er das Gefühl, ohne weitere Beruhigung nicht einschlafen zu können. »Tut mir leid, dass ich es … versaut habe«, sagt er kleinlaut. »*Wieder mal!*« Sie wendet sich ihm zu und legt ihm liebevoll eine Hand auf die Wange.

»Sei nicht albern. Alles lief gut, bis du mich geschlagen hast. Sie mochten dich wirklich gern.«

»Und was ist mit dir?«, sagt er, nach einem Kompliment haschend.

Seufzend lächelt sie. »Ich finde dich auch ganz nett.«

»Wie stehts mit einem Kuss?«

»Das geht nicht. Es fängt sonst wieder an zu bluten. Morgen mache ich es wieder gut.« Sie dreht ihm wieder den Rücken zu. Zufrieden legt er die Hände unter den Kopf. Das Bett ist riesig, weich und riecht nach frischgewaschenem Leinen, und die offenen Fenster gehen auf die stille Sommernacht hinaus. Ohne Stepp- und Bettdecke liegen sie unter einem einfachen weißen Baumwolllaken, und er kann die wunderbare Silhouette ihrer Beine, der schmalen Hüften und die Rundung des langen, glatten Rückens erkennen. Die Aussicht auf Sex hat sich mit dem Hieb und der möglichen Gehirnerschütterung zerschlagen, aber er dreht sich trotzdem um und legt ihr unter dem Laken eine Hand auf den Schenkel. Ihre Haut ist kühl und glatt.

»Lange Fahrt morgen«, murmelt sie. »Lass uns schlafen.«

Er starrt weiter ihren Hinterkopf an, wo das feine Haar aus dem Nacken gerutscht ist und dunklere Strähnen sichtbar werden. Das ist so schön, dass man es fotografieren müsste, denkt er. Man könnte es »Strukturen« nennen. Er fragt sich, ob er ihr noch sagen soll, dass er sie liebt, oder vielleicht versuchsweise, dass »er glaubt, dass er in sie verliebt ist«, was sowohl anrührender als auch leichter zurückzunehmen ist. Aber es ist eindeutig nicht der richtige Moment, nicht, wenn neben ihr auf dem Nachtschränkchen noch das zusammengeknüllte, blutige Taschentuch liegt.

Trotzdem hat er das Gefühl, etwas sagen zu müssen. Er hat einen Geistesblitz, küsst sie auf die Schulter und flüstert: »Nun, du weißt ja, was man sagt …« Er legt eine dramatische Pause ein. »Man verletzt immer die, die man liebt!«

Das ist ziemlich clever, ziemlich charmant, und mit erwartungsvoll hochgezogenen Augenbrauen wartet er darauf, dass sie versteht.

»Lass uns schlafen, ja?«, sagt sie.

Er gibt sich geschlagen, legt sich wieder hin und lauscht dem leisen Rauschen der A259. Irgendwo im Haus zerreißen sich ihre Eltern gerade das Maul über ihn, und plötzlich hat er das schreckliche Gefühl, losprusten zu müssen. Er fängt erst an zu kichern, dann zu lachen, bemüht sich krampfhaft, es zu unterdrücken, aber sein Körper fängt an zu zittern, so dass die Matratze bebt.

»*Lachst* du?«, murmelt Sylvie ins Kissen.

»Nein!«, sagt Dexter, und presst die Lippen zusammen, aber in seiner Magengrube braut sich schon der nächste Anfall zusammen. Irgendwann verwandelt sich selbst die schlimmste Katastrophe in eine Anekdote, und diese Geschichte hat eindeutig Potenzial. Es ist die Art von Geschichte, die er am liebsten Emma Morley erzählen möchte. Allerdings hat er keine Ahnung, wo Emma Morley steckt oder was sie treibt, seit fast zwei Jahren hat er sie nicht mehr gesehen.

Er muss sich die Geschichte einfach merken. Sie ihr eines Tages erzählen.

Wieder muss er lachen.

KAPITEL DREIZEHN

Die Welle

DONNERSTAG, 15. JULI 1999

Somerset

Einer nach dem anderen trudeln sie ein. Ein endloser Schwall luxuriöser wattierter Umschläge fällt auf die Fußmatte. Hochzeitseinladungen.

Dies war nicht die erste Welle von Hochzeiten. Einige Kommilitonen hatten sogar schon auf der Uni geheiratet, aber in Form von übertrieben schrägen So-tun-als-ob-Hochzeitsparodien, wie die scherzhaften »Dinnerpartys«, wo alle in Abendgarderobe aufkreuzten, um Thunfisch-Nudelauflauf zu essen. Studentische Hochzeitsfeiern waren Picknicks im örtlichen Park, zu denen die Gäste in gebrauchten Anzügen und Secondhand-Abendkleidern kamen und die gewöhnlich im Pub endeten. Auf den Hochzeitsfotos hielten Braut und Bräutigam Biergläser in die Kamera, die Braut mit einer Kippe im geschminkten Mund, und die Hochzeitsgeschenke fielen bescheiden aus: eine wirklich coole Compilation oder LP, eine gerahmte Fotomontage oder eine Packung Kerzen. Auf der Uni zu heiraten, war ein amüsanter Gag, ein harmloser Akt der Rebellion, wie ein winziges Tattoo, das keiner sieht, oder wie sich eine Glatze schneiden zu lassen.

Die zweite Welle, die Mittzwanziger-Hochzeiten, hatte immer noch etwas von dieser augenzwinkernden, hausbackenen Qualität. Die Feiern fanden in Gemeindezentren oder im Garten der Eltern statt, die Gelöbnisse waren selbstverfasst und strikt weltlich gehalten, und irgendjemand zitierte immer das Gedicht von e. e. cummings darüber, was für kleine Hände der Regen hat. Aber eine kalte, harte Professionalität hatte sich eingeschlichen. Die Idee der »Hochzeitsliste« hielt Einzug.

Irgendwann in der Zukunft wird es eine vierte Welle geben – die der zweiten Hochzeiten: bittersüße Feiern, für die man sich entschuldigen zu müssen glaubt und die wegen der Kinder schon um 21:30 Uhr vorbei sind. »Keine große Sache«, heißt es, »nur eine Ausrede zum Feiern.« Aber dies ist das Jahr der dritten Welle, und die dritte Welle erweist sich als die bislang mächtigste, spektakulärste und verheerendste. Es sind die Hochzeiten von Leuten, die Anfang bis Mitte 30 sind, und jetzt lacht keiner mehr.

Die dritte Welle ist unaufhaltsam. Jede Woche scheint einen weiteren luxuriös wattierten, cremefarbenen Umschlag zu bringen, dick wie eine Briefbombe, mit einer komplexen Einladung – ein Triumph der Papierherstellung – und einem umfassenden Dossier inklusive Telefonnummern, E-Mail-Adressen, Internetseiten, Wegbeschreibungen, der Kleiderordnung und dem Hinweis, wo man die Geschenke zu kaufen hat. Landhaushotels werden ausgebucht, Schwärme von Lachs werden pochiert, riesige Festzelte sprießen über Nacht aus dem Boden wie Beduinendörfer. Seidige graue Cutaways und Zylinder werden ausgeliehen und todernst getragen, und für Floristen, Partyservices, Streichquartette, schottische Volkstanzgruppen, Eisbildhauer und Hersteller von Einwegfotoapparaten brechen rosige Zeiten an. Mittelmäßige Motown-Cover-Bands brechen vor Erschöpfung fast zusammen. Kirchen sind wieder in Mode, und dieser Tage legt das glückliche Paar die kurze Entfernung zwischen dem Gotteshaus und dem Ort der Hochzeitsfeier auf offenen Londoner Doppeldeckerbussen, in Heißluftballons, auf dem Rücken zueinander passender weißer Hengste oder in Ultraleichtflugzeugen zurück. Eine Hochzeit erfordert Unmengen an Liebe, Hingabe und freier Zeit, und zwar nicht zuletzt von den Gästen. Konfetti kostet acht Pfund pro Box. Mit einem Beutel Reis aus dem Laden um die Ecke ist es heute nicht mehr getan.

Mr und Mrs Anthony Killick laden Emma Morley und Begleitung zur Hochzeit ihrer Tochter Tilly Killick mit Malcolm Tidewell ein.

Emma saß an der Autobahnraststätte in ihrem neuen Wagen, ihrem allerersten Auto, einem Fiat Panda aus vierter Hand, betrachtete die Einladung und wusste mit absoluter Gewissheit, es würde Männer mit Zigarren und einen Engländer im Kilt geben.

»*Emma Morley und Begleitung.*«

Sie wandte sich wieder der Straßenkarte zu, einer Uralt-Ausgabe, auf der mehrere wichtige Ballungsgebiete fehlten. Sie drehte sie erst um 180 Grad in die eine, dann um 90 Grad in die andere Richtung, aber sie hätte genauso gut eine mittelalterliche Karte benutzen können und warf sie auf den leeren Beifahrersitz, wo ihre Begleitung hätte sitzen sollen.

Emma war eine grottenschlechte Fahrerin, gleichzeitig nachlässig und starr vor Angst, und hatte die ersten 90 Kilometer geistesabwesend die Brille über den Kontaktlinsen getragen, so dass die anderen Autos bedrohlich aus dem Nichts aufzutauchen schienen wie außerirdische Raumkreuzer. Häufige Zwischenstopps waren unabdingbar, damit sich der Blutdruck normalisieren und sie sich den Schweiß von der Oberlippe tupfen konnte, und sie griff nach der Handtasche, begutachtete ihr Make-up im Spiegel und versuchte einzuschätzen, wie sie auf andere wirkte. Der Lippenstift war eigentlich zu rot und sexy für sie, und das bisschen Puder auf ihren Wangen wirkte jetzt übertrieben und albern, wie aus einem Barocktheaterstück. Warum sehe ich immer aus wie ein Kind, das das Make-up seiner Mutter ausprobiert, fragte sie sich. Außerdem hatte sie den unverzeihlichen Fehler begangen, sich am Vortag das Haar schneiden, nein, *stylen*, zu lassen, und es fiel immer noch in kunstvollen, lockeren Stufen, ein »Cut«, wie ihre Mutter sagen würde.

Frustriert zupfte sie heftig am Saum ihres chinesisch anmutenden Kleides aus dunkelblauer Seide, oder vielleicht war es auch nur Seidenersatz, jedenfalls sah sie darin aus wie die dickliche, unglückliche Kellnerin aus dem Imbiss Zum Goldenen Drachen. Wenn sie sich setzte, warf es Falten und rutschte hoch, und die Kombination aus der »Seide« und Autobahn-Panik verursachte ihr Schweißausbrüche. Die Klimaanlage hatte zwei Stufen, Windkanal und Sauna, und jegliche Eleganz hatte sich irgendwo außerhalb von Maidenhead verflüchtigt und war durch zwei dunkle Schweißflecken unter den Armen ersetzt worden. Sie hob die Ellbogen, betrachtete die Flecken und fragte sich, ob sie umkehren und sich umziehen sollte. Oder nur umkehren. Umkehren, zu Hause bleiben, am Buch weiterarbeiten. Schließlich standen sie und Tilly Killick sich nicht mehr besonders nahe. Die finstere Zeit, als Tilly ihr das winzige Zimmer in Clapton vermietet hatte, hatte einen Schatten auf ihre Beziehung geworfen, und sie hatten den Streit um die nicht zurückgezahlte rückzahlbare Kaution nie ganz geklärt. Es war schwer, dem frischvermählten Paar Glück zu wünschen, wenn die Braut einem 500 Mäuse schuldete.

Andererseits würde sie alte Freunde treffen. Sarah C., Carol, Sita, die Watson-Zwillinge, Bob, Mari mit dem Wuschelkopf, Stephanie Shaw von ihrem Verlag, Callum O'Neill, den Sandwich-Millionär. Und Dexter würde dort sein. Dexter mit seiner Freundin.

In dem Moment, als sie ihre Achselhöhlen vor die Belüftung hielt und sich fragte, was sie tun sollte, fuhr Dexter in seinem Mazda-Sportwagen mit Sylvie Cope auf dem Beifahrersitz an ihr vorbei, ohne dass sie sich sahen.

»Und wer kommt alles?«, fragte Sylvie und drehte die Stereoanlage leiser. Travis – ausnahmsweise ihre Musikwahl. Sylvie interessierte sich nicht für Musik, mit Ausnahme von Travis.

»Die üblichen Leute von der Uni. Paul, Sam und Steve O'D., Peter und Sarah, die Watsons. Und Callum.«

»Callum. Gut, Callum mag ich.«

»... Mary mit dem Wuschelkopf, Bob. Gott, Leute, die ich schon seit Jahren nicht mehr gesehen habe. Meine alte Freundin Emma.«

»Noch eine Ex?«

»Nein, keine Ex ...«

»Ein One-Night-Stand.«

»Auch kein One-Night-Stand, nur eine gute, alte Freundin.«

»Die Englischlehrerin?«

»Früher Englischlehrerin, jetzt Schriftstellerin. Du hast dich auf Bob und Maris Hochzeit mit ihr unterhalten, erinnerst du dich? In Cheshire.«

»Vage. Ziemlich attraktiv.«

»Schätze schon.« Dexter zuckte heftig die Schultern. »Wir haben lange nicht miteinander gesprochen. Ich hab dir davon erzählt. Weißt du noch?«

»Irgendwann sehen sie alle gleich aus.« Sie drehte sich zum Fenster. »Und, hattest du jetzt was mit ihr?«

»Nein, ich hatte *nichts* mit ihr.«

»Was ist mit der Braut?«

»Tilly? Was ist mit ihr?«

»Hattest du je Sex mit der Braut?«

Dezember 1992, die schreckliche Wohnung in Clapton, die immer nach gebratenen Zwiebeln roch, eine Fußmassage, die fürchterlich aus dem Ruder gelaufen war.

»Natürlich nicht. Für wen hältst du mich?«

»Mir ist, als wären wir jede Woche auf einer Hochzeit mit einer Busladung voller Frauen, mit denen du geschlafen hast …«

»Stimmt doch gar nicht.«

»… einem ganzen Zelt voll. Wie eine Ex-Konferenz.«

»Stimmt nicht, stimmt nicht …«

»Stimmt wohl.«

»Hey, du bist jetzt die Einzige für mich.« Eine Hand ließ er auf dem Lenkrad liegen, mit der anderen streichelte er Sylvie den Bauch, der unter dem pfirsichfarbenen, schillernden Satin ihres Minikleides immer noch flach war, um sie ihr anschließend auf den bloßen Schenkel zu legen.

»Und lass mich nicht immer mit Fremden herumstehen, ja?«, sagte Sylvie und drehte die Stereoanlage lauter.

Der Nachmittag war schon halb vorbei, als Emma zu spät und erschöpft am Sicherheitstor des stattlichen Gebäudes ankam und sich fragte, ob man sie überhaupt hereinließ. Morton Manor Park, ein weitläufiges Anwesen in Somerset, war von cleveren Investoren in eine Art All-in-one-Hochzeitsgelände verwandelt worden, inklusive eigener Kapelle, einer Bankett-halle, einem Ligusterhecken-Labyrinth, einer Wellness-Anlage und einer Reihe von Gästezimmern mit begehbaren Duschen, komplett umgeben von einer hohen, stacheldrahtbewehrten Mauer: ein Hochzeitscamp. Mit den Zierbauten und Grotten, Gräben und Pavillons, einem Schloss *und* einer Hüpfburg war es ein Hochzeits-Disneyland für gehobene Ansprüche, zu einem horrenden Preis das ganze Wochenende mietbar. Eine ungewöhnliche Wahl für die Hochzeit eines ehemaligen Mitglieds der Sozialistischen Arbeiterpartei. Verwirrt und befremdet fuhr Emma die breite Kiesauffahrt hoch.

In Sichtweite der Kapelle warf sich ein Mann mit gepuderter Perücke in Dieneruniform vor das Auto, winkte sie mit wehenden Spitzenmanschetten heran und beugte sich zum Fenster hinunter.

»Gibt es ein Problem?«, fragte sie. Fast hätte sie »Officer« hinzugefügt.

»Ich brauche die Schlüssel, Ma'am.«

»Die Schlüssel?«

»Um den Wagen zu parken.«

»Oh Gott, wirklich?«, fragte sie, peinlich berührt von den Flechten um die Windschutzscheibe, dem Kuddelmuddel aus zerfallenden Straßenkarten und leeren Plastikflaschen auf dem Boden. »Okay, na gut, die Türen schließen nicht, Sie müssen den Schraubenzieher benutzen, um sie zu verriegeln, und es gibt keine Handbremse, deshalb parken Sie bitte auf ebener Fläche gegen einen Baum gelehnt, oder lassen Sie einfach den Gang drin, okay?« Der Diener nahm die Schlüssel mit spitzen Fingern entgegen, als hätte man ihm eine tote Maus gereicht.

Sie war barfuß gefahren und musste die geschwollenen Füße jetzt zurück in die Schuhe zwängen wie die böse Stiefschwester. Die Zeremonie hatte schon angefangen. Aus der Kapelle hörte sie, wie vier, möglicherweise fünf behandschuhte Hände *Die Ankunft der Königin von Saba* spielten. Sie humpelte über den Kies zur Kapelle, die Arme erhoben, um den Schweiß wenigstens ein bisschen trocknen zu lassen, wie ein Kind, das Flugzeug spielt, dann zupfte sie ein letztes Mal an ihrem Saum, bevor sie unauffällig durch die große Eichentür schlüpfte und hinter den vollbesetzten Bänken stehen blieb. Momentan war eine A-cappella-Gruppe an der Reihe, schnippte manisch mit den Fingern und sang *I'm into Something Good*, als sich das glückliche Paar strahlend mit feuchten Augen angrinste. Den Bräutigam sah Emma zum ersten Mal, ein Rugbyspielertyp, gutaussehend in hellgrauem Cutaway und mit Rasierbrand, der Tilly verschiedene Gesichtsausdrücke zum Thema »der glücklichste Moment meines Lebens« vorführte. Emma bemerkte, dass die Braut sich seltsamerweise für den Marie-Antoinette-Look entschieden hatte – rosa Seide und Spitze, Reifrock, Turmfrisur, Schönheitsfleck –, und sie fragte sich, ob Tillys Abschluss in Geschichte und Französisch nicht sein Ziel verfehlt hatte. Allerdings sah sie sehr glücklich aus, und er sah sehr glücklich aus, die ganze Gemeinde sah sehr, sehr glücklich aus.

Lied folgte auf Sketch folgte auf Lied, bis die Hochzeit einer königlichen Galavorstellung ähnelte, und Dexters Gedanken schweiften ab. Tillys rotbackige Nichte las jetzt ein Sonett vor, etwas darüber, dass dem festen Bund getreuer Herzen kein Hindernis erstehen sollte, was auch immer *das* heißen mochte. Er bemühte sich ernsthaft, dem Gedankengang des Gedichtes zu folgen und die romantischen Gefühle auf Sylvie zu übertragen, wandte sich dann aber wieder seinen Spekulationen darüber zu, mit wie vielen Leuten aus der Hochzeitsgesellschaft er im Bett gewesen war. Nicht auf prahlerische Weise, zumindest nicht nur, sondern aus Nostalgie. »Die Liebe wankt mit Stunden nicht und Wochen …«, las die Nichte der Braut vor, als Dexter auf fünf kam. Fünf Ex-Geliebte in einer kleinen Kapelle. War das so was wie ein Rekord? Gab es Extrapunkte für die Braut? Immer noch keine Spur von Emma Morley. Mit Emma fünfeinhalb.

Von hinten beobachtete Emma, wie Dexter etwas an den Fingern abzählte, und fragte sich, was er da tat. Er trug einen dunklen Anzug mit einer schmalen schwarzen Krawatte; wie alle Jungs heutzutage machte er einen auf Gangster. Im Profil sah man den Ansatz eines Doppelkinns, aber er sah immer noch gut aus. Unverschämt gut, um genau zu sein, und weit weniger dicklich und aufgedunsen als in der Zeit, bevor er Sylvie kennengelernt hatte. Seit dem Streit hatte Emma ihn drei Mal getroffen, immer auf Hochzeiten. Jedes Mal hatte er sie in die Arme genommen und geküsst, als wäre nichts gewesen, hatte »wir müssen reden, wir müssen reden« gesagt, aber es war nie etwas daraus geworden. Ständig war er bei Sylvie, und beide waren ganz davon in Anspruch genommen, wunderschön auszusehen. Da saß sie neben ihm, legte ihm besitzergreifend die Hand aufs Knie, Kopf und Hals gereckt wie eine langstielige Blume, um alles mitzubekommen.

Das Gelöbnis begann. Emma sah gerade noch, wie Sylvie nach Dexters Hand griff und ihm alle fünf Finger drückte, als fühle sie mit dem Brautpaar. Sie flüsterte ihm etwas ins Ohr, und Dexter sah Sylvie an, lächelte breit und leicht dösig, wie Emma fand. Er antwortete etwas, und obwohl Emma keine geübte Lippenleserin war, schien es ihr wahrscheinlich, dass es »Ich liebe dich auch« war. Verlegen drehte er sich um, sah Emma an und grinste, als fühle er sich ertappt.

Die Varieté-Nummer war vorbei. Es war gerade noch Zeit für eine dilettantische Version von *All You Need is Love*, und die Gäste bemühten sich, im 7/4-Takt mitzusingen, bevor sie dem Brautpaar nach draußen folgten und das Wiedersehen ernsthaft begann. Durch die sich umarmende, jubelnde und Hände schüttelnde Menge gingen Dexter und Emma aufeinander zu und standen sich plötzlich gegenüber.

»Tja«, sagte er.

»Tja.«

»Kenne ich dich nicht von irgendwoher?«

»Dein Gesicht kommt mir bekannt vor.«

»Deins auch. Obwohl du anders aussiehst.«

»Ja, ich bin die einzige Frau hier, die in Schweiß gebadet ist«, sagt Emma und zupft an dem Stoff unter ihren Armen.

»Du meinst wohl ›Transpiration‹.«

»Eigentlich nicht, das ist Schweiß. Ich sehe aus wie frisch aus dem See gefischt. Von wegen Naturseide!«

»Sieht irgendwie orientalisch aus, nicht?«

»Ich nenne es den Fall-von-Saigon-Look. Chinesisch, um genau zu sein. Das Problem bei den Dingern ist, dass man 40 Minuten später ein neues braucht!«, sagte sie und hatte bei der Hälfte des Satzes das Gefühl, dass sie ihn besser gar nicht erst angefangen hätte. Bildete sie es sich ein, oder verdrehte er leicht die Augen?

»Schon okay. Ich mag das Kleid. Eigentlich riebe ich es sehl.«

Jetzt verdrehte *sie* die Augen. »Da hast dus; jetzt sind wir quitt.«

»Was ich *eigentlich* sagen wollte, du siehst gut aus.« Er sah sich jetzt ihren Kopf an. »Ist das etwa ein …«

»Was?«

»Ist der Haarschnitt nicht unter dem Namen *Rachel* bekannt?«

»Treibs nicht zu weit, Dex«, sagte sie und fing sofort an, sich mit den Fingerspitzen das Haar glatt zu streichen. Sie sah zu Tilly und dem frischgebackenen Ehemann hinüber, die für die Fotografen posierten, Tilly wedelte sich mit einem Fächer kokett Luft zu. »Dummerweise wusste ich nicht, dass die Französische Revolution das Thema ist.«

»Die Marie-Antoinette-Sache?«, sagte Dexter. »Na, wenigstens können wir sicher sein, dass es Kuchen gibt.«

»Anscheinend lässt sie sich auf 'nem Schinderkarren zur Hochzeitsfeier fahren.«

»Was ist ein Schinderkarren?«

Sie sahen sich an. »Du hast dich kein bisschen verändert, was?«, fragte sie.

Dexter kickte in den Kies. »Doch. Ein bisschen.«

»Klingt spannend.«

»Ich erzähls dir später. Guck mal ...«

Tilly stand auf dem Trittbrett des Rolls-Royce Silver Ghost, der sie 50 Meter weiter zur Hochzeitsfeier bringen sollte, hielt den Brautstrauß, den sie gleich werfen würde, mit beiden Händen wie einen Baumstamm.

»Willst du nicht dein Glück versuchen, Em?«

»Ich bin grottenschlecht im Fangen«, sagte sie und hielt sich die Hände hinter den Rücken, als der Brautstrauß in die Menge geschleudert und von einer ältlichen, zerbrechlich wirkenden Tante gefangen wurde, was die Menge zu ärgern schien, als hätte es jemandes Chance auf zukünftiges Glück ruiniert. Emma deutete mit dem Kopf auf die peinlich berührte Tante, die den Brautstrauß verloren in der Hand baumeln ließ. »Das bin ich in 40 Jahren«, sagte Emma.

»Wirklich? Erst in 40?«, sagte Dexter, und Emma trat ihm mit dem Absatz auf den Zeh. Hinter Emma sah er ganz in der Nähe Sylvie stehen, die nach ihm Ausschau hielt. »Muss los, Sylvie kennt kaum jemanden. Ich habe strikte Anweisungen, ihr nicht von der Seite zu weichen. Komm doch mit und sag hallo.«

»Später. Ich gehe besser der glücklichen Braut gratulieren.«

»Frag sie nach der Kaution, die sie dir schuldet.«

»Meinst du? Heute?«

»Bis nachher. Vielleicht sitzen wir ja auf der Hochzeitsfeier nebeneinander.« Er drückte die Daumen, und sie tat es ihm gleich.

Der bewölkte Vormittag war in einen wunderschönen Nachmittag übergegangen, und hohe Wolken zogen am weiten blauen Himmel dahin, als die Gäste dem Silver Ghost in feierlicher Prozession zum Fest-Rasen folgten, wo Champagner und Canapés bereitstanden. Dort entdeckte Tilly Emma schließlich mit einem entzückten Aufschrei, und sie umarmten sich, so gut es mit dem riesigen Reifrock ging.

»Ich bin so froh, dass du da bist, Em!«

»Ich auch, Tilly. Du siehst unglaublich aus.«

Tilly fächelte sich Luft zu. »Findest du es nicht übertrieben?«

»Überhaupt nicht. Du siehst fantastisch aus«, und ihr Blick fiel wieder auf den Schönheitsfleck, der aussah, als wäre eine Fliege auf Tillys Lippe gelandet. »Der Gottesdienst war auch ganz reizend.«

»Ooooh, wirklich?« Es war eine alte Angewohnheit von Tilly, jeden Satz mit einem mitfühlenden »Oh« anzufangen, als sei Emma ein Kätzchen, das sich das Pfötchen verletzt hatte. »Hast du geweint?«

»Wie ein Schlosshund …«

»Oooh! Ich bin so froh, dass du da bist.« Königlich klopfte sie Emma mit dem Fächer auf die Schulter. »Ich kanns kaum erwarten, deinen Freund kennenzulernen.«

»Ich auch, leider habe ich keinen.«

»Oooh, wirklich nicht?«

»Nein, schon länger nicht mehr.«

»Wirklich nicht? Bist du sicher?«

»Das wäre mir aufgefallen, Tilly.«

»Oooh! Ich wollte dich nicht kränken. Tja, besorg dir einen! RATZ-FATZ!!!! Nein, im Ernst, Freunde sind toll! Ehemänner sind noch besser! Wir müssen einen für dich finden!«, sagte sie im Befehlston. »Noch heute Abend! Wir bringen dich an den Mann!«, und Emma fühlte, wie ihr verbal der Kopf getätschelt wurde. »Oooooh. Und? Hast du Dexter schon getroffen?«

»Kurz.«

»Hast du seine Freundin gesehen? Die mit dem Flaum auf der Stirn? Ist sie nicht wunderschön? Wie Audrey Hepburn. Oder Katharine? Ich kann die beiden nie auseinanderhalten.«

»Audrey. Sie ist definitiv eine Audrey.«

Der Champagner floss in Strömen, und ein nostalgisches Gefühl machte sich auf dem Großen Rasen breit, als sich alte Freunde wiedertrafen und die Unterhaltungen sich darum drehten, wer wie viel verdiente und wie viel sie zugenommen hatten.

»Sandwiches. Das ist die Zukunft«, sagte Callum O'Neill, der wesentlich mehr verdiente und wog als früher. »Hochwertige, ökologische Fertiggerichte, da liegt das Geld, mein Freund. Essen ist der neue Rock 'n' Roll!«

»Ich dachte, Comedy wäre der neue Rock 'n' Roll.«

»War es auch, früher war es Comedy, heute ist es Essen. Immer auf dem neuesten Stand bleiben, Dex!« Dexters ehemaliger Zimmergenosse hatte sich in den letzten Jahren fast bis zur Unkenntlichkeit verändert. Erfolgreich, beleibt und dynamisch, hatte er das Computer-Refurbishment hinter sich gelassen und das Geschäft mit enormem Profit verkauft, um die »Natural Stuff«-Sandwichkette zu eröffnen. Mit dem sorgsam gestutzten Ziegenbärtchen und dem kurzgeschorenen Haar war er der Inbegriff des gepflegten, selbstsicheren Unternehmers. Callum zupfte an den Ärmeln seines exquisiten, maßgeschneiderten Anzugs, und Dexter fragte sich, ob dies wirklich derselbe magere Ire war, der drei Jahre lang dieselbe Hose getragen hatte.

»Alles organisch, alles frisch hergestellt, wir machen Säfte und Smoothies auf Bestellung und verkaufen fair gehandelten Kaffee. Wir haben vier Filialen, und sie sind rund um die Uhr rappelvoll, im Ernst, ständig. Wir müssen um drei Uhr dichtmachen, weil kein Essen mehr da ist. Ich sage dir, Dex, die Esskultur in diesem Land verändert sich, die Leute wollen was Besseres. Die geben sich nicht mehr mit 'ner Büchse Orangenlimo und 'ner Packung Chips zufrieden. Sie wollen Hummus-Wraps, Papayasaft, Flusskrebse …«

»Flusskrebse?«

»Mit Rucola im Fladenbrot. Im Ernst, Flusskrebs ist das Eiersandwich und Rucola der Eisbergsalat unserer Zeit. Flusskrebse sind billig in der Produktion, vermehren sich wie die Karnickel, sind köstlich, der Hummer des armen Mannes! He, du solltest mal vorbeikommen, dann erzähle ich dir mehr darüber.«

»Über Flusskrebse?«

»Übers Geschäft. Ich glaube, da bieten sich dir eine Menge Chancen.«

Dexter bohrte den Absatz in den Rasen. »Callum, bietest du mir etwa einen *Job* an?«

»Nein, ich sage nur, komm vorbei und …«

»Ich glaubs nicht, ein Freund bietet mir einen *Job* an.«

»… wir gehen zusammen mittagessen! Nicht diesen Flusskrebs-Mist, ein anständiges Restaurant. Ich lade dich ein.« Er legte Dexter den massigen Arm um die Schultern und fügte leiser hinzu: »Ich habe dich schon lange nicht mehr im Fernsehen gesehen.«

»Weil du kein Kabel- oder Satellitenfernsehen guckst. Ich arbeite viel für Kabel- und Satellitensender.«

»Was zum Beispiel?«

»Na ja, ich mache eine neue Sendung namens *Sport Xtrem*. Xtrem mit X. Filme übers Surfen, Interviews mit Snowboardern. Du weißt schon. Von überall her.«

»Dann reist du also viel?«

»Ich sage nur die Filme an. Das Studio ist in Morden. Also ja, ich reise viel, aber nur nach Morden.«

»Tja, wie gesagt, wenn dir je nach ’nem Jobwechsel ist. Du kennst dich ein bisschen mit Essen und Trinken aus, du kommst gut mit Menschen klar, wenn du willst. Das Geschäftsleben *besteht* aus Menschen. Ich glaube einfach, es könnte dir liegen. Das ist alles.«

Dexter atmete durch die Nase aus, sah zu seinem alten Freund auf und bemühte sich, ihn zu verabscheuen. »Cal, du hast drei Jahre lang dieselbe Hose getragen.«

»Lang, lang ists her.«

»Ein ganzes Semester lang hast du dich von Dosenfleisch ernährt.«

»Was soll ich sagen – Menschen ändern sich! Und, was hältst du davon?«

»Na gut. Du darfst mich zum Essen einladen. Aber ich

warne dich, ich habe keinen Schimmer vom Geschäftsleben.«

»Schon okay. Außerdem wäre es nett, mal wieder mit dir zu quatschen.« Halb tadelnd tätschelte er Dexter den Ellbogen. »Du hast dich ganz schön lang nicht gemeldet.«

»Echt? Ich war beschäftigt.«

»So beschäftigt auch wieder nicht.«

»He, du hättest mich auch anrufen können.«

»Habe ich, andauernd. Du hast nie zurückgerufen.«

»Nicht? Entschuldige. Ich hatte anderes im Kopf.«

»Ich hab das mit deiner Mum gehört.« Callum sah in sein Glas. »Mein Beileid. Reizende Dame, deine Mum.«

»Schon gut. Ist lange her.«

Ein ungezwungenes, herzliches Schweigen entstand, als sie den Blick über den Rasen schweifen ließen, wo alte Freunde in der Nachmittagssonne schwatzten und lachten. Ganz in der Nähe stand Callums neueste Freundin, eine winzige, atemberaubende Spanierin, die in Hip-Hop-Videos tanzte, und unterhielt sich mit Sylvie, die sich zu ihr hinunterbeugte.

»Schön, mal wieder mit Luiza reden zu können«, sagte Dexter.

»Gewöhn dich nicht zu sehr an sie.« Callum zuckte die Schultern. »Ich glaube, Luiza ist bald weg von der Bildfläche.«

»Ein paar Dinge ändern sich eben nie.« Eine hübsche, verlegene Kellnerin mit Servierhäubchen kam, um ihnen die Gläser nachzufüllen. Beide grinsten sie an, ertappten sich gegenseitig und prosteten sich zu.

»Vor elf Jahren haben wir den Abschluss gemacht.« Ungläubig schüttelte Dexter den Kopf. »Elf Jahre. Wie zum Teufel ist das passiert?«

»Ich sehe, Emma Morley ist da«, sagte Callum unvermittelt.

»Ich weiß.« Als sie zu ihr hinübersahen, war Emma gerade in ein Gespräch mit Miffy Buchanan vertieft, einer alten Intimfeindin. Selbst aus der Entfernung war zu erkennen, dass Emma die Zähne zusammenbiss.

»Ich hab gehört, du hast dich mit Em verkracht.«

»Stimmt.«

»Aber jetzt ist alles wieder gut?«

»Weiß noch nicht. Mal sehen.«

»Emma ist ein tolles Mädchen.«

»Ja.«

»Hat sich echt gemacht.«

»Und ob, und ob.«

»Habt ihr je …?«

»Nein. Fast. Ein- oder zweimal.«

»Fast?«, schnaubte Callum. »Was soll *das* denn heißen?«

Dexter wechselte das Thema. »Und dir gehts gut?«

Callum nippte an dem Champagner. »Dex, ich bin 34, habe eine wunderschöne Freundin, ein eigenes Haus, ein eigenes Geschäft, ich arbeite hart in einem Job, der mir Spaß macht, und verdiene genug Geld.« Er legte Dexter die Hand auf die Schulter. »Und du moderierst eine Sendung im Spätprogramm! Das Leben meint es gut mit uns.«

Teils aus verletztem Stolz, teils aus neu erwachter Rivalität, beschloss Dexter, es ihm zu verraten.

»Und – willst du was Komisches hören?«

Emma hörte Callum O'Neill auf der anderen Seite des großen Rasens jubeln, drehte sich um und sah gerade noch, wie Callum Dexter in den Schwitzkasten nahm und ihm mit der Faust über den Kopf rubbelte. Sie lächelte und konzentrierte sich wieder darauf, Miffy Buchanan zu verabscheuen.

»Ich habe gehört, du bist arbeitslos«, sagte sie.

»Na ja, ich sehe mich eher als selbständig.«

»Als Schriftstellerin?«

»Nur für ein oder zwei Jahre, eine kreative Pause.«

»Aber veröffentlicht hast noch nichts?«

»Noch nicht. Obwohl ich einen kleinen Vorschuss bekommen habe, um …«

»Hm«, machte Miffy skeptisch, »Harriet Bowen hat schon drei Romane veröffentlicht.«

»Ja, habe ich schon gehört. Mehrmals.«

»*Und* sie hat drei Kinder.«

»Tja. Wie schön für sie.«

»Hast du meine beiden schon gesehen?« Ganz in der Nähe schmierten sich zwei riesige Kleinkinder im dreiteiligen Anzug gegenseitig Canapés ins Gesicht. »IVAN. NICHT HAUEN.«

»Ganz reizend.«

»Ja, nicht? Und, hast *du* schon Kinder?«, fragte Miffy, als müsse man entweder ein Kind oder einen Roman zustande gebracht haben.

»Nö …«

»Freund?«

»Nö …«

»Jemand in Aussicht?«

»Nö …«

»Niemand?«

»Nö …«

»Trotzdem, du siehst viel besser aus als früher.« Abschätzig musterte Miffy sie von Kopf bis Fuß, als wolle sie sie auf einer Auktion ersteigern. »Du bist sogar eine der wenigen, die tatsächlich *abgenommen* haben! Ich meine, richtig *fett* warst du ja nie, du hattest nur Babyspeck, und den bist du jetzt los!«

Emma umklammerte das Champagnerglas. »Na, gut zu wissen, dass die letzten elf Jahre nicht ganz umsonst waren.«

»Und du hattest diesen üblen nordenglischen Akzent, aber jetzt sprichst du wie alle anderen auch.«

»Wirklich?«, fragte Emma betroffen. »Also, das ist eine Schande. Ich habe ihn mir nicht absichtlich abgewöhnt.«

»Um ehrlich zu sein, ich hab immer gedacht, er wäre nur aufgesetzt. Du weißt schon – eine affektierte Angewohnheit …«

»*Was?*«

»Dein Akzent. Du weißt schon – Glück auf! Bergmänner hier, Bergmänner da, Guat-e-mala, heititei! Ich habe immer gedacht, du übertreibst ein bisschen. Aber jetzt sprichst du völlig normal!«

Emma hatte immer Menschen beneidet, die sagten, was sie dachten, ohne sich um gesellschaftliche Konventionen zu scheren. Sie hatte nie zu diesen Leuten gehört, aber jetzt lag ihr das das Wort Zicke auf der Zunge.

»… und ständig warst du so *wütend* über alles Mögliche.«

»Oh, manchmal werde ich immer noch wütend, Miffy …«

»Oh mein Gott, da steht Dexter Mayhew.« Miffy flüsterte ihr jetzt ins Ohr und drückte Emma die Schulter. »Wusstest du, dass wir mal was miteinander hatten?«

»Ja, hast du mir erzählt. Viele, viele Male.«

»Aber er sieht immer noch toll aus. Sieht er nicht toll aus?«, seufzte sie schwärmerisch. »Warum seid ihr eigentlich nie zusammengekommen?«

»Keine Ahnung: mein Akzent, der Babyspeck? …«

»*So* schlimm warst du auch wieder nicht. He, hast du seine Freundin gesehen? Ist sie nicht wunderschön? Findest du sie nicht auch exquisit?« Miffy wartete auf eine Antwort, drehte sich um und bemerkte überrascht, dass Emma weg war.

Die Gäste versammelten sich im Festzelt und drängten sich eifrig um den Sitzplan, als handle es sich um Prüfungsergebnisse. Dexter und Emma begegneten sich in der Menge.

»Tisch fünf«, sagte Dexter.

»Tisch 24«, sagte Emma. »Tisch fünf ist ziemlich nah bei der Braut. 24 ist in der Nähe der Dixieklos.«

»Nimms nicht persönlich.«

»Was ist der Hauptgang?«

»Laut Gerüchteküche Lachs.«

»Lachs. Lachs, Lachs, Lachs, Lachs. Ich esse auf diesen Hochzeiten so viel Lachs, dass ich einmal im Jahr stromaufwärts schwimmen will.«

»Komm an Tisch fünf. Wir tauschen die Namensschildchen aus.«

»Am Sitzplan herumpfuschen? Es sind schon Leute wegen kleinerer Vergehen umgelegt worden. Ganz hinten gibt es eine Guillotine.«

Dexter lachte. »Wir sprechen uns nachher, ja?«

»Komm zu mir rüber.«

»Oder du kommst zu mir rüber.«

»Oder du zu mir.«

»Oder du zu mir.«

Als Strafe für irgendeine Kränkung war Emma zwischen ein betagtes, neuseeländisches Pärchen, Onkel und Tante des Bräutigams, gesetzt worden, und die Phrasen »wunderschöne Landschaft« und »hohe Lebensqualität« wurden gut drei Stunden lang herumgereicht. Gelegentlich wurde Emma von den Lachsalven an Tisch fünf abgelenkt, dem Glamour-Tisch, an dem Dexter und Sylvie, Callum und seine Freundin Luiza saßen. Emma schenkte sich Wein nach und erkundigte sich noch einmal nach Landschaft und Lebensqualität.

Wale: Hatten sie schon echte Wale gesehen?, fragte sie und schielte neidisch zu Tisch fünf hinüber.

An Tisch fünf schielte Dexter neidisch zu Tisch 24 hinüber. Sylvie hatte ein neues Spiel erfunden: Immer, wenn Dexter die Flasche nahm, legte Sylvie schnell die Hand auf sein Glas, so dass das Essen zu einer langen, harten Prüfung seiner Reflexe verkam. »Du hältst dich doch zurück, nicht wahr?«, flüsterte sie, als er einen Sieg errungen hatte, und er versprach es ihr, aber das Ergebnis war leichte Langeweile und Neid auf Callums nervtötende Selbstsicherheit. An Tisch 24 sah er Emma höflich und ernst mit einem braungebrannten älteren Ehepaar plaudern, bemerkte, wie aufmerksam sie zuhörte, dem alten Mann die Hand auf den Arm legte, über einen seiner Witze lachte, die beiden mit einer Einweg-Kamera fotografierte und sich hinüberbeugte, um selbst fotografiert zu werden. Dexter fiel auf, dass sie ein Kleid wie dieses vor zehn Jahren nie angezogen hätte, der Reißverschluss hinten ungefähr fünf Zentimeter offen stand, der hochgerutschte Saum viel Bein sehen ließ, und hatte eine flüchtige, aber lebhafte Erinnerung an Emma in einem Zimmer in der Rankeillor Street in Edinburgh. Morgenlicht drang durch die Vorhänge, ein niedriges Einzelbett, der hochgerutschte Rock, die nach hinten gelegten Arme. Was hatte sich seitdem verändert? Nicht sehr viel. Um ihren Mund bildeten sich immer noch dieselben Fältchen, wenn sie lachte, nur waren sie jetzt etwas ausgeprägter. Die Augen waren immer noch strahlend und klug, und den breiten Mund hatte sie beim Lachen immer noch fest geschlossen, als hätte sie ein Geheimnis. In vielerlei Hinsicht war sie weit attraktiver als mit 22. Zum Beispiel schnitt sie sich nicht mehr selbst die Haare, hatte die Bibliotheksblässe, die schmollende Gereiztheit und Verdrießlichkeit verloren. Wie wäre es wohl, fragte er sich, wenn er dieses Gesicht heute zum ersten Mal sähe? Wenn er Tisch 24 zugeteilt worden wäre, sich hingesetzt und ihr vorgestellt hätte? Von allen Leuten hier hätte er nur mit ihr reden wollen, dachte er. Er nahm sein Glas und schob den Stuhl zurück.

Aber jemand schlug mit der Gabel an ein Glas. Die Ansprachen. Wie es die Tradition verlangte, war der Vater der Braut betrunken und rüpelhaft, und der Trauzeuge war betrunken, nicht witzig und vergaß, die Braut zu erwähnen. Mit jedem Glas Rotwein spürte Emma, wie sie immer müder wurde, und dachte an ihr Hotelzimmer im Haupthaus, das weiße Nachthemd und die Nachbildung eines alten Himmelbetts. Dort gäbe es eine der begehbaren Duschen, auf die die Leute so scharf sind, und viel zu viele Handtücher für eine Person. Wie um Emma die Entscheidung abzunehmen, begann die Band, die Instrumente zu stimmen, der Bassist spielte das Riff aus *Another One Bites the Dust*, und sie beschloss, es sei Zeit, die Segel zu streichen, ihr Stück Hochzeitstorte in dem speziellen Kordelzugbeutel aus Samt mitzunehmen, sich auf ihr Zimmer zu begeben und den Rest der Hochzeit zu verschlafen.

»Darf ich kurz stören, kennen wir uns nicht irgendwoher?«

Eine Hand auf ihrem Arm, eine Stimme hinter ihr. Dexter hockte neben ihr und grinste beschwipst, in der Hand eine Flasche Champagner.

Emma hielt ihm das Glas hin.

»Gut möglich.«

Mit einer ohrenbetäubenden Rückkoppelung fing die Band an zu spielen, und die allgemeine Aufmerksamkeit wandte sich der Tanzfläche zu, wo Malcolm und Tilly rheumatisch die Hüften schwangen und zu ihrem ganz besonderen Song, *Brown Eyed Girl,* mit vier hochgereckten Daumen den Twist tanzten.

»Großer Gott. Seit wann tanzen wir wie alte Leute?«

»Sprich nur für dich«, sagte Dexter und hockte sich halb auf einen Stuhl.

»Kannst du überhaupt tanzen?«

»Hallo?«

Emma schüttelte den Kopf. »Ich meine nicht, mit nacktem Oberkörper und Trillerpfeife auf einem *Podest*, ich meine richtiges Tanzen.«

»Klar kann ich das.« Er nahm ihre Hand. »Soll ichs dir beweisen?«

»Später vielleicht.« Mittlerweile mussten sie sich anschreien. Dexter stand auf und zog sie an der Hand. »Lass uns woandershin gehen. Nur du und ich.«

»Wohin denn?«

»Keine Ahnung. Anscheinend gibts ein Labyrinth.«

»Ein *Labyrinth*?« Sie zögerte und stand dann auf. »Warum hast du das nicht gleich gesagt?«

Sie holten sich noch eine Flasche und zwei Gläser und traten unauffällig aus dem Festzelt hinaus in die Nacht. Es war immer noch warm, und Fledermäuse sausten durch die tiefschwarze Sommerluft, als sie Arm in Arm durch den Rosengarten zum Labyrinth gingen.

»Und, wie fühlt es sich an?«, wollte sie wissen. »Eine ehemalige Flamme an einen Nebenbuhler zu verlieren?«

»Tilly Killick ist keine ehemalige Flamme.«

»Ach, Dexter …« Langsam schüttelte Emma den Kopf. »Wann wirst du es endlich lernen?«

»Keine Ahnung, wovon du sprichst.«

»Das muss ungefähr, warte mal … im Dezember 1992 gewesen sein, in der Wohnung in Clapton. Wo es immer nach gebratenen Zwiebeln gerochen hat.«

Dexter verzog das Gesicht. »Woher weißt du davon?«

»Na ja, als ich damals zu Woolworths gegangen bin, habt ihr euch gerade mit meinem guten Olivenöl die Füße massiert, und als ich *zurückkam*, hat sie geweint, und überall, auf meinem guten Teppich, dem Sofa, dem Küchentisch, sogar an der Wand, wenn ich mich recht entsinne, waren Olivenölfußspuren. Also habe ich die Beweise der Spurensicherung sorgfältig ausgewertet und meine Schlüsse gezogen. Ach, und du hattest deinen Verhütungsschutz auf dem Küchenmülleimer liegenlassen, was auch hilfreich war.«

»Oh je …«

»Und erzählt hat sie es mir auch.«

»Wirklich?« Empört schüttelte er den Kopf. »Das sollte eigentlich unter uns bleiben.«

»Frauen reden über solche Sachen, weißt du. Egal, ob du sie zum Stillschweigen verpflichtest, irgendwann kommt es ans Licht.«

»Werds mir merken.«

Sie waren bei einer schweren Holztür, dem Eingang des Labyrinths, angekommen, das aus säuberlich gestutzten, gut drei Meter hohen Ligusterhecken bestand. Emma zögerte, die Hand auf der Eisenklinke. »Ist das wirklich eine gute Idee?«

»Wie schwer kann es schon sein.«

»Und wenn wir uns verlaufen?«

»Dann orientieren wir uns an den Sternen oder so.« Knarrend öffnete sich die Tür. »Rechts oder links?«

»Rechts«, sagte Emma, und sie gingen hinein. Die hohen Hecken wurden von unten mit verschiedenfarbigen Lichtern angestrahlt, und ein schwerer, berauschender, fast traniger

Sommergeruch nach warmen Blättern lag in der Luft. »Wo ist eigentlich Sylvie?«

»Sylvie gehts gut, sie kriegt die volle Callum-Dröhnung. Er gibt schon die ganze Zeit den charmanten, irischen Millionär, den strahlende Partymittelpunkt. Ich dachte mir, ich lass die zwei allein. Ich kann mich mit ihm nicht mehr messen. Zu ermüdend.«

»Er ist sehr erfolgreich, weißt du.«

»Das sagen alle.«

»Anscheinend gehts um Flusskrebse.«

»Ich weiß. Er hat mir vorhin ’nen Job angeboten.«

»Als Flusskrebs-Fischer?«

»Weiß noch nicht. Er will mit mir über ›Chancen‹ sprechen. Das Geschäftsleben besteht aus Leuten, hat er gesagt, was auch immer das bedeuten mag.«

»Und was ist mit *Sport Xtrem*?«

»Ah.« Dexter lachte und strich sich mit einer Hand übers Haar. »Hast du das etwa gesehen?«

»Hab mir keine Folge entgehen lassen. Du kennst mich, für mich gibt es in den frühen Morgenstunden nichts Schöneres als Infos über BMX. Am tollsten finde ich es, wenn du Sachen sagst wie ›voll krass‹ …«

»Sie *zwingen* mich, das zu sagen.«

»›Voll krass‹ und ›echt abgefahren‹. ›Zieht euch diese echt abgefahrenen Old-School-Moves rein …‹«

»Ich finde, ich bringe das immer noch ganz gut rüber.«

»Nicht immer, Kumpel. Links oder rechts?«

»Links, schätze ich.« Eine Weile gingen sie schweigend weiter und lauschten dem gedämpften Wummern der Band, die *Superstition* spielte. »Wie läufts mit dem Schreiben?«

»Och, ganz gut, wenn ich es denn tue. Meist sitze ich nur herum und mampfe Kekse.«

»Stephanie Shaw sagt, du hättest einen Vorschuss bekommen.«

»Nur ein bisschen Kohle, bis Weihnachten reichts. Danach sehen wir weiter. Wahrscheinlich muss ich wieder Vollzeit unterrichten.«

»Und worum gehts? In dem Buch.«

»Weiß noch nicht genau.«

»Es geht um mich, oder?«

»Genau, Dexter, es ist ein dicker, fetter Wälzer nur über *dich*. Er heißt ›Dexter, Dexter, Dexter, Dexter, Dexter‹. Rechts oder links.«

»Versuchen wirs mit links.«

»Es ist ein Buch für Jugendliche. Teenager. Jungs, Beziehungen, so was in der Richtung. Es geht um diese Schulaufführung von *Oliver!*, die ich vor Jahren mal gemacht habe. Eine Komödie.«

»Na ja, es scheint dir gut zu bekommen.«

»Echt?«

»Absolut. Einige sehen schlechter aus, andere besser. Du siehst definitiv besser aus.«

»Miffy Buchanan meint, ich hätte endlich meinen Babyspeck verloren.«

»Sie ist bloß neidisch. Du siehst toll aus.«

»Danke. Soll ich dir auch sagen, dass du besser aussiehst?«

»Wenn du es überzeugend bringst.«

»Tust du. Links?«

»Links.«

»Jedenfalls besser als während deiner wilden Jahre. Als du rumgefeiert hast oder was auch immer.« Schweigend gingen sie weiter, bis Emma sagte: »Ich hab mir Sorgen um dich gemacht.«

»Hast du?«

»Alle haben sich Sorgen gemacht.«

»Nur eine Phase. Jeder durchläuft mal so 'ne Phase, oder? Man spielt etwas verrückt.«

»Wirklich? Ich nicht. Hey, ich hoffe, du trägst nicht mehr diese peinlichen Schiebermützen.«

»Hab schon seit Jahren keinen Hut mehr getragen.«

»Freut mich zu hören. Wir dachten schon, wir müssten eine Intervention organisieren.«

»Du weißt doch, wie das ist, man fängt mit weichen Hüten an, nur so zum Spaß, und ehe man sich versieht, ist man auf hartem Stoff, Schiebermützen, Trilby-Hüte, Melonen …«

Noch eine Abzweigung. »Rechts oder links?«, fragte sie.

»Keine Ahnung.«

Sie spähten in beide Richtungen. »Erstaunlich, nicht, wie schnell das langweilig wird.«

»Setzen wir uns kurz hin, ja? Da drüben.«

In die Hecke war ein Marmorbänkchen eingelassen, das von unten mit einem fluoreszierend blauen Licht angestrahlt wurde, und sie setzten sich auf den kühlen Stein, füllten die Gläser, stießen an und lehnten sich aneinander.

»Gott, die hätte ich fast vergessen …« Dexter griff in die Hosentasche und zog vorsichtig eine zusammengefaltete Serviette heraus, hielt sie hoch wie ein Zauberer und faltete sie ganz langsam, Ecke für Ecke, auseinander. Auf der Serviette lagen wie Vogeleier zwei leicht ramponierte Zigaretten.

»Von Cal«, flüsterte er ehrfurchtsvoll. »Willst du eine?«

»Nein, danke. Hab schon seit Jahren keine mehr angerührt.«

»Glückwunsch. Ich habe auch aufgehört, zumindest offiziell. Aber hier fühle ich mich sicher …« Mit theatralisch zitternder Hand zündete er sich die Schmuggelware an. »Hier wird sie mich niemals finden …« Emma lachte. Der Champagner und die Einsamkeit hatten sie aufgeheitert, und beiden war rührselig und nostalgisch zumute, genau so, wie es auf einer Hochzeit sein sollte, und sie lächelten sich durch den Rauch an. »Callum sagt, wir sind die ›Marlboro-Light-Generation‹.«

»Gott, wie deprimierend«, Emma schnaubte, »eine ganze Generation wird nach einer Kippenmarke benannt. Ich hatte mir irgendwie mehr erhofft.« Sie lächelte und sah Dexter an. »Und? Wie gehts dir im Moment?«

»Gut. Bin jetzt vernünftiger.«

»Hat Sex auf dem Klo die bittersüße Anziehungskraft verloren?«

Er lachte und betrachtete die Zigarettenspitze. »Ich musste mich von ein paar Sachen trennen, das ist alles.«

»Und, hast du dich davon getrennt?«

»Ich denk schon, zumindest von den meisten.«

»Dank der Liebe deines Lebens?«

»Teilweise. Außerdem bin ich jetzt 34. Mit 34 gehen einem die Ausreden aus.«

»Ausreden?«

»Na ja, wenn man mit 22 Mist baut, kann man sagen, na gut, ich bin erst 22. Ich bin erst 25, ich bin erst 28. Aber ›Ich bin erst 34‹?« Er nippte an dem Champagner und lehnte sich zurück. »Jeder hat ein grundlegendes Dilemma in seinem Leben, und meines war: Kann man in einer festen, reifen, liebevollen, erwachsenen Beziehung sein und trotzdem zu flotten Dreiern eingeladen werden?«

»Und wie lautet die Antwort darauf, Dex?«, fragte sie feierlich.

»Die Antwort ist, nein, kann man nicht. Wenn man das einmal kapiert hat, wird es leichter.«

»Es stimmt; Orgien halten einen nachts nicht warm.«

»Orgien pflegen einen nicht, wenn man alt wird.« Wieder nippte er an dem Glas. »Wie auch immer, ich bin sowieso noch nie zu einer eingeladen worden, hab mich nur zum Deppen gemacht, alles ruiniert. Meine Karriere, die Sache mit Mum –«

»… also, das stimmt so nicht …«

»… all meine Freundschaften.« Vielsagend lehnte sich Dexter an sie, und sie tat es ihm gleich. »Ich dachte mir, es ist an der Zeit, einmal etwas richtig zu machen. Und jetzt habe ich Sylvie kennengelernt, und sie ist großartig, wirklich großartig, und sie sorgt dafür, dass ich auf dem rechten Weg bleibe.«

»Sie ist ein reizendes Mädchen.«

»Ist sie. Ist sie.«

»Wunderschön. Gelassen.«

»Manchmal ein bisschen beängstigend.«

»Sie hat dieselbe reizende, warmherzige Ausstrahlung wie Leni Riefenstahl.«

»Lenny wer?«

»Vergiss es.«

»Natürlich hat sie kein bisschen Sinn für Humor.«

»Nein, was für eine Erleichterung. Sinn für Humor wird sowieso überschätzt«, sagte Emma, »ständig alles zu vermasseln, das ist doch öde. Wie Ian. Bloß, dass Ian nicht witzig war. Nein, besser man hat jemanden, auf den man wirklich steht, der einem die Füße massiert.«

Vergeblich versuchte er sich vorzustellen, dass Sylvie seine Füße anfasst. »Sie hat mal gesagt, sie lacht nie, weil sie nicht mag, wie ihr Gesicht dann aussieht.«

Emma gluckste leise. »Wow«, war alles, was ihr dazu einfiel. »Wow. Aber du liebst sie, richtig?«

»Ich vergöttere sie.«

»Vergöttern. Na, ›vergöttern‹ ist natürlich noch besser.«

»Sie ist sensationell.«

»Ist sie.«

»Und sie hat mein Leben wirklich umgekrempelt. Rauchen, Trinken und Drogen sind jetzt völlig passé.« Sie warf einen Blick auf die Flasche in seiner Hand und die Zigarette in seinem Mund. Er lächelte. »Besonderer Anlass.«

»Also hast du die Liebe deines Lebens am Ende gefunden.«

»Scheint ganz so.« Er füllte ihr Glas auf. »Und was ist mit dir?«

»Ach, mir gehts gut. Bestens.« Zur Ablenkung stand sie auf. »Lass uns weitergehen, ja? Links oder rechts?«

»Rechts.« Mühsam rappelte er sich auf und seufzte. »Triffst du Ian noch manchmal?«

»Schon seit Jahren nicht mehr.«

»Und sonst ist niemand in Sicht?«

»Jetzt fang du nicht auch noch an, Dexter.«

»Womit?«

»Mitleid mit der alten Jungfer. Ich bin völlig zufrieden, heißen Dank. Und ich lasse mich nicht über einen Freund definieren. Oder darüber, dass ich keinen habe.« Langsam kam sie in Fahrt. »Wenn man einmal beschlossen hat, sich um diesen Kram keine Gedanken mehr zu machen, Verabredungen, Beziehungen, Liebe und so weiter, ist man frei, mit dem richtigen Leben weiterzumachen. Und ich habe eine Arbeit, in der ich aufgehe. Ich habe noch ungefähr ein Jahr, um etwas draus zu machen. Viel Geld hab ich zwar nicht, aber wenigstens habe ich nachmittags frei, um ins Kino zu gehen.« Sie schwieg kurz. »Schwimmen! Ich gehe viel schwimmen. Ich schwimme und schwimme und schwimme, Kilometer um Kilometer. Gott, die Scheiß-Schwimmerei hängt mir zum Hals raus. Links rum, glaube ich.«

»Weißt du, mir gehts genauso. Nicht mit dem Schwimmen, sondern dass ich nicht mehr zu *Dates* gehen muss. Seit ich mit Sylvie zusammen bin, habe ich Unmengen von Zeit, Energie und geistigen Freiraum.«

»Und was machst du mit diesem geistigen Freiraum?«

»Meistens spiele ich *Tomb Raider.*«

Emma lachte, ging einen Augenblick schweigend weiter und sorgte sich, sie könnte weniger unabhängig und frei wirken als beabsichtigt. »Und außerdem bin ich ja nicht völlig, du weißt schon, langweilig und ohne Liebe. Manchmal habe ich auch was am Start. Ich hatte mal was mit 'nem Typen namens Chris. Hat sich immer als Zahnarzt ausgegeben, war aber eigentlich nur Zahnhygieniker.«

»Und was ist daraus geworden?«

»Hat sich im Sande verlaufen. Macht aber nichts. Ich hatte andauernd das Gefühl, er starrt meine Zähne an. Hat mich immer belabert, benutz Zahnseide, Emma, *Zahnseide.* Verabredungen mit ihm waren wie eine Vorsorgeuntersuchung. Zu viel Stress. Und davor gabs noch Mr Godalming.« Sie schauderte. »Mr Godalming. Was für ein Desaster.«

»Wer ist Mr Godalming?«

»Erzähl ich dir ein andermal. Links, rechts?«

»Links.«

»Wie auch immer, wenn ich irgendwann echt verzweifelt bin, kann ich ja immer noch auf dein Angebot zurückkommen.«

Dexter blieb stehen. »Welches Angebot?«

»Weißt du noch, wie du gesagt hast, wenn ich mit 40 noch Single bin, würdest du mich heiraten?«

»Das habe ich gesagt?« Er verzog das Gesicht. »Ziemlich gönnerhaft.«

»Fand ich auch. Aber keine Sorge, es ist nicht gesetzlich

bindend oder so, ich werde dich nicht darauf festnageln. Außerdem sind es bis dahin ja noch sieben Jahre. Jede Menge Zeit …« Sie ging weiter, aber Dexter blieb stehen und rieb sich den Kopf wie ein Junge, der beichten will, dass er die gute Vase zerdeppert hat.

»Leider muss ich das Angebot sowieso zurückziehen.«

Sie blieb stehen und drehte sich um.

»Ach, wirklich? Warum?«, fragte sie, obwohl sie es im Grunde schon wusste.

»Ich bin verlobt.«

Sehr langsam blinzelte Emma.

»Was bist du?«

»Verlobt. Mit Sylvie.«

Eine vielleicht halbsekündige Pause entstand, als ihre Gesichter ihre Gefühle ausdrückten, dann lächelte, lachte Emma und fiel ihm um den Hals. »Ach, Dexter! Das ist ja großartig! Herzlichen Glückwunsch!«, und als sie ihn auf die Wange küssen wollte, drehte er den Kopf, und ihre Lippen, die nach Champagner schmeckten, streiften sich.

»Freust du dich?«

»Ob ich mich freue? Ich bin am Boden zerstört! Nein, ernsthaft, das sind fantastische Neuigkeiten.«

»Findest du?«

»Mehr als fantastisch, das ist … voll krass! Voll krass und total abgefahren. Das ist Old School!«

Er trat einen Schritt zurück und wühlte in der Jackentasche. »Genau genommen habe ich dich deshalb hier rausgeschleppt. Ich wollte dir das hier persönlich geben …«

Ein dicker Umschlag aus festem, lavendelfarbenem Papier. Behutsam nahm Emma ihn entgegen und spähte hinein. Der Umschlag war mit Seidenpapier gefüttert, und die Einladung selbst hatte von Hand abgerissene Ecken und schien aus einer

Art Papyrus oder Pergament zu bestehen. »Also, das …« Emma balancierte sie auf dem Finger wie eine Tischplatte, »… *das* nenne ich eine Hochzeitseinladung.«

»Ja, nicht?«

»Das ist mal gediegenes Briefpapier.«

»Acht Mäuse das Stück.«

»Teurer als mein Auto.«

»Los, riech mal dran …«

»Dran riechen?« Vorsichtig hielt sie sich die Karte unter die Nase. »Sie ist *parfümiert*! Eure Hochzeitseinladungen sind *parfümiert*?«

»Es soll Lavendelduft sein.«

»Nein, Dex – das ist *Geld*. Der Geruch des *Geldes*.« Vorsichtig schlug sie die Karte auf, und er sah zu, wie sie sie las, und erkannte die Art wieder, wie sie sich den Pony mit den Fingerspitzen in die Stirn kämmte. »›Mr und Mrs Lionel Cope laden Sie zur Hochzeit ihrer Tochter Sylvie mit Mr Dexter Mayhew ein …‹ Kaum zu glauben, dass ich das tatsächlich gedruckt sehe. Samstag, 14. September. Warte mal, das ist schon in …«

»… sieben Wochen«, und er beobachtete weiter ihr Gesicht, das fantastische Gesicht, um zu sehen, wie es sich veränderte, wenn er es ihr erzählte.

»Sieben Wochen? Ich dachte, diese Dinge brauchen Jahre der Vorbereitung?«

»Tun sie normalerweise auch, aber es ist eine Art Nothochzeit …«

Emma runzelte die Stirn, verstand immer noch nicht.

»Für 350 Gäste. Mit schottischem Volkstanz.«

»Du meinst …?«

»Sylvie ist irgendwie schwanger. Nicht irgendwie. Sie ist es. Schwanger. Richtig schwanger. Mit einem Kind.«

»Oh, Dexter!« Wieder drückte sie die Wange an seine. »Und wer ist der Vater? Nur ein Witz! Herzlichen Glückwunsch, Dex. Gott, sollte man sich das Pulver nicht einteilen, statt alles auf einmal zu verschießen?« Sie umfasste sein Gesicht mit beiden Händen und sah ihn an. »Du wirst heiraten …?«

»Ja!«

»… und du wirst *Vater?*«

»Ich weiß! Heilige Scheiße – Vater!«

»Ist das erlaubt? Ich meine, lassen sie das zu?«

»Anscheinend schon.«

»Hast du zufällig noch die Zigarette?« Er kramte in der Tasche. »Was sagt Sylvie dazu?«

»Sie ist ganz aus dem Häuschen! Ich meine, sie sorgt sich, sie könnte fett aussehen.«

»Na ja, liegt im Bereich des Möglichen …«

Er zündete ihr die Zigarette an, »… aber sie will es hinter sich bringen, heiraten, Kinder kriegen, eine Familie gründen. Sie will nicht mit Mitte 30 allein dastehen …«

»Wie ICH!!!«

»Genau, sie will nicht wie du enden!« Er nahm ihre Hand, »so habe ich das natürlich nicht gemeint.«

»Ich weiß. Ich mach nur Spaß. Dexter, herzlichen Glückwunsch.«

»Danke. Danke dir.« Kurze Pause. »Lass mich mal ziehen, ja?«, sagte er, nahm ihr die letzte Zigarette aus dem Mund und steckte sie sich zwischen die Lippen. »Da, sieh dir das an …« Er nahm ein fleckiges Stück Papier aus der Brieftasche, faltete es auseinander und hielt es unters Licht. »Das ist eine Aufnahme aus der zwölften Woche. Ist das nicht unglaublich?«

Pflichtschuldigst nahm Emma den Papierfetzen und betrachtete ihn. Die Schönheit von Ultraschallaufnahmen erschließt sich wohl nur den Eltern, aber Emma hatte schon vorher welche gesehen und wusste, was von ihr erwartet wurde. »Wunderschön«, seufzte sie, obwohl es sich genauso gut um ein Polaroidbild seiner Jackentasche hätte handeln können.

»Siehst du – das ist die Wirbelsäule.«

»Tolle Wirbelsäule.«

»Man sieht sogar die winzigen Fingerchen.«

»Oooh. Junge oder Mädchen?«

»Mädchen, hoffe ich. Oder Junge. Ist mir egal. Aber du findest es gut?«

»Absolut. Ich finde es wundervoll. Scheiße auch, Dexter, da dreht man dir mal 'ne Minute den Rücken zu ...!«

Wieder schlang sie ihm die Arme um den Nacken. Sie fühlte sich betrunken, voller Zuneigung, aber auch ein bisschen traurig, als sei etwas unwiederbringlich zu Ende. Sie wollte etwas in der Richtung sagen, hielt es aber für das Beste, es in einen Witz zu verpacken. »Natürlich hast du gerade meine letzte Chance auf Glück zerstört, aber ich freue mich für dich, wirklich.«

Er sah sie an, und plötzlich bewegte sich etwas zwischen ihnen, etwas Lebendiges, Vibrierendes an seiner Brust.

Emma legte ihre Hand darauf. »Ist das dein Herz?«

»Mein Handy.«

Sie trat einen Schritt zurück, damit er das Handy aus der Innentasche nehmen konnte. Er warf einen Blick auf das Display, schüttelte leicht den Kopf, um wieder nüchtern zu werden, und reichte Emma schuldbewusst die Zigarette wie einen rauchenden Colt. Schnell wiederholte er, »schön nüchtern klingen, schön nüchtern klingen«, lächelte wie ein Teleshopping-Verkäufer und ging ans Handy.

»Hallo, Liebling.«

Emma hörte Sylvie durch den Hörer. »Wo *steckst* du?«

»Hab mich irgendwie *verlaufen.*«

»Verlaufen? Wie kannst du dich verlaufen?«

»Na ja, ich bin im Labyrinth, deshalb …«

»Ein *Labyrinth*? Was treibst du in einem *Labyrinth*?«

»Nur … du weißt schon … herumhängen. Wir dachten, es macht Spaß.«

»Na, solange *du* Spaß hast, Dex. So ein altes Muttchen quatscht mich über *Neuseeland* voll …«

»Ich weiß, und ich versuche hier schon seit 'ner Ewigkeit rauszufinden, aber es ist, du weißt schon – der reinste *Irrgarten*!« Er kicherte, aber am anderen Ende der Leitung blieb es still. »Hallo? Bist du noch da? Kannst du mich hören?«

»Ist jemand bei dir, Dexter?«, fragte Sylvie leise.

Er sah Emma an, die immer noch tat, als wäre sie ganz fasziniert von dem Ultraschallbild. Er überlegte kurz, drehte ihr den Rücken zu und log: »Genau genommen sind wir eine ganze Truppe. Wir versuchen es noch eine Viertelstunde, und dann graben wir uns einen Tunnel, und wenn das nicht klappt, essen wir jemanden auf.«

»Gott sei Dank, da ist Callum. Ich rede einfach mit Callum. Beeil dich, ja?«

»Okay. Bin schon auf dem Weg. Tschüss, machs gut, Liebling!« Er legte auf. »Klang ich betrunken?«

»Kein bisschen.«

»Wir müssen sofort raus hier.«

»Meinetwegen gerne.« Ratlos schaute sie in beide Richtungen. »Wir hätten eine Spur aus Brotkrumen hinterlassen sollen.« Wie als Antwort darauf hörte man ein Summen und Klicken, und sämtliche Lichter, die das Labyrinth erhellten, gingen nacheinander aus, bis es stockfinster war.

»Wie praktisch«, sagte Dexter. Einen Augenblick lang

standen sie still da, bis sich ihre Augen an die Dunkelheit gewöhnt hatten. Die Band spielte *It's Raining Men*, und gebannt lauschten sie dem gedämpften Geräusch, als könnten sie dadurch ihren Aufenthaltsort bestimmen.

»Wir sollten zurückgehen«, bemerkte Emma, »bevor es wirklich anfängt, Männer zu regnen.«

»Gute Idee.«

»Da gibts doch irgendeinen Trick, nicht?«, sagte Emma. »Wenn ich mich recht erinnere, muss man mit der linken Hand immer die Mauer berühren, und wenn man nicht loslässt, findet man am Ende heraus.«

»Lass es uns versuchen!« Er verteilte den Rest Champagner auf die beiden Gläser und legte die leere Flasche ins Gras. Emma zog die hochhackigen Schuhe aus, berührte mit den Fingerspitzen die Hecke, und vorsichtig machten sie sich auf den Weg durch die dunklen, belaubten Gänge.

»Also kommst du? Zu meiner Hochzeit?«

»Natürlich. Allerdings kann ich nicht versprechen, dass ich nicht die Trauung unterbreche.«

»Er hat mir die Ehe versprochen!« Beide lächelten in der Dunkelheit und gingen weiter.

»Ich wollte dich noch um einen Gefallen bitten.«

»Bitte, bitte, frag mich nicht, ob ich dein Brautführer sein will, Dex.«

»Das ist es nicht, ich versuche jetzt nur schon seit 'ner Ewigkeit, eine Rede zu schreiben, und hab mich gefragt, ob du mir vielleicht helfen könntest.«

»Nein!«, lachte Emma.

»Warum nicht?«

»Ich finde einfach, es hätte weniger emotionale Tiefe, wenn ich sie schreiben würde. Schreib einfach auf, was du wirklich fühlst.«

»Ich weiß nicht, ob *das* so ’ne gute Idee ist. ›Ein herzliches Dankeschön an die Kellner, und übrigens, mir geht der Arsch auf Grundeis.‹« Er spähte in die Dunkelheit. »Bis du sicher, dass der Trick funktioniert? Mir scheint, als gerieten wir immer tiefer hinein.«

»Vertrau mir.«

»Wie auch immer, ich will nicht, dass du sie schreibst, du sollst sie nur ein bisschen aufpolieren ...«

»Bitte versteh mich nicht falsch, aber das musst du schon allein machen.« An einer Dreifachgabelung blieben sie stehen.

»Hier waren wir schon mal.«

»Vertrau mir. Wir gehen einfach weiter.«

Schweigend gingen sie weiter. Ganz in der Nähe wurde *1999* von Prince gespielt, was von den Gästen mit lautstarkem Jubel aufgenommen wurde. »Als ich den Song zum ersten Mal gehört hab«, sagte Emma, »dachte ich, es wäre Science Fiction. 1999. Schwebende Autos, Essen in Pillenform und Urlaub auf dem Mond. Jetzt ist es so weit, und ich fahre immer noch ’nen gottverdammten Fiat Panda. Nichts hat sich geändert.«

»Außer, dass ich bald Familienvater werde.«

»Familienvater. Großer Gott, hast du keinen Schiss?«

»Manchmal schon. Aber dann guckt man sich die ganzen Idioten an, die es auch schaffen, Kinder großzuziehen. Ich sage mir immer, wenn Miffy Buchanan das hinkriegt, wie schwer kann es sein?«

»Man kann Babys nicht in Cocktailbars mitnehmen, weißt du. Da reagieren die Leute komisch.«

»Schon okay. Ich werde lernen, gern zu Hause zu bleiben.«

»Aber du bist glücklich?«

»Ja. Ich glaub schon. Und du?«

»Glücklicher. Nicht unglücklich.«

»Nicht unglücklich. Na ja, nicht unglücklich ist nicht übel.«

»Das Beste, was man sich erhoffen kann.« Mit den Fingerspitzen der linken Hand ertastete Emma eine Statue, die ihr bekannt vorkam, und wusste wieder, wo sie waren. Noch einmal rechts und dann links abbiegen, und sie wären zurück im Rosengarten, zurück auf der Hochzeitsfeier, zurück bei seiner Verlobten und ihren Freunden, und zum Unterhalten wäre keine Zeit mehr. Plötzlich von Traurigkeit übermannt, blieb sie stehen, drehte sich um und nahm Dexters Hände.

»Kann ich noch was sagen? Bevor wir zur Party zurückgehen?«

»Schieß los.«

»Ich bin leicht angetrunken.«

»Ich auch. Schon okay.«

»Ich … du hast mir gefehlt, weißt du.«

»Du mir auch.«

»Ganz, *ganz* schrecklich, Dexter. Ich wollte so vieles mit dir besprechen, aber du warst nicht da …«

»Ging mir genauso.«

»Und ich hab mich schuldig gefühlt, weil ich einfach abgehauen bin.«

»Echt? Ich mach dir keinen Vorwurf. Manchmal war ich leicht … unausstehlich.«

»Mehr als nur leicht, du warst 'ne echte Landplage …«

»Ich weiß …«

»Selbstsüchtig, arrogant und strunzlangweilig …«

»Ja, ist klar geworden …«

»Trotzdem. Ich hätte es mit dir durchstehen müssen, wegen deiner Mum und so …«

»Das ist doch aber keine Entschuldigung.«

»Nein, eigentlich nicht, aber da musstest du ja 'nen Knacks kriegen.«

»Ich habe immer noch den Brief, den du mir geschrieben hast. Es ist ein wunderschöner Brief. Ich war sehr dankbar dafür.«

»Trotzdem, ich hätte mich wieder bei dir melden sollen. Man soll doch zu seinen Freunden halten, oder? Mit ihnen durch dick und dünn gehen.«

»Ich mach dir keinen Vorwurf ...«

»Trotzdem.« Verlegen bemerkte sie, dass ihr die Tränen kamen.

»Hey, hey, was ist los, Em?«

»Ach, hab nur zu viel getrunken ...«

»Komm her.« Er nahm sie in den Arm, schmiegte das Gesicht an ihren bloßen Hals, roch Shampoo und feuchte Seide, und sie schnupperte an seinem Nacken, Aftershave, Schweiß und Alkohol, der Geruch seines Anzugs, und so standen sie da, bis sie sich beruhigt hatte und weitersprechen konnte.

»Ich sage dir, worum es geht. Es ist ... als ich dich nicht gesehen habe, musste ich jeden Tag an dich denken, ich meine, *jeden Tag*, wegen irgendwas ...«

»Ging mir auch so ...«

»... und seis auch nur ›Ich wünschte, Dexter könnte das sehen‹ oder ›Wo Dexter jetzt wohl ist‹, oder ›Mann, was für ein Idiot, dieser Dexter‹, du weißt, was ich meine, und dich heute hier zu sehen, na ja, ich dachte halt, ich hätte dich wieder – meinen *besten* Freund. Und jetzt das, die Hochzeit, das Baby – ich freue mich sehr für dich, Dex. Aber es fühlt sich an, als hätte ich dich zum zweiten Mal verloren.«

»Wie – verloren?«

»Du weißt doch, wie das läuft, du hast deine Familie, mehr Verantwortung, verlierst Leute aus den Augen ...«

»Nicht unbedingt …«

»Nein, wirklich, es passiert andauernd, ich kenne das. Du hast andere Prioritäten und jede Menge neuer Freunde, nette junge Paare, die ihr in Geburtsvorbereitungskursen kennengelernt habt, die auch Babys haben, die es verstehen, oder du bist zu müde, weil du die ganze Nacht auf warst …«

»Eigentlich hatten wir vor, eins dieser pflegeleichten Babys zu bekommen. Anscheinend setzt man die einfach in ein Zimmer. Mit 'nem Dosenöffner und 'nem kleinen Gaskocher.« Er spürte ihr Gelächter an seiner Brust, und in dem Moment war er davon überzeugt, es gebe kein besseres Gefühl, als Emma Morley zum Lachen zu bringen. »Ich verspreche dir, so wird es nicht sein.«

»Wirklich?«

»100 Pro.«

Sie lehnte sich zurück, um ihn anzusehen. »Schwörst dus? Kein Untertauchen mehr?«

»Ich werds nicht tun, wenn dus auch nicht tust.«

Mit offenen Augen standen sie stocksteif da, und ihre gespitzten Lippen berührten sich. Der Augenblick, ein köstlicher Moment der Verwirrung, zog sich dahin.

»Wie spät ist es?«, fragte Emma und wandte hastig das Gesicht ab.

Dexter schob den Ärmel hoch und sah auf die Uhr. »Gleich Mitternacht.«

»Na dann! Gehen wir.«

Schweigend gingen sie weiter, nicht ganz sicher, was passiert war oder was als Nächstes kommen würde. Nach zwei weiteren Abzweigungen waren sie wieder am Ausgang des Labyrinths und auf der Hochzeitsfeier. Emma wollte gerade die schwere Eichentür aufmachen, als er ihre Hand nahm.

»Em?«

»Dex?«

Er wollte ihre Hand nehmen und zurück ins Labyrinth gehen. Er würde das Handy ausschalten, und sie würden dort bleiben, bis die Party vorbei wäre, sich verlaufen und über alles reden, was passiert war.

»Freunde?«, fragte er schließlich

»Freunde.« Sie ließ seine Hand los. »So, jetzt lass uns deine Verlobte suchen gehen. Ich will ihr *gratulieren.*«

KAPITEL VIERZEHN

Vater sein

SAMSTAG, 15. JULI 2000

Richmond, Surrey

Jasmine Alison Viola Mayhew.

Sie wurde am späten Abend des dritten Tages im neuen Jahrtausend geboren und würde somit immer genauso alt sein wie das Jahrtausend. Sie wog ordentliche 4433 Gramm, war in Dexters Augen unsagbar schön, und er wusste, er würde sein Leben für sie geben, obwohl er ziemlich sicher war, dass das nicht nötig sein würde.

Als Dexter Mayhew in jener Nacht mit dem winzigen, rotgesichtigen Bündel im Arm in einem niedrigen Plastik-Krankenhausstuhl saß, fasste er einen feierlichen Vorsatz. Er beschloss, von nun an das Richtige zu tun. Von ein paar biologischen und sexuellen Notwendigkeiten einmal abgesehen, würde er nichts mehr tun oder sagen, was nicht für die Augen und Ohren seiner Tochter geeignet war. Er würde sein Leben so leben, als würde seine Tochter ihn ständig beobachten. Er würde nichts tun, was ihr Leid, Angst oder Verlegenheit verursachte, und es würde nichts, rein gar nichts mehr in seinem Leben geben, wofür er sich schämen musste.

Dieser feierliche Vorsatz hielt ungefähr 95 Minuten. Als er in der Toilettenkabine saß und versuchte, Zigarettenrauch in eine leere Evian-Flasche zu pusten, musste etwas davon entwichen sein und den Alarm ausgelöst haben, der seine erschöpfte Frau und Tochter aus dem dringend benötigten Schlaf riss, und als er aus der Kabine geholte wurde, die zugeschraubte Flasche mit dem gelbgrauen Rauch noch in der Hand, sagte der Blick in die schmalen, erschöpften Augen seiner Frau alles: Dexter Mayhew war der Lage nicht gewachsen.

Die wachsende Kluft zwischen ihnen wurde noch tiefer, weil er am Beginn des neuen Jahrtausends ohne Arbeit oder die Aussicht auf Arbeit dastand. Der Sendetermin von *Sport Xtrem* hatte sich unaufhaltsam Richtung Sonnenaufgang verschoben, bis klar war, dass niemand, nicht einmal BMX-Fahrer, wochentags so lange aufbleiben konnten, egal wie krass, abgefahren oder Old School die Moves waren. Die Sendereihe hatte sich totgelaufen, und der Vaterschaftsurlaub war nahtlos in den weniger modernen Zustand der Arbeitslosigkeit übergegangen.

Der Umzug hatte kurzfristig Ablenkung gebracht. Nach einigem Widerstand seinerseits war die Junggesellenwohnung in Belsize Park zu einem horrenden monatlichen Preis vermietet und gegen ein adrettes Reihenhäuschen in Richmond eingetauscht worden, das ein Riesenpotenzial hatte, wie man ihm versicherte. Dexter hatte protestiert, er sei ungefähr 35 Jahre zu jung, um nach Surrey zu ziehen, aber die Lebensqualität, die guten Schulen, die günstige Verkehrsanbindung und der Park mit den umherstreifenden Hirschen ließen nichts zu wünschen übrig. Es war nahe bei ihren Eltern, die Zwillinge lebten nicht weit weg, deshalb trug Surrey den Sieg davon, und im Mai hatten sie mit der endlosen, Unmengen von Geld verschlingenden Aufgabe begonnen, jede vorhandene Holzfläche abzuschleifen und jede nichttragende Wand einzureißen. Auch der Mazda-Sportwagen war weg, geopfert für einen gebrauchten Van, in dem es immer noch schwach nach dem Erbrochenen der Vorbesitzer roch. Es war ein denkwürdiges Jahr für die Mayhew-Familie, trotzdem fand Dexter den Nestbau weit weniger erquicklich als angenommen. Er hatte sich das Familienleben wie eine Art verlängerte Bausparkassen-Werbung vorgestellt: ein attraktives junges Paar in blauen Overalls mit Farbrollern in der Hand, das Geschirr aus einer alten Holzkiste packte und erschöpft auf ein riesiges altes Sofa plumpste. In seiner Vorstellung hatte er zottige Hunde im Park spazieren geführt und nachts das Baby gefüttert, erschöpft, aber gutgelaunt. Irgendwann in der nahen Zukunft würde es Gezeitentümpel, Feuer am Strand und über Treibholz gebratene Makrelen geben. Er würde sich geniale Spiele ausdenken und Regale aufhängen. Sylvie würde mit nackten Beinen in seinen alten Hemden herumlaufen. Strickwaren. Er würde viel Strickwaren tragen und für seine Lieben sorgen.

Stattdessen gab es Gezänk, Gemeinheiten und düstere Blicke durch einen feinen Gipsstaubnebel. Sylvie verbrachte mehr und mehr Zeit im Haus ihrer Eltern, angeblich, um den Handwerkern aus dem Weg zu gehen, aber zunehmend, um ihren lust- und nutzlosen Ehemann nicht mehr sehen zu müssen. Hin und wieder rief sie an, um ihm vorzuschlagen, dass er ihren Freund Callum, den Flusskrebs-Baron, aufsuchen und sein Jobangebot annehmen sollte, aber Dexter weigerte sich. Vielleicht kam seine Moderatorenkarriere ja wieder in Schwung, er fand Arbeit als Produzent oder konnte sich zum Kameramann oder Cutter umschulen lassen. In der Zwischenzeit konnte er den Arbeitern zur Hand gehen, um Geld zu sparen, und zu diesem Zweck machte er Tee, holte Kekse, schnappte ein paar Brocken Polnisch auf, spielte beim Höllenlärm der Schleifmaschine PlayStation.

Einst hatte er sich gefragt, was mit all den alten Leuten in der Fernsehindustrie passierte, und jetzt kannte er die Antwort. Angehende Cutter und Kameramänner waren 24 oder 25, und er hatte keinerlei Erfahrung als Produzent. Die Mayhem TV AG, seine eigene, unabhängige Firma, war weniger ein Geschäft als eine Ausrede für seine Untätigkeit. Am Ende des Steuerjahres wurde sie offiziell auf Eis gelegt, um Verrechnungskosten zu sparen, und das Papier mit optimistischem Briefkopf wurde verschämt auf den Dachboden verbannt. Einziger Lichtblick war die Zeit, die er mit Emma verbrachte, er schlich sich davon, um mit ihr ins Kino zu gehen, anstatt von Jerzy und Lech das Verfugen zu lernen. Aber das traurige Gefühl, an einem Dienstagnachmittag aus dem Kinosaal ins Tageslicht zu treten, war unerträglich geworden. Was war mit seinem Schwur, ein perfekter Vater zu sein? Er trug jetzt Verantwortung. Anfang Juni hatte er schließlich nachgegeben, Callum O'Neill besucht und war Teil der großen Natural-Stuff-Familie geworden.

Deshalb überwacht Dexter Mayhew an diesem St.-Swithins-Tag in einem haferschleimfarbenen Kurzarmhemd mit pilzfarbener Krawatte die Lieferung der riesigen Rucola-Tagesration für die Filiale an der Victoria Station. Er zählt die Kisten mit dem Grünzeug, während der Fahrer mit einem Clipboard danebensteht und ihn offen anstarrt, und instinktiv weiß Dexter, was gleich kommt.

»War'n Sie nicht mal im Fernsehen?«

Nicht schon wieder ...

»In grauer Vorzeit«, antwortet er leichthin.

»Wie hieß es noch gleich? *abfeiern* oder so.«

Nicht aufschauen.

»Unter anderem. Muss ich jetzt die Empfangsbestätigung unterschreiben oder was?«

»Und Sie waren doch mal mit Suki Meadows zusammen.«

Lächeln, lächeln, lächeln.

»Wie gesagt, lang, lang ists her. Eine Kiste, zwei, drei ...«

»Man sieht sie jetzt überall, nicht?«

»Sechs, sieben, acht ...«

»Sie sieht echt toll aus.«

»Sie ist sehr nett. Neun, zehn.«

»Wie wars denn so, mit ihr auszugehen.«

»Laut.«

»Und – was ist mit Ihnen passiert?«

»Das Leben. Das Leben ist passiert.« Er nimmt das Clipboard. »Hier unterschreiben?«

»Genau. Da unterschreiben.«

Dexter schreibt sein Autogramm auf die Rechnung, greift in die oberste Kiste, nimmt eine Handvoll Rucola heraus und prüft, ob er frisch ist. »Rucola – der Eisbergsalat de nos jours«, pflegt Callum zu sagen, aber Dexter findet ihn bitter.

Der Hauptsitz von Natural Stuff ist in einem Lagerhaus in Clerkenwell untergebracht, frisch, sauber, modern, ausgestattet mit Entsaftern, Sitzsäcken, Unisex-Toiletten, Hochgeschwindigkeits-Internetanschlüssen, Flipperautomaten und riesigen Bildern von Kühen, Hühnern und Flusskrebsen à la Andy Warhol an den Wänden. Halb Arbeitsplatz, halb Teenagerzimmer. Die Architekten bezeichneten die Büros als »kreativraum«, in kleingeschriebener Helvetica-Schrift. Aber bevor Dexter in den kreativraum darf, muss er sich erst noch die Sporen verdienen. Cal legt großen Wert darauf, dass seine Führungskräfte sich die Hände schmutzig machen, deshalb arbeitet Dexter seit einem Monat als Trainee, als Shadow Manager am letzten Außenposten der Zivilisation. In den letzten drei Wochen hat er die Entsafter gereinigt, ein Haarnetz getragen, um Sandwiches zuzubereiten, Kaffee gemahlen und Kunden bedient, und zu seiner Überraschung war es ganz in Ordnung. Darum geht es schließlich: Die Leute sind das Geschäft, wie Callum zu sagen pflegt.

Das Unangenehmste ist, wiedererkannt zu werden, der flüchtige, mitleidige Blick im Gesicht der Kunden, wenn sie einen ehemaligen TV-Moderator Suppe servieren sehen. Die Gleichaltrigen sind die schlimmsten. Einmal Ruhm gehabt und verloren zu haben, und sei er auch noch so klein gewesen, älter geworden zu sein und vielleicht ein paar Pfund zugelegt zu haben, ist eine Art lebendiger Tod, und sie starren Dexter hinter der Kasse an wie einen Gefangenen in einer Strafkolonne. »Im richtigen Leben sehen Sie kleiner aus«, sagen sie manchmal, und es stimmt, er fühlt sich tatsächlich kleiner. »Aber es ist in Ordnung«, will er sagen, wenn er die Curry-Linsensuppe austeilt, »mir gehts gut. Ich bin mit mir im Reinen. Ich mag die Arbeit hier, es ist nur vorübergehend. Ich lerne ein neues Geschäft, ich sorge für meine Familie. Möchten Sie Brot dazu? Vollkorn oder Mehrkorn?«

Die Morgenschicht bei Natural Stuff dauert von 6:30 Uhr bis 16:30 Uhr, und nachdem er die Kasse gemacht hat, fährt er zusammen mit den Samstagseinkäufern im Zug nach Richmond. Dann folgt ein langweiliger, zwanzigminütiger Fußmarsch zu den viktorianischen Reihenhäusern, die von innen viel, viel größer sind, als sie von außen aussehen, bis er daheim ist, am Haus der Blähungen. Als er den Gartenweg entlanggeht – er hat einen Gartenweg, wie ist das passiert? –, sieht er, wie Jerzy und Lech die Haustür zumachen, und unterhält sich mit ihnen in dem kumpelhaften Ton mit dem leichten Cockney-Akzent, der im Gespräch mit Handwerkern obligatorisch ist, selbst wenn es sich um Polen handelt.

»*Cześć! Jak sie masz*?«, versucht sich Dexter auf Polnisch.

»Guten Abend, Dexter«, sagt Lech nachsichtig.

»Mrs Mayhew, sie ist zu Hause?« Man muss die Wörter umstellen; das ist ein Gesetz.

»Ja, sie ist zu Hause.«

Leiser sagt er: »Heute, wie geht es ihnen?«

»Ein bisschen … müde, glaube ich.«

Dexter runzelt die Stirn und schnappt aus Spaß nach Luft. »Und – sollte ich mir Sorgen machen?«

»Ein bisschen vielleicht.«

»Hier.« Dexter greift in die Innentaschen und gibt ihnen zwei geklaute Honig-Dattel-Haferflocken-Riegel von Natural Stuff. »Hehlerware. Nicht weitersagen, ja?«

»Okay, Dexter.«

»*Do widzenia*.« Er geht zur Haustür, nimmt den Schlüssel und weiß, dass sehr wahrscheinlich irgendwo im Haus jemand weint. Manchmal scheint es, als würden sie sich abwechseln.

Jasmine Alison Viola Mayhew sitzt schwankend auf einer Plastikabdeckplane im Flur, die die vor kurzem abgeschliffenen Dielen schützen, und wartet. Mit dem hübschen, feinen, symmetrischen Gesichtchen sieht sie aus wie eine Miniaturausgabe ihrer Mutter, und wieder einmal spürt er tiefe, von nackter Angst gedämpfte Liebe in sich aufsteigen.

»Hallo, Jas. Ich wollte nicht so spät dran sein«, sagt er, umfasst ihren Bauch und hebt sie hoch über den Kopf. »Wie war dein Tag, Jas?«

Aus dem Wohnzimmer ertönt eine Stimme. »Nenn sie nicht so. Sie heißt Jasmine, nicht *Jazz*.« Sylvie liegt auf dem mit Planen abgedeckten Sofa und liest eine Zeitschrift. »Jazz Mayhew klingt *furchtbar*. Wie der Name der Saxophonistin einer lesbischen *Funkband*. *Jazz*.«

Mit seiner Tochter auf der Schulter erscheint er im Türrahmen. »Tja, wenn du sie Jasmine nennst, musst du damit rechnen, dass man sie Jas ruft.«

»*Ich* habe sie nicht so genannt, *wir* haben sie so genannt. Und ich weiß, dass es passieren wird, aber das heißt nicht, dass es mir gefallen muss.«

»Okay, dann spreche ich ab jetzt vollkommen anders mit meiner Tochter.«

»Gut, das würde mir gefallen.«

Er steht beim Sofa, sieht demonstrativ auf die Uhr und denkt, *Ein neuer Weltrekord! Ich bin gerade mal, wie lange, 45 Sekunden zu Hause, und schon habe ich was falsch gemacht!* Die Bemerkung hat genau die richtige Mischung aus Selbstmitleid und Feindseligkeit; das gefällt ihm, und er will es gerade aussprechen, als Sylvie sich stirnrunzelnd mit feuchten Augen aufsetzt und die Knie umfasst.

»Entschuldige, Liebling, ich hatte einen schrecklichen Tag.«

»Was ist denn los?«

»Sie will überhaupt nicht schlafen. Sie war den ganzen Tag wach, schon seit fünf Uhr morgens.«

Dexter stemmt sich eine Hand in die Hüfte. »Tja, Liebling, wenn du ihr den Entkoffeinierten geben würdest, wie ich dir gesagt habe …« Diese Art von Geplänkel gehört nicht zu Dexters Begabungen, und Sylvie verzieht keine Miene.

»Sie hat den ganzen Tag geschrieen und gewimmert, draußen ist es so heiß und hier drinnen so langweilig, und

Jerzy und Lech machen nur Krach, und, ach, ich bin einfach frustriert.« Er setzt sich neben sie, nimmt sie in den Arm und küsst sie auf die Stirn. »Ich schwör dir, wenn ich noch einmal durch den blöden Park gehen muss, schreie ich.«

»Es dauert nicht mehr lange.«

»Ich marschiere um den See, um den See, rüber zu den Schaukeln und wieder um den See. Weißt du, was der Höhepunkt meines Tages war? Ich dachte, ich hätte keine Windeln mehr. Ich dachte, ich muss zum Supermarkt fahren und Windeln kaufen, und dann habe ich noch welche gefunden. Ich habe vier Windeln gefunden und war *außer mir* vor Freude.«

»Sicher, aber nächsten Monat gehts ja wieder an die Arbeit.«

»Gott sei Dank!« Sie sinkt zur Seite, legt den Kopf an seine Schulter und seufzt. »Vielleicht sollte ich heute Abend nicht losziehen.«

»Nein, du musst gehen! Du hast dich doch schon seit Wochen darauf gefreut!«

»Ich bin eigentlich nicht in Stimmung dafür – ein *Junggesellinnenabschied*. Ich bin zu alt für so was.«

»Blödsinn ...«

»Und ich mache mir Sorgen ...«

»Worüber, über mich?«

»Dich allein zu lassen.«

»Also, ich bin 35 Jahre alt, Sylvie, ich war schon vorher allein zu Hause. Außerdem bin ich gar nicht allein. Jas passt auf mich auf. Wir schaffen das schon, nicht, Jas? Mine. Jasmine?«

»Bist du sicher?«

»Absolut.« *Sie traut mir nicht,* denkt er. *Sie glaubt, ich gebe mir die Kante. Werde ich aber nicht. Bestimmt nicht.*

Es ist der Junggesellinnenabschied von Rachel, der dünnsten und gemeinsten Freundin seiner Frau, und für die Übernachtung wurde eine Hotelsuite angemietet, komplett mit gutaussehendem Cocktailkellner, mit dem sie anstellen können, was sie wollen. Die Limousine, das Restaurant, der Tisch im Nachtclub, der Brunch am nächsten Morgen, alles wurde mithilfe einer Reihe diktatorischer E-Mails perfekt durchorganisiert, um jegliche Chance auf Spontaneität oder Spaß im Keim zu ersticken. Sylvie kommt erst am nächsten Nachmittag nach Hause, und Dexter ist zum ersten Mal über Nacht mit Jasmine allein. Sie steht im Bad, legt Make-up auf und überwacht Dexter, der sich hinkniet, um Jasmine zu baden.

»Und um acht bringst du sie ins Bett, ja? Das ist in 40 Minuten.«

»Gut.«

»Es ist noch jede Menge Babynahrung da, und Grünzeug habe ich auch püriert.« *Grünzeug* – nervig, wie sie das Wort *Grünzeug* betont. »Es ist im Kühlschrank.«

»Grünzeug im Kühlschrank, weiß ich doch.«

»Und falls sie es nicht essen will, im Schrank stehen noch ein paar gekaufte Gläschen, aber *nur* für den Notfall.«

»Und was ist mit Chips? Die kann ich ihr doch geben, oder? Wenn ich das Salz abkratze ...«

Missbilligend schnalzt Sylvie mit der Zunge, schüttelt den Kopf und trägt Lippenstift auf. »Halt ihr den Kopf.«

»... und gesalzene Nüsse? Dafür ist sie doch alt genug, oder? Ein Schüsselchen Erdnüsse?« Er dreht sich um, sieht sie an, für den unwahrscheinlichen Fall, dass sie lächelt, und ist wie so oft erstaunt, wie schön sie aussieht, schlicht, aber elegant im kleinen Schwarzen und in hochhackigen Schuhen, das Haar noch feucht vom Duschen. Er nimmt eine Hand aus der Badewanne und umfasst den braungebrannten Knöchel seiner Frau. »Du siehst übrigens fantastisch aus.«

»Du hast nasse Hände.« Sie zieht das Bein weg. Sie hatten schon seit sechs Wochen keinen Sex mehr. Er war auf eine gewisse Gleichgültigkeit und Reizbarkeit nach der Geburt vorbereitet gewesen, aber die ist schon ein Weilchen her, und manchmal sieht sie ihn an, so voller – nein, nicht Verachtung, sondern –

»Schade, dass du heute nicht zurückkommst«, sagt er.

– Enttäuschung. Das ist es. Enttäuschung.

»Pass auf Jasmine auf – halt ihren Kopf hoch!«

»Ich weiß schon, was ich tue!«, blafft er sie an.

Und da ist er wieder, der Blick. Kein Zweifel, hätte Sylvie eine Quittung, hätte sie ihn schon längst umgetauscht: Mit dem hier stimmt was nicht. Das ist nicht, was ich wollte.

Es klingelt an der Tür.

»Das ist mein Taxi. Ruf mich im Notfall auf dem Handy an, *nicht* im Hotel, okay?« Sie bückt sich, drückt Dexter den Mund auf den Kopf, beugt sich über die Badewanne und gibt ihrer Tochter einen zweiten, überzeugenderen Kuss. »Gute Nacht, mein Schatz. Pass gut auf Daddy auf ...« Stirnrunzelnd schmollt Jasmine, und als ihre Mutter das Badezimmer verlässt, liegt Panik in ihrem Blick. Dexter bemerkt es und lacht. »Wo gehst du hin, Mum?«, flüstert er. »Lass mich nicht allein mit diesem *Idioten*!« Endlich schließt sich unten die Haustür. Sylvie ist weg, er hat sturmfrei und kann endlich so viele Dummheiten machen, wie er will.

Mit dem Fernseher in der Küche fängt es an. Jasmine schreit, als Dexter sie in den Hochstuhl setzen will. Bei Sylvie lässt sie es sich gefallen, aber jetzt windet sie sich und brüllt, ein kompaktes Bündel aus Muskeln und Geschrei, das sich ohne ersichtlichen Grund nach Leibeskräften wehrt, und Dexter denkt: *Warum lernst du nicht endlich sprechen?* Lern irgendeine gottverdammte Sprache und sag mir, was ich falsch mache. Wie lange dauert es noch gleich, bis sie zu sprechen anfängt? Ein Jahr? Anderthalb Jahre? Es ist verrückt, ein absurder Planungsfehler, dieses Unvermögen, Sprache zu benutzen, wenn sie am dringendsten gebraucht würde. Sie sollten sprechend auf die Welt kommen. Es muss nicht für eine Unterhaltung oder einen Schlagabtausch reichen, nur für grundlegende, praktische Informationen. *Vater, ich habe Blähungen. Ich hab die Nase voll von dem Spielbogen. Ich habe Kolik.*

Schließlich sitzt sie, schreit und wimmert abwechselnd, und er löffelt ihr Essen in den Mund, wenn er die Gelegenheit bekommt, und kratzt ihr dann und wann mit dem Löffel die Püreereste ab wie bei einer Nassrasur. In der Hoffnung, dass es sie beruhigt, schaltet er den kleinen tragbaren Fernseher auf dem Tresen ein, den Sylvie missbilligt. Weil es ein Samstag zur besten Sendezeit ist, kann er dem Anblick von Suki Meadows strahlendem Gesicht nicht entkommen, die der gespannten Fernsehnation live aus dem TV-Studio die Lottozahlen zugrölt. Er verspürt einen neidischen Stich in der Magengrube, schüttelt missbilligend den Kopf und will gerade umschalten, als er bemerkt, dass Jasmine mucksmäuschenstill ist und gebannt seiner Ex-Freundin zuhört, die »Hey, hey« brüllt.

»Guck mal, Jasmine, das ist Daddys Ex-Freundin! Ist sie nicht laut? Ist sie nicht ein lautes, lautes Mädchen?«

Suki ist jetzt reich, flippiger, berühmter und beliebter beim Publikum denn je, und obwohl sie sich nie besonders verstanden und nichts gemeinsam haben, empfindet er eine gewisse Wehmut bei dem Gedanken an seine ehemalige Freundin und die wilden Jahre mit Ende zwanzig, als Bilder von ihm die Zeitungen zierten. Was Suki wohl heute Abend macht?, fragt er sich. »Vielleicht hätte Daddy mit ihr zusammenbleiben sollen«, sagt er treulos und denkt an die Cocktail-Lounges, die Hotelbars, die Bahnhofsbögen und die Jahre zurück, als er samstags noch nicht mit Haarnetz auf dem Kopf Wraps nach mediterraner Art gefüllt hat.

Wieder weint Jasmine, weil sie irgendwie Süßkartoffel ins Auge bekommen hat, und als er es wegwischt, verspürt er das *dringende* Bedürfnis, eine Zigarette zu rauchen. Und warum sollte er sich nicht etwas gönnen, nach diesem Tag? Der Rücken tut weh, ein blaues Pflaster löst sich von seinem Daumen, seine Finger riechen nach Flusskrebs und abgestandenem Kaffee, und er beschließt, dass er sich eine Belohnung verdient hat. Er braucht das Geschenk des Nikotins.

Zwei Minuten später schnallt er sich die Babytrage um, die vielen Riemen und Gurte verschaffen ihm einen kleinen machohaften Technik-Kick, als handle es sich um einen Düsen-Rucksack. Er quetscht die schreiende Jasmine hinein und geht zielstrebig die lange, eintönige, von Bäumen gesäumte Straße entlang zu der langweiligen Einkaufspassage. Wie hat es ihn hierher verschlagen, fragt er sich, an einem Samstagabend in eine Einkaufspassage in Surrey? Es ist noch nicht einmal Richmond, nur ein Vorort von einem Vorort, und wieder denkt er an Suki, die sich irgendwo mit ihren attraktiven Freundinnen in der Stadt herumtreibt. Vielleicht sollte er sie anrufen, wenn Jasmine eingeschlafen ist, nur um hallo zu sagen. Etwas trinken, eine ehemalige Freundin anrufen; warum nicht?

Prickelnde Vorfreude erfasst ihn, als er den Spirituosenladen betritt und sich sofort einer hohen, durchsichtigen Wand aus Alkoholika gegenübersieht. Seit der Schwangerschaft bewahrten sie prinzipiell keinen Alkohol mehr im Haus auf, um beiläufiges, tägliches Trinken zu vermeiden. »Ich habe einfach die Nase voll davon, dienstagabends auf dem Sofa zu sitzen, während du dir allein einen hinter die Binde kippst«, hatte Sylvie gesagt, und er hatte es als Herausforderung betrachtet und aufgehört, mehr oder weniger. Aber jetzt steht er in einem Spirituosenladen, es steht so viel gutes Zeug herum, und alles sieht so einladend aus, dass es dumm wäre, nicht zuzugreifen. Hochprozentiges und Bier, Weiß- und Rotwein, er schaut sich alles genüsslich an und kauft zwei Flaschen guten Bordeaux, nur um sicher zu gehen, und eine Zwanzigerpackung Zigaretten. Dann, warum auch nicht, entscheidet er sich für einen Thai-Imbiss.

Bald darauf geht die Sonne unter, und Jasmine schläft an seiner Brust ein, als er zügig durch die hübschen Straßen zu dem adretten kleinen Haus marschiert, das ganz reizend aussehen wird, wenn es erst fertig ist. Er marschiert in die Küche, öffnet die Flasche und schenkt sich ein Glas Wein ein, ohne das schlafende Baby aus der Schlinge zu nehmen, die Arme unbeholfen um das Bündel gelegt wie ein Balletttänzer. Fast feierlich betrachtet er das Glas, trinkt es aus und denkt: Es wäre wesentlich leichter, nicht zu trinken, wenn es nicht so köstlich schmecken würde. An den Tresen gelehnt, schließt er die Augen, als die Anspannung aus seinen Schultern weicht. Früher hat er getrunken, um sich zu stimulieren, bessere Laune zu bekommen oder um zu Kräften zu kommen, aber heute benutzt er Alkohol wie alle Eltern als frühabendliches Beruhigungsmittel. Entspannter bettet er das schlafende Baby auf ein kleines Nest aus Kissen auf dem Sofa und betritt den kleinen Vorstadtgarten; eine Wäschespinne umringt von Holzbalken und Zementsäcken. Er behält die Babytrage an, die schlaff herunterhängt wie ein Schulterpolster, so dass er sich fast wie ein Bulle nach Dienstschluss fühlt, ein abgewrackter, mürrischer, aber gefährlicher Romantiker von der Mordkommission, der sich in Surrey ein Zubrot als Babysitter verdient. Fehlt nur noch eine Zigarette, um das Bild zu vervollständigen. Es ist seit zwei Wochen die erste. Ehrfurchtsvoll zündet er sie sich an, genießt den ersten köstlichen Zug und zieht so heftig daran, dass der Tabak knistert. Sie schmeckt nach verbrannten Blättern, Teer und dem Jahr 1995.

Allmählich lässt er die Arbeit, Falafel-Wraps und Hafergebäck hinter sich und schöpft neue Hoffnung für den Abend; vielleicht erreicht er ja jenen Zustand friedlicher Lethargie, das Nirwana erschöpfter Eltern. Er vergräbt die Kippe tief in einem Sandhaufen, holt Jasmine, geht auf Zehenspitzen in ihr Zimmer und lässt die Jalousien herunter. Wie ein Meistersafeknacker wird er ihr die Windeln wechseln, ohne sie zu wecken.

Sobald er sie hinlegt, wacht sie auf und fängt an zu weinen, ein schreckliches, heiseres Brüllen. Er atmet angestrengt durch den Mund und wickelt sie so schnell und effizient wie möglich. Teil der positiven Propaganda über das Kinderkriegen ist, wie harmlos Baby-Kacke ist, wie Kacke und Pipi den Ekelfaktor verlieren und einem, wenn auch nicht unbedingt angenehm, immerhin neutral erscheinen. Seine Schwester hatte sogar behauptet, dass man es »auf Toast essen« kann, so mild und wohlriechend sei es.

Trotzdem, man bekommt es nicht gern unter die Fingernägel, und mit Babymilch und fester Nahrung hat es eine entschieden erwachsene Konsistenz angenommen. Die kleine Jasmine hat anscheinend ein halbes Pfund Erdnussbutter produziert und sich irgendwie über den ganzen Rücken verteilt. Leicht benommen von dem Wein auf leeren Magen wischt und kratzt er es so gut wie möglich mit einer halben Packung Öltüchern ab, und als er keine mehr hat, benutzt er sein Tagesticket. Das immer noch warme Bündel stopft er in einen chemisch riechenden Windelbeutel, den er in einen Treteimer wirft, an dessen Deckel sich Kondenswasser gesammelt hat, wie er leicht angeekelt bemerkt. Jasmine schreit die ganze Zeit. Als sie schließlich wieder sauber und frisch ist, nimmt er sie hoch, legt sie sich an die Schulter, wippt auf den Zehenspitzen auf und ab, bis ihm die Knöchel wehtun, und wie durch ein Wunder hört sie auf zu schreien.

Er geht zum Kinderbett, legt sie hinein, und sie fängt wieder an zu schreien. Sie verstummt, als er sie hochnimmt. Legt sie ab, sie schreit. Er durchschaut das Muster, aber es erscheint ihm so gemein, dass sie so viel von ihm verlangt, während seine Frühlingsrollen kalt werden, der Wein offen dasteht und es in dem kleinen Raum so durchdringend nach warmer Kacke stinkt. Es wird viel mit dem Begriff »bedingungslose Liebe« um sich geworfen, aber im Moment ist ihm danach, ein paar Bedingungen aufzustellen. »Komm schon, Jas, sei fair, sei lieb. Daddy ist seit fünf Uhr auf den Beinen, weißt du?« Sie ist wieder ruhig, ihr warmer, regelmäßiger Atem streift seinen Hals, deshalb versucht er nochmals, sie hinzulegen, ganz langsam, und wie bei einem blödsinnigen Limbotanz verlagerte er ihr Gewicht nahezu unmerklich aus der Vertikalen in die Horizontale. Er trägt immer noch das Macho-Babygeschirr und stellt sich vor, er sei ein Bombenexperte; vorsichtig, vorsichtig, vorsichtig.

Wieder fängt sie an zu schreien.

Trotzdem macht er die Tür hinter sich zu und trabt nach unten. Da heißt es hart bleiben. Man darf kein Mitleid haben, so steht es in den Büchern. Wenn sie sprechen könnte, würde er ihr erklären: *Jasmine, wir brauchen beide ein bisschen Zeit für uns*. Er isst vor dem Fernseher, aber wieder einmal fällt ihm auf, wie schwer es ist, Babygeschrei zu ignorieren. »Kontrolliertes Weinen« nennt man das, aber er hat die Kontrolle verloren, will am liebsten selbst losheulen und empfindet eine Art viktorianischer Empörung gegenüber seiner

Frau – welche verantwortungslose Dirne lässt ihr Kind in der Obhut des Vaters? Wie kann sie es wagen? Er dreht den Ton lauter, will sich noch mehr Wein einschenken und bemerkt überrascht, dass die Flasche leer ist.

Egal. Es gibt kein Babyproblem, das sich nicht mit einem Milchfläschchen lösen lässt. Er macht noch ein Fläschchen warm, steigt leicht benommen die Treppe hinauf, und das Blut rauscht ihm in den Ohren. Das grimmige kleine Gesicht entspannt sich, als er ihr das Milchfläschchen in die Hand drückt, aber plötzlich fängt sie wieder an zu schreien, heult durchdringend, weil er vergessen hat, die Flasche zuzuschrauben, die warme Milch fließt über das Bettzeug, in die Matratze, gerät ihr in Augen und Nase, und sie brüllt jetzt, brüllt wie am Spieß. Panisch tastet er mit einer Hand nach einem Musselintuch, findet stattdessen ihre beste Kaschmirstrickjacke auf einem Stapel sauberer Wäsche und wischt Jasmine damit die Babymilch aus den Haaren und den Augen, küsst sie immer wieder und verflucht sich selbst – »Idiot, Idiot, Idiot, das wollte Daddy nicht, das wollte Daddy nicht.« –, während er mit der anderen Hand anfängt, das milchbesudelte Bettzeug, die Kleidung und die Windel zu wechseln, die er in einem Haufen auf den Boden wirft. Jetzt ist er froh, dass sie noch nicht sprechen kann. »*Sieh dich nur an, du Idiot*«, würde sie sagen, »*du kannst dich nicht mal um ein Baby kümmern.*« Unten macht er mit einer Hand noch ein Fläschchen, trägt sie wieder nach oben, füttert sie in dem abgedunkelten Zimmer, bis sie sich beruhigt hat und, den Kopf an seine Schulter gelegt, einschläft.

Leise schließt er die Tür und schleicht die nackte Holztreppe hinunter wie ein Einbrecher im eigenen Haus. In der Küche steht die angebrochene zweite Weinflasche. Er schenkt sich noch ein Glas ein.

Es ist jetzt fast zehn. Er versucht es mit Fernsehen, diese *Big-Brother*-Sache, begreift aber den Sinn nicht ganz, und deshalb bleibt ihm nur die griesgrämige Missbilligung des TV-Veteranen über den Zustand der Fernsehindustrie. »Kapier ich nicht«, sagt er laut. Selbst die nun aufgelegte Musik, ein Sampler, der das eigene Heim in die Lobby eines europäischen Boutique-Hotels verwandeln soll, und das Blättern in Sylvies alten Zeitschriften überfordern ihn. Er macht die Spielkonsole an, aber weder *Metal Gear Solid* noch *Quake*, noch *Doom*, ja nicht einmal das höchste Level von *Tomb Raider* bringen ihm Frieden. Die Gesellschaft eines Erwachsenen fehlt ihm, er muss sich mit jemandem unterhalten, der nicht nur schreit, wimmert und schläft. Er greift nach dem Telefon. Mit seiner Trunkenheit ist auch der alte Zwang zurückgekehrt: einer attraktiven Frau etwas Dummes zu sagen.

Stephanie Shaw hat eine neue Milchpumpe. Das finnische Spitzenmodell tuckert und brummt unter ihrem T-Shirt wie ein kleiner Außenbordmotor, während sie auf dem Sofa sitzen und versuchen, sich *Big Brother* anzuschauen.

Emma hatte geglaubt, heute Abend würde eine Dinnerparty stattfinden, aber als sie in Whitechapel ankam, waren Stephanie und Adam zu erschöpft zum Kochen; hoffentlich mache es ihr nichts aus. Stattdessen sitzen sie da, sehen fern und plaudern, während die Milchpumpe weiter tuckert und brummt und dem Wohnzimmer die Atmosphäre eines Melkstalls verleiht. Wieder mal eine große Nacht im Leben einer Patentante.

Es gibt Unterhaltungen, auf die Emma keine Lust mehr hat, und alle drehen sich um Babys. Die ersten paar hatten noch den Reiz des Neuen, und ja, es war spannend, lustig und anrührend, die Gesichtszüge ihrer Freunde in einer Miniaturversion vereint und verschmolzen zu sehen. Und natürlich macht es immer Freude, die Freude anderer mitzuerleben.

Aber doch nicht *so viel* Freude, denn dieses Jahr kommt es ihr vor, als halte man ihr jedes Mal ein Neugeborenes unter die Nase, wenn sie einen Fuß vor die Tür setzt. Sie empfindet dieselbe Furcht, wenn jemand einen ziegelsteingroßen Stapel Urlaubsfotos anschleppt: Wie schön, dass du so viel Spaß hattest, aber was hat das mit mir zu tun? Deshalb hat sich Emma einen faszinierten Gesichtsausdruck zugelegt, den sie immer dann aufsetzt, wenn man ihr vom Wehenschmerz erzählt, welche Narkose benutzt wurde und ob sie nachgegeben und sich für die Periduralanästhesie entschieden haben, die Höllenqual, die Freude.

Aber das Wunder der Geburt, der Elternschaft im Allgemeinen, ist nicht übertragbar. Emma hat keine Lust mehr, über die Belastungen des Schlafmangels zu reden; war das nicht absehbar gewesen? Sie will auch keine Bemerkungen mehr über das Lächeln von Babys machen, oder wie es zuerst der Mutter ähnlich sah und jetzt dem Vater, oder wie es anfangs dem Vater ähnelte, aber jetzt den Mund der Mutter hat. Und weshalb sind sie so besessen von der Größe der Hände, der Patschehändchen mit den winzigen, winzigen Fingernägelchen, wo doch eigentlich große Hände viel erstaunlicher gewesen wären. »Schau mal, was für Riesenflossen unser Baby hat!« *Das* würde wirklich für Gesprächsstoff sorgen.

»Ich schlafe gleich ein«, sagt Adam, Stephanies Mann, der im Sessel sitzt und den Kopf auf die Faust gestützt hat.

»Vielleicht sollte ich gehen«, sagt Emma.

»Nein! Bleib!«, sagt Stephanie ohne Begründung.

Emma nimmt sich weitere Kettle-Chips. Was ist nur aus ihren Freunden geworden? Sie waren lustig, gesellig, lebensfroh und interessant, aber mittlerweile verbringt sie zu viele Abende mit kreidebleichen, gereizten, hohläugigen Paaren in muffigen Zimmern, die sich darüber wundern, dass das Baby mit der Zeit größer und nicht kleiner wird. Sie hat es satt, vor Entzücken zu quietschen, wenn ein Baby krabbelt, als sei »Krabbeln« eine völlig unvorhersehbare Entwicklung. Was haben sie denn erwartet, dass es fliegt? Der Geruch eines Babykopfes lässt sie kalt. Sie hat es mal versucht, aber es roch wie die Rückseite eines Uhrenarmbands.

Ihr Handy klingelt im Rucksack. Sie nimmt es heraus, sieht Dexters Namen auf dem Display, macht sich aber nicht die Mühe abzunehmen. Nein, sie hat keine Lust, von Whitechapel nach Richmond zu fahren, nur um zuzusehen, wie er Klein Jasmine auf den Bauch pustet. Es ödet sie besonders an, wie ihre männlichen Freunde die Neuer-Junger-Vater-Nummer abziehen; mitgenommen, aber gutmütig, erschöpft, aber modern in vorschriftsmäßiger Jacke mit Jeans, schmerbäuchig im Feinripphemd, mit diesem stolzen, eitlen Seitenblick, wenn sie Junior in die Luft werfen. Kühne Pioniere, die ersten Männer in der Menschheitsgeschichte, die Pipi auf den Kord und Kotze ins Haar bekommen.

Natürlich sagt sie nichts davon laut. Eine Frau, die Babys oder, genauer gesagt, Unterhaltungen über Babys langweilig findet, hat etwas Unnatürliches. Man würde sie nur für verbittert, eifersüchtig oder einsam halten. Aber sie hat auch die Nase voll davon, dass ihr alle ständig sagen, wie viel *Glück* sie hat, dass sie so viel Schlaf bekommt, so viel Freiheiten, Zeit hat, zu Verabredungen zu gehen, oder jederzeit nach Paris fliegen kann. Es klingt, als wollten sie sie trösten, was sie ärgert und ihr herablassend vorkommt. Sie fährt doch sowieso nie nach Paris! Ganz besonders langweilen sie die Witze über die biologische Uhr ihrer Freunde, ihrer Familie, in Film und

Fernsehen. Das idiotischste, hirnverbrannteste Wort der englischen Sprache ist »Singleton«, dicht gefolgt von »Schokoholiker«, und sie lehnt es ab, Teil eines Lifestyle-Phänomens der Sonntagsbeilage zu sein. Ja, sie versteht die Debatte, die praktischen Notwendigkeiten, aber die Situation liegt nicht in ihrer Hand. Und ja, gelegentlich versucht sie sich vorzustellen, wie sie verschwitzt und leidend im blauen Krankenhauskittel daliegt, aber das Gesicht des Mannes, der ihre Hand hält, bleibt hartnäckig verschwommen, außerdem erlaubt sie sich diesen Tagtraum nicht allzu oft.

Wenn es passiert, passiert es, und sie wird das Kind anbeten, seine winzigen Patschhändchen und selbst den Geruch seines skrofulösen Köpfchens bewundern. Sie wird über Epiduralanästhesien, Schlafmangel und Koliken diskutieren, was auch immer das sein mag. Eines Tages kann sie sich vielleicht sogar überwinden, wegen eines winzigen Popöchens zu gurren. In der Zwischenzeit wird sie Abstand halten, ruhig und gelassen bleiben und darüberstehen. Und der Erste, der sie Tante Emma nennt, kriegt eins aufs Maul.

Stephanie ist mit dem Abpumpen fertig, zeigt Adam die Milch und hält sie ins Licht wie edlen Wein. Alle sind sich einig, dass es eine großartige kleine Milchpumpe ist.

»Jetzt bin ich dran!«, sagt Emma, aber niemand lacht, und wie aufs Stichwort wacht das Baby im oberen Stock auf.

»Was unbedingt erfunden werden müsste, ist ein chloroformierter Schnuller«, sagt Adam.

Seufzend trottet Stephanie aus dem Zimmer, und Emma beschließt, definitiv bald nach Hause zu gehen. Sie kann lange aufbleiben und am Manuskript weiterarbeiten. Wieder summt das Handy. Eine Nachricht von Dexter, der sie bittet, sich nach Surrey zu schleppen und ihm Gesellschaft zu leisten.

Sie macht das Handy aus.

»... mir ist klar, dass es weit ist, es ist nur, ich glaube, ich leide an postnataler Depression. Nimm dir ein Taxi, ich zahle. Sylvie ist nicht da! Nicht, dass das eine Rolle spielt, ich weiß, aber ... im Gästezimmer ist Platz, falls du über Nacht bleiben willst. Wie auch immer, ruf mich an, wenn du die Nachricht hörst. Tschüss.« Er zögert, sagt noch einmal »Tschüss«, und legt auf. Eine sinnlose Nachricht. Er blinzelt, schüttelt den Kopf und schenkt sich Wein nach. Als er durch die Adressliste seines Handys scrollt, stößt er unter S auf Suki Handy.

Anfangs nimmt niemand ab, und er ist erleichtert, wozu soll es schließlich gut sein, eine Ex anzurufen? Er will gerade auflegen, als er plötzlich ein wohlbekanntes Schreien vernimmt.

»HALLO!«

»Hi!« Er entstaubt sein Moderatorenlächeln.

»WER SPRICHT DA?« Sie schreit, um eine Party- oder Restaurantgeräuschkulisse zu übertönen.

»Seid ihr gut drauf?«

»WAS? WER IST DA?«

»Rate mal!«

»WAS? ICH KANN SIE NICHT HÖREN ...«

»Ich sagte ›Rate mal!‹ ...«

»ICH VERSTEHE SIE NICHT, WER SPRICHT DA?«

»Du musst raten!«

»WER?«

»ICH SAGTE, DU SOLLST ...« Das Spielchen wird ihm zu anstrengend, deshalb sagt er nur: »Hier spricht Dexter!«

Eine Pause entsteht.

»Dexter? *Dexter Mayhew?*«

»Wie viele Dexter kennst du, Suki?«

»Nein, ich weiß, welcher Dexter, es ist nur, na ja ... HEY,

HEY, DEXTER! Hallo, Dexter! Sekunde …« Er hört, wie ein Stuhl zurückgeschoben wird, und stellt sich vor, wie die Leute ihr fasziniert nachstarren, als sie den Restauranttisch verlässt und auf den Flur geht. »Und wie gehts dir, Dexter?«

»Gut, gut, ich rufe nur an, um dir zu sagen, dass ich dich heute im Fernsehen gesehen habe, und, na ja, das hat mich an alte Zeiten erinnert, deshalb habe ich gedacht, ich rufe mal an und sage hallo. Du hast übrigens toll ausgesehen. Im Fernsehen. Und die Show gefällt mir. Tolles Format.« Tolles *Format*? Du Witzfigur. »So. Und wie gehts dir, Suki?«

»Oh, bestens.«

»Du bist überall! Du leistest wirklich super Arbeit! Wirklich!«

»Danke dir. Danke.«

Sie schweigen. Dexter streicht über den Ausschaltknopf. Leg auf. Tu, als wäre die Leitung unterbrochen. Leg auf, leg auf, leg auf …

»Es ist jetzt, wie lange, fünf Jahre her, Dex!«

»Ich weiß, ich hab nur gerade an dich gedacht, weil ich dich in der Glotze gesehen habe. Du hast übrigens toll ausgesehen. Und wie gehts dir?« *Halt die Klappe, das hast du schon mal gesagt. Konzentrier dich!* »Ich meine, wo bist du gerade? Es ist ziemlich laut …«

»In einem Restaurant. Beim Essen mit ein paar Freunden.«

»Jemand, den ich kenne?«

»Glaub ich nicht. Es sind eher *neue* Freunde.«

Neue Freunde. Ein Hauch von Feindseligkeit? »Aha. Okay.«

»Und, wo bist du, Dexter?«

»Oh, ich bin zu Hause.«

»Zu Hause? Samstagabends? Sieht dir gar nicht ähnlich.«

»Na ja, weißt du …«, und er ist drauf und dran, ihr zu erzählen, dass er verheiratet ist, ein Kind hat und in einem Vorort lebt, hat aber das Gefühl, das könne die völlige Sinnlosigkeit des Anrufs noch unterstreichen, deshalb schweigt er. Die Pause zieht sich. Ihm fällt auf, dass die Schulterpartie des Baumwollpullovers, den er einst im Pacha-Club getragen hat, mit Rotz bekleckert ist, und dass seine Fingerspitzen einen neuen Geruch angenommen haben, eine unheilige Allianz aus Windelbeutel und Krabbenchips.

Suki sagt: »So, der Hauptgang wird gerade serviert …«

»Okay, gut, wie auch immer, ich habe mich einfach an alte Zeiten erinnert und gedacht, es wäre nett, dich mal wieder zu treffen! Du weißt schon, zum Mittagessen oder auf einen Drink …«

Die Hintergrundmusik wird leiser, als Suki sich eine stille Ecke sucht. Kalt sagt sie: »Weißt du was, Dexter? Ich finde das keine gute Idee.«

»Ah, okay.«

»Ich meine, wir haben uns jetzt seit fünf Jahren nicht gesehen, und normalerweise gibt es einen Grund für so was, meinst du nicht?«

»Ich dachte nur …«

»Ich meine, es war ja nicht so, als wärst du so *nett* oder an mir interessiert gewesen, du warst eh die meiste Zeit breit …«

»Ach, stimmt doch gar nicht!«

»Du warst mir nicht mal *treu*, verdammt noch mal, gewöhnlich hast du irgend 'ne Praktikantin, Kellnerin oder wen auch immer gevögelt, und ich weiß echt nicht, was in dich gefahren ist, mich einfach anzurufen, als wären wir beste Kumpels, *nostalgisch* zu werden wegen der ›alten Zeiten‹, unsere goldenen sechs Monate, die, offen gesagt, für mich ziemlich scheiße waren.«

»Schon gut, Suki, das war mehr als deutlich.«

»Und außerdem bin ich mit jemandem zusammen, 'nem

wirklich *netten* Kerl, und ich bin echt glücklich. Genau genommen wartet er gerade auf mich.«

»Gut! Dann geh doch! GEH!« Oben fängt Jasmine an zu schreien, vielleicht vor Scham.

»Du kannst mich nicht einfach besoffen aus heiterem Himmel anrufen und erwarten, dass ich …«

»Tu ich doch gar nicht, Herrgott, schön, vergiss es!« Jasmines Geschrei schallt die bloßen Holzstufen herunter.

»Was ist das für ein Lärm?«

»Ein Baby.«

»Wessen Baby?«

»Mein Baby. Ich habe eine Tochter. Ein Töchterchen. Sieben Monate alt.«

Das Schweigen dauert, bis Dexter ganz klein und hässlich ist, dann sagt Suki:

»Warum zum Teufel willst du dich dann mit mir verabreden?«

»Nur. Du weißt schon. Ein freundschaftlicher Umtrunk.«

»Ich *habe* Freunde«, sagt Suki sehr ruhig. »Ich glaube, du solltest mal nach deiner Tochter sehen, meinst du nicht, Dex?«, sagt sie und legt auf.

Eine Weile lauscht er der toten Leitung. Schließlich lässt er das Handy sinken, starrt es an und schüttelt heftig den Kopf, als hätte er eine Ohrfeige bekommen. Er *hat* eine Ohrfeige bekommen

»Na, lief doch prima«, murmelt er.

Telefonbuch, Optionen, Nummer löschen. »Sind Sie sicher, dass Sie Suki Handy löschen wollen?«, fragt ihn das Handy. Scheiße, ja, ja, löschen, ja! Heftig drückt er auf die Taste. Nummer gelöscht, verkündet das Handy, aber das reicht ihm nicht: Nummer ausradiert, Nummer atomisiert, das bräuchte er. Jasmines Brüllen erreicht den ersten Höhepunkt, deshalb springt er auf, wirft das Handy an die Wand, wo es eine schwarze Kratzspur in der exklusiven Wandfarbe hinterlässt. Er wirft es noch einmal, mit demselben Erfolg.

Er verflucht Suki und die eigene Dummheit, macht ein kleines Milchfläschchen fertig, schraubt den Sauger fest auf, steckt es in die Tasche, greift sich die Weinflasche und rennt nach oben, wo Jasmine sich gerade heiser schreit, ein schreckliches Brüllen, so dass ihr schier die Kehle zu zerreißen droht.

»Verfluchte Kacke, Jasmine, halt einfach die Klappe, hörst du?«, schreit er und schlägt sich sofort beschämt die Hand vor den Mund, als er sieht, dass sie sich im Kinderbett aufsetzt und ihn mit vor Schreck weit aufgerissenen Augen ansieht. Hastig nimmt er sie heraus, setzt sich mit dem Rücken an die Wand, lässt sie an seiner Brust weiterschreien, legt sie sich in den Schoß, streichelt ihr sehr zärtlich die Stirn, und als das nichts fruchtet, sacht über den Hinterkopf. Gibt es da nicht irgendeinen geheimen Akupressurpunkt, den man mit dem Daumen reibt? Er streicht ihr über die kleine Hand, die sich wütend öffnet und schließt. Nichts hilft, egal, wie sehr er mit seinen monströsen Fingern reibt und streichelt. Vielleicht ist sie krank, denkt er, oder vielleicht ist er einfach nicht ihre Mutter. Nichtsnutziger Vater, nichtsnutziger Ehemann, nichtsnutziger Freund, nichtsnutziger Sohn.

Was, wenn sie wirklich krank ist? Könnte Kolik sein, denkt er. Oder die Zähne, zahnt sie? Panik erfasst ihn. Muss sie ins Krankenhaus? Vielleicht, nur ist er zu betrunken zum Fahren. Nichtsnutziger, nichtsnutziger, nichtsnutziger Mann. »Komm schon, *konzentrier* dich«, ermahnt er sich laut. Im Regal steht Medizin, auf der Packung steht »Kann Schläfrigkeit verursachen« – die schönsten Worte der Welt. Früher war es »Kann ich mir ein T-Shirt von dir borgen?« Heute ist es »Kann Schläfrigkeit verursachen«.

Er schaukelt Jasmine auf den Knien, bis sie sich etwas beruhigt hat, dann steckt er ihr einen Löffel mit Medizin in den Mund, bis er annimmt, dass sie die fünf Milliliter geschluckt hat. In den nächsten zwanzig Minuten führt er eine furiose Kabarettnummer auf und wedelt ihr manisch mit sprechenden Tieren vor dem Gesicht herum. Er geht seinen begrenzen Vorrat an Stimmenimitationen durch, fleht sie mit hoher und tiefer Stimme und in diversen Dialekten an, ruhig zu sein, pscht, pscht, schön einschlafen. Er hält ihr Bilderbücher vor die Nase, macht Klappen auf, zieht an Pappstreifen, zeigt auf Bilder und sagt: »Ente! Muh-Kuh! Tuff-tuff-Eisenbahn! Guck dir den lustigen Tiger an, siehst du?« Er führt ein irrwitziges Puppentheater auf. Ein Plastikschimpanse singt wieder und wieder die ersten Zeilen von … *und die Räder an dem Bus*, Tinky Winky trägt *Old MacDonald* vor, und ein Stoffschwein plärrt aus unerfindlichen Gründen *Into the Groove*. Zusammen zwängen sie sich unter den mit Spielsachen behängten Bogen, das Baby-Fitnesscenter, und trainieren. Er drückt ihr das Handy in die kleinen Hände, lässt sie die Knöpfe drücken, die Tastatur vollsabbern, die Zeitansage abhören, bis sie schließlich, Gott seis gedankt, ruhiger wird und nur noch leise vor sich hinbrabbelt, hellwach, aber zufrieden.

Im Zimmer steht ein klobiger CD-Spieler von Fisher Price in Form einer Dampflok, und er watet durch die verstreut liegenden Spielsachen und Bücher und drückt auf Play. *Entspannende Klassik für Kleinkinder*, Teil von Sylvies Baby-Gehirnwäsche-Programm. Der *Tanz der Zuckerfee* tönt aus den blechernen Lautsprechern. »Geiiiiile Mucke!«, ruft er, dreht am Schlot der Dampflok die Musik lauter, drückt sich Jasmine an die Brust und tanzt benommen Walzer. Sie streckt sich, ballt die spitzen Fingerchen zu Fäusten, öffnet sie wieder und sieht ihren Vater zum ersten Mal ohne Stirnrunzeln an. Einen Augenblick glaubt er, sein Ebenbild lächle zu ihm auf. Schmatzend reißt sie die Augen auf. Sie lacht. »Das ist mein Mädchen! Das ist meine Prinzessin.« Seine Laune hebt sich, und ihm kommt eine Idee.

Er legt sich Jasmine über die Schulter, stößt gegen den Türpfosten und rennt in die Küche hinunter, wo seine gesamte CD-Sammlung vorübergehend in drei Pappkartons lagert, bis die Regale angebracht werden. Es sind tausende, zumeist Werbegeschenke, das Vermächtnis einer Zeit, als man ihn für einflussreich hielt. Und sie erinnern ihn an seine Tage als DJ, als er mit diesen albernen Kopfhörern durch Soho spaziert ist. Er kniet sich hin und durchwühlt mit einer Hand die Kiste. Es geht nicht darum, Jasmine zum *Einschlafen* zu bringen, der Trick ist, sie wach zu halten, und deshalb werden sie eine kleine Party feiern, nur sie beide, das ist weit besser als jeder Nachtclub, den Hoxton zu bieten hat. Scheiß auf Suki Meadows, er wird für seine Tochter den DJ spielen.

Mit neuer Energie stöbert er in den tieferen Schichten der CDs, die zehn Jahre repräsentieren, nimmt gelegentlich eine heraus, stapelt sie auf dem Boden und erwärmt sich mehr und mehr für seinen Plan. Acid Jazz und Break Beats, Funk aus den 70ern und Acid House weichen Deep und Progressive House, Electronica, Big und Balearic Beat und Samplern mit dem Wort »Chill« im Titel, und sogar eine kleine, wenig überzeugende Drum-'n'-Bass-Sammlung findet sich. Die alte Musiksammlung nochmals durchzuschauen, sollte an sich eine angenehme Erfahrung sein, aber überrascht stellt er fest, dass ihn schon der Anblick der Cover nervös und zittrig macht, weil sie Erinnerungen wachrufen an schlaflose, paranoide Nächte mit Fremden in seiner Wohnung und idiotische Gespräche mit Freunden, die er aus den Augen verloren hat.

Dance Music macht ihn nervös. Das wars dann wohl, denkt er, ich werde alt.

Dann entdeckt er Emmas Schrift auf einer CD. Es ist eine selbstzusammengestellte Scheibe, die sie ihm im letzten August kurz vor seiner Hochzeit auf ihrem schicken, funkelnagelneuen Computer zum 35. Geburtstag gebrannt hat. Die CD trägt den Titel *Elf Jahre*, und das selbstgemachte Cover besteht aus einem fleckigen Foto aus Emmas billigem Drucker, trotzdem kann man sie beide noch erkennen, wie sie auf einem Berg sitzen, auf dem Gipfel von Arthur's Seat, dem erloschenen Vulkan, der Edinburgh überragt. Es muss an dem Morgen nach der Abschlussfeier entstanden sein, vor, wie viel, zwölf Jahren? Auf dem Schnappschuss steht Dexter im weißen T-Shirt mit einer Zigarette im Mund an einen Pfosten gelehnt. Emma sitzt etwas entfernt mit angezogenen Beinen, das Kinn auf die Knie gelegt. Sie trägt eine 501, die an der Taille etwas spannt, sieht etwas fülliger als heute und leicht linkisch und unbeholfen aus, der zottige, hennarote Pony fällt ihr ins Gesicht. Sie schaut genau wie auf allen Fotos, schiefes Lächeln mit zusammengepressten Lippen. Dexter betrachtet ihr Gesicht und lacht. Er zeigt Jasmine das Foto.

»Guck dir das an! Das ist deine Patentante Emma! Schau mal, wie dünn dein Dad war. Siehst du – Wangenknochen. Daddy hatte mal Wangenknochen.« Jasmine lacht lautlos.

Zurück in Jasmines Zimmer setzt er sie in eine Ecke und nimmt die CD aus der Hülle. Darin steckt eine dicht beschriebene Postkarte, die Geburtstagskarte vom letzten Jahr.

1. August 1999. Da hast dus – ein selbstgemachtes Geschenk. Sag dir immer wieder – der Gedanke zählt, der Gedanke zählt. Dies ist die liebevolle CD-Rekonstruktion einer Kassette, die ich dir vor Jahren gemacht habe. Nicht dein üblicher

Chill-out-Müll; richtige Lieder. Hoffe, sie gefällt dir. Alles Gute zum Geburtstag, Dexter, und herzlichen Glückwunsch zu all den anderen guten Neuigkeiten – Ehemann! Vater! Du wirst beides gut machen.

Schön, dass du wieder da bist. Vergiss nicht, ich habe dich sehr lieb.

Deine alte Freundin
Emma x

Lächelnd legt er die CD in den dampflokförmigen CD-Spieler.

Es geht los mit *Unfinished Sympathy* von Massive Attack. Er nimmt Jasmine hoch, wippt in den Knien mit, beide Beine fest auf dem Boden, und murmelt seiner Tochter den Text ins Ohr. Alte Popmusik, zwei Flaschen Wein und Schlafentzug machen ihn leichtsinnig und sentimental. Er dreht den Fisher-Price-Zug bis zum Anschlag auf.

Und dann kommen The Smiths mit *There is a Light That Never Goes Out*, und obwohl er die Band nie besonders gemocht hat, wippt er weiter mit gesenktem Kopf und fühlt sich wieder wie mit zwanzig, betrunken in einer Studentendisco. Er singt ziemlich laut mit, es ist fast peinlich, aber das ist ihm egal. Während er in dem kleinen Kinderzimmer eines Reihenhauses mit seiner Tochter zu Musik aus einer Spielzeuglok tanzt, empfindet er plötzlich tiefe Zufriedenheit. Mehr als Zufriedenheit – Begeisterung. Er dreht sich, tritt auf einen hölzernen Hund, wankt wie ein Säufer auf der Straße und stützt sich mit einer Hand an der Wand ab. *Holla, immer schön langsam, Jungchen*, sagt er laut, vergewissert sich, dass es Jasmine gut geht, und ihr geht es prima, sie lacht, seine eigene, bildhübsche, wunderschöne Tochter. *There is a light that never goes out, there is a light that never goes out …*

Dann kommt *Walk On By*, ein Lied, das seine Mutter oft gehört hat, als er noch ein Kind war. Vor dem inneren Auge sieht er Alison im Wohnzimmer dazu tanzen, eine Zigarette in der einen und einen Drink in der anderen Hand. Er legt sich Jasmine über die Schulter, spürt ihren Atem an seinem Hals, nimmt ihre Hand und schlurft in einem altmodischen langsamen Tanz durch das Chaos am Boden. Bei all der Erschöpfung und dem Rotwein hat er plötzlich das Bedürfnis, mit Emma zu reden, ihr zu erzählen, welche Musik er hört, und wie aufs Stichwort klingelt das Telefon, als der Song zu Ende geht. Er kramt in den verstreuten Spielsachen und Büchern; vielleicht ruft Emma ihn ja zurück. Auf dem Display steht »Sylvie«, und er flucht; er muss abnehmen. Nüchtern, nüchtern, nüchtern, denkt er. Er lehnt sich an das Kinderbett, setzt sich Jasmine auf den Schoß und nimmt ab.

»Hallo, Sylvie!«

Im selben Moment dröhnt plötzlich Public Enemys *Fight the Power* aus dem CD-Spieler, und er beeilt sich, auf die plumpen Knöpfe zu drücken.

»Was war das?«

»Bloß etwas Musik. Jasmine und ich feiern eine kleine Party, nicht, Jas? Ich meine, Jasmine.«

»Sie ist immer noch *wach*?«

»Leider ja.«

Sylvie seufzt. »Was hast du getrieben?«

Ich habe geraucht, mich betrunken, unser Baby mit Drogen vollgepumpt, meine Ex angerufen, das Haus verwüstet, rumgetanzt und mit mir selbst gequatscht. Ich bin umgekippt wie ein Straßensäufer.

»Och, bloß rumgehangen und ferngesehen. Und du? Amüsierst du dich?«

»Es geht. Natürlich sind mittlerweile alle sturzbetrunken …«

»Außer dir.«

»Ich bin zu erschöpft, um mich zu betrinken.«

»Es ist sehr ruhig. Wo bist du?«

»In meinem Hotelzimmer. Ich mache nur ein Nickerchen und gehe anschließend wieder runter.« Während sie erzählt, sieht Dexter sich in Jasmines verwüstetem Zimmer um – die milchbesudelten Laken, die verstreuten Spielsachen und Bücher, die leere Weinflasche und das fleckige Glas.

»Wie gehts Jasmine?«

»Sie lächelt, nicht wahr, mein Schatz? Mummy ist am Apparat.« Pflichtschuldigst hält er Jasmine das Handy ans Ohr, aber sie gibt keinen Mucks von sich. Da niemand etwas davon hat, nimmt er das Handy wieder an sich. »Ich bins noch mal.«

»Kommst du klar?«

»Natürlich. Hast du daran gezweifelt?« Sie schwieg. »Du solltest zu der Party zurückgehen.«

»Vielleicht. Bis morgen also. Gegen Mittag. Ich bin so gegen, keine Ahnung, elf zurück.«

»Fein. Dann gute Nacht.«

»Gute Nacht, Dexter.«

»Ich liebe dich«, sagt er.

»Ich dich auch.«

Sie will schon auflegen, aber er muss ihr unbedingt noch etwas sagen. »Und Sylvie? Sylvie? Bist du noch dran?«

Sie hält sich das Handy wieder ans Ohr. »Hm?«

Er schluckt und leckt sich über die Lippen. »Ich wollte dir nur sagen ... Ich wollte dir nur sagen, ich weiß, ich bin nicht sehr gut darin, in dieser ganzen Vater- und Ehemann-Sache. Aber ich arbeite daran, ich tu mein Bestes. Ich werde besser, Sylvie. Versprochen.«

Anscheinend muss sie das erst verdauen, denn sie schweigt

kurz, bevor sie mit leicht angespannter Stimme sagt: »Dex, du machst dich gut. Wir … müssen da einfach erst reinwachsen, das ist alles.«

Er seufzt. Irgendwie hatte er sich mehr erhofft. »Du solltest besser zur Party zurückgehen.«

»Dann bis morgen.«

»Ich liebe dich.«

»Ich dich auch.«

Sie legt auf.

Das Haus ist sehr ruhig. Eine geschlagene Minute sitzt er mit seiner schlafenden Tochter auf dem Schoß da und hört das Blut und den Wein in seinen Ohren rauschen. Er verspürt einen kurzen Anflug von Angst und Einsamkeit, schüttelt ihn aber ab, steht auf, hält sich seine schlafende Tochter vors Gesicht, deren Arme und Beine jetzt schlaff herabhängen wie bei einem Kätzchen. Er atmet ihren Geruch ein: milchig, fast süß, sein eigen Fleisch und Blut. Fleisch und Blut. Der Ausdruck ist zwar abgedroschen, aber es gibt flüchtige Momente, wo er sich selbst in ihren Zügen wiedererkennt, sich dessen bewusst ist, es aber nicht recht glauben kann. Im Guten wie im Schlechten, sie ist ein Teil von mir. Behutsam legt er sie in das Kinderbett.

Er tritt auf das steinharte Plastikschwein, das sich ihm schmerzhaft in die Fußsohle bohrt, und leise fluchend macht er das Licht aus.

In einem Hotelzimmer in Westminster, fünfzehn Kilometer in östlicher Richtung die Themse entlang, sitzt seine Frau mit dem Handy in der schlaffen Hand nackt auf der Bettkante und fängt leise an zu weinen. Aus dem Badezimmer hört man das Rauschen der Dusche. Sylvie mag nicht, wie ihr Gesicht aussieht, wenn sie weint, deshalb wischt sie sich schnell mit dem Handrücken über die Augen, als das Geräusch aufhört, und lässt das Handy auf den Kleiderhaufen am Boden fallen.

»Alles klar?«

»Ach, du weißt schon. Eigentlich nicht. Er klang ziemlich betrunken.«

»Er ist bestimmt okay.«

»Nein, *wirklich* betrunken. Er klang seltsam. Vielleicht sollte ich nach Hause fahren.«

Callum bindet sich den Gürtel des Bademantels zu, kommt ins Zimmer, beugt sich vor und küsst sie auf die nackte Schulter.

»Wie gesagt, ich bin sicher, es geht ihm gut.« Als sie nicht antwortet, setzt er sich neben sie und küsst sie wieder. »Versuch es zu vergessen. Hab jetzt etwas Spaß. Willst du noch was trinken?«

»Nein.«

»Willst du dich hinlegen?«

»Nein, Callum!« Sie schüttelt seine Hand ab. »Lass das jetzt!«

Er verkneift sich eine Bemerkung, dreht sich um und geht zurück ins Bad, um sich die Zähne zu putzen, seine Hoffnungen für den Abend haben sich zerschlagen. Er hat das schreckliche Gefühl, sie wird darüber reden wollen – *Es ist nicht fair, das geht so nicht weiter, vielleicht sollte ich es ihm sagen,* der ganze Mist. Ich habe dem Typen schon einen Job besorgt, verdammt noch mal, denkt er empört. Reicht das denn nicht?

Er spuckt aus, spült, geht zurück ins Zimmer und wirft sich aufs Bett. Aufgebracht greift er nach der Fernbedienung und zappt durch das Kabelprogramm, während Mrs Sylvie Mayhew dasitzt, aus dem Fenster auf die Lichter entlang der Themse schaut und sich fragt, wie sie die ganze Sache mit ihrem Ehemann lösen soll.

KAPITEL FÜNFZEHN

Jean Seberg

SONNTAG, 15. JULI 2001

Belleville, Paris

Er sollte am 15. Juli um 15:55 Uhr mit dem Zug aus Waterloo eintreffen.

Emma Morley kam rechtzeitig am Ankunftsgatter an der Gare du Nord an und reihte sich in die Menge ein, die nervösen Liebhaber, die Blumensträuße umklammert hielten, die gelangweilten Chauffeure in den verschwitzten Anzügen mit handgeschriebenen Schildern. Wäre es witzig, ein Schild mit Dexters Namen hochzuhalten?, fragte sie sich. Vielleicht, wenn sein Name falsch geschrieben wäre? Vielleicht brächte ihn das zum Lachen, aber war es die Mühe wert? Außerdem fuhr der Zug schon ein, die Menge drängte sich erwartungsvoll am Gatter. Nach einer halben Ewigkeit öffneten sich zischend die Türen, die Passagiere strömten auf den Bahnsteig, und Emma drängte sich mit all den Freunden, Familien, Liebhabern und Chauffeuren, die die Hälse reckten, um einen Blick nach vorne auf die Gesichter der Ankommenden zu werfen.

Sie setzte ein angemessenes Lächeln auf. Das letzte Mal, als sie sich gesehen hatten, waren Dinge gesagt worden. Das letzte Mal, als sie sich gesehen hatten, war etwas passiert.

Dexter saß im allerletzten Wagen des stehenden Zuges und wartete, während die anderen Passagiere ausstiegen. Er hatte keinen Koffer dabei, auf dem Platz neben ihm stand nur eine kleine Reisetasche. Vor ihm auf dem Tisch lag ein buntes Taschenbuch, auf dessen Einband unter dem Titel, *Julie Criscoll die Große gegen den Rest der Welt*, die krakelige Zeichnung eines Mädchengesichts zu sehen war.

Er hatte das Buch ausgelesen, als der Zug in die Pariser Vorstädte einfuhr. Es war seit Monaten der erste Roman, den er zu Ende gelesen hatte, allerdings wurde sein Stolz auf sein geistiges Durchhaltevermögen dadurch geschmälert, dass es ein Buch für Elf- bis Vierzehnjährige mit Bildern war. Während er darauf wartete, dass sich der Zug leerte, schlug er noch einmal die Innenseite des Einbands mit dem Schwarzweißfoto der Autorin auf und sah es sich ganz genau an, als wolle er sich ihr Gesicht einprägen. In einer teuer aussehenden, blütenweißen Bluse saß sie leicht unbehaglich auf der Kante eines Bugholzstuhls und hielt sich lachend die Hand vor den Mund. Er erkannte den Gesichtsausdruck und die Geste wieder, lächelte, deponierte das Buch in der Tasche, nahm sie und gesellte sich zu den letzten Passagieren, die darauf warteten, auszusteigen.

Beim letzen Mal, als sie sich gesehen hatte, waren Dinge gesagt worden. Etwas war passiert. Was würde er ihr sagen? Was würde sie antworten? Ja oder nein?

Während sie wartete, spielte sie mit ihrem Haar und wünschte sich, es wäre länger. Kurz nachdem sie in Paris angekommen war, hatte sie allen Mut zusammengenommen und war mit dem Wörterbuch in der Hand zu einem Friseur – *un coiffeur* – gegangen, um sich die Haare kurzschneiden zu lassen. Obwohl es ihr zu peinlich war, es laut auszusprechen, wollte sie aussehen wie Jean Seberg in *Außer Atem*, denn wenn man schon als Schriftstellerin in Paris lebte, dann mit Stil. Knapp drei Wochen später war ihr zwar nicht mehr jedes Mal zum Heulen, wenn sie sich im Spiegel sah, trotzdem fasste sie sich ständig an den Kopf, als wollte sie sich eine Perücke zurechtzupfen. Angespannt widmete sie sich dem Knopf ihrer brandneuen, taubengrauen Bluse, die sie sich heute Morgen in einem Geschäft, nein, einer Boutique in der Rue de Grenelle gekauft hatte. Zwei offene Knöpfe wirkten prüde, bei drei sah man zu viel Dekolleté. Sie machte den dritten Knopf auf, schnalzte mit der Zunge und wandte ihre Aufmerksamkeit den Passagieren zu. Die Menge zerstreute sich allmählich, und sie fragte sich schon, ob er den Zug verpasst hatte, als sie ihn schließlich entdeckte.

Er wirkte gebrochen. Mager und erschöpft mit einem struppigen Dreitagebart, der ihm nicht stand, ein Gefängnisbart, und sie musste an das potenzielle Desaster denken, das sein Besuch werden konnte. Aber als er sie sah, lächelte er und ging schneller, und sie lächelte zurück, wurde verlegen, während sie am Ausgang wartete, und wusste nicht, wo sie ihre Hände lassen oder hinsehen sollte. Die Entfernung zwischen ihnen sah riesig aus; lächeln und anstarren, lächeln und anstarren, die ganzen 50 Meter? 45 Meter. Sie sah zu Boden, hinauf zu den Dachsparren. 40 Meter, sie sah Dexter, dann wieder den Boden. 35 Meter …

Während er die riesige Entfernung zurücklegte, war er überrascht, wie sehr sie sich in den letzten acht Wochen, seit er sie das letzte Mal gesehen hatte, verändert hatte, in den zwei Monaten, seit alles passiert war. Ihr Haar war sehr kurz geschnitten mit Ponyfransen in der Stirn, und sie hatte mehr Farbe im Gesicht; das Sommergesicht, an das er sich erinnerte. Und besser gekleidet: hochhackige Schuhe, ein schicker, dunkler Rock, eine blassgraue, einen Tick zu weit aufgeknöpfte Bluse, die den Blick auf gebräunte Haut und ein Dreieck dunkler Sommersprossen unterhalb des Halses freigab. Anscheinend wusste sie immer noch nicht, was sie mit ihren Händen anstellen oder wohin sie schauen sollte, und allmählich wurde er von ihrer Verlegenheit angesteckt. Zehn Meter. Was würde er sagen, und wie? War es ja oder nein?

Er ging schneller auf sie zu, und schließlich lagen sie sich in den Armen.

»Du hättest mich nicht abholen müssen.«

»Natürlich musste ich dich abholen. Tourist.«

»Das gefällt mir.« Er fuhr ihr mit dem Daumen durch den kurzen Pony. »Gibt es nicht irgendein Wort dafür?«

»Mannweib?«

»Garçonne. Du siehst aus wie eine Garçonne.«

»Nicht wie ein Mannweib?«

»Kein bisschen.«

»Du hättest mich vor zwei Wochen sehen sollen. Ich habe ausgesehen wie eine Kollaborateurin!« Er verzog keine Miene. »Ich bin zum ersten Mal zu einem Pariser Friseur gegangen. Fürchterlich! Ich saß im Stuhl und dachte: *Arrêtez-vous, arrêtez-vous!* Das Lustige ist, auch in Paris quetschen sie dich über die Ferien aus. Man stellt sich vor, sie werden über zeitgenössischen Tanz oder darüber sprechen, ob der Mensch je wirklich frei sein kann, aber stattdessen heißt es: »*Que faites vous de beau pour les vacances? Vous sortez ce soir?*« Immer noch keine Reaktion. Sie redete zu viel, gab sich zu viel Mühe. Beruhige dich. Schluss mit dem Redeschwall. *Arrêtez-vous.*

Er berührte ihre kurzen Nackenhaare. »Also, ich finde, es steht dir.«

»Ich bin mir nicht sicher, ob ich das Gesicht dafür habe.«

»Doch, hast du.« Er hielt ihre Arme hoch und sah sie an. »Sieht aus, als hättest du dich für einen Kostümball als Mondäne Pariserin verkleidet.«

»Oder als Callgirl.«

»Aber ein Callgirl der Luxusklasse.«

»Na, umso besser.« Sie strich mit den Fingerknöcheln über den Stoppelbart an seinem Kinn. »Und als was gehst du?«

»Als Kaputter, Geschiedener Selbstmordkandidat.« Die Bemerkung war unbedacht, und er bereute sie sofort. Kaum angekommen, und schon verdarb er alles.

»Wenigstens bist du nicht verbittert«, sagte sie und nahm damit Zuflucht zur erstbesten Standardantwort.

»Soll ich wieder einsteigen?«

»Noch nicht.« Sie nahm seine Hand. »Komm, gehen wir, ja?«

Sie traten aus der Gare du Nord hinaus in die stickige, dunstige Luft: Ein typischer Sommertag in Paris, schwül, mit dicken grauen Wolken, die Regen verhießen. »Ich dachte, wir gehen zuerst am Kanal einen Kaffee trinken. Zu Fuß ist es eine Viertelstunde, ist das okay? Dann noch mal eine Viertelstunde bis zu meiner Wohnung. Ich muss dich allerdings warnen, es ist nichts Besonderes. Nicht, dass du Parkettfußböden und große Fenster mit wehenden Vorhängen erwartest oder so. Es sind nur zwei Zimmer über einem Innenhof.«

»Eine Mansarde.«

»Genau. Eine Mansarde.«

»Eine Schriftsteller-Mansarde.«

Als Vorbereitung auf den Besuch hatte Emma einen malerischen Weg auswendig gelernt, oder zumindest so malerisch, wie es im Staub und Verkehr des nordöstlichen Paris eben möglich ist. *Ich ziehe für den Sommer nach Paris, um zu schreiben.* Im April war ihr die Idee fast beschämend dekadent und abgehoben erschienen, aber sie hatte die Nase so voll davon, ständig von irgendwelchen verheirateten Paaren gesagt zu bekommen, dass sie jederzeit nach Paris fahren konnte, dass sie beschlossen hatte, es zu tun. London hatte sich in eine riesige Kinderkrippe verwandelt, und warum sollte sie nicht einmal den Kindern anderer Leute entkommen und ein Abenteuer erleben? Die Stadt von Sartre, de Beauvoir, Beckett und Proust – jetzt schrieb sie hier an einem Jugendbuch, wenn auch mit erheblichem kommerziellem Erfolg. Der einzige Weg, diesen Plan weniger abgedroschen wirken zu lassen, hatte darin bestanden, so weit weg wie möglich vom touristischen Paris zu leben, im neunzehnten Arrondissement, einem Arbeiterviertel an der Grenze zu Belleville und Ménilmontant. Keine Touristenattraktionen, wenige Denkmäler …

»… aber es ist wirklich lebendig, billig, multikulturell und … Gott, fast hätte ich gesagt, es ist sehr ›echt‹.«

»Und was bedeutet das, gewalttätig?«

»Nein, einfach, keine Ahnung, das *echte* Paris. Ich klinge wie eine Studentin, nicht? Mit 35 Jahren wohne ich in einer Zweizimmerwohnung, als würde ich ein Auslandssemester einlegen.«

»Ich finde, Paris bekommt dir gut.«

»Tut es.«

»Du siehst fantastisch aus.«

»Im Ernst?«

»Du hast dich verändert.«

»Nein. Eigentlich nicht.«

»Doch, im Ernst. Du bist wunderschön.«

Stirnrunzelnd sah Emma geradeaus, und ein Stück weiter stiegen sie die Steinstufen zum St.-Martin-Kanal hinunter zu einer kleinen Bar am Ufer.

»Sieht aus wie in Amsterdam«, bemerkte er ausdruckslos, als er einen Stuhl zurückzog.

»Genau genommen ist es die alte industrielle Wasserstraße zur Seine.« *Hilfe, ich klinge wie eine Fremdenführerin.* »Fließt unter der Place de la République und der Bastille durch und dann in den Fluss. *Beruhige dich. Er ist ein alter Freund, schon vergessen? Nur ein alter Freund.* Sie saßen da, starrten aufs Wasser, und sofort bereute sie die übertrieben malerische Auswahl der Örtlichkeiten. Es war schrecklich, wie bei einem Blind Date. Verzweifelt überlegte sie, was sie sagen konnte.

»Und, sollen wir Wein bestellen, oder …?«

»Lieber nicht. Im Moment trinke ich nichts.«

»Oh. Echt? Seit wann?«

»Seit einem Monat oder so. Hat nichts mit den Anonymen Alkoholikern zu tun. Ich versuche nur, es zu vermeiden.« Er zuckte die Achseln. »Es ist einfach nur nie was Gutes dabei rausgekommen. Keine große Sache.«

»Ah. O-kay. Kaffee?«

»Ja gerne.«

Die Kellnerin kam, dunkelhaarig, hübsch und langbeinig, aber Dexter sah nicht einmal auf. Etwas stimmt ganz entschieden nicht mit ihm, dachte Emma. Bei der Bestellung gab sie mit ihrem Französisch an und lächelte verlegen, als Dexter eine Augenbraue hochzog. »Ich habe Unterricht genommen.«

»Hört man.«

»Natürlich hat sie kein Wort verstanden. Wahrscheinlich bringt sie uns gleich ein Brathähnchen!«

Nichts. Stattdessen zerdrückte er mit dem Daumennagel

Zuckerkörnchen auf dem Metalltisch. Sie versuchte es mit etwas Unverfänglichem.

»Wann warst du zuletzt in Paris?«

»Vor etwa drei Jahren. Meine *Frau* und ich haben einen unserer berühmten Kurztrips hierher gemacht. Vier Nächte im George Cinq.« Er warf einen Zuckerwürfel in den Kanal. »*Was* für eine Scheiß-Geldverschwendung.«

Emma machte den Mund auf und wieder zu. Es gab nichts zu sagen. Die »Wenigstens bist du nicht verbittert«-Bemerkung hatte sie schon verbraucht.

Aber Dexter blinzelte heftig, schüttelte den Kopf und stupste ihre Hand an. »Also, ich hatte mir die nächsten Tage so vorgestellt, dass du mir die Sehenswürdigkeiten zeigst und ich finster vor mich hinbrüte und blöde Bemerkungen mache.«

Sie lächelte und stupste ihn zurück. »Ist ja auch kein Wunder, bei dem, was du durchgemacht hast, immer noch durchmachst«, sagte sie und legte die Hand auf seine. Kurz darauf legte er die Hand auf ihre, und sie machte mit und legte ihre darüber und so weiter, schneller und schneller, ein Kinderspiel. Aber es war auch gekünstelt, wirkte angestrengt und befangen, und vor Verlegenheit tat sie, als müsse sie aufs Klo.

In dem kleinen, muffigen Raum starrte sie düster in den Spiegel und zupfte an ihrem Pony herum, als wollte sie ihn lang ziehen. Seufzend befahl sie sich, ruhig zu bleiben. Das, was passiert war, die Sache, war ein Ausrutscher gewesen, keine große Angelegenheit, er war nur ein guter, alter Freund. Aus Glaubwürdigkeitsgründen drückte sie die Klospülung und trat wieder in den warmen, grauen Nachmittag hinaus. Vor Dexter auf dem Tisch lag ihr Roman. Vorsichtig setzte sie sich wieder hin und stupste das Buch mit dem Finger an.

»Wo kommt das denn her?«

»Habs am Bahnhof gekauft. Da gabs riesige Stapel. Es ist überall, Em.«

»Hast du es schon gelesen?«

»Ich komme nicht über Seite drei hinaus.«

»Sehr witzig, Dex.«

»Emma, ich fand es ganz wunderbar.«

»Na ja, es ist nur ein dummes Kinderbuch.«

»Nein, wirklich, ich bin so stolz auf dich. Ich meine, ich bin zwar kein halbwüchsiges Mädchen, aber es hat mich echt zum Lachen gebracht. Ich habs in einem Zug durchgelesen. Und das von jemandem, der sich schon seit fünfzehn Jahren mit *Howard's Way* herumplagt.«

»Du meinst *Howards End. Howard's Way* ist was anderes.«

»Wie auch immer. Ich habe noch *nie* was in einem Zug durchgelesen.«

»Na ja, die Schrift ist ziemlich groß.«

»Das hat mir an dem Buch auch am besten gefallen, die große Schrift. Und die Bilder. Die Illustrationen sind echt witzig, Em. Ich hatte ja keine Ahnung.«

»Danke dir …«

»Außerdem ist es spannend und lustig, und ich bin so was von stolz auf dich, Em. Ehrlich gesagt …« Er zog einen Kugelschreiber aus der Tasche, »möchte ich, dass du es signierst.«

»Sei nicht albern.«

»Nein, du musst. Du bist …« Er zitierte die Rückseite des Buches: »… die ›aufregendste Entdeckung seit Roald Dahl‹.«

»Sagt die neunjährige Nichte der Verlegerin.« Er stupste sie mit dem Kugelschreiber an. »Ich signiere das auf keinen Fall, Dex.«

»Mach schon. Ich bestehe darauf.« Er stand auf und tat, als

müsse er zur Toilette. »Ich lasse es hier liegen, und du schreibst was rein. Etwas Persönliches, mit dem heutigen Datum, für den Fall, dass du richtig berühmt wirst und ich das Geld brauche.«

Dexter stand in der kleinen, stinkenden Kabine und fragte sich, wie lange er das noch durchhielt. An irgendeinem Punkt würden sie sich unterhalten müssen, es war verrückt, die ganze Zeit um den heißen Brei herumzureden. Er spülte unnötigerweise, wusch sich die Hände, wischte sie sich an den Haaren ab und ging zurück auf den Gehsteig, wo Emma gerade das Buch zuklappte. Er wollte die Widmung lesen, aber sie legte die Hand auf den Umschlag.

»Wenn ich nicht dabei bin, bitte.«

Er setzte sich, legte das Buch in die Tasche, und sie beugte sich vor, als wolle sie zum geschäftlichen Teil zurückkommen. »So. Und jetzt muss ich doch fragen, wie läufts denn bei dir?«

»Ach, fantastisch. Die Scheidung ist im September durch, kurz vor unserem Hochzeitstag. Fast zwei Jahre Eheglück.«

»Hast du oft mit ihr gesprochen?«

»Nicht, wenn ich es verhindern konnte. Ich meine, wir brüllen uns keine Beleidigungen mehr zu oder bewerfen uns mit Geschirr, jetzt heißt es nur noch, ja, nein, hallo, auf Wiedersehen. Mehr hatten wir uns während unserer Ehe allerdings auch nicht zu sagen. Hast du schon gehört, dass sie jetzt zu Callum gezogen sind? In seine lächerliche Villa in Muswell Hill, wo wir immer zu *Dinnerpartys* eingeladen waren …«

»Ja, habe ich gehört.«

Er sah sie scharf an. »Von wem? Callum?«

»Natürlich nicht! Nur, du weißt schon – von Bekannten.«

»Bekannte, die Mitleid mit mir haben.«

»Kein Mitleid, sie sind nur … besorgt.« Widerwillig rümpfte er die Nase. »Es ist nichts Schlimmes, wenn man sich Sorgen um dich macht, Dex. Hast du mit Callum geredet?«

»Nein. Er hats versucht. Hinterlässt mir ständig Nachrichten, als wär nichts gewesen. ›Alles klar, Kumpel! Ruf uns an.‹ Wir sollten seiner Meinung nach ein Bier trinken gehen und ›es durchsprechen‹. Vielleicht sollte ich hingehen. Er schuldet mir eh noch drei Wochenlöhne.«

»Hast du schon Arbeit?«

»Noch nicht. Wir vermieten das gottverdammte Haus in Richmond und die Wohnung, und davon lebe ich.« Er trank den Kaffee aus und starrte in den Kanal. »Ich weiß nicht, Em. Vor anderthalb Jahren hatte ich eine Familie, eine Karriere – keine tolle Karriere, aber ich hatte Chancen, Angebote. Familienkutsche, nettes Häuschen in Surrey …«

»Das du gehasst hast.«

»*Gehasst* kann man nicht sagen.«

»Die Familienkutsche konntest du nicht ausstehen.«

»Na schön, ich konnte sie nicht ausstehen, aber wenigstens gehörte sie mir. Und jetzt wohne ich plötzlich in einer Einzimmerwohnung in Kilburn mit meiner Hälfte der Hochzeitsgeschenke und habe … nichts. Nur ich und massenhaft Töpfe von Le Creuset. Mein Leben ist praktisch vorbei.«

»Weißt du, was du tun solltest?«

»Was?«

»Vielleicht …« Sie holte tief Luft und umfasste seine Finger. »Callum um deinen alten Job anbetteln.« Wütend starrte er sie an und zog die Hand weg. »Nur ein Witz! Ich mach doch nur Spaß!«, sagte sie und lachte.

»Wie schön, dass du meine Ehehölle so witzig findest, Em.«

»*Witzig* nicht gerade, ich glaube nur nicht, dass Selbstmitleid die Lösung ist.«

»Es ist kein Selbstmitleid, das sind Tatsachen.«

»›Mein Leben ist praktisch vorbei‹?«

»Ich meine ja nur. Keine Ahnung. Es …« Mit einem theatralischen Seufzer schaute er auf den Kanal hinaus. »Als ich noch jünger war, schien alles möglich. Heute trifft das Gegenteil zu.«

Emma, der es genau umgekehrt erging, sagte nur: »So schlimm ist es auch wieder nicht.«

»Du meinst, es hat auch eine gute Seite? Wenn die Frau mit dem besten Freund durchbrennt …«

»Er war nicht dein ›bester Freund‹, ihr hattet seit Jahren nicht mehr miteinander gesprochen, ich meine ja nur … Okay, zum einen ist es keine Einzimmerwohnung in Kilburn, es ist eine ziemlich gute Zweizimmerwohnung in West Hampstead. Früher hätte ich für so eine Wohnung getötet. Und du wohnst nur da, bis du deine alte Wohnung zurückbekommst.«

»Aber in zwei Wochen werde ich 37! Ich bin praktisch in mittleren Jahren!«

»37 ist immer noch Mitte 30! Gerade noch. Und nein, du hast im Moment zwar keinen Job, aber du nagst ja auch nicht gerade am Hungertuch. Du hast ein Einkommen aus der Miete, da hast du unglaublich Schwein, wenn du mich fragst. Viele Leute fangen spät im Leben noch einmal neu an. Es ist okay, ein Weilchen down zu sein, aber während deiner Ehe warst du auch nicht gerade glücklich, Dex. Ich weiß das, ich musste es mir immer anhören. ›Wir reden nie, wir haben keinen Spaß mehr, wir gehen nicht mehr aus …‹ Ich weiß, es ist hart, aber irgendwann kannst du das Ganze vielleicht als Neuanfang sehen! Eine neue Chance. Es gibt so viele Sachen, die du tun könntest, du musst dich nur entscheiden …«

»Zum Beispiel?«

»Keine Ahnung – die Medien? Du könntest dich um Moderatorenjobs bemühen?« Dexter stöhnte auf. »Okay, oder etwas hinter den Kulissen? Produzent, Regisseur oder so.« Dexter verzog das Gesicht. »Oder, oder Fotograf! Du hast doch immer von Fotografie geschwärmt. Oder Essen, du könntest, keine Ahnung, irgendwas mit Essen machen. Und wenn nichts davon funktioniert, kannst du immer noch auf deine schwache drei in Anthropologie zurückgreifen.« Sie tätschelte ihm die Hand, um ihren Worten Nachdruck zu verleihen. »Die Menschheit wird immer Anthropologen brauchen.« Er lächelte, bis ihm einfiel, dass er nicht lächeln sollte. »Du bist ein gesunder, fähiger, finanziell abgesicherter, halbwegs attraktiver Vater Mitte bis Ende 30. Du bist … in Ordnung, Dex. Du brauchst nur wieder ein bisschen Selbstvertrauen, mehr nicht.«

Er seufzte und sah auf den Kanal hinaus. »Wars das jetzt mit deiner Aufmunterungsrede?«

»Das wars. Was hältst du davon?«

»Ich will mich immer noch in den Kanal stürzen.«

»Dann sollten wir vielleicht weitergehen.« Sie legte Geld auf den Tisch. »Meine Wohnung liegt etwa zwanzig Minuten in die Richtung. Wir können laufen oder uns ein Taxi nehmen …« Sie machte Anstalten aufzustehen, aber Dexter rührte sich nicht.

»Das Schlimmste ist, mir fehlt Jasmine so sehr.« Emma setzte sich wieder. »Ich meine, es macht mich wahnsinnig, dabei war ich nicht mal ein guter *Dad* oder so.«

»Ach, komm …«

»War ich nicht, Em, ich war nutzlos, vollkommen. Es hat

mich genervt, ich wollte nicht da sein. Ständig haben wir so getan, als wären wir die perfekte Familie, ich dachte immer, es ist ein Fehler, das ist nichts für mich. Ich hab immer gedacht, wäre es nicht toll, mal wieder *auszuschlafen*, am Wochenende wegzufahren, auszugehen, lang aufzubleiben und Spaß zu haben. Frei zu sein, keine Verantwortung zu tragen. Und jetzt habe ich das alles und sitze zu Hause herum, mein Kram ist immer noch in den Umzugskartons, und ich vermisse meine Tochter.«

»Aber du siehst sie doch.«

»Alle zwei Wochen, eine lausige Übernachtung.«

»Könntest du sie nicht öfter sehen, um mehr Besuchszeit bitten …«

»Würde ich auch! Doch ich sehe jetzt schon die Angst in ihren Augen, wenn ihre Mum wegfährt; lass mich nicht allein mit diesem komischen, traurigen Freak! Ich kaufe ihr alle möglichen Geschenke, es ist erbärmlich, jedes Mal, wenn sie ankommt, liegt ein Berg Geschenke da, als wäre ständig Weihnachten, denn wenn wir keine Geschenke aufmachen, weiß ich nicht, was ich mit ihr anfangen soll. Wenn wir keine Geschenke aufmachen, fängt sie an zu weinen und nach ihrer Mummy zu fragen, womit sie Mummy und diesen Mistkerl Callum meint, und ich weiß noch nicht mal, was ich ihr kaufen soll, denn immer, wenn sie kommt, hat sie sich verändert. Man dreht ihr eine Woche oder zehn Tage den Rücken zu, und alles hat sich verändert! Sie hat *laufen* gelernt, verdammte Scheiße, und ich war nicht dabei! Wie kann das sein? Wie konnte ich das verpassen? Wäre das nicht *meine* Aufgabe? Ich habe nichts falsch gemacht, und plötzlich …« Seine Stimme zitterte kurz, und hastig wechselte er die Tonart und klammerte sich wieder an den Zorn. »… natürlich ist *Callum* bei ihnen, in seiner dicken Villa in *Scheiß-Muswell-Hill* …«

Aber auch mit dem Zornausbruch konnte er nicht verhindern, dass seine Stimme brach. Abrupt schwieg er, drückte sich die Finger auf die Nase und riss die Augen auf, als wollte er ein Niesen unterdrücken.

»Alles klar?«, fragte sie und legte ihm die Hand aufs Knie.

Er nickte. »Ich führe mich nicht das ganze Wochenende so auf, versprochen.«

»Mich störts nicht.«

»Mich schon. Es ist … erniedrigend.« Er sprang auf und nahm seine Tasche. »Bitte, Em. Lass uns von was anderem sprechen. Erzähl mir was. Erzähl mir von dir.«

Sie schlenderten am Kanal entlang, gingen um die Place de la République, dann Richtung Osten die Rue du Faubourg-St.-Denis hinunter, und sie erzählte von ihrer Arbeit. »Das zweite ist eine Fortsetzung. So einfallsreich bin ich. Ich habe jetzt ungefähr drei Viertel fertig. Julie Criscoll geht auf Klassenfahrt nach Paris, verknallt sich in einen französischen Jungen und erlebt alle möglichen Abenteuer, Überraschung, Überraschung. Das ist meine Ausrede dafür, hier zu sein. Zu ›Recherchezwecken‹.«

»Und das erste verkauft sich gut?«

»Erzählt man mir zumindest. Gut genug, dass sie für zwei weitere bezahlen.«

»Wirklich? Noch zwei Fortsetzungen?«

»Ich fürchte, ja. *Julie Criscoll* ist, was man eine Marke nennt. Anscheinend ist da das meiste Geld zu holen. Man muss eine Marke haben! Und wir verhandeln mit dem Fernsehen. Für eine Sendung. Eine Zeichentrickserie für Kinder, die auf meinen Illustrationen basiert.«

»Du verarschst mich!«

»Ich weiß. Blöd, was? Ich arbeite bei ›den Medien‹! Ich bin Koproduzentin!«

»Was soll das denn heißen?«

»Gar nichts. Ich meine, es macht mir nichts aus. Ich mags. Aber ich würde eines Tages gern Erwachsenenbücher schreiben. Ich wollte schon immer einen dieser großen, zornigen Romane zur Lage der Nation schreiben, was Wildes und Zeitloses, das die menschliche Seele enthüllt, nicht so was Albernes über Knutschereien mit französischen Jungs in der Disco.«

»Es geht doch nicht nur darum, oder?«

»Vielleicht nicht. Vielleicht passiert das auch einfach: Zuerst will man mithilfe von Sprache die Welt verändern, und am Ende glaubt man, es reiche, ein paar gute Witze zu reißen. Gott, das hör sich einer an. Mein Leben in der Kunst!«

Er stupste sie an.

»Was?«

»Ich freu mich für dich, das ist alles.« Er legte ihr den Arm um die Schultern und drückte sie. »Eine Schriftstellerin. Eine richtige Schriftstellerin. Endlich tust du das, was du schon immer tun wolltest.« In der Haltung gingen sie etwas unbehaglich und unbeholfen weiter, und die Tasche in seiner anderen Hand schlug ihm gegen das Bein, bis es zu unbequem wurde und er sie losließ.

Sie schlenderten weiter, und nach und nach besserte sich ihre Laune. Die Wolkendecke war aufgerissen, und der Faubourg-St.-Denis erwachte zum Leben, als der Abend begann. Es war ein knallbuntes, lautes, lebhaftes Gewirr, fast wie auf einem Basar, und Emma, ganz nervöse Fremdenführerin, warf Dexter immer wieder verstohlene Blicke zu. Sie überquerten den breiten, geschäftigen Boulevard de Belleville und gingen Richtung Osten entlang der Grenze des neunzehnten und zwanzigsten Arrondissement. Als sie den Hügel hinaufstiegen, deutete Emma auf ihre Lieblingsbars, sprach über die lokale Geschichte, die Piaf und die Pariser Kommune von 1871, die örtliche chinesische und nordafrikanische Gemeinde, und Dexter hörte mit halbem Ohr zu und fragte sich, was passieren würde, wenn sie schließlich in ihrer Wohnung ankamen. *Hör zu, Emma, wegen dieser Sache …*

»… ein bisschen wie das Hackney von Paris«, sagte sie gerade.

Dexter lächelte aufreizend.

Sie stieß ihn an. »Was?!«

»Nur du würdest nach Paris fahren, um ein Viertel wie Hackney zu finden.«

»Es ist interessant. Finde ich zumindest.«

Schließlich gingen sie eine ruhige Seitenstraße hinunter und kamen zu einer Art Garagentor, wo Emma einen Code in ein Eingabefeld tippte und das schwere Tor mit der Schulter aufstieß. Sie betraten einen chaotischen, heruntergekommenen Innenhof, der auf allen Seiten von Wohnungen umgeben war. Wäsche hing auf rostigen Balkonen, vernachlässigte Topfpflanzen welkten in der Abendsonne. Der Hof hallte vom Geplärr wetteifernder Fernseher und dem Geschrei von Kindern wider, die mit einem Tennisball Fußball spielten, und Dexter unterdrückte einen Anflug von Gereiztheit. Als er die Situation in Gedanken durchgegangen war, hatte er sich einen baumumschatteten Platz ausgemalt, Häuser mit Fensterläden, einen Ausblick auf Notre-Dame vielleicht. All das war schon in Ordnung, auf großstädtische, industrielle Art sogar schick, aber etwas Romantischeres hätte es ihm leichter gemacht.

»Wie gesagt, nichts Großartiges. Leider ist es der fünfte Stock.«

Sie drückte den Lichtschalter mit Zeitbegrenzer, und sie stiegen die steile, enge, schmiedeeiserne Wendeltreppe hinauf, die sich stellenweise von der Wand zu lösen schien. Emma wurde plötzlich bewusst, dass Dexters Blick auf Augenhöhe mit ihrem Hinterteil war, und fing nervös an, nichtvorhandene Falten an ihrem Rock glattzustreichen. Als sie den Treppenabsatz des dritten Stocks erreicht hatten, ging das Licht aus, sie fanden sich im Dunkeln wieder, und Emma tastete nach seiner Hand, führte ihn die Stufen hinauf, bis sie vor einer Tür standen. In der trüben Helligkeit des Oberlichts lächelten sie sich an.

»Das ist es. Chez moi!«

Sie nahm einen riesigen Schlüsselbund aus der Tasche und machte sich an die komplexe Aufgabe, diverse Schlösser aufzuschließen. Nach einer Weile öffnete sie die Tür zu einer kleinen, aber feinen Wohnung mit abgewetzten, grau gestrichenen Dielen, einem großen, ausgebeulten Sofa und einem kleinen, ordentlichen Schreibtisch mit Blick auf den Innenhof, die Wände waren von gewichtig aussehenden französischen Büchern mit einheitlich blassgelben Rücken gesäumt. Ein frischer Strauß Rosen und Obst standen nebenan auf dem Küchentisch, und durch die andere Tür erhaschte Dexter einen Blick in das Schlafzimmer. Sie hatten noch nicht besprochen, wo er schlafen würde, aber er konnte das einzige Bett in der Wohnung sehen, ein ausladendes, schmiedeeisernes Modell, altmodisch und sperrig wie aus einem Landhaus. Ein Schlafzimmer, ein Bett. Die Abendsonne schien durch die Fenster und betonte die Tatsache noch. Er überprüfte, ob sich das Sofa ausklappen ließ. Fehlanzeige. Ein Bett. Sein Herz schlug schneller, aber vielleicht lag das ja nur am Treppensteigen.

Sie machte die Tür zu, und es wurde still.

»So. Da wären wir.«

»Es ist toll.«

»Es ist okay.« Das Treppensteigen und die Nervosität hatten Emma durstig gemacht, und sie ging zum Kühlschrank, machte die Tür auf und nahm eine Flasche Mineralwasser heraus. Sie trank in tiefen Zügen, als Dexter ihr die Hand auf die Schulter legte, plötzlich vor ihr stand und sie küsste. Sie hatte den Mund voller Sprudelwasser und presste die Lippen zusammen, um ihn nicht vollzuspritzen wie ein Sodaspender. Sie lehnte sich zurück, deutete auf ihre Wangen, die absurd aufgepustet waren wie bei einem Kugelfisch, fuchtelte mit den Armen und gab ein Geräusch von sich, das so viel bedeuten sollte wie »Moment«.

Ritterlich trat Dexter einen Schritt zurück, damit sie schlucken konnte. »Entschuldige.«

»Kein Problem. Hast mich nur überrascht.« Sie wischte sich den Mund ab.

»Alles okay?«

»Ja, aber Dexter, ich muss dir sagen …«

Wieder küsste er sie, ungeschickt und zu heftig, bis der Küchentisch, an den sie sich gelehnt hatte, geräuschvoll über den Boden rutschte, so dass sie abrupt die Hüfte anheben musste, damit die Vase mit den Rosen nicht umfiel.

»Ups.«

»Die Sache ist die, Dex …«

»Sorry, ich wollte …«

»Aber die Sache ist …«

»So was von ungeschickt …«

»Ich habe jemanden kennengelernt.«

Er trat einen Schritt zurück.

»Du hast jemanden *kennengelernt*?«

»Einen Mann. Einen Typ. Ich treffe mich mit einem Typen.«

»Einen *Typen*. Aha. Okay. Verstehe. Wer?«

»Er heißt Jean-Pierre. Jean-Pierre Dusollier.«

»Er ist *Franzose*?«

»Nein, Dex, *Waliser*.«

»Ich bin nur überrascht.«

»Weil er Franzose ist oder weil ich tatsächlich einen Freund habe?«

»Es ist nur – na ja, ging ja ratzfatz, nicht? Ich meine, du bist erst ein paar Wochen hier. Hast du erst ausgepackt oder ...«

»Zwei Monate! Ich bin seit zwei Monaten hier, und ich habe Jean-Pierre vor einem Monat kennengelernt.«

»Und wo hast du ihn kennengelernt?«

»In einem kleinen Bistro um die Ecke.«

»In einem kleinen *Bistro*. Aha. Wie?«

»Wie?«

»... habt ihr euch kennengelernt?«

»Na ja, ähm, ich saß allein beim Abendessen, habe ein Buch gelesen, und dieser Typ war mit ein paar Freunden da, und er hat mich gefragt, was ich lese ...« Kopfschüttelnd stöhnte Dexter auf, ein Profi, der sich über die Arbeit eines anderen lustig macht. Emma beachtete ihn nicht und ging ins Wohnzimmer. »Jedenfalls sind wir ins Gespräch gekommen ...«

Dexter folgte ihr. »Was, auf Französisch?«

»Ja, auf Französisch, und wir haben uns auf Anhieb verstanden, und jetzt ... läuft was zwischen uns!« Sie ließ sich aufs Sofa plumpsen. »So. Jetzt weißt dus!«

»Aha. Verstehe.« Er zog die Augenbrauen hoch, ließ sie wieder sinken und verzerrte das Gesicht bei dem Versuch, gleichzeitig zu schmollen und zu lächeln. »Tja. Schön für dich, Em, das ist echt toll.«

»Nur nicht so gönnerhaft, Dexter. Als wäre ich eine einsame alte Dame ...«

»Ich und gönnerhaft!« Gespielt gleichgültig sah er aus dem Fenster in den Innenhof hinunter. »Und wie ist er so, dieser *Jean* …«

»Jean-Pierre. Nett. Sehr gutaussehend, sehr charmant. Ein toller Koch, er weiß alles über Essen, Wein, Kunst und Architektur. Du weißt schon, einfach sehr, sehr … französisch.«

»Wie, meinst du etwa unhöflich?«

»Nein …«

»Schmutzig?«

»Dexter!«

»Fährt er Fahrrad, mit 'ner Zwiebelschnur um den Hals …«

»Gott, manchmal bist du echt unerträglich …«

»Was zum Teufel soll das denn heißen, ›sehr französisch‹?«

»Keine Ahnung, einfach sehr cool und lässig und …«

»*Sexy* …?«

»›Sexy‹ habe ich nicht gesagt.«

»Nein, aber du machst selbst einen auf sexy, fummelst an deinen Haaren rum, mit aufgeknöpfter Bluse …«

»So ein bescheuertes Wort, ›sexy‹ …«

»Aber ihr habt doch viel Sex, oder?«

»Dexter, wieso bist du so …?«

»Sieh dich doch an, du leuchtest ja, du hast diesen verschwitzten, strahlenden Look …«

»Kein Grund, so – wieso bist du überhaupt so?«

»Wie?«

»So … gemein, als hätte ich was falsch gemacht!«

»Ich bin nicht gemein, ich dachte nur …« Er brach ab, drehte sich zum Fenster und legte die Stirn an die Scheibe. »Ich wünschte, du hättest es mir vorher erzählt. Dann hätte ich ein Hotel gebucht.«

»Du kannst trotzdem hierbleiben! Ich kann heute Nacht mit Jean-Pierre schlafen.« Obwohl er ihr den Rücken zudrehte, wusste sie, dass er das Gesicht verzog. »Heute Nacht *bei* Jean-Pierre schlafen.« Sie beugte sich auf dem Sofa vor und stützte den Kopf auf beide Hände. »Was hast du denn gedacht, was passieren würde, Dexter?«

»Weiß nicht«, murmelte er gegen die Scheibe gelehnt. »Nicht das.«

»Tja, davon konnte ich nicht ausgehen.«

»Was hast du denn geglaubt, warum ich herkomme, Em?«

»Um eine Pause einzulegen. Den Kopf freizukriegen. Dir die Sehenswürdigkeiten anzusehen!«

»Ich bin gekommen, um mit dir darüber zu reden, was passiert ist. Darüber, ob wir beide endlich zusammenkommen.« Er knibbelte an dem Fensterkitt herum. »Ich dachte einfach, es hätte dir mehr bedeutet. Das ist alles.«

»Wir haben nur *einmal* zusammen geschlafen, Dexter.«

»Dreimal!«

»Ich meine nicht die Anzahl der *Geschlechtsakte*, Dex, sondern die Situation, die Nacht, die wir miteinander verbracht haben.«

»Und ich dachte, es wäre was Besonderes gewesen! Aber bevor ich weiß, wie mir geschieht, brennst du nach Paris durch und wirfst dich dem erstbesten Franzosen an den Hals ...«

»Ich bin nicht ›durchgebrannt‹, das Ticket war schon gebucht! Warum glaubst du, dass alles immer mit dir zu tun hat?«

»Und hättest du mich nicht anrufen können, bevor du ...«

»Was, um dich um Erlaubnis zu bitten?«

»Nein, um mich zu fragen, wie ich dazu stehe!«

»Sekunde mal – du bist sauer, weil wir nicht über unsere *Gefühle* gesprochen haben? Du bist sauer, weil du denkst, ich hätte auf dich *warten* sollen?«

»Weiß nicht«, murmelte er, »vielleicht!«

»Mein Gott, Dexter, bist du … bist du etwa *eifersüchtig*?«

»Natürlich nicht!«

»Und warum schmollst du dann?«

»Ich schmolle nicht.«

»Dann guck mich mal wieder an!«

Trotzig gehorchte er, die Arme vor der Brust verschränkt, und Emma musste lachen.

»Was? *Was?*«, fragte er empört.

»Na ja, dir ist schon klar, dass die Situation nicht einer gewissen Ironie entbehrt, oder?«

»Inwiefern?«

»Weil du plötzlich auf konventionell und … monogam machst.«

Er schwieg und wandte sich wieder dem Fenster zu.

In versöhnlicherem Ton fügte sie hinzu: »Schau – wir waren beide leicht betrunken.«

»*So* betrunken war ich nicht …«

»Du hast die Hose vor den Schuhen ausgezogen, Dex!« Er drehte sich immer noch nicht um. »Jetzt steh nicht da am Fenster rum. Komm und setz dich neben mich, ja?« Sie zog die bloßen Füße unter sich. Er stieß ein-, zweimal den Kopf an die Scheibe, kam, ohne sie anzusehen, zum Sofa und ließ sich neben sie fallen, wie ein Kind, das man aus der Schule nach Hause geschickt hat. Sie legte ihm die Füße auf den Oberschenkel.

»Gut, du willst darüber reden? Dann lass uns reden.«

Er sagte nichts. Sie stupste ihn mit den Zehen an, und als er sie schließlich ansah, sagte sie: »Okay. Ich fange an.« Sie holte tief Luft. »Ich glaube, du warst sehr durcheinander und ein bisschen hinüber, und als du mich an dem Abend besuchen gekommen bist, ist es einfach … passiert. Ich glaube, bei all dem Kummer, weil du dich von Sylvie getrennt hast, ausgezogen bist und dir Jasmine gefehlt hat, hast du dich etwas einsam gefühlt und eine Schulter zum Ausweinen gebraucht. Oder zum Vögeln. Und das war ich. Eine Schulter zum Vögeln.«

»Das glaubst du?«

»Das glaube ich.«

»… und du hast nur mit mir geschlafen, damit ich mich besser fühle?«

»Hast du dich denn besser gefühlt?«

»Ja, viel besser.«

»Na, siehst du, ich mich auch. Es hat funktioniert.«

»… aber darum gehts nicht.«

»Na ja, es gibt schlechtere Gründe, mit jemandem zu schlafen. Du müsstest das wissen.«

»Aber Mitleids-Sex?«

»Nicht Mitleid, *Mitgefühl.*«

»Reiz mich nicht, Em.«

»Tu ich nicht, ich … es hatte nichts mit Mitleid zu tun, und das weißt du auch. Aber es ist … kompliziert. Das mit uns beiden. Komm her, ja?« Wieder stupste sie ihn mit dem Fuß an, und gleich darauf fiel er wie ein Baum und sank mit dem Kopf an ihre Schulter.

Sie seufzte. »Wir kennen uns jetzt schon eine Ewigkeit, Dex.«

»Ich weiß. Ich dachte nur, es wäre eine gute Idee. Dex und Em, Em und Dex, wir beide. Lass es uns eine Weile ausprobieren, mal sehen, wie es läuft. Ich dachte, du willst dasselbe.«

»Will ich auch. Wollte ich auch. Ende der 80er.«

»Und warum jetzt nicht mehr?«

»Darum. Es ist zu spät. Wir sind zu spät dran. Ich bin zu erschöpft.«

»Du bist doch erst 35!«

»Ich hab bloß das Gefühl, unsere Zeit ist vorbei«, sagte sie.

»Woher willst du das wissen, wenn wir es nicht versucht haben?«

»Dexter – ich habe einen anderen kennengelernt!«

Schweigend saßen sie da, lauschten den Kindern im Innenhof und dem entfernten Geräusch der Fernseher.

»Und du magst ihn? Diesen Typ?«

»Ja. Ich hab ihn wirklich gern.«

Er nahm ihren mit Straßenstaub bedeckten linken Fuß. »Mein Timing ist nicht so toll, was?«

»Nein, nicht besonders.«

Er betrachtete den Fuß in seiner Hand. Der rote Nagellack war abgesplittert, und der Nagel des kleinen Zehs war verhutzelt und kaum vorhanden. »Deine Füße sind eklig.«

»Weiß ich.«

»Dein kleiner Zehennagel sieht aus wie ein winziges Maiskorn.«

»Dann hör auf, damit herumzuspielen.«

»Und damals, in der Nacht ...« Er drückte den Daumen auf ihre harte Fußsohle. »War das wirklich so schlimm für dich?«

Mit dem anderen Fuß trat sie ihn heftig in die Hüfte. »Jetzt hör auf, nach *Komplimenten* zu heischen, Dexter.«

»Nein, im Ernst, sags mir.«

»*Nein*, Dexter, es war *keine* schlimme Nacht für mich, genau genommen war es eine der unvergesslicheren Nächte meines Lebens. Trotzdem finde ich, wir sollten es dabei belassen.« Sie nahm die Beine vom Sofa und rutschte zu ihm hinüber, bis ihre Hüften sich berührten, nahm seine Hand und legte ihm den Kopf auf die Schulter. Beide starrten die Bücherregale an, bis Emma seufzte. »Warum hast du all das nicht, keine Ahnung – vor acht Jahren gesagt?«

»Weiß nicht, ich schätze, ich war zu beschäftigt mit ... Spaß haben.«

Sie hob den Kopf und sah ihn von der Seite an: »Und jetzt, wo du keinen Spaß mehr hast, denkst du, ›gute, alte Em, probieren wir sie mal aus ...‹«

»Das habe ich nicht gemeint ...«

»Ich bin kein Trostpreis, Dex. Auf mich greift man nicht im *Notfall* zurück. Ich finde, ich habe was Besseres verdient.«

»Ich finde auch, du hast was Besseres verdient. Darum bin ich hier. Du bist hinreißend, Em.«

Abrupt stand sie auf, nahm ein Kissen, warf es ihm hart an den Kopf und ging ins Schlafzimmer. »Halt die Klappe, Dex.«

Als sie an ihm vorbeikam, griff er nach ihrer Hand, aber sie riss sich los. »Wo willst du hin?«

»Mich duschen und umziehen. Ich kann nicht die ganze Nacht hier rumsitzen!«, rief sie aus dem anderen Zimmer herüber, zerrte aufgebracht Kleider aus dem Schrank und warf sie aufs Bett. »Schließlich wird er in zwanzig Minuten hier sein!«

»Wer?«

»Was glaubst du wohl? Mein NEUER FREUND!«

»Jean-Pierre kommt her?«

»M-hm. Um acht.« Sie begann, die winzigen Knöpfe an der Bluse aufzuknöpfen, gab auf, zog sie sich ungeduldig über den Kopf und schleuderte sie auf den Boden. »Wir gehen zum Abendessen aus! Zu dritt!«

Er ließ den Kopf nach hinten sinken und gab ein langgezogenes, leises Stöhnen von sich. »Oh Gott. Muss das sein?«

»Ich fürchte ja. Es ist alles schon arrangiert.« Sie war jetzt nackt und aufgebracht, über sich selbst und die Situation. »Wir nehmen dich ins Restaurant mit, wo wir uns kennengelernt haben! Das berühmte *Bistro.* Wir werden am selben Tisch sitzen, Händchen halten und dir alles darüber erzählen! Es wird sehr, *sehr* romantisch.« Sie warf die Badezimmertür zu und schrie hindurch: »Und kein bisschen peinlich!«

Dexter hörte das Rauschen des Wassers, lehnte sich zurück, starrte an die Decke und bereute diese lächerliche Aktion. Er hatte gedacht, die Antwort gefunden zu haben, dachte, dass sie sich gegenseitig retten konnten, dabei ging es Emma schon seit Jahren bestens. Wenn jemand gerettet werden musste, dann war er es.

Und vielleicht hatte Emma ja Recht, vielleicht war er ein bisschen einsam. Er hörte das Gluckern der uralten Rohrleitungen, als das Wasser abgedreht wurde, und da war es wieder, das schreckliche, beschämende Wort. Einsam. Und das Schlimmste war, dass es zutraf. Nie hätte er gedacht, dass er je einsam sein würde. Zu seinem 30. Geburtstag hatte er einen ganzen Nachtclub in einer Nebenstraße der Regent Street gefüllt; die Leute hatten bis auf den Gehsteig angestanden, um hereinzukommen. Auf der SIM-Karte des Handys in seiner Tasche waren die Telefonnummern von hunderten von Leuten gespeichert, die er in den letzten zehn Jahren kennengelernt hatte, und trotzdem war die einzige Person, mit der er in all der Zeit je hatte reden wollen, gerade im Zimmer nebenan.

War das wirklich so? Er dachte darüber nach, kam zu dem Schluss, dass es stimmte, und entschied, es ihr auf der Stelle zu sagen. Kurz vor dem Schlafzimmer blieb er stehen.

Er beobachte sie durch einen Spalt in der Tür. Sie saß an einem kleinen Schminktisch aus den 50ern, das kurze Haar noch feucht vom Duschen, trug ein knielanges, altmodisches schwarzes Seidenkleid, dessen Reißverschluss am Rücken bis zum Kreuz offen stand, so dass man die Schatten unter ihren Schulterblättern sah. Reglos, stocksteif und elegant saß sie da, als warte sie darauf, dass jemand kam und den Reißverschluss zumachte, und die Aussicht hatte etwas so Verlockendes, die simple Geste etwas so Intimes und Befriedigendes, so vertraut und neu zugleich, dass er beinahe schnurstracks ins Zimmer marschiert wäre. Er würde ihr das Kleid zumachen, sie auf die Kuhle zwischen Hals und Schulter küssen und es ihr sagen.

Stattdessen sah er schweigend zu, wie sie nach einem Buch auf dem Schminktisch griff, ein großes, zerlesenes englisch-französisches Wörterbuch. Sie blätterte darin, hielt abrupt inne, beugte sich vor, strich sich mit beiden Händen den Pony aus der Stirn und stöhnte wütend auf. Dexter lachte über ihren Frust, leise, wie er glaubte, aber sie warf einen Blick zur Tür, und er trat rasch zurück. Die Dielen knarrten, als er sinnloserweise in den Küchenbereich schlich, beide Wasserhähne aufdrehte und zur Ablenkung überflüssigerweise Tassen spülte. Einen Augenblick später hörte er ein kurzes Klingeln, als im Schlafzimmer der Hörer des altmodischen Telefons abgenommen wurde, und er drehte das Wasser ab, um die Unterhaltung mit diesem Jean-Pierre zu belauschen. Ein leises Liebesgeflüster auf Französisch. Er spitzte die Ohren, verstand aber kein Wort.

Wieder ein Klingeln, als sie auflegte. Eine Weile später stand sie hinter ihm im Türrahmen. »Mit wem hast du telefoniert?«, fragte er sachlich über die Schulter.

»Jean-Pierre.«

»Und, wie gehts Jean-Pierre?«

»Gut. Prima.«

»Schön. So. Ich zieh mich mal besser um. Wann kommt er noch mal vorbei?«

»Gar nicht.«

Dexter drehte sich um.

»Was?«

»Ich habe ihm gesagt, er soll nicht kommen.«

»Wirklich? Hast du?«

Am liebsten hätte er gelacht –

»Ich habe ihm erzählt, ich hätte ’ne Mandelentzündung.«

– laut aufgelacht, aber er durfte nicht, noch nicht. Er trocknete sich die Hände ab. »Was heißt das? Mandelentzündung. Auf Französisch?«

Sie fasste sich an den Hals. »*Je suis très désolée, mais mes glandes sont gonflées*«, krächzte sie schwach, »*je pense que je peux avoir l'amygdalite.*«

»L'amy …?«

»*L'amygdalite.*«

»Dein Wortschatz ist erstaunlich.«

»Na ja, weißt du«, bescheiden zuckte sie mit den Schultern, »habs nachgeschlagen.« Sie lächelten sich an. Dann, als wäre es ihr gerade erst eingefallen, war sie mit drei schnellen Schritten bei ihm, nahm sein Gesicht, küsste ihn, und er legte ihr die Hände auf den Rücken, entdeckte, dass der Reißverschluss noch offen stand, die nackte Haut noch kühl und feucht vom Duschen war. Sie küssten sich eine ganze Weile. Dann, sie hielt immer noch sein Gesicht, sah sie ihn eindringlich an. »Wenn du mich verarschst, Dexter.«

»Mach ich nicht …«

»Das ist mein Ernst, wenn du mir was vormachst, mich im Stich lässt oder hintergehst, dann schwöre ich bei Gott, ich reiß dir das Herz raus.«

»Das mache ich nicht, Em.«

»Wirklich nicht?«

»Wirklich nicht, ich schwöre.«

Sie runzelte die Stirn, schüttelte den Kopf, schlang wieder die Arme um ihn, schmiegte das Gesicht an seine Schulter und gab ein Geräusch von sich, das fast wütend klang.

»Was ist los?«, wollte er wissen.

»Nichts. Ach, nichts. Nur …« Sie sah zu ihm auf. »Ich dachte, ich wär dich endlich los.«

»Ich glaube, das kannst du gar nicht«, sagte er.

VIERTER TEIL

2002–2005
Ende dreißig

Sie sprachen sehr selten über ihre Gefühle: hübsche Phrasen und warmherzige Zuneigungsbekundungen erübrigten sich wahrscheinlich zwischen solch bewährten Freunden.

Thomas Hardy, Am grünen Rand der Welt

[illegible]

[illegible]

[illegible]

[illegible] sagt sie zögernd.

[illegible]

»Ich meine, du schläfst sowieso nicht.«

Sie macht die Augen auf. »Muss ich [illegible]

»Nein. Ich will, dass du hier schläfst.«

KAPITEL SECHZEHN

Montagmorgen

MONTAG, 15. JULI 2002

Belsize Park

Der Radiowecker springt wie immer um 7:05 Uhr an. Draußen ist es schon hell, aber keiner von beiden rührt sich. Sie liegen im Doppelbett der Wohnung in Belsize Park, die vor vielen Jahren eine Junggesellenbude war, er hat ihr den Arm um die Taille gelegt, und ihre Beine sind ineinander verschränkt.

Er ist schon länger wach, grübelt über den Tonfall und die Formulierung nach, die gleichzeitig beiläufig und bedeu tungsvoll klingen sollen, und sobald sie sich bewegt, platzt er damit heraus. »Kann ich was sagen?«, murmelt er mit trockenem Mund und geschlossenen Augen in ihren Nacken.

»Schieß los«, sagt sie zögernd.

»Ich finde es verrückt, dass du deine Wohnung behältst.«

Sie lächelt ohne sich umzudrehen. »O-kay.«

»Ich meine, du schläfst sowieso meist hier.«

Sie macht die Augen auf. »Muss ich nicht.«

»Nein, ich will, dass du hier schläfst.«

Sie dreht sich zu ihm um und sieht, dass er die Augen noch geschlossen hat. »Dex?«

»Was?«

»Fragst du mich etwa, ob ich mit dir zusammenziehen will?«

Ohne die Augen zu öffnen lächelt er, nimmt unter der Decke ihre Hand und drückt sie. »Emma, willst du mit mir zusammenziehen?«

»Na endlich!«, murmelt sie. »Dex, darauf habe ich all die Jahre gewartet.«

»Und, heißt das ja?«

»Lass mich drüber nachdenken.«

»Sag Bescheid, ja? Wenn du nicht interessiert bist, suche ich mir vielleicht einen anderen Mitbewohner.«

»Ich sagte, ich denk drüber nach.«

Er macht die Augen auf. Er hatte ein Ja erwartet. »Was gibts da nachzudenken?«

»Ach, ich weiß nicht. *Zusammenwohnen*.«

»In Paris haben wir auch zusammengewohnt.«

»Ich weiß, aber das war Paris.«

»Jetzt wohnen wir auch zusammen, mehr oder weniger.«

»Ich weiß, es ist nur …«

»Und es ist schwachsinnig, wenn du Miete zahlst, bei den heutigen Preisen ist das rausgeschmissenes Geld.«

»Du klingst wie mein unabhängiger Finanzberater. Wie romantisch.« Sie zieht einen Schmollmund und küsst ihn, ein vorsichtiger Morgenkuss. »Hier gehts um mehr als Finanzplanung, oder?«

»Hauptsächlich schon, aber ich fände es auch … nett.«

»Nett.«

»Wenn du hier wohnst.«

»Was ist mit Jasmine?«

»Sie wird sich daran gewöhnen. Außerdem ist sie erst zwei, es ist nicht ihre Entscheidung. Oder die ihrer Mutter.«

»Und könnte es nicht etwas …?«

»Was?«

»Eng werden. Zu dritt am Wochenende.«

»Das klappt schon.«

»Und wo soll ich arbeiten?«

»Du kannst hier arbeiten, während ich weg bin.«

»Und wo gehst du mit deinen Geliebten hin?«

Er seufzt, nach einem Jahr fast manischer Treue leicht angenervt von dem Witz. »Wir gehen nachmittags ins Hotel.«

Sie schweigen, das Radio plärrt vor sich hin, Emma macht die Augen zu und versucht sich vorzustellen, wie sie Umzugskartons auspackt und ihre Kleider und Bücher einräumt. Eigentlich mag sie die Atmosphäre in ihrer jetzigen Wohnung lieber, eine hübsche, künstlerisch angehauchte Mansarde nahe der Hornsey Road. Belsize Park ist ihr zu nobel und schickimicki, und trotz ihrer Bemühungen und der wachsenden Anzahl ihrer Bücher und Kleider haftet Dexters Wohnung immer noch ein Hauch von Junggesellenbude an: die Spielkonsole, der riesige Fernseher, das protzige Bett. »Irgendwie erwarte ich ständig, einen Schrank aufzumachen und unter einem Berg, keine Ahnung … *Tangas* begraben zu werden.« Aber er hatte ein Angebot gemacht, und sie hatte das Gefühl, ihm ein Gegenangebot machen zu müssen.

»Vielleicht sollten wir uns irgendwo zusammen was kaufen«, sagt sie. »Was Größeres.« Wieder haben sie das große, unausgesprochene Thema gestreift. Ein langes Schweigen folgt, und sie fragt sich schon, ob er wieder eingeschlafen ist, bis er sagt:

»Okay, lass uns heute Abend darüber reden.«

Und so beginnt ein weiterer Wochentag, wie der davor

und die, die noch folgen werden. Sie stehen auf und ziehen sich an, wobei Emma auf den begrenzen Kleidervorrat aus dem ihr zugeteilten Schrank zurückgreift. Er duscht zuerst, sie danach, während er eine Zeitung und, falls nötig, Milch kauft. Er liest den Sportteil, sie die Nachrichten, und nach dem Frühstück, das sie meist in angenehmem Schweigen zubringen, holt sie ihr Fahrrad aus dem Flur und rollt es neben ihm her zur U-Bahn. Gegen fünf vor halb neun küssen sie sich wie jeden Tag zum Abschied.

»Sylvie bringt Jasmine gegen vier Uhr vorbei«, sagt er. »Ich bin so gegen sechs zurück. Es stört dich wirklich nicht, dazubleiben?«

»Natürlich nicht.«

»Und du kommst mit Jasmine klar?«

»Bestens. Wir gehen in den Zoo oder so.«

Dann küssen sie sich noch einmal, sie geht arbeiten, er geht arbeiten, und so verfliegen die Tage, schneller denn je.

Arbeit. Er arbeitet wieder, in seinem eigenen Geschäft, obwohl »Geschäft« vielleicht momentan noch zu hoch gegriffen ist für sein Feinkost-Café in einem Wohngebiet zwischen Highgate und Archway.

Die Idee war in Paris geboren worden, in dem langen, seltsamen Sommer, als sie sein Leben auseinandergenommen und wieder zusammengesetzt hatten. Emma war darauf gekommen, als sie vor einem kleinen Café in der Nähe des Parc des Buttes-Chaumont im Nordosten gesessen hatte. »Du isst doch gerne«, hatte sie gesagt, »und du kennst dich mit Wein aus. Du könntest pfundweise hochwertigen Kaffee, importierten Käse und dieses andere edle Zeug verkaufen, auf das die Leute neuerdings so scharf sind. Nichts Protziges oder Extravagantes, nur ein netter kleiner Laden, im Sommer mit

Tischen auf dem Gehsteig.« Anfangs hatte ihn das Wort »Laden« gestört, weil er sich nicht vorstellen konnte, ein »Ladenbesitzer« oder, schlimmer noch, Lebensmittelhändler zu sein. Aber »Experte für importierte Feinkost« klang nicht übel. Er sah es lieber als Café-Restaurant, in dem man auch Lebensmittel kaufen kann. Er wäre ein Unternehmer.

So waren sie Ende September, als Paris endlich, endlich etwas von seinem Glanz verloren hatte, im Zug zurück nach London gefahren. Leicht gebräunt und in neuen Kleidern gingen sie Arm in Arm den Bahnsteig entlang, voller Pläne, Projekte, guter Vorsätze und Ziele, und es war, als sähen sie London zum ersten Mal.

Ihre Freunde nickten weise und sentimental, als hätten sie es schon immer gewusst. Emma wurde Dexters Vater noch einmal vorgestellt – »Natürlich erinnere ich mich. Sie haben mich einen Faschisten genannt« –, und sie legten ihm die Geschäftsidee dar, in der Hoffnung, er würde bei der Finanzierung helfen. Als Alison gestorben war, hatte es eine Abmachung gegeben, dass Dexter zu angemessener Zeit Geld bekommen sollte, und jetzt schien der richtige Moment gekommen zu sein. Insgeheim war Stephen Mayhew zwar davon überzeugt, dass sein Sohn das Geschäft in den Sand setzen würde, aber es war ein geringer Preis für die Gewissheit, dass er nie, nie wieder im Fernsehen auftreten würde. Und Emmas Gegenwart half. Dexters Vater hatte Emma gern, und dank ihr mochte er auch zum ersten Mal seit Jahren seinen Sohn wieder.

Zusammen hatten sie ein Ladenlokal gefunden. Eine Videothek, die mit den Regalen voll verstaubter VHS-Kassetten einen Anachronismus darstellte, hatte zu guter Letzt die Segel streichen müssen, und mit etwas Überredung von Emmas Seite hatte Dexter den Schritt gewagt und einen Pachtvertrag für zwölf Monate abgeschlossen. Während eines langen, feuchten Januars hatten sie die Metallregale entsorgt und die restlichen Steven-Seagal-Videos an örtliche Wohltätigkeitsvereine verteilt. Sie rissen die Tapeten ab, strichen die Wände cremeweiß, brachten dunkle Holzvertäfelungen an und klapperten auf der Suche nach einer anständigen industriellen Kaffeemaschine, Kühlvitrinen und Eisschränken mit Glastür andere, bankrotte Restaurants und Cafés ab; all die gescheiterten Geschäfte erinnerten ihn daran, was auf dem Spiel stand und wie wahrscheinlich es war, dass auch er scheiterte.

Aber Emma stand ihm die ganze Zeit über zur Seite, trieb ihn an und überzeugte ihn immer wieder, dass er das Richtige tat. Das Viertel war laut Immobilienmakler groß im Kommen, wurde immer beliebter bei jungen Berufstätigen, die den Wert des Wortes »Feinkost« zu schätzen wussten, Enten-Confit im Glas haben wollten und denen es nichts ausmachte, zwei Pfund für einen asymmetrisch geformten Brotlaib oder ein Klümpchen Ziegenkäse von der Größe eines Squashballs auszugeben. Es würde die Art von Café werden, wo die Leute demonstrativ ihre Romane schreiben.

Am ersten Frühlingstag saßen sie vor dem teilweise renovierten Geschäft auf dem Gehsteig in der Sonne und stellten eine Liste möglicher Namen zusammen: abgedroschene Kombinationen, die Wörter enthielten wie Magasin, Vin, Pain und Paris, »Pari« ausgesprochen, bis sie sich auf Belleville Café einigten, was einen Hauch von neunzehntem Arrondissement in das Gebiet südlich der A1 bringen sollte. Dexter gründete eine GmbH, seine zweite Firma nach der Mayhem TV AG, mit Emma als Prokuristin und, in eingeschränktem, aber nicht unerheblichem Maße, Co-Investorin. Die ersten beiden *Julie-Criscoll*-Bücher warfen langsam Gewinn ab, die

Zeichentrickserie ging in die zweite Staffel, und es gab Gespräche über Merchandising-Produkte: Federmäppchen, Geburtstagskarten, sogar ein Monatsmagazin. Es war nicht zu leugnen, sie war jetzt »wohlhabend«, wie ihre Mutter es nannte. Nach etlichem Geräusper fand Emma sich in der seltsamen, leicht unangenehmen Lage wieder, Dexter Geld anbieten zu können. Nach etlichem Füßescharren nahm er an.

Die Eröffnung war im April, und in den ersten sechs Wochen stand er hinter der dunklen Holztheke, beobachtete, wie die Leute hereinkamen, sich umsahen, die Nase rümpften und wieder gingen. Aber dann sprach es sich herum, es lief besser, und er konnte sogar ein paar Mitarbeiter einstellen. Er gewann Stammkunden und begann Spaß daran zu haben.

Mittlerweile ist das Café recht angesagt, wenn auch in ruhigerer, zahmerer Form, als er gewohnt ist. Er ist jetzt, wenn überhaupt, nur noch eine Lokalberühmtheit, hauptsächlich wegen seiner großen Kräuterteeauswahl, allerdings ist er immer noch der Schwarm einiger errötender werdender Mütter, die nach der Schwangerschaftsgymnastik bei ihm Pasteten essen, und auf bescheidene Weise hat er so etwas wie Erfolg. Er schließt das schwere Schloss auf, mit dem die Metallgitter gesichert sind, die sich an diesem strahlenden Sommermorgen schon jetzt heiß anfühlen. Er schiebt sie hoch, schließt die Tür auf und fühlt sich, wie? Zufrieden? Froh? Nein, glücklich. Insgeheim ist er zum ersten Mal seit vielen Jahren stolz auf sich.

Natürlich gibt es auch lange, verregnete Dienstage, an denen er die Metallgitter herunterziehen und systematisch alle Rotweinflaschen leersaufen will, aber nicht heute. Es ist ein warmer Tag, heute Abend wird er seine Tochter sehen und einen Großteil der nächsten acht Tage mit ihr verbringen, während Sylvie und Callum, der Arsch, wieder mal in Urlaub fahren. Wie durch ein seltsames Wunder ist Jasmine mittlerweile zweieinhalb Jahre alt, direkt und hübsch wie ihre Mutter, und sie kann ihn begleiten, Kaufladen spielen und sich von den anderen Mitarbeitern verwöhnen lassen. Und wenn er abends nach Hause kommt, wird Emma da sein. Zum ersten Mal seit vielen Jahren ist er mehr oder weniger da, wo er sein will. Er hat eine Partnerin, die er liebt, begehrt und die außerdem seine beste Freundin ist. Er hat eine wunderschöne, intelligente Tochter. Es geht ihm gut. Alles ist prima, solange sich nur nichts ändert.

Etwa drei Kilometer entfernt, unweit der Hornsey Road, steigt Emma die Treppe hoch, schließt die Haustür auf, und die kühle, abgestandene Luft einer seit vier Tagen leerstehenden Wohnung schlägt ihr entgegen. Sie macht sich Tee, setzt sich an den Schreibtisch, schaltet den Computer ein und starrt ihn fast eine Stunde lang an. Dabei gibt es viel zu tun – sie muss Scripts für die zweite Staffel von *Julie Criscoll* lesen und absegnen, 500 Wörter des dritten Bandes schreiben und Illustrationen entwerfen. Es gibt Briefe und E-Mails von jungen Lesern, ernsthafte und oft beunruhigend persönliche Zuschriften über Einsamkeit, Mobbing in der Schule und diesen wirklich coolen Jungen, denen sie ihre Aufmerksamkeit widmen muss.

Aber sie muss ständig an Dexters Vorschlag denken. Während des langen, seltsamen Sommers in Paris im letzten Jahr hatten sie bestimmte Vereinbarungen für die gemeinsame Zukunft getroffen – falls es eine gemeinsame Zukunft gab –, und dass sie nicht zusammenwohnen würden, spielte bei ihren Plänen eine zentrale Rolle: getrennte Leben, getrennte Wohnungen, getrennte Freundeskreise. Sie würden versuchen, zusammen und natürlich einander treu zu bleiben, aber nicht auf althergebrachte Art. Kein Abklappern von Immobilienmaklern am Wochenende, keine gemeinsamen Dinnerpartys, keine Blumen zum Valentinstag und keine der üblichen Beigaben häuslichen Zusammenlebens. Beide hatten es versucht, und beide waren gescheitert.

Dieses Arrangement war ihr kultiviert und modern vorgekommen, fast wie ein neuer Lebensentwurf. Aber es ist anstrengend, den Anschein aufrechtzuerhalten, als wollten sie nicht enger zusammensein, und mittlerweile schien es unausweichlich, dass einer von ihnen nachgibt. Allerdings hat sie nicht erwartet, dass es Dexter sein würde. Ein Thema haben sie bisher größtenteils ausgespart, aber jetzt lässt es sich anscheinend nicht mehr vermeiden. Sie wird sich ein Herz fassen und es ansprechen müssen. Kinder. Nein, nicht »Kinder«, besser, ihn nicht gleich zu verschrecken, besser die Einzahl verwenden. Sie will ein Kind.

Sie haben schon früher darüber gesprochen, auf allgemeine, scherzhafte Weise, und er hat ausweichend gegrunzt und Dinge gesagt wie, vielleicht später, wenn sich alles etwas beruhigt hat. Aber wie viel ruhiger kann es denn noch werden? Das Thema steht im Raum, und sie stolpern ständig darüber. Es steht im Raum, wenn ihre Eltern anrufen, und es steht im Raum, wenn Dexter und sie sich lieben (nicht mehr ganz so oft und ausschweifend wie in der Pariser Wohnung, aber immer noch oft genug). Es hält sie nachts wach. Manchmal hat sie den Eindruck, ihr Leben anhand ihrer Ängste um drei Uhr morgens zusammenfassen zu können. Früher waren es Jungs, dann viel zu lange Geld, dann die Karriere, dann ihre Beziehung mit Ian, dann ihre Untreue. Und jetzt das. Sie ist 36, sie will ein Kind, und wenn er keines will, dann sollten sie besser …

Was? Getrennte Wege gehen? Ein Ultimatum aufzustellen, kommt ihr melodramatisch und entwürdigend vor, und die Drohung in die Tat umzusetzen, erscheint ihr, zumindest im Moment, unvorstellbar. Aber sie beschließt, das Thema noch heute Abend anzuschneiden. Nein, nicht heute Abend, wenn Jasmine da ist, aber bald. Sehr bald.

Nach einem Morgen voller Ablenkungen und Zeitverschwendung geht Emma gegen Mittag ins Schwimmbad, schafft es aber nicht, den Kopf freizukriegen, obwohl sie eine Bahn nach der anderen crawlt. Dann radelt sie mit nassen Haaren zu Dexters Wohnung und sieht bei ihrer Ankunft einen riesigen, leicht finster wirkenden Jeep vor dem Haus parken. Es ist ein Gangsterauto, durch die Windschutzscheibe sind zwei Gestalten auszumachen, eine massig und klein, die andere groß und schlank: Sylvie und Callum, die sich einmal mehr wild gestikulierend streiten. Emma hört sie sogar von der anderen Straßenseite aus, und als sie das Rad näher heranrollt, kann sie Callums verzerrtes Gesicht und Jasmine auf dem Rücksitz erkennen, die in dem Versuch, den Lärm zu ignorieren, in ein Bilderbuch starrt. Emma klopft an die Scheibe, und Jasmine schaut hoch, den breiten Mund zu einem Grinsen verzogen, so dass winzige, weiße Zähne sichtbar werden, und sie reckt sich ihr trotz Sicherheitsgurt entgegen.

Durchs Fenster nicken Emma und Callum sich zu. Die Etikette von Untreue, Trennung und Scheidung haben etwas von Kindergarten, aber Loyalitäten sind erklärt und Feindschaften geschworen worden, und Emma darf nicht mehr mit Callum sprechen, obwohl sie ihn seit fast 20 Jahren kennt. Was die Ex-Frau anbelangt, Sylvie und Emma haben sich auf einen freundlichen, unbeschwerten Ton geeinigt, trotzdem scheint die gegenseitige Abneigung durch wie ein Hitzeflimmern.

»Sorry!«, sagt Sylvie und streckt die langen Beine aus dem Wagen, »nur eine kleine Meinungsverschiedenheit darüber, wie viel Gepäck wir mitnehmen!«

»Urlaub kann stressig sein«, bemerkt Emma nichtssagend. Jasmine wird aus dem Kindersitz genommen, klettert auf Emmas Arm, schmiegt ihr das Gesicht an den Hals und schlingt ihr die dünnen Beinchen um die Taille. Emma lächelt verlegen, als wolle sie sagen »Was kann ich dafür?«, und Sylvie lächelt zurück, so steif und unnatürlich, dass es eine Überraschung ist, dass sie nicht die Finger zur Hilfe nehmen muss.

»Wo ist Daddy?«, fragt Jasmine an Emmas Hals.

»Bei der Arbeit, er kommt bald nach Hause.«

Emma und Sylvie lächeln sich weiter an.

»Und, wie läufts?«, fragt Sylvie schließlich. »Das Café?«

»Gut, wirklich gut.«

»Tja, schade, dass ich ihn verpasse. Grüß ihn von mir.«

Wieder Schweigen. Callum lässt den Wagen an, um sie zur Eile anzutreiben.

»Möchtet ihr reinkommen?«, fragt Emma, obwohl sie die Antwort kennt.

»Nein, wir fahren besser los.«

»Wohin gehts noch mal?«

»Mexiko.«

»Mexiko. Wie schön.«

»Warst du mal da?«

»Nein, aber ich habe mal in einem mexikanischen Restaurant gearbeitet.«

Sylvie schnalzt tatsächlich missbilligend mit der Zunge, und Callum schreit vom Vordersitz: »Jetzt komm schon! Ich will nicht im Stau steckenbleiben!«

Jasmine wird für das Abschiedsküsschen, das obligatorische »Sei brav« und »Nicht zu viel Fernsehen« zurück ins Auto gereicht, und diskret trägt Emma Jasmines Gepäck ins Haus, einen bonbonrosafarbenen Plastikkoffer mit Rollen und einen Rucksack in Pandaform. Als Emma zurückkommt, steht Jasmine etwas steif auf dem Gehsteig und wartet, einen Stapel Bilderbücher an die Brust gedrückt. Sie ist hübsch, makellos und ein bisschen schwermütig, ganz die Tochter ihrer Mutter, das absolute Gegenteil von Emma.

»Wir müssen los. Das Einchecken ist ein Alptraum.« Sylvie zieht die langen Beine in den Wagen wie ein Taschenmesser. Callum hat den Blick starr geradeaus gerichtet.

»So. Dann genießt Mexiko. Viel Spaß beim Schnorcheln.«

»Nicht Schnorcheln, Tauchen. Schnorcheln ist was für Kinder«, sagt Sylvie unbeabsichtigt schroff.

Emma ist eingeschnappt. »Wie konnte ich das verwechseln. Tauchen! Dann geh mal nicht unter!« Sylvie zieht die Augenbrauen hoch, ihr Mund bildet ein vollkommenes »O«, aber was kann Emma sagen, um es wiedergutzumachen? *Das war mein Ernst, Sylvie, geh nicht unter, ich will nicht, dass du ertrinkst?* Zu spät, das Kind ist in den Brunnen gefallen, die Illusion von Schwesterlichkeit dahin. Sylvie drückt Jasmine einen Kuss aufs Haar, knallt die Tür zu und ist weg.

Emma und Jasmine bleiben stehen und winken.

»Und, Min, dein Dad ist nicht vor sechs zurück. Was willst du unternehmen?«

»Weiß nicht.«

»Es ist noch früh. Sollen wir in den Zoo gehen?«

Jasmine nickt heftig. Emma hat eine Familienkarte für den Zoo, und sie geht ins Haus, um sich für einen weiteren Nachmittag mit der Tochter einer anderen Frau fertig zu machen.

Die ehemalige Mrs Mayhew sitzt mit verschränkten Armen in dem großen, schwarzen Wagen, den Kopf an die getönte Scheibe gelehnt und die Beine unter sich gezogen, während Callum über den Verkehr auf der Euston Road flucht. Sie sprechen kaum mehr miteinander, meist schreien sie oder zischen sich an, und dieser Urlaub ist wie die anderen auch, ein Versuch, ihre Beziehung zu kitten.

Das letzte halbe Jahr war nicht gerade ein Erfolg. Callum hat sich als gemeiner Rüpel entpuppt. Was sie für Elan und Ehrgeiz gehalten hat, ist in Wirklichkeit die Weigerung, nachts nach Hause zu kommen. Sie verdächtigt ihn, Affären zu haben. Er scheint Sylvies Gegenwart in *seinem* Haus übel zu nehmen – und Jasmines Gegenwart auch: Er schreit sie an, weil sie sich nun mal wie ein Kind benimmt, oder geht ihr aus dem Weg. Er wirft ihr absurde Sprüche an den Kopf: »Quid pro quo, Jasmine, quid pro quo.« Sie ist zweieinhalb, verdammt. Dexter war trotz aller Unfähigkeit und Verantwortungslosigkeit wenigstens bemüht, manchmal zu sehr. Callum dagegen behandelt Jasmine wie einen Dienstboten, der seine Arbeit nicht korrekt ausführt. Und wo ihre Familie Dexter gegenüber zurückhaltend war, verabscheuen sie Callum ganz offen.

Immer, wenn sie ihren Ex-Mann jetzt sieht, strahlt er über das ganze Gesicht und trägt sein Glück zur Schau wie ein Sektenmitglied.

Er wirft Jasmine in die Luft, trägt sie huckepack und führt bei jeder sich bietenden Gelegenheit vor, was für ein toller Vater er geworden ist. Und dann diese Emma, von Jasmine hört man nur noch Emma-hier und Emma-da, Emma ist die allerbeste Freundin ihrer Tochter. Sie bringt bunte Karten mit aufgeklebten Nudeln mit, und wenn man sie fragt, was es darstellen soll, sagt sie, Emma, und plappert stundenlang über die gemeinsamen Zoobesuche. Anscheinend haben sie eine Familienkarte. Die unerträgliche Selbstgefälligkeit der beiden, Dex und Em, Em und Dex, er mit seinem popeligen Tante-Emma-Laden – Callum ist mittlerweile stolzer Besitzer von 48 Natural-Stuff-Filialen – und sie mit ihrem Fahrrad, der immer dicker werdenden Taille, der Studentenattitüde und der gottverdammten Ironie. Es kommt Sylvie irgendwie unheimlich und berechnend vor, dass Emma von der Patentante zur Stiefmutter aufgestiegen ist, als hätte sie nur auf eine Gelegenheit gewartet, gelauert, bereit, jederzeit zuzuschlagen. *Geh nicht unter!* Dreiste Kuh.

Neben ihr flucht Callum über den Verkehr auf der Marylebone Road, und Sylvie verspürt heftigen Neid auf das Glück der beiden und die Tatsache, dass sie einmal nicht auf der Gewinnerseite steht. Gleichzeitig ist sie traurig darüber, wie schäbig, ungnädig und boshaft ihre Gedanken sind. Schließlich hat sie Dexter verlassen und ihm das Herz gebrochen.

Callum flucht jetzt über den Verkehr auf dem Westway. Sie will bald noch einmal schwanger werden, aber wie? Vor ihr liegt eine Woche Tauchen in einem mexikanischen Luxushotel, aber sie weiß schon jetzt, dass das nicht reichen wird.

KAPITEL SIEBZEHN

großertag.doc

DIENSTAG, 15. JULI 2003

North Yorkshire

Das Ferien-Cottage sah völlig anders aus als auf den Fotos. Es war klein, finster und verströmte den typischen Ferien-Cottage-Geruch nach Lufterfrischer und muffigen Schränken. Die dicken Steinwände schienen die Winterkälte zu speichern, so dass es selbst an einem glühendheißen Julitag kühl und feucht war.

Aber das fiel nicht ins Gewicht. Es war funktional, abgeschieden, und die Aussicht auf die Moore von North Yorkshire raubte einem selbst durch die winzigen Fenster den Atem. Meistens gingen sie wandern, fuhren die Küste entlang oder besichtigten altmodische Badeorte, die Emma von Kindheitsausflügen kannte, staubige Kleinstädte, die anscheinend im Jahr 1976 stehengeblieben waren. Heute, am vierten Tag des Urlaubs, schlenderten sie in Filey über die breite Promenade, die parallel zum langen Strand verläuft, der an diesem Dienstag während des Schuljahrs noch ziemlich leer war.

»Siehst du die Stelle da drüben? Da wurde meine Schwester mal von ’nem Hund gebissen.«

»Was du nicht sagst. Welche Rasse?«

»Oh nein, langweile ich dich etwa?«

»Nur ein bisschen.«

»Tja, Pech für dich. Wir haben noch vier Tage.«

Am Nachmittag hatten sie sich eigentlich eine ehrgeizige Wanderung zu einem Wasserfall vorgenommen, die Emma am Abend zuvor geplant hatte, aber eine Stunde später standen sie auf dem Moor und starrten verständnislos auf die Karte, gaben schließlich auf, legten sich auf das ausgedörrte Heidekraut und dösten in der Sonne. Emma hatte ein Vogelbestimmungsbuch und einen unförmigen ehemaligen Armeefeldstecher mitgenommen, der so groß und schwer war wie ein Dieselmotor und den sie sich jetzt unter erheblichem Kraftaufwand vor die Augen hielt.

»Schau mal, da drüben. Ich glaube, das ist eine Kornweihe.«

»Hmmm.«

»Guck doch mal durch. Na los – da oben.«

»Interessiert mich nicht. Ich schlafe.«

»Wie kann dich das nicht interessieren? Sie ist wunderschön.«

»Ich bin noch zu jung zum Vögelbeobachten.«

Emma lachte. »Du bist echt albern, dass dus weißt.«

»Schlimm genug, dass wir wandern gehen. Demnächst hören wir noch klassische Musik.«

»Zu *cool* zum Vögelbeobachten …«

»Danach kommt Gartenarbeit, als Nächstes kaufst du dir Jeans bei Marks & Spencer, und zu guter Letzt wirst du auch noch aufs Land ziehen wollen. Dann nennen wir uns gegenseitig ›Liebling‹. Ich habe es erlebt, Em. Der Weg führt ins Verderben.«

Sie stützte sich auf einen Arm, beugte sich vor und küsste ihn. »Frisch mein Gedächtnis auf, warum heirate ich dich?«

»Noch können wir absagen.«

»Kriegen wir die Anzahlung zurück?«

»Wohl kaum.«

»Okay.« Wieder küsste sie ihn. »Lass mich drüber nachdenken.«

Die Hochzeit fand im Spätherbst statt, eine kleine, diskrete standesamtliche Trauung im November, gefolgt von einer kleinen, dezenten Feier im engsten Familien- und Freundeskreis in ihrem örtlichen Lieblingsrestaurant. Sie betonten immer wieder, es sei keine richtige Hochzeit, sondern nur eine Ausrede zum Feiern. Die selbstverfassten Ehegelübde würden weltlich gehalten, nicht allzu sentimental sein und waren noch nicht ausformuliert worden; es kam ihnen peinlich vor, sich tatsächlich gegenüberzusitzen und all diese Versprechen füreinander zu schreiben.

»Können wir nicht einfach das Gelübde benutzen, dass du für deine Ex-Frau geschrieben hast?«

»Aber du gelobst schon noch, dass du mir gehorchen wirst, oder?«

»Nur, wenn du mir gelobst, nie Golf zu spielen.«

»Und willst du meinen Nachnamen annehmen?«

»›Emma Mayhew‹. Könnte schlimmer sein, oder?«

»Nimm doch einen Doppelnamen.«

»Morley-Mayhew. Klingt wie ein idyllisches Dörfchen in den Cotswolds. ›Wir haben ein kleines Haus außerhalb von Morley-Mayhew.‹«

So behandelten sie den glücklichsten Tag ihres Lebens: flapsig, aber insgeheim voller Vorfreude.

Die Woche in Yorkshire war ihre letzte Urlaubsgelegenheit

vor dem bescheidenen, diskreten großen Tag. Emma hatte einen Abgabetermin einzuhalten, und Dexter war unwohl dabei, das Café eine ganze Woche allein zu lassen, aber wenigstens hatten sie so die Chance, bei Emmas Eltern vorbeizuschauen, was für Emmas Mutter einem Besuch aus dem Königshaus gleichkam. Auf dem Tisch lagen Servietten statt des üblichen Küchenkrepps, es gab Biscuit-Torte, und im Kühlschrank stand eine Flasche Perrier. Nach Emmas Trennung von Ian hatte es ausgesehen, als könne Sue Morley nie wieder lieben, aber sie war fast noch vernarrter in Dexter und flirtete mit seltsam überdeutlicher Stimme wie bei einer koketten Zeitansage. Pflichtbewusst flirtete Dexter zurück, während der Rest der Morley-Familie stumm zu Boden starrte und sich das Lachen verkneifen musste. Sue war das egal; für sie war es, als sei ein langgehegter Traum in Erfüllung gegangen: Ihre Tochter heiratete tatsächlich Prinz Andrew.

Wenn Emma Dexter mit den Augen ihrer Familie betrachtete, war sie stolz auf ihn: Er zwinkerte Sue zu, gab sich ihren Cousins gegenüber witzig und jungenhaft, schien ehrlich interessiert an den Koi-Karpfen ihres Vaters und den Chancen von Manchester United in der Champions League. Nur Emmas jüngere Schwester schien seinem Charme zu widerstehen und seine Aufrichtigkeit anzuzweifeln. Die geschiedene Marianne, alleinerziehende Mutter von zwei Jungen, war ständig gereizt, erschöpft und nicht in der Stimmung für eine Hochzeit. Abends unterhielten sie sich beim Geschirrspülen.

»Würde mich echt interessieren, warum Mum so komisch spricht.«

»Sie mag ihn halt.« Emma stieß ihre Schwester an. »Und du magst ihn doch auch, oder?«

»Er ist nett. Ich kann ihn gut leiden. Ich dachte nur immer, er wäre ein notorischer Frauenheld oder so.«

»Vor langer Zeit vielleicht. Jetzt nicht mehr.«

Marianne rümpfte die Nase und musste sich sichtlich eine Bemerkung über Katzen und das Mausen verkneifen.

Sie gaben die Suche nach dem Wasserfall auf und fuhren stattdessen in den örtlichen Pub, aßen Chips und spielten am Spätnachmittag ein paar ziemlich ausgeglichene Partien Poolbillard.

»Ich glaube, deine Schwester mag mich nicht besonders«, sagte Dexter und bereitete das Rack für die entscheidende Partie vor.

»Klar mag sie dich.«

»Sie hat kaum ein Wort mit mir gewechselt.«

»Sie ist bloß schüchtern und etwas schlecht drauf. So isse, mein Schwesterchen.«

Dexter lächelte. »Dein Akzent.«

»Was ist damit?«

»Er ist stärker geworden, seit wir hier oben sind.«

»Echt?«

»Sobald wir auf der M1 waren.«

»Störts dich?«

»Überhaupt nicht. Wer ist mit dem Break dran?«

Emma gewann das Spiel, und dank dem Bier auf nüchternen Magen gingen sie in angeheiterter, liebevoller Stimmung im Abendlicht zurück zum Cottage. Weil Emma auch in den Ferien arbeiten musste, hatten sie vorgehabt, die Tage zusammen zu verbringen, damit Emma abends schreiben konnte, aber der Urlaub fiel genau in die fruchtbare Zeit von Emmas Zyklus, ein Umstand, den sie voll ausnutzen mussten. »Was denn, schon wieder?«, murmelte Dexter, als Emma die Tür zumachte und ihn küsste.

»Nur, wenn du willst.«

»Schon. Ich fühle mich nur ein bisschen wie ein … Zuchthengst oder so.«

»Oh, bist du. Bist du.«

Gegen neun Uhr lag Emma schlafend in dem großen, unbequemen Bett. Draußen war es noch hell, und Dexter lauschte eine Weile ihren Atemzügen und betrachtete durch das kleine Schlafzimmerfenster den Ausschnitt violetten Moors. Rastlos stand er auf, zog sich etwas über und ging leise in die Küche hinunter, wo er sich ein Glas Wein gönnte und überlegte, was sie tun sollten. Dexter, der an nichts Unzivilisierteres als Oxfordshire gewöhnt war, schlug die Abgeschiedenheit aufs Gemüt. Dass er vergeblich auf eine Breitbandverbindung gehofft hatte, war das eine, aber in der Broschüre war sogar stolz darauf hingewiesen worden, dass es keinen Fernseher gab, und die Stille machte ihn nervös. Er wählte ein paar Songs von Thelonious Monk auf seinem MP3-Spieler aus – neuerdings hörte er viel Jazz –, ließ sich aufs Sofa plumpsen, von dem prompt ein Staubwölkchen aufstieg, und nahm ein Buch zur Hand. Halb im Scherz hatte Emma ihm *Sturmhöhe* für den Urlaub gekauft, aber er fand die Schwarte ziemlich ungenießbar, holte sich stattdessen den Laptop, öffnete ihn und starrte den Bildschirm an.

In dem Ordner »Eigene Dateien« gab es einen Unterordner mit dem Titel »Vermischtes«, in dem sich eine Datei mit nur 40 KB namens »großertag.doc« befand: seine Bräutigamsrede. Das Grauen seiner schwachsinnigen, unzusammenhängenden, halb improvisierten Rede bei der letzten Hochzeit war ihm noch in lebhafter Erinnerung, und er war entschlossen, diesmal alles richtig zu machen und rechtzeitig anzufangen.

Bis jetzt gestaltete sich der Text folgendermaßen:

Meine Bräutigamsrede

Nach einer stürmischen Romanze! etc.

Wie wir uns kennengelernt haben. An derselben Uni, kannten uns aber nicht. War mir aufgefallen. Ständig sauer über irgendwas, grausame Frisur. Fotos zeigen? Dachte, ich bin obercool. Latzhosen, oder doch nur Einbildung. Schließlich kennengelernt. Hat Dad Faschist genannt.

Beste Freunde, mit kleinen Unterbrechungen. Ich Idiot. Manchmal sieht man Wald vor lauter Bäumen nicht. (abgedroschen)

Wie Em beschreiben? Viele Eigenschaften. Witzig. Intelligent. Gute Tänzerin, wenn sie mal tanzt, aber grauenhafte Köchin. Musikgeschmack.

Wir streiten. Können aber immer reden, lachen. Ist wunderschön, sich dessen aber oft nicht bewusst, etc. pp. Kann gut mit Jas umgehen, kommt sogar mit Ex-Frau klar! Ho ho ha. Alle mögen sie.

Uns aus den Augen verloren. Sache mit Paris.

Endlich zusammen, nach fast 15 Jahren stürmischer Romanze, endlich ergibt alles Sinn. Alle Freunde meinen, habs dir ja gesagt. Glücklich wie nie.

Pause, während Hochzeitsgesellschaft geschlossen reihert.

Erste Ehe erwähnen. Diesmal alles richtig machen. Dank den Kellnern. Dank an Sue und Jim für Willkommen in Familie. Komme mir vor wie Nordengländer ehrenhalber, Witze einstreuen usw. Telegramme? Abwesende Freunde. Schade, dass Mum nicht da. Hätte sich gefreut. Endlich!

Ein Hoch auf meine wunderschöne Frau bla-di-bla-di-bla-bla-bla-bla-bla.

Es war ein Anfang, das Grundgerüst war da. Er machte sich ernsthaft an die Arbeit, änderte die Schriftart von Courier zu Arial zu Times New Roman und wieder zurück, setzte alles kursiv, zählte die Wörter und stellte die Absätze und den Rand neu ein, damit es nach mehr aussah.

Schließlich übte er die Rede laut, benutzte die Stichwörter als Grundlage und versuchte, die Gewandtheit aus Fernsehtagen wiederzugewinnen.

»Vielen Dank, dass ihr so zahlreich erschienen seid …«

Als er über sich die Dielen knarren hörte, klappte er hastig das Notebook zu, ließ es verstohlen unterm Sofa verschwinden und griff nach *Sturmhöhe.*

Nackt und verschlafen kam Emma die Treppe herunter, blieb auf halber Höhe stehen, setzte sich hin und schlang die Arme um die Knie. Sie gähnte. »Wie spät ist es?«

»Viertel vor zehn. Praktisch mitten in der Nacht, Em.«

Wieder gähnte sie. »Du hast mich geschafft.« Sie lachte. »Du Hengst.«

»Zieh dir was an, ja?«

»Was machst du da überhaupt?« Er hielt *Sturmhöhe* hoch, und Emma lächelte. »›Ich kann nicht ohne mein Leben leben! Ich kann nicht ohne meine Seele leben!‹ Oder war es ›ohne mein Leben lieben‹? Oder ›ohne meine Liebe leben‹? Habs vergessen.«

»Da bin ich noch nicht. Im Moment schwafelt noch diese Tussi namens Nelly rum.«

»Es wird besser, versprochen.«

»Warum noch mal gibts hier keinen Fernseher?«

»Weil wir uns selbst unterhalten sollen. Komm zurück ins Bett und rede mit mir.«

Er stand auf, ging zur Treppe, beugte sie über das Geländer und küsste sie. »Versprich, dass du mich nicht wieder zum Sex nötigst.«

»Und was sollen wir stattdessen tun?«

»Es mag komisch klingen«, sagt er und sah verlegen drein, »aber ich hätte nichts gegen eine Partie Scrabble.«

KAPITEL ACHTZEHN

Die Mitte

DONNERSTAG, 15. JULI 2004

Belsize Park

Etwas Merkwürdiges ging mit Dexters Gesicht vor sich.

Drahtige, schwarze Haare wuchsen ihm oben auf den Wangen, während sich gleichzeitig in seinen Augenbrauen vereinzelte lange graue Haare zeigten. Als wäre das nicht genug, tauchte auf den Ohren rings um den Gehörgang und unten an den Ohrläppchen ein feiner, heller Flaum auf: Haare, die über Nacht zu sprießen schienen wie Kresse und keinem anderen Zweck dienten, als darauf aufmerksam zu machen, dass er sich den mittleren Jahren näherte. In den mittleren Jahren war.

Dann gab es noch die Geheimratsecken, die nach dem Duschen besonders auffällig waren: Zwei parallele kahle Stellen, die immer breiter wurden und ihm die Stirn hochkrochen, und wenn sie sich eines Tages trafen, wäre alles vorbei. Er trocknete sich das Haar mit einem Handtuch ab und strich es sich mit den Fingerspitzen zurecht, bis die kahlen Stellen bedeckt waren.

Auch mit Dexters Hals ging etwas Merkwürdiges vor sich. Die Haut unter dem Kinn erschlaffte, er bekam eine Art Hautfalte unter dem Kinn, sein Schwabbelkinn, wie ein fleischfarbener Rollkragenpulli. Nackt stand er vor dem Badezimmerspiegel und legte sich die Hand auf den Hals, als wolle er ihn wieder in Form pressen. Es war, wie in einem baufälligen Haus zu wohnen – jeden Morgen wachte er auf und überprüfte, ob über Nacht neue Risse entstanden oder etwas abgesackt war. Das Fleisch wurde immer schlaffer, das typische Aussehen von Leuten, deren Muckibuden-Mitgliedschaft schon ewig abgelaufen ist. Er bekam einen Bauchansatz, und das Merkwürdigste überhaupt ging mit seinen Brustwarzen vor sich. Es gab Kleidungsstücke, die er überhaupt nicht mehr tragen mochte, wie eng anliegende Hemden oder gerippte Wolloberteile, denn dann zeichneten sie sich ab, mädchenhaft und abstoßend, wie Nacktschnecken. Außerdem sah er in Kleidungsstücken mit Kapuze absurd aus, und erst letzte Woche hatte er sich dabei ertappt, dass er wie gebannt der *Fragestunde für Gärtner* im Radio gelauscht hatte. In zwei Wochen wurde er 40.

Er schüttelte den Kopf und sagte sich, alles sei halb so wild. Wenn er sich schnell zum Spiegel umwandte, den Kopf leicht drehte und die Luft anhielt, ging er immer noch für, was, 37?, durch. Er war noch eitel genug, um zu wissen, dass er ein ungewöhnlich gutaussehender Mann war, aber niemand bezeichnete ihn mehr als schön, dabei war er immer davon ausgegangen, er würde besser altern. Genauer genommen hatte er gehofft, wie ein Filmstar zu altern: drahtig, elegant, mit Adlernase und grauen Schläfen. Stattdessen alterte er wie ein TV-Moderator. Ein Ex-TV-Moderator. Ein zweimal verheirateter Ex-TV-Moderator, der zu viel Käse isst.

Emma kam nackt aus dem Schlafzimmer, und er fing an,

sich die Zähne zu putzen, noch so ein Fimmel von ihm: Er hatte das Gefühl, sein Mund sei alt und würde nie mehr richtig sauber werden.

»Ich werde fett«, murmelt er mit Schaum im Mund.

»Ach was«, wiegelte sie schwach ab.

»Wohl – guck doch.«

»Dann iss nicht so viel Käse«, sagte sie.

»Du hast doch gesagt, ich bin nicht fett.«

»Wenn du dich fett fühlst, bist dus.«

»Und so viel Käse esse ich gar nicht. Mein Stoffwechsel verlangsamt sich, das ist alles.«

»Dann treib doch Sport. Geh wieder ins Fitnessstudio. Komm mit mir schwimmen.«

»Wann denn?« Als er die Zahnbürste aus dem Mund nahm, küsste sie ihn zum Trost. »Guck mich an, ich bin ein Wrack«, murmelte er.

»Wie gesagt, Liebling, ich finde deine Brüste wunderschön«, sagte sie lachend, piekste ihn ins Hinterteil und ging unter die Dusche. Er spülte sich den Mund aus, setzte sich auf den Badezimmerstuhl und beobachtete sie.

»Wir sollten uns das Haus heute Nachmittag mal ansehen.«

Unter der Dusche stöhnte Emma auf. »Muss das sein?«

»Also, ich weiß nicht, wie wir sonst ein ...«

»Na gut. Okay! Wir gucken uns das Haus an.«

Sie duschte weiter mit dem Rücken zu ihm, er stand auf und ging ins Schlafzimmer, um sich umzuziehen. Beide waren wieder einmal schnell gereizt und streitlustig, was an der stressigen Haussuche liegen musste, wie er sich sagte. Die Wohnung war schon verkauft, und der Großteil ihrer Sachen war in einem Lager untergebracht, damit sie überhaupt Platz hatten. Wenn sie nicht bald etwas fanden, würden sie sich etwas mieten müssen, und das brachte Anspannung und Sorgen mit sich.

Aber er wusste, da war noch etwas anderes im Busch, und tatsächlich, als Emma die Zeitung las und darauf wartete, dass der Wasserkessel heiß wurde, sagte sie plötzlich:

»Ich habe gerade meine Periode bekommen.«

»Wann?«, fragte er.

»Gerade eben«, sagte sie betont ruhig. »Ich habe es schon vorhin gemerkt.«

»Na ja«, sagte er, und mit dem Rücken zu ihm machte Emma den Kaffee.

Er stand auf, schlang ihr die Arme um die Taille und küsste sie auf den Nacken, der noch feucht von der Dusche war. Sie sah nicht auf. »Egal. Wir versuchen es einfach weiter, ja?«, sagte er und stand eine Weile hinter ihr, das Kinn auf ihre Schulter gelegt. Es war eine gewinnende, aber unbequeme Haltung, und als sie umblätterte, nahm er das als Anlass, zum Tisch zu gehen.

Sie setzten sich hin und lasen, Emma den Nachrichten- und Dexter den Sportteil, beide angespannt und gereizt, während Emma auf nervtötende Art den Kopf schüttelte und missbilligend mit der Zunge schnalzte, wie sie es manchmal tat. Die Butler-Untersuchung über die Ursachen des Irakkrieges beherrschte die Schlagzeilen, und er wusste, dass ihr ein Kommentar zum politischen Tagesgeschehen auf der Zunge lag. Er konzentrierte sich auf die Neuigkeiten aus Wimbledon, aber –

»Das ist doch krank, oder? Es herrscht Krieg, und buchstäblich keiner protestiert? Ich meine, man würde doch erwarten, dass es zumindest Demonstrationen gibt, oder nicht?«

Ihr Tonfall ärgerte ihn besonders. Den hatte sie schon vor Jahren benutzt: ihre Studentinnenstimme, überlegen und selbstgerecht. Dexter gab ein unverbindliches Grunzen von sich, weder ablehnend noch zustimmend, in der Hoffnung, dass das genügen würde. Eine Pause entstand, es wurde umgeblättert.

»Man sollte doch meinen, es gäbe eine Protestbewegung wie bei Vietnam, aber nichts. Nur eine Demo, dann haben alle die Achseln gezuckt und sind nach Hause gegangen. Nicht mal die Studenten gehen auf die Barrikaden!«

»Was haben denn die Studenten damit zu tun?«, fragte er, zurückhaltend, wie er fand.

»Das ist doch Tradition, oder? Dass sich Studenten politisch engagieren. Wenn wir noch Studenten wären, würden wir protestieren.« Sie wandte sich wieder der Zeitung zu. »*Ich* zumindest.«

Sie provozierte ihn. Gut, wenn sie es so wollte. »Und warum tust dus dann nicht?«

Sie sah ihn scharf an. »Was?«

»Protestieren. Wenn es dir so wichtig ist.«

»Das ist es ja gerade. Vielleicht sollte ich das! Genau das meine ich! Wenn es eine organisierte Bewegung gäbe …«

Er las weiter, entschlossen, es zu ignorieren, was ihm aber nicht gelang. »Vielleicht ist es den Leuten einfach egal.«

»Was?« Ihre Augen verengten sich.

»Der Krieg. Ich meine, wenn alle sich darüber aufregen würden, gäbs Proteste, aber vielleicht sind die Leute ja froh darüber, dass Saddam jetzt weg ist. Ich weiß nicht, ob es dir aufgefallen ist, Em, aber er war kein sehr netter Mensch …«

»Man kann froh sein, dass er weg ist, und trotzdem gegen den Krieg sein.«

»Sag ich ja. Es ist nicht eindeutig, oder?«

»Was, du glaubst, es ist ein *ziemlich* gerechter Krieg?«

»*Ich* nicht unbedingt. Die Leute.«

»Aber was ist mit dir?« Sie faltete die Zeitung zusammen, und er begann, sich extrem unwohl zu fühlen. »Was hältst du davon?«

»Was ich davon halte?«

»Was hältst du davon?«

Er seufzte. Zu spät, es gab kein Zurück mehr. »Ich finde es einfach ein starkes Stück, dass die Linken gegen den Krieg waren, obwohl Saddam genau die Leute ermordet hat, die die Linke hätte unterstützen sollen.«

»Wen zum Beispiel?«

»Gewerkschaftler, Feministinnen. Homosexuelle.« Sollte er auch die Kurden nennen? War das richtig? Er beschloss, es zu riskieren. »Die Kurden!«

Emma schnaubte selbstgerecht. »Ach, du glaubst also, wir ziehen in den Krieg, um Gewerkschaftler zu beschützen? Du glaubst, Bush ist im Irak eingefallen, weil er um die leidenden Frauen besorgt war? Oder die Schwulen?«

»Ich sage nur, dass der Anti-Kriegs-Marsch moralisch glaubwürdiger gewesen wäre, wenn dieselben Leute vorher gegen das irakische Regime protestiert hätten! Sie haben gegen die Apartheid protestiert, warum nicht auch gegen den Irak?«

»... und den Iran? Und China und Russland und Nordkorea und Saudi-Arabien! Man kann doch nicht gegen jeden protestieren.«

»Und warum nicht? Hast du früher schließlich auch getan!«

»Darum gehts doch jetzt nicht!«

»Wirklich nicht? Als ich dich kennengelernt habe, hast du *alles* boykottiert. Du konntest kein beschissenes Mars essen, ohne einen Vortrag über persönliche Verantwortung zu halten. Es ist nicht meine Schuld, dass du apathisch geworden bist ...«

Mit einem leicht selbstzufriedenen Grinsen wandte er sich wieder dem albernen Sportteil zu, und Emma fühlte, wie sie rot wurde. »Ich bin doch nicht … Lenk nicht vom Thema ab! Der Punkt ist, es ist albern, zu behaupten, in dem Krieg gehe es um Menschenrechte, Massenvernichtungswaffen oder Ähnliches. Es geht nur um eine einzige Sache …«

Er stöhnte auf. Jetzt kam es: Sie würde »Öl« sagen. Bitte, bitte, sag nicht »Öl« …

»… und die hat mit Menschenrechten nicht das Geringste zu tun. Es geht einzig und allein ums Öl!«

»Und ist das nicht ein ziemlich guter Grund?«, sagte er, stand auf und schob den Stuhl mit Absicht geräuschvoll zurück. »Oder benutzt du kein Öl, Em?«

Er fand, die letzte Bemerkung hätte ein gutes Schlusswort abgegeben, aber es war schwierig, in der Junggesellenwohnung, die ihm plötzlich zu klein, unordentlich und schäbig vorkam, einem Streit aus dem Weg zu gehen. Eine so blöde Bemerkung würde Emma ihm mit Sicherheit nicht durchgehen lassen. Sie folgte ihm in den Flur, da erwartete er sie schon und ging so heftig auf sie los, dass beide überrascht waren.

»Ich sage dir, worum es *wirklich* geht. Du hast deine Periode gekriegt, bist sauer und lässt deine Wut an mir aus! Aber ich kann es nicht leiden, wenn man mir schon beim Frühstück eine Gardinenpredigt hält!«

»Ich halte dir keine *Gardinenpredigt* …«

»Dann streitest du eben …«

»Wir streiten nicht, wir diskutieren …«

»Ach ja? Also, ich streite mich …«

»Jetzt beruhige dich mal, Dex …«

»Der Krieg war nicht meine Idee, Em! Ich habe die Invasion nicht angeordnet, und es ist mir nun mal nicht so wichtig wie dir. Vielleicht sollte er es sein, vielleicht wird er es irgendwann, aber im Moment ist es einfach nicht so. Keine Ahnung, warum, vielleicht bin ich ja zu *blöd* oder so …«

Emma sah erschrocken aus. »Wie kommst du darauf? Ich habe nicht gesagt, dass du …«

»Aber du behandelst mich so. Als wäre ich ein rechtes Schwein, nur weil ich keine Binsenweisheiten über den Krieg von mir gebe. Ich schwör dir, ich habs satt, mir auf Dinnerpartys Sachen anzuhören wie ›Es geht doch nur ums Öl‹! Vielleicht stimmt das, na und? Entweder man protestiert dagegen und benutzt kein Öl mehr, oder man nimmt es hin und hält die Klappe!«

»Wag es ja nicht, mir …«

»Tu ich nicht! Ich hab doch nicht … ach, vergiss es einfach.«

Er quetschte sich an ihrem gottverdammten Fahrrad vorbei, das in *seinem* Flur herumstand, und ging ins Schlafzimmer. Die Jalousien waren noch nicht hochgezogen, das Bett noch nicht gemacht, feuchte Handtücher lagen auf dem Boden, der muffige Geruch von letzter Nacht hing noch in der Luft. Er suchte in der Dunkelheit nach den Schlüsseln. Mit unerträglich besorgtem Gesicht beobachtete Emma ihn vom Türrahmen aus, und er wollte sie nicht ansehen.

»Warum ist es dir so peinlich, über Politik zu diskutieren?«, fragte sie ruhig, als wäre er ein Kind mit einem Wutanfall.

»Es ist mir nicht peinlich, es … langweilt mich nur.« Er wühlte im Wäschekorb, zog abgelegte Kleider heraus und durchsuchte Hosentaschen nach den Schlüsseln. »Ich finde Politik öde – so, da hast dus. Jetzt ist es raus!«

»Wirklich?«

»Ja, wirklich!«

»Schon an der Uni?«

»Besonders da! Ich hab nur interessiert getan, weil man das halt gemacht hat. Um zwei Uhr morgens habe ich dagesessen, mir Joni Mitchell und das Geschwafel von irgend 'nem Penner angehört, über Apartheid, Atomwaffen oder die Ausbeutung von Frauen, und ich hab gedacht, Mann, ist das öde, können wir nicht über, keine Ahnung, Familie, Musik, Sex, Menschen oder so reden ...«

»Aber bei Politik *gehts* um Menschen!«

»Was soll das *bedeuten*, Em? Das bedeutet doch gar nichts, das ist doch nur Gelaber ...«

»Es bedeutet, dass wir über viele Dinge geredet haben!«

»Ach ja? Ich erinnere mich nur, dass in jenen goldenen Tagen alle angegeben haben, besonders die Männer, die über Feminismus geschwafelt haben, nur um ein Mädchen ins Bett zu kriegen. Nichts als dämliche Plattitüden: Ist Mr Mandela nicht nett, ist Atomkrieg nicht doof, und ist es nicht scheiße, dass einige Menschen nicht genug zu essen haben ...«

»*So was* hat keiner gesagt!«

»... und heute ist es genau dasselbe, nur die Plattitüden haben sich geändert. Heute gehts um globale Erwärmung, und hat Blair nicht Mist gebaut!«

»Bist du nicht derselben Meinung?«

»*Doch!* Bin ich! Ich fänds nur erfrischend, wenn jemand, irgendjemand aus unserem Bekanntenkreis mal sagen würde, so blöd ist Bush auch wieder nicht, und zum Glück bietet jemand diesem faschistischen Diktator endlich mal die Stirn, und übrigens, ich finde mein dickes Auto geil. Er hätte vielleicht Unrecht, aber wenigstens gäbs was zu reden! Wenigstens würden sich dann nicht immer alle auf die Schulter klopfen, wenigstens wäre es eine Abwechslung von all den Massenvernichtungswaffen, Schulen und den Scheiß-*Immobilienpreisen*.«

»Du redest doch auch über Immobilienpreise!«

»Ich weiß! Manchmal kotze ich mich schon selbst an!« Sein Geschrei hallte nach, als er die schmutzige Wäsche an die Wand warf, und dann standen beide im dunklen Schlafzimmer mit den heruntergelassenen Jalousien und dem muffigen, ungemachten Bett.

»Langweile ich dich?«, fragte sie leise.

»Sei nicht albern! Das habe ich nicht gesagt.« Plötzlich ausgelaugt, setzte er sich auf das Bett.

»Stimmt es denn?«

»Nein. Komm, lass uns von was anderem reden.«

»Worüber willst du denn reden?«, fragte sie.

Zusammengesunken saß er auf der Matratze, hielt sich beide Hände vors Gesicht und atmete tief aus. »Wir versuchen es doch erst seit achtzehn Monaten, Em.«

»Seit zwei Jahren.«

»Dann eben zwei Jahre. Ich kann nur diese Art, wie du mich ansiehst, nicht mehr ertragen.«

»Wie denn?«

»Als gäbst du mir die Schuld dafür, dass es nicht klappt.«

»Tu ich doch gar nicht!«

»So fühlt es sich aber an.«

»Dann entschuldige. Ich bin nur ... enttäuscht. Ich wünsche es mir einfach so sehr.«

»Ich doch auch!«

»Wirklich?«

Er sah verletzt aus. »Natürlich!«

»Am Anfang schien es nicht so.«

»Nun, jetzt aber schon. Ich liebe dich. Das weißt du doch.«

Sie ging zu ihm, und eine Weile saßen sie mit gebeugten Schultern schweigend da und hielten Händchen.

»Komm her«, sagte sie, ließ sich auf die Matratze fallen, und er tat es ihr gleich, so dass ihre Beine über den Rand der

Matratze baumelten. Ein trüber Lichtstrahl schien durch die Jalousien.

»Tut mir leid, dass ich es an dir ausgelassen habe«, sagte sie. »Mir tut leid, dass ich … ach, keine Ahnung.«

Sie nahm seine Hand und presste sie sich an die Lippen. »Weißt du. Ich finde, wir sollten uns durchchecken lassen. In einer Klinik oder so. Beide.«

»Es ist alles in Ordnung mit uns.«

»Ich weiß, wir lassen es uns nur noch mal bestätigen.«

»Zwei Jahre sind nicht lang. Warum warten wir nicht noch sechs Monate?«

»Ich glaube nicht, dass ich noch mal sechs Monate durchhalte.«

»Du bist verrückt.«

»Ich werde im April 39, Dex.«

»Und ich in zwei Wochen 40!«

»Eben drum.«

Er atmete langsam aus und sah Bilder von Reagenzgläsern vor sich. Triste Kabinen, Krankenschwestern, die sich mit einem Ruck Gummihandschuhe anzogen. Magazine. »Na gut. Wir lassen uns *durchchecken.*« Er drehte sich zu ihr um. »Aber was ist mit den Wartelisten?«

Sie seufzte. »Ich schätze, wir müssen uns wohl, keine Ahnung, eine Privatklinik suchen.«

Kurz darauf sagte er: »Unglaublich! Ich hätte nie erwartet, das aus deinem Mund zu hören.«

»Nein, ich auch nicht«, sagte sie. »Ich auch nicht.«

Nachdem sie einen zerbrechlichen Frieden geschlossen hatten, machte er sich für die Arbeit fertig. Dank dem absurden Streit würde er zu spät kommen, aber die Geschäfte im Belleville Café liefen mittlerweile recht reibungslos. Er hatte eine scharfsinnige, zuverlässige Geschäftsführerin namens Maddy eingestellt, mit der er eine gute Geschäftsbeziehung pflegte und hin und wieder ein bisschen flirtete, und musste deshalb morgens nicht mehr aufschließen. Emma begleitete ihn nach unten, und gemeinsam gingen sie in den düsteren, unbestimmten Tag hinaus.

»Und wo ist dieses Haus jetzt?«

»In Kilburn. Ich schick dir die Adresse. Sieht hübsch aus. Auf dem Foto.«

»Auf den Fotos sehen sie alle hübsch aus«, murmelte sie und hörte, wie trotzig und übellaunig ihre Stimme klang. Dexter ignorierte die Bemerkung, und es dauerte ein Weilchen, bevor sie sich in der Lage fühlte, ihm die Arme um die Taille zu schlingen und ihn an sich zu ziehen. »Wir sind heute nicht sehr gut drauf, was? Ich zumindest nicht. Tut mit leid.«

»Schon okay. Wir bleiben heute zu Hause, du und ich. Ich koche das Abendessen, oder wir gehen aus. Ins Kino oder so.« Er schmiegte das Gesicht an ihr Haar. »Ich liebe dich – und wir kriegen das schon hin!«

Stumm stand Emma an der Türschwelle. Das Vernünftigste wäre, ihm zu sagen, dass sie ihn auch liebte, aber sie zog es vor, noch ein bisschen Trübsal zu blasen. Sie beschloss, bis zum Mittagessen zu schmollen und es abends wiedergutzumachen. Wenn es aufklarte, konnten sie sich auf den Primrose Hill setzen wie früher. *Das Wichtigste ist, dass er da ist und alles wieder gut sein wird*.

»Du solltest gehen«, murmelte sie an seine Schulter, »du kommst noch zu spät zu *Maddy*.«

»Hör auf.«

Grinsend sah sie zu ihm auf. »Heute Abend habe ich bessere Laune.«

»Wir tun irgendwas, was Spaß macht.«
»Spaß.«
»Wir haben doch noch Spaß, oder?«
»Natürlich«, sagte sie und küsste ihn zum Abschied.

Und Spaß hatten sie wirklich, allerdings auf andere Art als früher. Sehnsucht, Seelenqualen und Leidenschaft waren ruhigeren Gefühlen wie Freude, Zufriedenheit und gelegentlicher Gereiztheit gewichen, und alles in allem war das gut so; es hatte zwar schon euphorischere Momente in ihrem Leben gegeben, aber noch nie eine Zeit, in der alles so beständig war.

Manchmal fehlte ihr die Intensität, nicht nur ihrer Beziehung, sondern der Anfangszeit ihrer Freundschaft. Sie erinnerte sich, bis spät in die Nacht hinein zehnseitige Briefe geschrieben zu haben; verrückte Ergüsse voller Leidenschaft, Gefühlsduselei, kaum verhüllter Andeutungen, Ausrufezeichen und Unterstreichungen. Zeitweilig hatte sie ihm sogar täglich Postkarten geschrieben, zusätzlich zu den stundenlangen Telefongesprächen vorm Schlafengehen. Die Zeit in der Wohnung in Dalston, als sie bis Sonnenaufgang aufgeblieben waren, geredet und Platten gehört hatten, oder damals im Haus seiner Eltern, als sie am Neujahrstag im Fluss geschwommen waren, oder der Nachmittag, als sie in der verborgenen Bar in Chinatown Absinth getrunken hatten; all diese Momente und noch mehr waren in Notizbüchern und Briefen aufgeschrieben und auf zahllosen Fotos, stapelweise, haufenweise Fotos festgehalten worden. Es hatte eine Zeit gegeben, etwa Anfang der 90er, als sie an keinem Fotoautomaten vorbeigehen konnten, ohne sich hineinzuquetschen, weil die ständige Anwesenheit des anderen noch nicht selbstverständlich gewesen war.

Aber jemanden nur zu betrachten, nur dazusitzen, sich anzuschauen und zu reden, bis die Sonne aufgeht? Wer hatte heute noch die Zeit, den Willen oder die Energie, die ganze Nacht aufzubleiben und zu reden? Worüber auch? Immobilienpreise? Früher hatte sie sich nach mitternächtlichen Anrufen gesehnt; wenn heute spät in der Nacht das Telefon klingelte, dann weil es einen Unfall gegeben hatte. Und brauchten sie wirklich noch mehr Fotos, wo sie doch das Gesicht des anderen in- und auswendig kannten, Schuhkartons voll davon hatten, ein Archiv über fast zwanzig Jahre? Wer schreibt heutzutage noch lange Briefe, und was bedeutet einem noch so viel?

Sie fragte sich manchmal, was sie wohl als 22-Jährige über die heutige Emma Mayhew gedacht hätte. Würde sie sich für ichbezogen halten? Zu kompromissbereit? Eine verräterische Spießerin, die Geschmack am Eigenheimbesitz, an Auslandsreisen, Pariser Mode und teuren Frisuren gefunden hatte? Würde sie sie konventionell finden, mit dem neuen Nachnamen und der Hoffnung auf ein Familienleben? Vielleicht, aber die 22-jährige Emma Morley war auch kein Muster an Vollkommenheit gewesen: überheblich, launisch, faul, große Reden schwingend und überkritisch. Selbstmitleidig, selbstgerecht, selbstgefällig, alles, was mit »selbst« anfängt, außer selbstbewusst, die Eigenschaft, die ihr schon immer am meisten fehlte.

Nein, dies war das wahre Leben, fand sie, vielleicht war sie nicht mehr ganz so neugierig und leidenschaftlich wie früher, aber das war schließlich nicht anders zu erwarten. Es wäre unangemessen und würdelos, sich mit 38 Jahren mit der gleichen Begeisterung und Intensität in Freundschaften und Beziehungen zu stürzen wie mit 22. Sich Hals über Kopf verlieben? Gedichte schreiben, bei Popsongs flennen? Leute in Fotoautomaten zerren oder einen ganzen Tag brauchen, um eine Kassette aufzunehmen, Leute abzuschleppen, weil man Gesellschaft brauchte? Wenn man den Leuten heutzutage ein Zitat von Bob Dylan, T.S. Eliot, oder, Gott bewahre, Brecht an den Kopf warf, lächelten sie nur höflich und machten sich aus dem Staub, und wer konnte es ihnen verübeln? Mit 38 wäre es lächerlich zu erwarten, dass ein Buch oder Film das ganze Leben veränderte. Nein, jetzt hatte sich alles eingependelt und beruhigt, das Leben spielte sich vor einem beständigen Hintergrund der Behaglichkeit, Zufriedenheit und Vertrautheit ab. Es würde keine nervenaufreibenden Hochs und Tiefs mehr geben. Die Freunde, die sie jetzt hatten, würden dieselben sein wie in fünf, zehn und zwanzig Jahren. Sie erwarteten, weder beträchtlich reicher noch ärmer zu werden; sie erwarteten, noch eine Weile gesund zu bleiben. Gefangen in der Mitte: Mittelklasse, mittlere Jahre; glücklich, weil sie nicht überglücklich waren.

Endlich liebte sie jemanden und war ziemlich sicher, dass sie auch geliebt wurde. Wenn Emma manchmal auf Partys gefragt wurde, wie sie und ihr Mann sich kennengelernt hatten, sagte sie:

»Wir sind zusammen aufgewachsen.«

So gingen sie wie üblich an die Arbeit. Emma setzte sich an den Computer beim Fenster, das auf die von Bäumen gesäumte Straße hinausging, und schrieb am fünften und letzten Band der *Julie-Criscoll*-Reihe, in dem die fiktive Heldin paradoxerweise schwanger wurde und sich zwischen Mutterschaft und Universität entscheiden musste. Es lief nicht besonders; der Ton war zu düster und introspektiv, die Witze wollten nicht zünden. Sie wollte es endlich hinter sich bringen, hatte aber keine Ahnung, was sie als Nächstes schreiben sollte und wozu sie überhaupt fähig war; vielleicht ein Buch für Erwachsene, etwas Ernstes, sorgfältig Recherchiertes über den Spanischen Bürgerkrieg oder über die unmittelbare Zukunft im Stil von Margaret Atwood, etwas, das ihr jüngeres Ich respektiert und bewundert hätte. Das war zumindest ihre Vorstellung. Bis es so weit war, räumte sie erst mal die Wohnung auf, machte Tee, bezahlte Rechnungen, erledigte die Buntwäsche, steckte CDs zurück in Hüllen, machte noch einmal Tee, schaltete schließlich den Computer ein und versuchte ihn durch Anstarren gefügig zu machen.

Im Café flirtete Dexter kurz mit Maddy und setzte sich dann in den winzigen Lagerraum mit dem überwältigenden Geruch nach Käse, um die vierteljährliche Umsatzsteuererklärung zu machen. Aber die düstere Stimmung und die Schuldgefühle wegen des morgendlichen Ausbruchs belasteten ihn immer noch, und als er sich nicht mehr konzentrieren konnte, griff er zum Telefon. Sonst hatte Emma immer die Versöhnungsanrufe gemacht und die Wogen geglättet, aber in ihrer achtmonatigen Ehe hatten sich die Rollen vertauscht, und es war ihm jetzt unmöglich, irgendetwas zu tun, wenn er wusste, dass sie unglücklich war. Er wählte, stellte sich vor, wie sie am Schreibtisch saß, seinen Namen auf dem Handydisplay sah und es ausmachte. Das war ihm ohnehin lieber – es war leichter, sentimental zu sein, wenn niemand antwortete.

»Ich sitze hier an der Umsatzsteuererklärung und muss immer an dich denken, und ich wollte nur sagen, mach dir keine Sorgen. Ich habe den Hausbesichtigungstermin auf fünf Uhr gelegt. Ich simse dir Adresse, also, wer weiß. Wir werden sehen. Altbau, große Zimmer. Es hat anscheinend eine Frühstückstheke. Ich weiß, davon hast du immer geträumt. Damit wäre eigentlich alles gesagt. Außer, ich liebe dich, und mach dir keine Sorgen. Egal, worüber du dir Sorgen machst, lass es einfach. Das ist alles. Bis nachher um fünf. Hab dich lieb. Tschüss.«

Gemäß ihrer Tagesroutine arbeitete Emma bis zwei, aß zu Mittag und ging dann schwimmen. Im Juli fuhr sie manchmal zum Schwimmteich für Frauen in den Hampstead Heath Park, aber der Himmel sah bedrohlich dunkel und wolkenverhangen aus, deshalb trotzte sie tapfer den Teenagern im Hallenbad. Zwanzig Minuten lang paddelte sie unglücklich zwischen ihnen umher, während diese wie wild Bauchklatscher machten, sich gegenseitig untertauchten und flirteten, berauscht von der Freiheit am Schuljahresende. Danach saß sie in der Umkleidekabine, hörte sich Dexters Nachricht an und lächelte. Sie merkte sich die Adresse des Hauses und rief ihn zurück.

»Hi. Ich bins. Ich wollte nur sagen, ich fahre jetzt los, und ich kanns kaum erwarten, die Frühstückstheke zu sehen. Vielleicht verspäte ich mich fünf Minuten. Danke noch mal für deine Nachricht, ich wollte noch sagen … dass ich heute so bissig war, tut mir leid und das mit dem blöden Streit auch. Es hatte nichts mit dir zu tun. Bin bloß im Moment etwas gereizt. Die Hauptsache ist, dass ich dich sehr liebe. So. Da hast dus. Du Glückspilz! Ich glaube, das ist alles. Tschüss, mein Schatz. Tschüss.«

Draußen vor dem Schwimmbad hatte der Himmel sich noch mehr verfinstert, die Schleusen geöffnet, und warme, dicke, graue Regentropfen fielen. Sie verfluchte das Wetter und den nassen Fahrradsattel, machte sich auf nach Nordlondon in Richtung Kilburn und suchte sich einen improvisierten Weg durch das Labyrinth von Wohngebieten zur Lexington Road.

Es regnete jetzt heftiger, braune, ölige Großstadtregentropfen, und Emma fuhr jetzt stehend mit gesenktem Kopf, so dass sie die Bewegung in der Seitenstraße zu ihrer Linken nur verschwommen aus dem Augenwinkel wahrnahm. Es ist weniger ein Gefühl des Durch-die-Luft-Fliegens, als dass sie hochgehoben und durch die Luft geschleudert wird, und als sie am Straßenrand landet, das Gesicht auf dem nassen Gehsteig, ist ihr erster Impuls, nach ihrem Fahrrad zu suchen, das plötzlich verschwunden ist. Sie versucht, den Kopf zu bewegen, schafft es aber nicht. Sie will den Fahrradhelm abnehmen, denn Leute starren sie an, Gesichter, die auf sie herunterschauen, und sie sieht albern aus mit dem Ding, aber die Leute, die sich über sie beugen, sehen so ängstlich aus und fragen ständig, geht es Ihnen gut, geht es Ihnen gut. Jemand weint sogar, und erst jetzt wird ihr klar, dass es ihr nicht gut geht. Regentropfen fallen ihr ins Gesicht, sie blinzelt. Nun kommt sie mit Sicherheit zu spät. Dexter wartet bestimmt schon.

Zwei Bilder sieht sie sehr deutlich vor sich.

Das erste ist ein Foto von ihr als Neunjährige im roten Badeanzug am Strand, wo, hat sie vergessen, Filey oder Scarborough vielleicht. Ihre Eltern sind bei ihr, schwingen sie in Richtung Kamera, sonnenverbrannt und lachend. Dann sieht sie Dexter vor sich, der auf den Stufen des neuen Hauses vor dem Regen Schutz sucht und ungeduldig auf die Uhr schaut; er wird sich fragen, wo ich bleibe, denkt sie. Er wird sich Sorgen machen.

Dann stirbt Emma Mayhew, und all ihre Gedanken und Gefühle sterben mit ihr.

FÜNFTER TEIL

Drei Jahrestage

Mit philosophischer Gelassenheit verzeichnete sie die Erinnerungsdaten, wie sie im Kreislauf des Jahres vorüberzogen ... ihren eigenen Geburtstag und auch alle übrigen Tage, wie sie durch Vorfälle gekennzeichnet waren, die sie irgendwie berührt hatten. Plötzlich eines Nachmittags, als sie im Spiegel ihre Schönheit betrachtete, fuhr ihr der Gedanke durch den Kopf, dass es noch ein anderes Datum gebe, von größerer Bedeutung für sie als jene Tage: das ihres eigenen Todes, da all diese Reize verschwunden sein würden, ein Tag, der versteckt und unsichtbar unter all den andern Tagen des Jahres lag, der kein Zeichen von sich gab und keinen Laut, wenn er alljährlich an ihr vorüberzog; und war darum doch nicht weniger unentrinnbar da. Wann?

Thomas Hardy, Tess von D'Urbervilles

KAPITEL NEUNZEHN

Der Morgen danach

FREITAG, 15. JULI 1988

Rankeillor Street, Edinburgh

Als sie die Augen aufmachte, war der schlanke Junge immer noch da, saß mit dem Rücken zu ihr unsicher auf der äußersten Kante des alten Holzstuhls und zog sich so leise wie möglich die Hose an. Sie warf einen Blick auf den Radiowecker: zwanzig nach neun. Sie hatten etwa drei Stunden geschlafen, und jetzt wollte er sich davonstehlen. Sie sah zu, wie er die Hand in die Hosentasche steckte, damit das Kleingeld darin nicht klimperte, aufstand und das weiße Hemd vom Vorabend anzog. Ein letzter Blick auf den langen braunen Rücken. Wie ein junger Gott. Er sah wirklich aus wie ein junger Gott. Sie wünschte sich sehr, dass er blieb, vielleicht fast ebenso sehr, wie er abhauen wollte. Sie musste etwas sagen.

»Du willst dich doch wohl nicht klammheimlich aus dem Staub machen, oder?«

Ertappt fuhr er herum. »Ich wollte dich nicht wecken.«

»Warum nicht?«

»Du hast im Schlaf so hübsch ausgesehen.«

Beide wussten, dass es eine schwache Ausrede war. »Aha. Okay, verstehe.« Sie hörte den bedürftigen und gereizten Ton in ihrer Stimme. Lass ihn ja nicht merken, dass es dir was ausmacht, Em. Sei cool. Tu … gleichgültig.

»Ich wollte dir eine Nachricht schreiben, aber …« Er tat, als hielte er nach einem Stift Ausschau und ignorierte, dass ein Marmeladenglas voll auf dem Schreibtisch stand.

Sie hob den Kopf und stützte das Kinn auf die Hand.

»Mir egal. Du kannst abhauen, wann du willst. Schiffe, die sich in der Nacht begegnen, oder wie es so schön in dem Gedicht heißt. Sehr, wie war das Wort noch gleich … bittersüß.«

Er setzte sich auf den Stuhl und knöpfte sich das Hemd zu. »Emma?«

»Ja, Dexter?«

»Ich habe es wirklich genossen mit dir.«

»Das merkt man an der Art, wie du nach deinen Schuhen schielst.«

»Nein, im Ernst.« Dexter beugte sich vor. »Es war sehr schön, dass wir endlich mal geredet haben. Und das andere auch. Nach all der Zeit.« Er runzelte die Stirn auf der Suche nach den richtigen Worten. »Du bist wirklich, *wirklich* wunderbar, Em.«

»Ja, ja, ja …«

»Nein, wirklich.«

»Du bist auch wunderbar, und jetzt verzieh dich.« Sie schenkte ihm ein knappes Lächeln. Daraufhin marschierte er plötzlich auf sie zu, und sie hielt ihm erwartungsvoll das Gesicht entgegen, bis ihr klar wurde, dass er nach einer Socke unter dem Bett griff. Er bemerkte ihr angehobenes Gesicht.

»Socke unterm Bett«, murmelte er.

»Klar.«

Vorsichtig hockte er sich aufs Bett und sagte mit gewollt munterer Stimme, beim Sockenanziehen: »Großer Tag heute! Ich fahre nach Hause!«

»Wohin, nach London?«

»Oxfordshire. Da wohnen meine Eltern. Meistens jedenfalls.«

»Oxfordshire. Sehr hübsch«, sagte sie und war insgeheim gekränkt, wie schnell die Intimität verpufft und zu Smalltalk verkommen war. Letzte Nacht hatten sie all diese Dinge gesagt und getan, und jetzt unterhielten sie sich wie Fremde in einer Buswarteschlange. Sie hatte den Fehler gemacht, einzuschlafen und den Bann zu brechen. Wären sie wach geblieben, würden sie sich vielleicht jetzt noch küssen, stattdessen war alles vorbei, und sie sagte: »Und wie lange dauert die Fahrt? Nach Oxfordshire?«

»So sieben, acht Stunden. Mein Dad fährt ausgezeichnet.«

»Aha.«

»Und du fährst nicht zurück nach …«

»Leeds. Nein, ich bleibe den Sommer über hier. Hab ich dir doch erzählt, schon vergessen?«

»Entschuldige, ich war letzte Nacht ziemlich hacke.«

»Und damit ist der Fall für die Verteidigung abgeschlossen, hohes Gericht …«

»Es ist keine Ausrede, es ist …« Er drehte sich zu ihr um und sah sie an. »Bist du sauer auf mich, Em?«

»Em? Wer ist Em?«

»Em*ma* dann eben.«

»Ich bin nicht sauer, ich … wünschte nur, du hättest mich geweckt, anstatt dich klammheimlich verdrücken zu wollen …«

»Ich wollte dir doch eine Nachricht hinterlassen!«

»Und was sollte in der tollen Nachricht drinstehen?«

»Ich hätte geschrieben: ›Hab deine Brieftasche geklaut.‹«

Sie lachte, ein leises, kehliges Morgenlachen, und ihre Lachfältchen und die Art, wie sie die Lippen fest aufeinanderpresste, als hielte sie etwas zurück, waren so attraktiv, dass er fast bereute, sie angelogen zu haben. Er hatte nicht vor, schon mittags nach Hause zu fahren. Seine Eltern würden über Nacht bleiben, abends mit ihm essen gehen und erst am nächsten Morgen aufbrechen. Die Lüge diente bloß einer schnellen, sauberen Flucht. Aber als Dexter sich jetzt vorbeugte, um sie zu küssen, fragte er sich, ob die Täuschung irgendwie rückgängig gemacht werden konnte. Ihr Mund war weich, sie sank auf das Bett, das nach Wein, ihrem warmen Körper und Weichspüler roch, und er beschloss, dass er unbedingt in Zukunft ehrlicher sein sollte.

Sie rollte sich zur Seite. »Ich geh nur schnell aufs Klo«, sagte sie und hob seinen Arm an, um sich unter ihm durchzuzwängen. Sie stand auf, hakte zwei Finger in den Bund ihres Schlüpfers und zog ihn herunter.

»Habt ihr ein Telefon, das ich benutzen kann?«, fragte er und sah ihr nach, als sie durchs Zimmer ging.

»Im Flur. Ich fürchte, es ist ein Scherztelefon. Irrsinnig komisch. Tilly findet es zum *Brüllen*. Bedien dich. Und vergiss nicht, zehn Pence dazulassen«, und sie ging durch den Flur ins Bad.

Das Wasser lief bereits für eines der epischen, ganztägigen Sommer-Schaumbäder ihrer Mitbewohnerin. Tilly Killick erwartete sie schon im Bademantel und stierte sie durch den Dampf und das dicke rote Brillengestell an, ihr offener Mund bildet ein empörtes »O«.

»Emma Morley, stille Wasser sind tief!«

»Was?«

»Hast du etwa jemand in deinem Zimmer?«

»Vielleicht!«

»Ist das etwa …«

»Nur Dexter Mayhew!«, sagte Emma lässig, und die Mädchen lachten und lachten und lachten.

Im Flur fand Dexter das Telefon, eine täuschend echte Hamburger-Nachbildung. Er klappte das Sesambrötchen auf, lauschte dem Geflüster aus dem Badezimmer und fühlte sich gebauchpinselt, wie immer, wenn über ihn gesprochen wurde. Er schnappte Fetzen der Unterhaltung durch die Gipswand auf: *Und, habt ihr? Nein! Was habt ihr gemacht? Nur geredet und so. Und so? Was heißt das, und so? Nichts! Bleibt er zum Frühstück? Keine Ahnung. Na, sorg dafür, dass er zum Frühstück bleibt.*

Dexter behielt die Tür im Auge und wartete, bis Emma wieder auftauchte. Er wählte 123, die Nummer der Zeitansage, hielt sich das Brötchen ans Ohr und sprach in den Fleischbratling.

»*… beim nächsten Ton ist es neun Uhr zweiunddreißig und zwanzig Sekunden.*«

Beim dritten Ton zog er seine Nummer ab. »Hi, Mum, ich bins … ja, etwas angeschlagen«, er zerzauste sich das Haar mit einer seiner Meinung nach gewinnenden Geste, »… nein, ich habe bei einem Freund übernachtet …«, sagte er mit einem Blick auf Emma, die in T-Shirt und Unterhosen in der Nähe herumlungerte und so tat, als gehe sie die Post durch.

»*… beim nächsten Ton ist es neun Uhr dreiunddreißig …*«

»Hör zu, mir ist was dazwischengekommen, und ich hab mich gefragt, ob wir vielleicht morgen nach Hause fahren können statt heute? … Dann wäre auch die Fahrt einfacher für Dad … Mich störts nicht, wenns euch nicht … Ist Dad in der Nähe? Frag ihn doch einfach.«

Er richtete sich nach der Zeitansage, wartete 30 Sekunden und schenkte Emma sein gewinnendstes Lächeln. Sie lächelte zurück und dachte: netter Kerl, ändert extra für mich seine Pläne. Vielleicht hatte sie ihm ja Unrecht getan. Ja, er ist ein Idiot, aber nicht nur. Nicht immer.

Mit den Lippen formte er das Wort »Sorry!«

»Du brauchst deine Pläne nicht wegen mir zu ändern …«, wandte sie scheinbar ein.

»Nein, ich möchte es aber …«

»Wirklich, wenn du nach Hause fahren musst …«

»Schon gut, es ist besser so …«

»*Beim nächsten Ton ist es neun Uhr vierunddreißig.*«

»Es stört mich nicht, ich bin nicht beleidigt oder so …«

Er bedeutete ihr, leise zu sein. »Hi, Mum? …« Eine Pause; mach es spannend, aber übertreib nicht. »Wirklich? Okay, das ist großartig! Okay, dann bis nachher in der Wohnung! Okay, bis dann. Tschüss.« Er klappte das Brötchen zu wie ein Paar Kastagnetten, und sie standen da und grinsten sich an.

»Tolles Telefon.«

»Deprimierend, oder? Jedes Mal, wenn ich es benutze, möchte ich heulen.«

»Willst du immer noch 10 Pence?«

»Nö. Schon gut. Geht aufs Haus.«

»So!«, sagt er.

»So«, sagte Emma, »und was fangen wir jetzt mit dem Tag an?«

KAPITEL ZWANZIG

Der erste Jahrestag
Eine Feier

FREITAG, 15. JULI 2005

London und Oxfordshire

Spaß, Spaß, Spaß – Spaß ist die Antwort. Immer in Bewegung bleiben, bloß nicht innehalten, sich umsehen oder denken, der Trick ist, nicht trübsinnig zu werden, Spaß zu haben und diesen Tag, den ersten Jahrestag, als – was zu sehen? Eine Feier! Ihr Leben, die guten Zeiten und die Erinnerungen zu feiern. Das Lachen, so viel Lachen.

Mit diesem Gedanken im Hinterkopf hat er die Einwände seiner Geschäftsleiterin Maddy ignoriert, 200 Pfund aus der Kasse des Cafés genommen und drei seiner Mitarbeiter – Maddy, Jack und Pete, der nur samstags arbeitet – in die Stadt eingeladen, um diesen besonderen Tag im großen Stil zu begehen. Schließlich hätte sie es so gewollt.

Und so findet er sich an diesem St.-Swithins-Tag in einer Kellerbar in Camden wieder, den fünften Martini in der einen und eine Zigarette in der anderen Hand, warum auch nicht? Warum nicht ein bisschen Spaß haben und ihr *Leben* feiern? Das sagt er lallend zu seinen Freunden, die ihn schwach anlächeln und so zaghaft an ihren Drinks nippen, dass er schon bereut, sie eingeladen zu haben. Sie sind so spießig und langweilig, begleiten ihn von Bar zu Bar, nicht wie gute Kumpels, sondern wie Krankenpfleger, halten ihn bei Laune und sorgen dafür, dass er nicht mit Leuten zusammenstößt oder sich den Hals bricht, als er aus dem Taxi fällt. Nun, allmählich reicht es ihm. Er muss Dampf ablassen, die Sau rauslassen, das hat er sich nach dem letzten Jahr verdient. Darum schlägt er vor, dass alle in einen Club gehen, den er von einem Junggesellenabschied her kennt. Ein Stripclub.

»Ohne mich, Dex«, sagt Maddy leicht entsetzt.

»Ach, komm schon, Maddy! Warum nicht?«, sagt er und legt ihr den Arm um die Schulter. »Sie hätte es so gewollt!«, lacht er, hebt das Glas, will trinken, verfehlt aber um etliche Zentimeter den Mund, so dass ihm der Gin auf die Schuhe schwappt. »Wird bestimmt lustig!« Maddy greift nach ihrem Mantel.

»Maddy, du Spaßbremse!«, ruft er.

»Ich finde wirklich, du solltest jetzt nach Hause gehen, Dexter!«, meint Pete.

»Aber es ist doch erst kurz nach Mitternacht!«

»Gute Nacht, Dex. Bis dann.«

Er folgt Maddy zur Tür, will, dass sie Spaß hat, aber sie ist aufgebracht und hat Tränen in den Augen. »Bleib doch, trink noch was!«, verlangt er und zieht sie am Ellbogen.

»Gib auf dich acht, ja? Bitte!«

»Lass uns Jungs doch nicht alleine!«

»Ich muss. Ich muss morgen den Laden aufschließen, schon vergessen?« Sie dreht sich um und nimmt seine Hände, schrecklich mitfühlend und verständnisvoll. »Sei … vorsichtig, okay?«

Aber er will kein Mitgefühl, er will noch einen Drink,

deshalb lässt er abrupt ihre Hände los, geht zur Bar und wird außerordentlich schnell bedient, denn vor knapp einer Woche hat es Bombenanschläge auf öffentliche Verkehrsmittel gegeben. Fremde haben sich drangemacht, wahllos Menschen zu töten, und aller Tapferkeit und Courage zum Trotz hat man das Gefühl, die Stadt wäre im Belagerungszustand. Die Menschen haben Angst, auf die Straße zu gehen, deshalb hat Dexter keine Mühe, ein Taxi anzuhalten, das sie zur Farringdon Road bringt. Den Kopf an die Scheibe gelehnt, hört er, wie Pete und Jack mit den üblichen Ausflüchten einen Rückzieher machen: Es ist spät, sie müssen am nächsten Tag arbeiten. »Ich habe Frau und Kinder, wie du weißt!«, scherzt Pete; sie benehmen sich wie Geiseln, die um Freilassung betteln. Dexter merkt, wie die Feier sich auflöst, hat aber nicht die Kraft, es zu verhindern, deshalb lässt er das Taxi am King's Cross anhalten und lässt die beiden frei.

»Wieso kommst du nicht mit, Dex, Kumpel? Ja?«, sagt Jack und späht mit dümmlich besorgtem Gesicht durch die Scheibe.

»Nö, mir gehts gut.«

»Wie wärs, wenn du bei mir übernachtest?«, sagt Pete, »auf dem Sofa schläfst?«, aber Dexter weiß, dass es nicht ernst gemeint ist. Weil Pete wie gesagt Frau und Kinder hat, weshalb sollte er sich ein Monster ins Haus holen wollen, das stinkend und bewusstlos auf dem Sofa herumliegt und flennt, während seine Kinder sich für die Schule fertig machen? Trauer hat Dexter Mayhew wieder einmal in einen Idioten verwandelt, kein Grund, seine Freunde damit zu belasten. Am besten umgab er sich heute Nacht nur mit Fremden. Er winkt ihnen zum Abschied und beauftragt den Taxifahrer, ihn in eine trostlose, verlassene Seitenstraße der Farringdon Road zu Neros Nachtclub zu bringen.

Schwarze Marmorsäulen zieren die Fassade wie ein Beerdigungsinstitut. Als er aus dem Taxi stolpert, fragt er sich besorgt, ob die Türsteher ihn überhaupt hereinlassen, auch wenn er eigentlich der perfekte Gast ist: gut gekleidet und sturzbesoffen. Liebenswürdig grinst Dexter den großen Mann mit dem kahlrasierten Kopf und dem Ziegenbärtchen an, händigt ihm das Geld aus und wird durch die Tür in den Hauptraum gewunken. Er tritt in die Dunkelheit.

Vor nicht allzu langer Zeit hatte ein Besuch in einer Stripbar einen verwegenen, postmodernen Touch gehabt, augenzwinkernd und erregend zugleich. Aber heute nicht. Neros Nachtclub ähnelt eher einer Business-Class-Abflughalle aus den frühen 80ern. Das blitzende Chrom, die niedrigen schwarzen Ledersofas und Plastiktopfpflanzen verströmen eine ausgesprochen kleinstädtische Dekadenz. Ein amateurhaftes Wandgemälde wie aus einem Schulbuch, das Sklavenmädchen mit Tabletts voller Trauben zeigt, ziert den hinteren Teil des Raumes. Hier und da sprießen römische Säulen aus Styropor, und über den Raum verteilt stehen flache Podeste wie Couchtische, auf denen sich in unvorteilhaften, orangefarbenen Lichtkegeln die Stripperinnen, Tänzerinnen, Künstlerinnen in diversen Stilrichtungen zu ohrenbetäubender R-'n'-B-Musik bewegen: hier ein träger Jig, dort eine wie hypnotisiert wirkende Pantomimenummer, ein anderes Mädchen vollführt verblüffend hohe Aerobic-Kicks, und alle sind nackt, oder zumindest fast. Unter ihnen sitzen Männer, die meisten im Anzug mit gelösten Krawatten, lümmeln sich mit zurückgelehnten Köpfen in den rutschigen Sitzecken, als hätten sie sich das Genick gebrochen: seine Leute. Dexter schaut sich mit verschwimmender Sicht im Raum um und grinst dämlich, als sich Lust und Scham zu einem betäubenden Rausch vereinen. Er stolpert über die

Treppe, hält sich am schmierigen Chromgeländer fest, zupft sich die Hemdsärmel zurecht und geht zwischen den Podesten hindurch zur Bar, wo ihm eine verhärmte Frau mitteilt, dass er kein Einzelgetränk, sondern nur Wodka- oder Champagnerflaschen für 100 Pfund das Stück bestellen kann. Er lacht über diese kühne Halsabschneiderei und reicht ihr schwungvoll seine Kreditkarte, wie um sie zum Schlimmsten herauszufordern.

Er nimmt die Champagnerflasche – polnische Marke, in einem Kübel mit lauwarmem Wasser – und zwei Plastikgläser, trägt sie zu einer schwarzen Samtnische, zündet sich eine Zigarette an und fängt so richtig an, sich zu besaufen. Der »Champagner« ist zuckersüß wie Bonbons, schal und schmeckt nach Apfel, aber das ist ihm egal. Seine Freunde sind jetzt weg, und niemand kann ihm mehr das Glas wegnehmen und ihn mit Gesprächen ablenken, und nach dem dritten Glas nimmt die Zeit diese seltsam dehnbare Qualität an, vergeht langsamer oder schneller, kommt ihm für kurze Momente, wenn ihm schwarz vor Augen wird, ganz abhanden. Er steht kurz davor, einzuschlafen oder bewusstlos zu werden, als er eine Berührung am Arm spürt und sich einem dünnen Mädchen in extrem kurzem, durchsichtigem, rotem Kleid gegenübersieht, deren langes blondes Haar einen Fingerbreit über der Kopfhaut in Schwarz übergeht. »Kriege ich ein Glas Champagner?«, fragt sie und gleitet zu ihm in die Nische. Unter dem dicken Make-up hat sie sehr unreine Haut, und sie spricht mit südafrikanischem Akzent, für den er ihr ein Kompliment macht. »Wunderschöner Akzent!«, versucht er die Musik zu übertönen. Sie schnieft, rümpft die Nase und stellt sich als Barbara vor, als sei »Barbara« der erstbeste Name, der ihr in den Sinn kommt. Sie ist dürr, hat knochige Arme und kleine Brüste, die er unverhohlen anstarrt, was ihr aber nichts auszumachen scheint. Die Figur einer Balletttänzerin. »Bist du Balletttänzerin?«, fragt er, und sie schnieft und zuckt die Achseln. Er hat beschlossen, dass er Barbara wirklich, wirklich gut leiden kann.

»Und was bringt dich her?«, fragt sie routinemäßig.

»Ein Jahrestag!«, sagt er.

»Herzlichen Glückwunsch«, sagt sie geistesabwesend, schenkt sich Champagner ein und prostet ihm mit dem Plastikglas zu.

»Willst du mich nicht fragen, was für ein Jahrestag?«, sagt er, anscheinend ziemlich undeutlich, denn sie muss ihn dreimal bitten, es zu wiederholen. Vielleicht sollte er es lieber auf direkte Art versuchen. »Meine Frau hatte vor genau einem Jahr einen Unfall«, sagt er. Barbara lächelt und schaut sich nervös um, als bereue sie, sich zu ihm gesetzt zu haben. Es gehört zu ihrem Job, mit betrunkenen Gästen umzugehen, aber dieser hier ist ziemlich durch den Wind, feiert irgendeinen Unfall und jammert endlos unzusammenhängendes Zeug über irgendeinen Fahrer, der nicht aufgepasst hat, und einen Gerichtsprozess, dem sie weder folgen kann noch will.

»Soll ich für dich tanzen?«, fragt sie, um das Thema zu wechseln.

»Was?«, abrupt beugt er sich zu ihr, »was hast du gesagt?« Er hat üblen Mundgeruch und eine feuchte Aussprache.

»Ich fragte, ob ich für dich tanzen soll, dich ein bisschen aufmuntern? Du siehst aus, als könntest dus gebrauchen.«

»Jetzt nicht. Vielleicht später«, sagt er und legt ihr die Hand aufs Knie, das hart und unnachgiebig ist wie ein Treppengeländer. Er redet weiter, aber nicht normal, sondern gibt eine zusammenhanglose Aneinanderreihung rührseliger, bitterer Bemerkungen von sich, die er schon früher gemacht hat – erst 38, wir haben versucht, ein Kind zu bekommen, der Fahrer kam ungeschoren davon, frage mich, was der Mistkerl gerade treibt, nimmt mir die beste Freundin, ich hoffe es geht ihm dreckig, erst 38, wo ist da die Gerechtigkeit, was ist mit mir, was soll ich jetzt tun, Barbara, sag mir, was ich jetzt tun soll? Abrupt bricht er ab.

Barbara hält den Kopf gesenkt und starrt auf ihre Hände, die sie andächtig in den Schoß gelegt hat, als bete sie, und kurz glaubt er, seine Geschichte hat sie bewegt, diese wunderschöne Fremde, hat sie tief gerührt. Vielleicht betet sie für ihn, vielleicht weint sie ja sogar – er hat das arme Ding zum Weinen gebracht und verspürt tiefe Zuneigung für diese Barbara. Dankbar legt er die Hand auf ihre und entdeckt, dass sie eine SMS schreibt. Während er über Emma spricht, hat sie das Handy auf dem Schoß und simst. Plötzlich wallen Zorn und Abscheu in ihm auf.

»Was treibst du da?«, fragt er mit zitternder Stimme.

»*Was?*«

Er schreit jetzt. »Ich habe gesagt, was zum Teufel *treibst* du da?« Er schlägt ihr das Handy aus der Hand, das über den Boden schlittert. »Ich hab mit dir geredet!«, brüllt er, aber sie brüllt zurück, nennt ihn einen Irren, einen Psycho, und winkt den Rausschmeißer heran. Es ist derselbe riesige Mann mit Ziegenbärtchen, der an der Tür so freundlich gewesen ist, aber jetzt schlingt er Dexter einen Arm um die Schulter, den anderen um die Taille, hebt ihn wie ein Kind hoch und trägt ihn durch den Raum. Köpfe drehen sich amüsiert zu ihm um, als Dexter ihr über die Schulter hinweg zugrölt, *du dämliche, dämliche Kuh, du kapierst gar nichts*, und er erhascht einen letzten Blick auf Barbara, die ihm beide Mittelfinger entgegenreckt und ihn auslacht. Der Notausgang wird aufgestoßen, und er landet mal wieder auf der Straße.

»Meine Kreditkarte! Ihr habt meine Scheiß-Kreditkarte!«,

schreit er, aber der Rausschmeißer lacht ihn nur aus, wie alle anderen auch, und schlägt die Notausgangstür zu.

Wutschnaubend marschiert Dexter auf die Straße und winkt den vielen schwarzen Taxis zu, die nach Westen fahren, aber keines hält an, nicht, während er so auf der Straße herumwankt. Er holt tief Luft, begibt sich wieder auf den Gehsteig und überprüft, an eine Mauer gelehnt, den Inhalt seiner Taschen. Seine Brieftasche ist weg, genau wie seine Wohnungs- und Autoschlüssel. Wer auch immer seine Schlüssel und die Brieftasche hat, hat auch seine Adresse, sie steht auf seinem Führerschein, er muss die Schlösser auswechseln lassen, und Sylvie sollte morgen gegen Mittag vorbeikommen. Sie bringt Jasmine. Er tritt gegen die Mauer, lehnt den Kopf an die Ziegel, durchsucht wieder seine Taschen, findet einen zusammengeknüllten Zwanzig-Pfund-Schein in der Hosentasche, feucht vom eigenen Urin. Zwanzig Mäuse reichen, um sicher nach Hause zu kommen. Er kann die Nachbarn aufwecken, die Ersatzschlüssel nehmen und den Rausch ausschlafen.

Aber zwanzig Mäuse reichen auch, um in die Stadt zu fahren und ein, zwei Drinks zu bestellen. Nach Hause oder Filmriss? Er zwingt sich, gerade zu stehen, hält ein Taxi an und fährt nach Soho.

Durch eine schlichte, rote Tür in einer Seitengasse der Berwick Street betritt er eine illegale Untergrundspelunke, die er vor zehn, fünfzehn Jahren als allerletzten Ausweg benutzt hatte. Der schmierige, fensterlose Raum ist dunkel und verräuchert, die Leute trinken aus Plastikbechern oder Red-Stripe-Dosen. Er geht zum Resopaltisch hinüber, der als Bar fungiert, klammert sich an Leute, um nicht umzufallen, stellt aber fest, dass er kein Geld mehr hat, alles dem Taxifahrer gegeben und das Wechselgeld verloren hat. Er wird tun, was er immer getan hat, wenn er sein ganzes Geld verloren hat, sich das nächstbeste Getränk schnappen und herunterkippen. Er geht zurück in den Raum, ignoriert die Beleidigungen der Leute, die er anrempelt, nimmt eine scheinbar vergessene Bierdose, trinkt sie aus, greift dreist nach der nächsten, lässt sich in eine Ecke fallen, lehnt schwitzend mit geschlossenen Augen den Kopf an einen Lautsprecher, während das Bier ihm das Kinn hinunter aufs Hemd rinnt, und plötzlich legt jemand eine Hand auf seine Brust, drückt ihn in die Ecke und will wissen, was zum *Teufel* er da treibt, andern Leuten das Bier zu klauen. Er macht die Augen auf: Vor ihm steht ein alter Mann mit roten Augen, gedrungen wie eine Kröte.

»Also, genau genommen gehört es mir«, sagt Dexter und kichert, weil die Lüge so unhaltbar ist. Der Mann bleckt die gelben Zähne und schüttelt die Faust, und Dexter wird klar, was er will: Er will, dass der Mann ihn zusammenschlägt. »Pfoten weg, du hässliche alte Missgeburt«, lallt er, dann wird alles schwarz, er hört ein Geräusch wie eine statische Entladung, liegt auf dem Boden, hält sich die Hände vors Gesicht, während ihm der Mann in den Bauch tritt und ihm den Absatz in den Rücken rammt. Dexter schmeckt den widerlichen Teppich, als die Tritte auf ihn einprasseln, und plötzlich schwebt er mit dem Gesicht nach unten, sechs Mann haben ihn an Armen und Beinen gepackt – wie an seinem Geburtstag auf der Schule, als seine Freunde ihn in den Pool geworfen haben –, und er jauchzt und lacht, als sie ihn einen Flur entlang durch eine Restaurantküche hinaus auf die Seitenstraße tragen, wo er in ein Wirrwarr von Plastiktonnen geschleudert wird. Immer noch lachend rollt er sich auf den harten, schmutzigen Boden, schmeckt jetzt heißes, metallisches Blut im Mund und denkt, ja, sie hätte es so gewollt. Sie hätte es so gewollt.

15. Juli 2005

Hallo, Dexter!

Ich hoffe, du hast nichts dagegen, dass ich dir schreibe. Ist schon merkwürdig, jemandem in Zeiten des Internets einen Brief zu schreiben, aber es schien mir passender. Ich wollte mich hinsetzen und etwas tun, um den Tag zu begehen, und das hier schien mir das Beste zu sein.

Wie gehts dir denn so? Und wie hältst du dich? Auf der Gedenkfeier haben wir uns nur kurz unterhalten, ich wollte mich nicht aufdrängen, es war offensichtlich, wie schwer der Tag für dich war. Brutal, was? Wie du sicherlich auch habe ich den ganzen Tag an Emma gedacht. Ich denke sowieso ständig an sie, aber heute ist es besonders schlimm, und ich weiß, für dich ist es auch schlimm, aber ich wollte dir einfach in ein paar Zeilen meine Gedanken mitteilen, was immer das wert ist (sprich, nicht viel!!!!). Los gehts.

Als Emma mich damals verlassen hat, dachte ich, mein Leben bricht auseinander, und ein paar Jahre lang war es auch so. Um ehrlich zu sein, ich glaube, ich war etwas durchgedreht. Dann habe ich in dem Laden, wo ich gearbeitet habe, dieses Mädchen kennengelernt und sie bei unserem ersten Date zu einem meiner Stand-up-Auftritte mitgenommen. Danach hat sie gesagt, ich solls ihr nicht übelnehmen, aber ich wäre ein grottenschlechter Komiker, und am besten sollte ich die Flinte ins Korn werfen und einfach ich selbst sein. In dem Moment habe ich mich in sie verliebt, und wir sind jetzt seit vier Jahren verheiratet und haben drei wunderbare Kinder (eins von jeder Sorte! Ha ha). Wir leben in einer pulsierenden Metropole namens Taunton, um meine Eltern in der Nähe zu haben (sprich, Gratis-Babysitten!!!). Ich arbeite jetzt bei einer großen Versicherung im Kundencenter. Klingt in deinen Ohren bestimmt strunzlangweilig, aber es liegt mir, und wir haben massenhaft Spaß. Alles in allem bin ich sehr glücklich. Wir haben einen Jungen und zwei Mädchen. Ich weiß, dass du auch ein Kind hast. Die machen einen fertig, was?!!!

Aber warum erzähle ich dir das alles überhaupt? Wir waren nie besonders gute Kumpel, und wahrscheinlich ist dir schnuppe, was ich treibe. Ich schätze, wenn es einen Grund dafür gibt, dann den.

Nachdem Emma mich verlassen hatte, dachte ich, ich wäre am Ende, war ich aber nicht, weil ich Jacqui, meine Frau, kennengelernt habe. Jetzt hast du Emma auch verloren, und du kannst sie nie zurückbekommen, keiner von uns kann das, bitte gib nicht auf. Emma hat dich immer geliebt, hat dich sehr, sehr geliebt. Das hat mir viele Jahre lang sehr viel Schmerz und Eifersucht beschert. Ich habe eure Telefongespräche mitgehört, euch zusammen auf Partys beobachtet, und in deiner Nähe ist sie, anders als bei mir, immer aufgeblüht, hat richtiggehend gestrahlt. Ich schäme mich zuzugeben, dass ich sogar ihre Notizbücher gelesen habe, wenn sie nicht da war, und sie hat ständig nur über dich und eure Freundschaft geschrieben, und das konnte ich nicht ertragen. Um ehrlich zu sein, Kumpel, ich fand, du hattest sie nicht verdient, aber andererseits hatte sie keiner von uns wirklich verdient. Sie war immer der klügste, freundlichste, witzigste und loyalste Mensch, den wir kannten, und die Tatsache, dass sie nicht mehr da ist, na ja, es ist einfach nicht gerecht.

Wie gesagt, ich fand, du hattest sie nicht verdient, aber aus meinem flüchtigen Kontakt mit Emma weiß ich, dass sich das zum Schluss geändert hat. Zuerst warst du ein Scheißkerl, dann irgendwann nicht mehr, und ich weiß, in den Jahren, als ihr schließlich zusammen wart, hast du sie sehr, sehr glücklich gemacht. Sie hat förmlich geleuchtet, stimmts? Sie hat von innen heraus geleuchtet, und dafür möchte ich dir danken und sagen, nichts für ungut, Kumpel, ich wünsche dir alles, alles Gute für dein Leben.

Entschuldige, dass der Brief etwas rührselig wird. So ein Jahrestag ist schwer für uns alle, besonders für ihre Familie und für dich, ich hasse dieses Datum, und ich werde es von jetzt an jedes Jahr hassen. In Gedanken bin ich heute bei dir. Ich weiß, du hast eine wunderbare Tochter, und ich hoffe, sie gibt dir etwas Trost und Freude.

Tja, ich muss jetzt Schluss machen! Sei glücklich, sei brav und halt die Ohren steif! Nutze den Tag und dieser ganze Mist. Ich denke, Emma hätte es so gewollt.

Alles Gute (oder Liebe, wenns denn sein muss)
Ian Whitehead

»Dexter, hörst du mich? Oh Gott, was hast du gemacht? Hörst du mich, Dex? Mach die Augen auf, hörst du?«

Als er aufwacht, ist Sylvie da. Aus irgendeinem Grund liegt er eingequetscht zwischen Tisch und Sofa auf dem Boden in seiner Wohnung, und sie steht vor ihm und versucht unbeholfen, ihn herauszuziehen, damit er sich aufsetzen kann. Seine Kleidung ist feucht und klebrig, und er bemerkt, dass er sich im Schlaf übergeben hat. Er ist entsetzt und beschämt, kann sich aber nicht bewegen, und Sylvie ächzt und keucht, die Hände unter seine Achseln geklemmt.

»Oh, Sylvie«, sagt er, bemüht, ihr zu helfen, »es tut mir so leid. Ich habs mal wieder verkackt.«

»Setz dich auf, tus für mich, ja, Liebling?«

»Ich bin am Arsch, Sylvie. So was von am Arsch …«

»Alles wird gut, du musst dich nur ausschlafen. Ach, wein doch nicht, Dexter. Hör mir zu, ja?« Sie kniet sich vor ihn hin, legt ihm die Hände aufs Gesicht und sieht ihn mit einer Zärtlichkeit an, wie er es während ihrer Ehe selten erlebt hat. »Wir machen dich sauber, bringen dich ins Bett, und du schläfst dich aus. Okay?«

Hinter ihr sieht er eine Gestalt ängstlich im Türrahmen herumlungern: seine Tochter. Er stöhnt auf und hat das Gefühl, sich wieder übergeben zu müssen, so siedendheiß überläuft ihn die Scham.

Sylvie folgt seinem Blick. »Jasmine, Schatz, bitte warte nebenan, ja?«, sagt sie so ruhig wie möglich. »Daddy gehts nicht gut.« Jasmine rührt sich nicht vom Fleck. »Ich hab gesagt, du sollst nach nebenan gehen!«, sagt Sylvie, jetzt leicht panisch.

Er will unbedingt etwas sagen, um Jasmine zu beruhigen, aber sein Mund ist so lädiert und geschwollen, dass er kein Wort über die Lippen bringt, deshalb gibt er auf und legt sich wieder hin. »Nicht bewegen, bleib einfach, wo du bist«, sagt Sylvie, geht aus dem Zimmer und nimmt ihre Tochter mit. Er macht die Augen zu, wartet und betet, dass es vorübergeht. Aus dem Flur hört er Stimmen. Telefonate werden geführt.

Als Nächstes nimmt er wahr, dass er unbequem unter einer karierten Decke auf dem Rücksitz eines Autos liegt. Er zieht sie enger um sich – obwohl es ein warmer Tag ist, zittert er ohne Unterlass – und bemerkt, dass es die alte Picknickdecke ist, was ihn zusammen mit dem Geruch der abgewetzten, weinroten Polster an Familienausflüge erinnert. Mühsam hebt er den Kopf und schaut aus dem Seitenfenster. Sie sind auf der Autobahn. Im Radio läuft Mozart. Er sieht den Hinterkopf seines Vaters, feines, silbergraues Haar, sorgfältig gestutzt bis auf die Büschel, die ihm aus den Ohren wachsen.

»Wohin fahren wir?«

»Nach Hause. Schlaf weiter.«

Sein Vater hat ihn entführt. Einen Augenblick erwägt er zu widersprechen: Bring mich zurück nach London, es geht mir gut, ich bin kein Kind mehr. Aber das Leder an seinem Gesicht fühlt sich warm an, und er hat nicht mal die Kraft, sich zu bewegen, geschweige denn zu widersprechen. Wieder schaudert er, zieht sich die Decke bis zum Kinn hoch und schläft ein.

Er wird geweckt vom Geräusch der Räder auf der Kiesauffahrt des geräumigen, robusten Einfamilienhauses. »Rein mit dir«, sagt sein Vater und öffnet ihm die Tür wie ein Chauffeur. »Es gibt Suppe!«, und er geht zum Haus und wirft schwungvoll die Autoschlüssel in die Luft. Anscheinend will er so tun, als wäre nichts Außergewöhnliches passiert, wofür Dexter ihm dankbar ist. Gebeugt und unsicher klettert er aus dem Wagen, streift die Picknickdecke ab und folgt ihm ins Haus.

In dem kleinen Badezimmer im Erdgeschoss mustert er sein Spiegelbild. Auf der Unterlippe hat er kleine Wunden und blaue Flecken und auf einer Seite des Gesichts einen großen gelbbraunen Bluterguss. Als er versucht, die Schultern zu bewegen, tut ihm der Rücken weh, und die Muskeln fühlen sich überdehnt und gezerrt an. Er zuckt zusammen und begutachtet seine Zunge, die eitrig, an den Seiten wund und von einem grauen Belag überzogen ist. Mit der Zungenspitze fährt er sich über die Zähne, die anscheinend nie mehr richtig sauber werden, und nimmt den eigenen Mundgeruch wahr, der vom Spiegel zurückgeworfen wird – faulig, als verrotte etwas in seinem Inneren. Geplatzte Äderchen überziehen Nase und Wangen. Er trinkt wieder regelmäßig, abends und häufig auch am Tag, und hat deutlich zugenommen: Sein Gesicht ist aufgedunsen und schlaff, die Augen permanent feucht und rot.

Er lehnt den Kopf an den Spiegel und atmet aus. In den Jahren, die er mit Emma zusammen war, hat er sich manchmal müßig gefragt, wie das Leben ohne sie wäre, nicht auf trübsinnige, sondern rein pragmatische, spekulative Art, denn tun das nicht alle Liebenden manchmal? Sich fragen, wie es ohne sie wäre? Der Spiegel gibt ihm die Antwort. Der Verlust hat ihm keine tragische Größe verliehen, sondern ihn tumb und banal gemacht. Ohne sie hat er keinerlei Vorzüge, Tugenden oder Ziele, ist ein heruntergekommener, einsamer, alternder Säufer, zerfressen von Scham und Schuldgefühlen. Eine Erinnerung an den Morgen steigt ungebeten in ihm auf: Sein eigener Vater und seine Ex-Frau haben ihn ausgezogen und ihm ins Bad geholfen. In zwei Wochen wird er 41, und sein Vater hilft ihm ins Bad. Warum haben sie ihn nicht einfach ins Krankenhaus gefahren und ihm den Magen auspumpen lassen? Das wäre würdevoller gewesen.

Sein Vater spricht im Flur mit seiner Schwester, schreit praktisch ins Telefon. Dexter setzt sich auf die Badewanne und muss sich nicht mal anstrengen, dem Gespräch zu lauschen. Es ist nicht zu überhören.

»Er hat die Nachbarn geweckt, als er seine Tür eintreten wollte. Sie haben ihn hereingelassen … Sylvie hat ihn auf dem Boden gefunden … anscheinend hat er nur zu viel getrunken … nur Schnitte und Blutergüsse … keine Ahnung. Wie auch immer, wir haben ihn wieder auf Vordermann gebracht. Morgen ist er wieder auf dem Damm. Willst du vorbeikommen und hallo sagen?« Im Badezimmer betet Dexter, dass seine Schwester nein sagt, und offenbar ist sie auch nicht sehr erpicht darauf. »Na gut, Cassie. Vielleicht rufst du ihn morgen früh an, ja?«

Nachdem Dexter sich vergewissert hat, dass sein Vater weg ist, tappt er durch den Flur in die Küche. Er trinkt lauwarmes Leitungswasser aus einem staubigen Bierglas und betrachtet den in Abendlicht getauchten Garten. Der Swimmingpool ist leer und mit einer durchhängenden blauen Plane abgedeckt, der Tennisplatz an einigen Stellen überwuchert. Auch in der Küche riecht es modrig, als ob irgendwo etwas verrottet. Zimmer für Zimmer wurde das geräumige Familienhaus dichtgemacht, so dass sein Vater jetzt nur noch die Küche, ein Wohn- und ein Schlafzimmer bewohnt, trotzdem ist es zu groß für ihn. Seine Schwester sagt, er schläft manchmal auf dem Sofa. Besorgt haben sie ihn gefragt, ob er nicht ausziehen und sich etwas Überschaubareres zulegen will, eine kleine Wohnung in Oxford oder London, aber sein Vater will nichts davon hören. »Ich gedenke, in meinem eigenen Haus zu sterben, wenns euch nichts ausmacht«, sagt er, ein Argument, das jede Diskussion im Keim erstickt.

»Gehts besser?« Sein Vater steht hinter ihm.

»Ein bisschen.«

»Was ist das?« Mit dem Kopf deutet er auf Dexters Glas. »Doch wohl kein Gin?«

»Nur Wasser.«

»Freut mich zu hören. Ich dachte, anlässlich des besonderen Tages gibts Suppe zum Abendessen. Kriegst du eine Dosensuppe runter?«

»Ich denk schon.«

Er hält zwei Dosen hoch. »Curry oder Hühnercreme?«

Die beiden Männer schlurfen in der großen, muffigen Küche herum, zwei Witwer, die mehr Chaos anrichten, als nötig wäre, um zwei Dosen Suppe aufzuwärmen. Seit sein Vater allein lebt, ernährt er sich wie ein ehrgeiziger Pfadfinder: Baked Beans, Würstchen und Fischstäbchen; angeblich hat er sich sogar schon mal eine Pfanne Wackelpudding gemacht.

Im Flur klingelt das Telefon. »Gehst du mal ran?«, sagt sein Vater, der Weißbrotscheiben mit Butter beschmiert. Dexter zögert. »Es beißt nicht, Dexter.«

Es ist Sylvie. Dexter setzt sich auf die Treppe. Seine Ex-Frau lebt jetzt allein, die Beziehung mit Callum ist kurz vor Weihnachten in die Brüche gegangen. Die Tatsache, dass beide unglücklich sind und Jasmine davor schützen wollen, hat sie einander erstaunlich nahe gebracht, und zum ersten Mal seit ihrer Hochzeit sind sie fast befreundet.

»Wie gehts dir?«

»Ach, weißt du. Ist mir ziemlich peinlich. Ich wollte dich da nicht mit reinziehen.«

»Schon gut.«

»Ich erinnere mich, dass du und Dad mich gebadet habt.«

Sylvie lacht. »Er war völlig unbeeindruckt. ›Der Junge hat nichts, was ich nicht schon mal gesehen habe!‹«

Dexter lächelt und windet sich gleichzeitig vor Scham. »Ist mit Jasmine alles in Ordnung?«

»Ich glaub schon. Es geht ihr ganz gut. Sie wirds überleben. Ich habe ihr gesagt, du hättest eine Lebensmittelvergiftung.«

»Ich machs wieder gut, versprochen.«

»So was kommt vor. Tu das bloß nie, nie wieder, hörst du?«

Dexter gibt ein Geräusch von sich, was so viel heißt wie »Nein, na ja, wir werden sehen …« Sie schweigen. »Ich muss gehen, Sylvie. Die Suppe brennt an.«

»Dann bis Samstag, ja?«

»Bis dann. Grüß Jasmine. Und entschuldige noch mal.« Er hört, wie sie am Hörer herumfummelt. »Wir lieben dich alle, Dexter.«

»Dazu habt ihr keinen Grund«, murmelt er verlegen.

»Nein, vielleicht nicht. Wir tun es trotzdem.«

Nach einem kurzen Moment legt er auf, setzt sich zu seinem Vater vor den Fernseher und trinkt homöopathisch verdünntes Gerstenwasser mit Zitronengeschmack. Sie essen die Suppe von speziellen Tabletts mit gepolsterter Unterseite, die man sich bequem auf den Schoß stellen kann – eine Neuerung, die Dexter etwas deprimiert, denn seine Mutter hätte etwas Derartiges nie im Haus geduldet. Die Suppe ist heiß wie Lava, brennt ihm beim Schlürfen auf der wunden Lippe, und die Weißbrotscheiben mit Butter sind beim Schmieren zu einer undefinierbaren, an Fensterkitt erinnernden Masse geworden. Merkwürdigerweise schmeckt es köstlich, die dicke Butter schmilzt in der klebrigen Suppe, und sie essen und schauen sich *EastEnders* an, noch so eine neue Manie seines Vaters. Als der Abspann läuft, stellt er das gepolsterte Tablett auf den Boden, schaltet den Fernseher auf stumm und sieht Dexter an.

»Und, wird das jetzt eine alljährliche Tradition, was meinst du?«

»Weiß ich noch nicht.« Eine ganze Weile herrscht Schweigen, und sein Vater wendet sich wieder dem lautlosen Fernseher zu. »Es tut mir leid«, sagt Dexter.

»Was denn?«

»Na ja, du musstest mich baden und so …«

»Ja, *darauf* kann ich in Zukunft gut verzichten, wenns dir nichts ausmacht.« Ohne den Ton wieder einzuschalten, zappt er durch das Programm. »Das musst du noch früh genug für mich tun.«

»Gott, ich hoffe nicht«, sagt Dexter. »Kann Cassie das nicht übernehmen?«

Sein Vater sieht ihn an und lächelt. »Ich habe absolut keine Lust auf ein ernstes Gespräch. Du?«

»Eigentlich nicht.«

»Dann lassen wirs. Sagen wir einfach, ich halte es für das Beste, wenn du dein Leben so weiterlebst, als wäre Emma noch da. Hältst du das nicht auch für das Beste?«

»Ich weiß nicht, ob ich das kann.«

»Nun, du wirst es versuchen müssen.« Sein Vater greift nach der Fernbedienung. »Was glaubst du, was ich in den letzten zehn Jahren gemacht habe?« Er findet die Sendung, die er gesucht hat, und sinkt tiefer in den Sessel. »Ah, *The Bill.* Viel besser.«

Im abendlichen Sommerlicht sitzen sie in dem Zimmer voller Familienfotos und schauen fern, und zu seiner Verlegenheit merkt Dexter, dass er wieder sehr leise weint. Unauffällig hält er sich die Hand vor die Augen, aber sein Vater hört sein Schniefen.

»Alles klar?«

»Entschuldige«, sagt Dexter.

»Liegts an meinen Kochkünsten?«

Dexter lacht und schnieft. »Immer noch der Alk, schätze ich.«

»Schon gut«, sagt sein Vater und wendet sich wieder dem Fernseher zu. »Um neun kommt *Silent Witness.*«

KAPITEL EINUNDZWANZIG

Arthur's Seat

FREITAG, 15. JULI 1988

Rankeillor Street, Edinburgh

Dexter duschte in dem schäbigen, schimmeligen Badezimmer und zog sich danach das Hemd von letzter Nacht an. Es roch nach Schweiß und Zigaretten, deshalb streifte er sich auch das Jackett über, um die Geruchsbelästigung in Grenzen zu halten, und drückte sich anschließend etwas Zahnpasta auf den Finger, um sich notdürftig die Zähne zu putzen.

Er setzte sich zu Emma Morley und Tilly Killick in die Küche, unter ein fettiges Riesenposter von Truffauts *Jules et Jim*. Jeanne Moreau stand lachend über ihnen, während sie verlegen das schwer verdauliche Frühstück zu sich nahmen: braunen Toast mit Sojaaufstrich und kieselhartes Müsli. Aufgrund des besonderen Anlasses hatte Emma den Espressokocher, der innen immer ein wenig verschimmelt aussah, gespült, und nach der ersten Tasse des öligen schwarzen Getränks fühlte Dexter sich etwas besser. Schweigend hörte er dem leicht gezwungenen Geplänkel der WG-Bewohnerinnen zu, die ihre dicken Brillen wie Ehrenabzeichen trugen, und hatte das unbestimmte Gefühl, von einer verbrecherischen Independent-Theatertruppe entführt worden zu sein. Vielleicht war es doch ein Fehler gewesen zu bleiben. Bestimmt war es ein Fehler gewesen, das Schlafzimmer zu verlassen. Wie sollte er sie küssen, während Tilly Killick dasaß und laberte?

Emma für ihren Teil war zunehmend genervt von Tillys Anwesenheit. War Diskretion für sie ein Fremdwort? Saß da, das Kinn auf die Hand gestützt, spielte an ihren Haaren herum und lutschte den Löffel ab. Emma hatte den Fehler gemacht, ein neues Body-Shop-Gel mit Erdbeerduft auszuprobieren, und ihr war schmerzlich bewusst, dass sie roch wie ein angebrochener Joghurt. Am liebsten hätte sie sich nochmals abgeduscht, wagte aber nicht, Dexter mit Tilly allein zu lassen, deren offener Bademantel ihre gute Unterwäsche enthüllte, einen roten, karierten Body von Knickerbox; manchmal war sie so was von *plump*.

Was Emma wirklich wollte, war, wieder halbnackt mit ihm im Bett herumzuliegen, aber zu spät, dafür waren sie jetzt zu nüchtern. Erpicht darauf, endlich aufzubrechen, fragte sie sich laut, was sie mit dem ersten Tag nach ihrem Abschluss anfangen sollten.

»In den Pub gehen?«, schlug Dexter schwach vor. Emma, der immer noch übel war, stöhnte protestierend.

»Essen gehen?«, sagte Tilly.

»Kein Geld.«

»Wie wärs mit Kino?«, meinte Dexter. »Ich zahle …«

»Nicht heute. Es ist ein schöner Tag, wir sollten an die frische Luft gehen.«

»Okay, der Strand von North Berwick.«

Davor schreckte Emma zurück. Es würde bedeuten, vor ihm einen Badeanzug zu tragen, und der Tortur fühlte sie sich nicht gewachsen. »Ich kann Stränden nichts abgewinnen.«

»Okay, was dann?«

»Wie wärs, wenn wir Arthur's Seat raufklettern?«, sagte Tilly.

»Da war ich noch nie«, bemerkte Dexter leichthin. Beide Mädchen starrten ihn mit offenem Mund an.

»Du warst noch nie auf Arthur's Seat?«

»Nö.«

»Du hast vier Jahre in Edinburgh gewohnt und warst noch nie …?«

»Ich war beschäftigt!«

»Womit denn?«, wollte Tilly wissen.

»Anthropologiestudien«, sagte Emma, und die beiden Mädchen lachten gehässig.

»Tja, dann lasst uns gehen!«, sagte Tilly, und eine kurze Pause entstand, als Emma sie warnend anfunkelte.

»Ich habe keine passenden Schuhe«, sagte Dexter.

»Es ist bloß ein Hügel, nicht der K2!«, erwiderte Emma.

»Ich kann doch nicht in Straßenschuhen klettern.«

»Das geht schon, es ist nicht schwer.«

»Im Anzug?«

»Ja! Wir könnten picknicken!« Aber Emma spürte Dexters nachlassende Begeisterung, bis Tilly schließlich sagte:

»Vielleicht solltet ihr zwei besser allein losziehen. Ich muss … noch was erledigen.«

Aus dem Augenwinkel sah Emma, wie Tilly ihr zuzwinkerte, und hätte sich vorbeugen und sie küssen können.

»Na gut. Dann mal los!«, sagte Dexter, dessen Miene sich aufgehellt hatte. Eine Viertelstunde später traten sie hinaus in den diesigen Julimorgen, und am Ende der Rankeillor Street ragten die Salisbury Crags in den Himmel.

»Und da wollen wir wirklich raufkraxeln?«

»Es ist ein Kinderspiel. Glaub mir.«

Sie kauften im Supermarkt an der Nicolson Street das Picknick ein, beiden war das seltsam häuslich anmutende Teilen eines Einkaufskorbes unangenehm, und beide machten sich Gedanken, was sie aussuchen sollten: Waren Oliven zu edel? War es witzig, Irn Bru zu nehmen, war Sekt zu schickimicki? Sie füllten Emmas Armeerucksack mit den Vorräten – Emmas witzig, Dexters pseudo-mondän –, machten kehrt und begannen den Aufstieg entlang der steilen Böschung.

Dexter, im verschwitzten Anzug und glatten Schuhen, fiel etwas zurück, er hatte eine Zigarette im Mund, und in seinem Kopf pulsierte es von zu viel Rotwein und dem Morgenkaffee. Er wusste, er sollte eigentlich die herrliche Aussicht genießen, stattdessen starrte er den Hintern von Emma an, die eine ausgeblichene, an der Taille etwas zu enge, blaue 501 und knöchelhohe schwarze Chucks trug.

»Du bist sehr flink.«

»Ich bin wie eine Bergziege. Zu Hause bin ich oft wandern gegangen, als ich meine Cathy-Phase hatte. Hinaus aufs wilde, stürmische Moor. Mann, war ich seelenvoll. ›Ich kann nicht ohne mein Leben leben! Ich kann nicht ohne meine Seele leben!‹«

Dexter, der nur mit halbem Ohr zuhörte, nahm an, dass sie etwas zitierte, war aber abgelenkt von dem dunklen Schweißfleck, der sich zwischen ihren Schulterblättern bildete, und dem BH-Träger, der sichtbar wurde, als der Halsausschnitt des T-Shirts verrutschte. Wieder sah er ein flüchtiges Bild der letzten Nacht vor sich, aber sie drehte sich zu ihm um, als verbitte sie sich solche Gedanken.

»Wie läufts da unten, Sherpa Tenzing?«

»Bestens. Ich wünschte nur, die Schuhe hätten mehr Profil.« Sie lachte. »Was ist so witzig?«

»Ich habe noch nie jemanden mit Zigarette wandern sehen.«

»Was soll ich denn sonst tun?«

»Die Aussicht bewundern!«

»Eine Aussicht ist eine Aussicht ist eine Aussicht.«

»Ist das Shelley oder Wordsworth?«

Seufzend blieb er stehen und stützte die Hände auf die Knie. »Okay. Gut. Ich bewundere die Aussicht.« Er drehte sich um, sah die Wohnsiedlungen, die Türme und Zinnen der Altstadt unter dem großen, grauen, massigen Schloss und dahinter, im Dunst des warmen Tages, den Firth of Forth. Dexters Philosophie war, grundsätzlich nicht zu zeigen, wenn ihn etwas beeindruckte, aber es war wirklich eine grandiose Aussicht, die er von Postkarten her kannte. Eigentlich unerklärlich, warum er sie noch nie gesehen hatte.

Ein »Sehr hübsch« erlaubte er sich, und sie stiegen weiter Richtung Gipfel und fragten sich, was passieren würde, wenn sie dort ankamen.

KAPITEL ZWEIUNDZWANZIG

Der zweite Jahrestag
Auspacken

SAMSTAG, 15. JULI 2006

Nord-London und Edinburgh

An diesem Abend zieht er um Viertel nach sechs das Metallgitter vor dem Belleville Café herunter und verschließt es mit dem schweren Vorhängeschloss. Maddy steht in der Nähe und wartet auf ihn, er nimmt ihre Hand, und sie gehen gemeinsam zur U-Bahn.

Endlich, endlich ist er umgezogen, hat sich kürzlich eine hübsche, aber unauffällige Maisonettewohnung mit drei Schlafzimmern in Gospel Oak zugelegt. Maddy wohnt etwas entfernt in Stockwell am anderen Ende der Northern Line, und manchmal übernachtet sie bei ihm. Aber nicht heute Abend; es ist nichts Großartiges oder Melodramatisches, aber heute Abend braucht er etwas Zeit für sich. Er hat sich für heute Abend etwas vorgenommen, das er nur allein tun kann.

Sie verabschieden sich vor der U-Bahn-Station Tufnell Park. Maddy hat langes, glattes, schwarzes Haar und ist etwas größer als er, deshalb muss sie sich leicht hinunterbeugen, um ihm einen Abschiedskuss zu geben. »Ruf mich nachher an, wenn du willst.«

»Mache ich vielleicht.«

»Und wenn du deine Meinung änderst und ich rüberkommen soll …«

»Es wird schon gehen.«

»Na gut. Dann eventuell bis morgen?«

»Ich ruf dich an.«

Wieder küssen sie sich, kurz, aber zärtlich, und er geht weiter den Hügel hinunter zu seinem neuen Heim.

Er ist jetzt seit zwei Monaten mit Maddy zusammen. Sie müssen es den anderen Mitarbeitern noch offiziell mitteilen, aber vermutlich wissen es sowieso schon alle. Es ist keine leidenschaftliche Affäre, mehr ein allmähliches Akzeptieren der unvermeidlichen Gegebenheiten im Laufe des letzten Jahres. Für Dexters Geschmack ist alles etwas zu praktisch und nüchtern, und insgeheim fühlt er sich unwohl dabei, dass Maddy sich von der Vertrauten zur Geliebten gewandelt hat: Es wirft einen Schatten auf die Beziehung, dass sie in einer so dunklen Zeit entstanden ist.

Aber sie kommen sehr gut miteinander aus, alle sagen das, und Maddy ist freundlich, vernünftig, attraktiv, groß und schlank und ein bisschen ungeschickt. Sie hat künstlerische Ambitionen, und Dexter findet, sie hat Talent; kleine Bilder von ihr hängen im Café und werden hin und wieder sogar verkauft. Sie ist zehn Jahre jünger als er – im Geiste sieht er Emma die Augen verdrehen –, aber sie ist weise, klug und hat selbst schon einiges durchgemacht: eine frühe Scheidung und diverse unglückliche Beziehungen. Sie ist ruhig, unabhängig, nachdenklich und hat eine melancholische Ausstrahlung, was ihm gegenwärtig sehr entgegenkommt. Außerdem ist sie sehr mitfühlend und extrem loyal: In der Zeit, als er den Profit vertrank und nicht auftauchte, hat sie das Geschäft gerettet, und dafür ist er ihr dankbar. Jasmine mag sie. Sie kommen gut klar, bisher zumindest.

Es ist ein schöner Samstagabend, und allein schlendert er durch Wohngebiete in Seitenstraßen zu seiner Wohnung im Keller und Erdgeschoss eines roten Ziegelbaus unweit von Hampstead Heath. Die Wohnung hat den Geruch und die Tapeten der Vorbesitzer, einem älteren Ehepaar, behalten, und er hat bisher nur das Nötigste ausgepackt: Fernseher, DVD-Rekorder und Stereoanlage. Es ist, zumindest momentan noch, eine altmodische Wohnung, mit Fußbodenleisten, dem schrecklichen Bad und all den anderen kleinen Räumen, aber Sylvie beteuert, sie habe großes Potenzial, wenn man die Wände einreißt und den Fußboden abschleift. Es gibt ein großes Zimmer, in dem Jasmine übernachten kann, und sogar einen Garten. Einen Garten. Zuerst hat er gewitzelt, dass er ihn zubetonieren will, aber jetzt hat er beschlossen, sich mit Gartenarbeit zu befassen, und hat sich zu diesem Zweck ein einschlägiges Buch besorgt. Irgendwo in seinem Unterbewusstsein hat sich die Idee eines Gartenhauses festgesetzt. Demnächst spielt er wahrscheinlich Golf und trägt Pyjamas im Bett.

In der Wohnung quetscht er sich an den Umzugskartons im Flur vorbei, duscht, geht in die Küche und bestellt sich telefonisch thailändisches Essen. Im Wohnzimmer legt er sich aufs Sofa und stellt in Gedanken eine Liste der Dinge zusammen, die er erledigen muss, bevor er tun kann, was er sich vorgenommen hat.

Für einen kleinen Kreis sehr unterschiedlicher Menschen hat ein an sich harmloses Datum ein trauriges Gewicht bekommen, und deshalb muss er ein paar Telefonate tätigen. Als Erstes kommen Sue und Jim an die Reihe, Emmas Eltern in Leeds. Die Unterhaltung ist angenehm und unkompliziert, und er erzählt ihnen von seinem Café, wie Jasmine sich in der Schule macht und wiederholt die Geschichten zweimal für beide Eltern. »Ansonsten gibt es eigentlich nichts Neues«, berichtet er Sue. »Ich wollte nur sagen, du weißt schon, dass ich an euch denke und hoffe, dass es euch gut geht.«

»Das hoffen wir für dich auch, Dexter. Pass auf dich auf, ja?«, sagt sie mit zitternder Stimme und legt auf. Dexter arbeitet sich weiter durch die Liste, spricht mit seiner Schwester, seinem Vater, seiner Ex-Frau und seiner Tochter. Die Unterhaltungen sind kurz, betont unbeschwert, und niemand erwähnt die besondere Bedeutung des Tages, aber die unterschwellige Botschaft ist immer die gleiche: »Es geht mir gut.« Er ruft Tilly Killick an, aber sie ist rührselig und überemotional: »Aber wie gehts dir *wirklich*, Schatz? Ich meine, *wirklich*? Und du bist ganz allein? Gehts dir *gut*, so ganz allein? Sollen wir zu dir kommen?« Genervt beschwichtigt er sie und beendet das Gespräch so schnell und höflich wie möglich. Er ruft Ian Whitehead in Taunton an, aber der bringt gerade die Kinder ins Bett, die kleinen Scheißer, und nein, es passt gerade nicht so gut. Ian verspricht, ihn nächste Woche zurückzurufen, ihn vielleicht sogar mal besuchen zu kommen, und Dexter meint, das wäre eine tolle Idee, obwohl ihm klar ist, dass es wohl nie dazu kommen wird. Wie bei allen Gesprächen wird deutlich, dass das Schlimmste überstanden ist. Dexter wird vielleicht nie wieder von Ian Whitehead hören, was aber für beide Seiten okay ist.

Er isst vor dem Fernseher, zappt sich durch sämtliche Kanäle und begnügt sich mit dem einen Bier, das er gratis zum bestellten Essen bekommen hat. Aber es ist traurig, allein zu essen, vornübergebeugt auf dem Sofa in dem fremden Haus, und zum ersten Mal an diesem Tag wird er von Hoffnungslosigkeit und Einsamkeit überwältigt. Die Trauer kommt ihm heute vor, wie auf einem gefrorenen Fluss spazieren zu gehen: Meistens fühlt er sich sicher, aber es besteht immer die Gefahr einzubrechen. Jetzt hört er das Eis unter sich knirschen, und die Panik, die ihn erfasst, ist so intensiv, dass er aufspringen, sich die Hände vors Gesicht legen und tief Luft holen muss. Langsam atmet er durch seine Finger aus, rennt in die Küche und wirft das schmutzige Geschirr in die Spüle, so dass es klirrt. Plötzlich hat er das überwältigende Bedürfnis, zu trinken und immer weiter zu trinken. Stattdessen greift er zum Telefon.

»Was ist los?«, fragt Maddy besorgt.

»Nur eine kleine Panikattacke.«

»Bist du sicher, dass ich nicht rüberkommen soll?«

»Es geht mir wieder gut.«

»Ich kann mir ein Taxi rufen? Ich könnte bei dir sein in …«

»Nein, wirklich nicht. Ich möchte lieber allein sein.« Der Klang ihrer Stimme reicht aus, um ihn zu beruhigen, und er versichert ihr noch einmal, dass es ihm nicht schlecht geht, und wünscht ihr eine gute Nacht. Als er sicher ist, dass niemand mehr einen Grund hat, ihn anzurufen, stellt er das Telefon ab, schließt die Fensterläden, geht die Treppe hoch und macht sich ans Werk.

Das Gästezimmer enthält nur eine Matratze, einen offenen Koffer und sieben oder acht Pappkartons, zwei davon tragen die Aufschriften »Emma 1« und »Emma 2«, von ihr selbst mit dickem schwarzem Filzstift geschrieben. Sie enthalten Emmas restliche Habseligkeiten aus seiner Wohnung, Notizbücher, Briefe und Fotoalben, und er nimmt sie mit ins Wohnzimmer hinunter und verbringt den Abend damit, sie auszupacken und das Überflüssige – uralte Kontoauszüge,

Quittungen und Imbissspeisekarten, die er in einen schwarzen Müllbeutel stopft – von den Sachen zu trennen, die er ihren Eltern schicken oder selbst behalten will.

Es nimmt einige Zeit in Anspruch, aber er geht unsentimental und pragmatisch vor und hält nur gelegentlich inne. Er vermeidet es, die Tage- und Notizbücher mit den Fragmenten von Jugendgedichten und Theaterstücken zu lesen. Es erscheint ihm unfair – er stellt sich vor, wie Emma ihm über die Schulter sieht, das Gesicht verzieht oder sie ihm aus der Hand reißen will – und konzentriert sich stattdessen auf die Briefe und Fotos.

So, wie die Kisten gepackt sind, muss er sich in umgekehrter chronologischer Reihenfolge durch die verschiedenen Schichten arbeiten, angefangen bei ihren gemeinsamen Jahren, weiter durch die 90er bis hin zu den 80ern ganz unten im zweiten Karton. Zuoberst liegen Umschlagentwürfe für die *Julie-Criscoll*-Romane, Briefe von ihrer Lektorin Marsha und Zeitungsausschnitte. Die nächste Schicht besteht aus Postkarten und Fotos aus Paris, einschließlich des einzig verbliebenen Schnappschusses des berühmten Jean-Pierre Dusollier, dunkel und sehr gutaussehend. In einem Umschlag mit Metrotickets, zusammengefalteten Speisekarten und einem französischen Mietvertrag stößt er auf etwas so Erstaunliches und Anrührendes, dass er es beinahe fallenlässt.

Es ist ein Polaroidfoto aus dem Sommer in Paris, Emma, die mit gekreuzten Knöcheln und lasziv nach hinten gelegten Armen nackt auf dem Bett liegt. Das Foto war an einem feuchtfröhlichen, liebestrunkenen Abend entstanden, nachdem sie sich auf einem Schwarzweißfernseher *Titanic* auf Französisch angesehen hatten. Obwohl er das Foto schön fand, hatte sie es ihm aus der Hand gerissen und behauptet, sie werde es vernichten. Die Tatsache, dass Emma das Foto behalten und versteckt hatte, sollte ihm gefallen, weil es vermuten lässt, dass sie das Foto mehr mochte, als sie zugab. Aber es konfrontiert ihn einmal mehr mit ihrem Verlust, und er braucht einen Moment, um das zu verarbeiten. Er steckt das Bild zurück in den Umschlag und bleibt ruhig sitzen, um sich zu sammeln. Unter ihm knirscht das Eis.

Er macht weiter. In einem Umschlag aus den späten 90ern findet er eine Ansammlung von Geburtsanzeigen, Hochzeitseinladungen, Gottesdienstprogrammheften, eine überdimensionierte Abschiedskarte von Lehrern und Schülern der Cromwell-Road-Gesamtschule und etliche Briefe von einem gewissen Phil, die so voll sexueller Obsession und flehentlichen Bitten sind, dass er sie schnell wieder zusammenfaltet und zurück in den Umschlag stopft. Es gibt Handzettel von Ians Improtheaterauftritten und langweiligen juristischen Papierkram über den Kauf der Wohnung in East17. Er findet eine Reihe hirnloser Postkarten, die er ihr während seiner Reisen Anfang der 90er geschickt hat – »Amsterdam ist IRRE«, »Dublin ROCKT«. Er erinnert sich an die Briefe, die sie ihm zurückgeschickt hat, wunderbare, kleine Geschenke aus hellblauem Luftpostpapier, die er von Zeit zu Zeit noch einmal durchliest, und schämt sich im Nachhinein, wie unreif er mit 24 war: »Venedig TOTAL ABGESOFFEN!!!!« Es gibt auch eine Fotokopie des Programmhefts von »Grausame Fracht – ein Stück für junge Leute von Emma Morley und Gary Nutkin«, und ein paar alte Seminararbeiten, Abhandlungen über Themen wie »Donnes Frauen« und »Eliot und der Faschismus«, und einen Stapel Kunstpostkarten mit winzigen Löchern von den Pinnwänden in den Studentenwohnheimen. Außerdem findet er eine Papphröhre mit Emmas fest zusammengerolltem, vermutlich seit fast zwanzig Jahren unberührtem Abschlusszeugnis. Er vergewissert sich, indem er das Datum anschaut: 14. Juli 1988. Gestern vor achtzehn Jahren.

In einem zerfledderten Album findet er die Fotos von der Abschlussfeier und blättert sie ohne große Wehmut durch. Weil Emma die Fotos gemacht hat, ist sie selbst nicht darauf zu sehen, und an die meisten anderen Studenten erinnert er sich sowieso nicht mehr; sie gehörte damals zu einer anderen Clique. Trotzdem beeindruckt ihn, wie jung die Gesichter aussehen und dass Tilly Killick es schafft, ihn selbst auf einem achtzehn Jahre alten Foto zu nerven. Ein Schnappschuss, der einen schlanken, selbstzufriedenen Callum O'Neill zeigt, wird postwendend zerrissen und landet in den Untiefen des Müllsacks.

Irgendwann muss sie Tilly die Kamera gegeben haben, denn auf einer Reihe Fotos ist sie schließlich selbst zu sehen, wie sie im Talar mit Doktorhut komisch-heroische Gesichter zieht, die Brille gelehrt auf der Nasenspitze. Er lächelt und stöhnt gleichzeitig amüsiert auf, als er ein Foto von sich findet.

In lächerlicher Modelpose steht er da, saugt die Wangen ein und schmollt, direkt daneben Emma, die ihm den Arm um den Hals legt, ihr Gesicht ganz nah an seinem, die Augen weit aufgerissen, und sich eine Hand auf die Wange hält wie ein beeindruckter Fan. Nachdem das Foto aufgenommen worden war, waren sie zur Abschluss-Teegesellschaft, danach in den Pub und schließlich zu einer Party in irgendeinem Haus gegangen. Er weiß nicht mehr, wer da gewohnt hat, nur, dass das Haus rappelvoll war und gewissermaßen dem Erdboden gleichgemacht wurde, weshalb die Partygäste auf die Straße und in den Garten ausweichen mussten. Auf der Flucht vor dem Chaos hatten sie auf dem Sofa im Wohnzimmer Zuflucht gefunden und waren den ganzen Abend dort geblieben. Da hatte er sie auch zum ersten Mal geküsst. Wieder betrachtet er das Abschlussfoto, Emma mit der dicken, schwarzen Brille, dem rotgefärbten, schlecht geschnittenen Haar, ein breites Lächeln im Gesicht, das etwas molliger ist, als er es jetzt in Erinnerung hat, die Wange an seine geschmiegt. Er legt das Foto beiseite und sieht sich das nächste an.

Der Morgen danach. Sie sitzen zusammen auf einem Hügel, Emma in Chucks und einer 501, die an der Taille etwas zu eng ist, Dexter etwas abseits im weißen Hemd und dem schwarzen Anzug vom Vortag.

Unglücklicherweise tummelten sich auf dem Gipfel von Arthur's Seat unerwartet viele Touristen und andere Absolventen, alle noch bleich und zittrig vom Feiern. Verlegen grüßten Dex und Em ein paar Bekannte, hielten aber Abstand, um Klatsch zu vermeiden, obwohl es dafür schon zu spät war.

Gemächlich schlenderten sie über das raue, rostrote Plateau und schauten sich die Aussicht von allen Seiten an. Sie blieben vor der Steinsäule stehen, die den Gipfel markiert, und machten die in solchen Situationen obligatorischen Bemerkungen: Wie weit sie gelaufen waren und dass man von hier aus das Haus sehen konnte. Die Säule war mit eingeritzten Graffiti übersäht: Insiderwitze, »DG war hier«, »Schottland für immer«, »Thatcher raus«.

»Wir sollten unsere Initialen einritzen«, schlug Dexter schwach vor.

»Was, ›Dex und Em‹?«

»Für immer.«

Emma schnaubte skeptisch und begutachtete das auffälligste Graffiti, einen großen, mit wasserfestem Edding gemalten Penis. »Stell dir vor, hier raufzukraxeln, nur um das zu zeichnen. Glaubst du, er hat den Stift extra mitgebracht? ›Atemberaubende Landschaft und herrliche Natur schön und gut, aber was dieser Ort wirklich braucht, ist ein Megaschwanz mit Eiern.‹«

Dexter lachte automatisch, aber wieder schlich sich Unbehagen ein; einmal angekommen, erschien ihnen das Ganze wie ein Fehler, so dass sie sich unabhängig voneinander fragten, ob sie das Picknick nicht ausfallen lassen, schnurstracks hinunterklettern und nach Hause gehen sollten. Allerdings traute sich keiner von beiden, den Vorschlag zu machen, und stattdessen suchten sie sich ein Plätzchen etwas unterhalb des Gipfels, ließen sich dort in einer Mulde nieder und packten den Rucksack aus.

Dexter öffnete den warmen Sekt, der ihm lasch über die Hand sprudelte und im Heidekraut versickerte. Abwechselnd tranken sie aus der Flasche, aber keinem von beiden war nach Feiern zumute, und nach kurzem Schweigen verlegte sie sich wieder auf Bemerkungen über die Aussicht. »Sehr hübsch.«

»Hm.«

»Und kein Wölkchen weit und breit!«

»Hm?«

»Du hast doch gesagt, es wäre St.-Swithins-Tag. ›Regnets am St.-Swithins-Tag …‹«

»Genau. Kein Wölkchen weit und breit.«

Das Wetter; sie sprach über das Wetter. Peinlich berührt von der eigenen Banalität schwieg sie kurz, bevor sie es auf direktere Art versuchte. »Und, wie fühlst du dich jetzt, Dex?«

»Etwas ramponiert.«

»Nein, ich meine, wegen letzter Nacht. Wegen dir und mir.«

Er sah sie an und fragte sich, was sie von ihm erwartete.

Bei Auseinandersetzungen war Vorsicht geboten, wenn der einzige Ausweg darin bestand, sich einen Berg hinunterzustürzen. »Bestens! Und du? Wie fühlst du dich wegen letzter Nacht?«

»Gut. Ist mir nur ein bisschen peinlich, dass ich, du weißt schon, die ganze Zeit über die Zukunft gequatscht hab. Die Welt verändern und dieser ganze Käse. Bisschen abgedroschen, bei Tageslicht betrachtet. Muss jedenfalls abgedroschen geklungen haben, besonders für jemanden ohne Prinzipien oder Ideale …«

»He, ich habe auch Ideale!«

»Mit zwei Frauen gleichzeitig zu schlafen, ist kein Ideal.«

»Tja, das sagst *du* …«

»Ts, ts. Manchmal bist du echt schäbig, weißt du das?«

»Ich kanns nicht ändern.«

»Versuchen solltest dus aber.« Sie nahm eine Handvoll Heidekraut und bewarf ihn halbherzig damit. »Dann wärst du gar nicht so übel. Wie auch immer. Der Punkt ist, ich wollte dich nicht so zulabern.«

»Hast du nicht. Es war interessant. Und wie gesagt, ich hatte wirklich viel Spaß. Nur schade, dass das Timing nicht besser ist.«

Er schenkte ihr ein gönnerhaftes, tröstliches, kleines Lächeln, und sie rümpfte gereizt die Nase. »Wie, meinst du, sonst wären wir jetzt *Freund und Freundin*?«

»Keine Ahnung. Wer weiß?«

Mit der Innenfläche nach oben hielt er ihr die Hand hin, sie sah sie irritiert an, seufzte und nahm sie schicksalsergeben. So blieben sie eine Weile sinnlos händchenhaltend sitzen und kamen sich blöd vor, bis ihnen die Arme wehtaten und sie losließen. Er beschloss, sich schlafend zu stellen, bis es Zeit zum Aufbruch war, deshalb zog er die Jacke aus, legte sie sich unter den Kopf und schloss die Augen gegen das Sonnenlicht. Alles tat ihm weh, in seinem Kopf pulsierte es schmerzhaft, und als er kurz vor dem Einschlafen war, bemerkte sie:

»Kann ich was sagen? Nur, um dich zu beruhigen?«

Groggy machte er die Augen auf. Sie hatte die Arme um die Beine geschlungen und das Kinn auf die Knie gelegt. »Schieß los.«

Wie um sich zu sammeln, holte sie tief Luft und sagte:

»Ich will nicht, dass du denkst, ich wäre sauer oder so. Ich meine, das mit letzter Nacht ist nur passiert, weil du blau warst …«

»Emma …«

»Lass mich ausreden, ja? Ich hatte trotzdem viel Spaß. Ich hab so was … noch nicht sehr oft gemacht, ich bin da nicht so routiniert wie du, aber es war nett. Und ich finde, du kannst auch nett sein, Dex, wenn du dir Mühe gibst. Und vielleicht ist es schlechtes Timing oder was auch immer, aber ich finde, du solltest nach China, Indien oder sonstwohin fahren, dich selbst finden, und ich ziehe hier ganz zufrieden mein Ding durch. Ich will dich nicht begleiten, keine wöchentlichen Postkarten von dir, nicht mal deine Telefonnummer. Ich will dich auch nicht heiraten, Kinder von dir haben, noch nicht mal mehr Sex. Wir hatten eine echt schöne Nacht miteinander, mehr nicht. Das werde ich nie vergessen. Und wenn wir uns in Zukunft auf irgendeiner Party über den Weg laufen, ist das auch in Ordnung. Dann unterhalten wir uns, rein freundschaftlich. Wir werden nicht vor Scham im Boden versinken, nur, weil du die Hand unter mein Top geschoben hast, keine peinliches Rumgedruckse, wir gehen einfach, na ja, ›cool‹ damit um, okay? Du und ich. Wir sind nur … Freunde. Gebongt?«

»Okay. Gebongt.«

»Gut, das wäre geklärt. Und jetzt ...« Sie durchwühlte den Rucksack und zog eine ramponierte Pentax SLR heraus.

»Was hast du vor?«

»Wonach siehts denn aus? Ein Foto machen. Zur Erinnerung an dich.«

»Ich sehe schrecklich aus«, sagte er, zupfte sich aber schon das Haar zurecht.

»Ach komm, du willst es doch ...«

Er zündete sich eine Zigarette an als Accessoire. »Wozu brauchst du denn ein Foto?«

»Falls du mal berühmt wirst.« Sie positionierte den Fotoapparat auf einem Felsblock und überprüfte das Bild mit dem Sucher. »Ich will meinen Kindern mal sagen können, seht ihr den da, der hat Mummy mal in einem Raum voller Leute die Hand unter den Rock geschoben.«

»Du hast angefangen!«

»Nein, du hast angefangen, Kumpel!« Sie stellte den Selbstauslöser ein, kämmte sich das Haar mit den Fingern, während Dexter die Zigarette vom einen in den anderen Mundwinkel beförderte. »Okay – 30 Sekunden.«

Dexter perfektionierte seine Pose. »Was sollen wir sagen? ›Cheese‹?«

»Bloß nicht. Lass uns ›One-Night-Stand‹ sagen!« Sie drückte auf den Knopf, und die Kamera fing an zu summen. »Oder ›Promiskuität‹!« Sie kletterte über die Felsen.

»Oder ›Diebe, die sich in der Nacht begegnen‹.«

»Doch nicht Diebe. Schiffe.«

»Und was machen Diebe?«

»Die halten zusammen.«

»Was stimmt nicht mit ›Cheese‹?«

»Sagen wir einfach nichts. Lass uns einfach nur lächeln

und natürlich aussehen. Versuch, jung, voll hoher Ideale und Hoffnungen auszusehen oder so. Fertig?«

»Fertig.«

»Okay, lächeln und …«

KAPITEL DREIUNDZWANZIG

Der dritte Jahrestag
Ein letzter Sommer

SONNTAG, 15. JULI 2007

Edinburgh

»Ding-dong. Ding-dong.«

Seine Tochter weckt ihn, indem sie ihm auf die Nase drückt wie auf eine Türklingel.

»Ding-dong. Ding-dong. Wer steht vor der Tür? Jasmine steht vor der Tür!!«

»Was tust du da, Jas?«

»Ich weck dich auf. Ding-dong.« Sie zieht ihm mit dem Daumen das Augenlid hoch. »Aufwachen, Schlafmütze!«

»Wie spät ist es?«

»Mitten am Tag!«

Neben ihm im Hotelbett greift Maddy nach der Uhr. »Halb sieben«, stöhnt sie ins Kissen, und Jasmine lacht schadenfroh. Dexter macht beide Augen auf und sieht ihr Gesicht direkt neben sich auf dem Kissen, die Nase nur Zentimeter entfernt. »Hast du keine Bücher zum Lesen oder Puppen zum Spielen oder so was?«

»Nö.«

»Geh und mal irgendwas aus, ja?«

»Ich hab Hunger. Können wir was aufs Zimmer bestellen? Wann macht das Schwimmbad auf?«

Das Hotel in Edinburgh ist vornehm, traditionell und prachtvoll, Eichentäfelung und Badewannen aus Porzellan. Seine Eltern haben nach seiner Abschlussfeier hier übernachtet, und es ist etwas altmodischer und teurer, als ihm lieb ist, aber er findet, wenn sie schon auf diese Reise gehen, dann wenigstens mit Stil. Sie bleiben zwei Nächte – Dexter, Maddy und Jasmine –, bevor sie sich ein Auto mieten und zu einem Ferien-Cottage in der Nähe von Loch Lomond weiterfahren. Glasgow läge natürlich näher, aber Dexter war schon seit fünfzehn Jahren nicht mehr in Edinburgh, wo er zuletzt ein durchzechtes Wochenende verbracht und eine Sendung über das Theater- und Musikfestival moderiert hat. All das scheint jetzt Ewigkeiten her, wie ein anderes Leben. Heute hat er in einer väterlichen Anwandlung beschlossen, seiner Tochter die Stadt zu zeigen. Maddy, die sich des besonderen Tages bewusst ist, lässt sie alleine losziehen.

»Macht es dir ganz sicher nichts aus?«, fragt er, als sie allein im Bad sind.

»Natürlich nicht. Ich gehe in die Galerie und guck mir die Ausstellung an.«

»Ich will ihr nur ein paar Ecken zeigen. Die gute, alte Zeit. Kein Grund, warum du auch darunter leiden sollst.«

»Wie gesagt, es macht mir wirklich nichts aus.«

Eindringlich sieht er sie an. »Und du hältst mich nicht für einen Spinner?«

Sie lächelt schwach. »Nein, tue ich nicht.«

»Oder für makaber und verschroben?«

»Kein bisschen.« Wenn es sie stört, zeigt sie es zumindest

nicht. Er küsst sie sanft auf den Hals. »Tu, was du für richtig hältst«, sagt sie.

Die Vorstellung, es könne an 40 aufeinanderfolgenden Tagen regnen, schien früher weit hergeholt, aber in diesem Jahr ist das anders. Im ganzen Land gießt es seit Wochen jeden Tag wie aus Eimern, Hauptstraßen sind überflutet, und der Sommer ist so ungewöhnlich, dass er wie eine neue Jahreszeit anmutet. Regenzeit. Doch als sie auf die Straße hinausgehen, stehen zwar vereinzelt hohe Wolken am klaren Himmel, aber es ist trocken, zumindest für den Moment. Sie verabreden sich mit Maddy zum Mittagessen und gehen dann getrennte Wege.

Das Hotel liegt in der Altstadt in einer Seitenstraße der Royal Mile, und Dexter geht mit Jasmine auf den üblichen Stadtrundgang durch Gässchen und über geheime Treppen bis zur Nicolson Street, die in südlicher Richtung aus dem Zentrum hinausführt. Er hat die Straße als hektisch und dunstig von Busabgasen in Erinnerung, aber sonntagmorgens herrscht eine ruhige und leicht melancholische Stimmung, und Jasmine wird ungeduldig und langweilt sich, nachdem sie die Touristenpfade verlassen haben. Dexter fühlt, wie ihre Hand in seiner schwer wird, geht aber weiter. Er hat die alte Adresse auf einem von Emmas Briefen gefunden und entdeckt kurz darauf ein Schild. Rankeillor Street. Sie betreten ein ruhiges Wohngebiet.

»Wo gehen wir hin?«

»Ich suche ein Haus. Nummer siebzehn.« Sie stehen jetzt davor. Dexter späht zu dem Fenster mit den zugezogenen Vorhängen im dritten Stock hinauf, das anonym und nichtssagend aussieht.

»Siehst du die Wohnung da oben? Da hat Emma gewohnt, als wir zusammen auf dem College waren. Da haben wir uns quasi kennengelernt.« Gehorsam schaut Jasmine nach oben, aber das unauffällige Reihenhaus unterscheidet sich in nichts von den anderen, und Dexter beginnt am Sinn und Zweck dieser Expedition zu zweifeln, ein rührseeliges, krankhaftes und sentimentales Unternehmen. Was hatte er sich davon erhofft? Nichts ruft Erinnerungen wach, und das nostalgische Vergnügen hält sich in Grenzen. Kurz überlegt er, die Sache abzublasen, Maddy anzurufen und sich früher mit ihr zu treffen, aber Jasmine deutet auf das Ende der Straße, die Granitwand, die sich jäh über dem Wohngebiet erhebt.

»Was ist das?«

»Das sind die Salisbury Crags. Da gehts zu Arthur's Seat.«

»Da oben sind Leute!«

»Man kann raufklettern. Es ist nicht schwierig. Was meinst du? Sollen wirs versuchen? Glaubst du, du schaffst das?«

Sie gehen zum Holyrood Park. Es deprimiert ihn, zu sehen, wie seine siebeneinhalbjährige Tochter den Bergpfad weit müheloser erklimmt als ihr Vater und nur hin und wieder stehen bleibt, um ihn auszulachen, während er schnaufend und schwitzend zurückbleibt.

»Meine Schuhe sind zu glatt«, verteidigt er sich, und sie gehen weiter, verlassen den Hauptpfad und klettern über Felsbrocken, bis sie schließlich auf das überwucherte, rostrote Plateau auf dem Gipfel von Arthur's Seat treten. Dort stoßen sie auf die Steinsäule, die den höchsten Punkt markiert, und in der vagen Hoffnung, seine eigenen Initialen zu entdecken, inspiziert er die Kritzeleien; »Kampf dem Faschismus«, »Alex M. 5.5.'07«, »Fiona für immer«.

Um Jasmine von den obszöneren Graffitis abzulenken, hebt er sie hoch und setzt sie auf die Säule, legt ihr einen Arm um die Taille und zeigt ihr die Sehenswürdigkeiten. »Da ist das Schloss, gleich neben dem Hotel. Da ist der Bahnhof. Das da drüben ist der Firth of Forth, der in die Nordsee fließt. Da drüben liegt irgendwo Norwegen. Leith, das ist die New Town, wo ich gewohnt habe. Vor zwanzig Jahren, Jas. Im letzten Jahrtausend. Und das da drüben mit dem Turm ist Calton Hill. Da können wir heute Nachmittag auch raufsteigen, wenn du magst.«

»Bist du nicht zu müde?«, fragt sie boshaft.

»Ich? Du machst wohl Witze. Ich bin der geborene Athlet.« Jasmine äfft sein Schnaufen nach und greift sich an die Brust. »Komikerin.« Er hebt sie von der Säule, tut, als wolle er sie den Berg hinunterwerfen und klemmt sich seine lachende, kreischende Tochter unter den Arm.

Etwas unterhalb des Gipfels finden sie eine Mulde mit Aussicht auf die Stadt. Er legt sich hin und bettet den Kopf auf die Hände, während Jasmine sich neben ihn setzt, konzentriert Chips mit Salz- und Essiggeschmack isst und Saft trinkt. Die Sonne scheint ihm warm ins Gesicht, aber das frühe Aufstehen fordert seinen Tribut, Minuten später ist er kurz vor dem Einnicken.

»Ist Emma auch hier gewesen?«, will Jasmine wissen.

Dexter macht die Augen auf und stützt sich auf die Ellbogen.

»Ja. Wir waren zusammen hier. Ich habe ein Foto davon zu Hause. Ich zeigs dir. Da war Daddy noch ganz dünn.«

Jasmine bläst die Backen auf und leckt sich dann das Salz von den Fingern. »Fehlt sie dir?«

»Wer? Emma? Natürlich. Jeden Tag. Sie war meine beste Freundin.« Er stupst sie mit dem Ellbogen. »Warum, dir auch?«

Jasmine runzelt die Stirn und überlegt. »Ich glaub schon. Aber ich war noch so klein, ich weiß gar nicht mehr genau, wie sie aussah, außer wenn ich Fotos angucke. Ich erinnere mich an die Hochzeit. Sie war nett, nicht?«

»Sehr nett.«

»Und wer ist jetzt deine beste Freundin?«

Er legt seiner Tochter eine Hand in den Nacken, den Daumen in die Kuhle. »Du natürlich. Wieso, wer ist dein bester Freund?«

Sie überlegt lange mit gerunzelter Stirn. »Phoebe, glaube ich«, sagt sie und saugt geräuschvoll am Strohhalm des leeren Saftpäckchens.

»Du bist 'ne echte Landplage, weißt du«, sagt er, und sie lacht mit dem Strohhalm zwischen den Lippen. »Komm her«, knurrt er, schnappt sie sich und zieht sie nach hinten, so dass sie in seiner Armbeuge liegt, den Kopf an seiner Schulter. Kurz darauf ist sie still, und Dexter macht die Augen wieder zu und fühlt die Vormittagssonne auf den Lidern.

»Schöner Tag«, murmelt er. »Kein Regen. Noch nicht«, und wieder ist er kurz vor dem Einnicken. Er riecht das Hotelshampoo in Jasmines Haar, an seinem Hals spürt er ihren langsamen, gleichmäßigen Atem, der nach Salz und Essig riecht, während er allmählich eindämmert.

Nach vielleicht zwei Minuten Schlaf rammt sie ihm die knochigen Ellbogen in die Brust.

»Dad? Mir ist langweilig. Können wir jetzt gehen?«

Emma und Dexter verbrachten den Rest des Nachmittags auf dem Hügel, lachten, redeten und erzählten mehr von sich: was ihre Eltern taten, wie viele Geschwister sie hatten, und beide gaben ihre Lieblingsanekdoten zum Besten. Nach der ersten Nachmittagshälfte schliefen beide keusch nebeneinanderliegend ein, als hätten sie sich abgesprochen, bis Dexter gegen fünf abrupt aufwachte und sie die leeren Flaschen und die Überreste des Picknicks einsammelten und sich benommen auf den Heimweg in die Stadt machten.

Als sie sich dem Parkausgang näherten, wurde Emma bewusst, dass sie bald Abschied nehmen mussten und sich sehr wahrscheinlich nie wiedersehen würden. Vielleicht auf Partys, dachte sie, wobei ihre Freundeskreise nicht dieselben waren, außerdem würde er bald auf Reisen gehen. Und selbst wenn, ihre Treffen würden oberflächlich und förmlich bleiben, und er würde bald alles vergessen haben, was sich in den frühen Morgenstunden in dem kleinen Zimmer abgespielt hatte. Als sie den Hügel hinunterstolperten, war sie niedergeschlagen, und ihr wurde klar, dass sie nicht wollte, dass er schon ging. Eine zweite Nacht. Sie wollte wenigstens noch eine Nacht, damit sie beenden konnten, was sie angefangen hatten. Wie konnte sie ihm das sagen? Natürlich überhaupt nicht. Feige, wie sie war, hatte sie es zu lange aufgeschoben. In Zukunft bin ich mutiger, schwor sie sich. In Zukunft spreche ich immer aus, was ich denke, eloquent und mit Leidenschaft. Sie waren jetzt am Parktor angekommen, wo sie sich wahrscheinlich verabschieden musste.

Sie trat in den Kies und kratzte sich am Kopf. »Tja, ich schätze, ich geh dann mal …«

Dexter nahm ihre Hand. »Hör mal. Warum kommst du nicht mit auf einen Drink?«

Sie versuchte, sich ihre Freude nicht anmerken zu lassen. »Was, jetzt?«

»Oder begleitest mich wenigstens?«

»Kommen deine Eltern nicht bald?«

»Nicht vor heute Abend. Es ist erst halb sechs.«

Mit dem Daumen strich er ihr über den Fingerknöchel. Sie tat, als überlege sie. »Na gut«, sagte sie, zuckte gleichgültig die Achseln, und er ließ ihre Hand los und ging weiter.

Als sie an der North Bridge die Schienen überquerten und in die New Town mit den georgianischen Gebäuden kamen, legte er sich einen Plan zurecht. Wenn er gegen sechs zu

Hause ankam, würde er sofort seine Eltern im Hotel anrufen und sich gegen acht mit ihnen im Restaurant verabreden, statt um halb sieben in seiner Wohnung. Das verschaffte ihm knapp zwei Stunden Zeit. Callum war bei seiner Freundin, sie hätten die Wohnung zwei Stunden lang für sich, und er würde sie wieder küssen können. Die hohen weißen Räume waren leer bis auf die Koffer, ein paar Möbel, die Matratze in seinem Zimmer und die alte Chaiselongue. Mit ein paar Laken würde das ganze aussehen wie die Kulisse eines russischen Theaterstücks. Er kannte Emma gut genug, um zu wissen, dass sie darauf abfahren würde, und war sich ziemlich sicher, dass er sie küssen konnte, obwohl sie nüchtern war. Egal, was in der Zukunft zwischen ihnen vorfallen würde, welche Auseinandersetzungen und bösen Folgen drohten, er wusste, er wollte sie jetzt unbedingt küssen. Sie würden noch etwa eine Viertelstunde laufen müssen. Er war leicht außer Atem. Sie hätten sich ein Taxi nehmen sollen.

Vielleicht hatte sie denselben Gedanken, denn sie gingen sehr schnell, als sie die steile Dundas Street hinunterliefen, ihre Ellbogen streiften sich hin und wieder, und in der Ferne war der Firth of Forth verschwommen auszumachen. Nach all den Jahren versetzte sie der Anblick des stahlblauen Flusses zwischen den ansehnlichen georgianischen Reihenhäusern immer noch in Hochstimmung. »Hätte ich mir denken können, dass du hier wohnst«, sagte sie missbilligend, aber neidisch und merkte, dass sie außer Atem war. Sie ging mit ihm in seine geschmackvoll eingerichtete Wohnung, sie würden es tun, und peinlich berührt bemerkte sie, dass sie vor Aufregung rote Flecken am Hals bekam. Mit der Zunge fuhr sie sich über die Zähne, ein wenig effektiver Säuberungsversuch. Musste sie sich die Zähne putzen? Von Sekt bekam sie immer Mundgeruch. Sollten sie Kaugummi kaufen gehen?

Und Kondome, hatte Dexter Kondome? Natürlich hatte er welche; genauso gut hätte man fragen können, ob er Schuhe hatte. Sollte sie sich jetzt die Zähne putzen oder sich ihm einfach an den Hals werfen, sobald sich die Tür hinter ihnen geschlossen hatte? Sie überlegte, was für Unterwäsche sie trug, dann fiel ihr ein, dass es ihre spezielle Bergsteiger-Unterwäsche war. Zu spät, sich darüber den Kopf zu zerbrechen; sie bogen in die Fettes Row ein.

»Jetzt ist es nicht mehr weit«, sagte er lächelnd, und sie lächelte auch, lachte und nahm seine Hand, wie zur Bestätigung dessen, was passieren würde. Sie rannten jetzt beinahe. Er hatte gesagt, er wohne in Haus Nummer 35, und sie zählte die Häuser rückwärts. 75, 73, 71. Fast am Ziel. Die Brust wurde ihr eng, ihr wurde leicht übel. 47, 45, 43. Sie bekam Seitenstechen, ihre Fingerspitzen kribbelten, er zog sie an der Hand, und beide rannten lachend die Straße hinunter. Ein Auto hupte. Ignorieren, weiterlaufen, egal, was passiert, nur nicht stehen bleiben.

Aber eine Frauenstimme rief: »Dexter! Dexter!«, und schlagartig verlor sie alle Hoffnung. Es war, wie vor eine Wand zu rennen.

Der Jaguar von Dexters Vater parkte direkt gegenüber von Haus Nummer 35, und seine Mutter stieg aus und winkte ihm von der anderen Straßenseite aus zu. Er war noch nie weniger erfreut gewesen, seine Eltern zu sehen.

»Da bist du ja! Wir warten schon auf dich!«

Emma fiel auf, dass Dexter ihre Hand losließ, fast von sich warf, als er über die Straße lief, um seine Mutter zu umarmen. Außerdem bemerkte sie irritiert, dass Mrs Mayhew atemberaubend schön war und geschmackvoll gekleidet, anders als ihr großer, ernster, leicht derangiert wirkender Mann, dem es eindeutig missfiel, dass man ihn hatte warten lassen. Lächelnd warf die Mutter Emma über die Schulter ihres Sohnes einen nachsichtigen, tröstenden Blick zu, als wäre sie im Bilde. Es war der Blick einer Herzogin, die den auf Abwege geratenen Sohn mit dem Hausmädchen erwischt.

Danach ging für Dexters Geschmack alles viel zu schnell. Er erinnerte sich an das vorgetäuschte Telefonat und wusste, dass man ihn bei einer Lüge ertappen würde, wenn er seine Eltern nicht so bald wie möglich in die Wohnung verfrachtete, aber sein Vater erkundigte sich nach dem Parkplatz, und seine Mutter fragte, wo er den ganzen Tag *gesteckt* und warum er nicht angerufen habe, während Emma, ganz das respektvolle, überflüssige Dienstmädchen, etwas abseits stand und sich fragte, wann endlich sie die Niederlage akzeptieren und nach Hause gehen konnte.

»Ich dachte, wir hätten dir gesagt, wir kommen um sechs vorbei …«

»Eigentlich halb sieben.«

»Ich habe dir heute Morgen eine Nachricht auf dem Anrufbeantworter hinterlassen …«

»Mum, Dad – das ist Emma, eine Freundin von mir!«

»Bist du sicher, dass man hier parken darf?«, wollte sein Vater wissen.

»Nett, Sie kennenzulernen, Emma. Alison. Sie haben sich einen kleinen Sonnenbrand geholt. Wo habt ihr zwei bloß den ganzen Tag gesteckt?«

»… denn wenn ich einen Strafzettel kriege, Dexter …«

Dexter drehte sich zu Emma um und warf ihr einen eindringlichen, entschuldigenden Blick zu. »Und, willst du mit raufkommen und was trinken?«

»Oder ins Restaurant?«, fragte Alison, »warum leisten Sie uns nicht beim Essen Gesellschaft?«

Emma sah Dexter an, der große Augen machte, vielleicht

weil er so geschockt war von der Idee. Oder sollte es Ermutigung sein? Wie auch immer, sie würde nein sagen. Diese Leute machten zwar einen netten Eindruck, aber sie hatte nicht vor, sich bei einem Familientreffen aufzudrängen. Sie würden in irgendein piekfeines Restaurant gehen, wo sie doch aussah wie ein Holzfäller, und außerdem, wozu sollte das alles gut sein? Dexter anzustarren, während sie sie fragten, was ihre Eltern beruflich machten und wo sie zur Schule gegangen war. Schon jetzt war sie eingeschüchtert von dem forschen Selbstbewusstsein der Familie, der zur Schau gestellten Zuneigung füreinander, dem Geld, dem Stil und der Anmut. Sie würde verlegen sein oder, schlimmer noch, sich betrinken, und beides würde ihre Aussichten nicht verbessern. Am besten gab sie auf. Sie rang sich ein Lächeln ab. »Ich glaube, ich geh besser nach Hause.«

»Bist du sicher?«, fragte Dexter stirnrunzelnd.

»Ja, muss noch was erledigen. Lass dich nicht aufhalten. Dann eventuell bis demnächst.«

»Oh. Okay«, sagte er enttäuscht. Sie hätte ja sogar mit reinkommen können, aber *»dann eventuell bis demnächst«*? Er fragte sich, ob sie sich letztendlich vielleicht doch nicht so viel aus ihm machte. Sie schwiegen. Sein Vater ging noch einmal die Parkuhr überprüfen.

Emma hob die Hand. »Machs gut.«

»Bis dann.«

Sie sah Alison an. »Hat mich gefreut, Sie kennenzulernen.«

»Mich auch, Emily.«

»Emma.«

»Natürlich. Emma. Auf Wiedersehen, Emma.«

»Und …« Achselzuckend sah sie Dexter an, während seine Mutter sie nicht aus den Augen ließ. »Tja, ein schönes Leben noch, schätze ich.«

»Dir auch. Ein schönes Leben noch.«

Sie drehte sich um und ging. Die Mayhew-Familie sah ihr nach.

»Dexter, sag doch – kommen wir ungelegen?«

»Nein. Überhaupt nicht. Emma ist nur eine Freundin.«

In sich hineinlächelnd musterte Alison ihren gutaussehenden Sohn eindringlich, nahm dann sein Anzugrevers in beide Hände und zupfte ihm sanft das Jackett zurecht.

»Dexter – hattest du das nicht gestern schon an?«

Und so schlenderte Emma Morley im Abendlicht nach Hause, ihre Enttäuschung im Schlepptau. Es kühlte langsam ab, sie fröstelte, und plötzlich lief ihr ein unerwarteter, heftiger Angstschauer den Rücken hinunter, so dass sie einen Moment stehenbleiben musste. Zukunftsangst, dachte sie. Sie stand an der eindrucksvollen Kreuzung von George Street und Hanover Street, während um sie herum die Menschen von der Arbeit nach Hause eilten oder auf dem Weg zu Freunden und Geliebten waren, und alle hatten ein Ziel, eine Richtung vor Augen. Aber sie stand hier mit ihren 22 Jahren, ratlos, auf dem Weg zurück in eine schäbige Wohnung, wieder einmal gescheitert.

»Was willst du mit deinem Leben anfangen?« Ihr kam es vor, als sei ihr die Frage schon ihr ganzes Leben lang gestellt worden; von Eltern, Lehrern, von Freunden um drei Uhr morgens, aber nie war sie ihr dringlicher vorgekommen als jetzt, und trotzdem war sie der Antwort keinen Deut näher gekommen. Die Zukunft baute sich drohend vor ihr auf, eine Aneinanderreihung leerer Tage, einer beängstigender und ungewisser als der nächste. Wie sollte sie sie je nur alle ausfüllen?

Sie ging weiter nach Süden auf The Mound zu. Der konventionelle Ratschlag lautete »Lebe jeden Tag, als ob es dein letzter wäre«, aber wer hatte schon die Kraft dazu? Was, wenn es regnete oder man kränkelte? Es war einfach nicht machbar. Da war es weit besser, sich zu bemühen, gut, mutig und unerschrocken zu sein und etwas zu verändern. Vielleicht nicht gleich die ganze Welt, nur das kleine Stück um dich herum. Geh da raus mit deiner Leidenschaft und der elektrischen Schreibmaschine und arbeite hart … woran auch immer. Vielleicht das Leben mithilfe der Kunst zu verändern. Schreib etwas Schönes. Kümmer dich um deine Freunde, bleib deinen Prinzipien treu, leb dein Leben gut, leidenschaftlich und in vollen Zügen. Mach neue Erfahrungen. Liebe und werde geliebt, wenn es irgendwie geht.

Das war die grobe Theorie, auch wenn sie keinen guten Start gehabt hatte. Mit kaum mehr als einem Achselzucken hatte sie sich von jemandem verabschiedet, den sie wirklich mochte, der erste Mann, der ihr je etwas bedeutet hatte, und jetzt musste sie sich mit der Tatsache abfinden, dass sie ihn wohl nie wiedersehen würde. Sie hatte weder seine Telefonnummer noch seine zukünftige Adresse, und selbst wenn, welchen Unterschied hätte es gemacht? Er hatte sie auch nicht nach ihrer Nummer gefragt, und sie war zu stolz, um sich unter die Frauen einzureihen, die ihn anhimmelten und unerwünschte Nachrichten hinterließen. *Ein schönes Leben noch* waren ihre Abschiedsworte gewesen. Was Besseres war ihr nicht eingefallen?

Sie ging weiter. Als das Schloss in Sicht kam, hörte sie Schritte hinter sich, das Geräusch von schicken Schuhen, die hart auf das Pflaster trommelten, und noch bevor sie ihren Namen hörte und sich umdrehte, lächelte sie, weil sie wusste, wer es war.

»Ich dachte schon, ich hätte dich verloren!«, sagte er, ging langsamer, und versuchte keuchend und mit hochrotem Kopf, seine Lässigkeit wiederzugewinnen.

»Nein, ich bin hier.«

»Tut mir leid, wies gelaufen ist.«

»Nein, wirklich, kein Problem.«

Er hatte die Hände auf die Knie gestützt und schnappte nach Luft. »Ich hatte meine Eltern erst später erwartet, und dann sind sie aus heiterem Himmel aufgetaucht, und ich war abgelenkt, und dann ist mir plötzlich aufgefallen … ist mir plötzlich aufgefallen, dass ich keine Möglichkeit habe, dich zu kontaktieren.«

»Ah. Okay.«

»Also – schau. Ich habe keinen Stift. Hast du einen? Du musst doch einen haben.«

Sie hockte sich hin und durchwühlte die Picknickreste im Rucksack. *Finde einen Stift, bitte, hab einen Stift, du musst doch einen Stift haben …*

»Hurra! Ein Stift!«

»Hurra?« Hast du sie noch alle, du hast »Hurra!« geschrien. Bleib ruhig. Vermassel es jetzt nicht.

Sie kramte in ihrem Portemonnaie nach einem Stück Papier, fand einen Supermarktkassenzettel, reichte ihn ihm, diktierte ihm ihre Nummer, die Nummer und Adresse ihrer Eltern in Leeds und ihre eigene Adresse, mit Betonung auf der richtigen Postleitzahl, und er schrieb ihr im Gegenzug seine auf.

»Das sind meine.« Er reichte ihr das kostbare Stück Papier. »Ruf mich an, oder ich rufe dich an, aber einer von uns tut es, ja? Ich meine, es ist kein Wettbewerb. Du verlierst nicht, wenn du zuerst anrufst.«

»Alles klar.«

»Ich bin bis August in Frankreich, danach komme ich wieder, und ich dachte, du hättest vielleicht Lust, vorbeizukommen und zu bleiben?«

»Bei *dir*?«

»Nicht für immer. Übers Wochenende. Bei mir. Das heißt, bei meinen Eltern. Nur, wenn du Lust hast.«

»Oh. Okay. Ja. Okay. Ja. Klar. Okay. Ja.«

»So. Ich muss dann wohl gehen. Bist du sicher, dass du nicht mitkommen und was trinken willst oder so? Oder essen gehen?«

»Ich glaube, besser nicht«, sagte sie.

»Ja, das glaube ich auch.« Er sah erleichtert aus, und wieder war sie gekränkt. Warum nicht?, dachte sie. Schämte er sich etwa für sie?

»Ah. Okay. Und warum nicht?«

»Weil ich sonst verrückt würde. Aus lauter Frust, meine ich. Wenn du dasitzt. Weil ich dann nicht tun könnte, was ich eigentlich tun will.«

»Warum? Was willst du denn tun?«, fragte sie, obwohl sie die Antwort kannte. Sanft legte er ihr die Hand auf den Nacken, während sie leicht die Hand auf seine Hüfte legte, und sie küssten sich mitten auf der Straße, während um sie herum die Leute im Sommerlicht nach Hause eilten, und es war der innigste Kuss, den beide je erleben sollten.

Hier begann alles. Hier, an diesem Tag, fing alles an.

Und dann war es vorbei. »So. Bis bald also«, sagte er und ging langsam rückwärts.

»Das hoffe ich«, sagte sie lächelnd.

»Ich auch. Tschüss, Em.«

»Tschüss, Dex.«

»Wir sehen uns.«

»Machs gut. Tschüss.«

DANK

Ich danke Jonny Geller und Nick Sayers für ihre Begeisterung, ihr Verständnis und ihre Ratschläge, sowie allen bei Hodder und Curtis Brown.

Zudem möchte ich allen danken, die sich die ersten Entwürfe angetan haben: Hannah MacDonald, Camilla Campbell, Matthew Warchus, Elizabeth Kilgarriff, Michael McCoy, Roanna Benn und Robert Bookman. Einige Details wurden von Ayse Tashkiran, Katie Goodwin, Eve Claxton, Anne Clarke und Christian Spurrier beigesteuert. Außerdem bin ich Mari Evans zu Dank verpflichtet. Erneuten Dank an Hannah Weaver, für die Unterstützung, Inspiration und dafür, dass sie das alles erträgt.

Thomas Hardy schulde ich Dank, weil er unwissentlich die Entstehung des Romans und einige unbeholfen paraphrasierte Passagen im letzten Kapitel angeregt hat, ebenso Billy Bragg für das schöne Lied *St. Swithin's Day*.

Es liegt in der Natur dieses Romans, dass einige clevere Bemerkungen und Beobachtungen eventuell über die Jahre von Freunden und Bekannten stibitzt worden sind, und ich hoffe, dass ein kollektives Dankeschön – bzw. eine Entschuldigung – ausreichen.

NACHWEIS DER ZITATE

Charles Dickens: *Große Erwartungen*. Übers. von Ulrike Jung-Grell. © 1993 Philipp Reclam jun. GmbH & Co., Stuttgart.

Thomas Hardy: *Am grünen Rand der Welt*. Abdruck der deutschen Übersetzung mit freundlicher Genehmigung des Verlages Klett-Cotta, Stuttgart. Eine Taschenbuchausgabe dieses Buches ist lieferbar bei dtv.

Thomas Hardy: *Tess von D'Urbervilles – Eine reine Frau*. © für die deutsche Übersetzung 1951 List Verlag, jetzt in der Ullstein Buchverlage GmbH, Berlin.

Philip Larkin: *Tage*. Aus: *Gedichte*. Ausgewählt und übertragen von Waltraud Mitgutsch. © 1964, 1966, 1974 by Philip Larkin. Abdruck der deutschen Übersetzung mit freundlicher Genehmigung des Verlages Klett-Cotta, Stuttgart. Used by permission of Faber and Faber Ltd.

James Salter: *Verbrannte Tage*. © 2000 BV Berlin Verlag GmbH.